이동진의
부메랑 인터뷰
그 영화의 시간

BOOMERANG
INTERVIEW

이동진의
부메랑 인터뷰
그 영화의 시간

위즈덤하우스

"당신이 모차르트의 음악을 들을 때,
그 뒤에 이어지는 침묵 역시 모차르트의 음악이다."
— 사샤 기트리

좋은 인터뷰 글을 쓴다는 것은 어떤 일일까. 내게 그것은 내 눈앞에서 땅바닥으로 쏟아지는 한 섬의 곡식을 젓가락으로 한 알 한 알 일일이 집어 담는 일인 동시에, 그 곡식에 적절하게 물을 붓고 적당하게 불을 가한 뒤 시간의 뜸을 들여 일용할 밥 한 그릇을 지어 올리는 일이다. 아니, 그것만으로는 부족할 것이다. 제대로 집어 올릴 수 있는 젓가락도 사전에 준비해야 할 것이고, 곡식이 어떻게 쏟아질지도 어느 정도는 미리 짐작해야 할 것이다.

　돌이켜보면 '부메랑 인터뷰'를 처음 기획할 때 능력에 비해 내 야심은 턱없이 컸다. 한 편의 영화를 이루는 수많은 요소를 미시적으로 구석구석 파고들어가면서도, 다 읽고 나면 물러서서 벽화를 바라보듯 한 감독의 세계가 한눈에 들어올 수 있기를 바랐다. 변죽만 울리고 말 위험에서 벗어나고자 양적으로도 방대한 작업이 되길 원했고(말하자면 나는 시간의 질보다 양을 더 믿는 사람이다), 문답 형식이 반복되는 지루함을 피하고자 그 감독의 영화들 속에 등장하는 대사들이 고스란히 질문이 되면서 흥미를 자아내도록 의도했다(그러니까 나는 본질적으로 형식주의자다). 영화를 더 깊게 읽어내고 싶어 하고 더 많이 사랑하고 싶어 하는 사람들에게 작은 발판을 제공해주는, 영화평론가로서 내게 그건 일종의 공적인 업무를 수행하는 것 같은 작업일 수도 있다는 과대망상에 빠지기도 했다. 세상에 없었던 인터뷰 책을 쓰고 싶었다.

그러나 '부메랑 인터뷰'의 두 번째 책을 출간하게 된 지금, 내겐 이 프로젝트를 온전히 감당할 만한 재능이 없었음을 절감한다. 젓가락이 지나치게 뭉툭하거나 뾰족해서 집어 올리다 번번이 떨어뜨렸고, 곡식이 쏟아지는 방식은커녕 그 방향조차 가늠하지 못했다. 물을 너무 많이 부어서 질퍽하게 만들거나 불을 너무 적게 가해 설익어버리게 하기도 했다. 무엇보다 나는 뜸을 너무 오래 들였다.

2009년에 《이동진의 부메랑 인터뷰 그 영화의 비밀》을 내고 나서, 늦어도 1~2년이면 이 시리즈 두 번째 책을 완성할 수 있으리라 여겼다. 하지만 계절은 속절없이 지나갔고 진도는 제자리걸음을 했다. 스스로에게 채찍질을 하기 위해서 개인 블로그에 이 책의 발간 일정을 여러 차례에 걸쳐 공언하는 고육지책을 쓰기도 했지만 번번이 식언이 되어버렸다. 나는 재능뿐만 아니라 책을 쓰는 사람으로서의 끈기와 체력도 갖추지 못했다.

결국 애초의 계획에서 2년 6개월이 더 흐른 지금에야 '이동진의 부메랑 인터뷰'의 두 번째 책을 가까스로 선보일 수 있게 됐다. 책의 분량은 첫 번째 책과 별 차이가 없을 정도로 여전히 두꺼워서 흡사 목침처럼 보이지만(그렇게 쓰셔도 무방하다), 다루는 감독은 이전의 절반으로 줄었다. 다시 말하면, 그 많은 시행착오와 악전고투에도 불구하고, 세상에, 나의 욕심은 오히려 갑절로 커졌다. 한 감독당 적게는 원고 매수 700매에서 많게는 1,000매에 달하는 엄청난 양이다. 또한 한 감독당 대여섯 번씩, 길게는 한 번에 열 시간씩 소요해가면서 인터뷰를 한 결과다. 나는 언젠가 미욱스러울 정도로 쌓아가기만 하는 양이 어느 순간 질로 전환되는 신비의 발화점이 도래하기를 헛되이 바란다.

좋은 인물 사진을 찍어주신 김보배, 김현호 님에게 감사드린다. 이토록 품이 많이 가는 책을 정성스럽게 만들어주신 위즈덤하우스 관계자들께 마음으로부터 인사를 전한다. 그리고 무엇보다 일일이 되짚어가며 곱씹어도 여전히 황홀한 멋진 영화들을 만들어주시고, 일일이 캐묻는 성마른 인터뷰어에게 인내심을 가지고 정성스레 대답해주신 박찬욱, 최동훈, 이명세 세 분 감독님들께 고개 숙여 감사의 인사를 드린다. 이 책에 대해 지속적으로 관심을 보여주신 분들, 생生의 한 움큼을 베어 이 책을 읽는 일에 써주실 귀한 독자들께도 깊은 감사를 드린다.

　이 글을 쓰기 위해서 4년 전 책의 서문을 다시 찾아 읽어보았다. "나는 이 글들을 단지 인터뷰 기록이라고 여기지 않는다. 이것은 길고 긴 대화를 통해 구성한 감독론이며, 오늘의 한국영화에 대한 연애편지(라고 믿는)다. 이 작업을 통해 한국영화를 더욱 더 사랑하게 됐다." 지금의 내 마음도 역시 그렇다. 참으로 다행이다.

BOOMERANG INTERVIEW
CONTENTS

PARK CHAN WOOK

photo by 김보배

자유로운 예술가와 성실한 직업인

박찬욱 PARK CHAN WOOK

총탄에 맞아 나뒹구는 참혹한 시체들. 바닥을 흥건히 적시고 흐르는 피. 병을 앓고 있는 어린 딸은 정신을 잃은 채 쓰러져 있고, 원수 같은 아내는 처참하게 죽어 널브러져 있다. 복수를 끝낸 사내가 의자 위에 올라가 천장에 밧줄을 매고 목을 걸려고 할 때, 간신히 깨어난 딸이 가녀린 목소리로 그를 부른다. "아빠!"

그 소리에 놀란 사내가 의자 위에서 흔들린다. 의자가 엎어지면 그대로 목이 졸려 죽게 되는 상황. 슬랩스틱에 가깝게 흔들리며 필사적으로 중심을 잡으려 애쓰던 사내는 간신히 멈춰서서 딸 아이를 처연하게 내려다본다. 목엔 밧줄이 걸려 있고 발밑에는 의자가 놓여 있는 채로.

영화 〈3인조〉의 라스트 신은 박찬욱 감독의 영화세계를 그대로 요약하는 장면이 아닐까. 내용적으로는 압도적인 절망 속에서 희망이 가냘픈 목소리를 내며 간신히 살아 있고, 형식적으로는 파국을 앞둔 하드보일드의 피바다에서 부조리한 유머가 불현듯 끼어든다.

〈쉬리〉를 누르고 한국영화 최고흥행작 자리에 올랐던 〈공동경비구역 JSA〉와 칸 국제영화제 심사위원대상을 차지해 국제적인 명성을 갖게 된 〈올드보이〉 이후, 박찬욱 감독은 한국의 어느 연출자보다 강력한 예술적 파워와 통제력을 갖게 됐다.

　스타 감독이 명실공히 무엇을 뜻하는지를 그대로 알려주고 있는 그는 감동과 재미를 몇 가지 공식으로 엮어가며 고만고만한 사실주의 화술을 들려주던 한국의 대중영화 전반에 전혀 다른 감각과 화법으로 거대한 충격파를 던졌다. 분단 현실(《공동경비구역 JSA》)에서 근친상간(《올드보이》)까지 과감히 금기를 넘어서는 이야기, 최소한으로 대사를 줄이고 테크닉도 가라앉힘으로써 건조하고 간결한 형식미의 절정을 보여준 작품(《복수는 나의 것》)의 차기작으로 대사와 내레이션의 실존적-신화적 함의를 최대한으로 살려내고 음악에서 촬영까지 온통 역동적인 기운으로 넘쳐나는 작품(《올드보이》)을 만들어낼 정도로 다양한 스타일, 불길 이글거리는 지옥의 문 앞에서도 시침 뚝 떼고 툭 던지는 블랙유머(《박쥐》)로 그는 수많은 추종자들을 양산했다. 이어 할리우드 진출작(《스토커》)에서도 장면마다 자신의 인장을 선명하게 찍음으로써 중요한 것은 영화의 국적이 아니라 창작자의 개성이라는 사실을 증명했다. 그의 필모그래피는 자신의 취향과 스타일로 설득해가며 대중을 견인해가는 방식으로 이어졌다는 점에서 더욱 경이롭다.

　늦은 오후, 박찬욱 감독의 영화제작사 '모호필름'으로 갔다. 그는 아무도 없는 사무실에 혼자 있었다. 그의 방으로 들어서자 3면을 둘러싸고 있는 수많은 사진들의 콜라주가 방문객을 압도했다. 그가 직접 찍은 사진으로부터 함께했던 배우들의 사진까지, 영화 〈카인의 두 얼굴〉 포스터에서 미국 배우 크리스토퍼 워큰의 스틸 사진까지, 수백 장의 사진들은 제각각 자신의 이미지를 드러내면서도 동시에 한데 어울려 독특한 분위기를 빚었다.

　정적에 휩싸인 사무실. 커피나 물을 가지러 이따금씩 방을 나섰을 뿐, 인터뷰를 방해하는 것은 아무것도 없었다. 박쥐와 새가 다시 교대하는 시간, 인터뷰는 새벽이 되어서야 끝났다.

— 그 멀리까지 가서?

《스토커》에서 장례식 후 음식을 준비하던 여자들 중 한 명이 더못 멀로니의 죽음이 자살일

리가 없다고 부정하면서

이동진 — 가장 최근에 발표하신 《스토커》 이야기로 시작하겠습니다. 기획부터 극장 종영까지 한 편의 영화가 밟는 여정은 꽤나 길죠. 할리우드에 가서 연출하신 《스토커》는 좀더 그랬을 듯한데요.

박찬욱 — 한국에서 영화를 만들었던 경험에 비하면 완성 후 개봉까지의 시간이 너무 오래 걸렸습니다. 촬영에 들어가기 전의 준비 기간도 굉장히 길었고요. 계약서 하나 사인하는 데도 오가는 서류가 정말 많더라구요. 한국 개봉을 맞아 홍보를 해야 할 때도 배우가 없으니까 저 혼자 이것저것 다 하느라 몇 배로 힘들기도 했어요.

이동진 — 또 한 편의 중요한 작품을 마무리하신 상황에서 어떤 일이 가장 기억에 남습니까.

박찬욱 — 선댄스 영화제에서 처음으로 일반 공개되었을 때입니다. 저로서도 영화를 완성한 지 일곱 달 만에 처음으로 다시 보게 된 거였거든요. 미아 바시코프스카는 이전에 보았지만 니콜 키드먼과 매튜 구드는 그 영화를 처음 보는 상황이기도 했죠. 과연 사람들이 《스토커》를 좋아해줄지, 그때가 제일 조마조마했어요.

— 나는 일종의 학자죠. 전공은 당신이구. 오대수 학자, 오대수 권위자.

《올드보이》에서 유지태가 전화를 걸어온 최민식에게 스스로를 설명

이동진 — 《스토커》를 처음 보면서 가장 인상적이었던 것은 거의 모든 장면에 감독님의 인장이 찍혀 있는 것 같다는 느낌이었습니다. 사실 그 작

품은 할리우드로 처음 가서 만드신 작품인데다가 웬트워스 밀러의 각본을 영화화한 거라서 그렇게까지 박찬욱스러울 거라고는 생각하지 못했거든요. 그런데 스타일이나 형식뿐만 아니라 이야기 자체도 감독님의 기존 영화들과 아주 잘 이어지는 느낌인 거예요. 물론 그 각본을 적극적으로 고치기도 하셨지만, 아예 처음부터 직접 쓰신 시나리오를 영화화했다고 해도 믿어질 정도였습니다.

박찬욱_ 그럴 가능성이 보였기 때문에 선택했던 거죠. 그 각본을 제가 손보면 지금 말씀하신 것처럼 제가 처음부터 구상해서 쓴 것처럼 맞춤하게 영화를 만들 수 있겠다는 가능성이 보였어요.

이동진_ 흔히 말하길 할리우드 시스템에서는 창작자의 개성이 고스란히 살아남기 어렵다고들 하고, 적어도 계약상으로는 편집의 전권이 감독님께 있지 않은 상황에서, 이처럼 철저히 박찬욱스러운 영화가 나왔다는 게 놀랍기도 한데요.

박찬욱_ 〈스토커〉의 제작사인 폭스 서치라이트는 메이저 스튜디오이긴 하지만, 작가감독이라고 생각하는 사람들을 데려다가 그들의 개성을 살려내는 방식으로 영화를 만드는 것에 대해 자부심을 가진 곳이에요. 폭스 서치라이트의 브랜드 가치는 바로 거기에 있죠. 결국 그들이 원하는 건 감독의 개성을 살리는 것이지, 미국식 기준으로 에지edge를 깎아내서 둥글둥글한 영화를 만드는 게 아니에요. 그럴 거라면 그 감독을 굳이 초청할 이유가 없죠.

─수술을 여덟 번이나 했는데.

〈박쥐〉의 초반부에서 송강호가 자신의 헌신적인 봉사활동에도 불구하고 환자가 죽자 무력감을 드러내면서

이동진_ 연출 방식이나 특정 장면에 대해서 스튜디오와 이견이 생기면 어

떻게 조정하셨나요. 그런 경우가 한두 번이 아니었을 텐데요.

박찬욱_ 모든 걸 다 설명한다기보다는 논쟁이 되는 부분에 대해서만 의견을 나눴어요. 그런데 쟁점 사안에 대해서는 최대한 논리적으로 설명하는 수밖에 없어요. 논리로 설명할 수 없는 부분에 대해서는 뜻밖에도 별로 논쟁이 벌어지지 않는 경우가 많아요. 그들도 영화 경험이 풍부하고 바보도 아닌 사람들이기에 대부분 수긍하는 거죠. 서로 의견이 달라서 계속 논의를 해야 할 경우에는 제3의 버전으로 채택되는 경우가 적지 않았어요.

이동진_ 말하자면 정반합의 과정을 거치는 셈이네요?

박찬욱_ 그렇죠. 힘들고 어려웠지만 생산적이기도 한 과정이었어요. 신기한 것은 머리를 자꾸 쥐어짜니까 내게서도 더 나은 게 나오더라는 거예요. 이것으로 끝이라고 생각했던 상황에서 또다시 새로운 돌파구가 열리는 걸 경험하는 게 놀라웠죠. 당시에는 즐기지 못했지만 끝나고 났을 때의 보람은 굉장히 컸어요.

― 초대권 손님이 많아갖고 돈이 없을 것이여.
〈3인조〉에서 극장 금고를 털게 된 이경영과 김민종이 그 안에 돈이 얼마 없음을 알고 실망하자 옆에 있던 극장 관계자가 설명

이동진_ 〈스토커〉를 찍는 과정이 한국에서와는 완전히 달랐을 것 같습니다. 미국의 현장이 한국의 촬영 상황과 차이가 많이 날 것 같은데다가, 〈스토커〉는 할리우드 영화 치고는 예산이 적은 편이었으니까요.

박찬욱_ 무엇보다 빨리 찍어야 한다는 강박이 생기더라구요. 촬영 횟수 자체가 적었기 때문에 빨리 찍다보면 뭔가 놓치기 쉽죠. 저는 웬만해서는 스트레스를 잘 안 받는 성격인데도 불구하고, 빨리 찍으면서 동시에 완벽하게 찍어야 했기에 적잖이 힘들더라구요. 제가 예전에 제작자

로서 〈미쓰 홍당무〉를 만들 때 이경미 감독에게 일정 좀 지키라고 계속 재촉했는데 〈스토커〉를 찍으면서 그 벌을 톡톡히 받은 셈이죠.(웃음)

이동진_ 모두 40회 촬영을 하셨다고 들었습니다.

박찬욱_ 일주일에 5일씩 찍으니까 딱 8주가 걸리더군요.

— 당신 가족이 크로퍼드에 이 건물을 기증한 지 20년이 됐군
요. 좀 오래되긴 했지만 찰리의 방은 아주 안락하답니다.

〈스토커〉에서 크로퍼드 정신병원의 담당 직원이 퇴원하는 동생 매튜 구드를 맞이하러 간
더못 멀로니에게

이동진_ 데뷔작 〈달은…해가 꾸는 꿈〉으로 데뷔하신 후, 〈스토커〉까지 어느
덧 아홉 편의 장편영화를 만드셨습니다. 감독 경력도 벌써 20년을 훌쩍
넘기셨고요. 감독 데뷔 후 처음 8년은 일이 잘 풀리지 않으셨습니다. 반
면에 그 이후엔 감독으로서 최고의 명성을 누리시게 되었죠. 지난 20년
을 돌이켜보면 어떤 느낌이 드십니까.

박찬욱_ 벌써 그렇게 오랜 세월이 흘렀군요. 저는 감독이란 대중의 주목
을 받는 일선에 나와 있으면 그다지 바람직하지 않다고 봐요. 배우의
뒤에 있어야 적당하죠. 제가 예전엔 아무도 알아주지 않아서 힘들었는
데, 요사이는 또 너무 앞에 나가 있는 것 같아서 조심스러워요. 덕 보는
것도 있고 잃는 것도 있죠. 저는 뒤로 숨고 싶은데 그게 또 잘 안 됩니
다. 감독으로서 보냈던 지난날들을 돌이켜보면 배우들과의 만남이 제
일 먼저 떠올라요. 개인적으로 지난 세월 감독 생활을 통해 마음에 가
장 크게 남은 게 있다면 배우들과의 추억이에요. 요즘도 배우들과 자주
만나고 통화하죠.

- 우리가 다른 게 있다면 은주는 카메라 앞에 서고, 난 뒤에 선다는 것뿐이야.

  〈달은…해가 꾸는 꿈〉에서 피사체인 모델 나현희와 사진가인 자신의 관계에 대해 송승환이 언급

이동진_ 아닌 게 아니라, 그동안 여러 자리에서 영화 작업을 함께 하는 동반자로서 배우들에 대한 애정과 존경을 특히 강조해오셨는데요.

박찬욱_ 어쩌면 배우들이 저와 다른 종류의 사람들이라고 느끼기에 더 존경하는 것인지도 모르겠어요. 밀착해서 함께 작업하는 동료이기도 하지만, 근본적으로 저와 다른 사람이라고 생각하고 늘 경이롭게 보기에 그렇게 생각하는 면도 있는 것 같아요. 일반적으로 관객이 배우에게 갖는 신비감이 감독에겐 결여되어 있다고 생각하기 쉽지만, 오히려 저는 일반 관객들이 느끼는 것보다 배우에 대한 신비감이 몇 배나 강해요. 1분 전까지 농담하던 사람이 카메라가 돌아가자마자 갑자기 돌변하는 걸 보면 충격을 받을 수밖에 없어요. 물론 배우 개인에 대해선 신비감이 없지만요.

- 너 같은 어린애한테 여기 밥이 입에 맞을지 모르겠다. 도대체 부모들이 생각이 있는 건지, 원. 역시 부모가 젤 중요해. 여자한텐 특히, 아빠.

  〈싸이보그지만 괜찮아〉의 정신병원에서 동료 환자가 막 입원한 임수정에게

이동진_ 감독님 영화에서 가장 중요한 가족관계는 부녀지간인 것 같습니다. 일반적으로 남자 감독이 만드는 영화에선 모자 관계가 중요하게 묘사되는데, 〈올드보이〉〈3인조〉〈복수는 나의 것〉 등에서 드러나듯 감독님은 이와 정반대로 부녀 관계를 집중적으로 다루고 있습니다. 실제 딸

하나를 두고 있으시기 때문인가요?

박찬욱_ 우리 어머니와의 관계가 너무 평범해서 그런가.(웃음) 우리 어머니는 상대적으로 건조한 성격이셨죠. 자식 걱정에 잠 못 이루는 타입이 아니셨어요. 전 사실 결혼하고 아이를 낳기 전부터 딸을 바랐어요. 아내가 임신했을 때 아들이 나오면 어쩌나 걱정까지 했어요. 남자아이에 겐 애정을 못 느끼겠거든요. 시끄럽고 드센 남자애들이 싫어요. 커가면서 대들고, 변성기에 수염 나기 시작할 때도 보기에 그리 아름답지 않잖아요?(웃음) 저의 진정한 로망은 딸 둘을 키우는 것인데, 두 번째에도 그런 행운이 오리란 보장이 없어서 포기했어요. 딸과의 관계가 사실 제게 제일 애틋하죠.

— 그 나이 때의 사내아이가 어떤지 아시잖아요.
〈스토커〉에서 보안관이 사라진 소년에 관한 자신의 예측에 대해 매튜 구드에게 동의를 구하면서

이동진_ 남자아이들을 좋아하지 않으신다는 것은 〈스토커〉의 대사를 통해서 스스로 인증하기도 하셨습니다. 최소한 향후 10년간은 십대 소년이 주인공으로 나오는 감독님 영화는 보기 힘들겠죠?(웃음)

박찬욱_ 남자애는 관심 없다니까요.(웃음)

이동진_ 그럼 감독님께 가장 중요한 건 딸과의 관계인가요.

박찬욱_ 아뇨. 와이프와의 관계가 제일 중요하죠.(웃음) 영화를 만들면서 가끔 딸을 떠올릴 때가 있긴 해요. 하지만 제가 연기자가 아니라서 그런지는 몰라도, 부녀간의 관계가 영화 속에서 묘사되는 장면을 찍을 때도 직접적으로 떠올리진 않아요. 제게 딸이 없었어도 제 영화 속에서 그려진 부녀 관계가 별로 다르지 않았을 것 같아요. 〈복수는 나의 것〉에서 유괴범인 류(신하균)가 동진(송강호)의 어린 딸을 배 위에 올려놓

고 즐겁게 노는 장면처럼, 제게 딸이 없었다면 생각하지 못했을 디테일도 있긴 하지만요.

– 난 너와 함께 있단다. 우린 같은 핏줄이니까. 오늘밤은 네가 어떻게 컸을까, 어떻게 우리 가문을 이어갈까 상상하면서 잠들 거야.

〈스토커〉에서 정신병원에 있던 매튜 구드가 미아 바시코프스카에게 보낸 편지에서

이동진_ 〈스토커〉에서는 외견상 어머니의 비중이 아버지의 비중보다 커 보입니다. 훨씬 더 많이 나오니까요. 하지만 이야기의 핵심을 되짚어보면, 십대 소녀인 인디아(미아 바시코프스카)에게는 어머니와의 관계보다 아버지와의 관계 혹은 삼촌과의 관계가 더 중요한 것으로 여겨집니다. 그 영화가 들려주는 초반 이야기에서 가장 중요한 설정은 '있는 줄도 몰랐던 삼촌이 갑자기 나타났다'이겠지만, 그 못지않게 중요한 건 '내내 함께 있었던 아버지가 갑자기 사라졌다'는 모티브인 듯합니다. 이 두 가지 사실을 함께 염두에 둔다면, 형제지간인 아버지 리처드(더못 멀로니)와 삼촌 찰리(매튜 구드)는 각각 '좋은 아버지'와 '나쁜 아버지'를 대변하는 것처럼 해석되기도 하죠. 실제로 영화 속에서 아버지와 삼촌이 각각 따로 인디아를 만나는 장면은 있지만, 그 두 사람이 인디아와 함께 나오는 장면이 없기도 하구요. 가족의 성姓을 제목으로까지 쓰고 있는 〈스토커〉에서 모계 혈통이 상대적으로 무시되고 있는 것도 사실입니다. 엄마인 이블린(니콜 키드먼) 역시 '스토커'라는 성을 쓰긴 하지만, 그

달은…해가 꾸는 꿈

개봉 1992년 2월 29일 출연 이승철 나현희 송승환 상영시간 103분_ 무훈은 자신이 속한 폭력조직 보스의 애인인 은주와 사랑에 빠져 도주하다가 붙들린다. 간신히 탈출한 무훈은 사창가에 팔려간 은주를 구해 자신의 배다른 형인 하영에게 보호를 부탁한다. 사진작가인 하영은 은주의 재능을 간파하고 모델 일을 권유한다. 두 사람의 소재를 파악한 조직은 무훈을 협박해 배신자를 처단하는 일을 맡기려 한다.

건 결혼으로 취득하게 된 성이죠. 이 영화의 진짜 삼각관계는 이블린과 찰리와 인디아가 아니라, 리처드와 찰리와 인디아 사이에서 성립하고 있다고 볼 수도 있습니다. 스토커Stoker라는 이름이 《드라큘라》를 쓴 작가 브램 스토커Bram Stoker를 즉각 상기시킨다는 걸 감안하면 더욱 그렇겠죠. 말하자면 이 영화는 '스토커'라는 부계 혈통과 관련된 악의 문제를 다루고 있는 것으로 보입니다.

박찬욱_ 〈스토커〉의 근원에는 형제간의 애증 관계가 자리 잡고 있죠. 형에 대한 독점욕이 모든 비극의 시작인 셈인데, 말씀하신 것처럼 좋은 아버지와 나쁜 아버지의 양면이라고도 볼 수도 있을 거예요. 혹은 찰리는 인디아가 상상 속에서 만들어낸 가공의 인물이라고 볼 수도 있구요. 그런 측면에서는 인디아의 또다른 모습이라고도 여길 수 있을 겁니다.

– 여보, 우리 금자 너무너무 위대한 작전을 준비중이거든? 도와줄 수 있지?
  〈친절한 금자씨〉에서 김부선이 수감 도중 자신에게 신장을 이식해준 이영애에게 출소 후
  도움줄 것을 남편 고창석에게 당부

이동진_ 리처드는 직업이 건축가입니다. 그리고 사실은 정신병원에 있었지만 찰리에 대해서 사람들은 그가 고고학자로 발굴 작업을 하거나 금광과 관련해 채굴하는 일을 한다고 믿습니다. 이런 직업적 설정은 명확한 의미를 품고 있는 듯합니다. 리처드는 인디아의 미래를 염두에 두고서 사냥을 가르치는 일 등으로 무언가를 설계해주는 사람이고, 찰리는 인디아의 내면에 묻혀 있는 무언가를 바깥으로 끄집어내주는 사람이니까요.

박찬욱_ 원래 각본에는 없었는데 제가 의도적으로 넣은 설정들이죠. 그런데 아이러니한 것은 찰리야말로 진짜 건축가였는지도 모르겠다는 겁니다. 실제로 극 중에서 모래성을 짓는 걸 보면 건축가로서의 자질을

보이는 것은 찰리 쪽이기도 했죠.

이동진_ 찰리는 무언가로부터 인디아를 끌어내주지만, 그와 반대로 어린 동생 조나단은 모래를 판 후 묻어버리죠.

박찬욱_ 찰리에게는 두 가지 면모가 다 있는 거예요. 리처드가 건축가라는 설정은 집을 짓고 가정이라는 성城을 구축하는 것, 일종의 보호소를 만든다는 것과 관계가 있죠. 그래서 극 중 주요 공간이 되는 집을 로케이션 스카우팅할 때 훨씬 더 큰 저택을 원했어요. 공주가 갇힌 커다란 성의 느낌을 드러내고 싶었는데 여건이 좋지 않았죠.

- 독수리는 혼자서 먹이를 찾기 원하지만 조그만 도움을 받기도 합니다.

〈스토커〉에서 재키 위버가 투숙한 모텔 객실의 텔레비전에서 방영되는 동물 다큐멘터리의
내레이션

이동진_ 인디아를 가운데 놓을 때 리처드와 찰리에게 중요해지는 것은 사냥이라는 모티브입니다. 찰리는 윕(앨든 에런라이크)이라는 소년을 살해할 때 인디아를 끌어들이는데, 이건 흡사 사냥을 가르치는 듯한 상황입니다. 그런데 리처드는 어렸을 때부터 인디아에게 실제로 사냥을 가르치죠. 사냥이라는 모티브로 이 스토리 전체를 본다면, 아버지한테서 배운 방식 그대로 인디아가 찰리를 사냥하기 위해 몸을 웅크리고 기다리고 관찰하고 배우다가 마침내 방아쇠를 당겨 사냥감을 손에 넣는 데 성공하는 과정으로 보이기까지 합니다.

박찬욱_ 그런 면도 있겠죠. 다르게 생각하면 자기 방어의 기술을 가르친 거라고도 할 수 있을 거구요. 〈스토커〉의 사냥 모티브는 '리처드가 동생 찰리를 두려워한다면 찰리가 나타날 경우를 대비할 텐데, 그렇다면 그걸 위해서 뭘 준비했을까'라는 생각에서 출발했던 거죠. 처음에는 그

PARK CHAN WOOK

냥 총기를 다룬다든가 책상 서랍에 권총을 두는 정도의 호신에 가까운 것으로 상상했는데 점점 더 의미가 커진 거예요. 그 과정에서 여러 가지 복잡한 의미가 들어가게 됐어요. '리처드도 폭력에 탐닉하고 싶은 어두운 욕망을 갖고 있었을까. 그래서 그걸 사냥으로 해소하는 것이고 또 나름대로 터득한 그 노하우를 딸에게 전수해주는 것일까' 같은 생각도 했었죠. 또 최종적으로는 영화 속에 그런 게 별로 안 남아 있게 됐지만, 사냥 여행을 아버지와 딸만 다니는 상황에 대해 엄마가 느끼는 소외감도 담겨 있었어요. '저 잘난 스토커들은 대체 어떤 인간들이길래 나만 두고 저렇게 다니냐'라고 생각하면서 굉장히 부도덕한 오해도 하는 거죠. 그래서 머리 빗겨주는 장면에는 원래 그런 대사도 한 번 쓴 적이 있었어요. "너희 둘이 며칠씩 산 속에 들어가서 도대체 뭘 하고 다니는지 난 모르겠지만 어쩌고저쩌고" 해가면서요. 하지만 그런 대사를 쓸 때에도 근친상간적인 얘기는 다 오해인 거죠. '내가 미국에서는 〈올드보이〉로 유명하기에 나에 대해서 사람들이 갖고 있는 선입견이 있으니까, 아예 이번에는 그걸 가지고 놀아볼까' 싶었던 마음이 사실 제게 있기도 했어요.(웃음)

— 아빠가요, 너무 바빠서요, 이혼당했어요.
〈복수는 나의 것〉에서 송강호의 유괴된 어린 딸이 유괴범 신하균의 누나에게

이동진_ 반면에 감독님 영화들 속에서 부부 사이는 무척 황폐한 경우가 많습니다. 파탄지경에 이른 상태이거나 중요하지 않은 관계인 경우가 대부분입니다. 심지어 〈3인조〉에선 아내(김부선)가 다른 남자와 관계를 갖는 장면을 남편(이경영)이 직접 목격하는 장면까지 나옵니다. 그 영화에 나오는 또다른 부부로는 사건을 맡은 형사(장용) 커플이 있는데, 수사 때문에 집에 계속 들어오지 못하는 남편을 만나러 박카스를 들고

찾아온 아내에게 그 형사는 "집에 별일 없지?"라고만 짧게 묻고 바로 나가버리죠. 딸에 대해서는 죄책감과 미안함을 느껴도, 아내에겐 전혀 그렇게 느끼지 않는 남자 캐릭터들이라고 할까요.(웃음)

박찬욱_ 제가 원래 남녀 관계를 다룬 영화들에 관심이 별로 없었어요. 이제는 〈싸이보그지만 괜찮아〉라는 로맨틱 코미디까지 제 필모그래피에 들어 있지만 말이에요.(웃음) 어쩌면 제가 지금까지 부부 관계에 대해 상대적으로 묘사를 거의 안 하고 있는 것은 앞으로 부부 관계를 중심에 놓고 정면으로 다룬 영화를 만들려고 생각 중이기 때문인지도 몰라요. 그땐 제 아내와 함께 상의를 해가면서 만들면 재미있을 것 같아요. 그동안은 아내가 아이를 키우느라고 함께하지 못했지만, 앞으로는 기회가 되면 같이 만들어보려고 해요.

– 우리 우애의 기초는 아버지에 대한 증오, 바로 그것이었다.
〈달은…해가 꾸는 꿈〉에서 송승환이 배다른 동생인 이승철과의 돈독한 사이에 대해 언급하며

이동진_ 사실 감독님 영화 속에서 부모와 자식의 관계도 그리 화목하진 않습니다. 〈달은…해가 꾸는 꿈〉에서의 두 형제는 아버지에 대한 증오라는 공통분모를 가졌고, 〈싸이보그지만 괜찮아〉에선 3대에 걸쳐 모녀 간에 극심한 갈등을 겪는 영군(임수정)뿐만 아니라, 또다른 축인 일순(정지훈)까지도 자신을 떠난 모친에 대해 "엄마 얘긴 하지도 마"라고 쏘아붙일 정도죠. 〈스토커〉의 모녀 사이에서도 살가운 느낌은 거의 느껴지지 않는데 종종 둘은 한 남자를 사이에 둔 라이벌처럼 보이기도 합니다. 〈3인조〉에선 아예 "어차피 인간은 다 고아야"라는 극언까지 나오죠. 증오스러운 아버지나 자식을 버린 어머니가 감독님 영화 속의 부모를 대표하는 듯한데, 부모와 자식이 종종 이런 상태에 놓여 있도록 하

신 것은 어떤 이유인가요.

박찬욱- 〈싸이보그지만 괜찮아〉의 경우, 영군과 일순은 모두 어머니와의 문제를 안고 있는 인물들이죠. 그 작품을 만들면서 그런 관계가 현실을 가장 잘 반영하는 설정이라고 생각했어요. 주인공들과 흡사한 문제를 안고 있는 사람들의 경우가 실제 그렇기도 했고요. 인간관계에서 심각한 문제를 가진 사람들은 실제로 어머니와 문제가 있는 경우가 많으니까요. 그런데 영화 속의 그런 묘사들은 제 인생과는 하등 관련이 없어요. 영화 속에서 드러나는 아버지에 대한 증오 역시 마찬가집니다. 제경우는 아버지께서 더 자상하셨어요. 제가 결혼한 후에도 집에 오셔서 크리스마스 장식을 직접 만들어주실 정도였으니까요.

– 마담 자캥은 말하곤 했죠. 자기 견해로는 여자가 만들 수 없는 것 중에 남자가 마스터할 수 있는 것은 없다고.
〈스토커〉에서 매튜 구드가 자신에게 요리를 가르쳐준 스승의 말을 인용하면서

이동진- 초기 영화들에 비해 여성 캐릭터들이 점점 더 중요해지고 있습니다. 〈친절한 금자씨〉가 결정적으로 그런 변화를 보이기 시작한 작품이었던 것 같네요. 이후에 나온 〈싸이보그지만 괜찮아〉는 말하자면 여성 성장영화였죠. 그런 면에서 그 연장선상에 놓여 있는 〈스토커〉는 상당히 인상적인 부분이 있습니다. 이 영화는 결국 주인공인 인디아라는 소녀에 대한 작품이라고 할 수 있을 텐데, 그 인물은 감독님의 전작들에 등장했던 여성 캐릭터들의 총합 같은 느낌이라고 할까요. 이를테면 태주(〈박쥐〉)처럼 악을 향한 지향성을 갖고 있는 인디아는 금자(〈친절한 금자씨〉) 같은 의지까지 갖춘 채 영군(〈싸이보그지만 괜찮아〉)과 유사한 처지에 놓인 듯하다는 겁니다.

박찬욱- 의도한 건 아니에요. 그와 관련해서 제가 연결점을 발견한 건 딱

하나 있어요. 인디아가 윕이라는 소년을 발로 차는 장면이 있는데, 그걸 보고 있자니 〈친절한 금자씨〉에서 금자(이영애)가 백선생(최민식)에게 발길질하는 모습이 떠오르더라구요. 촬영하면서 비슷하다는 것을 깨달았지만 바꾸고 싶진 않았어요. 그 덕분에 묶인 남자를 발로 차는 여자를 내가 좋아한다는 걸 알게 됐죠.(웃음) 속마음을 알기 어려워서 신비로우면서도 강한 여자 캐릭터를 제가 좋아하나 봐요.

— 여자 사람이다.
〈올드보이〉에서 최민식이 사설 감옥에서 나온 후 엘리베이터에서 15년 만에 여자를 보고 어쩔 줄 몰라 하며

이동진_ 감독님 작품들 속 남자 주인공들은 서로 많이 다릅니다. 그런데 여자 주인공들은 다 연결이 되는 느낌이 있어요. 조금 전에 언급한 것처럼, 이 영화의 여주인공이 저 영화의 과거나 미래의 모습처럼 다가오는 식인데, 그래서인지 〈공동경비구역 JSA〉를 제외하고서 어떻게 보면 여성 주인공들이 한 명으로 보이기도 해요.
박찬욱_ 남자인 친구들은 여럿인데 아내는 하나밖에 없어서 그런 건가.(웃음) 남자들은 악역을 포함해서 이런저런 인물들이 필요하고 그에 따라 여러 가지 기능과 역할을 부여할 수 있는 반면에, 주요 캐릭터들 중 여자는 대개 한 명만 나오니까 내가 매력 있다고 생각하는 특정 성격이 거기에 투영되어서 그런 게 아닌가 싶네요.

— 1994년. 네가 태어난 해지.
〈스토커〉에서 매튜 구드가 와인병의 라벨을 보면서 놀라는 미아 바시코프스카에게 고개를 끄덕이면서

이동진─ 확실히 그런 점이 있는 것 같습니다. 남자 캐릭터를 구상하실 때는 다양한 소스가 있는데, 여자 캐릭터를 그리시려고 하면 영화적으로 끌리는 어떤 원형이 있는 듯하거든요. 그런데 〈스토커〉의 주인공 인디아는 감독님의 딸과 나이가 같은 것으로 설정되어 있죠? 극 중에서 아예 출생년도인 1994년을 글자로 보여주기까지 하는데, 따님의 출생년도가 바로 그해인 것으로 알고 있습니다. 그런 면에서 〈스토커〉는 만들면서 따님을 자주 생각하실 수밖에 없었을 듯한데요.

박찬욱─ 그건 사실이지만, 내 영화에 등장하는 여성 캐릭터와 내 딸 혹은 내 아내가 성격적으로 닮은 점은 없어요. 〈스토커〉를 통해 십대 소녀의 마음을 들여다보고 싶어하는 것은 물론 제 딸에 대한 관심과 관련이 있지만, 동시에 제 아내와도 관계가 있습니다. 아내의 십대 시절을 본 적이 없는 저로서는 그런 작업을 통해 상상해보는 거죠. 사실 지금 딸아이가 커가는 모습을 보면서 아내가 어렸을 때 어땠을지를 간접적으로 유추해보기도 하니까요.

― 당신 둘 다한테 암시를 걸었다니까! 서로 사랑하라!

〈올드보이〉에서 유지태가 최민식과 강혜정에게 최면을 걸어서 서로 사랑하게끔 암시를 걸어놓았다고 최민식에게 조롱하듯 설명

이동진─ 〈싸이보그지만 괜찮아〉는 남녀 관계를 중심에서 다룬 감독님의 첫 영화라고 할 수 있을 겁니다. 그리고 〈박쥐〉 역시 이전과 달리 멜로적 코드를 상당히 중요하게 다룹니다. 〈박쥐〉는 일종의 멜로 영화인가요.

박찬욱─ 그럼요.

― 그럼 하고 싶은 사람은 하고, 안 하고 싶은 사람은 안 하고.

〈친절한 금자씨〉에서 유괴범이었던 최민식에게 직접 보복할 것인지 여부에 대해 선택을
요구받는 과정에서 유족 중 한 명이 우유부단하게

이동진_ 그런데 멜로의 주인공으로서 상현(송강호)과 태주(김옥빈)의 태도
는 사뭇 다릅니다. 마지막에 남기는 상현의 말이 "태주 씨를 사랑했지
만…… 지옥에서 만나요"라는 것에서 느낄 수 있듯, 상현은 분명히 태
주를 깊게 사랑했던 것 같습니다. 그런데 태주는 상현과의 사랑을 어떻
게 생각한 것인지 좀 궁금해집니다. 태주의 마지막 말이 "죽으면 끝. 그
동안 즐거웠어요, 신부님"이라는 대사인데, 상현이 사랑을 강조하는 반
면에 태주는 즐거움을 내세우고 있는 거죠. 그것이 지옥이라 할지라도
어쨌든 상현이 영원을 기약하고 있는 데 비해, 태주는 그 순간 명확히
둘의 관계에 단절을 선언하고 있기도 하고요. 그전에 잠깐 나왔던 영두
(오달수)와의 정사신이 암시하듯, 태주에겐 상현 외에 다른 남자가 있기
도 했습니다. 더구나 마지막 쇼트는 함께 매달려 있던 두 사람의 신발
중 오직 태주의 운동화만 떨어져 내린 것을 담아냅니다. 태주는 상현을
정말 사랑한 걸까요.

박찬욱_ 정말 사랑한 거라고 생각해요. 다만 사랑하는 태도가 상현과 달
랐을 뿐입니다. 둘은 자신들의 과거 행동에 대한 평가에서도 상이하고
죽음 이후에 대해서 완전히 태도가 다르지만, 중요한 것은 현재 그들
이 함께하고 있다는 겁니다. 적어도 제게는 그런 느낌을 불러일으켜요.
마지막 쇼트에서 '왜 태주의 신발만 떨어졌을까'에 대해서 생각을 많이
해봤어요. 그것은 우선 태주의 발목이 더 가늘기 때문이에요. 그리고
상현은 자신의 신발을 신고 있으니까 그 무게를 감당할 수 있지만, 태
주는 남자의 신발을 신고 있기에 달랐던 거죠. 정신분석학적으로는 그
게 역전된 관계 같아서 흥미롭습니다. 뭔가 들어갈 수 있는 곳에는 들
어가는 게 남녀 관계인데 여기서는 거꾸로 되어 있으니까요. 남자 품에
꼭 안겨 있는 작은 여자 같은 느낌이라고 할까요. 마지막 장면에서는

폼페이 최후의 날에 남녀가 서로 껴안은 채로 죽어 있는 화석을 연상시키기도 하고요.

– 신발이 작아졌니?
〈스토커〉에서 스토커 가문의 집안일을 책임지는 여자가 미아 바시코프스카에게 신발 선물 이야기를 꺼내면서

이동진_ 맨 마지막 쇼트에서 떨어져 내린 태주의 신발만 클로즈업으로 보여주실 때는 어떤 생각이셨나요.

박찬욱_ 가장 작은 것을 통해 가장 큰 의미를 보여주는 것이라고 생각했습니다. 낡아서 쓸모없게 된 구두와 숯 덩어리가 된 발이라는 두 개의 피사체가 말하자면 이 영화에서 보여줄 수 있는 가장 작고 초라한 단위인데, 그것이 사람 마음에 불러일으키는 인상은 상당히 큰 것이니까요. 두 사람이 골목길 가로등 아래서 만나는 이전의 장면에서, 상현의 신발이 너무 커서 태주의 발을 넣고도 공간이 많이 남는 게 참 귀엽다는 생각을 했어요. 그래서 태주의 뒤꿈치부터 구두의 끝까지 남는 거리를 굳이 클로즈업을 해서 보여줬죠. 그 빈 공간이 왠지 중요하게 느껴지더라구요. 그 장면을 촬영하면서 내가 왜 군이 상현이 태주의 발에 신을 신겨주도록 찍고 있을까 싶더군요. 내가 왜 그렇게 낭만적이고 에로틱한 장면을 찍고 있을까 했던 거죠. 그런 생각을 하던 끝에 신발이 툭 떨어져 내리는 〈박쥐〉의 라스트 쇼트를 떠올리게 된 겁니다. 가로등 밑에서 신발을 신겨주는 장면에 대해 유치하다고 비판하는 사람도 있었어요. 그런 비판이 일견 수긍되면서도 빼거나 바꾸고 싶진 않더라구요.

– 유효 사거리가 짧아요. 바싹 붙어야 됩니데이. 심장 뛰는

소리 들리고 이마의 땀방울이 보이면 좋고.

〈친절한 금자씨〉에서 사제 권총을 만들어준 고창석이 이영애에게 사격할 때의 주의사항을
일러주면서

이동진_ 이번에는 베드신들에 대해서 질문하겠습니다. 〈박쥐〉에서 병원 베드신은 카메라 앵글이나 배우의 움직임 모두에서 상대적으로 평범한 두 개의 쇼트로 찍혔습니다. 둘이 그토록 갈망하던 관계를 처음으로 갖게 되는 장면인데 이렇게 덜 자극적으로 표현하신 이유가 궁금한데요.

박찬욱_ 폭력 장면이라면 여러 가지로 새로운 연출을 하고 싶은데, 베드신을 찍을 때면 그런 의욕이 안 생겨요. 정사 장면을 생전 처음 보는 것 같은 방식으로 찍는 것보다는 그렇게 찍는 게 오히려 더 새롭게 느껴지거나, 왜 저렇게 찍었을까가 더 의식된다고 할까요. 저는 그 장면을 미니멀하게 찍어야 한다고 봤어요. 반면에 한복집에서 첫 섹스를 시도하다가 실패하게 되는 장면은 훨씬 더 강조되어 있죠. 기대하던 정사가 무산됐을 때 관객들은 안타까움을 느낄 거예요. 그러다 병원에서 다시 시작될 때 '이제 제대로 가는구나' 싶으실 겁니다. 그럴 때는 담담하게 가는 것이 좀더 현실적이고 균형이 잡힌 듯한 느낌이 들어요. 실제로 사람을 기절할 정도로 흥분시키는 것은 그 직전까지잖아요.

이동진_ 병원에서 두 사람이 처음 관계를 갖는 장면은 흡사 숙제를 하는 것 같은 느낌이 들기도 했는데요.

박찬욱_ 그런가요? 그 장면에서 카메라 앵글이나 배우들의 자세 같은 것은 평범하지만 숨소리는 무척 중요하게 다뤘어요. 실제로 여러 번 다시 녹음하기도 했구요. 왜냐하면 그 자극적인 숨소리에는 태주의 해방감이나 상현의 기쁘면서도 다른 한편으로는 스스로가 타락하고 있다는 것을 인식한다는 느낌 같은 여러 가지 감정이 담겨 있어야 하니까요. 시각적으로는 단순하고 대사가 거의 없지만 가장 기본적인 숨소리로 여러 가지를 표현해보려고 했던 거죠. 결과적으로 태주가 오르가슴을

느낀 직후에 벌떡 일어나 앉았을 때 벗은 등의 뒷모습이라든지, 절정의 쾌감 이후 여운을 음미하는 동작이나 숨소리 같은 것들은 아주 섹시했다고 생각해요. 격렬하게 몸을 움직일 때보다는 그전에 벌어지는 일들이나 그 직후의 반응에 더 집중하면서 찍었습니다.

— 요즘 냄새에 예민해져서…… 갑자기 피비린내 같은 게 훅 끼치는 바람에…….

<박쥐>에서 송강호가 부엌에서 김밥을 싸던 김옥빈의 생리혈 냄새에 반응해 헛구역질을 하면서

이동진_ <박쥐>에서 베드신이 그다지 자극적이지 않게 연출된 것은 결국 상현이 원했던 게 태주의 살이 아니라 피였기 때문이 아닐까요. 그게 상현의 보다 더 근원적인 욕망이었다는 거죠. 태주는 상현의 성적 욕망이 향하는 과녁이기도 하지만, 그 이전에 생리혈을 통해 상현에게 처음으로 피 냄새를 일깨워준 원체험의 대상이기도 하잖습니까. 저는 <박쥐>의 베드신에서 입으로 빠는 행위가 유달리 강조되는 게 그 때문이라고 보았는데요.

박찬욱_ 그렇죠. 그런데 그 둘은 분리할 수 없는 거라고 생각해요. 태주의 피를 좀더 마시고 싶어 하는 것 자체가 성욕의 일부라는 겁니다. 자신은 이제 모든 쾌락을 갈구한다고 노신부(박인환)에게 상현이 말하지만, 진짜 뱀파이어로서 태어나는 계기가 태주를 만나면서부터였던 것은 우연이 아닌 거죠. 상현은 아프리카에서 뱀파이어의 피를 수혈 받고도 한국에 돌아와 뱀파이어가 아닌 채로 그럭저럭 잘 살아가고 있었는데, 그날 하필 태주를 만나고 돌아와서 그날 밤 그렇게 되고 말았으니까요. 말하자면 태주는 상현에게 열쇠의 의미를 갖는다고 할까요. 문을 열어준 사람인 거죠.

이동진_ 말하자면, 둘의 관계는 〈스토커〉에서의 찰리와 인디아의 관계와 흡사하다고도 볼 수 있는 거군요.

– 명심해요. 모래알이든 바위덩어리든, 물에 가라앉기는 마찬가지예요.

〈올드보이〉에서 유지태가 최민식과 이야기를 하다가 전화를 끊으면서

이동진_ 〈박쥐〉에서 강우(신하균)가 살해된 후에 두 주인공이 죄책감에서 발원한 환상에 시달릴 때 묘사되었던 베드신은 느낌이 매우 독특합니다. 상현과 태주가 침대에서 관계를 가질 때 둘 사이에서 강우가 옷을 입은 채 푹 젖은 채로 놓여 있는 장면이었죠. 어찌 보면 그건 그룹 섹스 장면처럼도 보이는데, 맥락은 공포스러우면서도 표현은 우스꽝스럽기도 했으니까요.

박찬욱_ 강우가 옷을 입고 있어서 다행인 거죠. 그냥 입은 게 아니라 오리털 파카까지 입고 있으니까요.(웃음) 그 장면에서는 대사도 참 우스꽝스러운데다가 유심히 보시면 강우 역을 맡은 신하균 입에서 작은 물고기가 튀어나오는 모습까지 보여요. 그 모든 게 합쳐져서 어이없을 만큼 웃기면서도 기괴한 장면이 된 거죠. 그래서 제게는 그 장면이 에로틱하다거나 변태적으로 다가오지 않고 공포와 유머의 강렬한 결합으로 다가와요. 저는 그 장면에 깔리는 음악도 좋아하는데, 그게 느닷없이 등장한 음악 같지만 사실은 이전에 상현이 리코더로 불었던 멜로디를 변주한 거예요. 저도 처음에는 알아채지 못했는데, 음악이 정말 오묘한 것이라는 점을 새삼 깨닫게 됐죠.

이동진_ 다른 장면 연출에 비해서 베드신을 찍는 게 상대적으로 더 어렵게 느껴지시나요?

박찬욱_ 배우 때문에 어렵죠. 특히 여자 배우들이 예민해지니까요. 우리나

라의 촬영 현장에서는 일단 남자 스태프들이 다 나가야 하죠. 여자 스태프들도 극소수만 남아요. 남자 배우 역시 모두가 여배우만 신경을 써주니까 그런 면에서 어려울 거예요. 베드신의 경우, 연기가 아주 만족스럽지 않아도 계속 다시 찍자는 이야기를 하기 어려워요. 가려야 할데도 많고요. 그런 기술적인 측면이 어려운 거지, 다른 것들은 다 똑같다고 생각합니다.

– 남매가 단둘이 살았다는데요?
  〈복수는 나의 것〉에서 형사가 유괴살인 용의자인 신하균에 대해 보고하면서

이동진_ 〈올드보이〉의 과거 회상 장면 속에 들어 있던, 과학실에서 남매가 성적인 행동을 하는 장면은 어떻게 찍으셨습니까.

박찬욱_ 그 장면은 리허설을 별로 하지 않았어요. 제가 동선 등에 대해서 한 번 정도 알려준 다음에 구체적인 동작들에 대해서는 두 배우가 직접 리허설을 하라고 했죠. 그래서 두 배우가 서로 이야기를 나누고 며칠간 끙끙 앓아가면서 만들어낸 게 그 장면이에요.

이동진_ 두 배우의 구체적인 행동과 표정이 상당히 자연스럽던데요?

박찬욱_ 그 장면을 찍을 때에는 이미 배우들끼리 장난도 치고 어울려 놀면서 상당한 친밀감을 만들어낸 상황이었죠. 그래서 가능했을 거예요. 누나답게 윤진서 양이 리드도 잘했고요.

– 이금자는 동부이촌동 박원모 어린이 유괴 사건의 범인으로
  세상에 처음 알려졌다. 그녀 나이 스무 살이었다.
  〈친절한 금자씨〉의 도입부에서 이영애가 살인범으로 체포될 때의 정황에 대해 설명하는
  내레이션

이동진_ 당시 스무 살이었던 윤진서 씨는 〈올드보이〉를 통해 제대로 처음 알려지게 됐는데요.

박찬욱_ 그렇죠. 그 이전에 〈버스, 정류장〉에서 엑스트라에 가까운 역을 한 적이 있었을 뿐이었죠.

이동진_ 당시에 배우로서 윤진서 씨에 대한 느낌은 어떠셨나요.

박찬욱_ 아주 차분한 사람이었어요. (강)혜정 양이 예민하고 감정의 편차가 좀 있다면 진서 양은 조용하고 진지한 배우였죠.

이동진_ 강혜정 씨처럼 오디션을 거쳤습니까.

박찬욱_ 네. 미도 역 오디션에서 혜정 양에 이은 2등 합격자인 셈이죠.

— 만지니까 흥분이 되네.
— 저도 밤새도록 하래도 하겠어요.
— 너는 하는 법도 모르잖아?
— 내가? 알아, 하는 법. 나 잘해.
— 아주 불들이 붙었구만, 붙었어.
— 어휴, 다음 수요일까지 어떻게 참을지.

　　〈박쥐〉에서 마작을 하면서 이런저런 이야기를 나누는 사람들

이동진_ 반면에 감독님 영화들에는 베드신이 아닌데도 묘하게 중의적으로 성적인 장면이 있죠. 〈박쥐〉에서 상현과 태주가 마작을 하면서 게임에 대해 이야기하는 듯 사실은 섹스에 대해 대화를 하고 있는 장면이 대표적일 겁니다. 재미있는 것은 마작을 하는 다른 사람들도 그들과 대화를 나누고 있는데, 상현과 태주가 진짜로 무슨 말을 하고 있는지도 모르면서 이러쿵저러쿵 말을 얹고 있다는 거죠.

박찬욱_ 내가 관객이라면 그 직전 아래층에서의 정사가 안타까운 순간에 중단되는 것을 보면서 '감독이 사람을 갖고 노나' 싶은 불만이 생기겠

더라고요. 그래서 다른 식으로 관객의 긴장감을 해소해주고 싶었어요. 그저 얼굴을 마주 보고 나누는 말일 뿐이지만, 그리고 다른 사람들이 멀쩡히 보고 있는 가운데서의 교류지만, 실제 정사 장면보다 더 관능적이고 유혹적인 자극을 관객들이 맛보게 하고 싶었다고 할까요.

이동진 그 장면에서 저는 배우들의 빼어난 앙상블과 리액션 연기의 진수를 보는 듯했습니다.

박찬욱 (김)옥빈이가 대단했죠. 눈빛도 눈빛이지만 안면 근육의 경련을 일으키면서까지 욕정을 못 참아 하는 모습이라든지, 은밀하게 자기들끼리 통하는 약속을 정하고 있는데 그 의미를 모르는 다른 사람들은 그들의 대화를 거들어주는 게 무척 흥미로워요. 사실 그 부분은 카메라워크를 비롯한 모든 면에서 참 단순한 장면입니다. 그런데 대사 자체나 표정은 격한 호흡으로 하고 싶었죠. 제가 〈박쥐〉에서 제일 좋아하는 장면 중 하나예요. 감독들은 현란하게 연출한 장면보다 가장 단순한 것으로 큰 효과를 만들어낼 때 훨씬 더 뿌듯한 경우가 많은데, 제게는 그 장면이 그랬습니다.

― 빼지 마.

〈복수는 나의 것〉에서 장기 밀매업자인 여자가 신하균의 공격으로 목에 꽂힌 흉기를 뽑으려는 아들에게 오히려 빼내는 게 위험하다면서

이동진 〈싸이보그_그지만 괜찮아〉의 라스트 신에서 병에 들어간 일순의 손가락이 빠지지 않는 장면 역시 성적인 뉘앙스를 갖고 있는 것으로 보입니다. 〈박쥐〉에서 욕구불만 상태인 태주가 잠든 남편 강우의 입에 실밥가위를 넣었다 뺐다 반복하는 장면도 마찬가지고요.

박찬욱 태주의 그런 행동은 강우에 대한 혐오와 경멸로 인한 것인데, 그건 해소되지 않는 성욕이기도 하죠.

– 아빠는 유선이를 사랑해요.
– 유선이도 아빠를 사랑해요, 진짜.
〈복수는 나의 것〉에서 송강호 딸의 인형에 녹음해두었던 부녀의 목소리

이동진_ 감독님의 영화들에서 근친상간적인 모티브가 자주 발견된다는 것도 흥미롭습니다. 〈복수는 나의 것〉에서 온몸이 젖은 딸의 유령이 다리로 동진의 허리를 조이는 장면이나 류가 누나의 벗은 몸을 젖은 수건으로 닦아주는 장면 같은 것들 말입니다. 〈올드보이〉는 핵심적인 테마 중 하나가 바로 근친상간인데, 〈스토커〉에서도 가족인 세 남녀 사이에 기묘한 분위기가 흐르죠. 〈박쥐〉 역시 강우와 태주의 관계가 어린 시절부터 같은 집에서 남매처럼 자라온 사이라는 점에서 그렇습니다.

박찬욱_ 분명히 그런 면이 있죠. 하지만 〈박쥐〉의 경우, 태주가 스스로를 거의 처녀와 다름없다고 주장하고 있기도 할 뿐더러, 두 사람 사이에서 부부 관계가 거의 존재하지 않는 듯한 느낌이 있잖아요? 태주는 성적으로 불만에 가득 차 있고요. 그래서 이 집안 자체가 복마전까지는 아니라도 은밀하게 타락하거나 썩고 있는 늪 같은 느낌이 있죠. 배우자를 바깥에서 데리고 올 필요가 없는, 폐쇄적이고 자족적인 작은 사회라는 겁니다. 그래서 시어머니를 엄마라고 부르는 거고요. 〈박쥐〉는 그런 폐쇄적인 사회에 침투한 존재로서의 상현에 대한 이야기일 거예요.

이동진_ 조금 전 말씀드린 〈복수는 나의 것〉에서 익사한 딸이 유령으로 나타나 아버지의 허리를 두 다리로 조이는 장면을 보다가, 영화 〈장미의 전쟁〉에서 캐슬린 터너가 마이클 더글러스의 허리를 두 다리로 세게 조이는 장면이 떠오르기도 하던데요?

3인조

개봉 1997년 5월 24일 출연 이경영 김민종 정선경 상영시간 100분_ 허름한 나이트클럽에서 색소폰을 불며 살아가던 안은 생활고를 견디다 못해 분신과도 같은 악기를 전당포에 맡긴다. 아내마저 다른 남자와 바람이 나면서 환멸이 짙어진 안은 조직의 보스를 배신하고 총을 빼앗은 문과 힘을 합쳐 강도짓을 시작한다. 미혼모로 아기를 빼앗긴 마리아가 그들에게 합세하면서 강도 행각은 점점 규모가 커져간다.

박찬욱 거기에 대해서는 제가 글까지 쓴 적이 있는데 구체적인 내용이 생각나지는 않네요. 그 장면의 느낌이 좀 섹슈얼한데, 〈복수는 나의 것〉이나 〈박쥐〉에서 처음에는 관능적으로 여겨졌던 것이 결국 헤어 나올 수 없는 굴레나 족쇄가 된다는 게 제게는 흥미로웠어요. 에로틱한 것에서 죽음으로 옮겨간다든지, 또는 섹스가 운명을 결정짓게 되는 연상들이라고 할까요. ,

– 내가 너무 세게 한 건 아니죠?
　〈박쥐〉에서 송강호가 정사를 나누던 도중 김옥빈에게

이동진 이와 관련해 감독님의 작품들 중 가장 끔찍하다고 생각하는 장면이 〈올드보이〉에 있습니다. 이우진(유지태)의 심장을 멈추게 하는 리모컨을 오대수(최민식)가 누르는 순간, 이전에 딸인지 모르고 미도(강혜정)와 정사를 가졌던 때 녹음된 소리가 흘러나오는 장면이죠. 교성뿐만 아니라 정사 중에 두 사람이 나누는 대사 같은 것들의 구체적인 내용이 둘의 관계가 알려진 상황에서 굉장히 지독하고도 잔인하게 다가왔어요. 솔직히 너무 지나친 묘사가 아닌가 싶기도 했습니다.

박찬욱 그 직전에 오대수가 사진 앨범을 한 장씩 넘길 때의 느낌만으로도 충분히 잔인하고 무서우니 그렇게까지 할 필요는 없다는 의견들이 현장에서도 있었죠. 그렇지만 〈올드보이〉는 정말 갈 데까지, 끝까지 가보겠다는 생각으로 만든 영화라서요.

–웃어라, 온 세상이 너와 함께 웃을 것이다. 울어라, 너 혼자 울 것이다.
　〈올드보이〉에서 대사나 극 중 글씨를 통해 세 번 인용된 엘라 윌콕스의 시 구절

이동진_ 감독님 영화는 비관적인 세계관으로 점철되어 있습니다. 초기작들만 해도, 첫 영화 〈달은…해가 꾸는 꿈〉에서는 무훈(이승철)이 가축병원에서 죽어가면서 "인생은 참 잔인해. 개처럼 살아온 내가 이런 데서 죽어가다니 말이야"라고 말하고, 〈3인조〉에서도 "나는 나를 죽이고 싶어서 안달이 난 놈이야"라든가 "우리에겐 친구도 없고 구원도 없어" 같은 대사들이 계속 이어집니다. 〈올드보이〉의 우진 역시 지독한 염세주의자입니다. 그는 자신의 생명을 유지하도록 해주는 몸속의 기계 장치를 언급하면서 "의사에게 내가 뭐라고 그랬는지 알아요? 그 모터, 리모컨으로도 끌 수 있게 해주세요, 라고 그랬어요. 언제든지 쉽게 자살할 수 있게요"라고 말합니다. 〈친절한 금자씨〉에서도 금자가 그토록 바라던 구원은 끝내 오지 않죠. 인간 조건의 경계선상에서 위태롭게 줄타기를 하는 감독님 영화의 주인공들은 도달할 수 없는 구원, 차가운 운명, 떨쳐낼 수 없는 죄책감, 사그라들지 않는 무력감 같은 게 한꺼번에 소용돌이치는 생生의 딜레마 속에서 몸부림을 치고 있다고 할까요. 영화들에 도저하게 흐르는 이런 비관적 세계관은 감독님 자신의 세계관인가요.

박찬욱_ 인생이 불행으로 점철된 비극이라고까지는 생각하지 않지만, 인생이 행복하다고 느끼는 순간은 아주 짧고 가끔씩만 있다고 생각합니다. 대답은 그 정도로 해두죠.

– 금자 언니는 지나간 자기의 생을 애도하는 법을 가르쳐주셨다.
〈친절한 금자씨〉에서 서영주가 감옥에서 이영애로부터 기도로 속죄할 수 있다는 말을 전해 듣고

이동진_ 〈3인조〉의 마지막 장면은 대단히 강렬하고 복합적입니다. 시체들

이 널려 있는 거실에서 한 남자가 이제 지긋지긋한 삶을 끝내려 하고 있습니다. 그런데 그 순간, 어린 딸이 막 깨어나 그를 부릅니다. 그 소리에 놀란 남자는 흔들리는 의자 위에서 죽지 않기 위해 중심을 잡으려 필사적으로 애씁니다. 목에 밧줄을 건 채 말이지요. 저는 그 장면을 정말 인상적으로 보았습니다. 감독님이 생각하는 인간 삶의 조건을 그대로 보여주고 있는 것 같았거든요. 그 거실의 지옥도가 곧 세상인데, 그런 압도적 절망감 속에서 어린 딸로 상징되는 가녀린 희망이 간신히 숨을 쉬고 있는 상태라고 할까요.

박찬욱_ 말씀하신 그대로입니다. 지옥도라고까지 말하면 과장일 수 있겠지만, 사실 사람은 그 자신만 생각하고 살아갈 수는 없는 존재니까요. 넓게 보았을 때, 세상이 참상으로 가득한 견뎌내기 힘든 곳이란 생각이 제게 분명히 있어요. 인류가 현명한 방향으로 역사를 진행시키고 있는가에 대해서도, 그렇게 단정하기 힘들다고 생각합니다.

─ 어느 날 매저키스트가 말했지. 제발 날 좀 괴롭혀주세요,
  제발. 그러자 새디스트가 대답했지. 싫어. 난 널 못 쏴. 왜
  냐면 그건 나한테 너무나 큰 선물이거든.
  〈3인조〉에서 자신에게 총을 겨누는 김민종에게 이경영이 역으로 총을 겨누면서

이동진_ 감독님 영화에는 강도 높은 묘사가 참 많습니다. 〈복수는 나의 것〉에는 아킬레스건을 끊는 장면이 나오고 배를 갈라 꺼낸 신장을 씹어 먹는 장면까지 나옵니다. 〈올드보이〉에서는 펜치로 이빨을 뽑는 장면과 혀를 자르는 장면도 나오죠. 심지어 〈3인조〉에서는 손바닥에 난 총구멍 사이로 사람들이 보이는 잔혹 앵글까지 등장합니다. 이 인터뷰를 하기 위해서 감독님 영화들을 다시 한 번씩 쭈욱 보면서 문득 그런 생각이 들기도 했어요. 박찬욱이라는 감독은 인간으로서 매저키스트이

고 작가로서 새디스트다.(웃음)

박찬욱_ 강도 높은 하드 코어 장면들을 못 보시는 분들이 많다고 해서 〈싸이보그지만 괜찮아〉에는 그런 부분이 없게 만들었더니 더 안 보시더라고요.(웃음) 나도 내가 왜 그런 것을 찍는지 잘 모르겠어요. 사실 어려서부터 영화 볼 때 그런 폭력적인 장면들을 좋아했어요. 어릴 때 본 제임스 본드 영화 같은 것의 영향도 있었던 듯한데, 그런 작품들 속에서의 폭력 묘사가 인상적이었거든요.《몬테 크리스토 백작》같은 이야기에 큰 흥미를 느끼기도 했는데, 어찌 보면 그런 게 제 인생과 가장 동떨어진 세계라서 그렇지 않았나 생각합니다. 그런데 대학 때는 그게 또 현실이 되기도 했죠. 제가 대학 다니던 1980년대에는 정치 현실 때문에 백골단의 공포, 지랄탄의 공포 같은 것이 너무나 현실적이었으니까요.

- 난 너한테 할 만큼 한 거야. 네가 하영이 형한테 그러는 것처럼. 이제 나도 벗어나고 싶어.

〈달은…해가 꾸는 꿈〉에서 이승철이 연인인 나현희를 위해서 일부러 독하게

이동진_ 강렬한 영화적 성향을 앞으로도 바꾸지는 않으시겠죠?

박찬욱_ 제 취향을 수정하고 싶은 마음은 없어요. 기본적으로 전 창작을 통해 저의 일천한 경험 세계에서 벗어나고 싶어 하니까요. 교제 관계, 활동 범위 등 저의 편협한 실제 관계에서 벗어나 자극적이고 낯설고 드라마틱한 것에 대한 동경이 많습니다. 저와 비슷한 일상의 인간들을 사실적으로 묘사한 영화들을 관객으로서는 즐겨 보는데, 그런 작품을 직접 만드는 것에는 전혀 흥미를 못 느껴요.

- 결국 남자에게는 죄의식만이, 여자에게는 뺨의 상처만이

남는다.

〈달은…해가 꾸는 꿈〉에서 송승환이 이승철과 나현희가 나눈 사랑에 대해 회고하며

이동진_ 저는 감독님 영화를 이해하는 중요한 핵심 키워드 중 하나가 죄의식이라고 생각합니다. 주인공들 대부분이 죄의식으로 괴로워하는 인물들이죠.

박찬욱_ 저도 그 점을 의식하면서 영화를 만들고 있기에 인정할 수밖에 없네요. 살면서 저지르게 되는 실수와 악행에 대해서 잊거나 묻어버리고 넘어가지 않는 게 진짜 인간적인 모습이라고 생각해요. 그런 사람이 고귀한 것이고, 좀더 괴로워할수록 좀더 숭고해지는 것이죠. 어떤 사람이 숭고한가 묻는다면, 저는 죄의식을 가지고 괴로워하는 사람이라고 말하고 싶은 거예요. 저는 영화를 통해서 그 사람의 직업이나 학력 혹은 지성과 상관없이 숭고한 인물을 묘사하고 싶습니다.

– 미안하지만 저 십자가하고 액자들도 다 돈 주고 잡은 것들이네.
– 믿는 분, 아니세요?
– 믿지. 믿으니까 저런 싸구려들도 돈 주고 잡아줬지. 내가 다니던 교회가 망했거든.

〈3인조〉에서 색소폰을 맡기면서 돈을 좀더 받으려는 이경영과 전당포 주인인 도금봉의 승강이

이동진_ 영화 속에서 신과 인간의 관계에 대한 묘사나 암시 혹은 대사들이 자주 발견됩니다. 특히 기독교적인 맥락이 중시되지요. 감독님 영화 속에서는 "어차피 인간은 다 고아야. 신이 인간을 버렸으니까" 같은 대사가 나오는가 하면, 극 중 기독교인이 등장할 때는 부정적인 맥락으로

그려지는 경우가 많습니다. 〈3인조〉에서 도금봉 씨가 연기했던 전당포 노파는 독실한 기독교인이지만 피도 눈물도 없이 돈만 아는 사람이고, 〈친절한 금자씨〉에서 김병옥 씨가 연기했던 전도사는 찰스 로튼이 연출한 〈사냥꾼의 밤〉에 나오는 로버트 미첨의 기괴한 성직자 캐릭터를 떠올리게 할 만큼 비틀려 있는 인간입니다. 이처럼 감독님 영화들에서 뒤틀린 기독교인들이 자주 나오는 것은 실제 한국의 기독교인들에게서 그런 모습을 종종 보시기 때문인가요.

박찬욱_ 한국 사회에서 기독교의 영향력은 매우 크죠. 〈박쥐〉 같은 작품을 서양 관객들이 보면 내가 서양에서 유래한 종교에 대해 관심이 많아서 이런 얘기를 영화화한다고 볼 수도 있겠지만, 사실 이건 한국인들의 절박한 문제잖아요? 실제로 기독교가 많은 사람들의 생각을 지배하고 있고, 그 교리가 갖고 있는 여러 가지 성격 때문에 극 중에서 다룰 수밖에 없는 듯해요. 때로는 의지하고 싶은데 또 때로는 조롱하고 싶다고 할까요. 반감과 친숙한 느낌이 섞여 있는 거죠.

— 신을 믿으세요?
— 조금.
  〈3인조〉에서 강도 행각을 벌이던 이경영이 성당에 들어갔다가 수녀가 묻자 손가락 두 개를
  약간 벌리면서 대답

이동진_ 기독교와 기독교인들에 대한 비판적 언급이 영화 속에서 자주 등장한다는 것은 역설적으로 감독님이 기독교적 세계관을 강렬하게 의식하고 있다는 반증이 될 수도 있지요. 〈3인조〉의 대사처럼 "신을 믿으세요?"라고 제가 감독님께 묻는다면 어떻게 답변하시겠어요?

박찬욱_ "아직은 노No"라고 말하고 싶네요. 과거에 중학교 때까지는 성당을 다녔고 미래는 아직 모르겠지만 어쨌든 현재는 그래요.

어느덧 아홉 편의 장편영화를 만드셨습니다.
감독 경력도 벌써 20년을 훌쩍 넘기셨고요.
지난 20년을 돌이켜보면 어떤 느낌이 드십니까.

벌써 그렇게 오랜 세월이 흘렀군요. 저는 감독이란 대중의 주목을 받는 일선에 나와 있으면 그다지 바람직하지 않다고 봐요. 배우의 뒤에 있어야 적당하죠. 저는 뒤로 숨고 싶은데 그게 또 잘 안 됩니다. 감독으로서 보냈던 지난날들을 돌이켜보면 배우들과의 만남이 제일 먼저 떠올라요. 개인적으로 지난 세월 감독 생활을 통해 마음에 가장 크게 남은 게 있다면 배우들과의 추억이에요.

– 천사, 그것은 사실일까요? 과연 제 안에 천사가 깃들어 있을까요?

〈친절한 금자씨〉에서 감옥 동료들에 의해 천사로 불리는 이영애가 사람들 앞에서 간증하면서

이동진_ 기독교적인 혹은 종교적인 맥락이 가장 강한 영화는 아무래도 〈박쥐〉일 것 같습니다. 이 영화의 상현은 말하자면 '비틀린 구세주'로 볼 수 있을 테니까요. 그를 '붕대 감은 성자'로 추앙하는 추종자들을 극 중에서 두드러지게 묘사하신 것도 그 일면이겠죠. 태주가 옥상에서 피에 굶주려 있는 상현에게 동전을 구부릴 수 있느냐, 뛰어내릴 수 있느냐고 묻는 것은 신약성서에서 악마가 40일 금식기도를 끝낸 후 허기진 예수를 시험하는 에피소드를 영화적으로 차용한 것이기도 하고요. 예수는 끝내 시험에 들지 않았지만 상현은 기꺼이 유혹에 굴복하죠.

박찬욱_ 그렇습니다. 그런 것들이 기적 신봉자들에 의해 강화되는 측면이죠. 그들은 아예 십자가에 매달린 붕대 예수상까지 만들잖아요. 물론 그렇다고 이 영화가 상현이 예수와 같은 존재라는 것을 말하는 건 아니죠.

이동진_ 상현 스스로 그와 같은 숭배를 부정하니까요.

박찬욱_ 무엇보다 중요한 것은 상현이 박쥐와 흡사한 경계적 존재라는 사실일 겁니다. 포스터를 만들 때 제목 '박쥐' 앞에 처음 붙였던 카피는 '천사와 악마 사이, 인간과 짐승 사이'라는 수식어였어요. 그만큼 그 존재의 양면성을 드러내고 싶었던 거죠. 그런 논의를 따라가다보면 태주는 악마인 것일까, 싶은 의문도 생기고요.

– 먹어봐. 달콤하지. 남들은 내가 끝났다고 했어. 산산조각 났다고 했지. 그들은 굶주림을 몰라. 내가 어떤 일을 겪었

는지도 모르고. 난 그저 자유로웠을 뿐이야.

〈스토커〉의 엔딩 크레딧에서 흐르는 에밀리 웰스의 노래 〈비컴스 더 컬러Becomes the Color〉의 가사

이동진_ 그런 면이 없지 않은 것 같은데요? 어쩔 수 없이 뱀파이어가 된 상현과 달리, 태주는 자발적으로 흡혈귀가 되고 싶어 했으니까요. 쾌락에 대해 수동적인 자세를 보이면서 끌려가는 상현과 정반대로 태주는 매우 적극적인데, 심지어 살육의 쾌락까지 만끽하잖습니까. 상현에 비해 어느 정도 대상화된 캐릭터인 태주에게서는 인격화된 악의 느낌이 있습니다.

박찬욱_ 태주는 인격화된 악이라기보다는 자유롭고 싶어 하는 사람에 더 가까울 거예요. 오랜 세월 속박되어 있었기에 해방되려는 존재죠. 인간의 욕망이나 본능에 대한 비유일 수도 있고요.

— 조나단은 계단을 오르는 재미에 빠졌지.

〈스토커〉에서 매튜 구드가 미아 바시코프스카에게 어린 시절에 죽은 그녀의 또다른 삼촌에 대해서 설명

이동진_ 자신의 몸을 생체실험 대상으로 기꺼이 내어주던 신부에서 친구의 아내를 탐하고 인간의 피를 갈구하는 뱀파이어로의 추락을 경험하는 상현의 상황은 영화 전체를 통틀어 다양한 수직 이미지로 시각화되어 있습니다. 〈박쥐〉에서 뛰어내리는 쾌감이 시각적으로 강렬하게 묘사되는 데 비해, 뛰어오르는 쾌감은 전혀 그려지지 않는다는 것도 의미심장합니다. 상현이 부탁을 받고 건물 옥상에서 태주를 안은 채 뛰어내리는 장면에는 욕망에 기꺼이 투신하는 자가 느끼는 전락의 아찔하고도 역설적인 즐거움이 실감나게 담겨 있죠. 하지만 그 직후 건물을 오

르는 장면에서는 상현이 태주를 안은 채 그저 계단을 하나씩 천천히 걸어 올라갑니다.

박찬욱_ 이건 전락轉落에 관한 영화라고 할 수 있으니까요. 전락의 쾌감은 있지만, 뛰어오르는 쾌감이 있어서는 안 되죠.

– 종소리가 들리면 당신은 고개를 돌려서 아래를 내려다봅니다.

〈올드보이〉에서 최면술사 이승신이 사설 감옥에서 풀려나기 직전의 최민식에게 최면을 걸 면서

이동진_ 대표적인 게 바로 1층에서의 정사가 중지된 후 밖으로 나간 상현이 2층의 화장실로 뛰어오르는 장면일 겁니다. 그 쇼트는 정말 독특한 앵글로 촬영되었죠. 행동의 방향은 분명히 높은 곳으로 뛰어오르는 것인데, 직부감으로 찍힌 화면으로는 카메라 각도 때문에 마치 위에서 아래로 인물이 툭 떨어지는 듯 묘사되었으니까요. 뛰어오르는 높이를 평면화시키는 앵글로 초인적 힘의 쾌감을 시각적으로 무화시키는 쇼트라고 할까요. 〈박쥐〉가 지닌 전락의 모티브와 관련해서 제게 굉장히 인상적인 장면이었습니다.

박찬욱_ 화장실 창문으로 뛰어오르는 장면을 볼품없이 초라하게 묘사하면 그 자체로 재미도 있고 영화의 성격에도 잘 맞는다고 봤어요. 지금 지적하신 앵글의 측면도 분명히 있고요. 그런데 그 장면 촬영 당시에 스태프가 와이어를 당기는 걸 잘못하는 바람에 상현이 애초 목표지점이 아닌 다른 곳을 잡게 되었어요. 굳이 따지자면 그건 NG였죠. 하지만 나는 그것으로 충분했다고 생각했어요. 상현은 뱀파이어로서 갖게 된 초능력을 제대로 발휘하지도 못하고 잘 즐기지도 못하는 인물이니까요. 즐거움은 역설적이게도 하강할 때면 느끼게 되죠. 스태프들은 그

NG 쇼트를 재촬영해야 한다고 강력하게 말했지만, 저는 지금 들어 있는 그 장면이 귀여워요. 그래서 예고편에까지 넣게 한 거죠. 기껏 초능력을 쓴다는 게 어둑어둑한 뒷골목으로 가서 선물 받은 구두는 쓰레기 더미에 감추고 어설프게 뛰어올라 남의 화장실로 들어가는 꼴이라는 겁니다. 그게 영화에 잘 어울린다고 봤어요.

– 영원히 순결에 바쳐진 부분을 능욕하여 어떤 자부심도 갖지
  못하게 하시며 저를 치욕 속에 있게 하소서. 아무도 저를
  위해 기도하지 못하게 하시고 다만 주 예수 그리스도의 자
  비만이 저를 불쌍히 여기도록 하소서.
  〈박쥐〉에서 송강호의 기도문

이동진_ 〈박쥐〉에서 중요하게 삽입된 상현의 기도문도 대단히 인상적입니다. 그런데 자기 파괴적이고 피학적인 결미를 생각하면, 결국 그 기도는 극의 종반에 가서 실제로 이뤄진 것으로 볼 수 있지 않을까요.
박찬욱_ 그렇죠. 신과 직접 소통하고 싶어 하는 이들이 위험하다고 생각하지만, 자신의 기도는 잘 작동한다고 상현이 항변하는 장면도 있었고요. 결국 그 기도는 이뤄진 겁니다. 상현의 소망이 성취된 것이죠.

– 이러다 우리 둘 다 지옥 가요.
– 난 신앙이 없어서 지옥 안 가요.
  〈박쥐〉에서 친구의 아내인 김옥빈과 관계를 가진 후 송강호가 죄책감으로 말하자 김옥빈
  이 놀리듯 그 말을 받아서

이동진_ 〈박쥐〉에서 두 주인공의 종교에 대한 태도는 명확한 대비를 이룹

니다. 상현이 종교적인 인간이라면 태주는 비종교적인 인간이라고 할까요.

박찬욱_ 기독교적 가치관이나 신앙을 갖고서 교리를 신봉하는 게 아닌데도 왜 자꾸 내가 그런 문제를 영화 속에서 다루고, 일상에서도 그런 문제를 많이 의식하고 살까 싶기도 해요. 그러다가 태주 같은 인물을 상상해보는 거죠. 그런 게 바람직한 인간형이라고 주장하는 것은 아니지만, 그와 같은 인물을 지켜볼 때 느껴지는 해방감도 있는 거니까요. 〈박쥐〉에는 그렇게 대조를 이루는 한 쌍이 나오는 거죠.

> – 주님의 숨결이 나를 불어 담을 넘게 함이요. 주님의 손바닥, 다리가 되어 함정을 건너게 함이로다.
>
> 〈친절한 금자씨〉에서 이영애의 출소를 기다리면서 성가대원들이 부르는 찬송가

이동진_ 그렇다면 감독님은 기독교인도 아닌데 왜 기독교적 세계관이 깔린 작품을 종종 만드시는 걸까요.

박찬욱_ 예를 들어 〈박쥐〉 같은 작품에서 제가 다룬 것은 신 존재나 사후 세계에 대한 믿음 같은 게 없어도 사회에서 살아가는 개인으로서 의식해야 할 문제라고 생각해요. 삶에는 현실적이고 실용적인 요소를 넘어서는 부분이 있잖아요. 운명의 힘인지 신의 뜻인지 알 수는 없지만 부조리하게 돌아가는 삶 그 자체가 문제라는 거죠. 그런 부조리 속에서 도덕적 판단이 어떤 의미가 있을지에 대해 의심을 해볼 수 있는 거잖아요. 아무리 부조리해 보이고 무의미해 보여도, 개인 행동에서의 도덕적 성격이 없어지는 것은 아니라고 생각해요.

> – 나중에 원모 엄마가 우리 다 고발하면 어떡해요?

〈친절한 금자씨〉에서 유족 중 한 명이 최민식에 대한 사적인 복수에 대해 의견 통일이 되지 않자 우려를 표명하면서

이동진 〈박쥐〉 개봉 후 예상과 달리 가톨릭이나 기독교 쪽에서의 부정적 견해 피력이 없었는데요.

박찬욱 그런 상황이 펼쳐지지 않을 거라고 봤어요. 앞으로는 어떨지 모르지만 한국 가톨릭은 유난히 진보적이고 개방적인 전통을 갖고 있으니까요. 실제로 수녀님들이나 신부님들께 〈박쥐〉의 시나리오를 읽힌 적도 있는데 다들 그냥 웃으시더라고요. 반응에 대해 처음에는 약간 걱정도 했는데, '아, 영화인데, 뭐'라는 반응들이셨죠. 신부라고 해서 아무런 유혹도 안 느끼고 아무 갈등도 없는 존재가 아님을 스스로가 잘 알고 계시니까요. 오죽하면 테레사 수녀조차 신 존재에 대한 의문을 토로하고 그랬을까요. 최소한 성직자들로부터 나쁜 반응이 없을 거라고 봤어요. 평신도는 어떨지 모르겠어요. 사람에 따라서는 모욕감을 느낄 수도 있겠죠. 하지만 전체를 본다면 그런 의도가 없을 뿐만 아니라, 오히려 신앙을 가진 사람에 대한 존경심이 담겨져 있다는 것을 아실 거라고 생각해요.

- 차라리 내가 죽을걸.
- 그럼 죽어. 그리고 새로 태어나. 필요하면 몇 번이고.
〈친절한 금자씨〉에서 한탄하는 감옥 동료에게 이영애가 기독교에 귀의할 것을 권하면서

이동진 그러면 감독님 영화들이 기독교적이라거나 종교적이라고 하는 지적에 대해서는 어떻게 생각하십니까.

박찬욱 제 영화가 기독교적이라고는 생각하지 않지만 종교적이라고는 생각해요. 내 힘으로 안 되는 일이 많기에 제 주인공들은 항상 '내가 의

도하지 않았는데 왜 이런 일이 나에게 일어나지?'라고 한탄하죠. 그래서 그런 상황으로부터 벗어나보려고 발버둥치지만 자신의 힘만 가지고는 해결되지 않는 상황에 대해 고민하는데, 그런 것들이 결국 종교적인 문제겠지요.

이동진 감독님은 가톨릭적인 환경에서 자라셨습니다. 그렇다고 해서 성직자를 꿈꿔보신 적은 없는 거죠?

박찬욱 오히려 그 반대예요. 고교 시절 제가 다니던 성당의 신부님이 부모님께 저를 신부가 되게 하라고 말한 뒤부터 아예 성당을 안 나가게 됐으니까요.(웃음)

– 언론들은 그녀를 올리비아 핫세와 비교하며 떠들었고, (……)
그해 가을엔 물방울무늬 원피스가 유행했다.
〈친절한 금자씨〉에서 유괴살인범으로 체포된 이영애의 빼어난 미모에 당시 사람들이 떠들썩하게 반응을 보였던 상황에 대한 내레이션

이동진 감독님 영화들에서 인간의 운명을 응시하는 실존적 주제의식이 형식적인 측면에도 고스란히 담겨 있는 걸 확인하는 것은 무척이나 흥미롭습니다. 〈스토커〉를 대표적인 예로 들 수 있겠죠. 개봉 당시 그 영화를 좋아하지 않는 사람들은 '외화내빈'이라는 표현을 쓰곤 했습니다. 내용에 비해서 기교가 너무 화려하다는 비판이었죠. 하지만 〈스토커〉에서 소위 그 기교의 대표라고 할 수 있는 편집 스타일은 단지 겉치레에 불과한 게 아닙니다. 이야기의 핵심과 그대로 맞닿아 있으니까요. 무관한 것처럼 보였던 서로 다른 시공간 속의 일들이 사실은 내적으로 긴밀한 관계를 맺고 있었다는 점을 드러내는 방식이 그 영화의 교차편집이니까요. 만일 그렇게 잇지 않았다면 알 수 없었을 삶이나 세상을 추동하는 원리 같은 게 편집으로 표출되는 방식이니 〈스토커〉의 편집

이나 플롯은 중요할 수밖에 없었던 것 같습니다.

박찬욱_ 그래서 제가 제일 자주 들으면서도 가장 듣기 싫은 소리가 기교나 테크닉 혹은 스타일을 거론하는 이야기들이죠.

이동진_ 그런 비판에는 〈친절한 금자씨〉에 나왔던 "무조건 예뻐야 해"라는 대사의 인용이 흔히 곁들여지곤 하죠.(웃음)

박찬욱_ 내가 그 대사를 괜히 써가지고 이 고생이에요.(웃음) 사실 그 대사는 금자씨 생각이지 제 생각인 건 아니잖아요. 〈스토커〉의 각본을 처음 읽는데, 교차가 많이 이뤄지는 방식으로 샤워 시퀀스가 쓰여 있더군요. 그게 참 흥미로워서 영화 전체로 확장해야겠다고 생각했어요. 원래는 그렇게 쓰이지 않았던 신들을 새로 배열해서 긴밀하게 엮은 거죠. 각본을 새로 고쳐 쓰는 과정에서 그런 형식적 특성이 음악적인 리듬을 만들고 서스펜스를 고조시키기 위한 것이라고 막연하게 생각했는데, 나중에 왜 이렇게 집요하게 이런 교차편집 형식을 물고 늘어지는 것인지에 대해 곰곰 자문해보니 깨달아지는 게 있더라구요. 〈스토커〉에는 서로 다른 인물과 서로 다른 시제의 사건이 제각각 담겨 있는 별개의 라인들이 있는데 이런 교차편집 형식이 실을 꼬듯 그런 라인들을 하나로 합쳐서 어떤 결과를 향해 가게 하는 거죠. 제가 진짜 원한 것은 말하자면 그렇게 만들어진 운명의 느낌이었다는 겁니다. 결국 이렇게밖에 될 수 없는 것이었구나, 상관없는 것처럼 보였던 것이 결국은 이렇게 되려고 그랬던 것이었구나, 싶은 숙명적인 이야기를 만들어보길 원했나 봐요.

— 아무리 유형자 씨가 뛰어난 최면술사라도 사랑에 빠지라, 는 암시는 쉬운 일이 아니에요. 그래서 우리가 어떻게 했는 줄 알아요?

〈올드보이〉에서 유지태가 최민식에게 자신의 치밀했던 계획을 자세히 설명하기에 앞서서

이동진 〈스토커〉에서 달걀 같은 시각적 모티브나 메트로놈 소리 같은 청각적 모티브들을 통해 장면들이 공감각적으로 긴밀하게 연결되는 걸 보다 보면 이 영화의 편집은 서로 다른 시공간을 끊임없이 바느질하는 마술 같다는 느낌마저 듭니다. 인디아를 대표하는 노란색이 우산, 연필, 스쿨버스, 거미 같은 것들에 그대로 적용되면서, 그 신경질적이고도 선명한 빛깔로 강렬한 연결고리를 만들어내는 것처럼 색상까지도 적극적으로 거들고 있군요. 이와 같은 이 영화 편집의 수많은 매듭들은 이미 촬영할 때 대부분 결정되어 있었던 건가요?

박찬욱 저는 주로 그렇게 합니다. 가급적 자세하게 구상해서 스토리보드를 만들고 그걸 그대로 촬영한 후 편집해서 영화를 완성하는 편이죠. 그런데 〈스토커〉는 비교적 후반 작업 때 바뀐 게 많은 편이에요.

이동진 구체적으로 예를 들어주신다면요?

박찬욱 제가 좋아하는 부분인데, 과거 시제에서 누군가 살해되는 장면이 있고 현재 시제에서 인디아가 그 이야기를 듣고 있는 장면이 있는데 그 피가 인디아의 얼굴에 튀는 거죠. 논리적으로 따지면 그건 물리적인 시간과 공간의 한계를 완전히 뛰어넘는 설정이기에 말도 안 되는 표현일 겁니다. 하지만 인디아가 받은 충격과 고통이 그런 연결을 통해 잘 전달될 수 있다고 믿었어요. 그런 연결은 편집하면서 생겼죠. 그 외에도 몇 개 더 있습니다.

> – 내 귀는 남이 못 듣는 걸 듣고, 내 눈은 작고 멀어서 남이 못 보는 걸 봐. 이런 감각은 오랜 열망의 산물이야.
> 〈스토커〉가 시작되자마자 흐르는 미아 바시코프스카의 내레이션

이동진 〈스토커〉의 시작과 끝을 장식하는 내레이션은 집을 떠나서 다음 단계로 진입하게 된 인디아의 마음을 담고 있는 말이지만, 관객의 입장

에서 또 어떻게 들으면 이 영화의 편집 원칙에 대한 일종의 선언처럼 다가오기도 합니다. 이 영화의 편집은 시공간을 넘나들며 처음에는 알기 어려웠던 연결 관계를 드러내주기에, 결국 그 내레이션이 드러내듯 볼 수 없는 것을 보고 들을 수 없는 것을 듣게 해주는 셈이니까요. 물론 그 내레이션에 그런 의도를 담으신 게 아니라는 것은 잘 알지만요.

박찬욱_ 재미있네요. 그렇게도 들을 수 있겠군요.

─ 쟤, 너무 오래 묶어논 거 아니에요? 문도 열어놓구 온 거 같던데.
〈올드보이〉에서 유지태가 최민식을 한참 조롱한 뒤 건너편 건물에 있는 강혜정이 위험에
처해 있다는 사실을 넌지시 알려주면서

이동진_ 영화라는 매체에서 교차편집은 다양한 용도로 쓰입니다. 물론 시간적 한계를 넘어서려 할 때도 쓰이긴 하지만, 아무래도 가장 자주 쓰이는 용례는 공간적 한계를 뛰어넘으려 할 때인 것 같습니다. 〈어느 소방수의 하루〉와 〈대열차강도〉를 통해 에드윈 포터가 교차편집을 처음 선보였을 때, 그것은 서로 다른 장소에서 동시에 진행중인 사건을 함께 중계하기 위한 방식이었잖아요? 그렇게 떨어져 있는 공간을 이어가면서 교차편집은 흔히 서스펜스를 선사합니다. 반면에 영화에서 시간적 한계를 뛰어넘기 위해서는 플래시백이 주로 쓰이죠. 그런데 〈스토커〉에 등장하는 가장 중요한 세 번의 교차편집은 모두 다 공간이 아닌 시간의 벽을 뛰어넘는 방식으로 활용되고 있더라구요. 과거에 일어났던 살인 혹은 살생과 현재에 일어나고 있는 살인 사이를 오가고 있으니까요.

박찬욱_ 그중 첫번째 교차편집은 동시에 진행되는 사건을 연결시키죠. 진 고모가 살해될 때 인디아가 지하실에서 하녀의 시체를 발견하는 것이니까요.

이동진_ 하지만 인디아가 하녀의 시체를 볼 때, 그건 과거에 있었던 살인의 현재 흔적을 발견하는 상황이기도 한 것 아닐까요?

박찬욱_ 그렇기에 영화 전체를 관통하는 형식적 특징으로 교차편집을 쓰기로 초기에 결정한 겁니다. 이전에 얘기됐듯 그건 단지 테크닉을 과시하기 위한 게 아니라, 예정된 운명을 향해서 가는 느낌을 드러내려고 모든 방식을 동원해 표현하려고 했기 때문이에요. 거론하신 그 세 번의 장면들을 포함해 그 과정에서, 흔히 사용되듯 다른 공간들이 모이게 되기도 하고 다른 시제가 연결되기도 하며 현실과 판타지가 교차되기도 하는 거죠. 그렇게 상상할 수 있는 모든 층위들이 종횡으로 연결되게 하려고 했어요.

- 그건 리처드한테 벌어진 일과 분리해서 설명될 수 있는 게 아냐.

  〈스토커〉에서 어린 시절 죽은 삼촌에 대해 캐묻는 미아 바시코프스카에게 매튜 구드가 그 녀의 아버지인 더못 멀로니에 관해 언급하면서

이동진_ 가장 중요한 세 번의 교차편집 살해 장면들에서 시간적 제한을 넘어서는 방식으로 교차편집이 사용된 것은 그게 일종의 인과론적으로 사건들을 배열하는 방식이기 때문이 아닐까 싶습니다. 서로 다른 공간을 엮는다면 거기에는 서스펜스가 있을 뿐, 사건들을 논리적으로 서열화할 수는 없으니까요. 〈스토커〉의 교차편집은 말하자면 운명의 구조를 드러내기 위해 시간을 연결 짓는 게 아닐까 합니다.

박찬욱_ 맞아요. 교차편집은 여러 가지 용도가 있죠. 가장 바닥으로 보자면 현장에서 제대로 촬영하지 못한 소스를 가지고 뭔가 눈속임 땜빵을 하려고 쓰는 것부터 시작해서, 〈아르고〉처럼 인위적인 서스펜스를 만들기 위해서 쓰거나 브라이언 드 팔마 영화들처럼 음악적인 리듬을 형

성하기 위해서 주로 슬로모션과 함께 쓰는 것 등의 다양한 용례가 있겠죠. 그런데 〈스토커〉에서는 교차편집이 그냥 주제 자체인 셈입니다. 대를 이어서 연결되는 성향이라든가 그렇게 될 수밖에 없는 운명 같은 것들을 표현하는 수단이니까요.

－ 아직도 눈치 못 채겠어요?
〈올드보이〉에서 유지태가 최민식이 짐작조차 못했던 전말을 알려주면서 비웃듯이

이동진_ 확실히 감독님 영화들의 편집이나 플롯은 그 자체로도 멋지지만, 감독님 세계관을 반영하고 있는 것 같아 더욱 인상적입니다. 그러니까 그건 업業일 수도 있고 운명론적이거나 예정론적인 세계의 작동 원리일 수도 있을 텐데, 그런 것을 깨달았을 때의 뒤늦은 탄식 같은 것이 그런 형식 속에 배어 있다는 거죠. 〈올드보이〉〈복수는 나의 것〉〈공동경비구역 JSA〉 같은 영화들을 보면, 펼쳐놓은 이야기가 끝나는 지점에 그런 의미를 지닌 마지막 장면이 배치되었다는 것에서 단적으로 드러나는 듯합니다. 한편으로는 그런 방식이 서로 다른 시공간의 사건들을 연결해 세상의 비밀을 드러내려는 감독의 굉장히 효율적인 무기처럼 보이기도 하구요. 그와 같은 형식적 특성이 가장 극명하게 관철된 작품이 〈스토커〉가 아닌가 싶습니다. 그런데 시간이 흐른 뒤 돌이켜볼 때 '이렇게 되려고 그때 그랬었구나' 싶은 것은 정말 깨달음일 수도 있겠지만, 그냥 결과론적으로 끼워 맞춰서 자신에게 일어난 일들을 이해하려는 방편일 수도 있잖습니까?
박찬욱_ 자기 연민일 수도 있구요.

－ 난 아빠가 사냥을 좋아한다고 생각했었는데, 오늘 그건 나

를 위해서라는 걸 깨달았어요.

〈스토커〉에서 미아 바시코프스카가 니콜 키드먼의 머리를 빗겨주면서

이동진_ 그럼에도 불구하고 사람들은 그와 같은 생각을 하게 될 때가 종종 있기 때문에 영화에서 그런 심리를 묘사하는 게 흥미로우면서도 영화적인 쾌감 역시 생기는 것 같습니다.

박찬욱_ 뒤집어서 그 반대 얘기도 할 수 있을 것 같아요. 상가喪家에 가보면 조문객들이 모여서 고인에 대해서 이런저런 얘기를 나누게 되죠. 그럴 때, 며칠 전에 만났는데 어떠어떠했다든지, 그분이 이전에 무슨 말씀을 하셨는데 지금 와서 보니 그게 이러저러한 뜻이었다든지, 심지어 교통사고로 갑자기 죽었는데도 그게 이러려고 그렇게 된 일이라는 식으로 말하곤 하잖아요? 그러니까 사람들에게는 무의미한 사건들에 대해서 사후에 뭔가 의미를 부여하려는 버릇 같은 게 있다는 겁니다. 그런데 그걸 단지 사후의 의미 부여라고 해서 무시할 수는 없는 것 같아요. 사실상 아무런 필연성이 없는 사건임에도 결국 거기서 의미와 논리를 찾는 것인데, 그런 생각이 굉장히 필요할 때가 있죠. 그와 같은 심리와 욕망을 관객 역시 원한다고 생각하고 영화로 보여줄 때 충족되는 어떤 쾌감이 있다는 생각이 들어요. 사실상 무의미한 인생의 순간순간들에 대해 그렇지 않았다고 할 때, 비록 그것이 아무리 참혹하고 비극적인 종결이라고 하더라도, 그것이 주는 만족감이 있는 거죠.

이동진_ 그러니까 논리적인 추론에 의해서 의미를 깨닫는다기보다는 의미를 향한 근원적인 갈구 같은 게 있기 때문에 논리를 사후에 만들어낸다는 뜻이죠?

박찬욱_ 그렇죠. 제게도 그런 성향이 어느 정도 있어요. 무의미하다고 하면 인생이 굉장히 헛되게 느껴지면서 비참해지니까요.

– 조선노동당 만세! 경애하는 최고사령관 김정일 장군 만세!
〈공동경비구역 JSA〉에서 한국군 이병헌과의 긴밀한 관계를 감추기 위해 북한군 송강호가
중립국감독위원회 수사관과 북한군 장교들 앞에서 일부러 크게 외치면서

이동진_ 금기를 넘어서는 데서 흥미를 느끼시는 경우가 종종 있는 것 같습니다. 그게 〈공동경비구역 JSA〉에서처럼 정치적인 것이든, 〈올드보이〉에서처럼 근친상간적인 것이든, 〈3인조〉에서처럼 아이가 담배를 피우는 것이든요.

박찬욱_ 이제는 좀 줄었어요. 〈공동경비구역 JSA〉가 나왔던 2000년만 하더라도 한국 사회가 너무 억압적이라서 그런 희열도 필요했죠. 상업영화에서 북한군 병사로 나오는 최고의 스타가 그런 대사를 외친다는 게 흥분되는 측면이 있었어요. 그런데 지금은 그런 게 거의 없으니까요. 사실 제가 〈올드보이〉까지 한 마당에, 남은 금기가 뭐가 더 있겠어요? 정사 장면에서 배우들이 실제로 관계를 갖게 한들 뭐가 새롭겠어요? 그리고 미이케 다카시 같은 감독도 있는 마당에, 뭘 더 하겠어요?(웃음)

– 너희와 찰리가 이렇게 함께 지내는 것에 관해 우리가 얘기를 해볼 수도 있잖아?
〈스토커〉에서 재키 위버가 니콜 키드먼의 시동생이자 미아 바시코프스카의 삼촌인 매튜
구드가 그들 모녀와 함께 살고 있는 것에 대해 짐짓 우려를 표명하면서

이동진_ 국제적으로 가장 많이 알려진 감독님 영화는 〈올드보이〉일 겁니다. 그런데 〈올드보이〉에는 무척이나 강력한 근친상간적 테마가 있죠. 그리고 그 정도는 아니지만 〈복수는 나의 것〉에도 살짝 유사한 모티브가 들어 있구요. 〈올드보이〉의 근친상간적인 내용은 원작인 일본 만화에는 없던 것인데 각색 과정에서 집어넣으셨죠. 〈스토커〉 역시 근친상

간적인 상황이 주는 긴장감이 중요한 추진력으로 작용하는 영화구요. 그런데 사실 근친상간이라는 것은 굉장히 센 모티브잖아요? 어떻게 보면 이야기 전체를 다 흩뜨려버릴 수도 있을 정도로 강렬한 재료인 셈인데 이런 모티브를 여러 차례 활용하고 계십니다.

박찬욱_ 언뜻 보면 강박적으로 보일 수도 있겠지만 내 입장에서는 지극히 자연스러워요. 〈복수는 나의 것〉에서 그런 모티브를 사용했는데, 〈올드보이〉를 각색하는 과정에서 전작인 〈복수는 나의 것〉을 통해 살짝 건드렸던 것을 본격적으로 다뤄봐야겠다고 마음먹었기에 그렇게 한 겁니다. 그리고 〈스토커〉의 경우는 〈올드보이〉를 통해 제가 근친상간 테마의 권위자인 것으로 정평이 나게 된 상황에서, 제작사 사람들이 '이런 각본이라면 그분께 드려야 되겠다', 그렇게 된 거죠.(웃음) 그런데 그게 아니라는 것이 〈스토커〉의 반전이라고 나는 생각해요. 찰리는 인디아의 '러버lover'가 아니라는 거죠.

이동진_ 아닌 게 아니라 중반 이후 매튜 구드에게서는 성적인 느낌이 점점 사라지는 듯한데요.

박찬욱_ 굉장히 근친상간적인 영화인 것처럼 한동안 끌고 가지만 결국 아닌 것이죠. 찰리가 인디아에게 하이힐을 신겨줄 때의 느낌은 기사가 무릎을 꿇고 여왕에게 경의를 표하는 듯한 분위기입니다. 우리끼리는 촬영하면서 그걸 '여왕의 대관식 장면'이라고 농담 삼아 부르기도 했어요. 그때 이미 인디아는 속으로 '얘는 역할을 다했으니 이쯤에서 죽어줘야 되겠구나'라고 생각했을 법도 하죠. 다만 그런 상황이 겉으로 볼 때에는 무척 에로틱한 장면인 것처럼 연출이 된 건데, 함정은 사실 그렇지 않다는 데 있죠. 피아노를 함께 치는 장면 역시 에로틱하게 찍었지만 그때 찰리는 옆에 없었던 것이었을 수도 있어요. 그게 환상이었다면 그때 인디아의 상황은 또 하나의 자위행위 같은 것일 수도 있겠죠. 실제로 옆에서 같이 연주했다고 하더라도 그 상황을 성적으로 받아들인 것은 인디아 혼자만의 생각일 수도 있는 것이구요. 찰리 입장에서는 어린아이들이 나란히 앉아서 〈젓가락행진곡〉을 치는 것처럼 그저 같이 앉아서 논 것일 수도 있는 겁니다.

—내가요, 여기까지 데리고 와서 딴소리 하니까 화내는 거 이해해요. 인정해. 나두요, 아저씨 맘에 들어서 데리고 온 거 맞거든요.

〈올드보이〉에서 강혜정이 처음 만난 최민식을 집에 데리고 온 뒤에 경계하는 태도를 보이기 시작한 자신의 행동에 대해서

이동진 찰리는 그렇지 않았다 해도, 인디아는 찰리를 성적인 판타지의 대상으로 생각합니다. 예를 들어, 찰리가 키스하면서 오른손으로 이블린의 왼쪽 가슴에 손을 얹는 걸 우연히 훔쳐보게 된 인디아는 숲속에서 또래 남학생인 윕을 만날 때 똑같은 행동을 합니다. 그 두 순간은 똑같은 포즈와 똑같은 앵글의 쇼트에 각각 담기기도 했는데요.

박찬욱 정확히 말하면 이블린이 찰리의 손을 가져다가 자신의 가슴에 올려놓은 거죠. 인디아 역시 윕에게 그렇게 한 거구요.

이동진 그 순간 인디아의 폭력적인 본성이 발현되는 것은 금기에 대해 자신이 강력하게 끌리는 것을 역설적으로 거부하는 행동인 건가요? 그 순간에 인디아는 자신이 보았던 엄마와 찰리 사이의 그 행동을 떠올리고 있는 셈인데요.

박찬욱 흉내 내는 거죠. 그 부분 역시 각본에 없던 걸 제가 만들어 넣은 것인데, 그건 좀 양면적인 것 같아요. 나는 사실 그 장면이 굉장히 귀여워요.

공동경비구역 JSA

개봉 2000년 9월 9일 출연 이병헌 송강호 이영애 김태우 신하균 상영시간 110분_ 판문점 공동경비구역 내에 있는 북측 초소에서 북한 병사인 정우진이 총에 맞아 살해되는 사건이 발생한다. 이에 남북한의 위임을 받아 유엔 중립국감독위원회의 한국계 스위스인 장교 소피가 수사를 맡는다. 하지만 남한의 이수혁 병장, 남성식 일병과 북한의 오경필 중사를 만나 사건 정황을 캐물어도 서로 상반된 진술만을 반복해 수사는 미궁으로 빠져든다.

이동진_ 귀엽다구요?

박찬욱_ 인디아가 키스할 때 자기 가슴에 남자의 손을 끌어다가 얹어놓는 것은 삼촌과 엄마가 사랑을 속삭이는 장면을 훔쳐보면서 어른들이 어떻게 사랑의 행위를 하는지 보고 배운 결과죠. 자신은 삼촌 찰리를 사모하기에 그 장면을 목격하는 순간, 너무나 큰 질투심과 분노 혹은 실망 같은 것이 폭발하면서 다른 한편으로는 그 행동이 불결하게 느껴지기까지 하는 겁니다. 그러면서 될 대로 되라는 식으로 자신도 그냥 저질러버리고 마는 거죠. 별로 마음에도 없는 남자아이를 찾아가서 유혹한 뒤 사실 내키지도 않는 그 아이의 손을 자기 가슴에 올려놓습니다. 엄마가 했던 걸 그대로 따라하면서요. 그런 행동이 무척이나 유치한 아이 같은 모습이기도 하죠. 결국 그 모든 것이 살인이라는 엄청난 폭력과 더불어서 결국 그날 밤의 샤워로 귀결됩니다.

이동진_ 그날 참 많은 일들이 있었죠.

박찬욱_ 그보다 조금 더 올라가면 피아노 연주 장면이 있어요. 피아노 듀엣으로 흥분할 대로 흥분한 상태가 됐는데 완전히 만족하지 못한 상황에서 남자가 싹 빠져버린 셈이었죠. 절정에 이르기 직전에 허탈하게 버려졌다고 할까요. 그렇게 채워지지 않은 욕망이 남아 있다가 엄마와 삼촌의 키스를 보고 다시 불타오르는 겁니다. 그런데 거기서 한 번 더 거슬러 올라가면 학교에서 피츠라는 놈을 연필로 찍은 행동이 있었죠. 이미 거기서 폭력의 맛을, 쉽게 말하면 피 맛을 본 거예요. 샤워 도중의 마스터베이션이라는 결론을 향해서 그렇게 하루 동안 엄청난 일들이 계속 쌓아 올려져갔던 거죠. 말하자면 점점 증폭되는 과정이라고 할 수 있을 텐데, 살인과 성적 희열이 만나는 무시무시한 결과를 향해 가는 과정에 무척이나 사춘기 소녀스러운 유치한 행동들도 자리 잡고 있다는 게 정말 재미있다고 생각해요.

— 정말 끝까지 말 안 할 건가요?

〈공동경비구역 JSA〉에서 중립국감독위원회 수사관인 이영애가 어떤 질문을 해도 입을 열지 않는 이병헌에게

이동진_ 〈스토커〉에서 근친상간이라는 모티브는 개봉 전에 감춰야 할 비밀이 아닙니다. 그렇기에 이미 예고편에서부터 그런 뉘앙스가 짙게 배어 있죠. 하지만 〈올드보이〉에선 그게 이야기의 핵심적인 반전을 이루고 있죠. 그걸 사전에 알고서 보면 결정적인 스포일러가 되기에 〈올드보이〉 개봉 직전에는 반전 내용이 유출되지 않을까 걱정도 많이 하셨을 것 같은데요.

박찬욱_ 만들 때부터 온 신경이 스포일러 방지에 집중되어 있었죠. 각본 단계에서부터 조심했기에 스태프들 중에서는 비밀이 드러나는 순간이 감춰진 시나리오를 받은 사람들이 많았어요. 스토리 보드에서도 그 페이지를 빼고 인쇄하기도 했고요. 반전 내용을 최소한의 인원에게만 알려주었고, 그들에게는 입조심을 하라고 신신당부했어요. 혀 잘못 놀려서 큰일 나는 상황을 이미 보지 않았냐고 협박도 하면서요.(웃음) 개봉할 때도 언론을 통해 결정적 내용이 노출되지 않을까 노심초사했죠. 스포일러 방지를 핵심으로 마케팅을 하겠다는 임승용 프로듀서의 계획을 듣고 저는 사실 당시에 코웃음을 쳤어요. 그게 될 리가 없다고 본 거죠. 그런데 개봉 후까지 놀랍게도 잘 지켜졌어요. 인터넷과 SNS가 보편적인 요즘에 〈올드보이〉를 개봉한다면 그게 불가능하지 않을까 싶어요.

— 기어오세요. 벗기세요.

〈친절한 금자씨〉에서 흉악무도한 살인범 고수희가 새로 감옥에 들어온 라미란에게 강제로 성적인 행위를 요구하며

이동진 한국영화에서 주연 배우의 전신 누드를 표현한 것 역시 무척이나 파격적인 시도일 겁니다. 〈박쥐〉는 첫 기자 시사회 직후부터 수많은 매체에서 이른바 '성기 노출'에 집중해 매우 선정적으로 다뤘죠. 어찌 보면 뻔히 예상되는 반응일 수도 있는데, 촬영할 때부터 그런 반응은 감수하겠다고 결정하셨던 건가요?

박찬욱 솔직히 그 정도로까지 소동이 생길 줄은 몰랐어요. 흐름상 자연스럽고, 선명하게 오래 비춘 것도 아니니까 심의나 실제 상영에서 별로 문제가 없을 거라고 판단했던 거죠. 그냥 잠깐 술렁일 수는 있어도 그게 이 영화에 대한 가장 큰 이야깃거리가 될 줄은 정말 몰랐습니다. 그런데 제가 예측하지 못했던 것은 언론의 반응이지 관객의 반응은 아닌 듯해요. 언론이 그렇게 요란하게 다루지 않았으면 그 부분에 대해 별말 없이 그냥 지나갔을 거라고 지금도 생각합니다. 그런데도 그걸 노이즈 마케팅이라고 한다면 정말 억울한 거죠. 기자 간담회 때도 그 부분에 대해서 쓰지 말아달라고 사정까지 했을 정도였는데요. 또 하나 오해하시는 것은 칸 영화제에서 잘 보이려고 그렇게 했다는 것인데, 그건 국제영화제에 대해서 잘 모르고 하는 말입니다. 그런 영화제에서 그 정도 노출은 전혀 눈길을 끌지 못하니까요.

– 어떻게 참았어요, 15년이나?
  〈올드보이〉에서 강혜정이 육체적으로 달려드는 최민식을 거칠게 물리친 뒤 미안해져서

이동진 말하자면 그 대목은 신이 침묵하는 세상에서 상현이 인간으로서 '순교'를 하는 장면이라고 할 수 있을 겁니다. 매체들의 반응은 요란했지만, 사실 그 장면은 매우 금욕적인 방식으로 찍혔잖습니까.

박찬욱 그렇게 찍었던 것은 어떻게 해야 초라해 보일까를 생각했기 때문이죠. 그게 그 장면의 관건이었으니까요. 카메라의 방향이나 인물이 포

착되는 크기나 조명 등 모든 것에서 특별한 의도가 느껴지지 않게 찍으려고 했어요. 아마도 〈박쥐〉에서 가장 어정쩡한 앵글과 화면 사이즈일 거예요. 상현이 엉거주춤 바지를 올리는 동작도 정말 멋있죠. 그렇게 함으로써 한 남자로서 특히 성직자로서 상상할 수 있는 가장 수치스러운, 어쩌면 죽음보다도 부끄러운 상태로 전락시키고 싶었던 겁니다. 이전에 상현이 태주에게 욕을 하는 대목과 함께 캐릭터가 바닥을 치게 되는 장면들인 거죠. 기적 신봉이라는 오도된 신앙을 바로 잡으려는 데서 한 행동이기에, 겉으로 보기에는 가장 전락해 있지만 그 의도는 가장 숭고한 행동이 아닐 수 없습니다.

- 평양 가서 김정일 만난다고 혼자 밀항을 기도한 적도 있구요.
- 그래서?
- 넘어가다가 어부들한테 잡혔답니다. 헤엄치다가 그물에 걸렸다던데요?

〈복수는 나의 것〉에서 형사가 유괴살해 용의자인 배두나의 과거에 대해 보고하면서

이동진_ 감독님 영화에서는 금기를 넘어서는 모습을 시각적 상징에 담아 인상적으로 스케치하기도 합니다. 예를 들어 〈올드보이〉의 초반부에서 친구가 공중전화에서 전화를 걸고 나오면 파출소에서 막 풀려난 오대수가 사라져버리고 없는 장면에서의 묘사가 대표적입니다. 그 신의 마지막 쇼트에서 카메라는 부감으로 비 내리는 도로를 비추는데, 그 길은 일방통행로라서 역주행하면 안 된다는 금지의 화살표 표시가 그려져 있죠. 이를테면 그 장면은 〈올드보이〉가 그렇게 금기를 넘어선 위반의 영화라는 사실을 미리 암시하는 역할을 한다고 할까요.

박찬욱_ 그렇습니다. 동시에 그건 시간의 방향, 즉 시간이란 거슬러 올라

갈 수 없다는 것을 드러내기도 하죠. 그 장면을 보면서 그게 어떤 상징인지를 명확히 알아채지 못해도 막연하게나마 관객의 마음속에 어떤 인상을 심어주고자 한 겁니다.

– 바쁘긴. 그냥 저녁 먹던 중이었어. (……) 속이 너무 안 좋아. 막 미식거려. 유통기한 지났나봐.
〈컷〉에서 뱀파이어로 등장하는 염정아가 노인의 피를 빨아먹은 후 전화 통화를 하면서

이동진_ 옴니버스 영화 〈쓰리, 몬스터〉에 포함된 단편 〈컷〉과 〈박쥐〉의 유사한 묘사 방식에 대해서도 질문하고 싶습니다. 〈박쥐〉에서 상현이 피를 마시는 모습은 대단히 일상적인 행위로 그려지죠. 그런데 이미 〈컷〉의 극중극을 통해서 그런 묘사를 하셨습니다. 〈컷〉에서도 흡혈귀가 일상적인 식사를 하듯 피를 마시는데, 바닥에 다량의 피를 토하게 되는 장면의 경우 앵글까지 〈박쥐〉와 흡사합니다. 이런 콘셉트는 〈컷〉에서 먼저 시작한 것을 나중에 〈박쥐〉에도 적용하게 되신 건가요, 아니면 나중에 〈박쥐〉에 쓰려고 생각해두었던 내용을 〈컷〉에 일부분 당겨쓰신 건가요.

박찬욱_ 〈컷〉을 찍었을 때는 〈박쥐〉에 대한 명확한 구상이 없었어요. 나중에 〈박쥐〉가 나와도 〈컷〉의 그 장면과 전혀 상관없는 내용이 될 줄 알고 있었죠. 다만 〈컷〉에서 묘사된 것 중 한 가지는 〈박쥐〉에 쓰고 싶었습니다. 뱀파이어가 은으로 된 틀니 같은 송곳니를 지참하고 다니는 것이었죠. 〈친절한 금자씨〉에서 금자가 권총 손잡이 장식을 의뢰하게 되는 감옥 동기 세공녀로 등장했던 배우가 라미란 씨였는데, 〈박쥐〉에 다시 출연시켜 그 은으로 된 틀니를 만들어주도록 하고 싶기도 했어요. 그런데 시나리오를 쓰다 보니 아무래도 분위기가 잘 안 맞는 것 같아서 결국 넣지 못했죠. 인물의 성격상 상현이 은으로 세공된 틀니를 맞

추진 않을 것 같고 만일 그렇게 한다면 태주일 텐데, 그의 상황으로도 어울리지 않아 보였어요. 태주는 감금되다시피 살아온 여자니까요. 그리고 피를 토하는 장면은 태주를 중심으로 묘사하다 보니 〈컷〉의 경우와 앵글이 비슷해졌어요. 그 장면을 구상하면서 〈컷〉과 비슷하다는 것을 감지했죠. 〈컷〉을 만들 때는 〈박쥐〉에 대한 개념이 없었는데, 다 찍고 나니 〈박쥐〉에 대한 개념이 생기는 것 같아서 재미있게 느껴지기도 했습니다. 일상적인 흡혈의 모티브는 뱀파이어 영화를 만들게 되면 그렇게 묘사해야겠다고 오래전부터 막연하게나마 생각해뒀던 것 같아요.

— 작전은 이미 13년 전에 시작됐지.
〈친절한 금자씨〉에서 이영애의 복수 계획에 대한 내레이션

이동진 사실 〈올드보이〉 직후에 만드신 〈컷〉에는 이후 내놓게 될 세 편의 영화들 속 모티브가 예고처럼 미리 담겨져 있어 흥미롭습니다. 〈친절한 금자씨〉의 도덕적 딜레마, 〈싸이보그지만 괜찮아〉의 허리 고무줄, 〈박쥐〉의 뱀파이어 모티브가 그것이죠. 그리고 직전 작품인 〈올드보이〉나 〈복수는 나의 것〉과는 과거를 돌아보며 누군가에게서 원한 샀던 일을 곱씹어보게 되는 설정이나 복수의 계급 문제 같은 게 공통되기도 합니다. 이런 유사점들은 의식적인 결과인가요, 아니면 워낙 이런 모티브들을 좋아하셔서 반복되는 것인가요.
박찬욱 후자겠죠. 허리 고무줄 모티브는 의도적으로 가져왔지만요. 일단 허리에 매단 고무줄은 그 자체로 제가 무척 좋아하는 모티브예요. 그냥 줄이 아니라 고무줄이어서 탄력이 있고 어느 지점까지는 내 힘으로 전진할 수 있지만 그 지점을 지나게 되면 되돌아가야 한다는 것, 말하자면 어느 정도까지는 자유가 주어지지만 그게 무한정하지는 않다는 것, 그걸 무리해서 더 끌고 가면 그만큼의 힘으로 되당겨진다는 것 등을

좋아해서 〈싸이보그지만 괜찮아〉에 한 번 더 쓴 겁니다.

– 야, 이 남자 피 빨아먹고 사는 년아.
〈친절한 금자씨〉에서 고수희가 꽃뱀 행각으로 수감된 이승신에게 자신의 발바닥을 긁어달
라고 요구하면서

이동진 〈박쥐〉의 초반부에서 상현이 사고를 당해 피 흘리는 사람을 위한 성사를 신부로서 거행하다가 불쑥 손가락에 묻은 피를 핥아먹는 장면도 무척 인상적이었습니다. 카메라가 상현의 주위를 360도 가깝게 돌다가 그의 무심한 옆얼굴을 비추면 마치 두꺼비가 파리 잡아먹듯 상현이 손가락의 피를 핥아먹는데, 굉장히 유머러스하기도 했어요.

박찬욱 처음부터 유머러스한 장면으로 구상했어요. 찍으면서도 많이 웃었죠. 그게 초반에 촬영한 부분인데, 〈박쥐〉라는 작품에 대한 믿음이 생겼던 장면이었어요. 그 장면을 찍고 나서 내가 원하는 느낌이 뭔지 좀더 분명하게 알게 됐죠. 스태프들도 그런 분위기를 알게 됐고요. 이후에 장면들을 좀더 찍어가면서 그 손가락 핥는 대목에서 관객들이 폭소를 터뜨리긴 쉽지 않다는 생각을 하게 됐어요. 그 앞 신이 워낙 진지하기에 핥는 모습이 웃기다고 해도 마음껏 웃을 수는 없을 거예요. 저는 그 장면에서 상현이 병자 성사를 주는 모습 자체가 아주 맘에 들어요. 실제 신부의 모습과는 다르다는 지적도 있긴 했죠. 매일 성사를 해도 실제로는 외워서 하는 신부는 없다는 거예요. 어쨌든 그 장면에서 강호 씨가 "죄를 사합니다"라고 말하기 전에 한동안 대사를 중단한 채 방송 사고처럼 가만히 서 있는 모습이라든가, 심지어 조명까지 참 맘에 들어요. 관객들이 대놓고 웃지 않는다고 해도, 〈박쥐〉가 가진 유머를 잘 살려낸 부분 중 하나라고 봅니다. 붕대를 칭칭 감은 상현의 모습까지, 사실 그 장면에서 모든 게 다 부조리해 보이죠.

— 저와 우리 애청자 여러분의 마음은 전해질 거라 믿거든요.

〈복수는 나의 것〉에서 DJ인 이금희가 신하균의 사연을 소개하고 방송을 통해 위로하면서

이동진_ 촬영 초반에 배우의 연기를 보면서 한 작품에 대한 믿음이 생겼던 구체적 계기를 가진 다른 작품의 예가 또 있을까요.

박찬욱_ 〈올드보이〉의 촬영을 막 시작한 후 찍은 부분인데, 스웨덴에 입양됐다는 딸의 현지 주소를 미도로부터 전달받은 뒤 오대수가 거리를 걸어가는 장면이 있었죠. 그때 최민식 씨가 강혜정을 뒤에 두고 거리를 걸어가는 그 걸음걸이와 돌아봤을 때 울 듯 말 듯 하는 표정을 딱 한 번의 리허설을 통해 보면서 정말 짜릿했어요. 그 순간 '아, 이 영화는 마음에 드는 작품으로 완성이 되겠구나' 싶은 확신이 감전된 것처럼 전해져왔죠.

이동진_ 그럴 때 감독들은 정말 희열을 느낄 것 같습니다.

박찬욱_ 이 걸음걸이와 이 표정을 출발점 혹은 기준으로 삼아서 앞으로 이 영화를 찍어나가면 되겠구나 싶었던 거죠. 어떤 감독이든지 한 영화를 시작하면 처음에는 좀 막막하거든요. 어느 길로 가야 될지 혼동도 되고요. 그럴 때 기준을 세워줬던 장면이었죠.

— 리처드 스토커는 잔인한 운명의 장난으로 우리가 알지도 못하고 알 수도 없는 이유로 우리 곁을 떠났습니다.

〈스토커〉에서 갑작스레 세상을 떠난 더못 멀로니의 장례식에서 목사의 추도사

이동진_ 〈올드보이〉의 마지막 장면을 두고 제가 최민식 씨에게 질문을 했던 적이 있습니다. 그 장면에서 연기할 때, 최면술이 제대로 통해 실제로 기억이 삭제되었다고 생각하셨는지, 아니면 통하지 않아 기억이 지워지지 않았다고 생각하셨는지에 대해서요. 최민식 씨는 후자의 입장이라고 가정하고 연기를 했다고 하시더군요. 실제 촬영된 모습을 봐도

최민식 씨가 웃는 듯하다가 우는 표정을 보면 그런 느낌이 짙게 풍겨 나고요. 그 장면을 연출하신 감독님 입장에선 어떠셨습니까.

박찬욱_ 그 장면은 실제로도 제일 마지막에 찍었어요. 처음 촬영을 시작할 때부터 최민식 씨와 그 문제를 놓고 수없이 토론을 했죠. 최민식 씨의 결론은 '감독 입장에서는 관객들이 생각할 수 있도록 결말을 열어놓을 수 있지만 연기하는 사람 입장에서는 그렇게 할 수 없다'는 쪽이었죠. 최민식 씨의 선택은 그것이었던 겁니다.

이동진_ 그러면 감독님은 끝까지 둘 중 어느 하나를 선택하지 않으신 거구요?

박찬욱_ 그렇죠. 결국 그런 상황이라면 적당한 선을 찾아내는 것이 관건이 됩니다. 최민식 씨가 그런 심정으로 연기를 한 게 너무 정직하게 표정을 통해 드러나버리면 그것도 재미없는 일일 테니까요.

— 근데 형, 저번에 정말로 밀고 내려오려고 그랬었던 거야?
— 거저, 낸들 알갔니?

〈공동경비구역 JSA〉에서 이병헌이 이전의 남북간 긴장 상태에 대해 질문하자 북한 병사인

송강호가 자신도 모른다면서

이동진_ 〈올드보이〉의 그와 같은 마지막 쇼트는 극 중반 오대수가 미도의 도움으로 딸이 스웨덴에 입양되었다는 사실을 처음 알게 될 때 복잡미묘한 표정을 짓는 쇼트와 형식적으로 매우 유사합니다. 그런데 오대수의 복합적인 얼굴을 클로즈업으로 보여주는 그 두 쇼트 사이에는 결정적 차이가 있는 듯합니다. 스웨덴 입양 사실을 알게 되는 쇼트에서는 우는 듯한 표정으로 시작해서 웃는 듯한 표정으로 바뀌며 마무리되는데, 미도를 안는 마지막 쇼트에서는 웃는 듯한 표정으로 시작해서 우는 듯한 표정으로 끝난다는 겁니다. 라스트 신에서의 그런 표정 변화 방식

에서도 최민식 씨가 배우로서 어떤 상황을 상상하며 연기했을지 드러나는 듯하죠. 그런데 배우가 그렇게 연기한 것을 연출자가 받아들인 후 영화에서 가장 중요한 마지막 쇼트로 넣은 것 자체가 어쩌면 감독님 마음속에도 유사한 선택이 있었던 게 아닐까 싶은 추측이 들기도 하는데요.

박찬욱- 그렇게 말로 딱 정리를 해본 적은 없는데 듣고 보니 그렇군요. 그런 차이가 있었군요.(웃음) 그 장면을 촬영할 때는 관객들이 그 표정을 보면서 사람마다 다르게 결론을 내리도록 하는 게 중요했었죠. 그래서 상반된 두 가지로 해석이 가능한 표정을 연기해달라고 배우에게 요구를 했고요. 사실 그럴 때 배우는 무척 난감해합니다. '어떻게 하라는 건지, 한번 해보쇼' 이러면서요.

이동진- 그럴 땐 어떻게 하십니까.

박찬욱- 그런 걸 할 줄 알면 내가 이러고 있겠냐고 응수하면서 그냥 밀어붙이는 거죠.(웃음)

– 말씀은 알겠는데요, 관련 법규상 그런 부분은 알려드릴 수가 없거든요. 대신에 입양 사후 관리 프로그램이 있는데.

〈친절한 금자씨〉에서 입양기관의 담당 직원이 딸에 대해 수소문하는 이영애에게

이동진- 미도를 안고 있는 오대수의 복잡한 표정을 비추는 현재의 마지막 장면 외에 대안으로 생각하셨던 라스트 신은 없었습니까.

박찬욱- 많이 있었어요. 저는 언제나 그래요. 오대수와 미도가 기억을 지우는 데 성공하고 잘 살아가고 있음을 보여주는 라스트 신도 있었어요.

이동진- 지금과는 완전히 딴판인, 정말 동화적이고 아름다운 결말이네요.(웃음)

박찬욱- 네, 그래서 연인처럼 잘 살아가고 있더라는. 그런데 이우진이 죽

기 전에 미리 예약 배달을 했던 소포가 도착하고 그런 상황에서 비밀을 다시 한 번 상기시킨다는 결말도 있었어요.(웃음)

이동진_ 줬다가 뺏는 결말인 건가요. 아, 정말 독하시군요.(웃음)

> – 이제 내가 종을 울리는 순간, 당신은 두 사람으로 나뉩니다. 비밀을 모르는 당신의 이름은 오대수. 비밀을 아는 당신은 몬스터예요.
>
> 〈올드보이〉에서 최면술사인 이승신이 참혹한 기억을 잊도록 하기 위해 최민식에게 마지막 최면을 걸면서

이동진_ 그러면 〈스토커〉 때 라스트 신 후보로 고려하셨던 또다른 장면에는 어떤 게 있었나요.

박찬욱_ 웬트워스 밀러의 원래 각본에서 보안관은 찰리가 죽여요. 그리고 인디아는 찰리를 죽인 후 차를 몰고 마을을 떠나려다가 이전에 학교에서 자신을 괴롭혔던 피츠라는 남자애 집을 찾아가요. 피츠가 "너, 웬일이야?"라고 할 때 인디아가 야구방망이를 치켜들면서 끝납니다. 그런 엔딩은 좀……(웃음) 결국 그 장면을 없애는 대신에 피츠라는 아이에 대해서는 그 손을 연필로 찍는 장면을 앞에 설정해 넣는 것으로 처리해버렸죠. 그리고 엔딩을 새로 쓰게 된 거예요. 보안관도 인디아 차지가 됐고요. 시간이 얼마나 흘렀는지는 모르지만, 마지막 장면에서 인디아는 뉴욕 맨해튼의 아파트에서 살고 있어요. 찰리가 정신병원에서 살았던 시절의 가구와 집기들을 그대로 갖다놓은 채 말이에요. 꽃병도 하나 있어요.

이동진_ 꽃병이요?

박찬욱_ 현재 나온 영화에서는 편집이 달라졌는데, 그 꽃병에도 스토리가 있었죠. 여러 개가 한 세트인 꽃병인데 이사 올 때 하나 깨졌고, 진 고

모가 가져온 백합을 꽂으려고 할 때 또 하나가 깨져요. 그렇게 꽃병이 마지막으로 하나가 남는데, 그건 말하자면 스토커 집안 식구들을 뜻하는 거죠. 그 꽃병도 맨해튼 집에 놓여 있어요. 이전에 나왔던 피아노도 있구요. 그런 상황에서 인디아가 망원경을 통해 거리를 내려다봅니다. 이어서 행인 한 명을 망원경으로 따라가면서 보다가 탁 놓치고, 그다음에 또 다른 사람을 보다가 놓치는 식으로 여러 인종의 사람들을 흥미롭게 관찰하는 거예요. 그 모습이 무차별적으로 총을 쏘기 위해서 저러는 건가, 싶은 공포도 안겨줄 수 있지만 꼭 그렇다는 단서는 없어요. 그러면서 영화가 끝나는 거죠. 그 외에도 스타벅스 같은 데서 아르바이트를 한다든가, 어딘가에 취직을 해서 일을 하고 있다든가, 인파 속에서 사람들과 즐겁게 떠들다가 순간순간 인디아의 얼굴이 무표정하게 바뀐다든가 하는 엔딩들을 생각하기도 했죠. 표정이 순간순간 바뀌는 라스트 신의 경우, '쟤가 지금 무슨 생각을 하고 있을까. 저러다가 갑자기 연쇄살인마로 돌변하는 건가' 싶은 생각도 들도록 말이에요.

이동진_ 어떤 식으로든 꽃병의 모티브를 살렸다면 무척 흥미로웠을 것 같은데요? 그런데 왜 맨해튼에서 끝나는 라스트 신을 포기하신 건가요?

박찬욱_ 장점이 곧 단점이 되는 경우인데, 제가 그런 결말을 썼을 때 좋다고 생각한 것은 러닝타임 내내 시골 마을의 답답한 저택만 보여주었으니 분위기가 확 바뀐 채 세상에서 제일 복잡한 맨해튼을 비추며 끝난다면 무척이나 신선할 것 같았기 때문이죠. 하지만 또 달리 짚어보면, 그런 라스트 신을 넣으면 갑자기 완전히 다른 영화가 되는 것 같은 느낌인 겁니다. 너무 이질적이라는 판단으로 결국 지금처럼 끝내게 됐어요.

— 어우, 이 피 좀 봐.

〈올드보이〉에서 싸움을 마치고 거리로 나서서 피를 흘리고 있는 최민식을 우연히 발견한 척 유지태가 부축하면서 이동진 〈스토커〉는 결국 마지막에 이르러 인디아가 보안관을 찌르고 나서 총을 겨눌 때 그녀의 시야에 들어오는 꽃에 피가 튀는 모습을 클로즈업하면서 끝납니다. 그런데 피가 튀어 있는 꽃은 영화의 오프닝 신에서 이미 소개된 바 있는 쇼트죠. 다시 말해서 사실상 거의 같은 장면으로 시작하고 끝나는 수미쌍관의 구조를 가지고 있는 셈입니다. 이때 흥미로운 건 오프닝 장면과 엔딩 장면이 유사해 보이지만 결국 다 보고 나면 사실 그 뜻하는 내용이, 특히 꽃의 의미가 상당히 다르게 다가온다는 점이죠. 그런데 감독님은 〈스토커〉를 제외하면 이제껏 이와 같은 수미쌍관의 방식으로 영화를 시작하고 끝낸 적이 없습니다. 그나마 유사한 게 〈올드보이〉일 텐데, 그 영화의 오프닝 장면은 마지막 장면이 아니라 중반쯤에 나오는 장면을 미리 당겨 쓴 셈이니까 〈스토커〉와는 상당히 다르죠. 〈스토커〉에서는 유독 왜 이런 구조가 필요하다고 보셨나요?

박찬욱 그 장면을 오프닝에 쓰기로 한 건 편집 작업 후반쯤에 나온 아이디어였어요. 원래는 구두 선물을 찾으려고 정원을 뛰어다니는 인디아부터 시작하기로 되어 있었죠. 하얀 꽃에 붉은 피가 튀는 것은 애초에는 마지막에만 쓰려고 촬영했어요. 찍을 때에는 그 의미에 무게가 덜 실려 있었죠. 순진했던 존재가 무엇인가에 오염되는 느낌 정도였어요. 그런데 촬영하면서 보니까 그 하얀 꽃 위에 벌이 앉아 있더라구요. 나중에 편집실에서 보니 교미중이었습니다. 그때부터 그 이미지가 머릿속에서 떠나지 않는 거예요. 그때는 맨해튼 아파트 장면을 찍지 않기로 하면서부터 〈스토커〉의 결말이 좀 불분명해진 상태였어요. 나는 항상 스토리보드를 완벽하게 짜려고 하는 스타일인데, 특히나 엔딩은 말할 것도 없죠. 하지만 유독 〈스토커〉는 그런 상태로 촬영이 찜찜하게 종료되었기에, 이걸 어떻게 완성해야 할지 머리가 무거운 상황이었어요.

이동진 고민 좀 하셨겠네요.

박찬욱 그러다 꽃에 피가 튀는 이미지가 계속 머릿속에 맴돌아서 결국 그걸로 맺겠다는 생각을 굳힌 거예요. 인디아는 그 장면에서 보안관을 찌른 뒤 확인 사살을 위한 마지막 한 방을 쏘려고 총을 겨누는데, 나머지 한 눈은 멀쩡히 뜬 채 피가 튀는 꽃을 보고 있죠. 말하자면 목표물을 겨냥하는 한쪽 눈이 살인이나 폭력 혹은 악의 욕망을 대표하는 눈이라면, 다른 한쪽 눈은 비록 그 폭력의 결과이긴 하지만 어쨌든 그걸 떼어놓고 생각하면 그 자체로는 아름다운 이미지를 감상하는 탐미적인 시선을 대표하는 눈이라는 겁니다. 원래 탐미적인 것에는 사악함 같은 게 깃들기 쉽기도 하죠. 그 빨강이 어디서 왔는지를 따지지 않고 그냥 빨강일 뿐이라고 생각하는 식의 탐미, 혹은 그런 아름다움에 대한 부도덕한 탐닉 같은 것이 다른 한쪽 눈을 통해 담겨지는 셈입니다.

– 나한테 뭐 물어볼 생각하지 마. 나 하나두 몰라.
〈올드보이〉에서 거지가 유지태의 지시에 따라 최민식에게 다가와 휴대전화와 지갑을 내밀며

이동진_ 관객 입장에서는 마지막 장면을 보면서 그런 의도를 정확히 눈치채기가 쉽지 않을 것 같은데요.
박찬욱_ 그 장면을 가만히 보시면 꽃에 피가 튀는 것을 보는 인디아의 한쪽 눈이 살짝 움직여요. 다른 걸 보고 있다는 신호인 거죠. 어쨌든 그걸로 엔딩을 해야 되겠다고 마음먹은 뒤 그게 사람들을 너무 어리둥절하게 만들어서는 안 된다고 판단했기에 차후에 보이스 오버 내레이션을 써서 추가한 거예요. 말하자면 내 논리는 그 내레이션에 담겨 있는 셈입니다. 아빠 엄마 삼촌과 작별한 뒤 집을 떠나는 것은 어쨌든 어른이 된다는 것이고 자유로워지는 것이라는데 생각이 미치게 되자 나머지 내레이션 구절들도 자연스럽게 다 떠오르더군요. 제가 처음 〈스토커〉의 각본에 끌렸던 것은 성장 이야기이면서도 보통의 성장담과 반대의 성격을 가졌다는 것 때문이었죠. 보통 성장 이야기는 선한 시민으로

성숙하는 과정에서 사회에 편입되는 과정을 다루는데 이건 그 반대니까요. 그런 점을 분명하게 하기 위해서 수미쌍관의 구조를 추가한 겁니다. 오프닝의 소녀와 엔딩의 소녀가 같은 사람인데도 불구하고 관객이 영화를 다 보고 나면 느낌이 완전히 달라지도록 하기 위해 그런 구조가 효과적이라고 생각한 거죠.

이동진 그 말씀은 엔딩을 먼저 결정한 뒤에 그 엔딩의 의미를 분명히 하기 위해서 오프닝을 추가로 결정하셨다는 뜻인가요?

박찬욱 그렇죠. 내가 이 이야기에 끌리게 된 계기를 더 확실하게 하려고 했던 거죠. 두 장면 사이의 차이가 〈스토커〉의 핵심인 셈입니다.

– 예전에 동경에서 막 돌아와가지고 큰 제과점 공장장 할 때 일이 많을 때면 직원들 앞에서 제가 먼저 타이밍을 먹었습니다.

    〈친절한 금자씨〉에서 오달수가 밤샘 작업을 하던 시절을 떠올리며

이동진 이야기를 꺼내는 방식으로는 극의 한중간에 위치할 아파트 옥상에서의 사건을 제일 처음에 배치하는 〈올드보이〉의 구조 역시 독특하죠. 이후에도 이 영화는 그전까지의 이야기가 서술되는 상황을 보여주는 듯한 몇 개의 지점을 갖고 있습니다.

박찬욱 오대수가 옥상 끝에서 한 남자의 넥타이를 쥐고 있는 모습을 보여주는 〈올드보이〉의 시작은 관객 입장에서는 맥락을 모르고 갑자기 마주하게 되는 첫 장면이죠. 그 다음에 파출소에서 난동을 부리는 대목이 나오면 이후부터는 시간 순서대로 가는데, 그러다가 다시 처음의 그 옥상 장면이 등장하면 거기까지가 그 사람에게 들려준 이야기라는 구성을 갖고 있습니다. 그렇게 하나의 회고 구조가 만들어진 것인데, 계속 전개되면 미도가 오대수의 공책을 읽는 장면이 나오죠. 그때까지의

이야기는 다시 미도가 공책에서 읽은 이야기일 수도 있는 거예요. 결국 마지막 장면까지 가게 되면 그 모든 얘기가 최면술사에게 보낸 편지 내용이라고 볼 수 있어요. 〈올드보이〉는 레이어가 많은 중층적 구조로 만든 영화인 거죠.

- 긴 침묵 끝에 무훈은 입을 열었다. 그것은 전쟁처럼 격렬하고 겨울 햇빛처럼 짧으며 비수처럼 아픈 그런 사랑의 연대기였다.

〈달은…해가 꾸는 꿈〉에서 동생인 이승철의 사랑에 대한 송승환의 내레이션

이동진　감독님 첫 영화는 내레이션으로 진행됩니다. 그리고 문학적으로 힘을 많이 준 대사도 많죠. 제목부터가 그렇고요. 요즘 만드시는 영화와는 사뭇 달라서, 지금 시점에서 이 영화를 보는 사람이라면 낯설게까지 느껴질 텐데요.

박찬욱　그때는 생각이 유치해서 그런 게 제일 크겠죠.(웃음) 한 가지 이유를 더 생각해본다면, 영화를 편집하고 났는데 다들 뭔가 불친절하고 빈 것 같다고 해서 내레이션을 급조해서 넣다 보니 그런 간지러운 표현들이 들어가게 된 것 같아요. 데뷔작이었던 그 영화는 제작비가 무척 적었던 저예산 영화였어요. 요즘 상황으로 치면 한 5억 원 정도 들인 작품이라고 할까요. 〈천장지구〉 같은 통속적인 영화를 찍기로 약속한 작품이었어요. 사실 돈이 좀 적게 들어가긴 했지만, 그 제작비만 초과하지 않으면 당시 제가 연출할 때 별다른 제약이 없었어요. 현장에 모니터도 없었던 시절이었고, 카메라의 뷰파인더를 들여다보는 게 신인 감독에게는 허용되지 않던 때였죠. 지금 돌이켜보면 말도 안 되는 것 같지만, 그땐 그랬어요.

저는 감독님 영화를 이해하는 핵심 키워드 중 하나가 죄의식이라고 생각합니다.
주인공들의 대부분이 죄의식으로 괴로워하는 인물들이죠.

저도 그 점을 의식하면서 영화를 만들고 있기에 인정할 수밖에 없네요. 살면서 저지르게 되는 실수와 악행에 대해서 잊거나 묻어버리고 넘어가지 않는 게 진짜 인간적인 모습이라고 생각해요. 그런 사람이 고귀한 것이고, 좀더 괴로워할수록 좀더 숭고해지는 것이죠. 어떤 사람이 숭고한가 묻는다면, 저는 죄의식을 가지고 괴로워하는 사람이라고 말하고 싶은 거예요.

– 항상 결국엔 내가 리드하게 돼요.

〈스토커〉에서 니콜 키드먼이 매튜 구드와 식탁 옆에서 춤을 추면서

이동진_ 내레이션이 가장 많은 감독님의 영화는 〈달은…해가 꾸는 꿈〉이겠지만, 내레이션의 효과가 가장 좋은 영화는 〈친절한 금자씨〉인 것 같습니다. 극 전체의 분위기를 리드하는 성우 김세원 씨의 내레이션이 정말 독특한 느낌을 주었죠. 〈올드보이〉에서도 원래 말이 많은 인물이었지만 사설 감옥에 갇힌 후 말수가 적어지는 오대수 캐릭터의 내면을 대변해주는 최민식 씨의 내레이션이 효과적이었고요. 〈스토커〉 역시 영화가 시작하자마자 흘러나오는 내레이션이 굉장히 강렬합니다. 종종 사용하시는 보이스 오버 내레이션에 대해서 어떻게 생각하십니까.

박찬욱_ 일반적으로 영화감독들은 잘 안 쓰려고 하죠. 좀더 시각적으로 표현하는 것을 선호하는 상황에서 보이스 오버 내레이션은 일종의 편법이라고 여기기 때문입니다. 그런데 저는 그것도 영화라는 매체가 지닌 하나의 기법이니까 아예 좀더 적극적으로 도입해보자는 생각을 했어요. 〈올드보이〉 같은 경우 애초에는 쓰지 않으려고도 했지만 결국 생각을 바꾼 거예요. 그래서 그냥 정보만 전달하는 게 아니라 내레이션을 통해 농담도 시도하는 등 계속 끊임없이 떠드는 것 같은 방식으로 해보려고 한 겁니다. 그 과정에서 겉으로 소리 내어 말하는 내용과 속으로 생각하는 내용이 일치하거나 어긋나게 하면서 영화적인 재미를 주고 싶었죠. 기본적으로 오대수의 대사가 너무 무뚝뚝한 게, 김기영 감독 영화 속 주인공들의 이상한 문어체 같은 말투잖아요? 그렇기에 내레이션으로 표현하는 속말은 아기자기하게 구성한 거죠.

– 나, 보통 사람 아니거든요?

〈복수는 나의 것〉에서 묶인 채 고문을 받던 배두나가 마지막 힘을 내서 송강호에게 경고

이동진_ 감독님 영화가 풀어내는 이야기들은 종종 신화나 그리스 비극을 떠올리게 합니다. 특히 〈올드보이〉가 그랬죠. 〈스토커〉 역시 내레이션을 곰곰 듣다 보면 전형적인 영웅 신화의 내용 같습니다. 신화 속에서 영웅이 길을 떠나 최종적으로 괴물과 대면하기 전에 요즘 식으로 말하면 일종의 아이템들을 챙기는 과정이 있지 않습니까. 테세우스가 미노타우로스를 처치하기 전에 아리아드네로부터 칼과 실을 받아 가는 것처럼 말입니다. 인디아가 첫 장면과 마지막 장면에서 아빠의 벨트를 매고 엄마의 블라우스를 입고 삼촌이 사준 신발을 신은 채 보안관 살해라는 첫 과제를 완수하고서 길을 떠나게 되는 것이 영웅 신화의 또다른 버전인 것 같다는 거죠.

박찬욱_ 그래서 우리끼리는 '인디아 비긴스'라고 했었죠.(웃음)

이동진_ '인디아 라이징'이라고도 할 수 있겠네요.(웃음) 더구나 신발은 신화에서 그 사람의 정체성을 뜻하는 경우가 많죠. 고구려 유리왕이나 그리스 신화 속의 테세우스도 그랬구요. 영어 관용구에서 신발은 그 사람의 처지나 상황을 뜻할 때가 많기도 합니다. 그렇기에 삼촌으로부터 신발을 받는다는 것이 특히 의미심장해지기도 하죠. 적어도 〈스토커〉에서 묘사되는 이야기 속에서는 인디아에게 가장 큰 영향을 끼치는 건찰리 삼촌일 테니까요. 그런데 이와 관련해서 또 하나 흥미로운 것은 〈스토커〉의 이야기가 그 자체로 완결된 스토리라기보다는 뒤집어서 만든 영웅 신화의 프롤로그 같다는 겁니다.

박찬욱_ 그렇게 느끼기를 바랐어요. 물론 그렇다고 해서 뒷얘기를 만든다는 것은 아니지만 말이에요.

- 여우가 닭 잡아먹는 게 죄냐?
  〈박쥐〉에서 뱀파이어가 된 김옥빈이 자신을 설득해 살생하지 않게 하려는 송강호에게 코웃음 치면서

^{이동진} 그런데 인디아의 내레이션은 그 자체로 자기 분열적입니다. 어른이 된다는 것은 자유로워진다는 것이라는 선언도 있지만, 나는 보지 못하는 것을 보고 듣지 못하는 것을 듣는다고 하는 대목은 초반에 굉장히 과시적으로 들리기도 하죠. 또한 아빠와 엄마와 삼촌을 거론하는 것은 현재 자신의 상태나 자신이 저지른 행동에 대해 책임 회피적으로 둘러대는 변명 같기도 합니다. 〈박쥐〉에서 여우의 본성을 예로 들면서 자신의 악행에 대해 책임 없음을 강변하는 태주의 대사가 떠오르기도 하구요.

^{박찬욱} 그 내레이션은 몇 분 만에 쭈욱 쓴 건데, 영화를 다 찍은 상황에서 그렇게 썼다는 것은 분명히 전체를 관통하는 성격이 있다는 거죠. 그러니까 인디아로서는 변명의 성격도 있을 거예요.

– 제 입으론 말할 수 없어요. 전 듣지도 말하지도 못하는 청각
  장애인이니까요.
    〈복수는 나의 것〉에서 신하균이 방송국에 보낸 편지에서

^{이동진} 감독님 작품 속에서의 내레이션 활용과 관련해 흥미로운 것은 오히려 내레이션이 필요할 것 같은 작품에는 쓰지 않으셨다는 거죠. 〈복수는 나의 것〉은 주인공 류가 아예 말을 할 수 없는 장애인으로 설정되어 있으니 다른 감독이라면 내레이션이라는 방식을 활용했을 것 같은데 그렇게 하지 않고 자막을 쓰셨죠. 그런데 꼭 필요하지 않을 것 같은 〈올드보이〉에서는 자막 대신 보이스 오버 내레이션을 쓰셨잖아요. 그건 이전 작품인 〈복수는 나의 것〉과 다른 방식을 쓰고 싶으셨기 때문인가요?

^{박찬욱} 그런 면이 있죠. 〈복수는 나의 것〉에서 이야기 설정상 류가 말을 못하는 사람이라서 어울리는 기법이었다면, 그 다음 작품인 〈올드보

이)에서는 다르게 해야 한다고 생각했으니까요.

- 무슨 영화라고?
- 채플린 영화요.
- 찌푸린 영화? 활짝 핀 영화도 많은데 하필이면 왜 찌푸린
  영화냐. 관둬.
  〈달은…해가 꾸는 꿈〉에서 보스의 여자인 나현희를 감시하던 남자가 그녀의 말을 제대로
  알아듣지 못하고 엉뚱하게

이동진_ 감독님의 첫 작품인 〈달은…해가 꾸는 꿈〉에는 이런 우스개 대사
가 자주 나옵니다. 클래식을 전혀 모르는 남자가 여자 앞에서 아는 척
하려고 슈베르트의 작품 제목인 〈송어〉를 미리 급하게 외웠다가, 음악
다방에서 그만 '모차르트의 문어 좀 틀어주세요'라고 말해 망신을 당하
는 우스개를 은주(나현희)가 길게 들려주는 장면도 있죠. 채플린의 발음
과 관련된 말장난 농담도 있구요. 이런 건 지금의 차갑고 입체적인 유
머와는 상당히 다른 개그 스타일입니다. 그런데 현재의 유머 스타일이
나오기 시작하는 두 번째 작품 〈3인조〉에선 '거북이 딸딸이 치는 이야
기'를 막 시작하려던 문(김민종)을 안(이경영)이 곧바로 제지하는 장면
이 나옵니다. 〈올드보이〉에선 고교생 오대수가 '아버지와 아들이 목욕
탕에 간 이야기'란 우스개를 막 들려주려 할 때, 듣던 사람이 그냥 그
자리를 떠나버리는 장면도 나오고요. 그 때문에 관객은 그 두 영화에서
그 우스개의 내용을 듣지 못하죠. 제게 이 두 장면은 예전의 유머 스타
일을 감독님 스스로 부정하는 시퀀스라는 생각이 들어서 흥미롭습니
다. 이런 변화에 대해 어떻게 생각하세요?
박찬욱_ 듣고 보니 그럴 수도 있겠네요.(웃음) 사실 〈3인조〉는 지금은 작고
한 친구인 이훈 감독의 영향으로 만든 영화라고 생각해요. 당시에 자주

함께 어울렸는데, 그 영화의 각본은 이훈에게 영향을 받았던 시기의 각본이라고 말할 수 있을 것 같습니다. 그 영화를 만들면서부터 한국인만이 이해하는 농담이 재미없게 느껴진 이유도 있었고, 당대만 이해되는 농담도 피하고 싶었죠.

- 호주에서 있었던 일인데 말이야, 어떤 남자가 지 머리가 두 개라는 환상을 갖고 있었대. 근데, 머리가 자꾸 아픈 거야. 머리가 두 개니까 아무래도 두통도 자주 왔겠지. 그래서 어떻게 했는지 알아? 권총으로 머리 하나를 쏴버렸어.
- 왼쪽, 오른쪽?

〈복수는 나의 것〉에서 침대에 나란히 누워 있던 배두나가 담배를 피우며 이야기를 들려주자 말을 할 수 없는 신하균이 수화로 엉뚱하게 반문

이동진_ 네 번째 작품인 〈복수는 나의 것〉에서도 좀 길게 인용되는 우스개 비슷한 이야기가 있긴 합니다. 바로 영미(배두나)가 류(신하균)에게 들려주는 머리 둘 달린 남자에 대한 이야기죠. 하지만 그건 작품의 분위기에 제대로 조응하는 일종의 어두운 메타포 같은 거라서 그 맥락이 데뷔작 〈달은…해가 꾸는 꿈〉에 등장했던 개그들과는 전혀 다르죠.

박찬욱_ 공포처럼 전혀 다른 감정과 결부된 유머가 저를 웃게 만드는 것 같아요. 사실 그런 유머는 조심해서 다뤄야 해요. 사람 목숨이 달린 장면에서 잘못 사용하면 욕먹기도 쉽죠. 상업영화 관객은 단일한 감정을 원하기 때문에, 그런 측면에서도 위험한 유머예요. 관객 입장에선 '이걸 보고 웃으라는 말이냐, 울라는 말이냐'고 반문하기 십상일 테니까요. 그래도 그런 유머 스타일이 가장 저답다고 생각해요.

복수는 나의 것

개봉 2002년 3월 29일

출연 송강호 신하균 배두나

상영시간 120분

청각장애인인 류는 신부전증을 앓고 있는 누나와 어렵게 산다. 누나에게 신장을 이식해주기 위해 장기밀매조직과 접촉했다가 돈을 빼앗기고 자신의 신장마저 잃게 되자 류는 연인인 영미의 제안으로 중소기업체 사장인 동진의 어린 딸 유선을 유괴한다. 그러나 류가 아이를 데리고 있던 중 유선이 사고로 익사하게 되자 동진은 복수를 다짐한다. 누나가 뒤늦게 자신 때문에 이 모든 일이 생긴 것을 알고서 자살하자 류 역시 장기밀매조직에 복수를 시도한다.

이곳은 아이러니로 작동되는 세계다. 벽 하나를 사이에 두고서 고통에 찬 신음은 간드러진 교성으로 받아들여지고, 고무줄놀이를 하면서 과격한 무정부주의자는 천연덕스레 반공 노래를 부른다. 그리고 아이러니는 슬며시 다가와 오직 복수만이 너의 것이라고 속삭인다.

원래 유괴하려던 아이는 다른 소녀였다. 애초에는 살의 같은 것도 없었다. 심지어 쫓는 자도 쫓기는 자도, 모두 착하게 살아왔다고 자부하던 사람들이었다. 그러나 일은 기어이 틀어져버리고 벌은 기어코 실행된다. 들어야 할 자는 듣지 못하고 듣는 자는 듣고도 오해하는 그 세계에서 말을 하지 못하는 자는 결국 말이 점점 없어져가는 자의 손에서 최후를 맞는다.

〈복수는 나의 '것'〉에는 모두 세 번의 복수가 담겨 있다. 류와 동진이라는 두 복수의 주체는 각각 자신의 계획을 성공시킨 후 또다른 복수의 대상이 된다. 말미에서 마지막 복수를 결행하는 것은 실제로 존재하리라곤 미처 생각되지 못했던 자들이었다. 가슴에 심판의 칼이 박힌 채 죽어가던 동진은 최후의 순간까지도 그 칼에 꽂힌 판결문의 내용이 무엇인지 알아보려 애쓰지만 끝내 죽음의 이유를 읽어내지 못한다.

그러니까 〈복수는 나의 것〉을 지배하는 것은 생生에 대한 무력감이고, 불가해하고 부조리한 이 세계에 대한 탄식이다. 꼬리를 무는 복수가 마침내 끝나고 뒤이어 엔딩 크레딧에서의 기괴한 주제곡까지 다 흐른 후에도, 비명인 듯 하소연인 듯 알아들을 수 없게 웅얼대는 동진의 목소리로 점점 작게 배음을 남기며 이 영화가 최후의 구두점을 찍는 것이 더없이 인상적이다. 이탈리아 극작가 비토리오 알피에리의 "깊은 복수는 깊은 침묵의 딸이다"라는 말을 뒤집어서 표현해본다면, 깊은 복수는 결국 깊은 침묵으로 매몰되어간다.

〈복수는 나의 것〉은 전작 〈공동경비구역 JSA〉가 전해준 선물 같은 영화다. 유려한 만듦새와 경이로운 흥행성적으로 거대한 성공을 거둔 〈공동경비구역 JSA〉를 통해 큰 힘을 얻은 박찬욱 감독은 다음 영화 〈복수는 나의 것〉을 맞아 브레이크 한 번 밟지 않고서 서늘하기 이를 데 없는 파국의 걸작을 만들었다. 송강호와 신하균은 이전까지의 모습과 완전히 다른 지점에서 매순간 선명하게 냉기를 뿜으며 잊지 못할 순간들을 빚었다.

사건의 전말을 플래시백과 대사를 통해 차근차근 설명해주는 〈공동경비구역 JSA〉나 〈올드보이〉와 달리, 박찬욱의 필모그래피에서 그 두 작품 사이에 낀 〈복수는 나의 것〉은 과언寡言의 영화다. 주인공 중 한 명을 청각장애인으로 설정하고 여타 인물들에게서도 대사를 대폭 줄여낸 대신, 공장 소음에서 여름날 매미 울음과 부검 톱질 소리까지 갖가지 사운드를 역설적으로 생생하게 살려냈다. 보이스 오버 내레이션을 자막으로 처리해 심리를 시각화하기도 하고, 시점 쇼트에서 모든 소리를 제거해 온전한 침묵의 순간을 만들어내기도 한다.

충격에 빠진 인물의 모습을 올려 찍는 앙각의 앵글은 얼굴 뒤의 허공을 함께 담아내며 홀로 감당해야 할 비극 앞에 선 자의 황망함을 담아낸다. 형식적인 제한을 오히려 창작의 원동력으로 활용하는 시조나 하이쿠 시인처럼, 이 영화는 종종 최소한의 표현으로 최대한의 효과를 얻어내고, 가장 조용한 순간에 가장 강력한 파장을 일으킨다. 시퍼런 실존이다.

─ 저희 집 주소입니다.

〈컷〉에서 이병헌이 임원희의 강압에 의해 엉덩이로 주소를 쓰고 나서

이동진_ 감독님 영화에는 방귀와 배설에 대한 유머까지 종종 등장합니다. 예를 들어 〈공동경비구역 JSA〉나 〈박쥐〉에 신하균 씨가 독특한 자세로 방귀를 뀌는 모습이 들어 있죠. 〈컷〉에서는 심지어 절체절명의 순간에 엉덩이로 주소를 쓰던 이병헌 씨가 자신도 모르는 사이에 불쑥 방귀를 뀌는 장면까지 있고요. 〈올드보이〉에선 좌약에 대한 농담도 들어 있습니다. 감독님 영화들 속에 등장하는 다양한 유머 중 상대적으로 가장 만족스러운 장면이 있다면 어떤 걸까요.

박찬욱_ 〈친절한 금자씨〉의 후반부에서 악당 백선생에게 아들을 잃은 유족(오광록)이 사적인 복수를 앞두고 가만히 앉아 있다가 갑자기 도끼를 꺼내서 조립하는 모습과, 그 장면에 이어서 자신의 딸이 악당인 백선생을 해치우러 달려갈 때 할머니 몫은 남겨둬야 한다고 말하는 부분을 좋아해요. 그게 제가 생각하는 유머의 가장 좋은 형태인 것 같습니다. 아까 언급하신 〈3인조〉의 마지막 장면에 담긴 유머도 좋아합니다.

─ 처음 들어왔을 땐 갓난애처럼 줄창 울기만 했지. 아우, 이게 아주 우울했던 거라.

〈친절한 금자씨〉에서 김부선이 감옥에 막 들어왔을 때의 이영애에 대해 회고하면서

이동진_ 감독님의 처음 두 영화인 〈달은…해가 꾸는 꿈〉과 〈3인조〉는 개봉 당시 흥행과 비평 모두에서 별다른 주목을 받지 못했습니다. 그래서 어떤 관객들은 세 번째 영화인 〈공동경비구역 JSA〉가 감독님의 데뷔작인 것으로 알고 있는 경우도 있는데요.

박찬욱_ 참 다행스러운 일이죠.(웃음)

이동진_ 이 두 편의 영화에 대한 반응을 보면서 당시에 어떻게 느끼셨는지요.

박찬욱_ 그 두 편의 영화는 비평도 좋지 않았을 뿐더러 거의 관심의 대상이 되지 못했죠. 그게 제일 서러웠어요. 흥행이 안 되고 생활이 어려운 것은 어떻게든 참고 버티겠는데, 그리고 비평 역시 칭찬만 듣고 싶은 것도 아니었고 그저 관심만이라도 가져줬으면 했는데, 그게 너무 없었던 거예요. 제 영화에 대한 리뷰 같은 게 거의 나오지 않았거든요. 특히나 〈달은…해가 꾸는 꿈〉은 단 한 편의 리뷰도 없었어요. 물론 지금에 비하면 당시에는 매체도 현저히 적었고, 일간 신문에서도 영화에 별다른 관심을 두지 않던 시절이긴 했죠. 특히 한국영화에 대해서는요. 그래서 〈3인조〉 때 별로 좋지 않은 평이나마 몇 개 얻은 것이 참 감개무량했어요.

– 나요, 인제 무슨 낙으로 살지?

〈올드보이〉에서 모든 복수를 마친 유지태가 바닥에 엎드린 최민식의 귀에다 대고

이동진_ 지금 돌이켜보면 감독님의 영화 인생에서 가장 극적으로 작용한 작품은 〈공동경비구역 JSA〉가 아닌가 싶습니다. 세 번째 영화였던 그 작품까지 실패하게 될 경우 다시 일어서기가 정말 쉽지 않았을 테니까요. 그 영화에 착수하면서 당시 감독님은 이 작품까지 흥행이 안 되면 교수가 되는 길을 걷겠다고 아버님이랑 약속까지 하셨다면서요?

박찬욱_ 교수라고 아무나 시켜주겠어요. 말하자면 그때 저는 유학을 가서 학위를 따오는 길을 밟음으로써 교수가 되어보려고 노력하겠다는 약속을 한 것이었죠. 사실 저는 장가 들 때도 처가에 그렇게 거짓말을 했거든요. 당시 조감독 시절이었는데 누가 딸을 주려고 하겠어요. 그래서 처가에 조감독은 나중에 학생들을 가르치기 위한 경험을 쌓기 위해서,

현장을 알기 위해서 임시로 잠깐 하는 것이라고 둘러댔던 거죠. 요것만 끝나면 유학을 가서 박사 학위 받아 온다고요. 결국 저는 그렇게 마지막 도망갈 구멍이 있는 것처럼 말을 했을 뿐, 실제로 그런 생각을 해보지는 않았어요. 저는 가르치는 일엔 별로······.

– 축하해. 정말 잘됐어. 이렇게 빨리 기증자가 나타난 거는 기적이야, 기적.
〈복수는 나의 것〉에서 의사인 정규수가 신하균의 누나에게 신장을 기증할 사람이 나타났다면서

이동진_ 〈달은···해가 꾸는 꿈〉과 〈3인조〉의 연이은 실패로 좌절을 겪은 후 만드시게 된 〈공동경비구역 JSA〉는 2000년 개봉 당시 흥행과 비평 모두에서 거대한 성과를 거뒀습니다. 그런데 지금 이 작품은 이후에 나온 감독님의 다른 영화들에 견줄 때 완성도에 비해 이상할 정도로 적게 언급되고 있죠. 이렇게 된 데에는 많은 이들이 〈공동경비구역 JSA〉가 이후의 영화들에 비해서 '박찬욱스러운 면모'가 훨씬 덜한 작품이라고 여기기 때문일 수도 있다는 생각이 듭니다. 이 영화의 제작사였던 명필름의 입김이 컸던 작품이라고들 말하기도 하구요. 사실 이 영화는 명필름이 기획해서 감독님께 연출을 의뢰한 경우였으니까요. 하지만 이 영화 곳곳에는 분명 감독님의 인장이 선명히 새겨져 있습니다. 그리고 이 영화가 성공했기에 비로소 이후의 '복수 3부작'이 가능해졌던 것이기도 하고요.

박찬욱_ 이전에 두 번이나 흥행에 실패했던 제가 감독 생활을 계속 할 수 있도록 결정적인 힘을 불어넣어준 작품이 바로 〈공동경비구역 JSA〉입니다. 일부의 억측과 달리, 〈공동경비구역 JSA〉는 다른 제 작품들 못지않게 똑같은 애정을 갖고 있는 영화입니다. 당시에 제가 돈을 벌기 위

해서 하고 싶지 않았던 작품을 억지로 맡았던 게 아니에요. 원작이 있는 영화였지만, 저는 그 영화의 각색도 직접 했어요. 그래도 〈공동경비구역 JSA〉는 직접 기획을 한 영화는 아니지 않느냐고 누군가 지적한다면, 〈올드보이〉 역시 프로듀서가 원작을 들고 찾아온 작품이었다는 점을 말하고 싶네요. 제가 기획한 영화가 아니었기에 기획자가 저를 좌지우지하고 못살게 하면서 만들게 한 작품이라고 생각하시는 분들도 있던데, 그건 전혀 사실이 아닙니다. 오히려 〈공동경비구역 JSA〉를 만들면서 명필름의 선진적인 제작 노하우의 덕을 보았죠. 저는 그 영화를 만들 때 제작사 명필름과 좋은 관계였고, 또 감독으로서 제가 원하는 대로 마음껏 찍었어요.

– 아까 손님 많았잖아!
〈3인조〉에서 극장 금고를 털게 된 이경영이 정작 금고를 연 뒤 돈이 얼마 없음을 알고 실망해서 옆에 있던 극장 관계자에게

이동진_ 〈공동경비구역 JSA〉 이후에 나온 감독님 작품들 중 개봉 당시에 관객들로부터 가장 차가운 대접을 받았던 영화는 아무래도 〈복수는 나의 것〉이 아닐까 싶습니다. 〈공동경비구역 JSA〉가 워낙 크게 히트한 작품이라서 〈복수는 나의 것〉의 흥행 실패가 더욱 두드러졌죠. 감독님을 지난 십 수년 간 지켜보면서 기분이 가장 가라앉아 보이셨던 때가 새삼 떠오르네요. 제가 다른 영화의 시사회를 갔다가 극장 근처에 있는 작은 일식주점에서 일행들과 간단히 술을 마신 적이 있었습니다. 그런데 우연히 그 장소에서 박찬욱 감독님과 송강호 씨, 신하균 씨, 이렇게 세 분이 술을 드시는 모습과 마주쳤죠. 세 분은 참 유쾌하신 분들인데, 그날 그 자리에서는 다른 테이블들에 등을 돌린 채 앉으셔서 말씀도 무척 작은 소리로 속삭이듯 하면서 술을 드셨어요. 잠깐 인사를 드리긴

했는데, 도저히 끼어들 분위기가 아니라서 곧바로 제 자리로 돌아와 앉 았죠. 그게 바로 〈복수는 나의 것〉이 개봉한 다음주였습니다.(웃음) 당 시에 일반 관객들이나 평단의 반응이 워낙 좋지 않아서 마음이 많이 상하셨을 것 같은데요.

박찬욱_ 언론 시사회 때부터 반응이 좋지 않았어요. 시사회를 마치고 나 서 밥을 먹으러 중국음식점에 갔는데 배급사 측에서 제공한 식사 메뉴 부터 〈공동경비구역 JSA〉 때와 완전히 다르더라고요.(웃음) 시사회 후 정식 개봉이 된 뒤에는 흥행이 안 되었을 뿐만 아니라, 홈페이지 게시 판에 욕하는 글들이 계속 올라왔어요. 감독을 가만두지 않겠다는 내용 도 많았고요. 사실 〈복수는 나의 것〉을 만들 때 역시 흥행에 대해 이런 저런 고려를 했어요. 〈공동경비구역 JSA〉가 큰 성공을 거둔 직후인 상 황에서 같은 감독이 연출을 하고, 그 영화에 나왔던 두 주연 배우가 다 시 출연하며, 거기에다 배두나 씨까지 합류하기로 했으니, 위험한 결과 는 피할 수 있을 거라는 나름대로의 계산이 있었던 거죠. 그렇게 계산 을 했기에 조금 더 가도 되지 않을까 싶었던 거예요.

─새 집 열쇠야. 내가 얼마나 꼼꼼하게 준비해놨는지 가보면 알 거야.

〈스토커〉에서 더못 멀로니가 정신병원에서 막 나온 동생 매튜 구드에게 뉴욕에서 따로 살 그의 집을 마련해놓았다면서

이동진_ 제 기억으로는 지금 많이들 쓰고 있는 소위 '웰메이드'라는 용어 가 처음으로 폭넓게 사용된 게 〈공동경비구역 JSA〉 개봉 때였던 것 같 습니다. 그 작품은 당시에 기록적인 흥행 양상을 보였고, 평단에서도 만장일치에 가까운 박수를 받았죠. 〈복수는 나의 것〉에서 감독님이 마 음껏 자신의 예술적 스타일과 비전을 추구할 수 있었던 것은 아마도

말씀하신 대로 〈공동경비구역 JSA〉의 차기작이어서 가능했을 거라는 추측이 듭니다. 〈복수는 나의 것〉은 걸작이면서 동시에 괴작이기도 한데, 이 작품에 처음 착수하실 때 어떤 영화를 만들고 싶다는 생각을 하셨나요.

박찬욱_ 〈공동경비구역 JSA〉는 정감이 넘치고 따뜻한 영화였잖아요? 이병헌 씨의 촉촉하게 젖은 눈빛이 있으니까 좀 감상적이어도 괜찮았던 작품이었다고 할까요.(웃음) 그 영화는 그렇게 찍는 것이 맞다고 생각했죠. 그런 영화를 한 편 찍은 다음이니 차기작은 냉정한 영화, 비정한 영화, 인정사정 안 봐주는 영화를 해보려고 했던 거죠. 등장인물에게 감정이입이 잘 안 되는 영화, 객관적으로 인물을 바라보도록 몰아가는 영화를 연출하려고 한 겁니다. 음악조차 감정이 생길 만하면 자꾸 끊어져 차단되는 방식이었죠. 모든 면에서 그와 같은 스타일의 영화를 만들고자 했어요. 〈공동경비구역 JSA〉에서 분단문제를 다뤄보고 나니까 자연스럽게 다음 작품에서 계급문제를 다뤄보고 싶어진 것도 사실입니다. 〈공동경비구역 JSA〉 이후에 할 수 있는 영화들이 몇 편 더 있었는데, 그 중에서 군이 〈복수는 나의 것〉을 하게 된 것은 그렇게 두 작품이 쌍을 이루도록 하길 원했기 때문입니다. 아주 다른 영화들이지만, 제 마음속에서는 그 두 편의 영화가 한 세트인 셈이에요.

— 오빠 변했어. 더 이상 내 생각 안 해. 다른 사람 같애. 차갑고 말도 잘 않고.
〈달은…해가 꾸는 꿈〉에서 나현희가 이승철의 달라진 태도에 대해

이동진_ 〈공동경비구역 JSA〉는 후반부에 복잡하게 꼬인 사건의 내막과 인물들의 전사前史를 말로 풀어냅니다. 그런데 감독님의 그 다음 작품인 〈복수는 나의 것〉은 스타일적으로 보면 이에 대한 반작용으로 시작된

것 같은 느낌을 줍니다. 대사를 최대한 줄이면서 여타 사운드를 최대한 강조하셨으니까요. 몇몇 장면은 아예 무성영화처럼 보이기까지 하죠. 사실 감독들은 말로 다 풀어내는 영화를 재미없어 하는 경우가 많잖습니까.

박찬욱 _ 일반적으로 신작은 전작에 대한 반작용으로 이뤄지는 경향이 있죠. 하지만 말로 한다고 해서 영화적이 아니라는 것은 잘못된 편견이라고 생각해요. 대사도 이미지 못지않게 중요한 영화의 요소죠. 대사가 많은 영화는 덜 영화적이라는 주장에 대해 저는 전혀 동의하지 않아요. 빌리 와일더 같은 감독은 대사에 많이 의존하는 영화들을 걸작으로 만들었잖아요. 다만 한국영화는 과묵한 작품이 별로 없고, 세계적으로도 요즘은 별로 없고, 또 전작인 〈공동경비구역 JSA〉가 말이 많은 영화라서 〈복수는 나의 것〉을 그렇게 찍었던 거죠. 사실 신하균이 맡은 역할은 원래 외국 배우를 염두에 둔 캐릭터였어요. 그래서 말을 하지 못하는 것으로 설정한 거죠. 그 영화의 경우, 시나리오를 쓸 때 생각이 연이어 계속 떠올라서 빨리 쓰다 보니 대사를 멋지게 하기보다는 한 호흡에 끝내고 싶었어요. 그런 작업 과정도 그 작품의 과묵함에 영향을 미쳤겠죠. 그나마 있던 대사도 많이 줄었는데, 한 줄 한 줄 꼭 필요한가 자문하면서 가급적 뺄 수 있으면 뺐기 때문이죠. 문장을 다듬으면서 하나의 형용사를 없앴을 때 느껴지는 어떤 개운함 같은 게 있어서 재미있었습니다.

— 오대수는요, 말이 너무 많아요.

〈올드보이〉에서 유지태가 사설 감옥에 최민식을 집어넣는 이유에 대해 운영자인 오달수에게 설명

이동진 _ 반면에 〈복수는 나의 것〉 다음 작품인 〈올드보이〉는 은근히 대사

가 많습니다. 영화의 초반부 경찰서 장면에서 오대수라는 인물이 정말 말이 많다는 게 일련의 점프컷을 통해 강조됩니다. 그러다가 15년간의 감금 후 풀려나게 되면 극도로 말수가 적어지긴 하는데, 보이스 오버 내레이션에 담기는 그의 내면은 여전히 수다스러워요. 이우진 역시 영화 속에서 참 많은 말을 합니다. 말이 많아서 빚어진 비극을 그려낸 작품으로서는 무척이나 역설적인데요.

박찬욱_ 오대수가 마음속으로 말이 많다면, 이우진은 입밖으로 꺼내놓는 얘기가 많죠. 오대수는 말이 너무 많아서 문제라고 해놓고, 사실 진짜로 말이 많은 것은 자기잖아요.(웃음)

– 범인과 협상하는 동안 여러분께서 전화로 들으셨던 아이들의 음성은 이미 죽은 다음에 비디오에서 복사한 것입니다.
〈친절한 금자씨〉에서 이영애가 최민식의 범행 방법에 대해 유족들에게 설명

이동진_ 〈복수는 나의 것〉과 〈올드보이〉와 〈친절한 금자씨〉는 흔히 '박찬욱 복수 3부작'으로 불립니다. 그런데 〈친절한 금자씨〉는 전체를 아우르면서 밖에서 복수극이라는 장르 자체를 들여다보는 듯한 느낌이 있는 반면, 나머지 두 작품은 모두를 망가뜨리는 복수의 텍스트를 서로 다른 방법론을 통해 치열하게 파고드는 느낌이 있는 듯합니다. 〈복수는 나의 것〉과 〈올드보이〉는 함께 비교하면서 보면 좀더 풍부하게 이해할 수 있을 것 같다고 할까요. 그런 점에서 〈복수는 나의 것〉 다음에 나온 작품인 〈올드보이〉는 전작에 등장하는 세 가지 요소가 발전되어 만들어진 작품이라는 느낌이 강하게 듭니다. 〈복수는 나의 것〉의 엔딩에서 동진(송강호)이 칼에 맞아 죽어가면서도 자신의 가슴에 박힌 처형 사유 내용을 읽으려고 애쓰는 장면과 유괴되어 죽은 딸이 환상 속에서 나타나 동진의 허리를 두 다리로 꽉 조일 때 근친상간적인 모티브가

슬쩍 드러나는 장면, 그리고 원한 산 일이 없다고 말하는 동진에게 형사가 그래도 몇 명은 있을 테니 다시 생각해보라고 말하는 장면, 이렇게 세 장면 말입니다.

박찬욱_ 신작은 전작의 반작용이기도 하고 연장이기도 하죠. 지금 지적하신 게 바로 그런 부분입니다. 우선 〈복수는 나의 것〉의 근친상간적 모티브는 가해자인 류와 피해자인 동진을 연결시켜주는 요소 중 하나로서 떠올렸던 거죠.

이동진_ 몸을 제대로 가누지 못하는 누나의 알몸을 동생인 류가 닦아주는 장면을 포함해서 하시는 말씀이죠? 〈복수는 나의 것〉에 살짝 숨겨져 있는 누나와 남동생, 아버지와 딸 사이의 근친상간적 모티브가 〈올드보이〉에서는 본격적인 이야기로 펼쳐지잖습니까. 구체적인 묘사 방식에서도 두 영화가 흡사한데, 〈복수는 나의 것〉에서 누나의 벗은 하체를 남동생인 류가 수건으로 닦아줄 때 누나가 간지러워 하는 것은 〈올드보이〉에서 누나의 벗겨진 하체를 남동생인 이우진이 과학실에서 터치할 때 누나가 간지러워 하는 양상과 비슷하죠. 〈복수는 나의 것〉의 환상 장면에서 죽은 딸이 아버지인 동진에게 안긴 채 두 다리로 허리를 조이는 모습은 〈올드보이〉에서 다리 밑으로 떨어지려는 누나의 팔을 이우진이 필사적으로 잡아 구출하려 할 때 누나의 두 다리가 동생의 허리를 감게 되는 자세와 사실상 같고요. 이 장면은 극 중 상황으로는 성적인 행동이 전혀 아니지만 그와 같은 자세를 통해 성적인 암시를 강하게 하는 것으로 보이기도 합니다.

박찬욱_ 그렇죠. 〈올드보이〉를 만들 때 전작에서 더 발전된 무엇인가를 찾는 과정에서 그때 그 모티브가 떠올랐어요. 〈올드보이〉의 근친상간 모티브는 〈복수는 나의 것〉에서 류가 누나의 몸을 씻겨주는 장면으로부터 시작했다고 말할 수 있습니다.

– 언젠가 어떤 남자가 가르쳐준 대로 금자씨는 힘든 일이 있을 때마다 이렇게 엎드려 심호흡을 다섯 번 한다.
〈친절한 금자씨〉에서 수감 생활 도중 이영애의 대처법을 설명하는 내레이션

이동진_ 그와 관련해 〈올드보이〉에서 이우진과 오대수의 행동이 작품 전편을 통해 곳곳에서 대비되는 방식으로 그려지고 있다는 게 무척 인상적입니다. 두 사람은 모두 근친상간을 저지를 뿐만 아니라 상대의 그런 행동을 훔쳐봅니다. 과거의 오대수가 학교 과학실에서 일어났던 일을 훔쳐봤듯이, 이우진 역시 미도와 오대수가 모텔에서 처음 관계를 가진 직후에 수면 가스를 틀어놓은 상태에서 방독면을 쓰고 들어가서 관찰하죠. 아울러 이우진은 온라인 채팅 사이트에서 '수대오'라는 가명으로 가입했는데 이건 물론 오대수를 뒤집어 만든 이름이죠. 그리고 무엇보다 두 사람의 몰락이 모두 건물 꼭대기에서 1층으로의 하강 동작을 통해 수직적으로 형상화된다는 점을 빼놓을 수 없습니다. 사설 감옥에 있던 오대수가 풀려난 곳은 건물 옥상이었습니다. 거기서 엘리베이터를 타고 땅으로 내려온 후 그는 끔찍한 비극을 맞이하게 되죠. 펜트하우스에 사는 이우진 역시 이와 마찬가지여서 마지막 순간에 건물 꼭대기에 있는 자신의 집에서 엘리베이터를 타고 하강하며 상념에 젖다가 그 엘리베이터가 1층에 도착할 때 권총 자살로 최후를 맞이합니다.

박찬욱_ 그렇죠.

이동진_ 〈올드보이〉에서 이우진은 모든 것을 예비하고 주재하는 창조주 같습니다. 오대수는 그가 만든 피조물 같고요. 사설 감옥에 갇혀 있을 때 텔레비전이 친구도 되고 애인도 된다고 설명하는 대목에서 텔레비전에 비치는 친구의 이미지로 프랑켄슈타인이 등장한다거나, 오대수가 몬스터로 지칭되는 것도 마찬가지 맥락에 놓여 있는 듯합니다. 그런데 이렇게 일방적이며 수직적인 두 인물의 관계를 감독님은 왜 극의 후반부에서 인상적인 분할화면 쇼트를 통해 수평선상에 놓으며 동전의 양

면과도 같은 관계인 것으로 그려내셨는지요. 그 쇼트에서 전화를 받는 같은 동작의 이우진과 오대수의 얼굴을 반쪽씩 붙여 마치 한 인물의 양면처럼 보이도록 연출하셨는데요.

박찬욱_ 같은 인물의 양면이라기보다는 두 사람이 상호의존적이라는 생각이 더 컸어요. 이우진과 오대수는 상대에 대해 앙갚음을 하려고 모든 것을 준비하고 있을 때에만 고통을 잊고 몰두할 수 있는 사람들인 거죠. 둘은 서로가 없으면 공허한 사람들입니다. 상대방이 있어야 살아갈 의미가 생기는 보족적인 관계라고 할까요. 〈올드보이〉는 많은 것이 쌍으로 이루어져 있어요. 극의 종반부에서 주인공도 두 명의 오대수로 분리된 끝에 하나는 늙어 죽고 다른 하나만 남는다는 걸 보여주잖아요.

이동진_ 만일 오대수가 없었다면 확실히 이우진은 누나가 자살한 뒤에 일찌감치 죽었을 인물로 보입니다. 어찌 보면 이우진을 살아가게 해준 유일한 사람은 바로 오대수일 수도 있을 듯합니다.

박찬욱_ 바로 그거죠. 그걸 명확하게 표현한 게 이우진이 오대수의 머리에 자신의 머리를 갖다대고 총을 쏘아 함께 죽으려는 듯 시도하는 장면이에요. 머리 두 개 달린 하나의 샴쌍둥이 같은 이미지죠.

이동진_ 권총 자살과 관련된 머리 두 개 달린 하나의 샴쌍둥이 모티브도 〈복수는 나의 것〉에 등장하죠. 영미가 류에게 들려주는 우스개 이야기에서 머리 둘 달린 남자가 자신의 머리를 쏘는 상황이 나오니까요.

박찬욱_ 그러네요.(웃음)

— 아유, 이거 어떡하나. 성질 같으면 확 죽여버리고 싶은데 그러자니 가둔 이유를 모르겠고, 고문을 하자니 지가 먼저 죽어버린다고 그러지. 자, 복수를 하느냐 이유를 알아내느냐. 아이구, 이거 큰일났네.

〈올드보이〉에서 유지태가 분노와 궁금증 사이에서 어쩔 줄 모르는 최민식에게 빈정대며

이동진_ 최악의 상황에서도 이유를 궁금해하는 〈복수는 나의 것〉의 엔딩 장면과 〈올드보이〉의 핵심 모티브 중 하나가 이어지는 부분은 어떻습니까. 죽음과 삶이 엇갈리는 순간조차 인간은 결국 '왜'를 묻는 존재라는 건데요.

박찬욱_ 동진이 엔딩에서 판결문을 읽으려고 애쓰는 것은 〈복수는 나의 것〉에서 제가 생각한 핵심 장면이었어요. 그리고 그건 애당초 이 영화 출연을 망설였던 송강호 씨가 동진 역할을 연기하고 싶게 만들었던 몇 장면 중의 하나이기도 했죠. 그 장면에 담긴 것은 자기 인생이 왜 이렇게 됐는지에 대한 안타까운 호기심 같은 거라고 할까요. 그게 〈올드보이〉에서 사설 감옥에 갇힌 오대수의 심리와 연결되지요. 이유를 전혀 모르는 채로 감옥에 들어가고 나오는 것 자체가 자기 의지가 아니었던 것과 상통하니까요. 그게 이 영화를 신화적인 동시에 실존적인 이야기로 볼 수 있게 하는 부분일 겁니다. 그걸 알려고 하는 게 인간적인 노력인 걸 테니까요. 사실 복수해야 하는 상황을 만들어내기는 쉬워요. 아이가 죽는다든지 아내가 어떻게 된다든지 하면 관객들은 주인공을 동정하면서 그 복수를 저절로 응원하게 되니까요. 하지만 복수극을 만들 때 단순하고 동물적인 감정의 폭발로만 일관하는 상황이 되어버리는 건 조심해야 합니다. 그건 복수극을 통해 인간의 실존을 탐구할 수 있는 가능성을 박탈해버리는 결과를 낳으니까요. 그러니까 그렇게 하지 않기 위해서라도 복수를 지연시키는 장치가 필요합니다.

─ 누구한테 원한을 샀다거나 그런 적 없습니까. 그래도 한번 잘 생각해보시죠.
─ 나름대로 착하게 살았다고 생각합니다.
─ 그래도 분명히 있을 겁니다, 몇 명.

〈복수는 나의 것〉에서 유괴살해 사건을 수사하게 된 형사 이대연과 딸을 잃은 송강호의 대화

형사와 동진의 대화에 담긴 모티브가 〈올드보이〉에도 중요하게 자리잡고 있는 것은 어떤가요. 그건 〈복수는 나의 것〉에서 가장 중요한 대사들 중 하나일 텐데요.

어떤 탐정 소설을 봐도 '짚이는 사람이 없냐'고 피해자가 질문받기 마련인데, 사실 그건 피해자에게 가해 사실을 고백하라고 하는 것과 마찬가지잖아요? 피해자로서는 기가 막힐 텐데, 그래도 현실적으로는 수사 과정에서 꼭 필요한 질문이죠. 제가 흥미롭다고 생각한 것이 그 부분이었어요. 누구나 다 있게 마련인데, 그게 제 관심인 죄의식과도 결부되어 있고요. 그래서 그런 모티브가 〈복수는 나의 것〉과 〈올드보이〉 모두에 등장하게 됐죠.

—그건 내 옥중일기이자 악행의 자서전이었다. 그런대로 무난한 인생이라고 생각했는데, 너무 많았다.

〈올드보이〉에서 최민식이 누가 자신을 가두었을지에 대해 사설 감옥에서 추리하다가 자신이 저질렀던 나쁜 짓들을 하나하나 떠올려보며

그런 모티브는 아무래도 〈복수는 나의 것〉보다는 〈올드보이〉가 더 집중적으로 다루었던 것 같습니다. 일단 오대수는 감옥방에서 계속 자신의 과거를 되새김질하면서 '악행의 자서전'을 쓰니까요.

누구라도 그 상황에 처하게 되면 비슷하지 않겠어요? 이유를 모르는 채로 어딘가로 잡혀왔다면 그 이유에 대해서 자꾸 생각해보게 되겠죠. 예전에 시험 볼 때 커닝한 것부터 시작해서 남편 몰래 바람피운 것까지, 오대수처럼 하나하나 자신이 잘못했던 일들을 떠올려볼 수밖에 없을 거예요. 바로 그게 그 영화를 만들게 했던 시발점이었어요. 애초에 그 원작을 프로듀서가 제게 가져왔을 때, 갇힌 사람이 자기가 예전에 저지른 잘못에 대해 돌이켜보며 기록을 한다는 점에 가장 큰 흥

미를 느꼈거든요. 그래서 영화로 만들 때는 그 모티브를 굉장히 길게 가져가려고 했죠. 원래 생각으로는 오대수가 감금방에서 나온 후 사람들을 찾아다니는 장면을 한참 묘사하려고 했거든요. 예전에 자신이 잘못을 저질렀던 사람들을 하나하나 찾아가서 '그때 내가 정말 잘못했다'고 사과도 하면서요. 그런 과정을 많이 넣으려고 했는데 극장 영화가 미니 시리즈는 아니라서 결국 그렇게 하지 못했죠.

이동진_ 원래 의도대로 찍으셨다면 짐 자무시의 〈브로큰 플라워〉와 비슷한 플롯의 영화가 됐을 수도 있었겠네요.

박찬욱_ 찾아가보니까 누구는 이미 죽었다든가, 누구는 전혀 그 사실을 기억조차 못하고 있다든가, 뭐 그런 이야기들이 펼쳐지는 거죠.

- 여기가 체크 포인트 투, 여기가 체크 포인트 쓰리인데. 야, 여기 좌표가 뭐라고?
- 지금 우리가 여기면 체크 포인트 쓰립니다.
- 야, 그런 좌표는 없잖아? 허, 넘어왔다는 거야, 지금?

  〈공동경비구역 JSA〉에서 국군 병사들이 비무장지대에서 작업을 펼치던 중 자신들도 모르는 사이에 군사분계선을 넘었다는 사실을 뒤늦게 깨닫고

이동진_ "바윗돌이든 모래알이든 가라앉는 것은 마찬가지"라는 대사를 빌어서 말해본다면, 사실 〈올드보이〉의 이야기가 그토록 가슴 깊이 파고드는 것은 바윗돌이 가라앉는 이야기가 아니라 모래알이 가라앉는 이야기이기 때문이라고 저는 생각합니다. 바윗돌 가라앉는 이야기가 바로 일반적인 장르 영화에서 다루는 이야기겠죠. 바윗돌이 가라앉았으니까 그에 상응하는 앙갚음을 하는 게 보통의 복수극인데, 이 영화에서는 모래알이 가라앉은 상황이기에 사정이 완전히 다릅니다. 오대수로서는 반성의 시간을 오래도록 보내며 악행의 자서전을 빼곡히 써냈음

에도 불구하고 미처 생각해내지 못했던 아주 작은 이유 때문에 그렇게 큰 복수를 당하죠. 이런 극 중 설정에는 감독님이 인간의 실존을 보는 시선이 고스란히 담겨 있는 듯한데요.

박찬욱_ 자기가 모르면서 지은 사소한 잘못이 어떤 사람에게는 엄청난 비극의 씨앗이 될 수 있다는 게 그 핵심이겠죠. 그런 이야기들이 제게 흥미로운 것 같아요. 오대수가 악행의 자서전에 적은 목록은 사설 감옥에서 나간 후에 찾아가서 복수해야 할지도 모를 사람들의 목록이면서 동시에 자신의 일생을 통틀어 제일 미안했던 사람들의 목록이라는 점에서 이중적이죠.

이동진_ 극 중 악행의 자서전에서 거론되는 이름들은 모두 어떻게 지으신 건가요.

박찬욱_ 과거 제 영화에 참여한 연출부들의 이름입니다. 걔네들에게 내가 잘못한 게 뭐가 있을지를 생각하면서 적어봤어요.(웃음)

– 하지만 우린 달라.

〈복수는 나의 것〉에서 돈을 받으면 곧바로 아이를 되돌려줄 것이기 때문에 다른 유괴범들과 달리 문제가 되지 않을 것이라고 배두나가 신하균에게 설명

이동진_ 그러나 적지 않은 공통점들에도 불구하고 〈공동경비구역 JSA〉와 〈복수는 나의 것〉의 서로 다른 느낌 못지않게, 〈복수는 나의 것〉과 〈올드보이〉 역시 완전히 다른 색깔을 가진 영화들로 보이기도 합니다.

박찬욱_ 〈공동경비구역 JSA〉와 〈복수는 나의 것〉을 연이어 만들고 나니까 제 영화에서 사회적인 이슈를 나름대로 정리해봤다는 기분이 들었어요. 남한 사회에서 살면서 남북문제와 계급문제를 한 번씩 다뤘으니까요. 그러다 보니 자연스럽게 마음의 흐름이 더 이상 그런 영화를 만들고 싶지는 않다고 생각하게 되더라고요. 좀더 신화적인 느낌의 영화를

하고 싶어졌다고 할까요. 그때 〈올드보이〉가 제게 온 것이니, 색깔이 다를 수밖에 없었을 거예요.

— 저는 이제 모든 쾌락을 갈구합니다.
〈박쥐〉에서 뱀파이어가 된 신부 송강호가 성직자 생활을 끝내고 환속할 것을 선언하며

이동진 〈올드보이〉는 미학적으로 과잉의 에너지가 절묘하게 극을 이끄는 영화였습니다.

박찬욱 〈복수는 나의 것〉을 워낙 건조하고도 미니멀하게 찍었기 때문에 〈올드보이〉는 힘차고 콘트라스트가 강하고 늘 에너지가 넘치고 부글부글 끓는 것 같은 영화로 만들고 싶었죠. 그래서 영화적인 기교를 아끼지 않고 사용해보려고 했어요. 그게 그 영화의 개성이 되어버렸죠. 사실 〈올드보이〉는 그런 과잉의 스타일 때문에 관객들이 부담을 느끼지 않을까 싶기도 했어요. 유치하리만큼 장난스러운 장면들도 많았고요. 그래서 이런 영화를 어떻게 받아들일까에 대해 걱정도 많이 했는데, 저 자신이 그냥 그 길로 이끌려간 것 같아요. 최대한 억제하고 절제하면서 찍은 〈복수는 나의 것〉 때 제게 답답함이 좀 있었나 봐요.

이동진 두 영화는 카메라 사용법에서도 서로 상반되죠. 〈복수는 나의 것〉에 고정 카메라 쇼트가 많은 반면, 〈올드보이〉에서는 카메라가 훨씬 더 역동적으로 움직이니까요.

박찬욱 그것 역시 〈복수는 나의 것〉의 반작용이에요. 〈올드보이〉의 그런 카메라 워크는 자신은 모르고 있지만 항상 도청당하고 감시나 미행을 당하는 상황 속에서 누군가가 멀리서 지켜보는 것 같은 느낌을 주려고 한 것이기도 하고요.

〈복수는 나의 것〉 다음에 나온 〈올드보이〉는
전작에 등장하는 세 가지 요소가 발전되어
만들어진 작품이라는 느낌이 강하게 듭니다.
〈복수는 나의 것〉 엔딩에서 동진이 칼에 맞아
죽어가면서도 자신의 가슴에 박힌 처형 사유
내용을 읽으려고 애쓰는 장면,
유괴되어 죽은 딸이 환상 속에서 나타나
동진의 허리를 두 다리로 꽉 조일 때
근친상간적인 모티브가 슬쩍 드러나는 장면,
원한 산 일이 없다고 말하는 동진에게
형사가 그래도 몇 명은 있을 테니
다시 생각해보라고 말하는 장면,
이렇게 세 장면 말입니다.

신작은 전작의 반작용이기도 하고 연장이기도 하죠. 지금 지적하신 게 바로 그런 부분입니다. 우선 〈복수는 나의 것〉의 근친상간적인 모티브는 가해자인 류와 피해자인 동진을 연결시켜주는 요소 중 하나로서 떠올렸던 거죠.

-이렇게 하면 찌를 때 날 끝이 위로 미끄러지면서 잘 안 들어
 갑니다. 그럼 손이 미끄러지면서 다칠 수도 있구요. 그러니까
 항상 이렇게 잡아주세요. 아니면, 아예 이렇게 찍으시든지.
 〈친절한 금자씨〉에서 형사가 직접 복수를 하게 될 유족들에게 칼 사용법을 알려주면서

이동진_ 그렇다면 그 이후에 나온 〈친절한 금자씨〉는 〈올드보이〉의 어떤
측면에 대한 반작용의 결과인가요?

박찬욱_ 〈올드보이〉까지 찍고 나니 그 다음에는 여자 주인공이 나오는 영
화를 만들어야겠다는 생각이 들었던 거죠. 영화감독은 바로 직전에 무
엇을 했느냐에 따라 다음 행보가 결정되는 경우가 많아요. 그 직전 영
화가 이후의 방향을 향해 감독을 민다고 할까요. 그러다가 결국 애들
이 나오는 〈싸이보그지만 괜찮아〉라는 어린이 영화까지 한번 해본 거
죠.(웃음) 저는 늘 그렇게 이리저리 떠밀려서 여기까지 온 겁니다. 무엇
인가를 미리 정하거나 계획하거나 결심해서 영화를 만들어오진 않은
듯해요.

-그 후 1년. 나는 사진을 그만두었고 그녀는 이제 대중의 스
 타가 되어 있다. 잡지에서 TV에서 영화에서, 나는 그녀를
 매일 만난다.
 〈달은…해가 꾸는 꿈〉의 종반부에서 동생 이승철이 죽고 난 뒤 1년이 흐른 시점에서 송승
 환이 나현희에 대해 내레이션으로 언급

이동진_ 감독님께 국제적으로 가장 큰 명성을 가져다 준 작품은 〈올드보
이〉일 겁니다. 전세계적으로 가장 유명한 인터넷 영화사이트인 IMDB에
가서 확인해보니, 20만 명이 넘게 투표한 이 영화의 평점 순위가 10점 만
점에 8.4로 역대 최고 영화 82위의 순위에 올라 있더라구요. 그 앞뒤 순

위의 영화로 81위 〈이터널 선샤인〉과 83위 〈제3의 사나이〉가 있더군요. IMDB가 미국 사이트라서 순위의 대부분이 미국영화라는 걸 감안하면 정말 높은 순위죠. 물론 한국영화로 가장 높은 순위이기도 하고요. 전 세계의 관객들에게 감독님이 무엇보다 〈올드보이〉의 연출자로 대표되고 있다는 것에 대해서 어떻게 느끼십니까.

박찬욱_ 맘에 들진 않아요. 그 직후의 몇 년은 괜찮은데, 〈올드보이〉 이후 몇 편을 더 만든 지금까지도 그렇게 대표되는 건 싫죠. 그 영화에 대해서 유독 왜들 그러시는지에 대해 저도 한때는 궁금했어요. 제 작품들을 놓고 제가 우열을 가리는 것이 우습지만 그 영화가 가장 우수한지에 대해서도 잘 모르겠어요. 아마도 〈올드보이〉가 신화적 원형을 가진 영화이기 때문에 그렇지 않을까 싶은 게 제 막연한 짐작일 뿐이에요. 〈올드보이〉가 제 영화들 중에서 가장 낭만적이라는 점 때문에 대중성을 갖게 된 게 아닌가 싶구요. 사실 저는 IMDB의 평점을 별로 중요하게 생각하지 않아요. 제가 진정으로 숭배하는 작품들은 대부분 점수가 낮거든요.

이동진_ 영화를 만들 때 〈올드보이〉는 감독님께 어떻게 달랐습니까.

박찬욱_ 제가 만든 영화들 중에서 가장 젊은 영화인 것 같습니다. 〈올드보이〉 이전에 만든 영화들보다도요. 다시 보면 어느 정도 치기가 있는 반면 발랄한 아이디어도 많고, 그러면서 분노와 정열이 막 들끓고 있다는 것이 느껴져요. 거의 모든 프레임에서 그런데, 최민식 씨의 연기뿐만 아니라 제 자신에게도 그런 기운이 있었음을 느낄 수 있죠. 이제는 앨범 속 추억의 사진 같기도 하죠. '나에게도 피 끓는 청년 시절이 있었구나' 싶다고 할까요. 그때는 제가 남자였죠.(웃음) 그 영화를 만들면서 무엇보다 인공적일 필요가 있다고 생각했어요. 이건 허구의 세계를 그리는 영화라는 걸 분명히 드러내고 싶었다고 할까요. 그래야 끔찍한 부녀관계에 대해 알게 되는 순간이 와도 관객들이 견디면서 볼 수 있다고 판단했던 겁니다. 전작이었던 〈복수는 나의 것〉처럼 사실적으로 묘사하는 영화였다면 저 같아도 못 볼 듯했거든요. 온전히 영화적인 유원지의 놀이기구에 탑승해서 한 바퀴 도는 것 같은 작품을 만들고 싶었어요. 테마파크의 '유령의 집' 같은 데 가면 사람들 목이 뎅강뎅강 떨어져 나가잖아요? 그런 걸 보면서 잠깐 비명도 지르지만 나중에는 결국 관람객들이 웃으면서 나오죠. 〈올드보이〉는 그래야 된다고 생각했어요. 그러다 보니 영화적인 기법이나 각종 기교들을 적극적으로 쓰게 된 거예요. 시네마틱한 세계를 만드는 게 목표였던 겁니다.

− 어느 집에 가든지 모두가 널 좋아할 수밖에 없다는 거, 엄만
  알고 있었어.
  〈친절한 금자씨〉에서 이영애가 딸이 아주 어렸을 때를 회상하면서

이동진 저는 미국 USC에서 방문연구원으로 1년간 체류한 적이 있습니다. 그때 영화를 전공하는 미국의 대학원생들과 한국영화에 대해 이야기를 나눠본 적이 있어요. 그때가 〈올드보이〉가 나온 다음해인 2004년이라서 그랬는지 몰라도, 다들 그 영화에 대해서 집중적으로 이야기하더군요. 그때 이미 〈올드보이〉가 우리가 생각하는 것 이상으로 국제적으로 확고하게 알려져 있다는 것을 느낄 수 있었죠.

박찬욱 제 다른 작품들과는 비교도 안 되게 널리 알려졌죠. 유독 〈올드보이〉만이 폭넓게 열광적인 반응을 해외에서 얻었는데, 이것도 운명인가 싶더라고요. 제가 예전에 소위 컬트라고 불리는 영화들 중에서 좋아하는 작품이 많았는데, 〈올드보이〉가 그와 유사한 상황이 되었더라고요. 내가 그런 영화들을 과거에 좋아했기에 지금 내 영화가 이렇게 됐나 싶기도 하고요. 정말 세계 어디를 가도 영화를 좋아하거나 영화계에 종사하는 사람들 중에서는 〈올드보이〉를 안 본 사람을 못 만나봤어요.

이동진 전세계 어딜 가도 이 영화의 팬임을 자처하는 분들의 사인 요청

을 받고 계시죠? 심지어 영화 속에 나오는 장도리를 들고 와서 그 위에 사인을 받는 사람들이 많다는 얘기도 들었습니다. 노르웨이나 스웨덴 같은 곳에서 몸집이 크고 우락부락한 거한들이 장도리를 들고서 사인 받기 위해 주욱 줄 서 있는 풍경을 생각하면 좀 오싹해지기도 하지만 요.(웃음) 〈올드보이〉와 관련해 외국에서 직접 들으셨던 수많은 말들 중에서 어떤 게 가장 인상적이었습니까.

박찬욱 ─ 흠, 글쎄요. 기억이 나지 않는다는 사실로 기억나는 게 하나 있네요. 칸 영화제 폐막 후에 열린 수상자 파티에서 그해의 심사위원 중 하나였던 틸다 스윈튼을 처음 만났어요. 그 여신 같은 틸다가 우아한 액센트로 찬사를 늘어놓는데 잘 알아듣지 못하겠더라고요. 마치 셰익스피어의 소네트를 읊는 것 같았는데, 형용사 몇 개만 알아들었죠.(웃음) 그래도 틸다 스윈튼에게 그런 말을 듣다니, 이게 꿈인가 생시인가 싶었어요.

이동진 ─ 감독님의 필모그래피에서 상업적으로 가장 크게 성공한 작품은 〈공동경비구역 JSA〉였고 그 영화 역시 비평의 지지를 받았지만, 감독님께 가장 큰 명성을 가져다 준 작품은 확실히 〈올드보이〉인 것 같습니다. 아마도 한국영화로는 세계적으로 가장 많이 알려진 작품이 아닐까 싶어요. 칸 영화제에서 〈올드보이〉가 심사위원대상을 수상했을 때 최고상에 해당하는 황금종려상을 받은 작품이 마이클 무어의 〈화씨 9/11〉이었죠. 하지만 최근엔 〈화씨 9/11〉에 대해 거론하는 경우가 거의 없지 않습니까. 물론 그 영화만의 가치가 있겠지만 10년이란 시간이 흐르는 동안 〈화씨 9/11〉이란 영화는 점점 잊혀져가는 상황에서 〈올드보이〉는 이제 고전의 반열에 오르고 있는 것으로 보입니다. 이 영화가 감독님 이력에 결정적인 작용을 했다고 생각하시죠?

박찬욱 ─ 그럼요. 하지만 그 바탕이 되어준 것은 〈공동경비구역 JSA〉일 거예요. 〈공동경비구역 JSA〉는 제게 예술적인 권한과 자율성을 보장해준 영화였죠. 그 영화가 보장해준 자유를 가지고 〈복수는 나의 것〉과 〈올드보이〉를 만든 겁니다. 두 편은 정말 상이한 스타일을 가진 영화들인데, 새가 좌우의 날개를 가지고 나는 것처럼, 제게는 두 날개 같은 작품이에요.

– 다들 짱짱한 집안이신 거 같은데요?
〈친절한 금자씨〉에서 직접적인 복수를 앞둔 유족 중 한 사람이 부유한 다른 유족들 사이에서 위축되는 것을 느끼며

이동진_ 〈올드보이〉가 나왔던 2003년에는 봉준호 감독님의 영화 〈살인의 추억〉도 발표됐죠. 지금 돌이켜보면, 지난 30여 년간 한국영화의 활력이 정점에 달했던 게 2002년에서 2004년 사이 어디쯤 아니었나 싶습니다.

박찬욱_ 저는 그때 30대 후반의 나이였죠. 오랫동안 어려운 시절을 겪다가 〈공동경비구역 JSA〉의 흥행 성적 때문에 마음껏 영화를 찍을 수 있는 환경이 되면서 정말 신이 나서 작업하던 상황이었어요. 항상 꿈에 그리던 배우들과 함께 일을 하게 되고 새로운 재능들과도 만나면서 그 시절이 무척이나 재미있었어요. 〈올드보이〉의 내용은 그토록 참혹했지만 그걸 찍는 현장에선 매우 즐겁고 행복해서 항상 장난치며 웃곤 했죠. 그렇게 소풍 다니듯 찍은 영화에요.

이동진_ 감독님뿐 아니라 한국영화계의 분위기 자체가 아무래도 요즘과는 상당히 달랐죠?

박찬욱_ 뭔가 이루어지고 있다, 뭔가 심상치 않은 일들이 지금 이 동네에서 벌어지고 있다, 뭔가 역사적인 순간과 역사적인 현장에 내가 서 있다는 기분을 실제로 느낄 수 있었던 시절이었어요.

– 이거 보통 잔인한 새끼가 아냐. 혼자서 세 놈 살해하고.

〈복수는 나의 것〉에서 장기밀매업자 셋이 잔혹하게 살해된 상황에 대해 형사 이대연이 송 강호에게 전화를 통해

이동진 〈복수는 나의 것〉과 〈올드보이〉에 이후 작품인 〈친절한 금자씨〉까지 더해서 흔히 '복수 3부작'이라고 하잖습니까. 감독님 자체가 외국에 '미스터 벤전스Mr. Vengeance'라는 별칭으로 알려져 있기도 하구요. 그런데 지금 말씀하신 것처럼, 〈친절한 금자씨〉는 앞의 두 편에 비하면 좀 외따로 떨어진 느낌이 없지 않습니다. 〈복수는 나의 것〉과 〈올드보이〉가 스타일상으로는 대조가 되지만, 영화가 하고자 하는 이야기를 포함해 서로 훨씬 더 근친 관계가 성립하는 것 같습니다. 그런 측면에서 두 영화의 관계는 참 흥미롭습니다.

박찬욱 제게도 두 편이 그렇게 쌍을 이루는 작품으로 남아 있어요. 〈친절한 금자씨〉는 일종의 메타 복수극 같은 것이었습니다. 복수극 자체를 공연하고 관람하는, 연출하는 행위에 관한 작품이라고 할 수 있죠.

이동진 처음부터 '복수 3부작'을 만드실 생각이 있으셨던 것 아니죠?

박찬욱 그럼요. 〈올드보이〉를 만들겠다고 발표할 때 기자들이 "또 복수극이냐"고 자꾸 묻길래 "한 편 더 만들어서 3부작을 하겠다"고 즉흥적으로 했던 소리였어요. 내뱉어놓은 말이 있으니까 약속을 지키기 위해서라도 이후에 복수의 테마를 가진 작품을 만들긴 만들어야 했지만, 그게 어떤 영화가 될지는 저도 모르는 상태였죠. 〈올드보이〉를 완성하고 나서야 '아, 다음 작품은 여자 주인공이다'라는 생각을 하게 됐어요.

– 아저씨랑 얘기했어요. 몬테 크리스토 백작? 여기 그런 사람 없어요.

〈올드보이〉에서 강혜정이 인터넷으로 채팅을 하던 중 누군지도 모르는 상대방이 갑자기 몬테 크리스토 백작을 언급하자 부정

이동진 사실 복수를 테마로 한 모든 텍스트 중에서 가장 유명한 것은 알렉상드르 뒤마의 〈몬테 크리스토 백작〉 아닙니까.

박찬욱 제가 〈몬테 크리스토 백작〉을 어려서 읽었던 경험이 결국 복수극을 세 편이나 만들게 된 이유일 거예요. 가장 좋아했고 흥분했던 스토리였죠.

- 여자 교도소에 자원봉사를 나가게 된 건 다리를 절어서 장가 못 가면 어떡하냐고 하도 걱정을 하셨기 때문입니다.

〈친절한 금자씨〉에서 제과점을 하는 오달수가 여자 교도소에 자원봉사를 하게 된 경위를 토로

이동진 〈친절한 금자씨〉 이전 영화들은 모두 결국 남자들의 이야기잖습니까. 극 중 남녀 관계보다는 남자들 사이의 관계가 훨씬 더 끈끈하게 묘사되기도 하고요. 그런데 말씀하신 대로 〈친절한 금자씨〉에서는 처음으로 여자 이야기를 다루셨죠. 그 다음 작품인 〈싸이보그지만 괜찮아〉 역시 사실상 여자 주인공의 이야기라고 할 수 있을 거구요. 이렇게 연이어 두 편의 영화에서 여성 캐릭터를 전면에 내세우게 된 것은 어떤 이유 때문입니까.

박찬욱 〈올드보이〉를 만들 때까지는 제가 성장하고 살아오면서 좋아했던 영화들이 지배했던 시기라고 할 수 있을 거예요. 그러다 〈친절한 금자씨〉 때부터 저 개인의 생각이 보다 더 명확하게 형성됐고 보다 주체적으로 영화를 대하게 됐다고 할 수 있죠. 예전에 남이 만든 영화들을 볼 때는 마초적인 작품들을 정말 많이 좋아했거든요.

- 따뜻하구만.

〈공동경비구역 JSA〉에서 북한 병사 송강호가 군사분계선을 넘어 북의 초소로 처음 온 김태우를 안으면서

이동진_ '복수 3부작'은 세 편 모두 이야기와 묘사 수위에서 참 지독한 영화들이죠. 그런데 〈싸이보그지만 괜찮아〉는 이전까지의 감독님 영화들과는 사뭇 달랐습니다. 무엇보다 가장 밝은 엔딩을 가진 영화였고, 감독님 스스로 로맨틱 코미디라고 부르실 정도로 귀엽고 따뜻한 측면이 있는 작품이었죠.

박찬욱_ 저라고 언제까지나 복수하는 영화만 찍을 수는 없는 거죠.(웃음) 데이비드 린치도 순하기 이를 데 없는 〈스트레이트 스토리〉 같은 영화도 찍었잖아요. 예를 들어서 음악만 해도, 브람스를 생각하면 다들 심각하고 우울한 사람으로 여기지만, 그 역시 〈대학축전서곡〉 같은 것도 작곡하지 않았습니까. 영화를 만드는 사람들은 흔히 특정한 카테고리에 넣어져서 이해되는 경향이 많은 것 같은데, 저 자신은 그런 종류의 영화도 해보고 싶다는 생각을 예전부터 갖고 있었어요. '복수 3부작'을 끝내놓고 나니까, 그런 카테고리의 영화는 웬만큼 한 것 같다는 느낌이었죠. 의도적으로 이런 밝은 영화를 했다기보다는 지극히 자연스럽게 그쪽으로 연결이 된 것 같네요.

- 그냥 희망을 버려. 그리고 힘냅시다.
〈싸이보그지만 괜찮아〉의 마지막에서 스스로 싸이보그라고 생각하는 임수정이 충전할 수 있는 번개를 기다리다가 끝내 번개가 안 칠까 봐 걱정하자 정지훈이 위로

이동진_ 아울러 〈싸이보그지만 괜찮아〉는 감독님 영화 중에서 비극적으로 끝나지 않는 첫 영화입니다. 그러나 그렇게 밝게 끝나면서도 희망이란 단어를 부인합니다. 하지만 쉬운 희망을 거부하고도 이 영화는 '그

래도 살아가야 한다'고 힘차게 강변합니다. 저는 극 중 두 차례 반복되는 '희망을 버리고 힘을 내라'는 대사가 이 영화의 핵심이라는 느낌까지 듭니다.

박찬욱_ 그 말은 이 영화의 키워드 같은 문장이죠. 사실 희망이란 말은 사랑이란 말만큼이나 남용되고 때가 타서 거의 무의미해진 말이라고 생각해요. 희망이란 말을 하면 오히려 쑥스러워지고, 배운 사람 입에서 나와선 안 되는 단어처럼 느껴지게 되는 상황이 됐으니까요. FM 라디오를 듣다보면 희망을 예찬하는 말을 DJ들이 참 자주 반복하는데, 무척 듣기 싫다는 생각을 하게 됩니다. 사실 희망을 갖는다고 되긴 뭐가 되겠습니까. 희망을 가지면 뭐든 다 이루어질 것처럼 말하지만, 제가 겪어본 바로는 그렇지도 않습니다. 그러니 그런 거짓말을 집어치우자는 것이지요. 그래서 저는 희망을 가지라고 말하는 영화에서 희망을 버리라는 대사를 넣고, 사랑 영화를 연출하면서도 사랑이라는 말을 안 쓴 채 만들고 싶었어요. 모두가 거짓말을 하는 세상에서 희망이 지고지선이라면서 뻔한 말을 반복하고 싶진 않아요. 희망 없이도 살 수 있고 살아야 한다고 생각해요. 삶이란 앞으로 좋아질 것이라는 걸 바라지 않고도 살아야 하는 것이니까요. 중요한 것은 버티는 것이고 살아남아야 한다는 것입니다.

이동진_ 〈싸이보그지만 괜찮아〉를 만드실 때의 상황을 〈스트레이트 스토리〉 때의 데이비드 린치에 비교하셨으니 저도 한 번 더 린치를 떠올려보겠습니다. 데이비드 린치가 〈스트레이트 스토리〉를 만든 후 그 다음 작품으로 연출한 게 이전보다 훨씬 더 극악한 〈멀홀랜드 드라이브〉였잖습니까.(웃음) 〈싸이보그지만 괜찮아〉 이후에 나온 〈박쥐〉 역시 감독님의 필모그래피에서 비슷한 경우가 되지 않을까 싶은데요. 더구나 제 판단으로는 그 두 작품이 각각 만든 이의 가장 뛰어난 영화로 평가할 수 있다는 점에서도 유사점이 있구요.

박찬욱_ 그럴 수도 있겠죠. 어차피 뱀파이어 영화라는 것은 다들 알고 극장에 오실 테니까 장면들이 좀 폭력적이고 종종 피가 솟구치더라도 그런 묘사들에 대해서는 자연스럽게 받아들이지 않을까 싶었던 겁니다. 소위 '복수 3부작' 이후 제 영화세계가 잔인하다는 반응이 많았기에 그다음 작품인 〈싸이보그지만 괜찮아〉를 곱고 귀엽게 만든 것인데, 그래도 싫다면 이 세계로 돌아갈 수밖에 없다고 생각한 거죠.

> – 이제 나는 내가 직접 겪은 이야기 하나를 전하려 한다. 보고 듣고 상상한 것 모두를 사진처럼 정확하게 재현해야 하는 것이다.
>
> 〈달은…해가 꾸는 꿈〉에서 사진작가인 송승환의 내레이션

이동진_ 감독들은 흔히 한두 가지의 이미지를 머리에 떠올리는 것으로 특정 영화를 시작하시는 경우가 많은 것 같습니다. 그렇다면 〈싸이보그지만 괜찮아〉를 처음 구상하실 때는 제일 먼저 어떤 이미지를 떠올리셨는지요.

박찬욱_ 정신병원에 환자들이 모여 앉아서 이야기를 나누고 있는 모습이었어요. 애초부터 스스로를 싸이보그라고 생각하는 환자 이야기를 만들려고 했던 것은 아니었죠. 그리고 두 번째 이미지가 있다면 제 꿈에 나온 장면인데, 나중에 이 영화에 묘사된 것처럼 손끝으로 기관총을 쏘듯 총알을 난사하는 소녀의 모습이었지요. 원래 꿈속에서는 허벅지 안쪽이 벌어져서 새로운 탄환이 장전되는 것이었는데 영화적으로 그렇게 묘사하기에는 좀 꺼려지는 부분이 있더라고요.(웃음) 이후에 싸이보그 망상증을 가진 소녀 환자의 이야기가 추가되어서 영화가 골격을 갖추게 된 것이죠.

– 너 가졌을 때가 생각나.
〈친절한 금자씨〉에서 이영애가 십수 년 만에 만나게 된 자신의 딸에게

이동진 〈스토커〉의 경우는 어떤가요. 웬트워스 밀러의 각본을 처음 받아들었을 때, 가장 흥미로웠던 대목은 어느 부분이었습니까.

박찬욱 뭐니 뭐니 해도 인디아의 샤워 장면이죠. 그 부분을 읽을 때 이 영화를 해야겠다는 결심이 생겼어요. 그리고 그 각본이 전체적으로 조용하다는 점이 마음에 들었어요. 각본을 읽다보면 그림이 떠오르기도 하지만 소리가 들리기도 하잖아요? 외딴 집에서 벌어지는 이야기이고 큰 액션 없는데다가 대사도 많지 않으니까 조용하게 느껴졌어요. 조용하면 지루하기 쉬운데, 그 각본은 긴장이 팽팽하더라구요. 제가 좋아하는 게 바로 그런 것들이기에 선택했죠.

이동진 그렇다면 〈스토커〉를 만들기 시작하면서, 반드시 살려내야 한다고 생각하신 요소나 장면들은 어떤 것인가요.

박찬욱 장면으로 얘기한다면 샤워 장면을 읽으면서 그 작품을 해야겠다고 결심했으니까 그 부분을 잘 살려내야 한다는 게 제일 중요했죠. 그 다음으로 어떤 원칙 같은 것을 말해보자면, 조용한 분위기를 계속 유지하면서도 긴장을 잃지 말아야 한다는 게 있었어요. 또한 이게 제가 잘 알지 못하는 영어로 찍는 영화인 만큼 대사가 많은 장면들, 예를 들어서 두 번에 걸쳐서 나오는 저녁 식사 장면들 같은 게 언어적으로 어색하면 안 되겠다고 생각하기도 했죠.

– 책 속의 교훈들을 모아서 네게 보낸다.
〈스토커〉에서 매튜 구드가 정신병원에 있는 동안 미아 바시코프스카에게 우송한 편지에서

이동진 〈박쥐〉는 에밀 졸라의 〈테레즈 라캥〉이 원작이죠? 훨씬 더 느슨하

게 각색하실 줄 알았는데, 생각보다는 원작 소설에서 많은 것을 가져오셨던데요?

박찬욱_ 특히 라여사와 관련된 부분들이 그런 느낌을 일으키지 않나 싶어요. 어쨌든 이 영화의 사건은 끝까지 라여사가 지켜보는 앞에서 모든 일이 벌어지는 셈인데, 그것은 원작의 특성이니까요.

이동진_ 등장인물들의 이름도 원작과의 관련 속에서 지으신 거죠?

박찬욱_ 태주는 테레즈와 비슷한 발음의 한국 이름으로 선택한 겁니다. 라여사는 라캥 부인을 한국식으로 표현한 것이고요.

─ 그러니까 유괴범이 유괴범 아이를 유괴한 거야. 재밌지? 재밌잖아.

〈친절한 금자씨〉에서 이영애가 제과점 점원인 김시후에게 자신의 과거에 대해 설명하며

이동진_ 그렇다면 송강호 씨가 맡은 배역인 현상현이란 이름은 어떻습니까. 한자로 상상해보면 '현상이 나타났다'의 뜻으로도 새길 수 있겠지만, 그 자체로 제게는 매우 종교적인 작명인 것처럼 들립니다. 이건 거꾸로 읽어도 똑같은 단어가 되는 일종의 회문回文palindrome이니까요. 현상현이란 인물이 처하게 되는 비극적인 영생 혹은 윤회의 굴레 같은 것이 담겨 있는 것 같다고 할까요.

박찬욱_ 정말 힘들게 지은 이름이에요. 첫번째 원칙은, 다른 인물들과는 달리, 이 사람만큼은 원작에서 음차하지 않겠다는 것이었죠. 원작과 가장 다른 사람이 바로 상현이니까요. 그리고 거꾸로 읽어도 똑같은 이름이 되도록 지으려 했어요. 지금 말씀하신 그런 의미를 담고 싶었거든요. 순환하는 운명이나 벗어날 수 없는 굴레 같은 것을 생각했죠. 그러다 어느 날 아내와 동네를 산책할 때 현상현이란 이름이 불현듯 떠올랐어요.

– 내 이름이 왜 오대수냐면은, 오늘만 대충 수습하면서 살자, 이래서 오대수거덩. 근데 왜 이렇게 오늘은 수습이 안 되냐.

〈올드보이〉에서 사소한 음주 폭행사건에 연루되어 파출소에 끌려온 최민식이 횡설수설

이동진 〈테레즈 라캥〉이 기본적으로 두 여자의 이야기라고 할 수 있는 데 비해 〈박쥐〉의 중심축은 상현이라는 남자라는 점을 생각하면, 다른 캐릭터들과 달리 원작으로부터 이름을 음차하지 않으려 하셨던 원칙이 이해가 되네요. 그러면 감독님이 만들어내신 인물들 중 가장 유명한 이름이 된 〈올드보이〉의 오대수는 어떻게 만들어진 이름인가도 궁금해지네요. 극 중 대사처럼 정말로 '오늘도 대충 수습한다'는 의미인가요? (웃음)

박찬욱 그거야 나중에 갖다 붙인 소리죠. 〈올드보이〉 이야기의 모티브를 반영하기 위해 오이디푸스를 한국식으로 줄여 만든 겁니다.

– 당신 도대체 누구야.
– 내 이름은……

〈올드보이〉의 도입부에서 오광록이 추락할 뻔한 상황에서 간신히 자신을 붙잡고 있는 최민식에게 다급하게 질문

이동진 〈스토커〉에서 찰리라는 이름은 무척 자연스러운 작명인 듯합니다. 각본을 쓴 웬트워스 밀러가 이야기 모티브를 히치콕의 영화 〈의혹의 그림자〉에 가져왔는데, 거기서 주인공인 삼촌의 이름이 찰리였으니까요.

박찬욱 연관성이 너무 강해서 사실 나는 다른 이름으로 바꾸고 싶었어요. 그런데 다들 반대해서 결국 그대로 쓰게 됐죠.

올드보이

개봉 2003년 11월 21일

출연 최민식 유지태 강혜정

상영시간 120분

CINEMA REVIEW

BOOMERANG INTERVIEW

영문도 모른 채 사설 감옥에 갇힌 오대수는 좁은 방에서 고통스럽게 세월을 보낸다. 15년 후 사설 감옥에서 풀려난 그는 자신을 감금한 게 누군지를 찾아내려 애쓰는 과정에서 일식집 요리사 미도와 사랑에 빠진다. 복수심에 불타는 대수 앞에 15년 전 그를 납치해 감금했던 우진이 어느 날 직접 모습을 드러낸다.

〈올드보이〉는 물론 스타일이 뛰어난 영화다. 그러나 이 영화의 후반부가 정교하게 짜놓은 덫 속으로 관객을 끌어들인 뒤 충격적인 결말로 후려치고 나면 아마도 그 모든 스타일은 잊혀질지도 모른다.

도덕적 저항감을 난폭하게 부수고 들어온 뒤, 운명을 목도한 자의 무력감에서 오는 긴 한숨으로 끝맺는 이 참혹한 이야기는 고대 그리스의 장대한 비극을 연상시킨다. 요약된 줄거리로 읽으면 무리가 많아 보이는 스토리지만 직접 보면 그런 느낌을 전혀 받지 않게 된다. 특정 장면에 이르면 그때까지 밟아온 이야기의 여정을 정반대 지점에서 통째로 되짚어보도록 만드는 탁월한 시나리오는 (오대수라는 이름에서 유추할 수 있듯) 오이디푸스 콤플렉스에서 창조주와 피조물의 관계에 대한 은유까지 다양하게 읽힐 수 있는 모티브를 풍부하게 변주한다.

〈올드보이〉의 스토리는 '바윗돌'이 가라앉는 이야기가 아니라 '모래알'이 가라앉는 이야기라는 점에서 그 여운이 오히려 길고 깊다. 엄청난 비극을 초래한 자의 잘못은 정작 그 자신에겐 기억해내지 못할 정도로 사소한 것이었다. 거대한 바윗돌처럼 자신의 삶을 뭉개고만 스스로의 행위가 미세한 모래알 같은 실수였다는 사실은 인과응보의 정량을 넘어선 난폭한 운명의 세계에 간신히 매달려 있는 인간의 실존을 그려낸다. 박찬욱은 인물들을 극단적 상황으로 몰아붙인 후에 생겨나는 감정을 증류해서 얻어낸 날것 그대로의 분노와 절망과 허무를 손바닥 위에 올려놓고 탄식하며 들여다본다. 이 영화 속의 그 많은 잔혹한 묘사들은 마음속에 감춰둔 어두운 감정들을 끄집어내기 위해 가슴을 절개하는 메스 같은 것일지도 모른다.

똑같이 '복수'라는 테마를 다뤄도 얼마나 다를 수 있는지 증명이라도 하듯, 박찬욱은 전작 〈복수는 나의 것〉

과 판이한 방법으로 〈올드보이〉를 만들었다. 절제의 미학을 추구한 〈복수는 나의 것〉이 정교하게 대패질을 한다면, 과잉의 미학을 좇은 〈올드보이〉는 전방위로 도끼질을 한다. 갖가지 테크닉을 화려하게 구사하는 촬영과 종종 표현주의적인 조명에서부터 두 주인공의 파격적인 헤어스타일까지, 다양한 방식이 이야기의 충격을 배가한다. 녹색과 자주색이 주조를 이룬 화면은 종종 녹슨 세월의 이끼와 인물들 마음에 밴 피멍을 대변하고, 편곡 방식에서 음량까지 과시적으로 넘쳐나는 음악은 심장 박동소리를 대신한다. 〈올드보이〉는 박찬욱의 필모그래피에서 가장 에너지가 넘치는 영화다.

자제라곤 모르는 이 매력적으로 뻔뻔한 영화는 "바깥 세상 역시 좀더 넓은 감옥"이란 비유부터 엘라 윌콕스의 시를 인용한 액자와 성경에 따른 비밀번호까지, 강조하고 싶은 부분은 두 번 이상씩 힘주어 반복하는 다변을 보인다. 수십 년 전 무심코 한 말 때문에 겪는 처절한 비극을 소재로 다루면서도 할 얘기 많고 보여주고 싶은 것 많은 이 작품은 극 중 인물 우진처럼 결코 말을 아끼지 않는 아이러니를 드러낸다.

터져나올 것 같은 긴장감이 작품 곳곳의 잉여에 물집처럼 잡혀 있다고 할까. 이제는 한국영화에서 대표적인 액션 연출을 생각할 때 가장 먼저 떠오르는 장면들 중 하나가 된 장도리 액션 신에서 묵직하게 깔리는 보이스 오버를 역설적으로 활용하는 재치 넘치는 유머까지 그 많은 요소들을 기어이 다 담아야 마는 과욕과 과잉의 수사修辭는 이 영화에 불가사의하게 매혹적인 분위기를 부여했다.

〈올드보이〉는 왜 최고의 연기력을 갖춘 배우들이 박찬욱 감독과 함께 일하고 싶어 하는지를 짐작할 수 있게 해주기도 한다. 최민식은 경이로울 정도로 뜨거우면서도 화려한 연기로 펼쳐진 무대 위에서 마음껏 포효하고 싶은한다. 운명과 세월이 뒤엉켜 빚어내는 기괴한 표정들을 변화무쌍하게 담아내는 그의 얼굴은 아마도 연출자에게 최상의 캔버스 같을 것이다. 유지태는 반말과 존댓말을 섞어 쓰는 말투 속에 악마적인 집념과 상처받은 내면을 함께 담아내며 깊은 인상을 남겼다. 강혜정은 다른 인물이 비집고 들어갈 여지가 없어 보이는 2인극 구도에서도 제 몫을 온전히 찾아냈다.

이동진_ 왜 반대했나요.

박찬욱_ 입에 붙어서요. 내가 감독으로 합류하기 오래전부터 자기들끼리 한참 동안 그 작품을 준비해왔으니까요.

– 아저씨도 아이디 하나 만들어줄까요?

〈올드보이〉에서 강혜정이 인터넷으로 채팅을 하다가 옆에 있던 최민식에게 불쑥

이동진_ 그럼 '인디아'라는 이름은 어떻게 지어진 건가요. 인디아 아리라는 이름의 유명한 뮤지션도 있긴 하지만, 무엇보다 이건 나라 이름인데요.

박찬욱_ 저도 몰라요. 원래 각본에서부터 인디아였죠.

이동진_ 인도라는 나라와는 상관이 없는 이름인 거죠?

박찬욱_ 상관이 없어요. 그런데 묘하게도 인디아라는 나라와 관련해서 어떤 장면을 상상한 적은 있었죠. 그 장면을 써서 각본에 직접 넣지는 않았지만 이렇게 한번 써보면 어떻겠냐고 주변 사람들에게 말했던 장면이에요. 영화 끝 부분에 가서 밝혀지는 비밀에 해당하는 과거 장면인데, 리처드와 이비가 결혼해서 신혼여행을 인도로 가요. 그런데 찰리는 형이 자신에게 아무런 말도 하지 않은 채 결혼을 결정하고 결혼식에 초대도 안 해서 너무나 실망해요.

이동진_ 정신병원에서요?

박찬욱_ 네, 그 실망이 너무 큰 나머지 정신병원을 나와서 몰래 신혼여행을 따라가는 겁니다. 그러다가 인도 봄베이의 호텔에서 형이 잠깐 자리를 비웠을 때 이블린을 납치해서 둘이서만 일주일을 지내요. 그런데 손끝 하나 건드리지 않고, 요리도 해주면서 무척이나 잘 대해주는 거죠. 이블린은 그런 찰리와 사랑에 빠집니다. 하지만 찰리는 결국 그녀를 형에게 데려다주고 떠나요. 그러니까 이블린의 마음은 이미 자기의 것이라고 생각하고 그러는 거죠. 나중에 인디아가 태어났을 때도 사실상 자

기 딸이라고 간주하는데, 이블린 역시 그렇게 생각해요. 물론 실제로는
형의 딸인 걸 누구나 알지만요. 그래서 아이 이름도 인디아로 지은 것으
로 짐작되는 거죠. 이후 찰리가 집으로 오면 이블린은 올 것이 왔다고
생각하게 되는 것인데, 그런 플래시백이 끝나고 나면 결국 그때까지 관
객들이 보았던 두 사람 사이의 관계는 다 연기였다는 반전인 셈입니다.

이동진_ 그런 상황은 사실 상당히 큰 설정이잖아요? 그 장면들이 실제로
들어갔다면 찰리가 왜 그렇게까지 인디아에게 집착하는지에 대해서
훨씬 더 명확한 설명이 됐겠네요.

박찬욱_ 그랬겠죠.

─ 나하고 이런 사이가 될 줄 언제 알았어?
─ 처음 눈길이 마주치던 순간부터…….
　　〈복수는 나의 것〉에서 배두나가 묻자 연인 사이인 신하균이 대답

이동진_ 〈테레즈 라캥〉을 처음 읽으신 것은 언제였습니까.

박찬욱_ 옴니버스 영화 〈쓰리, 몬스터〉에 포함된 단편 〈컷〉을 만든 후였어
요. 그때 제가 놀랐던 것이, 박이문 선생에 의해 〈테레즈 라캥〉이 처음
번역되어 출간된 게 1959년이었대요. 그 이후 그 소설이 완전히 잊혔
다가 수십 년 만에 새롭게 나온 것이었더군요.

─ 백선생님, 저 금자예요, 이금자. 왜 작년에 교생 나오셨을
　때 제가 맨날 구두 닦아드렸었는데, 모르셨구나. 저 보구
　섹시하다 그러셨잖아요.
　　〈친절한 금자씨〉에서 십대 시절 이영애가 임신 후 최민식에게 전화해서 갈 곳이 없는데 함
　　께 살면 안 되냐는 말을 꺼내기 전에

이동진_ 감독님은 〈테레즈 라캥〉의 어떤 부분에 매혹되셨나요.

박찬욱_ 두 가지에요. 그 중 하나는 영화에 넣었고, 하나는 못 담았죠. 넣은 것은 라캥 부인이 간부들의 비참한 종말을 차갑고도 환희에 찬 시선으로 끝까지 지켜보는 대목이었어요. 읽을 때부터 시각적으로 무척이나 강렬하게 다가와서 영화화를 결심하는 데 결정적으로 작용한 장면이 됐죠. 또 하나는 로랑(영화 속에서는 상현)이 원래 엉터리 화가였는데 살인을 겪고 나서 뛰어난 예술가로 변모하게 되는 것이었습니다. 그게 참 재미있는 모티브였는데 좀 다른 이야기라서 영화 속에는 담지 못했죠. 그러나 당시에는 〈테레즈 라캥〉의 영화화와 〈박쥐〉는 서로 별개의 프로젝트로 생각했어요.

이동진_ 두 번째 모티브는 김동인의 단편소설 〈광염 소나타〉와도 겹치겠네요. 그런데 왜 두 프로젝트를 합치셨습니까.

박찬욱_ 어차피 〈박쥐〉도 뱀파이어가 된 신부에게 어떤 여자가 있는 것으로 생각해두고 있었거든요. 그런데 그 여자가 어떤 사람인가에 대한 고민이 있었죠. 둘을 합치면 그 문제가 해결될 거라고 생각했죠. 그 둘을 합치자는 것은 안수현 프로듀서의 아이디어였어요.

이동진_ 처음에는 뱀파이어가 된 신부가 아니라 의사로 구상하셨다고 들었는데요.

박찬욱_ 정확히 말하면, 의사인 동시에 신부였어요. 학자이면서 성직자인 인물로 생각했죠. 예수회 같은 데선 그런 경우가 종종 있으니까, 가공의 수도회를 만든 후 거기 소속인 것으로 하려고 했어요. 그때 생각으로는 주인공이 의대를 다니다가 도중에 마음이 바뀌어서 신학교로 간 후 신부가 되는 걸로 설정하려 했죠. 그러다 뒤늦게 어떤 한계를 느껴서 영혼과 육신을 다함께 치유하는 사람이 되려고 하는 거예요. 의사가 되어서 선교를 가야겠다고 결심하는 거죠. 슈바이처 박사처럼요. 그런 생각으로 신부가 된 후에 의학 공부를 다시 하는 거죠. 그러면서 영화가 본격적으로 시작되는 것으로 하려고 했습니다.

– 머리가 두 개니까 아무래도 두통도 자주 왔겠지.

〈복수는 나의 것〉에서 배두나가 신하균에게 머리가 두 개인 남자에 대한 이야기를 들려주면서

이동진_ 뱀파이어가 된 신부 이야기와 〈테레즈 라캥〉이라는 두 가지 프로젝트는 각각의 내용만으로도 장편영화가 되기에 충분한 텍스트일 것같습니다. 그런데 그 둘을 합침으로써 2시간 안팎 러닝타임의 영화로완성하기에는 큰 무리가 따를 것이라고 보진 않으셨습니까.

박찬욱_ 애초에 2시간 30분짜리 영화를 만들려고 했어요. 영화는 러닝타임이 100분 정도 되면 딱 좋다고들 하는데, 가끔은 긴 영화가 주는 즐거움도 있으니까요. 〈아라비아의 로렌스〉처럼 스펙터클이 굉장하지 않은데도 긴 영화, 답답한 공간에서 벌어지는데도 러닝타임이 길어서 보다 보면 진짜 답답한 영화를 만들고 싶었다고 할까요. 그게 주제와 잘어우러질 수만 있다면 답답한 그 고통이 오히려 큰 재미가 될 수도 있는 작품을 하려고 했죠.

이동진_ 그렇다면 2시간 30분짜리 영화를 만들지 못한 것에 대한 아쉬움도 있으시겠네요?

박찬욱_ 최종 편집에서 뺐던 몇몇 장면은 좀 아깝게 느껴지기도 해요.DVD에는 감독판으로 다시 수록했지만요. 하지만 2시간 13분의 극장판에도 그런 답답한 재미는 충분히 담겨 있는 것 같습니다.

이동진_ 두 가지 프로젝트를 한 편에 담음으로써 결과적으로 이야기가 넘친다는 느낌이 들진 않으셨나요.

박찬욱_ 〈박쥐〉는 바로 그렇게 만들고 싶은 작품이었으니까요. 제가 좋아하는 것도 그런 영화들이고요. 전작인 〈싸이보그지만 괜찮아〉에 대한반작용도 있었던 것 같네요.

― 낙관적인 성격의 의사라면 희망을 가져보라고 말할 수도 있
  지 않겠나 생각합니다.

  〈복수는 나의 것〉에서 의사가 가족의 동반자살 기도 후 중태에 빠진 아이의 회복 가능성에
  대해 묻는 송강호에게 역설적으로 대답

이동진_ 아닌 게 아니라 〈박쥐〉와 전작 〈싸이보그지만 괜찮아〉의 관계가
묘하게 느껴집니다. 〈싸이보그지만 괜찮아〉는 그 모든 난관에도 불구
하고 마지막으로 아침이 밝아오는 장면에서 무지개까지 띄우면서 밝
게 끝납니다. 반면에 〈박쥐〉는 아침이 찾아오면 주인공들의 살이 타들
어가면서 비극적으로 끝나죠. 〈박쥐〉의 마지막은 성기를 노출하는 자
살적 순교에 이어, 햇빛 속에서 스스로 타들어가는 순교적 자살로 이
어지니까요. 극 초반 자살을 단죄했던 상현이 결국 자살로 자신의 삶
을 끝맺는다는 것은 매우 비관적인 전망을 드러내고 있습니다. 〈싸이
보그지만 괜찮아〉의 주인공이 밥을 먹지 않아서 문제가 된 자인 데 비
해, 〈박쥐〉의 주인공은 밥(피)을 먹어서 문제가 된 자라는 점에서 대조
가 되기도 하죠. 〈싸이보그지만 괜찮아〉가 억지로라도 먹게 되는 자의
갱생을 다룬다면, 〈박쥐〉는 억지로라도 먹고 싶지 않은 자의 전략을 다
룬다고 할까요. 하지만 두 영화가 하는 말에는 강력한 공통점이 있습니
다. 그건 '희망을 버려라'는 역설적인 메시지죠. 앞에서 말씀드린 대로
"희망을 버려. 그리고 힘냅시다"는 〈싸이보그지만 괜찮아〉에서 가장 중
요한 대사로 느껴집니다. 그리고 〈박쥐〉에서는 상현이 스스로 추한 모
습을 드러냄으로써, 자신을 통해 기적을 바라는 사람들이 갖고 있던 희
망의 짐을 덜어주려 합니다. 〈박쥐〉의 마지막 대사가 "죽으면 끝. 그동
안 즐거웠어요, 신부님"이라는 것도 같은 맥락이고요.
박찬욱_ 그 생각은 미처 못했는데, 듣고 보니 그러네요. 의식하지 못했는
데 그런 게 제가 가진 평소의 생각인가 봅니다. 예를 들어서, 기독교적
인 신앙이 없어도 삶의 의미까지 없어지는 것은 아니라는 거죠. 가장

극단적인 희망은 사후에 대한 기대일 텐데, 그것에 대해 태주는 마지막 대사를 통해 완전히 부정하는 거죠. 하지만 그럼에도 불구하고 인간은 살아가면서 그때그때 최선을 선택해서 뭔가를 계속 해나가야 한다는 겁니다. 그렇기 때문에 상현은 태주와 함께 죽으려고 마지막 장면에서 힘으로 밀리는데도 생사를 건 싸움을 하는 것이구요. 절벽 앞에서 상현이 하는 행동들은 아이처럼 보이는 유치한 짓거리지만, 그 태도만큼은 더없이 의젓하고 당당한 영웅 같은 느낌을 주고 싶었어요. 그게 〈싸이보그지만 괜찮아〉 식으로 말하면, '희망을 버리고 힘냅시다'일 거예요. 심지어 겁탈 장면에서부터 끝날 때까지 상현의 경우는 숨소리도 다 제거했어요. 성인과 같은 숭고한 느낌을 주려고요. 햇빛에 얼굴이 타들어 갈 때조차 태주는 신음하고 몸부림을 치는 반면, 상현은 표정이 편안하고 숨소리도 내지 않아요.

— 여기선 필수야.

〈친절한 금자씨〉에서 매춘 일을 하는 여자의 기둥서방이 넥타이를 매고 다니는 이유에 대

해서 설명

이동진_ 〈싸이보그지만 괜찮아〉와 〈박쥐〉의 라스트 신은 모두 영종도에서 찍었습니다. 하지만 공간의 맥락은 무척 다른데요.

박찬욱_ 〈박쥐〉의 라스트 신까지 영종도에서 찍을 생각은 없었어요. 전작과의 의도된 연관성은 아니에요. 촬영에 적합한 장소를 많이 찾아다녔는데 결국 비용 문제 때문에 외국에서 찍지 못했죠. 두 영화가 결말 부분에서의 황무지 같은 느낌에서 서로 닮아 있는 것은 사실인 듯해요. 〈싸이보그지만 괜찮아〉의 마지막 장면은 네덜란드 사진작가인 에드 반 데르 엘스켄Ed van der Elsken의 작품에서 영감을 받았어요. 출전을 분명하게 해두려고 영군의 입원실 벽에 그 작품을 붙여놓았죠. 한 남자가 복

잡한 기계장치를 마치 노예가 주인 섬기듯 매만지고 있는 사진이에요. 〈싸이보그지만 괜찮아〉의 라스트 신에서 두 주인공이 넓은 데서 정사하는 장면은 거기서 따온 겁니다. 사진에서는 초원이었지만 영화는 황량한 공간이 낫겠다고 봤어요. 〈박쥐〉의 마지막 공간도 마찬가지죠. 사람이 살기에는 힘들어 보이잖아요.

– 테레비에서 전 봤습니다. 금자씨의 그 마녀처럼 사악한 얼굴 너머에 깃든 천사의 존재를.

<small>〈친절한 금자씨〉에서 전도사 김병옥이 텔레비전에서 처음 보았을 때의 이영애에 대해 언급하며</small>

이동진_ 〈박쥐〉는 장르적으로나 이야기로나 표현 방식으로나 무척 다양한 얼굴을 가진 영화입니다. 감독님 영화 중에서 가장 넓고도 가장 층위가 두터운 작품이라고 할까요.

박찬욱_ 원천 자체가 많아서 그런 것 같습니다. 제가 성장했던 가톨릭적 환경과 영화광으로서 B무비를 많이 본 취향에 〈테레즈 라캥〉이란 소스와 한국에서 영화를 만든다는 것의 의미까지가 더해져서요. 게다가 요즘 저는 과거에 비해 훨씬 더 여자 캐릭터에 관심을 갖게 되었고 로맨스를 좀더 좋아하게 됐는데, 그런 창작 과정에서의 원천들이 여러 갈래에서 흘러 들어와 합류한 결과라서 최종적으로 이런 꼴을 갖추게 된 게 아닐까 싶습니다. 아마도 오랜 세월에 걸쳐 숙성된 영화라서 그럴 거예요. 뱀파이어도 하나의 장르니까 관객으로서는 그 장르를 대하는 선입견이 있게 마련인데, 거기에 어떻게 변화를 주느냐가 이런 종류의 영화를 접할 때 느낄 수 있는 재미이기도 할 거예요.

이동진_ 아닌 게 아니라 〈박쥐〉에는 이야기의 측면이나 형식의 측면 모두에서 이질적이고 불균질적인 요소들이 서로 충돌하면서 혼재되어 있습니다. 거기서 발생하는 기이한 에너지가 시종 넘치도록 뿜어져 나옵니다.

박찬욱 – 그렇죠. 이 이야기의 핵심은 자족적인 세계에 침입한 이질적 존재를 다루려는 것이니까요. 아마도 "너는 병균이야"라는 대사가 영화에서 가장 중요한 키워드일 겁니다. 침입한 것을 표현하려면 익숙한 것과 낯선 것 사이의 충돌을 표현할 수밖에 없죠. 〈박쥐〉가 갖고 있는 모순된 면모는 소재에서부터 드러납니다. 판타지 장르의 대표적 분야인 뱀파이어 이야기를 하고 있는데 다른 한편에는 자연주의 소설의 원천인 에밀 졸라의 〈테레즈 라캥〉이 있으니까요. 이 영화에서 뱀파이어는 마치 병에 걸린 환자나 감염된 사람처럼 그려지잖아요? 〈박쥐〉는 뱀파이어리즘을 그런 시각으로 보는 영화예요. 그런 특성이 이 소재가 갖고 있는 요소와 모순되는 거죠. 그게 이 영화의 운명이었던 듯합니다. 어떻게 해서든 서로 충돌하는 요소들을 조화시키려 하는 대신 그 모순을 드러내는 방식으로 영화를 만들고 싶었어요. 그게 이 영화를 연출할 때 제 과제였다고 할 수 있어요. 바로 거기서 이 영화의 공포와 유머가 생겨나는 것이니까요. 공포로나 유머로나, 상반된 두 가지 성격을 한 몸에 갖고 있는 영화인 거죠.

– 이거 끝나는 대로 출발하죠.
〈올드보이〉에서 유지태가 정기 심장 검진을 받다가 경호실장 김병옥에게

이동진 – 〈스토커〉가 감독님의 필모그래피 순서에서 〈싸이보그지만 괜찮아〉와 〈박쥐〉 바로 뒤에 놓여 있다는 건 우연이 아닌 듯합니다. 〈스토커〉는 결국 〈싸이보그지만 괜찮아〉처럼 성장을 다루는 영화이면서 〈박쥐〉처럼 피에 대한 영화니까요.

박찬욱 – 그렇죠. 〈스토커〉에도 뱀파이어 은유가 있으니까요. 〈스토커〉의

각본을 제게 보낸 미국 영화인들이 그런 맥락을 고려했을 리는 없겠지만, 제게 그 시나리오가 자연스럽게 다가온 까닭은 지금 말씀하신 그런 것들이 마음속에서 작동했기 때문일 겁니다.

이동진_ 하지만 동시에 〈스토커〉는 전작 〈박쥐〉의 척력으로부터 나온 작품처럼 보이기도 합니다. 〈박쥐〉는 의도적인 이질화와 분산을 통해 무척이나 다양한 요소들을 함께 끌어안는 방식으로 만들어진 원심력의 영화였습니다. 반면에 〈스토커〉는 모든 것이 중심을 향해 무서울 정도로 집중된 구심력의 영화입니다.

박찬욱_ 〈박쥐〉는 이야기가 도중에 샛길로 빠지기도 하는데, 진짜 좀 이상한 영화죠. 정확히 어떤 장르에 속하는지도 잘 모르겠어요. 그런데 〈스토커〉는 만들면서 깔끔한 영화였으면 좋겠다고 생각했어요. 군더더기가 없고 잘 다듬은 손톱에 매니큐어도 예쁘게 칠하는 느낌이라고 할까요. 그래서 러닝타임도 제 영화 중에서 제일 짧죠. 그렇게 정교하게 세공된 영화를 만들고 싶었어요. 캐릭터로 말하자면 인디아라는 소녀 한 명에게 집중하려고 했습니다.

― 그럼 지두 한번 해보까유? 똑같이 감독님 대사루 대답을 해 보까유?
〈컷〉에서 이병헌이 설득하려 하자 임원희가 거절의 뜻으로 비아냥거리면서

이동진_ 〈스토커〉를 보다 보면 〈박쥐〉와 〈싸이보그지만 괜찮아〉 외에도 감독님의 전작들이 자주 떠오르는데 특히 〈올드보이〉가 그렇습니다. 어떻게 보면 〈스토커〉는 뒤집은 〈올드보이〉처럼 보이기도 하죠. 다시 말해서 둘 다 근친상간적 모티브가 중요한 작품들인데, 〈올드보이〉가 오이디푸스 콤플렉스에 대한 이야기라면 〈스토커〉는 엘렉트라 콤플렉스에 대한 것처럼 보여요. 오이디푸스 신화와는 반대로 아버지와 교합

하고 어머니를 살해하려는 은밀한 욕망이 추동하는 이야기인 것처럼 보이는데 그게 막판에 어긋나죠. 매우 유사한 모티브나 묘사들이 발견되기도 합니다. 우선 찰리는 정신병원에서 나올 때 특정한 의미를 생각하면서 날짜를 선택합니다. 인디아의 18세 생일에 맞춘 거죠. 그런데 〈올드보이〉에서도 무엇보다 오대수가 사설 감옥에서 나올 때의 타이밍이 중요합니다. 〈올드보이〉의 이야기에서 가장 중요한 것은 왜 오대수가 사설 감옥에 들어갔느냐가 아니라 왜 15년 만에 풀려났느냐 하는 것이니까요. 물론 그건 우진이 치밀하게 시기를 선택한 결과죠. 또한 인디아의 생일 때마다 찰리가 각국을 여행하면서 쓴 것처럼 보였던 편지와 함께 신발을 선물로 보내오잖아요? 그러다가 후반부에서는 그렇게 과거에 선물했던 신발을 차례로 비추는 쇼트들이 빠르게 몽타주되면서 세월이 흐름에 따라 신발이 점점 더 커져가는 것을 보여주죠. 이런 묘사 방식은 〈올드보이〉에서 오대수가 미도의 성장 과정을 담은 앨범을 넘기는 장면과 무척이나 흡사합니다.

박찬욱_ 아, 그렇구나. 몰랐어요. 재미있네요.

− 다급한 상황에서도 금자는 자기 총의 유효 사거리를 결코
  잊지 않았다.
  〈친절한 금자씨〉에서 송강호와 신하균에게 습격을 당한 이영애의 침착한 대응에 대해 해
  설하는 내레이션

이동진_ 또 하나 상당히 흡사한 묘사가 있는데, 그건 클라이맥스에서 인디아가 찰리를 총으로 쏘아 죽이는 장면입니다. 이 부분은 인디아가 과거에 아버지와 사냥을 나갔던 장면과 교차편집되죠. 서로 다른 두 시제의 장면들이 상호 교차되다가 절정에 해당하는 지점이 되면 과거 장면에서 인디아가 날아오르는 새를 향해 총의 방아쇠를 당기는 쇼트가 나

옵니다. 그런데 그 총에 맞아 새가 죽는 것을 보여주는 대신 그 쇼트에 이어지는 건 현재 장면에서 찰리가 현재의 인디아가 쏜 총에 맞아 죽는 모습이죠. 과거의 총격 동작이 현재의 죽음을 낳는 듯한 초현실적 묘사인 셈입니다. 그런데 이런 편집 방식은 〈올드보이〉에서 우진이 죽는 장면의 패턴과 같습니다. 누나가 투신자살한 다리 위로 간 우진이 총 모양으로 형상화한 자신의 손가락으로 스스로의 머리를 향해 당기는 시늉을 하는 과거의 쇼트가 나온 뒤에, 마치 그 과거 행위가 현재에 영향을 미치듯 현재 시제 속 엘리베이터에서 우진이 총에 맞아 죽는 쇼트가 이어지니까요.

박찬욱_ 전혀 몰랐어요. 난 한번 지나간 영화는 돌이켜보지 않는 편이에요. 유사성을 알았다면 안 썼을 수도 있었겠지만 몰랐으니까 그렇게 쓴 거죠. 그러고 보니 〈올드보이〉나 〈스토커〉 모두 그 교차편집의 논리는 같네요. 과거와 현재가 연결되어 있다는 거죠. 과거가 현재에 어떻게 위력을 행사하는지, 인간의 운명을 얼마나 붙들고 놓아주지 않는지에 대한 것이 그 두 영화의 핵심이라고 할 수 있으니까요.

‒ 자꾸 이상한 생각하면 안 돼.
〈박쥐〉에서 전신마비가 된 채로 눈꺼풀을 움직임으로써 아들 신하균이 살해당했다고 거듭 주장하는 김해숙을 송영창이 만류하면서

이동진_ 스토리 전체로도 그렇지만, 상반되는 맥락의 두 측면을 함께 다룸으로써 관객을 흥미진진하게 만드는 방식을 구체적인 장면 설정에서도 자주 드러납니다. 그 과정에서 한 신의 시작 부분에서는 관객이 화면 속 상황의 의미를 다른 것으로 착각하도록 일부러 오도한 뒤 그 신이 전개됨에 따라 실제 상황은 관객이 처음에 생각했던 것과 완전히 다른 것이었음을 알려주기도 즐기시고요. 예를 들어 〈복수는 나의 것〉

의 한 장면에서 청년들이 옆방에서 새어 나오는 여자의 신음 소리를 듣고 그게 섹스 도중 내는 교성이라고 생각해 마스터베이션을 하지만, 카메라가 이동하면 사실 그건 신부전증을 앓고 있는 여자가 한밤중에 격심한 통증을 참다못해 내는 비명이었음을 밝히는 식이죠. 〈올드보이〉에서는 오대수가 풀려날 때 가방에서 빠져나오면 처음에는 초원처럼 보이지만 이후 신이 진행됨에 따라 그곳이 한 건물의 옥상이었음이 밝혀지기도 하구요. 〈3인조〉에서도 처음에는 해변으로 보인 공간이 카메라가 패닝함에 따라 사실 그렇지 않음이 드러나기도 합니다.

박찬욱_ 제가 그런 시간적 공간적 착각의 모티브를 좋아해요. 관객들을 오도하는 데서 항상 흥미를 느낍니다.(웃음) 관객들이 보면서 잠깐 '속 았구나'라고 무릎을 친 후 다음으로 넘어가는 방식으로 영화를 만드는 걸 좋아하는 거죠. 그런 영화를 보는 것도 좋아해요. 사실 오대수 입장 에서는 굉장히 큰 실망일 거예요. 내내 실내에 갇혀 있다가 처음에는 맑은 공기가 있는 드넓은 초원에 풀려나는 줄 알았는데 천천히 둘러보 니 주변이 공사 현장과 고층 아파트로 빽빽한 어느 아파트의 옥상이었 던 거니까요. 사람은 자기가 원해서 어떤 집과 어떤 나라에 태어난 게 아니라 그냥 던져지듯 태어나잖아요? 그런 것처럼 오대수는 던져지는 거죠. 자기가 처음 납치되었던 바로 그곳에요.

– 얼마나 빨리 달리고 있었는지 알아요?
– 효과적으로 빠르게요.
– 뭐에 효과적이라는 거죠?
– 당신 관심을 끄는 데에요.
〈스토커〉에서 미아 바시코프스카가 일부러 과속을 해서 보안관이 따라오도록 유도

이동진_ 〈올드보이〉의 시작 자체가 그렇죠. 처음 그 영화의 첫 장면을 봤

을 때는 생사여탈권을 쥐고 있는 듯한 최민식 씨가 오광록 씨를 건물 옥상에서 밀어뜨려 살해하려고 하는 것 같은 느낌이니까요. 그런데 뒤에 그 장면이 다시 나오면 사실은 자살하려는 오광록 씨를 최민식 씨가 살려주려고 잡았던 거잖아요.

박찬욱- 그렇게 언뜻 보았을 때 느낀 것과 달리, 나중에 다시 보았을 때의 의미는 전혀 다른 상황이거나 심지어 정반대라는 것을 깨닫게 되는 그런 식의 진행이 관객들을 항상 긴장하게 만들어주는 것 같아요. 계속 영화를 생각하고 따져가면서 보도록 해주는 것 같고요. 그런 자세를 유지하도록 만들어주는 좋은 장치라고 생각합니다.

– 돈은 계좌로 넣어주나요?

〈친절한 금자씨〉에서 직접 흉기로 유괴범 최민식에게 복수를 끝낸 뒤 유족 중 한 여자가
이영애에게 나눠 갖기로 한 최민식의 돈에 대해 질문

이동진- 확실히 영화 속에서 아이러니를 무척이나 중시하십니다. 〈3인조〉에서 자살 중독자인 안은 동맥을 끊어 자살하려 할 때 잘못해서 손을 조금 베자 엄살을 떨고, 밧줄에 목을 매달아 죽기 위해 의자에 오르려 할 때도 그 직전에 거울을 보면서 머리 매무새를 다듬습니다. 변기에 앉아 일을 보다가 딸 사진을 꺼내 들고 울면서 화장지로 눈물을 닦다가 그 휴지로 곧바로 뒤를 닦기도 하죠. 〈복수는 나의 것〉에서 영미는 자신의 정치적 성향과 달리 아이와 고무줄놀이를 할 때는 '무찌르자 공산당~'으로 시작하는 반공 노래를 천연덕스럽게 부릅니다. 관객들에게 가장 불편한 아이러니는 아마 〈친절한 금자씨〉에 나오는 장면일 겁니다. 아이를 잃은 고통 속에서 악당에게 잔혹한 사적 복수를 감행한 유족이 돈에 관심을 보일 때 말입니다. 이와 같이 복합적이고도 역설적인 묘사는 대단히 매력적이면서도 관객에 따라서는 당혹스러울 수도 있

는 장면들인데요.

박찬욱_ 〈친절한 금자씨〉는 무척 도덕적인 이야기죠. 그래서 더 그런 장면이 많았던 것 같아요. 그 영화는 좀 연극적이어서 관객이 관객임을 스스로 환기할 수 있도록 했어요. 이 영화에서 다뤄지는 도덕적 질문에 대해 좀더 이성적으로 반문하고 참여하기를 유도하려는 목적이었죠. '저런 상황에서 저런 말이 나올까'라고 관객이 자꾸 자문해봤으면 했어요. 억지라고 생각할 수도 있는 무모한 시도였지만, '어떻게 사람이 저럴 수가 있을까' 싶은 상황을 만들어줘야 된다고 생각했습니다. 그 중 가장 극단적인 게 바로 그 은행 계좌 이야기겠죠. 사실 극 중에서 그 말을 하는 오광록 씨 모녀는 유족 중에서 가장 가난하니까 먼저 꺼낸 것일 뿐입니다. 관객이 동의하든 안 하든, 〈친절한 금자씨〉를 질문하는 영화로 만들고 싶었어요.

> – 이걸 누나한테 얘기해야 할지 말아야 할지 이 편지를 쓰는
> 지금도 망설이고 있습니다.
> 〈복수는 나의 것〉에서 신하균이 중병에 걸린 누나를 살리고야 말겠다는 의지를 피력한 편
> 지를 방송국에 보내서

이동진_ 〈친절한 금자씨〉의 백선생은 감독님의 영화들에서 매우 이례적인 캐릭터입니다. 이 인물을 동정의 여지가 없는 완전한 악인으로 만드셨으니까요. 백선생을 그렇게 묘사하신 것은 도덕적 질문을 강하게 던지기 위해서인 것 같습니다. '도저히 구제받을 수 없을 정도로 이렇게까지 악한 인간인데도 사적 보복을 해서는 안 되는가'라고 묻는다는 거죠. 감독님은 언제나 극단적인 상황을 만든 후 주인공의 행동을 통해 도덕적 딜레마에 대한 질문을 던집니다. 말하자면 〈친절한 금자씨〉의 상황은 일종의 윤리학적 실험실과도 흡사해 보입니다. 상황을 가장 간

단하게 세팅해서 딜레마를 더욱 강렬하게 증폭시키는 식이라고 할까요. 〈친절한 금자씨〉에서 이런 특성이 가장 강력하게 드러나는 게 사실이지만, 감독님의 다른 영화들 역시 그렇습니다.

박찬욱- 그거예요. 제 영화들에 대해서 '왜 극 중 상황이 항상 극단적이고 폭력적이냐'고 질문들을 하는 경우가 많은데, 거기에 대한 제 대답은 '그래야 효과가 높기 때문'이라는 것이죠. 나머지 요소들을 단순화해야 특정 요소에 대한 정확한 데이터를 얻을 수 있는 것처럼, 인물을 좀 더 극단적인 상황에 몰아넣어야 질문이 분명하게 떠오르는 거죠. 딜레마를 다루려 한다면 그 딜레마를 뚜렷하게 만들어야 합니다. 폭력 역시 마찬가지예요. 모든 질문은 자극적이고 과장되고 극단적일 때 더욱 분명해진다고 생각해요. 어떤 사람들은 예술 작품이 지나치게 자극을 추구해서는 안 된다는 견해를 취하는데, 저는 그런 자극이 항상 기피되어야 할 문제는 아니라고 봐요. 제 영화들은 모든 면에서 자극을 주고 싶어서 만드는 거고, 그런 자극을 통해서 특정 질문이 던져지게 하고 싶은 거니까요.

– 법적인 처벌을 원하신다면 저기 계시는 최반장님께 인도할
  것이구요. 좀더 신속하고 개인적인 처형을 원하신다면 바
  로 여기서 당장 가능합니다.
  〈친절한 금자씨〉에서 잔혹하게 아이들을 살해한 유괴범 최민식을 어떻게 처리할 것인가를
  놓고 이영애가 유족들에게 어떤 선택을 할지에 대해 질문

이동진_ 그대로 묻겠습니다. 감독님의 경우였다면 어떤 선택을 하실까요.

박찬욱_ 글쎄요. 〈친절한 금자씨〉에 나오는 원모 아버지처럼 마누라만 들여보낼 것 같은데요? 겁이 많아서요.(웃음) 동의하지는 않지만, 충분히 사적으로 복수하고 싶은 욕망이 생길 수 있을 거라고 생각해요. 그리고

그것이 가능한 상황이 온다면, 그 유혹을 이기긴 상당히 어려울 것 같
긴 합니다.

– 착해서 죄송합니다.
〈컷〉에서 임원희가 모든 것을 갖춘 상황에서 성품까지 착하다면 너무 불공평하지 않냐고

공격하자 이병헌이 사과

이동진_ 저는 주제와 인물을 다루는 방식에서 〈복수는 나의 것〉과 〈친절
한 금자씨〉가 대척점에 서 있는 작품이라고 생각합니다. 〈친절한 금자
씨〉에서와 달리, 〈복수는 나의 것〉에서는 모두가 딱한 사정이 있고 하
나같이 다 착한 사람들인데 그런 사람들끼리 어쩔 수 없는 참극을 빚
어내죠. 영화마다 다르긴 하겠지만 감독님은 일반적으로 〈친절한 금자
씨〉보다는 〈복수는 나의 것〉의 인물들 상황에 더 매력을 느끼시는 것
같습니다.

박찬욱_ 〈복수는 나의 것〉의 영어 제목이 'Sympathy For Mr. Vengeance'
잖아요? 이건 서로 원수지간이라 못 죽여서 안달인 두 남자의 이상한
공감에 관한 영화죠. 그 두 사람은 사실 서로의 마음을 잘 이해하는 바
탕을 가진 사람들이에요. 결국 사회 시스템 속에서 어떤 위치에 놓였느
냐가 관건이라는 뜻이 되겠죠. 그때그때 딱딱 맞아떨어지게 단서가 제
공되기도 하구요. 어찌 보면 작위적이라고 할 수도 있을 겁니다. 그런
설정들의 느낌은 인물들이 자유롭게 운동을 하는 것이 아니라, 약속된
결말을 향해 레일 위의 두 사람이 결국 충돌할 수밖에 없는 반대편을
향해 달려가고 있다는 것이죠. 저는 그런 상황에 흥미를 느끼는 것 같
아요.

– 선택할 수 있는 길이 두 가지 있습니다.

〈친절한 금자씨〉에서 이영애가 유괴 살해범 최민식을 어떻게 할 것이냐에 대해 두 가지 방

식을 유족들에게 제시

이동진_ 옴니버스 영화 〈쓰리, 몬스터〉에 포함된 단편 〈컷〉의 도덕적 질
문도 흥미롭습니다. 어찌 보면 〈친절한 금자씨〉와 정반대의 방식이라
고 할까요. 극 중 주인공의 선함을 극대화해서 먼저 묘사해놓고, 아내
를 살리기 위해 모르는 어린이를 죽일 수 있을 것인지에 대해 묻고 있
으니까요. 어찌 보면 이 물음은 도스토예프스키의 소설 〈카라마조프가
의 형제들〉에서 이반이 알료사에게 던졌던 유명한 질문과도 상통하는
듯하죠. 어린아이 하나가 고통을 당하는 대가로 진리를 얻을 수 있다면
그것을 용인하겠느냐는 질문 말입니다. 〈컷〉이 제기하는 도덕적 질문
에 왜 흥미를 느끼십니까.

박찬욱_ 사람들이란 여러 가지를 상상하기 마련인데, 걸려 있는 게 내 목
숨일 경우와 아내의 목숨일 경우에 그 무게가 어떻게 달라질까를 생각
할 수도 있고, 저 아이를 죽였을 때 내 아내는 정말로 안전해질까를 따
질 수도 있겠죠. 똑같은 1인분의 목숨인데 잘 아는 사람과 전혀 모르
는 사람의 목숨은 차이가 있는 것인가, 또 아내를 죽이는 것도 아니고
그저 손가락을 자르는 것인데 가장 친한 사람의 손가락은 전혀 모르는
사람의 목숨보다 귀한가, 그런데 그때 그 손가락이 하필 피아니스트의
손가락이라면 또 어떤가 등등에 대해 천칭 저울 위에 올려놓고 기울어
지는 양상을 지켜보는 여러 상상이 가능하다는 겁니다. 그런데 평소 아
내의 그 피아노 연주 소리가 듣기 싫었다면 또 어떨 것인가.(웃음)

– 어쩌자는 건가요.

〈스토커〉에서 니콜 키드먼이 자신을 유혹하는 매튜 구드에게

이동진_ 직업이 영화감독이면서 평판이 좋은 〈컷〉의 주인공(이병헌)을 보다보면 자연스레 감독님을 상기할 수밖에 없죠. 감독님이 그런 경우에 부닥쳐서 강요받고 있다면 어떤 선택을 하실 것 같습니까.

박찬욱_ 어휴, 그건 뭘 선택해도 나쁜 결과가 나오는 경우죠. 그 딜레마가 지닌 또 하나의 문제는 내가 아내를 구하기로 마음먹으면 아이는 내 손으로 죽여야 한다는 겁니다. 그런데 아이의 목숨을 택하면 아내의 손가락 자르는 것은 악당(임원희)이 해주죠. 그것도 따져볼 문제일 거예요. 그런 측면에서 봤을 때 이성적으로 내가 어떤 판단을 한다고 해도, 과연 내 손으로 직접 해낼 수 있을까에 대한 의문도 있어요. 차라리 끝까지 선택하지 못해서 나쁜 놈이 직접 해치는 것을 바라볼 수밖에 없는 무기력한 상황이 좀더 낫지 않나 싶기도 하거든요. 어쩌면 그것은 용기와 관련된 문제일 거예요. 용기란 좋은 일에만 필요한 게 아니라 죄를 저지를 때조차 필요한 거니까요.

이동진_ 그런 용기는 많지 않으신 편이죠?(웃음)

박찬욱_ 그렇죠.(웃음)

─ 그때 그들이 15년이라고 말해줬다면 조금이라도 견디기가
   쉬워졌을까.
   〈올드보이〉에서 15년 만에 사설 감옥에서 나오게 된 최민식의 탄식

이동진_ 〈올드보이〉에 나오는 질문에 대해서도 그대로 묻고 싶은 게 하나 있습니다. 감금될 기간이 15년이라는 것을 미리 안다면 더 견디기가 쉬울까요?

박찬욱_ 네. 저는 그렇다고 생각해요.

- 아시다시피 찰리는 그동안 여기 남기를 원했지만, 오늘 나 가겠다고 하네요. 오늘 말이에요.

〈스토커〉에서 정신병원 직원이 매튜 구드의 의사를 형인 더못 멀로니에게 전하면서

이동진 〈올드보이〉의 미스터리는 질문의 방향에 초점이 맞춰져 있습니다. 이 영화의 내러티브는 '왜 오대수를 15년간이나 가뒀을까'가 아니라 '왜 15년간이나 가뒀던 오대수를 풀어줬을까'라고 질문했어야 제대로 풀리는 이야기니까요.

박찬욱 그래요. 관객들은 오대수처럼 왜 가뒀는지의 미스터리에 매달려서 중반까지 영화를 보게 되는데 사실 이 이야기의 진정한 미스터리는 왜 풀어줬는지에 놓여 있으니까요.

이동진 그런 측면에서 〈올드보이〉의 플롯은 찰스 디킨스의 소설 〈위대한 유산〉의 핵심 모티브를 떠올리게 합니다. 주인공의 상황이 자신의 노력과 의지로 펼쳐져가는 것으로 여겨졌는데, 전말을 다 알고 나면 사실 그 모든 상황이 다른 누군가가 통제하고 의도한 방향이었다는 거죠.

박찬욱 저는 〈위대한 유산〉을 읽지 않았지만 충분히 그럴 수 있겠네요. 〈올드보이〉에서도 오대수는 자신이 노력해서 뭔가 비밀을 알아내고 스스로의 힘으로 수수께끼를 풀어간다고 생각하지만 사실은 그것조차 누군가가 조작한 거대한 미스터리의 일부분인 것이니까요.

- 말로 하세요.

〈올드보이〉에서 유지태의 집으로 쳐들어간 최민식이 제지하는 보디가드들을 때려눕히자 유지태의 경호실장인 김병옥이 지켜보다가 놀리듯

이동진 〈올드보이〉에서는 미스터리의 실체를 결국 그 미스터리를 만들어낸 인물인 이우진의 입을 통해 직접 관객에게 전달하는데요.

박찬욱_ 미스터리가 해결될 때는 설명이 필요해지기 마련인데, 시나리오를 쓰는 사람의 입장에서는 어떻게 관련 정보를 전달할지가 항상 어렵게 느껴지는 부분입니다. 처음에 저는 대사를 최소한으로만 쓰려고 했지만, 결국에는 오히려 그 반대로 훨씬 더 많이 설명하는 방식을 택했어요. 대사를 통해 단지 정보만 전달하는 게 아니라 감정도 전달하고, 더 나아가서 감독이 하는 말까지도 등장인물인 이우진의 입을 통해 전달하도록 한 거죠. 말하자면, 질문을 제대로 던져야 한다, 문제는 대답이 아니라 질문이다, 라는 식의 이 영화 시나리오 작가가 임하는 태도까지도 대사를 통해 다 해버린 거예요. 왜 가두었을까가 아니라 왜 풀어줬을까라는 질문은 사실 이 영화를 맡아서 어떻게 원작을 각색할 것이냐에 대해 궁리할 때, 고민고민 끝에 어떤 활로가 뚫리는 순간 제가 스스로에게 던졌던 질문입니다. 바로 그것을 대사로 써버린 거죠.

– 어떻게 했는지 기억 안 나?

〈친절한 금자씨〉에서 경찰관이 유괴 살인과 관련된 현장 검증을 하면서 이영애에게 재촉

이동진_ 그렇다면 가둔 이유가 아니라 풀어준 이유가 아니라 중요하다는 발상 자체는 어떻게 하시게 된 건가요.

박찬욱_ 내가 〈올드보이〉의 연출 제안을 받았을 때는 최민식 씨가 이미 출연하기로 한 상태여서 원작을 읽어보기도 전에 승낙을 했어요. 최민식 씨와 꼭 작품을 같이해보고 싶었거든요. 덜컥 하겠다고 했는데 막상 원작 만화를 읽어보니 악당의 동기가 상업영화로서는 그다지 효과적이지 않겠더라고요. 만화 자체로 보면 그 동기가 좋았어요. 문학적이었어요. 하지만 장르영화로는 관객들이 볼 때 '뭐야, 이거!' 싶겠더군요. 그런데 막상 고쳐보려고 하니까 쉽게 풀리지 않았어요. 커피숍에서 함께 회의를 해나가다가 화장실에 갔는데 계속 생각이 꼬리를 물더군요. 원

작과 달라야 할 텐데 무엇이 달라야 할지는 결국 '동기가 뭐냐'와 '결말이 뭐냐'겠죠. 그 두 가지 질문이 분리된 숙제였던 셈입니다. 그러다 문득 질문 자체를 바꾸지 않으면 원작에서 벗어나지 못한다는 생각이 들었어요. 과연 이우진은 오대수를 왜 풀어줬을까를 파고들어야 한다는 거죠. 그렇게 미운 사람이라면 그냥 평생 가두고서 고문하는 것 같은 방법도 있을 텐데, 그렇게 하지 않고 왜 풀어줬을까를 고민해본 겁니다. 어떤 때는 사람의 머리가 굉장히 빨리 움직이는데 그때가 딱 그랬죠. 왜 풀어줬을까, 왜 15년이었을까, 15년이란 무엇에 필요한 시간이었을까 등을 반대로 생각해보자 실마리가 풀렸어요. 이우진의 대사는 바로 그걸 표현하고 싶었던 겁니다. 미스터리에서 중요한 개념들 중 하나가 '과연 질문이 올바른가'죠. 그런 면에서 패러다임을 바꿔보는 발상의 전환이 필요했던 거예요.

이동진_ 〈올드보이〉에서 이우진과 오대수의 관계를 신화적으로 본다면, 전능하면서 난폭한 창조주 신과 그 앞에서 옴짝달싹할 수 없는 피조물 인간의 관계에 대한 은유로도 읽힐 수 있을 것 같습니다.

박찬욱_ 물론이죠. 바로 그래서 〈올드보이〉의 캐릭터를 만들 때나 캐스팅을 할 때 현재와 같이 했던 거예요. 신적인 역할을 하는 인물은 좀 유약하고 부드러워 보이는 사람으로, 인간의 역할을 하는 인물은 좀더 과격하고 폭력적으로 느껴지는 사람으로 한 거죠. 영화를 끝까지 보게 되면 그렇게 과격하고 폭력적인 사람의 모든 행동이 결국은 그 부드러운 손아귀 안에서 놀 수밖에 없었던 행동이었음을 역설적으로 보여주는 겁니다.

― 이건 '누가'가 아니라 '왜'가, 결과보다 절차가 중요한 수사라고.

〈공동경비구역 JSA〉에서 중립국감독위원회 소장이 수사를 맡게 될 이영애에게 지시

이동진_ 사설 감옥에 갇혔을 때 흘러나오는 대사에 따르면 오대수는 스스로의 갑작스러운 상황에 대해 무엇보다 두 가지를 궁금해 합니다. '왜 내가 갇혔는가'와 '언제 나갈 수 있는가'라는 거죠. 그런데 그와 같은 상황이라면 일반적으로 사람들은 제일 먼저 '누가 나를 가두었는가'와 '여기가 어디인가'를 묻지 않을까요. 그럼에도 오대수는 '누구'와 '어디'를 묻지 않고 '왜'와 '언제'를 묻는다는 게 제게는 흥미롭게 다가왔습니다. 〈올드보이〉는 결국 어떻게 질문하느냐에 대한 이야기니까요.

박찬욱_ 듣고 보니 그러네요. 저는 그 사설 감옥에 오대수가 갇히게 된 상황에 대한 의미에 대해 이렇게 생각했어요. 그 방을 하나의 세계로 볼 때, 이건 어딘가에 들어간 상황이 아니라 어딘가로 나온 상황이고, 어디에 갇혀 사라진 게 아니라 어딘가로 태어난 상황이라는 거죠. 세상에 태어난 사람들은 무엇보다 내가 왜 여기에 태어났는지, 내가 언제 죽는지에 대해서 제일 궁금해 하지 않습니까. 오대수 역시도 그 감옥방에서의 생활을 하나의 삶이라고 볼 때 그런 것들이 가장 먼저 궁금해질 거라고 보았던 거죠.

– 기저귀 찬 아기처럼 구는 건 옛날이랑 똑같군요.
〈스토커〉에서 스토커 가문의 집안일을 책임지는 여자가 오랜만에 만난 매튜 구드에게 일갈

이동진_ 〈올드보이〉의 이우진은 동정의 여지가 있긴 하지만 상당히 악마적인 캐릭터죠. 극 중 이 인물은 악마적이고 철저한 성향 못지않게 소년스러운 특성도 있는 것 같은데요.

박찬욱_ 성장을 멈춘 소년이죠.

이동진_ 사실 아이에게 막강한 힘을 안겨주면 정말 끔찍한 상황이 벌어지는 것이잖습니까. 유지태 씨가 갖고 있는 특유의 소년스러운 느낌이 악마적인 캐릭터와 결합해 그런 인물이 탄생한 것 같기도 합니다.

박찬욱_ 그런 면은 유지태가 이우진을 연기하기로 결정되면서부터 더 강화됐다고 할 수 있을 거예요. 원래 시나리오에서는 그 정도까지는 아니었는데, 저도 모르게 그런 면을 자꾸 강조하고 있는 자신을 발견하게 됐어요. 연기를 이렇게 저렇게 해보자고 제안할 때도 '막 떼쓰는 것처럼'이란 말을 사용하기도 했고요. 그런 식으로 이우진에게서 소년스러운 풍모를 자꾸 드러내는 쪽으로 하게 됐죠.

― 꽃이 자기 색을 고를 수 없듯, 내가 무엇이 되든 그건 내 책임이 아냐.
〈스토커〉의 도입부에서 미아 바시코프스카의 내레이션

이동진_ 그렇다면 〈박쥐〉의 경우는 어떨까요. 상현은 "사고로 다쳤을 때 교통사고 환자를 비난하는 법은 없지 않느냐"고 항변하고, 태주는 "여우가 닭 잡아먹는 게 죄냐"고 반문합니다. 뱀파이어가 된 이들에게 도덕적 책임을 어디까지 물을 수 있다고 보시나요.
박찬욱_ 〈박쥐〉에서 상현이란 인물이 내린 결론은 함께 소멸되어야 한다는 것입니다. 저 역시 그렇게 생각해요. 이건 죄냐 아니냐의 문제가 아니라, 존재해도 되느냐 아니냐의 문제니까요. 민가에 맹수가 드나들면 사냥을 해야 하는 것처럼, 이 경우도 그럴 수밖에 없다는 거죠. 어찌 되었든 병균은 퇴치되어야 하는 것이니까요.

― 언제나 자기 반 아이들은 피했기 때문에 한 번도 경찰의 용의선상에 오른 적이 없습니다. 아이들을 몹시 귀찮아해서 유괴하자마자 비디오로 찍어놓고 곧바로 죽이곤 했습니다.
〈친절한 금자씨〉에서 이영애가 최민식의 유괴살인 수법에 대해서 유족들에게 설명이동진_ 〈박쥐〉에서 상현과 달리 태주는 살인을 즐기는 편입니다. 그런데 라여사만큼은 끝까지 죽이지 않죠. 이건 이 영화의 결말에서 라여사가 두 사람의 몰락을 끝까지 지켜봐야만 했기 때문인가요.

박찬욱_ 그렇게 영화를 만들면 안 되죠.(웃음) 태주가 뱀파이어가 된 후 상당히 나댄다고 하더라도, 여전히 그 인물에게 그런 면모가 남아 있는 게 좋아요. 오래도록 엄마로 불러온 존재, 어쨌든 자신을 먹여주고 재워준 존재에 대해 차마 손을 대지 못하는 것일 수도 있을 거고, 두려움일 수도 있겠죠. 지금의 자신이 아무리 강해졌고 상대방은 움직이지도 못하는 상태가 되었다고 해도 감히 범접 못하는 것일 수도 있을 거예요. 그런 상황에 비교해볼 수 있는 건 상현의 경우 노신부를 살해하는 데 크게 거리끼지 않는다는 거죠. 상현은 그런 행동이 가능한 존재에요. 결국 라여사와 노신부는 각각에게 엄마와 아빠인 셈이니까, 그런 모티브에 대해 관객 분들이 나름대로 상상해볼 수도 있겠죠.

이동진_ 〈박쥐〉의 흡혈 모티브 속에는 인간이 다른 인간에 대해 흡혈귀와도 같다는 뜻이 포함되어 있습니까? 극심한 경쟁사회 속에서 내 밥이 남을 해쳐야 얻을 수 있는 것일 때의 역설 같은 것을 상징적으로 포함하고 있는 이야기냐는 질문입니다.

박찬욱_ 상현이 흡혈은 하더라도 어떻게든 살인만큼은 회피해보려고 노력하는 모습을 묘사함으로써 그런 착취의 느낌을 피하고 싶었어요. 그런데 모든 흡혈귀 영화에서 흡혈 모티브 자체가 그걸 원천적으로 피할 수는 없을 듯해요. 다만 뱀파이어 장르는 남의 목숨을 빼앗아야 살 수 있기에 인육을 먹는 좀비 장르와는 좀 다른 것 같아요. 인육을 먹는 게 아니라 피를 빤다는 것은 좀더 내면적인 느낌이 있으니까요. 글자 그대로 먹어치우는 것이 아니라, 그 안의 정수精髓를 취한다는 점에서 좀더 정신적이라고 할까요. 그래서 흡혈귀 영화가 많이 만들어지는 듯해요. 하지만 저는 〈박쥐〉에는 그런 느낌을 가급적 넣지 않으려고 했어요.

이동진_ 태주의 경우는 상현과 다르지 않을까요.

박찬욱_ 태주 역시 남에 대한 착취의 의미로서의 흡혈은 아니라고 생각해요.

> — 사람들은 누구나 실수를 해. 하지만 죄를 지었으면 속죄해야 되는 거야. 속죄, 알아? 어토운먼트. 그래, 어토운먼트 해야 되는 거야. 큰 죄를 지었으면 크게, 작은 죄를 지었으면 작게. 알았지?
> 〈친절한 금자씨〉에서 이영애가 십 수년 만에 만나게 된 딸에게 자신이 과거에 지었던 죄에 대해 설명하면서

이동진_ 감독님 영화 속 인물들은 본인의 의도와 상관없이 운명의 격렬한 소용돌이 속으로 휘말려 들어가는 경우가 많습니다. 그래서 결국 파멸에 이르고는 하는데, 이때 흥미로운 것은 그들에게 책임이 전혀 없지는 않지만 저지른 잘못이나 의도에 비해 벌이 너무 과하다는 것입니다. 대표적으로 〈올드보이〉가 그랬고, 〈복수는 나의 것〉이 그랬지요. 〈박쥐〉역시 그렇습니다. 심지어 〈복수는 나의 것〉의 두 주인공은 대사를 통해착한 사람이라는 사실이 설명되죠. 나름대로 착하게 살아왔다고 자부하는 동진이, 선하다는 사실을 알면서도 류를 죽이게 되는 내용이니까요. 단편 〈컷〉의 주인공도 원래 선한 인물로 묘사되고 있고요. 〈박쥐〉의 상현 역시 사실 남을 위해 희생하려는 마음으로 생체실험에 자원했던 것인데 그 과정에서 뱀파이어의 피를 수혈 받아 그 모든 고통을 받게된 것이고요. 왜 이런 인물들에 대해서 영화적으로 계속 관심을 가지십니까.

박찬욱_ 어떤 행동과 그에 따른 결과는 인과론적으로 정확히 대응하지 않죠. 선의로 했던 행동이나 별다른 악의가 없었던 행동이 가공할 만한 결과를 낳는 것이 인생에서 종종 발견되는 현상인데, 어쩌면 그런 것이

인간에게 불가피하게 주어진 조건 같기도 해요. 그럴 때마다 '왜 내게 이런 일이!'라고 탄식하게 되는데, 그게 사람이 살면서 종종 느끼게 되는 강렬한 감정이 아닐까 해요. 그런 억울함이야말로 인간 실존의 대표적인 현상일 거예요. 그렇게 생각하기에 제 영화에 억울한 사람들을 많이 등장시키는 것 같습니다.

– 너, 착한 놈인 거 안다. 그러니까 내가 너 죽이는 거 이해하지?
〈복수는 나의 것〉에서 강물 속 송강호가 신하균에게 마지막으로 이야기

이동진_ 〈복수는 나의 것〉에서 동진이 류를 죽이기 직전에 "너, 착한 놈인 거 안다. 그러니까 내가 너 죽이는 거 이해하지?"라고 하는데, 알쏭달쏭한 이 대사는 정확히 무슨 뜻인가요.

박찬욱_ 착한 사람이니 아비의 심정을 이해하지 않겠느냐고 동의를 구하는 말이겠죠. 사실 그게 따지고 보면 말도 안 되는 소리인데, 그 영화의 성격상 관객들이 그런 궤변도 그냥 그러려니 하지 않겠나 싶었어요. 기본적으로 〈복수는 나의 것〉은 잘 설명되지 않는 영화로 만들려고 했습니다.

– 그러는 넌 누구야, 이 나쁜 놈아!
〈올드보이〉에서 강혜정이 자신을 의심해서 결박한 채 캐묻는 최민식에게 화가 나서

이동진_ 〈스토커〉 역시 선악의 문제가 매우 중요한 테마인 영화입니다. 〈스토커〉를 일종의 성장영화라고 하지만, 사실 그건 일반적인 성장영화에서의 느낌과는 확연히 다른 것이잖아요? 일단 감독님이 앞에서 말

씀하셨듯이, 이건 보통의 성장영화와 달리 주인공이 선한 시민으로 성숙하는 과정에서 사회에 편입되는 과정을 다루는 이야기가 아니죠. 그리고 어떻게 보면 이 영화에는 '성장' 자체가 없다고 볼 수도 있을 것 같습니다. 성장영화라는 장르는 주인공이 인생의 특정 단계에서 일련의 일들을 겪으면서 존재 양태가 바뀌어 아이에서 어른으로 옮겨가는 식의 과정을 다루기 마련이죠. 하지만 인디아의 경우를 곰곰이 살펴보면, 그 아이에게는 악이 일련의 일들을 체험한 끝에 체득된 경향이 아니라 이미 처음부터 선존해 있었던 것이 아닐까 싶기도 합니다. 애초부터 악하게 태어난 아이가 여러 가지 일을 겪는 과정에서 자신의 그러한 본성을 자각해서 발현시키는 것이 이 영화의 결말이라고 할까요. 실제로 그런 유전적인 악한 본성이 스토커 가문의 핏속에 흐르고 있다는 것을 인디아와 어린 시절의 찰리가 각각 침대와 모래 위에서 날갯짓을 하는 듯한 똑같은 동작을 하고 있는 장면들을 통해 암시하고 있기도 하죠.

박찬욱_ 그런 동작을 미국에서는 '스노 엔젤'이라고 부르더라구요. 옛날부터 아이들이 눈이 온 뒤에 눈밭에서 그런 몸짓을 하고 일어서면 천사가 거기 있었던 것 같은 흔적이 남는다고 해서 그렇게 부른대요.

— 분석 결과 정우진의 혈액 샘플과 일치했어요.
〈공동경비구역 JSA〉에서 중립국감독위원회 수사관인 이영애가 권총에 묻은 혈흔의 감식
결과에 대해 이병헌에게 설명

이동진_ 관용적인 표현이 있을 정도로 일반화된 동작이군요. 그런데 찰리 삼촌의 어린 시절 그 모습을 본 적이 없는 인디아가 혼자 침대에서 그런 동작을 한다는 것은 결국 악한 혈통, 악한 유전자에 대한 암시에 해당하는 셈입니다. 마찬가지의 맥락에서 찰리와 인디아 역을 맡은 두 배

우의 머리카락 색깔과 눈동자 색깔까지도 일부러 통일시키셨죠?

박찬욱_ 매튜 구드의 머리카락 색깔과 눈동자 색깔에 미아를 맞췄어요. 미아는 원래 금발인데 영화에는 고동색으로 나오죠. 물론 반대로 할 수도 있었겠지만 매튜의 금발은 좀 별로라서 그렇게 했어요. 〈왓치맨〉에 금발로 등장했는데 그게 그런 영화에는 맞지만 〈스토커〉에서는 자연스럽지 않게 느껴지더라구요. 색깔의 통일과 관련해서 〈스토커〉에서 또 하나 신경 쓴 게 있어요. 찰리가 총에 맞아 죽을 때 빨간 벽에 빨간 피가 튀면 흥미롭겠다고 생각했던 거죠. 스태프들은 피가 튀어야 할 벽은 당연히 밝은 색일 거라고 판단했기에 하얀색으로 할지 노란색으로 할지를 묻더군요. 제가 빨간색이라고 답하니까 이해가 안 간다는 표정들이었어요. 그런데 같은 빨강이라도 명도와 질감에 따라 차이가 있잖아요? 그 장면에서 벽지가 좀 우둘투둘한데 그곳에 빨간 피가 끼얹어져서 흘러내리면 질감의 차이 때문에 강렬한 느낌이 들 수 있는 거죠. 램프의 빛을 받아 피가 반사되는 것도 완전히 도드라져 보일 수 있고요. 그렇게 같은 빨강의 미세한 차이로 찰리의 죽음을 표현하고 싶었어요.

이동진_ 색깔의 차이를 거의 없앰으로써 오히려 색채의 효과를 극대화하는 방식인 셈이네요.

박찬욱_ 그렇죠. 어쨌든 거론하신 대로 〈스토커〉의 성장은 거꾸로 된 성장입니다. 그러니까 정말 악마로서 재탄생하는 것을 성장이라고 보는 관점인 거죠. 그런데 여기에는 좀 모호한 면이 있어요. 정말로 인디아는 찰리 삼촌으로부터 또는 부계 혈통으로부터 그런 악마성을 물려받은 것인가에 대해서는 논란의 여지가 있다는 것이 제 생각이라서 그쪽 방향으로 계속 각색을 해왔어요. 촬영이 다 끝난 뒤 편집을 하면서까지도요. 오프닝 때 인디아의 마음속 목소리는 제일 마지막 단계에 집어넣은 겁니다. 제가 마지막으로 손을 본 각본에도 없었고 촬영할 때도 없었던 대사예요. 그 내레이션에 담긴 것은 자기가 삼촌도 죽이고 보안관도 죽였지만 그게 자기 책임이 아니라는 변명 같은 거죠. 그건 진짜 사이코

패스가 말하는 냉정한 이야기라기보다는 어떤 도덕적 자의식을 가진 사람이 책임에서 벗어나려고 아닌 척 둘러대는 대사라 생각하면서 저는 썼어요.

> ─ 난 온전히 나만의 것으로 이뤄지지 않았어. 엄마의 블라우스 위로 아빠의 벨트를 했고, 삼촌에게서 받은 구두를 신었거든.
>
> 〈스토커〉 도입부에 흐르는 미아 바시코프스카의 내레이션

이동진_ 그렇다면 인디아는 유전에 의해서가 아니라 전염에 의해서 악에 물들었다고 볼 수도 있다는 것이군요.

박찬욱_ 그럼요. 인디아는 유전적으로 악인의 악을 잉태한 채 태어난 사람이라고 볼 수 있겠지만 다른 한편으로는 찰리라는 사람에게서 전염을 통해 악을 주입받은 사람으로도 볼 수 있다는 거죠. 물론 그런 폭력적 성향이나 악에 끌리는 경향이 그녀 안에 있지 않았다면 그렇게까지 진전되지는 않았겠죠. 하지만 그런 씨앗은 사실 누구나 갖고 있는 것이고, 찰리처럼 최면적으로 매혹시켜서 그런 성향을 끄집어내어 싹을 틔울 줄 아는, 말하자면 훌륭한 스승이 왔기 때문에 가능한 일이라고 볼 수도 있다는 거죠.

이동진_ 그런 견해를 대변하고 있는 것이 이 영화의 마지막 쇼트인 것 같습니다. 오프닝에서 원래 붉은 것으로 보였던 꽃이 엔딩에서는 사실 붉은 피가 튀어서 붉어 보이게 되었다는 것을 드러내니까요.

박찬욱_ 꽃이 제 색깔을 선택할 수 없듯이,

친절한 금자씨

개봉 2005년 7월 29일 출연 이영애 최민식 상영시간 112분_ 유괴 범죄로 투옥된 금자는 모범적인 수형 생활로 수감 동료들을 친절히 도와가며 13년의 형기를 마친다. 출소 후 금자는 자신을 죄인으로 만든 백선생에게 복수하기 위해 수감 생활 동안 도왔던 동료들을 하나씩 규합해 나가기 시작한다.

양면성이 있다는 겁니다. 오프닝을 보면 그 꽃이 유전적으로 빨갛다는 인상을 받게 되지만 엔딩까지 보면 그렇지 않죠. 마치 찰리가 인디아에게 영향을 준 것처럼요. 〈스토커〉는 가족 안에서의 비밀, 말하자면 혈통에 새겨진 악을 다루는 이야기입니다. 거기에 제가 한 꺼풀 더 씌우고 싶었던 것은 그게 겉으로 보이는 것만큼 혈통의 문제가 아닐 수도 있다는 가능성이었죠. '악을 하나의 질병으로 비유할 수 있다면 유전병일까, 전염병일까. 유전적 성향이라는 것은 극 중 주인공이 그냥 그렇게 믿고 싶어 하는 것이 아니었을까' 같은 의문이 일도록 가능성을 더 만들고 싶었어요. 그렇기에 〈스토커〉에는 장르적 관습 같은 게 물론 있지만, 한 번 더 생각해보면 그걸 뛰어넘는 지평이 열릴 거라고 생각했어요. 촬영을 다 마친 뒤 편집하는 과정에서 여러 가지 해석이 가능해지도록, 좀더 모호하게 느껴지도록 설명적인 장면들을 적잖이 제거했어요. 심지어 찰리를 사살하고 나서 인디아가 시체를 들여다보는 장면에서 원래는 눈물을 흘리는 모습이었는데 좀더 건조하게 만들기 위해서 그 눈물을 일부러 CG를 통해 없애기까지 했죠.

― 그럼 원모 아버지는……. 은주 할머니도 혼자 하시고.
  〈친절한 금자씨〉에서 이영애가 묶어놓은 최민식에게 직접 복수를 할 사람들의 명단을 확
  인하면서

이동진_ 이 영화를 처음 보았을 때 제목을 '나쁜 피'로 바꿔도 되겠다는 생각을 잠깐 했습니다. 하지만 꼭 그런 것만은 아니라고 말씀해주셨네요. 감독님 영화들에서는 모계 혈통보다 부계 혈통이 더 중요한데, 특히 〈스토커〉가 그렇습니다. 이와 관련해 눈에 띄는 것은 중반까지 팽팽해 보이는 세 사람의 관계가 결국은 부계 혈통에 관한 이야기이기 때문에 어느 순간부터 이블린이란 인물이 그저 부차적인 캐릭터가 된다는 겁

니다. 장르적으로 최대한 뒤로 미뤄져 있지만 결국 그런 지점이 이 영화 후반부에 찾아오게 되는데, 관객 입장에서는 그 순간에 좀 허망해지기도 합니다.

박찬욱_ 제게는 그게 나름의 작은 반전이에요. 이블린은 굉장히 강하고 억압적이면서 딸 인디아를 힘들게 만드는 캐릭터로 등장하지만 이야기가 진행될수록 결국 이 영화의 유일한 보통 사람이라는 게 드러나죠. 관객이 별난 캐릭터들 사이에서 공감할 수 있는 유일한 인물이라고 할까요. 이블린만 감정을 솔직히 드러내니까요. 그게 그녀의 역할이에요.

— 빨간 자전거 타고 다니는 아란 거밖에 모른다카이.

〈올드보이〉에서 최민식의 고교 시절 아역으로 나오는 오태경이 학교 과학실의 창문 너머로 우연히 보았던 광경에 대해서 친구에게 얘기하다가

이동진_ 〈스토커〉는 결국 세 사람이 한 공간에서 엮이면서 긴장이 생기는 이야기라고 할 수 있을 겁니다. 그 점에서 스탠리 큐브릭의 〈샤이닝〉과 유사한 설정을 가지고 있죠. 그 영화 역시 가족 구성원인 세 사람이 따로 떨어진 한 공간에서 겪게 되는 사건을 다루고 있으니까요. 그리고 〈샤이닝〉의 세 등장인물 중 평범한 사람은 엄마밖에 없는데 그건 〈스토커〉도 마찬가집니다. 그런데 〈스토커〉에서 어찌 보면 가장 알 수 없는 인물이 바로 그 가장 평범한 엄마죠.

박찬욱_ 의식해본 적은 없는데, 〈샤이닝〉과 그런 공통점이 있었네요. 이블린 역의 니콜 키드먼은 큐브릭과 〈아이즈 와이드 셧〉을 하기도 했죠. 키드먼은 〈스토커〉를 보고 나서 사람들이 자꾸 히치콕과 비교하는데 자기 생각에는 큐브릭을 닮은 것 같다고 말하기도 했어요. 큐브릭이 봤으면 틀림없이 좋아했을 것이라고 제게 말해줬죠. 웬트워스 밀러가 쓴 애초의 각본에서 이블린은 알코올중독증이 있고 남자를 밝히기로 유

명한 인물이었어요. 그리고 딸에게 아주 억압적인 사람인데 영화 끝날 때까지 그런 인물이었죠. 그런데 저나 니콜 키드먼의 생각은 이 인물을 그렇게 단순하게 몰고 가지는 말자는 거였죠. 그래서 조금 전에 이야기 했듯, 러닝타임의 3분의 2쯤 되면 그전까지의 억압적이고 못된 인상과 달리 〈스토커〉에서 가장 정상적인 사람이 이블린이라는 게 드러납니다. 처음에는 딸을 미워하는 엄마처럼 보이지만 나중에 가면 딸의 사랑을 얻고 싶어 하는 엄마라는 걸 알 수 있죠. 그런데 그걸 딸이 안 받아주기에 그런 딸에 대해 점점 거리감을 느끼다가 결국에는 딸을 두려워하게 되는 사람이죠. '도대체 저 사람은 뭘까'라는 그런 측면에서 관객이 마음을 줄 수 있는 유일한 캐릭터로 그리고 싶었다는 겁니다.

이동진_ 흥미롭게도, 이비라는 애칭으로 불리기도 하는 이블린은 전작 〈박쥐〉에서 오달수 씨의 아내로 나왔던 필리핀 여배우의 극 중 배역 명이기도 했죠. 〈박쥐〉에서도 유일하게 제정신인 인물이 이블린이구요.(웃음) 이런 공통점은 우연이죠?

박찬욱_ 저도 그런 우연이 흥미롭다고 생각했어요. 웬트워스 밀러 각본에 이미 이블린이라는 이름으로 되어 있었거든요. 어쩌다 이렇게 됐나.(웃음)

─ 그러고 보니 네 머리 빗겨준 적이 한 번도 없네.
─ 엄마는 바쁘셨잖아요.
─ 뭐에?
─ 글쎄요.
─ 너희 부녀가 항상 바빠서 그랬지. 너희가 집에 실어 나르는 그 죽은 새들 틈에서 내가 뭘 할 수 있었겠니?
  〈스토커〉에서 니콜 키드먼과 그녀의 머리를 빗겨주던 미아 바시코프스카의 대화

이동진_ 〈스토커〉의 엔딩에서 스스로의 차림에 대한 인디아의 내레이션

을 들어보면 자신의 새로운 출발에 아버지와 어머니와 삼촌이 모두 영향을 미쳤다는 걸 암시합니다. 우선 삼촌 찰리가 영향을 주었다는 것은 명백해 보입니다. 영화 내내 강조되고 있으니까요. 아울러 사건의 추이를 보면 아버지 리처드의 영향도 충분히 짐작할 수 있습니다. 하지만 내내 등장하는 어머니 이블린은 부재하는 아버지보다도 딸에게 영향을 끼치지 못하는 듯합니다. 그럼에도 인디아는 마지막 독백을 통해 이블린의 블라우스를 입고 있다는 사실을 강조하죠. 그렇다면 딸이 어머니로부터 배우거나 어머니를 통해 자각하게 된 것은 무엇인가요.

박찬욱_ 이블린은 〈스토커〉에서 유일한 보통 사람이라는 걸 떠올려야 할 거예요. 중요한 것은 엔딩 이후 인디아가 과연 사람이 되었을지에 대해 확언할 수 없다는 겁니다. 아주 냉정한 연쇄살인마가 될 거라고 짐작할 수도 있지만 그렇지 않을 수도 있다는 거죠.

이동진_ 그러기에는 마지막 장면에서 이미 참혹하게 보안관을 살해하지 않았나요.

박찬욱_ 그렇죠. 하지만 그 사람을 완전히 보내버릴 수 있는 최후의 한 방을 쏘는 것에 대해서 여전히 지체하고 있고 영화에서는 그걸 끝내 보여주지 않고 있죠. 그 보안관을 살해하는 것은 그냥 자신의 과거를 묻어버리기 위한 자구적 조치일 수도 있어요. 그렇다면 다른 곳에 가서 멀쩡하게 살아갈 수도 있는 것이겠죠. 인디아의 미래에는 아직 열린 길들이 있다는 것을 보여주고 싶었어요. 마지막 장면을 통해서 단정 짓고 싶진 않았던 거죠. 관객도 이것저것 생각할 수 있었으면 좋겠구요.

이동진_ 그렇다면 반대쪽으로 열린 또다른 가능성의 뿌리는 결국 엄마로부터 오는 것이라는 말씀인 거죠?

박찬욱_ 엄마가 폭언과 저주를 퍼부을 때도 인디아의 냉정한 표정에는 조금 동요하는 눈빛이 담겨 있어요. 끝에 가서 삼촌을 쏜 게 엄마를 구하기 위해서인지는 알 수 없지만, 어쨌든 결과적으로 구하게 되는 것도 사실이구요.

〈친절한 금자씨〉는 '도저히 구제받을 수 없을
정도로 이렇게까지 악한 인간인데도
사적 보복을 해서는 안 되는가'라고 묻습니다.
감독님은 언제나 극단적인 상황을 만든 후
주인공의 행동을 통해 도덕적 딜레마에 대한
질문을 던집니다. 말하자면 이 영화의 상황은
일종의 윤리학적 실험실과도 흡사해 보입니다.

그거예요. 나머지 요소들을 단순화해야 특정 요소에 대한 정확한 데이터를 얻을 수 있는 것처럼, 인물을 좀더 극단적인 상황에 몰아넣어야 질문이 분명하게 떠오르는 거죠. 딜레마를 다루려 한다면 그 딜레마를 뚜렷하게 만들어야 합니다.

– 난 미도가 네 살 때부터 여태까지 숨어서 보호해왔는데, 당
신은 이게 뭐야.
〈올드보이〉에서 유지태가 지난 15년간 자신이 강혜정을 조종해왔음을 드러내면서 최민식
의 무능함을 조롱

이동진_ 감독님의 영화들을 보면서 정신분석학적인 측면에서 평을 쓰고
싶어 할 분들이 많을 것 같습니다. 예를 들어 〈스토커〉에서 어머니인
이블린을 잠시 떼어놓고서 삼촌 찰리와 아버지 리처드와 딸 인디아의
삼각구도를 보면 흡사 슈퍼에고와 이드 사이의 에고 같다는 느낌이 듭
니다. 아버지가 슈퍼에고이고 삼촌이 이드인데 그 사이에서 둘의 영향
권 내에 인디아가 에고처럼 존재하고 있다고 할까요. 그런 측면에서 보
면 영화의 구도 자체가 굉장히 프로이트적이라고도 보이거든요.

박찬욱_ 그건 어느 정도 초고에서부터 자리 잡혀 있던 아이디어예요. 거
기에 덧붙여서 내가 강조한 것은 찰리가 인디아를 계발시키러 온 사람
이라는 거죠. 알에서 깨어나도록 밖에서 도와주는 줄탁동시의 부모 같
은 존재예요. 인디아가 인식하지 못했던 욕망이나 본성을 일깨워주는
멘토인 셈입니다. 그런 게 정신분석학적으로 맞아떨어진다고 할 수 있
겠죠. 그래서 만일 바꿀 수 있다면, 이름을 찰리가 아니라 존이라고 하
려고 했어요.

이동진_ 예수의 길을 앞서 예비한 세례 요한 같은 존재라는 건가요. 영어
이름 존은 성경의 요한에서 왔으니까요.

박찬욱_ 그렇죠. 인디아에게 연인 같은 존재라기보다는 인도자 같은 역할
을 하는 인물이라는 겁니다. 그렇기에 역할이 다 끝난 후에는 죽어도
되는 존재예요. 인디아가 끝에서 찰리를 죽이는 것은 일종의 용도폐기
같은 것이죠. 이제 수제자로서 스승을 능가해 더 큰 괴물이 되었으니까
시효가 다 된 존재를 밟고 나간다고 볼 수도 있다는 겁니다.

– 이 엿 같은 세상, 확 뒤집어버리는 거야.

〈3인조〉에서 카페의 손님들을 향해 총을 난사한 김민종이 이경영에게도 총을 쥐어주며

이동진_ 이제 공간에 대한 질문들을 드리겠습니다. 〈친절한 금자씨〉에서의 교도소나 〈싸이보그지만 괜찮아〉에서의 정신병원을 보면 그와 같은 장소들에 대한 통념과 무척 다른 모습으로 형상화되어 있습니다. 그렇게 기존의 이미지를 뒤집어서 늘 공간을 새롭게 만들어내시는데요, 영화를 만들 때 일반적으로 미술의 측면에서는 어떤 원칙을 갖고 계시는지요.

박찬욱_ 영화에 자주 등장하는 공간의 경우, '어떻게 하면 다른 작품에서 하지 않았던 방식으로 할 수 있을까'가 제게 제일 중요합니다. 사실 저는 미술뿐 아니라 영화에 대해 발상을 하는 과정 자체가 좀 부정적인 쪽으로 이뤄지는 경향이 있는 것 같아요. 뭔가를 건설적이고 생산적으로 하려고 하지 않고, 남이 하지 않은 것이 무엇인지를 생각하곤 하는 게 제 문제라고 스스로 반성하기도 합니다만, 그게 제 스타일인 것은 사실인 것 같아요. 교도소나 정신병원 역시 영화에 워낙 많이 나오는 공간이니까 다른 사람들이 하지 않은 방식대로 해보려고 한 거죠. 예를 들면, '임권택 감독님이라면 어떻게 하실까' '봉준호 감독이라면 어떻게 할까'라는 식으로 상상해봐서, 그들이 하지 않을 것 같은 방향으로 찾아나가는 식이라고 할까요.

– 병원들 다 뒤져가지고 입원 기록도 찾았거든요.

〈복수는 나의 것〉에서 형사 이대연이 범인의 행적에 대한 수사 내용을 송강호에게 설명하면서

이동진_ 〈올드보이〉의 과거 회상 장면에서 등장했던 학교도 여타 학교들

과는 외양이 매우 달라서 인상적이던데요?

박찬욱_ 스태프들에게 계단이 많은 학교를 찾아오라고 했죠. 계단을 오르락내리락 하는 장면을 통해서 과거를 신비롭게 더듬는 느낌을 주려고요. 시간을 거슬러 올라간다는 것은 영화라는 매체가 가진 굉장한 장점이자 특징인 만큼 좀 남발되는 경향도 있죠. 그래서 감독들은 회상 장면을 찍을 때 어떻게 하면 진부하지 않으면서도 오직 영화만이 가질수 있는 매력을 마음껏 발휘할 수 있을지에 대해 고민을 많이 하게 됩니다. 〈올드보이〉에서 제가 택한 방법은 그냥 단순하게 회상 시퀀스 하나를 길게 집어넣는 게 아니라 현재 시제와 과거 시제를 계속 오가면서 교직을 하는 방식이었죠. 마치 두 개의 시간대가 추격전을 벌이는식으로 접근한 겁니다.

이동진_ 그 과정에서 현재의 오대수와 고교 시절의 오대수가 시간의 벽을 뛰어넘어 같은 프레임 안에 공존하는 것으로 그려지기도 했죠. 1950년대 잉마르 베리만이 〈산딸기〉에서 그렇게 했을 정도로 오래전부터 감독들에 의해 애용되고 있던 방식인데요, 〈올드보이〉에서는 그런 표현법이 극의 상황이나 계단이 많은 학교의 구조와 아주 잘 어울려서 관객들이 정말 비밀의 앞자락을 열어보는 것은 느낌을 받을 수 있었습니다.

박찬욱_ 영화 속 그 학교는 참 어렵게 찾아낸 곳이에요. 그런데 결국 제가 상상했던 것보다 계단이 더 많은 학교를 찾아와서 아주 만족스러웠죠. 산자락에 있는 학교라서 동과 동 사이를 계단으로 이리저리 이어 붙여 복잡한 구조를 갖고 있더라고요.

- 여기 그런 사정 없는 집이 어딨나.

  〈친절한 금자씨〉에서 유괴 사건 이후 가족이 풍비박산된 상황에 대해 어느 유족이 한탄하는 소리를 듣던 다른 유족이 대꾸

이동진_ 〈박쥐〉의 공간도 의미심장하게 다가옵니다. 일단 극의 주무대가 되는 '행복 한복집'부터가 굉장히 특이한데요. 행복 한복집 세트를 지을 때 마음에 두신 주안점은 어떤 것이었습니까.

박찬욱_ 오래된 집에서 오랫동안 살다보면 어쩔 수 없이 잡다한 물건들이 쌓이게 되잖아요? 특히 거기 사는 사람들이 뭔가 잘 버리지 않는 성격이면 더 그렇죠. 행복 한복집은 잡다한 물건들을 이고지고 사는 집으로 만들려고 했어요. 그게 그 영화의 전체적인 콘셉트와도 맞다고 보았죠. 같은 방 안에 성모상과 불상이 섞여 있는데, 한국의 집은 충분히 그럴 수 있어요. 거기에 어머니가 가진 아들에 대한 병적인 집착 때문에 뱀술에서 인삼주까지 있고, 부부가 쓰는 침실의 침대 머리맡에는 각종 약병들이 쫘악 깔려 있죠. 거기에는 조명까지 되어 있는데, 저는 사실 약병들이 놓여 있는 그 모습이 참 마음에 들어요.(웃음) 그러면서도 사람들이 오래 생활하고 있는 곳이니까 잡다한 물건들이 한데 어우러져서 통일성을 드러내야 하기도 하죠. 영화를 만드는 사람의 의도가 너무 노골적으로 드러나서는 곤란하잖아요. 전체적으로 행복 한복집은 어둡고 눅눅하고 답답한 느낌을 주도록 꾸몄어요. 원작인 〈테레즈 라캥〉에서는 골목에서부터 모든 것이 그런 느낌을 일으키도록 묘사되어 있는데, 그것과는 조금 다르면서도 쉽게 몸을 뺄 수 없는 늪처럼 그 공간을 묘사하고 싶었습니다.

이동진_ 〈박쥐〉에선 마네킹까지 예사롭지 않던데요?(웃음)

박찬욱_ 원래 한복을 입히기 위한 마네킹은 따로 있죠. 체구도 자그마하고 어깨도 동그랗고 헤어스타일도 다르잖아요. 그런데 이 영화의 마네킹은 양장을 위한 전형적 서양인의 체형을 갖고 있습니다. 거기에 일부러 한복을 입혀놓았으니 너무 안 어울려서 나중엔 내가 지나쳤나 싶은 생각까지 들더군요.

─ 뭐 꼭 통일할 필요 있나? 갈비탕집 온 것도 아니고.

〈친절한 금자씨〉에서 유괴살인범 최민식에 대해 어떻게 복수할지 논의하는 과정에서 유족

중 한 명이 불쑥

이동진_ 사실 〈박쥐〉라는 영화 자체가 그런 것 같습니다. 이 이야기는 19세기 프랑스에서 쓴 소설의 설정을 20세기 미국 할리우드가 틀을 짠 뱀파이어 장르의 틀에 넣은 뒤 21세기 한국의 도시에 착종한 결과물이라고 할 수 있으니까요. 특히 미술적인 측면에서 그와 같은 혼종적인 특성이 두드러지는데, 말씀하신 대로 극 중 가장 중요한 공간인 행복 한복집 자체가 이 영화의 지향점을 그대로 드러내는 듯한 느낌입니다. 건물은 일본식 적산가옥인데 그곳의 주인은 한복 파는 일을 하면서 러시아 술인 보드카를 마시죠. 수요일마다 그곳에 모이는 사람들은 중국인의 오락인 마작을 하는데, 그 중 한 인물은 심지어 필리핀 사람입니다. 강물 깊숙한 곳에서 자라는 음습한 물풀들의 풍경을 따온 것 같은 실내의 벽지 색깔부터가 보는 이의 감정을 가라앉게 만드는데, '행복 한복'이란 가게 이름도 참 독특합니다.

박찬욱_ 재미있는 발음으로 운율을 맞추려고 했죠. 만일 빵집이었다면 행복이란 이름이 무척 촌스럽고 유치하면서 괜히 역설적인 뉘앙스를 부여하려 한 것 같아 그렇게 안 지었겠죠. 하지만 한복집에는 그런 이름이 어울리잖아요. 처음엔 '사임당 한복'으로 했는데, 그렇게 지어도 괜찮았을 것 같아요. (웃음)

이동진_ 〈친절한 금자씨〉에 등장하는 빵집 이름은 '나루세'였죠. 이건 일본 감독 나루세 미키오의 이름에서 따오신 거겠죠?

박찬욱_ 물론이죠.

─ 어차피 부잣집이니까.

〈친절한 금자씨〉에서 이영애가 김시후에게 과거 범죄에 대해 합리화하며 꼬드겼던 최민식의 말을 전하면서

이동진_ 인상적인 세트로는 〈올드보이〉의 호화스러운 이우진 집을 빼놓을 수 없을 것 같습니다. 건물 꼭대기층의 펜트하우스로 극 중에서 설정되어 있었지만 정교하게 지은 세트였죠?

박찬욱_ 실용성을 완전히 배제한 주거 공간이었죠. 사실 진정한 부자만이 실용성을 무시할 수 있으니까요.(웃음) 그래서 넓은 홀처럼 탁 트인 공간에 샤워 부스가 거의 한복판에 놓여 있기도 한 거죠.

이동진_ 옷장이 네 조각으로 갈라졌다가 다시 합쳐지기도 하더군요.

박찬욱_ 원래는 넓은 통유리창 둘레로 수영장까지 만들 생각이었어요. 한 레인짜리요. 그래서 이우진이 알몸으로 수영을 할 때 창밖에서 보면 마치 수족관의 물고기처럼 보일 수 있게요. 유지태의 그 긴 몸을 그렇게 보여주고 싶었는데 제작비 문제로 결국 포기했죠.

이동진_ 그 장면을 찍었다면 손익분기점이 조금 더 올라갔겠네요.(웃음)

박찬욱_ 개봉 후 흥행이 그렇게 잘될 줄 알았더라면 애초의 생각대로 그 장면을 찍을 걸 그랬어요.(웃음)

– 이 집에 평생 갇혀 있지 않아도 돼요.

〈스토커〉에서 매튜 구드가 스스로의 처지를 비하하는 니콜 키드먼을 위로하듯

이동진_ 〈스토커〉의 저택 역시 영화 속에서 굉장히 중요한 공간입니다. 왜냐하면 일단 그 집이 스토커의 집이기 때문인데요, 집의 입장에서 이야기를 본다면, 오랫동안 떠났던 찰리 스토커가 그 집에 돌아오면서 시작되어서 인디아 스토커가 그 집을 나가며 끝나는 셈입니다. 이 영화는 세트에서 촬영하지 않고 실제 저택을 섭외해서 촬영하셨죠. 그런데 설

정이나 의미를 생각할 때 극 중 저택 모습 자체에 대해서는 약간의 아쉬움이 남더라구요. 예를 들어, 〈디 아더스〉에서의 집처럼 좀더 크면서 괴괴한 느낌이 있는 저택이었으면 더 좋았을 것 같습니다.

박찬욱_ 제작비가 더 많았다면 더 크고 더 잘 맞는 집을 찾아 다른 주州로 갔을 거예요. 결국 테네시 주에서 찍은 것은 세제 혜택이 좋아서였죠. 요즘 미국 영화들은 그게 장소 선택의 유일한 기준이에요. 그 저택은 테네시 주에서 선택할 수 있는 집 중에서는 최고였어요. 나머지는 모두 다 남부 느낌이 너무 강하게 풍겨서 테네시 윌리엄스의 무대처럼 보일 수밖에 없는 것들이었어요.

– 그해 여름, 조나단은 계단만 보면 가만있질 못했어.

〈스토커〉에서 매튜 구드가 미아 바시코프스카에게 어린 시절에 죽은 그녀의 또다른 삼촌에 대해서 회상

이동진_ 그 집의 계단에서 펼쳐지는 장면들은 인물간 구도의 측면에서 무척 인상적이었습니다. 찰리와 인디아가 계단에서 대화하는 장면이 모두 세 번 나오는데, 처음에는 위에 있는 찰리가 아래에 있는 인디아를 내려다보며 "네가 불리하다고 느끼는 이유는 아래에 있기 때문"이라고 말하죠. 인디아가 찰리에게 따져 묻는 두 번째 장면에서는 위쪽에 인디아가 있죠. 계단에서 구두를 신겨주며 일종의 대관식 비슷한 행동을 펼치는 마지막 세 번째 장면에서는 위층에서 이블린이 우연히 목격할 때 두 사람이 사실상 같은 계단에 나란히 있어요. 이런 인물 구도는 두 사람 사이의 심리적 변화와 그 장면에서 헤게모니를 누가 쥐었는지를 보여주기도 합니다. 이와 관련해서 더 중요하게 느껴지는 건 인디아의 방이 2층에 있다는 겁니다. 이전에 자신이 불리한 건 밑에 있기 때문이라는 말을 들었던 인디아는 결국 클라이맥스에 이르러 자기 방이 있는 2층에 올

라가 찰리를 죽이는 결정적인 행동을 하죠. 그리고 나서 계단을 내려와 바깥으로 나가는 것으로 이야기는 사실상 끝이 나게 됩니다. 이렇게 오르내리는 동선이 제게는 무척 흥미로워 보여요.

박찬욱_ 원래 초고에서는 그 세 계단 장면들 중 첫 장면만 계단에서 펼쳐졌죠. 각본을 새로 쓰면서 나머지 두 신도 계단으로 옮겨온 겁니다. 인디아의 침실 위치도 새로 잡게 되면서 2층으로 설정한 거구요.

이동진_ 〈스토커〉는 세트가 아닌 실제 집에서 촬영했기 때문에 고육지책으로 찍은 것처럼 보이는 앵글도 있습니다. 촬영과 관련해서 가장 힘들게 찍은 건 어떤 장면인가요.

박찬욱_ 샤워 부스 장면을 마지막으로 찍었는데, 그것만 세트 촬영이었죠. 그날 촬영이 가장 힘들었는데 다른 이유가 아니라 시간에 너무나 쫓겨야 했기 때문이에요. 정말로 다 찍지 못하는 줄 알았어요. 그 샤워 부스 장면 전, 그러니까 마지막 촬영일 오후에 인디아가 보안관에게 총을 겨누는 모습을 로우 앵글로 찍었죠. 거의 해가 질 무렵에 촬영했는데, 찍고 나서 보니까 촬영부의 실수로 이미 한 번 찍은 필름을 또 끼워서 찍은 거예요. 너무 시간에 쫓겨서 허둥지둥하다 보니까 그런 실수가 생긴 겁니다. 그 장면 촬영은 딱 두 번 했는데 그 중 한 롤이 그렇게 되어버렸으니까 그 앞에 찍힌 롤에서 무조건 오케이 테이크가 건져져야 했어요. 그런데 그건 현상해보기 전에는 알 수가 없는 거죠. 그때가 샤워 부스 장면 촬영을 앞두고 감독으로서 정말 중요한 판단을 해야 하는 순간이었어요. 다행히 나중에 현상을 해보니 정상적으로 찍힌 롤에 오케이 테이크가 있었어요.

- 그날 이수아가 죽었어.
- 됐네요, 인제. 복수하고 싶어서가 아니라 왜 그랬는지 알고 싶어서 싸운다고 했죠? 이제 이우진이 못 쫓아오는 데로 도

망갈 거죠, 우리?

〈올드보이〉에서 최민식이 미스터리를 풀어낸 것처럼 보이자 강혜정이 채근하듯 제안

이동진 인디아가 집으로 찾아온 보안관과 대화할 때의 장면은 촬영 방식이 복잡하면서도 리드미컬합니다. 상당히 긴 롱테이크인데 공간의 공기와 인물들 사이의 분위기를 역동적으로 담아낸 양상이 무척 인상적이었죠. 그전까지는 주로 인디아가 뭔가를 목격하는 시점을 담은 신들이 많았던 것에 비해, 그 장면에서는 실내 깊숙이 들어가 있는 찰리에 의해 인디아가 관찰의 대상이 됩니다. 그러다가 찰리가 도와주기 위해 인디아와 보안관에게로 걸어가면 카메라가 회전을 하듯 따라가게 되죠. 그처럼 후반부에 이르러 교체된 카메라의 시점은 이 성장영화의 플롯에서 무척 중요한 역할을 담당하고 있는 것으로 느껴지기도 합니다. 그런데 사실 이런 촬영 방식은 즉흥적인 판단의 결과였다죠?

박찬욱 촬영 당일 현장에서 그렇게 판단한 건 아니고, 그 전날에 그런 결정을 내렸어요. 원래 스토리보드에서는 쇼트들이 많이 분할되어 있었는데, 그렇게 나눠서 찍으면 하루에 도저히 끝내지 못하겠더라구요. 고민 끝에 스테디캠으로 정교하고도 길게 찍어보기로 했죠. 그래서 하나의 쇼트로 찍었는데 그게 제일 마음에 드는 장면이 되어버렸어요. 거울에서 시작해 계단까지 완전히 하나로 이루어진 테이크인데, 전달해야 될 정보나 긴장 같은 것들을 다 살려가면서 잘 이루어진 카메라 워킹이었던 것 같아요.

이동진 애초에 나눠 찍기로 했던 스토리보드에서도 시점 쇼트의 느낌이 있었나요.

박찬욱 그렇죠. 그런데 지금 장면은 원래의 계획보다 의도가 더 잘 드러나게 됐어요. 모든 예술에서는 제약이 오히려 생산적으로 작용하는 경우가 있는데 그때가 그랬죠. 그 장면은 굉장히 오묘하게 촬영된 것 같아요. 계획보다도 훨씬 더 잘 찍혔으니까요. 그 쇼트의 앞부분에서는

보안관과 인디아가 이야기를 하고 있는데 카메라가 조금씩 뒤로 빠지면 찰리가 프레임 안으로 들어오게 됩니다. 그것이 거울에 비친 영상이라는 걸 관객으로서는 알 수가 없기 때문에 처음에는 찰리가 그들을 등지고 있는 것처럼 보이죠. 그런 상황에서 인디아는 보안관 앞에서 굉장히 대담하게 진술을 해요. 그 사이사이에도 찰리를 빤히 쳐다보면서요. 하지만 아무리 그래도 아직은 아이인지라 어느 순간 당황하게 되자 결국 찰리가 나서요. 그런데 거울 속 모습으로 찰리를 보아왔던 관객 입장에서는 정반대로 느껴지는 그의 동선이 이상하죠. 그렇게 혼란이 생기는 사이에 불길한 음악이 깔리는데 찰리의 표정은 상당히 경직되어 있어요. 하지만 그가 걸어오면서 실내의 어두운 부분을 막 벗어나는 순간 찰리가 활짝 웃습니다. 연기가 시작되는 거죠. 그때 카메라가 돌면 이 모든 상황이 어떤 것인지 이제 관객이 파악할 수 있게 됩니다. 그리고 그때부터 보안관 앞에서의 연기는 찰리보다 인디아가 더 우월해요. 이제 여왕으로서 대관식을 할 때가 된 거죠. 그런 식으로 그 하나의 쇼트에 얼마든지 얘기할 수 있는 많은 드라마가 담겨 있어요. 감독으로서 그런 순간을 만나면 정말 짜릿하죠.

— 새장이 없다면 자유도 없는 거야.

〈스토커〉의 엔딩 크레딧에서 흐르는 에밀리 웰스의 노래 〈비컴스 더 컬러Becomes the Color〉의 가사

이동진_ 제약으로부터 탈피하려는 현장에서의 역동성이 낳은 최상의 결과라고 할까요. 굉장히 흥미로운 사례네요. 고무로 된 소품 상어가 고장 난 상황에서 한계를 극복하기 위해 상어의 시점 쇼트라는 아이디어를 떠올려 오히려 전화위복의 계기로 삼은 스티븐 스필버그의 〈죠스〉의 경우가 떠오르기도 합니다.

^{박찬욱} 〈올드보이〉에서의 장도리 액션 장면과 같은 경우였죠. 그때도 원래는 여러 쇼트로 잘게 쪼개는 신이었는데 일정상 하나로 하는 게 더 낫겠다고 생각해서 바꾸었거든요. 〈스토커〉나 〈올드보이〉의 그런 장면들은 결국 원래 계획보다 훨씬 더 좋아졌죠. 하지만 제약 때문에 바뀌었다고 해서 그 최종 결과물이 우연이라는 뜻은 아니에요. 그 역시 치열한 고민의 결과물이고 결국은 감독이 지닌 미학적 목표의 연장선상에 있는 방식이니까요.

－ 물 수水 자 수요일에 모이니까 이름을 오아시스라고 하면 어떨까.

〈박쥐〉에서 신하균이 수요일마다 모이는 마작 모임의 이름에 대해서

^{이동진} 한 영화를 여는 방식에 대한 질문을 드리겠습니다. 〈올드보이〉나 〈친절한 금자씨〉 같은 작품들은 강렬하게 압도하면서 시작됩니다. 그런데 〈박쥐〉의 오프닝 장면은 상당히 건조하면서 소박합니다. 병실 벽에 나무 그림자가 희미하게 비친 모습이 첫 쇼트였죠. 그 첫 장면은 이창동 감독님의 〈오아시스〉를 떠올리게까지 하더군요. 〈오아시스〉의 첫 쇼트 역시 벽(의 그림)에 비쳐진 나무 그림자였으니까요. 심지어 극 중 마작 모임의 이름까지 우연히도 '오아시스'였는데요.

^{박찬욱} 그랬던가요? 송강호랑 같이 〈오아시스〉를 봤는데, 나는 왜 그 장면이 기억 안 나죠? 〈박쥐〉는 햇빛에 대한 영화니까 그렇게 시작하는 게 좋겠다고 생각했어요. 인간은 햇빛 없이 살 수 없지만, 어떤 존재에게는 햇빛이 마치 방사능처럼 무시무시한 존재가 될 수도 있다는 거죠. 그런 햇빛이 어떤 때는 아름답기도 한데, 그 햇빛은 또 그림자를 만든다는 겁니다. 실체가 있고 그것에 대한 그림자가 있는 거죠. 그와 같은 여러 가지 연상을 불러일으킬 것 같아서 그것으로 오프닝을 삼았어요.

이동진_ 이어서 〈박쥐〉는 그런 나무 그림자가 일렁이는 벽의 문을 열고서 상현이 불쑥 등장하며 본격적으로 이야기를 시작하는데요.

박찬욱_ 영화가 시작되면 플랫한 벽에 있는 문을 열고 주인공을 등장시키고 싶었어요.

이동진_ 상당히 연극적으로 느껴지는 배우의 등장 방식이었죠.

박찬욱_ 제가 연극적인 것을 끌어오길 좋아하잖아요. 주인공이 이야기 속으로 뚝 떨어지거나 이 세상에 불현듯 던져진 것처럼, 자기 세계에 있다가 차원 이동을 한 것처럼 쑥 들어오는 거죠. 그렇게 관객과 준비도 없이 바로 대면하게 하는 겁니다.

– 무슨 얘긴지 알죠?

〈복수는 나의 것〉에서 형사 이대연이 전화로 송강호에게 신하균의 흉악무도한 범행에 대해 설명하면서

이동진_ 그렇게 시작된 첫 신에서 주인공 상현의 친구인 병상의 효성(서동수)은 끝도 없이 말을 쏟아냅니다. 관객 입장에서는 영화가 시작되자마자 무슨 맥락인지도 모르는 이야기에 갑자기 맞닥뜨리게 되는 셈인데요, 게다가 효성의 말소리가 작기도 하고 발음이 분명치 않기도 해서 무슨 소리인지 알아듣기도 어려워 좀 당황하게 됩니다.

박찬욱_ 〈박쥐〉는 뭔가 경건한 분위기로 시작하잖아요? 영화사 로고 필름이 나올 때부터 경건한 음악이 덧입혀져 흘러나오는데다가 첫 이미지도 병실에 찾아온 신부의 모습이니까요. 관객 입장에서는 그렇게 감을 잡는데, 그런 영화에서 기둥 줄거리와 상관없는 사람이 도입부에서 느닷없이 얘기를 쏟아내는 게 재미있다고 생각했어요. 그 말을 쏟아내기 위해서 효성이 참고 기다린 것 같은 느낌도 좋고요.

- 오늘 뭐 할 거니?
- 커튼을 치고 시계를 멈출 생각이었어요. 거울들을 다 가린 다음에 내 방에 들어가 있으려구요.
- 음울하게 그러지 좀 마.

〈스토커〉에서 니콜 키드먼이 더못 멀로니의 장례 후 미아 바시코프스카에게 말을 붙이려 하지만 돌아오는 것은 퉁명스러운 대답

이동진_ 전반적으로 〈박쥐〉는 빛바랜 듯한 느낌이 드는 것도 인상적이었습니다. 콘트라스트가 상당히 약하게 느껴지던데요.

박찬욱_ 기본적으로 콘트라스트를 낮게 설정했어요. 요즘 세계적인 경향도 그렇고, 제 영화들 역시 그동안 강한 콘트라스트의 화면이 지배적이었는데, 좀 싫증이 나기도 했죠. 종래에는 검정색이라면 화면 속에서 얼마나 순수한 블랙으로 딱 떨어지느냐가 좋은 노출과 좋은 현상의 판단 기준이었는데, 꼭 그럴 필요가 있겠나 싶은 생각도 들었어요. 〈박쥐〉는 전체적으로 뿌연 느낌이 들도록 만들었습니다. 다른 영화와 비교해서 보면 심각할 정도로 뿌옇게 보이는데, 그런 게 그 영화가 가진 답답한 느낌을 만들어주는 거죠. 거기에 맞춰서 전반적인 미술도 이뤄진 것이고요. 상우가 죽은 뒤부터는 또한 습기가 중요 모티브가 되는 거니까 질퍽하고 축축하고 눅눅한 느낌을 만들어줄 수 있도록 처음부터 디자인해야 되는 거죠. 그래서 물풀 느낌이 드는 디자인이라든가, 적셔놓았을 때 표현될 수 있는 재료와 색깔을 썼어요. 태주가 입고 있었던 한복 치마에 수놓아져 있는 잉어 모습이라든가, 라여사가 앉아 있는 의자 머리받침의 부엉이 그림도 그런 맥락에서 설정된 거죠.

이동진_ 〈공동경비구역 JSA〉의 도입부에 이어 다시금 부엉이를 중요하게 쓰신 셈이네요.

박찬욱_ 부엉이에는 관찰자의 의미가 있으니까요.

– 나중에야 알았다. 왜 물이 깊다고 생각했는지.

〈복수는 나의 것〉에서 신하균이 물에 빠진 소녀를 구하지 못했던 이유에 대해 나중에야 깨

닫고서

이동진_ 그런데 후반부에 이르러 장르적이고 판타지적인 느낌을 가지면서부터 〈박쥐〉의 색조가 훨씬 더 깊고 강렬해집니다. 상대적으로 사실적인 전반부와 상당히 대조가 되는 것 같습니다.

박찬욱_ 콘트라스트를 낮게 설정했지만 뒤로 갈수록 강해지도록 했어요. 영화의 마지막 쇼트에 이르게 되면 오히려 다른 영화보다 훨씬 더 강하죠. 그 장면에서의 일광을 관객이 강렬하게 느끼도록 하기 위해서 그 전의 모든 장면들을 뿌연 느낌이 들도록 처리했다고 해도 과언이 아니에요. 라스트 신에서 해가 뜬 다음부터는 직사광선 앞에 알몸이 노출된 듯한 느낌을 관객도 갖도록 하고 싶었어요.

이동진_ 아닌 게 아니라 〈박쥐〉의 마지막 장면과 첫 장면은 여러 가지 측면에서 대비됩니다. 시작은 상당히 건조하고 사실적인데 끝은 화려하고 환상적입니다. 병실이라는 침울한 실내에서 출발한 영화는 결국 바다가 펼쳐진 실외에서 종지부를 찍습니다. 그리고 햇빛의 그림자에서 시작해서 쏟아지는 햇빛 그 자체로 끝나죠. 형식적으로 보면 이 영화는 비루한 사실주의에서 시작해서 장대한 판타지로 끝나는 셈이구요.

박찬욱_ 일반적으로 저는 관객이 영화라는 열차에 탔을 때 그 종착역이 어딘지 몰라야 좋다고 생각해요. 또는 종착역을 안다고 생각했는데 내려보니까 다른 곳이든가요. 부산으로 가는 줄 알고 탔는데 내려보니 광주더라, 뭐 이런 영화라고 할까요.(웃음) 관객으로서 저를 그렇게 만들어주는 영화를 좋아하고, 감독으로서 저 역시 그렇게 하고 싶어요. 그래서 '이런 영화일 거야'라고 생각할 수 있게 잘못된 분위기를 잡은 다음에 슬슬 조금씩 다른 곳으로 가는 거죠. 정말이지, 내릴 때는 전혀 예상 못한 곳이었으면 좋겠어요. 그래서 〈박쥐〉의 마지막 장면을 영종도

에서 찍었으면서도 특수효과를 통해 천 길 낭떠러지와 아무것도 없는 지평선 등 한국적이지 않은 장소로 꾸몄던 거죠. 그건 이국 취향이나 국적 불명의 정서 때문이 아니라, 낯선 곳으로 끌고 가고 싶은 마음 때문이었어요. 시대와 장소를 완전히 초월한 어떤 근원적인 곳을 그려보고 싶었다고 할까요. 그래서 고래도 보는 거죠.

– 저 바다를 보면 뭐가 생각이 나나?
〈3인조〉의 첫 대사. 김민종이 한 남자에게 총을 겨누면서 질문

이동진 감독님 영화에서 물의 이미지는 사뭇 다릅니다. 일반적으로 영화에서 바다는 희망이나 본향의 느낌으로 쓰이는 경우가 많은데, 〈박쥐〉의 바다는 모든 것을 소멸시키는 죽음의 상징과도 같죠. 등장인물이 물에서 죽음을 맞게 되는 경우도 참 많습니다. 〈복수는 나의 것〉이나 〈박쥐〉에서 강이나 호수는 살인의 공간이 됩니다. 〈복수는 나의 것〉이나 〈올드보이〉에서 어린 소녀들이 사고나 자살로 삶을 마감하는 곳도 강물이구요. 사방에서 뚝뚝 떨어지는 물의 이미지로 공포를 형상화하는 〈박쥐〉에서는 물이 피보다 진하게 느껴지기까지 합니다.

박찬욱 원형적인 것은 언제나 양가적이라고 생각해요. 물 역시 일종의 원형으로서 희망과 생명 혹은 탄생의 이미지로 쓰일 수도 있겠지만, 동시에 소멸과 죽음과 불길한 느낌을 대변할 수도 있을 거예요. 〈박쥐〉는 바로 그 물의 축축하고 불쾌한 느낌을 강조했다고 할까요. 이렇게 물의 이미지에는 양면이 다 있지만, 대개의 영화들이 밝은 한쪽 면만 부각시켜왔기에 제가 유독 반대쪽으로 더 활용하고 있는 듯해요.

이동진 〈복수는 나의 것〉과 〈박쥐〉에서 또 하나의 묘한 공통점이 있어 흥미롭습니다. 두 영화 모두에서 신하균 씨가 송강호 씨에 의해 물속에서 죽임을 당한다는 것 말입니다. (웃음)

박찬욱- 〈박쥐〉의 원작 소설인 〈테레즈 라캥〉에서 이미 물에서 살해당하는 설정이 있으니 그건 물론 우연의 일치죠.(웃음)

— 저는요, 가정도 일찍 꾸리고 싶구요.
〈친절한 금자씨〉에서 제과점 청년 김시후가 이영애에게 인생 계획에 대해 이야기

이동진- 일반적으로 특정 영화를 구상하실 때 촬영 스타일을 미리 정하시는 편인가요.

박찬욱- 더 이상은 그렇지 않아요. 어떤 영화를 구상하면서 카메라의 움직임이 많게 하겠다든가 혹은 고정하겠다는 방침을 미리 정하지는 않죠. 그냥 그 장면의 목적에 순응하는 스토리보드를 만들 뿐이에요.

이동진- 카메라를 어떻게 움직이고 쇼트를 어떻게 나눌 것인가에 그 장면이 펼쳐지는 공간의 특성이 큰 영향을 미칠 것 같습니다. 예를 들어 〈박쥐〉의 인물들이 좁은 실내에서 마작을 할 때 각 쇼트의 길이는 상당히 짧고 그 안에서 카메라는 끊임없이 움직이죠. 같은 프레임 안에서 포커스 이동도 잦은 편입니다.

박찬욱- 마작 장면은 인물들의 움직임이 별로 없는 상황에서 그들의 시선이 교환되는 모습이라거나 손으로는 게임을 하면서 머리로는 다른 생각을 하는 양상 같은 것이 중요하기에 커트도 많고 클로즈업도 많아야 하죠. 시선 교환을 표현하기 위해서는 패닝이나 포커스 이동이 효과적이라고 생각한 거구요.

— 생각했던 것보다 오래 계시네요.
〈스토커〉에서 니콜 키드먼이 자신의 집에 길게 머무르고 있는 매튜 구드에게

이동진 〈박쥐〉의 실내 세트에서 가장 인상적인 것은 긴 복도였습니다. 애초에 다가서거나 물러서면서 인상적으로 움직이는 카메라 워크를 염두에 두고 지어진 듯한데요.

박찬욱 프로덕션 디자인의 측면에서 볼 때 행복 한복집의 2층인 가정집은 주방과 거실로 양분되어 있는데 그 두 개의 큰 덩어리 공간 사이를 긴 복도가 잇고 있는 구조죠. 마작과 관계된 이야기는 전부 주방에서 벌어지고 나머지 일들은 거실에서 펼쳐집니다. 나중에 뱀파이어가 되어 햇빛을 볼 수 없게 된 태주가 어둠 속에서만 살 수는 없기에 거실을 하얗게 칠해놓고 낮에 촬영된 골목 풍경을 TV 모니터에 띄워서 일종의 창처럼 여기고 대낮인 척 살아가는데, 바로 거기서 살육이 벌어지기도 하고 그렇죠. 그 가정집 안에서의 촬영은 아무래도 좁은 공간 안에서 여러 일들이 벌어지기에 그것을 세분하는 쇼트가 많아지게 된 겁니다. 그런데 그런 쇼트들이 서로 단절된 느낌을 주어서는 안 되고 또 흐름이 중요하니까 자연스레 카메라 움직임이 많아지게 된 거구요. 혹은 카메라가 굳이 움직이지 않더라도 쇼트들이 서로 매치가 잘되도록 편집을 했죠.

> — 지금 제 목소리를 듣지 못하시겠지만 저와 우리 애청자 여러분의 마음은 전해질 거라 믿거든요.
> 〈복수는 나의 것〉에서 DJ인 이금희가 신하균의 슬픈 사연을 전하고 난 뒤

이동진 〈박쥐〉의 라스트 시퀀스는 흡사 무성영화처럼 느껴집니다. 촬영 스타일이나 배우들의 연기도 그전까지의 장면들과 완전히 대조되고요.

박찬욱 처음부터 그 장면은 대사가 없어야 된다고 생각했어요. 그리고 독립적인 단편처럼 느껴져야 한다고 봤죠. 그게 어느 정도였냐 하면, 따로 단편으로 발표했으면 좋았겠다는 생각이 들 정도였어요. 만약에

이 부분을 단편영화로 본다고 생각해보세요. 갑자기 등장한 남녀가 막 싸우는데 처음에는 관객이 그걸 보면서 이유를 알 수 없는 거예요. 그러다 자동차 트렁크를 가지고 싸우기 시작하면서 차츰 파악이 되고, 마침내 해가 떠오를 때 모든 사람이 알게 되는 겁니다. 그렇게 캄캄한 한밤중에서 시작해 해가 뜰 때까지의 시간 과정을 쭈욱 따라가면서 황무지에서 벌어지는 남녀의 격투를 신화적 원형 같은 느낌을 주면서 그려내고 싶었죠. 그건 마치 태초의 세계에서 벌어지는 싸움처럼 느껴지는데, 알고 보니 그들은 뱀파이어였고, 누구는 죽고 싶어 하는 반면 다른 누구는 그 반대였기 때문이었다는 겁니다. 그 모든 게 마지막 순간에 밝혀지면서 끝이 나는 거죠. 둘이 어떤 사이인지 미처 알 수는 없어도 서로 끌어안고 처절하게 몸부림치는 모습들은 이 부분만 단편으로 따로 발표했을 때 관객들이 더 좋아할 수 있었을지도 몰라요. 그와 같은 독립성을 원했기에 대사도 쓰지 않았고 분위기도 완전히 다르게 연출했습니다.

– 나는 실물로서의 그녀를 애써 찾지는 않는다. 나는 그녀의 이미지만으로도 만족하므로.

〈달은…해가 꾸는 꿈〉에서 동생 이승철이 죽고 난 뒤 1년이 흐른 시점에서 송승환이 나현희에 대해 언급하며 영화 속 마지막 대사로 내레이션

이동진_ 뱀파이어 영화로서 〈박쥐〉는 장르의 관습에서 정말 많이 벗어나 있습니다. 이 장르 특유의 고딕적인 묘사나 과장된 비장함을 경계한다고 할까요. 대표적인 게 바로 흡혈 장면들이죠. 이 영화의 뱀파이어는 송곳니조차 없습니다. 햇빛을 쏘이면 안 되기에 밤에만 활동해야 한다는 점 정도만이 흡혈귀 장르에서 차용되었을 뿐입니다. 상현은 피를 병에 담아 주스처럼 마시거나 링거액 튜브를 젖병처럼 입에 물고 빠는

식으로 흡입합니다. 심지어 냉장고에 보관하거나 전자레인지에 데워 마시기도 하고요. 태주는 목을 깨물어 피를 빨아 마시지 않고 심지어 실밥가위를 도구로 사용해 피가 솟아나오는 구멍을 만드는 효율적 방식을 쓰기도 하죠. 〈박쥐〉에서 피는 무엇보다 매일매일 섭취해야 할 일용할 양식처럼 다루어지고 있다고 할까요. 특히 두드러져 보이는 것은 〈박쥐〉에서 상현이 피를 마실 때의 위치나 모습입니다. 침대 아래에 누워서 튜브를 입에 물고 있거나, 희생자 앞에 무릎을 꿇고 젖을 먹듯 하는 자세에서 수직 이미지가 강조되어 있죠. 이 영화에서 상현은 남의 피를 능동적으로 빨아 먹는다기보다는 수동적으로 받아 마십니다.

박찬욱_ 보통 뱀파이어 영화에서 흡혈귀는 공격적이면서 희생자를 강력하게 지배하죠. 피를 빨기 이전부터 눈빛만으로 상대를 제압하구요. 초자연적인 능력에 의해서 주인과 노예의 관계로 세팅되기도 해요. 〈박쥐〉는 그렇지 않다는 게 뱀파이어 영화로서 가장 큰 특징일 거예요. 단지 송곳니가 없다는 모습이 중요한 게 아니라, 송곳니가 없다는 것 자체가 그와 같은 공격성이 존재하는지의 여부와 관련이 있다는 겁니다. 여기서 상현은 늘 얻어먹는 존재에요. 캐릭터만 놓고 보면 어떻게 해서든 죄를 피해보고 싶은 마음에서 나오는 행동이기도 하고요.

– 난 너를 기다렸어. 내가 한 모든 일은 다 너를 위해서였어.
〈스토커〉에서 매튜 구드가 자신이 돌아온 날이 미아 바시코프스카의 18세 생일날이었다는 것을 그녀에게 깨닫게 해주면서

이동진_ 하지만 태주를 살해한 뒤 살려내는 장면에서만큼은 상현이 대단히 적극적이고 파워풀합니다. 엉겁결에 태주를 죽인 뒤 흐느껴 울다가 문득 그녀의 피를 본 후 무심히 빨아먹던 상현이 라여사와 시선을 마주친 후 자신의 행위를 깨닫고 자신의 피를 먹여 살려내는 신은 지금

껏 제가 본 뱀파이어 장르의 모든 영화를 통틀어 가장 뛰어난 장면으로 여겨집니다. 그 장면에는 상현이 처해 있는 그 모든 딜레마가 탁월하게 응축, 형상화되어 있다고 할까요. 또한 그 장면은 두 사람의 관계를 선명하게 요약하기도 하죠. 가장 손쉬운 먹잇감이면서 동시에 기꺼이 나 자신을 희생할 수 있는 대상, 홧김에 죽여버리고 싶고 또 무슨 짓을 해서라도 살려내고 싶은 상대에 대한 이율배반적 감정이 거기에 담겨 있는데, 이를 통해 두 연인의 관계가 얼마나 지긋지긋하고 지독하며 서로의 삶에 빨판처럼 들러붙어 있는지를 드러내고 있으니까요.

박찬욱_ 상현은 그 장면에서 태주를 죽이고 난 후 따뜻한 피를 의식하고 포식자로서 만끽하게 되죠. 처음에는 태주가 죽어서 슬피 울지만 곧 유리 조각으로 손목을 끊어가면서 마음껏 핥아먹게 되잖아요. 태주 몸 위에 올라타서 피를 빨 때 상현의 뒷모습이 부감으로 잡히는 쇼트가 있는데, 그게 〈박쥐〉의 핵심 장면들 중 하나일 거예요. 저는 그 장면이 사람의 가장 타락한 모습이라고 생각하면서 찍었어요.

— 이 사람은 심장이 약해서.
— 나도 약해요, 심장.

〈친절한 금자씨〉에서 유괴살인범 최민식에게 직접 복수하는 방안에 대해 유족 중 한 사람이 아내를 가리키며 겁을 내자 다른 유족이 퉁명스럽게 되받으면서

이동진_ 〈박쥐〉에는 장르적 쾌감이 극에 달한 장면도 있습니다. 마작을 하던 도중 은폐되었던 범행이 폭로되는 장면이나 그 직후 학살극이 벌어지는 장면이 그렇습니다. 심장을 조이는 듯 서스펜스가 대단하고 전체를 관통하는 리듬 역시 참 좋았죠. 모든 것이 폭로되는 순간이 라여사가 눈꺼풀을 격렬하게 깜빡이는 소리를 담은 프레임 밖의 사운드를 통해 점화되는데, 이에 더 이상 발뺌할 수 없다고 판단한 태주가 부엌의

커튼을 닫으며 학살을 준비하는 대목의 긴장감부터 상당했어요. 이어 뱀파이어로서 태주가 날뛰면서 무력한 사람들을 살육하는 장면은 이 장르의 영화를 보러 오는 관객들이 은밀히 바라는, 포기하기 힘든 쾌감이기도 할 것 같습니다.

박찬욱_ 그 부분은 〈박쥐〉에서 보기 드물게 장르적인 면모를 갖춘 장면이죠. 소설 〈테레즈 라캥〉에는 라캥 부인이 마비가 된 상태에서 뭔가를 알리려다 실패하는 장면이 있는데, 그게 성공하는 쪽으로 만들면 서스펜스와 긴장감을 잘 살릴 수 있을 것 같았어요. 각본을 쓸 때는 쉽지 않았지만, 힘들게 만들어 넣었죠. 그 장면에서는 곧 펼쳐질 처참한 살육 직전의 폭풍 전야 같은 고요함 속에서 충격을 한껏 끌어올려 최대한 길게 구성함으로써 리듬을 강조하려고 했습니다. 그 직후에 전격적으로 태주가 공격을 시작하고 음악도 시끄러운 쪽으로 나오면서 흐름이 급변하는 거죠. 그런 리듬을 만들어내는 게 그 장면 연출의 핵심이라고 봤어요. 온통 하얗게 칠해진 공간 속에서 태주가 파란색 원피스 입고 학살극을 벌이는 장면은 음악에 상당히 공을 들였습니다. 노크하는 소리나 문짝 넘어지는 소리 같은 게 박자를 잘 맞추어서 음악과 함께 하나가 되도록 하려고 정말 애를 많이 먹었어요.

– 도대체 우짜자는 긴데요?
〈친절한 금자씨〉에서 유괴살인범 최민식에게 어떻게 보복할 것인지를 놓고 우유부단한 반응을 보이는 유족에게 다른 유족이 짜증을 내면서

이동진_ 장르물로서 액션영화 만들기에는 별 관심이 없으시죠? 하지만 〈올드보이〉의 장도리 액션 신은 이제 한국영화가 선보인 가장 뛰어난 액션 장면 중 하나로 자리매김되어 있지 않습니까. 감독님은 이런 액션 장면을 찍을 때 다른 일반적 장면들을 만들 때와 접근법이 다른가요.

박찬욱_ 제가 액션영화를 별로 좋아하지도 않고 많이 보지도 않아서 그냥 제가 재미있다고 생각하는 식으로만 합니다. 예를 들어 류승완 감독 같으면 이 장면을 어떻게 할까, 그렇다면 그와 달리 하려면 어떻게 해야 할까, 남들이 안 한 걸 한번 시도해볼까 같은 생각들은 하지만요. 그래서인지 무술감독들은 제 영화의 스토리보드를 보면서 굉장히 열광하거나 "감독님, 이거 정말 좋아요"라고 말해주는 법이 거의 없어요. 그저 드라마와 캐릭터에 어울리는 액션을 할 뿐이죠.

이동진_ 그래도 장도리 액션 신에 대해서는 무술감독들의 평가가 달랐을 텐데요.

박찬욱_ 실은 그건 무술감독이 높이 쳐주는 장면이 아니에요. 무술감독이 자신의 대표작으로 여길 만한 안무는 아닌 거죠. 그 장면을 견자단이나 이연걸의 안무와 비교할 수는 없을 거예요. 장도리 액션 신은 그와 같은 안무의 차원에서라기보다는 인물의 고독이나 소외 같은 것들을 효과적으로 표현한 장면인 거죠.

– 멀리 가세요?

〈복수는 나의 것〉에서 드라이아이스를 구하기 위해 아이스크림 케이크를 사 가는 장기밀매범에게 가게 점원이 질문

이동진_ 좁은 복도에서 벌어지는 수십 대 일의 싸움을 담은 그 장면은 매우 오래 지속되는 롱테이크 쇼트로 촬영되었잖아요? 제가 재어보니 모두 2분 38초나 지속되는 롱테이크였는데, 아무리 합을 정교하게 짜고 배우들이 아무리 열심히 리허설을 한다고 해도 실제 촬영에서는

싸이보그지만 괜찮아

개봉 2006년 12월 7일 출연 임수정 정지훈 상영시간 105분_ 정신병원에 입원한 영군은 스스로가 싸이보그라고 생각하기에 밥을 먹지 않아 날로 야위어만 간다. 남의 특징을 면밀히 관찰한 후에 훔쳐내기를 잘하는 또다른 환자 일순은 자신이 가진 능력을 총동원해서 그녀를 돕기 시작하지만 식사를 계속 거부하던 영군은 위험한 상황에 놓인다.

어긋나는 부분이 있었을 법한데요.

박찬욱 _ 며칠에 걸쳐서 수십 번 반복해서 찍었죠. 조금씩 빗맞았다든가 팔을 좀 짧게 뻗었다든가 그런 건 나중에 후반 작업을 통해 컴퓨터의 힘으로 약간씩 보완을 했지만요. 최민식 씨는 당시에 마흔 즈음의 배우로서 어떤 극한까지 갔던 겁니다. 그 장면에서 비틀비틀거리는 것은 연기가 아니었죠. 정말 최민식 씨가 혼신의 힘을 다해서 초인적인 투혼으로 이뤄낸 장면이었습니다.

이동진 _ 도중에 최민식 씨 등에 꽂힌 칼도 CG로 그려 넣은 거죠?

박찬욱 _ 그렇습니다.

이동진 _ 배우 입장에선 할 때는 너무나 힘들었겠지만 완성된 필름을 보면서 정말 뿌듯하고 자랑스러웠을 것 같습니다.

박찬욱 _ 그렇지만 찍을 때는 저를 정말 많이 원망했죠.(웃음) 솔직히 감독인 내가 생각해도 무척이나 복잡한 액션을 NG 전혀 안 내고 한 번에 길고도 힘 있게 연기한다는 게 어려울 것 같아서, 몇 번 해보다가 정 안 되면 원래 계획대로 쇼트를 나눠 찍어야겠다고 속으로 마음먹었죠. 그런데 최민식 씨와는 워낙 친해서 서로 장난스럽게 긁어먹는 재미로 촬영을 했기에 입밖으로 말이 곱게 안 나가더라고요. "원로 배우의 체력으로는 아무래도 무리일 것 같네요. 정 안 되면 그냥 잘라서 가죠"라는 식으로 놀리듯 말을 던지니까 악착같이 하시더라고요.(웃음)

― 입원비 부담스러우면 일단 퇴원해.

〈복수는 나의 것〉에서 의사 정규수가 신하균에게 누나와 혈액형이 서로 맞지 않아서 신장 이식 수술을 할 수 없다고 설명한 뒤에

이동진 _ 왜 그 장면을 원 신 원 쇼트로 찍으려고 하셨어요? 나눠서 찍으면 훨씬 더 쉽게 찍을 수 있었을 텐데요.

박찬욱_ 오대수가 싸우면서 느끼는 절망적 피로감이라는 것은 그렇게 길게 찍을 때 훨씬 더 잘 살아나죠. 롱테이크의 미학을 논할 것도 없이, 이건 정말 미학 이전에 육체적인 탈진과 피로 같은 것들을 직접 관객에게 전달하는 가장 단순하고 무식한 발상이라고 할 수 있을 겁니다.(웃음)

이동진_ 최민식 씨도 정말 훌륭하지만 그 많은 엑스트라 분들의 액션 연기도 참 감탄스럽더군요. 자세히 보니 그 중 한 분은 롱테이크의 후반부에서 최민식 씨에게 발차기를 하다가 짧게 차는 바람에 닿지 못하고 그냥 발을 내려야 했는데, 그 상황에서 마치 쥐가 나서 몸을 움직이지 못하고 고통스러워하는 듯한 연기로 리얼하게 계속 살려서 이어나가더군요.(웃음)

박찬욱_ 그 장면에서 나중에 무술감독이 세 사람이나 나왔어요. 나름대로 다 그 바닥에서 알아주는 선수들이었거든요. 스턴트뿐만 아니라 연기도 되는 사람들이었어요.

이동진_ 물론 내적인 연관성은 없겠지만, 롱테이크 액션이 펼쳐지기 바로 직전에 오대수가 "AB형 손들어봐라"는 말을 할 때 복도에 가득한 적들을 살짝 부감으로 내리비추는 쇼트를 다시 보면서 박찬욱 감독님이 제작자로 참여하신 봉준호 감독님의 〈설국열차〉가 떠오르기도 했습니다. 기차 안에서 대치하고 있던 복면의 진압군들을 비추는 장면 말입니다.

박찬욱_ 복도와 기차가 모두 좁고 긴 공간이라는 특성을 갖고 있다는 점에서 그렇겠죠. 싸우기 직전의 사람들이 잔뜩 모여 있고 또 무기를 들고 있기도 하고요.

— 그래, 좋아. 여기서 찬송가 하나 은혜스럽게 불어봐.
〈3인조〉에서 전당포 주인 도금봉이 색소폰을 맡기고 돈을 받으려는 이경영에게 스스로가 악사인 것을 증명해보라면서 요구

^{이동진} 이젠 음악에 대한 질문들을 드리겠습니다. 뱀파이어 영화라면 음악 역시 장엄하고 비장한 톤으로 쓰는 경우가 많습니다. 그레고리안 성가를 쓰는 게 대표적인 경우겠죠. 그런데 〈박쥐〉는 음악 사용법도 완전히 다릅니다. 남인수와 이난영의 흘러간 옛 노래, 바흐의 칸타타가 가장 중요한 음악이니까요.

^{박찬욱} 남인수와 이난영 노래를 제가 정말 좋아해요. 고등학교 때부터 그랬죠. 너무나 좋아해서 한때는 그분들의 전기 영화를 찍고 싶을 정도였어요. 예전부터 그분들의 노래를 꼭 제 영화에 쓰고 싶었는데, 〈박쥐〉에서 특히 기뻤던 것은 그 노래들을 좋아하는 티를 내면서 쓴 게 아니라, 주인공이 지긋지긋해 하는 용도로 사용했다는 거죠.(웃음)

^{이동진} 그렇게까지 남인수 씨와 이난영 씨 노래를 좋아하실 줄은 몰랐습니다.

^{박찬욱} 예닐곱 곡쯤 쓰고 싶었는데, 결국 반복적으로 세 곡가량 넣었죠.

^{이동진} 바흐의 칸타타를 선택했을 때는 멜로디 못지않게 가사를 고려하셨을 것 같은데요.

^{박찬욱} 남인수, 이난영의 노래보다 바흐의 곡의 삽입이 더 먼저 결정됐어요. 바흐의 칸타타 82번 〈나는 만족하나이다〉의 멜로디는 바흐가 쓴 수많은 곡들 중에서도 가장 아름답다고 일컬어지죠. 원래 오보에를 위한 곡이지만, 극 중 상현이 리코더로 불기에 적당한 곡이었다는 것도 고려했어요. 무엇보다 가사가 의미심장하다는 생각을 했죠. '구세주를 보기 전에는 죽지 않을 것'이라는 예언이 마침내 실현되어서 예수를 만나고 편히 죽을 수 있게 된 노인 시므온이 만족스러운 죽음을 맞이하는 내용이니까요. 상현이 갖고 있었던 죽음을 향한 은밀한 욕망과 순교하고자 하는 마음 같은 것과 맥이 닿아 있다고 생각했죠. 그 노래를 영화에 넣어보는 게 어떻겠냐고 제안해준 사람은 아내였어요.

–들려주고 싶은 얘기, 듣고 싶은 곡 있으시면 저희에게 편지
　보내주세요.

〈복수는 나의 것〉에서 DJ 이금희가 청취자들에게 주소를 알려주기에 앞서서

이동진_ 〈올드보이〉에서 인상적으로 삽입된 민해경 씨의 노래 〈보고 싶은
얼굴〉은 어떤 이유로 고르신 건가요.

박찬욱_ 1980년대의 분위기를 떠올리게 해줄 노래로 민해경 씨의 노래
와 나미 씨의 노래를 포함해 몇몇 후보 곡을 놓고 고민하다가 골랐어
요. 선택한 이유는, 글쎄요. 극 중 오대수 또래의 아저씨들이 좋아할 만
한 곡이면서 음악적으로도 괜찮은 노래를 고르려고 했죠. 동시에 너무
멋을 부리는 선곡이 아니길 바라기도 했구요. 그 모든 조건을 충족시킬
적당한 선이 무엇일지 찾다가 내린 결론이 그 곡입니다.

–당신이 받은 첫 번째 암시는 물론 감금방에서 나오자마자
　지중해부터 간다, 였죠. 그다음은 걸려오는 전화의 특정한
　멜로디에 반응하는 거. 그 소리를 들으면 당신은 어떤 말을
　하게 돼 있었어요.

〈올드보이〉에서 유지태가 최민식에게 최면 후 특정 행동을 하도록 암시를 걸었던 일에 대
해 하나씩 설명

이동진_ 음악의 활용과 관련해서, 음악이 끝나고 오디오 기기가 움직이는
장면의 인서트를 통해서 극적인 전환을 만들어내는 표현법을 좋아하
시는 것 같습니다. 긴장이 극도로 고조된 상황에서 아주 인상적인 쉼표
하나를 넣는 셈이라고 할까요. 그리고 그 쉼표 이후에는 비극적인 상황
이 폭풍처럼 몰아치죠. 〈공동경비구역 JSA〉에서는 인물들이 서로 총을
겨눠 일촉즉발의 긴장이 형성된 상황에서 흘러나오던 김광석의 노래

〈이등병의 편지〉가 끝나면서, 녹음기가 자동으로 거꾸로 돌아가기 시작하는 모습이 클로즈업 인서트됐습니다. 그러고는 그 직후에 급작스러운 총격에 의한 참극이 펼쳐지죠. 〈박쥐〉에서 라여사의 눈꺼풀 움직임에 의해 두 사람의 범행 사실이 폭로되고 나서 학살이 시작되기 직전, 흐르던 음악이 끝나면서 레코드판 위를 돌던 카트리지가 원위치로 돌아가는 모습이 짧게 삽입되는 것도 그렇고요. 단편 〈컷〉에서 주인공이 아내에게 위악적으로 냉혹한 욕설을 퍼부어 심리적인 갈등이 최고조에 이른 직후에 CD 트랙이 6번에서 7번으로 넘어가는 모습을 클로즈업 인서트로 보여주는 것도 유사한 맥락일 겁니다.

박찬욱_ 아, 그러네요. 그런 장면들이야말로 사운드가 잘 활용되어야 효과가 높아지는 거라서요. 인위적으로 음악을 배경에 깔아서 그렇게 할 수도 있지만, 더 좋은 방법은 드라마 안에 그런 장치가 자연스럽게 마련되는 것이죠. 듣다 보니 제가 그런 걸 진짜 좋아하긴 좋아하나 봅니다. 〈박쥐〉에서는 이난영과 남인수의 노래가 마작 장면마다 흘러나오는데, 그게 지겹다가도 어느 정도 지나면 마비가 되어서 잘 느끼지 못하게 되죠. 그런데 그게 갑자기 사라지면서 고요해졌을 때의 효과가 진실이 드러나는 순간의 충격과 결합되는 겁니다.

– 끝까지 들어주서서 고맙습니다.
〈올드보이〉에서 최민식이 최면술사에게 보낸 편지의 말미에서

이동진_ 청각장애인을 주인공으로 삼아서 오히려 우리 주변에 얼마나 다양한 소리들이 생생하게 살아 있는지를 역설적으로 강조한 〈복수는 나의 것〉도 그렇지만, 〈박쥐〉도 사운드 활용 방식이 굉장히 인상적이었습니다. 상대적으로 평범하게 찍은 장면도 사운드는 그렇지 않은 경우들이 많았죠.

박찬욱_ 대표적인 게 병원에서의 정사 장면일 거예요. 앵글이나 자세 등은 평범하지만 숨소리만큼은 무척이나 중요하다고 생각해서 여러 번 다시 녹음했어요. 상현의 한편으로는 기쁘면서도 다른 한편으로는 타락을 경험하는 느낌이나 태주의 해방감 같은 다양한 감정들을 숨소리로 표현해보려고 한 거예요. 시각적으로는 단순하고 대사도 없지만, 가장 기본적인 숨을 통해 여러 가지를 드러내보려고 했습니다.

이동진_ 음악적으로 가장 강렬했던 영화는 아마도 〈올드보이〉일 것 같습니다. 첫 장면에서부터 박력 넘치는 음악으로 시작되었죠. 장면에 따라서는 화면의 느낌과 정반대의 느낌을 주는 음악을 넣어 시각과 청각이 서로 충돌하는 상황도 연출하셨고요.

박찬욱_ 〈올드보이〉의 선곡은 조영욱 음악감독이 했는데, 사실 저는 처음에 몇 주일 동안 계속 반대를 했어요. 저는 영화에 너무 유명한 곡을 가져다 쓰는 것을 별로 좋아하지 않는데다가, 어딘가 음악들이 좀 장난스럽게 느껴지기도 했거든요. 그런 여러 가지 이유로 버텼는데 모두가 그 음악들을 좋아하는 모습을 보고 저 역시 처음부터 좋았다는 듯 오케이를 했죠.(웃음)

– 네, 신인가수 백현진의 〈정〉. 독산동에서 류, 라고만 하신 분 신청곡이었습니다.
    〈복수는 나의 것〉에서 DJ 이금희가 신하균의 신청곡을 틀어주고 난 뒤

이동진_ 〈복수는 나의 것〉에서 엔딩 크레딧이 흐를 때 울려 퍼지던 어어부 밴드의 기괴하게 가슴을 치는 타이틀 송을 잊을 수가 없습니다. 감독님은 단편 〈파란만장〉에 백현진 씨와 장영규 씨가 이끄는 그룹 어어부밴드를 직접 출연시켜 초반부를 아예 그들의 뮤직 비디오 같은 장면으로 만드셨는데요.

박찬욱_ 거기에는 사연이 하나 있어요. 〈복수는 나의 것〉 때 어어부밴드가 돈을 제대로 못 받고 일을 했어요. 그게 마음에 걸려서 나중에 뮤직 비디오를 만들게 되면 꼭 같이하자고 제가 먼저 이야기를 꺼냈죠. 그 후 세월이 흘러서 잊어버린 줄 알았는데 그걸 여전히 기억하고 있더라고요.(웃음)

이동진_ 원래 받을 게 있는 사람들은 절대 까먹는 법이 없습니다.(웃음)

박찬욱_ 새 앨범을 내게 됐다고 예전에 제가 약속했던 뮤직 비디오를 하나 만들자고 했어요. 결국 세 가지 기회가 묘하게 맞아 떨어져서 그렇게 하게 됐어요. 제가 동생과 영화 한 편을 같이 만들고 싶어졌을 때 어어부밴드의 새 앨범이 나오게 됐고 통신사에서 스마트폰으로 영화를 찍자는 제의를 해온 거죠. 그래서 〈파란만장〉이란 단편영화가 어어부 프로젝트의 새 앨범 중 수록곡 하나를 위한 뮤직 비디오의 성격을 같이 갖게 된 겁니다.

– 피아노를 가르치고 있어.

〈스토커〉에서 니콜 키드먼이 매튜 구드에게 피아노를 가르치며 즐거워하다가 어느새 미아 바시코프스카가 돌아온 것을 보고

이동진_ 〈스토커〉에서 가장 인상적인 장면 중 하나도 음악과 관련된 대목이었는데, 바로 인디아와 찰리가 함께 피아노를 치는 장면이었어요. 장면의 설정 자체가 금기시된 것을 아슬아슬하게 건드리는 순간의 스릴과 쾌감을 품고 있는데, 더욱 흥미로웠던 것은 그 피아노 곡 자체가 상황하고 매우 잘 맞아 있다는 것이었죠. 인디아가 혼자서 피아노를 치고 있을 때 어느새 그 왼쪽에 찰리가 앉아 함께 연주를 하게 되는데, 낮은 음의 건반들을 치던 찰리가 서서히 높은 음 쪽으로 올라오면 인디아가 왼손으로 저음을 연주하면서 그걸 막잖아요? 그러니까 찰리는 아예 인

디아의 등 뒤로 팔을 돌려서 마치 그녀를 안고 있는 듯 연주를 합니다. 음악 자체도 멋진데다가 인디아의 격렬하게 흔들리는 감정을 음악적으로 수용하는 방식까지도 그 상황의 맥락에 딱 들어맞아 있는 장면이었죠.

박찬욱_ 무척이나 공들여서 만들었어요. 필립 글래스에게 작곡 의뢰를 했죠. 원래 각본에는 '에릭 사티 풍이다'라고 되어 있던 것을 '필립 글래스 풍이다'로 제가 바꾸고 나서, '살아 있는 가장 위대한 작곡가께서 이걸 맡아주시려나' 반신반의하는 심정으로 타진했는데 제 영화를 좋아한다면서 하시겠다는 거였죠. 미국 영화를 찍는 재미가 바로 이런 거구나, 그때 실감을 했어요. 직접 만나러 갔는데 그 장면에서 뭘 표현하고 싶냐고 물으시더라구요. 그래서 제가, 사실 이게 겉으로 보이기에만 피아노 연주지 사실은 성행위와도 같다, 혹은 사랑의 여러 과정을 단계별로 담고 있는 것이다, 라고 답했더니 그럴 줄 알았다는 듯이 웃으시더군요. 그러면서 이전에 네 개의 손을 위한 피아노곡을 만들 때 이야기를 해주셨죠. 당시에 어떤 부부 피아니스트가 그 곡을 연주하던 중 남편이 "팔을 이렇게 돌려서 할 수도 있습니다"라고 보여주더라는 거예요. 그걸 보면서 필립 글래스가 굉장히 에로틱하다고 생각했다는 거죠. 그래서 거기에 맞게 바로 각본을 고쳐 썼더니 그렇게 작곡을 해주셨던 겁니다.

이동진_ 함께 연주할 때 찰리의 자세는 상당히 불편해 보이는데 표정은 매우 차갑게 가라앉아 있습니다. 반면에 인디아의 자세는 편안한데 표정은 격정을 억누르는 과정에서 격렬해지죠.

박찬욱_ 그 장면에서 찰리는 피아노 의자 끝에 엉덩이 한쪽만 걸치고서 간신히 앉아 있죠. 그런데 음악이나 상황이 조금씩 고조되면서 서서히 자리를 침범하는 겁니다.

– 나 봐. 야매로 동네 아줌마들 머리 만져주다가 3년 만에 진짜 가게 냈잖아요. 그러니까 언니도 기대해.

〈친절한 금자씨〉에서 서영주가 미용실을 내게 된 사연에 대해 이영애에게 설명

이동진_ 캐릭터의 헤어스타일에 대해서는 어떻습니까. 무엇보다 〈올드보이〉의 그 유명한 최민식 씨 헤어스타일이 떠오르는데요.

박찬욱_ 메이크업 아티스트의 아주 뛰어난 작품이었죠. 처음 그 헤어스타일 시안을 가져왔을 때 저나 최민식 씨는 기겁을 했어요. 정말 제정신인가 싶었죠. 그런데 제가 이야기를 듣는 과정에서 먼저 설득이 됐고, 최민식 씨에게도 한번 해보자고 권하게 됐어요. 한번 머리를 이렇게 해봐서 좋지 않으면 그때 원래대로 돌아가자고요. 그렇게 겨우겨우 설득을 해서 미용실에 보내놓았는데 역시 본인은 마음에 들지 않아 했죠.

이동진_ 결국 어떻게 수긍하셨나요?

박찬욱_ 제가 조영욱 씨의 음악에 수긍한 과정과 똑같아요. 그 헤어스타일을 하고 영화사 사무실에 처음 들어왔을 때 모든 여성들이 멋지다면서 어쩔 줄 몰라 했거든요. 그제야 최민식 씨 역시 마치 자신도 처음부터 그 헤어스타일이 좋았다는 듯이 오케이를 했죠.(웃음)

– 그러고 보니 네 머리 빗겨준 적이 한 번도 없네.

〈스토커〉에서 니콜 키드먼이 자신의 머리를 빗겨주는 딸 미아 바시코프스카에게

이동진_ 번개에 맞은 듯한 최민식 씨의 헤어스타일은 극 중 유지태 씨의 기름을 발라서 뒤로 넘긴 헤어스타일과 대조되면서 캐릭터의 성향을 보여주기도 했죠.

박찬욱_ 유지태 씨의 실제 연령이 최민식 씨와 차이가 났기에 좀 나이 들어 보이게 하려고 그렇게 했다면, 최민식 씨의 경우는 분노로 들끓고

있는 느낌을 주고 싶어서였어요. 〈올드보이〉의 메이크업 아티스트는 〈친절한 금자씨〉에서 이영애 씨의 눈두덩에 붉은색 아이섀도를 칠하게 했던 장본인이기도 합니다.

─응, 순대 70킬로하고, 머릿고기 귀때기 오소리감투 그 새끼 보 가져왔어? 아니야, 100킬로는 받아야지. 요새 잘 안 나 오잖아.

〈싸이보그지만 괜찮아〉에서 딸인 임수정이 입원한 정신병원에서 의사와 상담 중이던 엄마 이용녀가 때마침 걸려온 전화에 구체적으로 지시하며

이동진_ 영화 속에서 참 독특하게 음식을 선택하십니다.(웃음) 〈올드보이〉에서 오대수가 15년간 내내 먹었던 군만두가 대표적이죠. 〈싸이보그지만 괜찮아〉에서의 무와 순대도 그렇습니다. 양도 무척 많아서 무려 70킬로그램의 순대를 주인공 엄마가 주문하잖습니까. 심지어 귀때기와 새끼보와 오소리감투까지 나오구요. 영화 속에서 할머니의 유골 가루와 순대 소금이 바뀌는 장면 같은 것은 정말 재미있는 부분인데요, 이 영화 속의 음식에 대해서 좀 설명해주시죠.

박찬욱_ 무는 제게 깨끗하다는 느낌을 준 음식이에요. 이 영화에서처럼 뭔가 갈아먹어야 될 때 적당한 음식이기도 하고요. 그리고 무가 무척 맛있는 음식인 건 아니잖아요? 별다른 맛을 지니지 않은 채 자극적이지 않다는 것도 마음에 들었어요. 순대는 그것과 반대되는 느낌의 음식이죠. 무라는 깨끗하고 담백한 채소와 정반대로 느끼한데다가 징그럽게 보일 때도 있는 음식이니까요. 영군의 엄마(이용녀)는 순대만이 아니라, 업계의 전문 용어로 소위 '돼지부속'이라는 돼지의 내장을 종합적으로 취급하는 사람입니다.(웃음) 엄마가 순대를 만드는 장소에 영군(임수정)이 들어갈 때도 일부러 붉은 조명을 써서 좀 무시무시하면서 징그

러운 느낌을 주려고 했어요. 유골 가루와 순대 소금이 바뀌는 부분은 이 영화에서 제가 제일 좋아하는 장면입니다. 영군이 엄마가 종종 단어를 바꿔 말하는 실수를 저지르는 인물이다 보니, 말뿐만 아니라 행동으로도 그렇게 실수하는 장면을 넣고 싶었어요. 그러다가 생각해낸 장면이죠.

이동진_ 저는 그런 장면들을 보면서 외국에서 상영될 때 자막이 어떻게 처리될지 참 궁금해지더라구요.(웃음) 순대나 새끼보 같은 게 영어로 설명하기 참 어려운 음식이잖습니까.

박찬욱_ 그렇긴 하죠.(웃음)

– 열 군데건 백 군데건 상관없다. 15년 먹은 맛을 잊을 수는 없으니까.

〈올드보이〉에서 최민식이 15년간 갇혀 있던 사설 감옥에서 내내 먹었던 군만두를 만든 중국 음식점을 찾아다니며

이동진_ 〈올드보이〉의 가장 중요한 소품인 군만두는 어떻게 생각하게 된 음식인가요.

박찬욱_ 원작 만화에서는 다른 음식이었죠. 애초 최민식 씨는 짜장면으로 해달라고 했어요. 짜장면을 워낙 좋아하거든요.(웃음) 그런데 저는 영화 속에서 배우 입가에 뭔가 묻는 게 그리 좋아 보이지 않더라고요. 짜장면은 먹고 나면 꼭 입가에 묻기 마련이잖아요. 그래서 군만두로 바꿨습니다.

이동진_ 15년간 매일 먹는 음식을 군만두로 하신 것은 배우 김수미 씨의 사례를 떠올리면 매우 정확한 설정일 수 있다는 생각도 듭니다. 여러 차례 방송과 신문 인터뷰를 통해 직접 밝히신 얘기인데, 시어머니 되시는 분의 자동차 급발진 사고 후 김수미 씨가 정신적으로 크게 충격을

받아 침대 위에서만 칩거하며 오랜 나날을 보내실 때 음식은 오로지 만두만 드셨다고 했거든요.

박찬욱_ 그랬군요. 제겐 만두라는 게 음식으로서 일종의 닫힌 세계라는 것도 좋았어요. 짜장면에 비하면 훨씬 더 완결되고 자폐적인 세계라고 할까요.(웃음)

이동진_ 그러니까 〈올드보이〉는 만두의 이데아를 추구한 작품이었군요.(웃음)

– 인디아는 다 먹었네요. 깨끗이 핥아서.
〈스토커〉에서 매튜 구드가 자신이 만든 음식을 미아 바시코프스카가 완전히 비운 걸 보며 니콜 키드먼에게

이동진_ 〈올드보이〉의 산낙지 역시 감독님 영화에서 빼놓을 수 없는 특별한 음식이었죠.(웃음) 최민식 씨가 일식집에서 살아 꿈틀거리는 낙지를 통째로 씹어 먹는 장면은 외국에서 더욱 충격적으로 받아들여졌을 것 같습니다. 심사위원대상을 받았던 칸 영화제에서 이와 관련한 질문을 많이 받으셨을 것 같은데요.

박찬욱_ 정말 경악을 금치 못하더라고요.(웃음) 제가 봐도 굉장히 우스꽝스러운 장면인 동시에 무척 슬프기도 한 장면이에요. 오대수는 강력한 빨판을 가진 어떤 존재에게 완전히 사로잡힌 남자니까요. 그런 의미에서 그 장면이 운명의 포로가 된 자의 초상처럼 보이기도 하죠. 그걸 저는 영화 속에서 이우진이 리모콘을 사용하는 모습을 통해 담아내려고 했어요. 이우진은 자신의 심장을 정지시키는 리모콘뿐만 아니라 음악을 트는 리모콘 등 여러 리모콘을 가진 일종의 리모콘 마니아입니다. 모든 것을 지배하고 조정하며 디자인하는 사람이라는 것을 리모콘을 가진 사나이로 표현하는 거죠. 어쨌든 15년 동안 갇혀 있어서 타인

과 접촉하지 못했던 사람이 나오게 되면 뭘 먹고 싶을까를 상상한 끝에 만들어진 설정이 산낙지예요. 오대수는 뭔가 살아서 꿈틀대는 것의 기능을 느끼고 싶었겠죠. 그 직전에 마침 이우진으로부터 약 올리는 전화를 받았던 터라 어디에도 화풀이를 할 수가 없었던 상황에서 치밀어 오르는 울분을 그런 식으로라도 발산하는 것일 수도 있고요. 극 중에서 오광록 씨를 옥상에서 처음 만날 때도 다가가서 그 사람의 냄새를 맡거나 뺨을 만지고, 음성을 들은 뒤 들었던 말을 반복해보잖아요? 아주 오래 갇혀 있었기에 굉장히 예민해진 거죠. 그런 상황의 정점으로서 커다란 산낙지를 먹는 장면을 넣은 겁니다.

이동진_ 그 장면은 한 번에 OK 사인이 나진 않았을 것 같은데요.

박찬욱_ 낙지 여러 마리가 실려 나갔죠. 찍을 때 너무 웃겨서 NG가 날 뻔한 순간도 있었고요. 연기하면서 대략 7~8마리가량을 최민식 씨가 먹었던 듯해요. 지금 〈올드보이〉에 OK 쇼트로 들어간 장면에서의 낙지는 특히 다른 낙지와는 비교도 할 수 없을 만큼 대단한 활력과 연기력을 보여줬죠.(웃음)

이동진_ 저도 그 장면을 눈여겨봤는데, 낙지가 심지어 최민식 씨의 코에까지 달라붙어 강력히 빨아들이던데요?(웃음)

박찬욱_ 그게 제가 결정적으로 원했던 거였죠. 낙지가 그걸 할 때까지 계속 NG가 났던 거예요.(웃음) 낙지에 대해 들은 것 중 가장 재미있었던 얘기가 생각나네요. 영국의 어느 프로듀서로부터 들은 이야기인데, 그 사람은 친구들과 정기적으로 모여서 자기들만의 영화제를 연대요. 남자들끼리 집집마다 돌아가면서 좋아하는 영화를 한 편씩 골라 DVD로 함께 관람한 후, 그날 그 작품을 선택한 사람이 그 영화와 관련된 음식을 조리해 나눠 먹으며 영화에 대해 토론하는 시간을 갖는다는 거죠. 그런데 자기가 고른 게 〈올드보이〉라서 산낙지 요리를 하려고 했는데 아예 산낙지를 구할 수가 없어서 그냥 낙지를 튀겨 먹었다고 하더라고요.(웃음)

감독님 영화에서 물의 이미지는 사뭇 다릅니다. 일반적으로 영화에서 바다는 희망이나 본향의 느낌으로 쓰이는 경우가 많은데, 〈박쥐〉의 바다는 모든 것을 소멸시키는 죽음의 상징과도 같죠. 〈복수는 나의 것〉이나 〈올드보이〉에서 어린 소녀들이 사고나 자살로 삶을 마감하는 곳도 강물이구요. 사방에서 뚝뚝 떨어지는 물의 이미지로 공포를 형상화하는 〈박쥐〉에서는 물이 피보다 진하게 느껴지기까지 합니다.

원형적인 것은 언제나 양가적이라고 생각해요. 물역시 일종의 원형으로서 희망과 생명 혹은 탄생의 이미지로 쓰일 수도 있겠지만, 동시에 소멸과 죽음과 불길한 느낌을 대변할 수 있을 거예요. 이렇게 물의 이미지에는 양면이 다 있지만, 대개의 영화들이 밝은 한쪽 면만 부각시켜왔기에 제가 유독 반대쪽으로 더 활용하고 있는 듯해요.

– 영한사전 어딨니?

〈친절한 금자씨〉에서 이영애가 외국에 입양된 딸이 쓴 영어 편지를 앞에 두고서

이동진 조금 전에 음식 이야기를 하면서 영어 이야기가 나왔으니 하는 질문인데, 감독님의 영화 속에서 영어가 등장할 때 특성이 하나 있습니다. 미국을 무대로 미국에서 찍은 〈스토커〉를 제외하고 말한다면, 극중 영어 대사는 대부분 영어권 이외의 언어권에 속하는 사람들이 하는 영어라는 점이죠. 〈공동경비구역 JSA〉에서는 독일어권 사람이 하는 영어, 〈박쥐〉에서는 프랑스어권 사람이 하는 영어, 〈친절한 금자씨〉에서는 한국어권 사람이 하는 영어가 나온다는 겁니다. 사실 할리우드 영화인 〈스토커〉도 따지고 보면 주연 배우 세 명이 모두 미국 배우가 아니죠. 왜 그럴까 궁금해지는데요.

박찬욱 그러게 말이에요.(웃음) 말씀하신 대로 〈공동경비구역 JSA〉의 사령관은 독일어 지역 출신이라 독일식 영어를 하죠. 영화 속에서 영어가 흘러나올 때, 우리가 늘 듣던 식의 유창하고 윤기 있는 영어라면 재미가 없는 것 같아요. 독특한 억양이 끼어 있어서 조금 낯설게 들리는 걸 제가 좋아하는 듯합니다. 영어는 만국 공용어지만, 그 속에서 로컬리티가 느껴질 때 더 흥미롭다고 할까요.

– 리처드와 인디아는 좋은 팀이었으니까요.

〈스토커〉에서 니콜 키드먼이 박제 장식품들을 보면서 감탄하는 목사에게

이동진 〈박쥐〉 이후에 단편 〈파란만장〉을 동생인 박찬경 감독님과 함께 연출하셨습니다. 이 영화는 스마트폰으로 촬영해서 세계 최초로 극장에서 개봉한 작품이 되었는데, 베를린 영화제 단편 경쟁 부문에서 최고상인 금곰상까지 받으셨죠. 매우 실험적인 작업이었을 텐데, 촬영 현장

을 다룬 메이킹 필름을 보니 장비나 스태프 모두 생각보다 훨씬 큰 규모던데요?

박찬욱_ 제가 평소 버릇을 못 고치고 그냥 장편 만들듯이 한 것 같아요.(웃음) 스마트폰은 기본적으로 두 대를 썼는데 때로는 세 대도 썼고, 스태프들이 갖고 있는 전화기로 찍은 소스들을 사용하기도 했어요. 크레인까지 동원했고 밤 장면을 찍으면서 조명도 많이 썼습니다. 붐 마이크도 쓰고 할 건 다 했죠. 후반 작업은 더 그랬어요. 일반 영화와 똑같았죠. 심지어 5.1채널 믹싱까지 했으니까요. 제작비는 모두 1억 5,000만 원이 들어갔습니다.

- 난 당분간 여기서 지낼 거야. 너도 동의해주면 좋겠다.
- 왜요?
- 왜냐면 나한테 중요하거든.
〈스토커〉에서 매튜 구드가 처음 만나게 된 조카 미아 바시코프스카에게 예의를 갖추면서

이동진_ 박찬경 감독님은 설치미술가로 유명하셨던 분인데 최근에 영화 작업도 많이 하시죠. 김새론, 류혜경, 문소리 씨가 출연한 〈만신〉도 만드셨구요. 그런데 〈파란만장〉이나 〈청출어람〉 같은 작품을 함께 연출하실 때 역할 분담은 어떻게 하셨는지 궁금합니다. 아무래도 두 분의 영화 경력이 크게 차이 나는 상황인데요.

박찬욱_ 그렇긴 하지만, 동생도 영화 경험이 전혀 없었던 것은 아니니까요. 〈파란만장〉 이전에 장편 다큐멘터리도 하나 만들었는데 로테르담 영화제 경쟁 부문에 출품되기도 했어요. 단편영화도 했고요. 〈파란만장〉의 경우, 예술적인 측면에서 동생 역할이 더 컸던 것 같아요. 스토리도 만들었고요. 각본을 같이 다듬기는 했지만 기본 얼개를 짠 것은 동생이었거든요. 그래서 저는 캐스팅을 한다거나 현장에서 배우들과 커뮤니케이

선 하고 촬영 현장을 이끌어가는 것 같은 일들을 주로 맡았어요.

이동진_ 그런데 형이 훨씬 더 유명하다 보니까 영화가 홍보되는 과정에서는 '박찬욱 형제 감독'으로 묘사되더라구요.

박찬욱_ 글쎄, 그게 통제가 잘 안 되더라구요. 그런 일이 벌어질지도 몰라서 미리 하나의 브랜드처럼 '파킹 찬스(PARKing CHANce)'라고 팀 이름을 만들기도 했는데 말이죠.

— 스토커 가문이 똑똑하지.

〈스토커〉에서 조문객들이 스토커 가문 사람들에 대해 이야기를 나누면서

이동진_ 아, 두 분이 성과 이름의 가운데 글자까지 같으니까 중의법적으로 그렇게 팀 이름을 만드신 거군요?(웃음)

박찬욱_ 네. 그리고 그건 '주차 기회'라는 뜻이니까 저희들이 단편영화나 실험적인 성격의 영화들 혹은 다큐멘터리 같은 작품들을 만들 때 그 이름으로 하려고 해요. 틈만 눈에 띄면 바로 들이댄다는 뜻입니다.(웃음)

— 정말 무슨 목적으로 이 실험에 자원했습니까?

〈박쥐〉에서 극비리에 진행되고 있는 백신 개발 실험에 참여한 이유에 대해 현지의 연구소 장이 송강호에게 질문

이동진_ 박찬경 감독님과의 작업이 박찬욱 감독님께는 어떤 의미가 있는 건지요.

박찬욱_ 옛날에는 다 그랬지만 우리 형제도 각자의 방이 없어서 성장할 때 한 방을 쓰면서 결혼할 때까지 오랜 세월을 계속 함께 살았죠. 나이도 두 살 터울밖에 안 되니까 같은 시대를 살았던 건데, 그래서 공유하

는 게 일단 많아요. 나는 어려서 미술을 하고 싶었는데 그쪽으로는 동생 재능이 월등해서 포기했죠. 그런데 또 미술을 전공한 동생은 뒤늦게 영화를 기웃거리고 있어요. 그리고 동생은 미국에서 사진과를 나왔는데 나는 또 뒤늦게 사진에 버닝하고 있죠.(웃음)

이동진_ 형제가 서로 앞서거니 뒤서거니 길을 가는군요.(웃음)

박찬욱_ 통하는 게 참 많은데 다른 것들은 또 상당히 달라요. 무속에 대한 관심 같은 것도 원래 나는 없었거든요. 판소리도 마찬가지고. 그런 게 제게는 무척 신선하구요. 형 입장에서는 같이 작업해서 편한 것도 많죠. 로케이션 스카우팅처럼 귀찮은 것들을 막 시킬 수 있구요.(웃음) 어쨌든 내가 못 가진 것들, 관심 없었던 것들을 많이 끌고 오니까 그게 가장 큰 장점인 것 같아요. 미국에서 〈스토커〉 준비할 때 사람들에게 〈파란만장〉 DVD를 선물로 다 줬어요. 그랬더니 다들 진심으로 좋아하더라구요. 준비 과정에서 그 덕을 톡톡히 봤죠.

– 4시 11분이라고 새겨줄게. 언제나 이맘때면 내 생각을 해.

〈달은…해가 꾸는 꿈〉의 첫 장면에서 이승철이 애인인 나현희에게 주는 선물에 그들이 함

께한 시각인 4시 11분을 새기면서

이동진_ 이제는 감독님의 작품들을 보면서 저절로 떠올랐던 영화들에 대해서 질문하겠습니다. 감독님이 만드신 첫 영화 〈달은…해가 꾸는 꿈〉의 첫 대사는 홍콩 감독 왕가위의 〈아비정전〉 도입부에서 그대로 빌려왔습니다. 〈아비정전〉의 그 유명한 오프닝 시퀀스에서 아비(장국영)가 수리첸(장만옥)과 함께 시계를 본 뒤 "1960년 4월 16일 오후 3시. 우린 1분 동안 함께했어. 나는 우리 둘만의 소중했던 1분을 잊지 않을 거야"라고 말하는 장면 말입니다. 이 부분은 일종의 오마주로서 의도적으로 따온 장면입니까, 아니면 무의식적인 인용입니까.

박찬욱_ 좀 이상한 이야기지만, 첫 영화의 첫 장면을 그렇게 만들면서 〈아비정전〉을 전혀 의식하지 못했어요. 〈천장지구〉 비슷한 분위기가 나는 영화를 만들려고 한 것은 사실이지만요. 의식을 하지 못했는데도 무의식 속에서 이전에 보았던 영화를 가져온 경우죠.

> – 수술하면 분명히 낫긴 한대? 아, 지금 갑자기 돈 천이 어디서 나? 그럼 나 보고 어떡⋯⋯. 이봐, 유괴돼서 거시기되는 애들도 있어. 그거에 비하면 우리는 행복한 거야. 가난하니까 노리는 놈들도 없잖아.
> 〈복수는 나의 것〉에서 유괴된 딸이 시체로 발견되어 망연자실해 있는 송강호를 상대로 이것저것 묻던 형사 이대연이 아내로부터 전화가 걸려오자 아픈 아이의 치료비에 대해 논의 중 불쑥 내뱉으며

이동진_ 〈복수는 나의 것〉에서 가난한 형사가 부자라서 아이가 유괴된 주인공을 거론하며 전화로 아내를 달래는 장면은 〈랜섬〉의 장면과 동일하고, 〈친절한 금자씨〉에서 금자씨가 마녀를 오래도록 세척제를 조금씩 먹여 살해하는 장면은 바닥 세척제로 의붓딸을 죽이는 〈식스 센스〉의 설정과 일치합니다. 〈친절한 금자씨〉에서 왜 아이들을 죽였냐는 유족의 질문에 백선생이 "세상에 완벽한 사람은 없는 거예요"라고 엉뚱하게 대답하는 것은 〈뜨거운 것이 좋아〉의 그 유명한 마지막 대사와 같습니다. 이런 장면들은 어떻습니까.

박찬욱_ 〈랜섬〉의 경우도 전혀 의식하지 못했어요. 물론 그 영화를 보긴 봤지만 별로 흥미를 갖지도 못했거든요. 〈식스 센스〉의 경우는 좀 다른데, 오마주라기보다 그 영화에서 착안했다는 쪽에 가깝습니다. 시나리오를 쓸 때부터 〈식스 센스〉의 그 장면에 대해서 다른 사람들과 이야기를 했으니까요. 〈뜨거운 것이 좋아〉의 경우는 〈친절한 금자씨〉에서 그

대사를 쓸 때 역시 전혀 의식하지 못했어요. 나중에 촬영하면서 뒤늦게 그 대사였다는 사실이 떠올라 망설여졌지만 그냥 썼어요. 스스로가 쓰고 나서도 아주 마음에 든 대사였는데, 맘에 들었던 이유를 나중에 깨닫고서 허탈해졌던 사례죠. 사실 웬만하면 그렇게 따오는 것은 피하려고 하거든요. 반면에 〈공동경비구역 JSA〉에서 수혁(이병헌)이 성식(김태우)을 북한 초소로 데려가려고 할 때 성식이 "안 가면 안 될까요?"라고 하는 것은 알고서 일부러 따온 대사죠. 〈북경 007〉에서 주성치가 정보기관 요원으로 한참 교육받은 뒤 상관이 출동 직전에 마지막으로 하고 싶은 말을 물었을 때 했던 대답이거든요.

이동진_ 그건 좀 일반적인 대사라서 알아채기 힘든 인용일 것 같은데요?(웃음)

박찬욱_ 그런가요?(웃음)

— 윕은 강하거든요. 그래서 우린 같이 좋은 시간을 보냈어요.
〈스토커〉에서 미아 바시코프스카가 보안관의 추궁을 받으면서도 짐짓 태연한 척

이동진_ 〈복수는 나의 것〉은 제목이 같기 때문인지 이마무라 쇼헤이의 대표작인 〈복수는 나의 것〉을 떠올리게도 하는 것 같습니다. 두 작품이 모두 하드보일드적인 필치를 갖고 있어서 더 그렇겠지요. 특히 영미가 의자에 묶인 채로 고문을 당한 끝에 싼 오줌이 흘러내려 단무지 그릇 밑을 흐르는데도, 짜장면을 먹던 동진이 그걸 담요로 덮고 나서 태연하게 계속 식사를 하는 장면이 그렇습니다. 그 장면은 이마무라 쇼헤이의 작품에서 잔혹한 살인범 에노키즈(오가타 켄)가 살인을 마친 뒤 자신의 소변으로 피 묻은 손을 닦고 나서 감을 따먹는 장면을 연상시킵니다.

박찬욱_ 이마무라 쇼헤이의 그 영화를 보고 나면, 다들 그 장면을 연상하게 되나 봐요. 그러나 제 영화 〈복수는 나의 것〉을 만들면서 그 장면을

떠올려본 적은 없어요. 배두나를 고문할 때의 송강호 연기는 냉정한 연기의 모범이라고 생각합니다. 배우가 그냥 '이제부터 냉혹하고 비정한 연기를 할 거야'라고 생각해서 하는 연기의 느낌과 완전히 다른, 아마추어 고문자로서의 떨리는 느낌이 거기에 들어 있다고 느껴지기에 저는 그 연기를 좋아합니다. 영미의 오줌이 흘러내리는 장면은 그 자체가 필요했다기보다는 그 다음에 이어지는 동진의 행동을 묘사하기 위해 필요한 조건을 마련하기 위한 것이었어요. 거기에 담요를 덮고 계속 짜장면을 먹는 데 열중하는 장면 말입니다. 동진은 영미를 그 지경으로 만들어놓고도 배가 고픈 것이죠.

^{이동진}_ 데이비드 슬레이드가 연출한 〈써티 데이즈 오브 나이트〉라는 영화를 보셨는지요. 흡혈귀가 된 주인공이 떠오르는 햇빛 아래서 스스로 죽음을 맞이하게 되는 그 영화의 라스트 신은 〈박쥐〉의 결말과 유사한데요.

^{박찬욱}_ 마지막 장면을 봤어요. 스토리 보드를 만들 때였습니다. 특수효과를 어떻게 할 것인지 고민하고 있을 때 CG팀에서 보라고 했던 것 같아요. 마치 얇은 종이를 태운 것처럼 날리더라고요.

^{이동진}_ 먼저 나온 작품이 비슷한 모티브를 갖고 있을 때 부담스럽지는 않으신가요.

^{박찬욱}_ 햇빛에 노출되어 죽는다는 게 뱀파이어 영화에서는 그리 특별한 상황이 아닌 것 같아요. 그래서 상관없다고 생각했습니다. 영화를 만들다 보면 그런 일이 하도 많아서 전부 다 피해갈 수 없더라고요. 얼마 전에는 장 르누아르의 1938년작 〈인간 야수〉를 보았는데, 그것도 에밀 졸라의 원작을 영화화한 작품이었죠. 그런데 그 영화에서도 못된 여자가 남자를 유혹해서 남편을 죽여달라고 하는 대목이 있어요. 졸라는 왜 그런 이야기를 그렇게 좋아했을까 모르겠어요. 더욱 기막혔던 것은 〈테레즈 라캥〉을 〈박쥐〉로 옮길 때 제가 원작 소설에 없었던 모티브, 즉 여자가 남편에게 학대당해온 것처럼 남자를 속이는 장면을 새로 만들어

넣었는데, 〈인간 야수〉에 그 모티브가 담겨 있더라고요.

이동진 그럴 때는 허망하시겠어요.

박찬욱 허망하지 않았어요. '내가 졸라의 생각에 근접했구나'라고 생각했죠.(웃음)

– 엄마 태몽에 용이 구름을 뚫고 하늘로 막 올라가더래. 어려서부터 난 내가 이무기라고 생각했어. 용이 되려고 기다리는 이무기. 언젠가는 하늘로 올라간다, 용이 되면 아버지한테 복수한다. 그래서 용 문신을 새겼지.
　　〈달은…해가 꾸는 꿈〉에서 이승철이 자신의 등에 용 문신을 새긴 이유를 설명하며

이동진 〈달은…해가 꾸는 꿈〉에서 무훈은 '약해질 때면 언제나 들여다볼 수 있도록' 용 문신을 새겼다고 말합니다. 자신은 곧 승천할 거라면서요. 데뷔 후 각광받지 못하던 7년여 세월 동안 이런 마음을 품으셨나요?

박찬욱 뉘앙스는 다르지만 비슷한 점은 있어요. 보란 듯 성취하겠다기보다는 두 번째 영화를 만들 수 있는 기회가 주어질 때, 지금 하고 싶은 것을 자연스럽게 만들어내면 인정받는 것도 자연스럽게 따라올 거라고 믿었으니까요. 세 번째까지 실패했다면 정말 좌절했을지도 모르지만요. 그래도 두 번째 작품까지는 제가 아등바등하지 않아도 잘될 거라고 생각했어요. 어쨌든 그 덕에 제가 다른 직업으로 전업하지 않고 계속 감독 일을 할 수 있었던 겁니다.

– 각자 하고 싶은 대로 합시다, 까짓거.
　　〈친절한 금자씨〉에서 유괴살인범 최민식에게 직접 복수할 방법에 대한 논의가 길어지자
　　유족 중 한 명이 참다못해서

^{이동진} 〈3인조〉에 들어 있는 악사 안이 전당포에서 즉흥 연주를 하는 장면에는 당시 대중적으로 성공하지 못하고 있던 감독님 자신의 자의식이 들어 있는 듯합니다. 이 장면에서와 비슷한 모욕을 받기 쉬운, 경제적 곤궁을 겪는 예술가의 자의식이라고 할까요.

^{박찬욱} 맞는 말입니다. 모든 창작자들이 공감할 수 있는 장면이라고 생각해요. 자기가 하고 싶은 것과 밥을 먹게 해주는 사람이 바라는 것이 언제나 다르기에 거기서 느껴지는 모욕감을 그런 식으로 표현해본 거죠. 그런데 사실 상업영화 세계에서는 하고 싶은 대로 다 하는 게 불가능하긴 해요. 많은 면에서 타협하곤 하는데, 전 이제 이런 타협에 대한 거부감을 별로 안 느끼게 됐어요. 이제는 이 작업 속성의 한 부분이라고 받아들이고 있어요.

– 자살하고 있는 사람한테 삐삐 치는 놈이 어디 있냐?
– 형, 그 버릇 아직도 못 고쳤어?
– 반 고흐도 자살중독이었어, 인마.

<3인조>에서 이경영이 자살을 기도하려는 순간에 호출기를 울리게 한 김민종과 만나서 나누는 대화

^{이동진} 〈3인조〉에서 악사인 안은 반 고흐와 자신을 비교합니다. 그의 행동과 말에는 예술가로서의 강한 자의식과 결기 같은 게 강하게 내비치지요. 감독님도 그런 편이신지요.

^{박찬욱} 그렇지는 않아요. 〈3인조〉의 안과 저는 다릅니다. 오기나 결기라는 말은 저와 어울리지 않죠. 저는 큰 결심과 목표를 향해서 밀고 나가는 저돌성이 부족한 사람이니까요.

박쥐

개봉 2009년 4월 30일

출연 송강호 김옥빈 김해숙 신하균

상영시간 133분

CINEMA REVIEW

BOOMERANG INTERVIEW

신부神父인 상현은 백신 개발 실험에 자원했다가 바이러스 감염으로 죽음에 이르지만 뱀파이어 피를 수혈받아 기적적으로 소생한다. 라여사는 그가 치유력을 지니게 됐다는 소문을 듣고 찾아와서 아들 강우의 병을 고쳐달라고 부탁한다. 강우의 집을 드나들던 상현은 그의 아내 태주에게 격정적으로 끌리기 시작한다.

이것은 지독한 멜로일까. 아니면 장르의 묵은 피를 갈아치우는 새로운 뱀파이어 영화일까. 악마적인 매력의 팜므파탈이 등장하는 고전적 범죄극으로 보면 어떨까. 대속代贖과 부활과 영생의 테마를 역설적으로 파고드는 일종의 종교영화인 것은 아닐까. 유혈이 낭자한 파국 속에서도 수시로 킥킥 웃음이 나오게 하는 블랙코미디로는 또 어떨까.

〈박쥐〉에 이르는 길은 하나가 아니다. 취향이나 시각에 따라 가장 흥미로워 보이는 방향에 먼저 집중해도 좋을 것이다. 이건 관객이 원하는 대로 볼 수 있는 작품이기 때문이다(뒤집어서 말하면, 〈박쥐〉는 어느 방향에서 읽어도 전체가 일목요연하게 잡히지 않는 영화다). 어떤 길을 택하든, 결국 독창적이고 입체적이며 복합적인 이 작품을 통해 영화적 체험의 강렬한 극단에 도달할 수 있다. 그러니까, 이야기든 스타일이든 연기든, 〈박쥐〉는 끝까지 간다.

박찬욱의 전작들과 달리, 〈박쥐〉는 건조하고 소박하게 시작한다. 극 초반은 다소 불친절하거나 혼란스럽게 느껴지기도 한다. 그러다 상현이 아프리카에서 신비한 일을 겪고 태주를 만나게 되면서부터 영화는 전혀 예상치 못한 코스들을 질주한 끝에 장대한 핏빛으로 끓어넘친다.

그 사이 무력감에서 시작한 한 사내의 숭고한 희생정신은 타오르는 욕망과 폭발하는 분노와 솟아나는 회의와 짓누르는 가책의 어둡고 긴 터널들을 차례로 거친 후, 마침내 대지의 끝에서 바다를 만난다. 말하자면 이것은 괴물이 된 성자의 레퀴엠이고, 끝내 구원에 이르지 못하는 파우스트의 지옥도이며, 쥐의 몸과 새의 날개를 지닌 채 경계의 칼날 위에 필사적으로 재겨디디려 했던 박쥐의 화석이다.

〈박쥐〉의 스토리는 140여 년 전의 프랑스 소설(〈테레즈 라캥〉)에서 모티브를 가져온 뒤 뱀파이어 장르의 틀 속에서 신부를 주인공으로 삼아 비틀어 착종한 결과물이다. 다분히 이물감이 느껴질 만도 한 결합이지만, 이 영화가 들려주는 이야기는 난폭할지언정 거칠지 않은 동시에 강력한 흡인력을 지녔다.

〈박쥐〉는 흡혈귀를 주인공으로 삼고도 편하게 장르적 관습을 따르지 않았다. 햇빛을 쬐면 안 되기에 밤에만 활동해야 한다는 점 정도만이 차용되었을 뿐. 이 영화의 뱀파이어는 심지어 날카로운 송곳니조차 없다. 흡혈 장면도 많은 경우 병에 담아 주스처럼 마시거나 링거액 튜브를 젖병처럼 입에 물고 빠는 식으로 표현된다(심지어 냉장고에 보관하거나 전자레인지에 데워 마시기도 한다). 여기서 피는 종종 공포를 빚는 가장 효과적인 재료이자 종교적 상징을 함유한 가장 선명한 원료이기도 하지만, 무엇보다 매일매일 섭취해야 할 일용할 양식이다. 그렇게 삶의 근본적인 딜레마는 일용할 양식을 둘러싸고 벌어진다. 그들도 우리처럼.

그리고 햇살이 만들어내는 그림자에서 시작해서 이글거리는 햇발 그 자체로 끝나는 〈박쥐〉에서 물은 종종 피보다 진하다. 피의 에로스와 물의 타나토스가 끌고 가는 불마차 같은 이 영화는 결국 빛 속에서 그 둘이 일체가 되어 모든 것을 집어삼킨다(박찬욱 감독의 영화에서 물의 이미지는 종종 소멸과 죽음의 어두운 메타포를 가진다).

연기의 측면에서 보면 〈박쥐〉는 송강호가 덜어낸 것과 김옥빈이 더해낸 것이 최상의 조합을 이뤄낸 작품이다. 미답지가 아직도 남아 있을까 의심스럽기까지 한 배우 송강호는 여기서 다시금 우리를 또다른 방식으로 감탄케 한다. 안으로 함몰되고 또 함몰되어 마침내 자신의 가슴속에 블랙홀을 가지게 된 자의 텅 빈 표정은 어쩌면 이 영화의 모든 것일지도 모른다.

김옥빈은 자신의 직업이 배우임을 자랑스럽게 내세울 수 있는 작품 하나를 갖게 되었다. 다가올 쾌락을 떠올리는 요부의 조바심. 욕망의 관성을 억제하지 못하는 육식동물의 본성이 작은 얼굴 위에서 기적처럼 빛을 내는 순간은 〈박쥐〉가 지닌 가장 강력한 스펙터클이다.

– 그렇기 때문에 나는 금자씨를 좋아했다.

<친절한 금자씨>의 종반부에서 어머니인 이영애의 삶을 정리해 회고하는 딸의 내레이션

이동진 한 감독의 최고작이 무엇이냐를 놓고 팬들 사이에서도 의견이 갈리는 경우가 많습니다. 감독님의 경우 아무래도 관객들 사이에서는 <올드보이>를 꼽는 사람이 가장 많을 것 같은데, 저는 개인적으로 <박쥐>와 <복수는 나의 것>을 가장 좋아합니다. 만든 사람 입장에서는 모든 작업에 다 애착이 가시겠지만, 그래도 개인적인 만족도가 가장 큰 영화를 하나만 꼽으라면 어떤 작품일지 무척 궁금합니다.

박찬욱 아무래도 <박쥐>가 아닐까 싶어요. 가장 오래 매달린 영화이기도 하고, 상대적으로 가장 제 마음에 들기도 하는 게 사실이니까요. 저는 제 영화들이 조금씩 모든 부분에서 발전했다고 생각해요. 그게 꼭 상승 일변도의 곡선인 것은 아니겠지만, 그래도 크게 봤을 때는 제 영화들이 조금씩 나아진 것 같아요. 특히 <박쥐>는 연기나 촬영이나 음악 등 모든 면에서 제일 잘 만든 영화 같아요. 제 영화들 중에서는요.

– 우리한테 왜 이러는 거요, 도대체.

<친절한 금자씨>에서 출소한 이영애가 유괴살해된 아이의 집에 찾아가 그 부모 앞에서 참
회의 뜻으로 자신의 손가락을 자르자 아이 아버지가 놀라면서

이동진 그런데 <박쥐>는 2009년 개봉 당시 유사한 예가 드물 정도로 격렬한 논란을 불러일으켰습니다. 일반 관객들과 평단 모두에서 그랬죠. 이런 반응을 보면서 당시에 어떻게 느끼셨습니까.

박찬욱 '내가 아직 멀었구나' 하는 생각이 들었죠. 저는 완성해놓고 다들 좋아하실 거라고 생각했는데, <싸이보그지만 괜찮아> 때도 그랬지만, 관객이나 전문가들의 반응을 예상하는 데 나는 완전 허당이구나 싶었

어요.(웃음) 최소한 〈박쥐〉가 보기 편하고 난해한 면도 없으며 감상에 수월한 영화라고 생각했거든요. 오락적인 면도 강하고, 감각적으로도 즐길 수 있는 영화라고 보았던 겁니다.

이동진_ 〈싸이보그지만 괜찮아〉가 흥행에 실패했기에 그 다음 작품인 〈박쥐〉에 임하면서 마음가짐이 좀 다르셨을 것 같은데요.

박찬욱_ 〈싸이보그지만 괜찮아〉 때 무슨 이야기인지 모르겠다는 반응이 참 많았기에 〈박쥐〉를 만들면서는 적어도 그런 일은 없도록 해야겠다고 결심했죠. 〈박쥐〉의 러닝타임이 길어진 것도 그런 이유가 컸죠. 이것저것 친절하게 다 설명하려고 했으니까요.

– 무슨 죄를 지었길래?

〈올드보이〉에서 감옥 운영자인 오달수가 사설 감옥에 최민식을 집어넣는 이유를 유지태에게 질문

이동진_ 네티즌들이 점수를 매기는 포털사이트 네이버 영화 평점의 경우, 〈박쥐〉는 10점 만점에 채 6점이 되지 않습니다. 감독님 영화들 중에서는 〈싸이보그지만 괜찮아〉 다음으로 좋지 않은 점수죠. 게다가 한 영화에 대한 일반적인 호오好惡의 반응을 넘어서서 당시에 화를 내는 관객들도 많았는데요.(웃음)

박찬욱_ 그러게 말이에요. 싫어할 수는 있겠지만 왜 화까지 내시는지 잘 모르겠어요. 또 하나 이상했던 것은 영화가 싫다기보다는 감독이 싫다는 쪽으로 초점이 맞춰져 있다는 거였죠. 감독이 전면에 드러나는 상황을 면해보려고 그때는 인터뷰도 일절 안 했던 건데, 그래도 결과가 그렇게 된 걸 보면 저에 대해 선입견이 있긴 있는 것 같아요. 그게 무엇인지, 왜 그러시는 건지는 잘 모르겠지만요. 저 역시 다른 사람들과 똑같은 감독일 뿐인데, 왜 영화보다 감독에 대해서 분개하는지 모르겠어요.

배우들을 대신해서 감독이 욕을 먹는 것은 다행이지만요. 〈박쥐〉는 영화를 싫어해도 배우들만큼은 대체로 인정하더라고요.

이동진_ 개봉 당시 평단에서는 인물들 행동에 일관성이 없다는 지적이 많았습니다.

박찬욱_ 그런 것은 항상 부딪히는 문제예요. 시나리오를 쓸 때 동료들 사이에서도 그런 반응이 종종 나오죠. 사람들은 영화 속 등장인물에 대해 '이 사람은 이런 사람'이라고 너무 좁게 규정하려는 경향이 있는 듯해요. 그 사람의 행동을 미리 제한해놓고 거기서 벗어나기를 원하지 않는다고 할까요. 실제 인간들은 그렇지 않은데 말이죠. 그렇게 좁게 규정하면 인물이 단조롭게 되기 마련인데도 그걸 요구하는 사람들이 많아요. 항상 대면하게 되는 지적이에요.

─ 기왕 이렇게 됐으니까 복수까진 몰라도 적어도 납득할 만한
  설명은 해줘.
  〈친절한 금자씨〉에서 십 수년 전 자신을 버렸던 엄마 이영애에게 따져 묻는 딸

이동진_ 당시 반응 중에서 특이했던 것은 〈박쥐〉를 〈복수는 나의 것〉과 비교하는 사람들이 적지 않았다는 것이었습니다. "〈복수는 나의 것〉은 정말 좋았는데 〈박쥐〉는 그렇지 않다"고 하시는 분들이 꽤 있었는데요.

박찬욱_ 저도 봤어요. 하지만 그런 사람들이 얼마나 될까요. 숫자로 따지면 몇 백 명, 몇 천 명일 겁니다. 그러니 일반화할 수는 없을 거예요. 〈복수는 나의 것〉의 비극성이나 비장미가 우리나라에서 영화를 좋아하시는 분들에게는 더 잘 받아들여지는 것인가 하는 생각은 들어요. 그리고 그분들은 감각보다는 이성적으로 냉정하고 분석적으로 보려는 성향이 더 강한가 싶기도 하고요. 저는 제 영화 중에서 〈박쥐〉가 가장 감각적이라고 생각하는데, 요약된 줄거리가 비극적이고 심각한 것에 비하면

실제 만들어진 영화는 더 가벼우니까 좀 덜 인정해주시나 싶어요.

이동진_ 흥미로운 것은 〈복수는 나의 것〉이 개봉했을 때는 일반 관객들이나 평단에서 호평하는 분위기가 거의 없다시피 했다는 거죠. 그런데 지금은 많은 분들이 〈복수는 나의 것〉을 감독님의 최고작으로 꼽고 있습니다.

박찬욱_ DVD나 케이블 TV로 그 영화를 뒤늦게 발견한 분들이 많으신 건가요? 그것 말고는 그런 현상을 달리 해석할 방법이 없죠. 〈복수는 나의 것〉은 개봉 직후 언론이나 관객들의 반응이 싸늘하다 못해 최악의 영화라는 반응이 압도적이었거든요. 그런데 극장 상영을 마친 후 여러 경로를 통해 영화를 본 관객들이 하나둘씩 늘어나기도 한 것 같고, 〈올드보이〉와 〈친절한 금자씨〉가 연이어 나오면서 '복수 3부작이라고 하는데 나머지 하나는 뭐지?'라면서 〈복수는 나의 것〉을 찾아들 보시게 되면서 평가가 변하게 된 것 같아요.

이동진_ 그렇다면 여기서 세월이 더 흐르면 〈박쥐〉 역시 다른 평가를 받지 않을까요.

박찬욱_ 저도 시간이 좀더 흐르면 어떨까 싶은 생각이 들긴 해요. 그런데 영화의 성격상 〈박쥐〉는 극장에서 봐야 하는데.

> – 너무 많이 변했어요. 예전엔 항상 눈웃음 치고, 말도 조곤
>   조곤 잘했잖아.
>   〈친절한 금자씨〉에서 서영주가 출소한 감옥 동료 이영애의 이전과 달라진 표정에 대해서

이동진_ 적지 않은 관객들이 〈박쥐〉가 대중을 고려하지 않고 만들었다고 느끼는 것 같습니다.

박찬욱_ 일단 그건 '팩트'가 아니라고 말하고 싶어요. 그런 말을 들을 때마다 저는 너무 억울해서 저와 함께 일하는 동료들을 소개해주고 싶을

정도입니다. 각본을 쓸 때부터 후반 작업을 할 때까지, 관객들이 이걸 받아들일까 좋아할까 이해할까를 놓고 제가 얼마나 걱정하는지를 동료들이 증언해줄 수 있을 테니까요. 영화가 독특하다 보니 그런 오해가 생긴 것이겠죠. 그런데 따지고 보면, 감독이 결국 자기 취향에 충실해야지 어디에 맞추겠어요.

— 저번 짜장면도 다 불어가지고 버렸단 말이에요.

<복수는 나의 것>에서 배두나가 중국음식점에 배달 주문 전화를 하면서 독촉

이동진_ <박쥐>가 나오기 이전까지는 감독님이 여러 인터뷰를 통해서 이제까지 만든 작품 중 <싸이보그지만 괜찮아>가 가장 맘에 든다고 말씀하셨죠. 사실 이 영화는 흥행에 성공하지 못했을 뿐만 아니라, 이전 작품들에 비하면 평단에서도 그리 높은 평가를 받지 못했잖습니까. 아마도 <공동경비구역 JSA> 이후 <스토커>까지 나온 감독님 작품들 중에서 여전히 상대적으로 가장 낮게 평가되는 작품이 아닐까 합니다.

박찬욱_ <박쥐> 이전에 나온 작품들에 대해 이야기한다면, 단편까지 다 합칠 경우 <심판>이 가장 좋았어요. 하지만 단편을 제외하고 장편만 대상으로 한다면 <박쥐> 이전에는 <싸이보그지만 괜찮아>가 제 맘에 제일 흡족했던 게 사실이에요. 정확히 말하면 좀더 흡족하다기보다는 덜 창피하다고 할까요. 비교적 제 애초의 생각에 가깝게 완성되었으니까요. 다른 영화들은 처음 구상에 너무 미치지 못하게 된 장면들이 많았거든요. 그리고 무엇보다 이전과 크게 다른 점은, <싸이보그지만 괜찮아>가 제 스스로 참고 볼 수 있는 영화라는 것입니다. 제가 만들었지만 다른 영화들은 너무 어두워서 제 자신도 보기가 어려웠어요. 영화 한 편을 만드는 동안 감독은 그 영화를 몇 백 번 보게 되는데, 그러다 보면 완성 후에는 정말 돌아보기도 싫어지죠. 막상 보게 되면 너무 부끄러워 그냥 죽어버리고 싶다는 마음이 들 때도 있고요.(웃음) '어쩌면 저렇게 못 만들었을까', 그런 생각이 들기도 합니다. 스스로 괜찮은 장면도 더러 있지만 자꾸 떠오르는 것은 그렇지 못한 장면들뿐이죠. 〈싸이보그지만 괜찮아〉는 그런 게 덜 한 편이었고, 또 영화가 귀여우니까 상대적으로 맘에 들었어요. 심지어 제 입장에서는 가끔씩 보고 싶은 마음도 생기는 영화예요. 지훈이도 좋지만 수정이 연기를 보면 정말 잘하고 예뻐서 다시 보고 싶어지죠.

‒ 저 때문에 경력에 오점을 남기게 됐네요.
‒ 상관없어요. 내가 좋아서 선택한 실패니까.
　〈공동경비구역 JSA〉에서 수사 실패에 대해 비협조적이었던 점을 사과하는 이병헌과 담담하게 답하는 수사관 이영애

이동진＿ 그러면 〈공동경비구역 JSA〉에 나오는 이 대화에서 '이병헌'을 〈싸이보그지만 괜찮아〉로 바꿔볼게요. 최고의 스타 배우가 출연한 최고의 스타 감독 작품이었는데도 〈싸이보그지만 괜찮아〉가 흥행에서는 실패했는데요, 같은 질문을 드린다면 소피(이영애)처럼 답하시겠습니까?(웃음)

박찬욱＿ 소피가 실패를 선택해서 실패에 이르게 됐다면, 저는 성공을 선택했는데도 그렇게 되지 않았다는 것이 결정적 차이죠.(웃음) 〈싸이보그지만 괜찮아〉에는 끔찍한 장면도 없고 금기 같은 것도 없고 두 명의 스타가 나오고 특히 정지훈은 첫 영화고 밝고 가볍고……. 모든 면에서 흥행을 의심하지 않았어요. 그러니 소피처럼 담담하기는 힘들죠.

이동진＿ 그렇다면 〈싸이보그지만 괜찮아〉는 왜 흥행에 실패했다고 판단하십니까.

박찬욱＿ 판타지를 다룰 때 한국 상업영화는 조심해야 한다는 것이죠. 〈반

지의 제왕〉처럼 아예 통째로 판타지거나, 아니면 부분적인 판타지라도 분명히 현실 장면과 구획지어서 현실적으로 구분한다든가, 그래야 할 필요가 있다는 거죠. 그 영화처럼 환상과 현실이 왔다 갔다 하고 한 프레임 안에 공존하면 관객이 싫어한다는 것을 알게 됐어요. 그런 구성 때문에 이 영화가 실험영화 같다거나, 이해하지 못하겠다는 반응들이 나왔다고 봅니다. 관객들은 영화가 현실과 환상을 넘나들면 지금 보고 있는 특정 장면이 현실인지 환상인지 궁금해지면서 긴장하게 되는 듯 합니다. 그래서 영화를 편하게 못 보셨던 것 같아요.

− 자기, 스타일 변했네? 왜 이렇게 눈만 시뻘겋게 칠하고 다녀?
− 친절해 보일까 봐.
　〈친절한 금자씨〉에서 출소 후 오랜만에 만난 감옥 동료 라미란이 묻자 이영애가 대답

이동진_ 감독들은 한 작품에 대한 반응이나 평가를 본 후 궤도를 부분 수정하는 경우가 종종 있습니다. 〈싸이보그지만 괜찮아〉 이후 달라지신 게 있다면 어떤 걸까요.

박찬욱_ 핵심은 바뀌는 게 아니니까 달라지지 않죠. 다만 내러티브를 구성할 때 조금 더 조심스러워지긴 했어요. 그건 분명히 〈싸이보그지만 괜찮아〉의 영향이죠. 형식적으로 분방하거나 긴밀한 극적 구조에서 벗어나 느슨하게 나열되는 것은 피하게 됐죠.

이동진_ 〈박쥐〉의 경우는 어떨까요. 이 영화에 대한 격렬한 반응이 앞으로 만드실 작품에 어떤 영향을 미치게 될 것인지 궁금합니다.

박찬욱_ 제가 영화를 만드는 방법이나 취향은 그동안 크게 변하지 않았어요. 어떤 때는 잘 먹히고 어떤 때는 잘 안 먹혔을 뿐이죠. 또한 어떤 사람들에게는 좋게 받아들여진 반면, 어떤 사람들에게는 그렇지 않았던

것이고요. 그런데 〈박쥐〉의 경우, 좋아하는 사람들은 다른 때보다 훨씬 더 적극적으로 호응했죠. 더 많은 사람들에게 좋은 인상을 남기는 것과, 절반뿐이라고 해도 오래도록 쉽게 잊히지 않는 인상을 남기는 것 중 어느 게 더 나은 것인지 저도 잘 모르겠어요. 다만 상업적으로 손해를 보지 않으면서 절반의 관객에게 그렇게 남겨질 수 있다면 그게 더 낫지 않나 싶긴 합니다.

– 실전에선 뽑는 속도 같은 건 중요하지 않습니다. 얼마나 침착하고 대담하게 행동하느냐, 그게 답니다.
〈공동경비구역 JSA〉에서 이병헌이 이전에 송강호에게 들은 대로 이영애에게 실전 사격에 대해서 설명

이동진_ 〈공동경비구역 JSA〉나 〈올드보이〉처럼 크게 흥행한 작품이나 〈복수는 나의 것〉처럼 관객 동원에 실패한 영화를 모두 만들어보셨던 경험에 비추어볼 때, 영화의 흥행에 대해서는 어떤 생각을 갖고 계시는지요.
박찬욱_ 영화를 기획하다 보면 흥행에 대해서 이런저런 고려를 하게 되는데, 그런 계산이 잘 맞아 들어갈 때가 있는가 하면, 전혀 그렇지 않기도 하죠. 솔직히 〈올드보이〉는 흥행에 대해서 제가 제일 걱정했던 영화예요. 워낙 금기시되는 소재라서 영화가 개봉되면 크게 욕을 먹고 경을 칠 줄 알았어요. 〈공동경비구역 JSA〉도 국가보안법이 엄연히 존재하는 상황에서 무슨 일이 벌어질지 불안했죠. 공교롭게도 정상회담을 그 당시에 한다니까 그것도 나름대로 걱정이 되더라고요. 북한 붐이 사회적으로 일고 있는 상황에서 그런 영화까지 보러 가고 싶을까 하는 생각이 들더군요. 흥행이나 관객들의 반응에 대한 예상은 정말 어긋나기 쉬워요. 〈박쥐〉는 특히 더 논란이 되었는데, 사실 그 작품은 모두에게 사랑받을 줄 알았거든요. 여러모로 인물들의 감정에 대해 친절하게 설명

하고 있고, 쇼트들 역시 관객이 못 따라갈 정도로 나눈 것도 아니죠. 나름대로 쉬운 영화, 접근하기 좋은 영화로 만들었다고 생각했었어요. 개봉 이후의 반응은 정말 예측하기 어려워요. 그러니까 결국 감독으로서 저는 그냥 하던 대로 할 수밖에 없는 것 같습니다.

– 에이(A)는 뭐가 에이야. (……). 피 검사, 국민학교 때 해보고 안 했지? (……) 비(B)잖아, 비.
〈복수는 나의 것〉에서 누나에게 신장 이식 수술을 해주기 위해 혈액형 검사를 받은 신하균에게 그가 누나와 다른 혈액형인 B형이라고 알려주는 의사

이동진 한국에서 만드신 영화들 중 캐스팅과 관련해서 가장 눈길을 끄는 영화는 〈싸이보그지만 괜찮아〉였습니다. 〈공동경비구역 JSA〉 이후 감독님은 예술적으로나 인간적으로 잘 맞는 배우들을 반복적으로 캐스팅해서 작품을 만드시는 편인데, 이 영화만큼은 남녀 주연 모두 이전까지 작업해본 적이 없는 배우들을 기용하셨으니까요. 〈싸이보그지만 괜찮아〉는 제작 전부터 임수정 씨와 정지훈 씨가 주연을 맡는다는 사실 자체가 무척 눈길을 끌었죠. 특히 당시에 국제적 스타로 뻗어가던 가수 비, 즉 정지훈 씨의 합류가 두드러졌습니다. 정지훈 씨는 어떻게 캐스팅하신 건가요.

박찬욱 순서로 봐서는 지훈이가 먼저 캐스팅되었어요. 처음 정지훈을 보게 된 게 MBC 영화대상 시상식장에서였지요. 그때 시상식 무대에서 춤추고 노래했는데, 아마도 자신이 영화를 하고 싶으니까 영화인들의 행사에 온 게 아니었나 추측하고 있습니다. 저는 사실 댄스음악에 대한 애정이 거의 없는 사람이었는데, 막상 눈앞에서 보니까 약동하는 젊음의 힘이랄까, 그런 것에 반하게 되더군요. 정지훈에게는 흔해빠진 댄스가수 이상의 무엇이 있었으니까요. 매우 천진한 미소와 젊음의 힘 같은

것에 매료되면서 주위를 보니까, 그 도도한 충무로의 미녀 배우들이 입을 벌리고 쳐다보는 모습이 눈에 들어오더군요. 그때 '저 친구를 캐스팅 하면 여배우 캐스팅은 마음대로 할 수 있겠다'는 생각이 잠깐 들기까지 했어요.(웃음) 하지만 당시에는 정지훈을 캐스팅하겠다는 생각은 아예 하지도 못했죠. 그러다 나중에 청춘영화를 하고 싶다는 생각을 하자, 제일 먼저 지훈이가 떠올랐어요. 누구라도 그랬겠지만요. 일이 잘 되려고 그랬는지, 〈친절한 금자씨〉 후반 작업 때 지훈이가 스튜디오에 놀러왔어요. 그때 술도 한잔 하고 그러면서 친해졌고, 서로 상대와 일 하고 싶어 한다는 사실도 확인하게 됐죠.

– 아빠, 나 수영 좀 일찍 배울걸 그랬나봐.
〈복수는 나의 것〉에서 유괴된 후 물에 빠져 죽은 어린 딸이 아버지 송강호의 환상 속에 나타나서 후회

이동진_ 임수정 씨의 경우는 어땠습니까. 〈장화, 홍련〉 때 김지운 감독님에게 임수정 씨를 캐스팅하라고 추천하시기도 했다는 이야기를 들은 적이 있는데, 그 말을 떠올리면 오히려 두 분이 〈싸이보그지만 괜찮아〉에서 처음으로 함께 작업하시게 된 게 늦은 감까지 있는데요.

박찬욱_ 임수정 캐스팅은 간단해요. 지훈이가 같이 하고 싶어 했어요.(웃음) 사실 저는 예전부터 임수정이란 배우를 좋아했죠. 제가 텔레비전을 전혀 안 보는 사람인데, 오래전 우연히 지나가다가 〈학교 4〉라는 드라마에서 임수정을 보고 깊은 인상을 받았어요. 세월이 흐른 뒤에 〈장화, 홍련〉의 오디션을 열게 된 김지운 감독이 심사를 해달라고 해서 가봤더니 거기 임수정이 왔더라고요. 임수정이 얼마나 연기를 잘하는지 직접 확인하는 계기가 됐죠. 그래서 김지운 감독에게도 수정이를 뽑으라고 적극 추천했어요. 나중에 완성된 〈장화, 홍련〉을 보면서도 제 눈이

틀리지 않았다는 것을 확신할 수 있었고요. 정지훈이 참 영리한 사람인 게, 스스로가 경험이 부족하니까 상대 배우가 정말 잘하는 사람이 해줘야 자기도 덩달아서 잘할 수 있다는 사실을 알았다는 거죠. 연기라는 게 누굴 만나느냐에 따라 완전히 달라지기도 하니까요. 송강호 같은 배우를 만나면 송강호 비슷하게 연기력이 올라가는 수가 있거든요. 그런 사실을 아니까 정지훈이 임수정을 추천한 겁니다.

> – 나는 기계 치고는 사용설명서도 없고 라베루 같은 것도 안
> 붙어 있고. 아직도 몰라, 내 용도가 뭔지.
> 〈싸이보그지만 괜찮아〉에서 정신병원 복도에 있는 전화기에 대고 혼자 이야기하는 임수정

이동진_ 그런데 정지훈 씨의 경우, 이전에 텔레비전 드라마에서 연기한 적은 있지만 영화는 처음이었기에 배우 자신이나 감독 모두에게 부담이 되었을 것 같습니다. 〈싸이보그지만 괜찮아〉에서의 정지훈 씨 연기에 대해선 어떻게 평가하시나요.

박찬욱_ 지금 와서 하는 이야기지만 〈싸이보그지만 괜찮아〉의 촬영 중간에 크게 걱정됐어요. 수정이가 너무 잘해서 많이 기울 것 같았죠. 각본을 쓰는 단계에서는 사실 그 반대였어요. 그때는 이 이야기에서 영군보다 일순이란 캐릭터가 더 중요할 거라고 생각했거든요. 그래서 오히려 수정이 캐릭터가 약해 보이면 어떡하나를 걱정했죠. 그러나 촬영 첫날부터 수정이가 완전히 신들린 연기를 하더라고요. 그러다 보니 어느 순간 대세가 기울었다는 판단이 들어서 촬영 후반부에서는 정지훈을 좀 더 키우는 쪽으로 수정하고 편집을 하기도 했어요. 그런데 완성된 영화를 되풀이해 보면서, 그렇지 않구나, 또는 균형을 잡으려는 나의 노력이 효과를 봤구나, 라고 생각하게 됐죠. 이건 이 영화를 여러 번 본 제주변 사람들의 공통된 생각이기도 해요. 전 결과적으로 지훈이 연기에

아주 만족했습니다.

– 내게 있어 은주는 단순한 피사체 이상의 그 무엇이었다.
〈달은...해가 꾸는 꿈〉에서 사진작가인 송승환이 자신의 모델이었던 나현희에 대해

이동진_ 〈박쥐〉는 연기의 측면에서도 최상급이라는 생각이 듭니다. 송강호 씨는 〈공동경비구역 JSA〉 이후 〈복수는 나의 것〉〈박쥐〉 같은 작품을 통해서 감독님의 가장 믿음직한 영화적 동지가 되어온 배우라고 할수 있겠죠. 한국영화계의 대들보 같은 존재인 송강호 씨는 미답지가 아직도 남아 있을까 의심스럽기까지 하지만, 〈박쥐〉에서 다시금 또다른 방식으로 보는 이들을 감탄케 했죠. 깊이도 대단하지만 이 영화에서 송강호 씨는 기반이 매우 다른 다양한 연기들을 보여주기도 합니다. 화장실에서 스스로의 처지에 대해 상현이 길게 항변하는 장면의 연극적 연기와 최후의 순간을 향해 거침없이 걸어가는 종반부의 무성영화적 연기는 완전히 다르잖습니까.

박찬욱_ 언뜻 생각하면 뱀파이어 로맨스 영화에 가장 거리가 먼 배우가 송강호라고 생각할 수도 있겠죠. 그래서 상현 역 캐스팅에 반대하는 사람도 있었어요. 이 글을 읽게 되면 반대했던 사람이 누구였냐고 송강호 씨가 물을 텐데, 그건 그냥 안 가르쳐주면 되고요.(웃음) 만일 〈박쥐〉의 상현 역을 조각 미남 같은 배우가 맡았다면 내 취향에는 좀 느끼하고 부담스러웠을 듯해요. 좋은 배우에게는 여러 측면이 있죠. 송강호처럼 모두 친숙하게 생각하는 당대 최고의 배우에게 아직도 개발되지 않는 어떤 면이 있는데, 그걸 안 하고 넘어가는 것은 정말 아까운 일일 거예요. 부담스럽지 않으면서도 섹시한 남성이라고 할까요. 남성 관객 입장에서 그런 걸 해보고 싶었어요. 송강호가 여태껏 보여준 것과는 많은 면에서 거의 반대에 가깝게 가는 걸 함께 창조해 나가는 재미가 있었

죠. 그리고 강호 씨에게는 용기가 있기에 이런 것이 통할까 통하지 않을까에 대한 주저 없이 자신 있게 해나갈 수 있는 거죠. 웬만한 배우라면 하기 어려운 연기일 거예요. 각본만 읽었을 때는 많은 사람들이 태주의 영화라고 생각했거든요. 상현은 매사에 머뭇거리거나 변명이나 하고, 태주를 쫓아다니기만 하죠. 각본을 쓴 나는 그게 아니라는 걸 알고 있었지만, 바로 그런 이유로 상현이란 인물이 덜 재미있는 게 아닌가 생각하는 사람도 많았어요.

이동진_ 완성된 〈박쥐〉는 명백히 상현의 영화로 보이는데요.

박찬욱_ 맞아요. 이건 어디까지나 상현의 영화고 그를 중심으로 돌아가는 영화죠. 그럴 수 있었던 것은 강호 씨가 뭔가 강렬한 표현으로 매 장면을 사로잡으려 하지 않았기 때문일 거예요.

이동진_ 〈박쥐〉에서 김옥빈 씨는 반짝반짝 빛납니다. 매순간 연기를 즐기고 있는 게 보이는 듯한데요.

박찬욱_ 그런 배우를 내가 알아봤다는 것, 그 가능성을 알고 옥빈이를 캐스팅했다는 것 자체가 〈박쥐〉에서 제가 가장 뿌듯하게 생각하는 거예요.

– 한마디로 어떤 사람이에요?
〈공동경비구역 JSA〉에서 이영애가 이병헌의 여자친구를 찾아가서 이병헌에 대해 질문

이동진_ 〈박쥐〉의 다른 배우들은 어떠셨습니까.

박찬욱_ 오달수야 좋은 배우고 늘 함께해왔기 때문에 더 이상 덧붙일 이야기가 없죠. 워낙 식구 같으니까요. 저는 오달수 씨가 연기할 때는 항상 멀찌감치 떨어져 있습니다. 참을 수 없이 웃겨서요. 김해숙 씨와 송영창 씨는 〈박쥐〉에서 처음 일해보았는데 정말 대단한 배우들이더군요. 〈박쥐〉의 경우, 이전 작업들을 통해 친숙했던 배우들과 처음으로 호흡을 맞춰보게 된 배우들이 다 있어서 좋았어요. 친근하고 익숙한 환

경이면서도 새로운 친구를 사귀는 설렘도 있었다고 할까요. 일을 하는 자세나 성품 혹은 능력 같은 게 워낙 좋으셔서, 왜 이런 배우들을 진작 만나지 못했나 싶더라고요. 개봉 후에도 자주 모여서 술 마시고 놀았는데 다들 정말 재미있어요. 특히 김해숙 씨는 아주 정열적인 분이시죠.

– 여기 정수리에서부터 뜨끈한 기운이 내려오더니 손끝이며 발끝이며 막 저릿저릿 하는 거야. 누가 막 바늘로 찌르는 것처럼.

〈박쥐〉에서 송강호가 신하균을 위해 기도해주었을 때 일어났던 일에 대해 김해숙이 마작 친구들에게 신기해하면서 전언

이동진_ 〈올드보이〉에서 기념비적인 연기를 했던 최민식 씨에 대해서도 묻고 싶습니다.

박찬욱_ 송강호 씨가 차가운 연기의 최고봉이라면 최민식 씨는 뜨거운 연기의 최정상이죠. 〈올드보이〉는 그 성격상 연기적으로 과장도 있고 강렬한 표현도 많이 해야 하는 영화인데, 그럴수록 연기가 단순해지고 단조로워질 위험도 있어요. 최민식 씨는 그런 함정을 아주 잘 벗어났어요. 역시 최민식 씨다웠죠. 제가 〈올드보이〉를 하겠다고 결심한 것도 최민식 씨가 이미 캐스팅되어 있는 상황이라는 말을 들어서였어요.

이동진_ 개인적으로 최민식 씨의 연기들 중에서 가장 감탄하는 게 바로 〈올드보이〉와 〈파이란〉에서였습니다. 〈올드보이〉의 도입부 경찰서 장면에서의 최민식 씨를 보면 〈파이란〉에서 맡았던 3류 건달 캐릭터인 강재의 느낌도 있는데요.

박찬욱_ 그 장면만큼은 실제로 〈파이란〉처럼 해보려고 했어요.

이동진_ 오대수라는 인물이 초반에 그렇게 묘사되기 때문에 중반 이후 그 사람의 극적인 변화가 더욱 두드러져 보이죠. 최민식 씨는 〈올드보이〉

에서 내레이션도 정말 맛있게 합니다. 하지만 역시 〈올드보이〉에서 연기적으로 가장 유명하고도 강력한 장면은 극의 클라이맥스에서 최민식 씨가 유지태 씨에게 빌면서 애원하는 부분이겠죠. 사실 그 장면에서의 연기는 너무나 화려하고 강렬하면서도 기술적으로나 정서적 측면 모두에서 굉장히 고난도라서 감독으로서 배우에게 요구할 수 있는 한계를 넘어선 부분이 분명히 있을 것 같아요. 배우의 역량에 크게 기댈 수밖에 없는 느낌이랄까요.

박찬욱_ 도입부 경찰서 장면처럼 그 장면 역시 큰 줄기만 정해놓고서 배우에게 자율적으로 연기하기를 주문했어요. 그래서 혹시 뭐 하나라도 놓칠까 싶어 카메라도 한 대 더 가져다놓고서 클로즈업을 따로 포착하게 했고요.

이동진_ 그 장면을 반복해서 많이 찍지는 않으셨겠네요.

박찬욱_ 맞아요. 이런 건 많이 못 찍죠. 이우진과의 선후배 관계를 강조하느라 교가를 부른다든가, 차라리 개가 되겠다고 꼬리를 살랑살랑 흔드는 시늉을 한다든가 하는 것들은 최민식 씨가 만들어낸 겁니다. 교가를 부르는 디테일은 최민식 씨가 여러 날 고민해서 만들어온 결과물이에요. 냉정하고 절제된 연기가 줄 수 있는 쾌감이 있는가 하면, 그 장면에서의 최민식 씨처럼 북받치듯 폭발적인 연기가 줄 수 있는 짜릿함도 있죠. 그런 모습을 현장에서 보고 있으면 배우들에 대한 존경심이 저절로 우러나요.

-누구냐, 너.

〈올드보이〉에서 최민식이 출소 후 자신의 일거수일투족을 다 감시하고 있는 듯한 유지태와 처음 통화하면서

이동진_ 최민식 씨의 상대역인 유지태 씨는 어떻게 캐스팅하셨습니까.

박찬욱_ 〈친절한 금자씨〉에 이영애 씨를 캐스팅한 것과 같은 이유였어요. 제가 한국영화사에서 가장 좋아하는 작품들 중 하나가 허진호 감독의 〈봄날은 간다〉예요. 어쩌면 저렇게 잘 만들었을까 싶을 만큼 좋아하는 영화죠. 유지태 군도 그 영화에서 보고 반했어요. 〈봄날은 간다〉를 보면서 '내가 언젠가 저 두 배우와는 반드시 함께 일한다'고 결심했던 거예요.

이동진_ 실제로 함께 작업해보니 배우로서 어떤 느낌이던가요.

박찬욱_ 허진호 감독과 영화를 해서 그런지 좀 느리더군요.(웃음) 말도 천천히 하고요. 그런데 저는 머릿속에서 계속 생각해온 말을 더듬거나 망설이지 않고 마치 연극 대사처럼 쫘악 청산유수로 정연하게 풀어내는 방식을 원했거든요. 그런 게 서로 달라서 초반에는 둘 다 애를 좀 먹었죠. 그런데 곧 적응하면서 멋지게 연기하더군요. 겉으로는 유약해 보이면서도 다른 한편으로는 잔인하게 느껴질 수도 있는 게 유지태 군의 매력인 것 같아요. 〈올드보이〉 속에는 제가 좋아하는 지태 씨의 표정이 많아요.

이동진_ 극 중에서 고교 선후배 사이인 두 사람은 나이 차이가 별로 없는 것으로 설정되어 있지만 실제 두 배우의 나이는 무려 열네 살이나 격차가 있습니다. 외모에서부터 그 차이가 드러날 수밖에 없는데, 그런 점이 부담스럽지는 않으셨어요?

박찬욱_ 처음에는 말도 안 되는 생각이라고들 했어요. 〈박쥐〉의 송강호-김옥빈 커플도 마찬가지겠죠. 하지만 그건 미국이 무대인 미국영화에 영국 배우를 기용할 때 관객들 모두가 그 배우의 본래 국적을 알고 있는 상황과 비슷할 수도 있을 거예요. 새 배역을 맡을 때마다 새로운 정체성을 가져야만 하는 배우란 존재에 대해서 너무 편협하게 접근해서는 곤란하다고 생각해요. 그 영화가 정말 믿음직스럽게 만들어졌다면 그와 같은 물리적인 조건 같은 것은 곧 잊혀질 수 있다고 생각하면서 만들었죠. 사실 이우진 역에 유지태 씨를 캐스팅한 것은 좀 무리수였습니다. 극 중에서 최민식 씨가 연기한 오대수와는 두 살 차이니까요. 그런데 그 배역은 최민식 씨보다 약간 어린 정도 나이인 한국의 모든 남자배우들에게 거절당했기에 어쩔 수 없었어요. 유지태 씨의 경우는 훌륭한 배우가 아니어서가 아니라 나이가 너무 어려서 초반에는 제외되었던 거죠. 한편으로는 유지태 씨가 나이 차이가 좀 많아 보여도 상관없다는 나름의 명분도 있었어요. 이우진은 누나의 죽음 이후로 성장이 멈춘 사람이고, 그래서 아마도 여자 경험도 없었을 거라고 생각했죠. 그렇기에 비현실적으로 동안을 가진 거라고 우리끼리 생각한 겁니다.

> – 미도가 누구냐?
> – 있다, 잘 우는 애.
> <올드보이>에서 15년 만에 만난 친구가 강혜정에 대해서 묻자 최민식이 대충 대답

이동진_ <올드보이>의 또다른 축인 강혜정 씨는 오디션에서 처음 보셨을 때 어떤 인상을 받으셨습니까.

박찬욱_ 그때 혜정 양은 이전에 문승욱 감독의 작품으로 데뷔를 해서 <올드보이>가 두 번째 영화였어요. 오디션 장에서는 당돌하기도 하고 의욕과잉처럼 보이기도 했죠. 매우 복합적인 느낌이었는데 하여간 가장 눈에 띄는 배우였어요. 혜정 양을 보면서 모두가 알았죠.

이동진_ '얘가 미도다'라는 것을요?

박찬욱_ 네. 그래서 바로 결정했어요. 그런데 본인에게 통보하는 것은 좀 미루었어요. 뒷조사를 좀 해봤더니 지나치게 예민해서 통제되지 않는다는 소문이 있어서요. 오늘 기분이 좀 안 좋다고 촬영장에 안 나오고 그러면 정말 큰일이잖아요. 그런 걱정 때문에 사람이 정말로는 어떤지 파악해보느라고 시간이 좀 걸렸던 거예요. 그런데 직접 확인해보니 전혀 그런 사람이 아니더라고요. 약속을 아주 잘 지키고 현장에서 일 잘

하는, 착실하고 성실한 배우였습니다.

– 인디아, 찰리 삼촌한테 인사하렴. 이리 와.
〈스토커〉에서 니콜 키드먼이 매튜 구드를 처음 보게 되는 미아 바시코프스카에게

이동진_ 〈스토커〉의 배우들에 대해서도 질문 드리고 싶네요. 가장 인상적인 배우는 아무래도 미아 바시코프스카겠죠. 〈스토커〉뿐만 아니라 〈제인 에어〉나 〈이상한 나라의 앨리스〉 같은 영화에도 아주 잘 어울리는데, 21세기에 사는 사람이 아니라 과거의 공간 혹은 판타지 세계에 속하는 인물인 것처럼 느껴지기도 합니다. 좀 고전적인 외모라고 할까요. 저는 〈스토커〉에서 미아 바시코프스카를 보며 이상하게 배두나 씨가 자꾸 떠오르기도 했습니다. 연기도 인상적이어서 함께 식사하며 대화하는 장면 같은 부분에서 상대의 말을 되받아치며 차갑게 농담을 던지는 연기를 할 때 보면, 입만 웃고 눈은 전혀 웃지 않기도 하죠.
박찬욱_ 미아는 성격도 요즘 아가씨 같지 않아요. 정말 특이하죠. 속이 깊고 차분하며 참을성도 많은데, 그게 호주 여자 특유의 강인한 면모와도 무관하지 않은 것 같아요. 또 폴란드 혈통을 굉장히 중요하게 생각하기도 하는데 외모 역시 요즘 사람 같지 않죠. 그래서 다음 영화도 〈마담 보바리〉를 하나 봐요. 다른 감독들도 미아를 다 그렇게 본다는 거죠.
이동진_ 어떻게 보면 젊은 날의 이자벨 위페르와 겹쳐 보이기도 합니다. 〈캐리〉의 시시 스페이섹이 떠오르기도 하구요.
박찬욱_ 저는 미아가 아주 어릴 때 호주에서 찍은 단편영화부터 지켜봤어요. 언젠가는 같이 일해봐야겠다고 주목하고 있었던 배우였던 거죠. 그랬기에 그 각본에 어울리는 내성적이고 신비로운 18세 소녀 역의 배우로 제일 먼저 떠올렸던 겁니다. 일반 대중들에게는 아직 많이 알려져 있지 않지만, 미국에서도 영화업계 종사자들 사이에서는 선호도가 아

주 큰 배우예요. 무엇보다도 대체할 수 없는 오리지널리티 같은 게 그 여배우에게 있으니까요. 미아는 어린 나이에도 불구하고 아주 속이 깊어요. 감독에게 부담을 주지 않으려고 힘든 게 있어도 내색을 전혀 하지 않는 스타일이죠.

— 종일 집에서 뭐 해요? 형의 아내의 삶에 관해 알고 싶어요.
〈스토커〉에서 매튜 구드가 함께 식사를 하면서 니콜 키드먼에게 불쑥 질문

이동진_ 촬영 현장에서 니콜 키드먼은 어땠습니까.

박찬욱_ 니콜 키드먼쯤 되면 굉장히 도도하고 아주 오만해도 감수할 수 있을 것 같은 마음이었는데 전혀 안 그렇더라구요. 아시아에서 온 감독이 편하게 일할 수 있도록 솔선해서 분위기를 만들어줘야겠다고 다짐한 사람처럼 무척이나 잘해주었어요. 자신의 임무는 감독이 마음대로 할 수 있게 해주는 거라고 처음부터 공공연하게 이야기했는데 촬영현장에도 늘 일찍 나와 있었어요. 그러니 다른 후배 연기자들도 긴장할 수밖에요. 철두철미한 프로였습니다. 후배 배우들과 다른 스태프들 앞에서 모범을 보여주려고 하는 마음이 그대로 느껴졌죠. 연기를 하면서는 강하고 대담한 표현을 해야 하는 순간에도 전혀 주저하는 게 없었어요. 스탠리 큐브릭에서 라스 폰 트리에까지, 워낙 극단적인 성향의 감독들과 일을 많이 해본 배우니까 겁나는 게 없는 거죠.

이동진_ 니콜 키드먼 영화 중에서는 뭘 제일 좋아하세요?

박찬욱_ 많죠. 니콜 키드먼 연기의 측면에서 가장 좋은 것은 〈디 아더스〉였어요. 니콜의 말로는 그 영화의 감독인 알레한드로 아메나바르도 현장에서 영어를 하지 않았다고 하더라구요. 〈아이즈 와이드 셧〉〈투 다이 포〉〈도그빌〉도 좋아해요. 아, 로버트 다우니 주니어와 함께 나왔던 〈퍼Fur〉도 좋죠. 〈버스Birth〉도 좋구요.

– 인사하세요. 여긴 리처드의 동생이에요.

〈스토커〉에서 니콜 키드먼이 조문객들에게 더못 멀로니의 동생인 매튜 구드를 소개하면서

이동진_ 매튜 구드는 어땠나요.

박찬욱_ 굉장히 밝고 천진해 보였어요. 그늘이 없는 사람 같다고 할까요. 〈매치 포인트〉를 보고 캐스팅하게 됐는데, 거기서 부잣집 청년으로 나왔죠. 그런 느낌의 사람이 찰리 역을 하면 놀랍겠다는 생각이 들었어요.

이동진_ 영국적인 느낌이 강한 배우죠. 어린아이 같은 측면도 있구요.

박찬욱_ 그렇게 천진하고 소년 같은 측면이 좋았어요. 그리고 또 하나는, 매튜가 들으면 좀 싫어할 소리인지도 모르겠지만, 성적인 느낌이 덜하다고 해야 하나, 그런 비성적非性的인 느낌이 맘에 들었어요.

이동진_ 〈스토커〉 전반부에서는 남성적인 매력이 부각되는 캐릭터인데요.

박찬욱_ 찰리라는 캐릭터에 대해서 나는 항상 비성적인 인물이라고 생각했어요. 매튜와 처음 통화할 때도 그런 얘기를 했던 것 같은데, 찰리는 아마도 성경험이 없을 거라고 했죠. 그런데 겉으로만 선수인 척할 뿐이라구요. 관객 역시 후반부에 이르게 되면 저절로 그런 점을 느끼게 될 거라고 생각했어요. 사실 초반에도 매튜는 굉장히 매력적인 남자임에도 불구하고 끈적끈적한 게 별로 없죠.

이동진_ 정말로 본인이 들으면 별로 안 좋아할 것 같은데요?(웃음)

박찬욱_ 아마도 그렇겠죠?(웃음) 나는 〈싱글맨〉에서보다 〈왓치맨〉에서의 매튜가 더 좋았어요. 그런데 그 영화의 그 역할에 대해서는 사람들이 별로 칭찬을 안 했죠. 머리가 좋고 망상에 빠진 천재로 악역 주인공인 셈인데, 매튜의 모습이 아주 잘 어울렸어요. 사실 매튜는 〈스토커〉에서의 역할과 달라서 굉장히 개구쟁이에요. 장난치는 걸 정말 좋아하고 농담도 쉼 없이 던지죠. 일단 자신이 말할 때는 30초에 한 번씩 주변 사람들이 빵 터지지 않으면 못 견뎌 하는 타입이라고 할까요. 무척이나 위트가 있어서 현장 분위기를 아주 좋게 만들어줬어요.

– 박사장, 나 정말 물어보고 싶은 게 있는데 말이요.

〈복수는 나의 것〉에서 형사 이대연이 송강호에게 범인을 직접 집요하게 추적하는 이유에 대해 질문하기 전에 운을 떼면서

이동진_ 만약 〈스토커〉가 한국영화라면 어떤 배우들을 쓰셨을 것 같으신 가요.

박찬욱_ 음. 생각 좀 해보죠. 우선, 인디아로는 임수정 양이 떠오르네요. 나이가 캐릭터에 맞다면 임수정에게 맡기고 싶어요. 찰리는 이병헌, 이블린은 염정아 씨가 좋을 것 같아요.

이동진_ 이거, 상당히 재미있는데요?(웃음) 그러면 〈박쥐〉의 경우는 어떨까요. 상현과 태주 역으로 어떤 외국 배우를 캐스팅하고 싶으세요?

박찬욱_ 시대를 초월해서요?

이동진_ 네, 실제 나이를 고려하지 않구요.

박찬욱_ 이거 어렵네요. 음……. (한참 생각한 뒤에) 상현 역으로는 버트 랭커스터, 태주 역으로는 마릴린 먼로.

이동진_ 그 두 사람이 주인공인 〈박쥐〉, 정말 보고 싶네요.(웃음)

– 여러분에게 열아홉 살 금자를 보여주고 싶다.

〈친절한 금자씨〉에서 이영애의 어린 시절에 대해서 설명하기 시작할 때의 내레이션

이동진_ 이제껏 한 번도 같이 작업을 해보지 않았던 배우들 중에서는 어떤 분과 함께 영화를 만들어보고 싶으세요?

박찬욱_ 굉장히 많아요. 지금 당장 떠오르는 사람은 먼저 (김)혜수 양과 (전)도연 양. 이 두 배우는 제가 무척 좋아하기도 하고 또 자주 어울려서 술 마시고 얘기를 나누며 논 적도 많아서 느낌만으로는 꼭 저와 한두 편의 작품을 함께했던 사람들처럼 여겨져요. 정재영, 박해일, 조승

우, 류승범도 함께해보고픈 배우예요. 〈미쓰 홍당무〉를 통해 제작자로 서는 같이해봤지만 감독으로서는 작업해본 적이 없는 공효진도 생각 나네요. 한국에는 정말 좋은 배우들이 많죠. 좋은 감독보다 좋은 배우 들이 훨씬 더 많아요.

－와, 힘세다, 미스터 몬스터. 역시 당신은 내가 발명한 괴물 이야.

〈올드보이〉에서 유지태가 자신을 공격해오는 최민식을 조롱하며

이동진_ 지난 20년간 모두 아홉 편의 장편영화를 만드셨는데요, 그중에서 가장 맘에 드는 캐릭터는 누구인가요.

박찬욱_ 〈싸이보그지만 괜찮아〉에 나오는 영군의 엄마예요. 이용녀 씨가 연기했는데, 그 캐릭터가 배우와 정말 잘 맞았죠. 자기 어머니에게서 물려받은 분열증을 일으킬 만한 형질을 다시 딸인 영군에게 물려주는 다리 역할을 하는데, 말실수를 하고 나서 바로잡는 모습 같은 게 그렇 게 귀엽고 사랑스러울 수 없어요.(웃음)

－나란 사람은 다른 사람한테서 뭘 훔치고자 할 때 그 사람 몰 래 며칠이고 지켜봐야 되는 사람이에요.

〈싸이보그지만 괜찮아〉에서 정지훈이 스스로의 성향에 대해서

이동진_ 영화 속에는 의식적으로든 무의식적으로든 감독의 자화상이 담기 기도 합니다. 저는 〈박쥐〉를 보면서 상현이라는 주인공이 감독님 작품 속 모든 인물 중 가장 박찬욱스러운 캐릭터라는 느낌을 강하게 받았습 니다. 실제 감독님의 성향과 합치하는 부분도 적지 않은 것 같은데요.

박찬욱_ 저도 그렇게 생각해요. 〈박쥐〉의 시나리오를 써나가는 과정에서 자연스럽게 그렇게 돌아가고 있다는 것을 느끼게 됐죠. 도중에 그걸 깨달았으니 좀더 조심했을 수도 있었겠지만, 굳이 그렇게 하지 않고 써지는 대로 내버려둔 겁니다. 평범한 사람이 자기 의지와는 다르게 드라마틱한 상황에 휩쓸리게 된 것 자체가 비슷해요. 저는 제가 영화 일을 하게 된 것부터가 좀 이상하다고 생각했거든요. 그렇게 모진 실패의 세월을 보내게 된 것도 저로서는 참 이상한 일이라고 느꼈죠. 전 무난하게 살 줄 알았으니까요. 그런데 그렇게 힘든 나날을 보내다가 또 큰 성공도 했죠. 참으로 진폭이 큰 삶을 살게 됐는데, 이건 어렸을 때 예상했던 제 인생과 너무 다릅니다. 그러다 보니 그런 상황 속에서 이런 성격을 가진 사람이 느끼는 혼란이 있는 거죠. 뭔가 자꾸 주저하거나 회피하려고 하고, 어떤 일이 닥치면 그냥 자연스럽게 상황에 따라 선택하면 되는데, 선택의 기로에 놓인 것으로 스스로 인식하는 경향이 있다는 거죠. 그러다가 잘못된 선택을 한 것으로 나중에 판명이 나면 합리화를 하는데, 어쩔 수 없었다는 정도가 아니라 궤변에 가까운 논리를 끌어들여서까지 스스로를 정당화하려고 하는 것 같아요. 그게 상현과 저의 공통점이죠. 실제 제 모습과 상현이 가장 비슷하다고 느꼈던 장면은 화장실에서 상반된 이야기로 하나의 결론을 끌어내리려고 궤변을 늘어놓을 때예요. 그 장면에서 상현을 연기하는 송강호 씨를 볼 때, 흡사 거울을 보는 것 같은 기분이었다니까요.(웃음) 상현은 자신이 갖고 있는 힘이나 감각을 어떻게 통제하고 어떻게 써먹을 것인지에 대해 잘 알지 못하는 인물이죠.

이동진_ 이제껏 만든 어떤 영화 속 인물보다도 자기반영적인 상현의 특성 때문에 부담감을 느끼지는 않으셨나요.

박찬욱_ 자기반영적이라고는 하지만, 많이 변형되고 극화된 형태로 담겨 있어서 큰 부담은 느끼지 않았어요. 그래서 영화를 통해 제가 노출된 것 같은 기분은 없어요. 전혀 없다고는 할 수 없지만요.

– 어딜 가든 꼭 그렇게 고아 티를 내야 시원하겠냐?
– 형도 뭐 그렇게 화목한 가정에서 성장한 건 아니지 않우?
– 어차피 인간은 다 고아야. 신이 인간을 버렸으니까.

〈3인조〉에서 고아원에 찾아간 이경영과 김민종의 대화

이동진_ 상현이 보이는 실존적이면서 종교적인 태도의 경우는 어떨까요.

박찬욱_ 그의 몸에 흐르게 된 뱀파이어의 피가 어디서 왔으며 누가 왜 그랬는지에 대해 그 영화가 거의 밝히지 않고 있고 심지어 궁금해 하지조차 않는 것으로 표현하는 것이 제게는 중요하게 느껴졌어요. 그래도 극 중에서 그 내용을 전혀 다루지 않을 수는 없어서 노신부가 한번 찾아보지 그랬냐고 질문하는 장면을 넣었죠. 그때 상현의 대답이 참 어이가 없어요. 일본에서 감염되었다면 밤 비행기로라도 가겠지만 멀리 떨어진 곳인 이상 햇빛을 안 받고 갈 방법이 없다는 핑계를 대고 간단히 포기하고 말잖아요. '내가 지금 여기에 왜 내팽개쳐져 있지?'라는 문제에 대해 깊이 파고들어보려는 종교적이고 신학적인 자세를 쉽게 포기하는 게 또 저와 비슷해요. '내가 왜 이렇게 됐지? 내가 왜 꼭 나여야만 하는 거지?' 같은 것들에 대해서 실존적이고도 근원적인 질문을 집요하게 던지지 않고 쉽사리 체념해버리는 거죠. 그러나 원해서 뱀파이어가 된 게 아니라고 할지라도, 뱀파이어로서 살아가기 위해 살인하는 것을 정당화하지는 않죠. 그런 행동을 죄라고 명확히 인식하면서, 굳이 따지고 보면 자신의 책임이 아닌데도 불구하고 책임을 지려고 노력하는 거죠. 내가 왜 여기 태어났는지에 대해서 불평하고 살 수밖에 없지만, 그래도 책임을 질 수밖에 없다는 거예요.

이동진_ 그런 역설적 태도는 숭고하기도 하고 기이하기도 합니다.

박찬욱_ 상현은 교통사고의 예를 들면서 자신의 처지를 항변하기도 하죠. 하지만 그렇다고 해서 도덕적 의무로부터 자유로운 것은 아니잖아요. 그러면서 의식을 잃고 환자로 누워 있는 친구 효성의 몸에서 어떡해서든 죽지 않을 만큼만 피를 취하려고 한다든가, 가급적 자살자의 피를 마셔가며 그 행위를 합리화하려고 하죠. 상현이 그렇게 말하는 모습을 태주가 조금 높은 곳에서 바라보는 장면이 있는데, 태주로서는 상현의 그런 강변이 참 가소롭고 초라하게 느껴지는 거죠. 그런 게 〈박쥐〉의 주인공인 상현이란 인물에 대해 제가 어떻게 생각하고 있는지를 잘 보여주는 대목 같아요. 그 장면을 찍어놓고 얼마나 웃었는지 모릅니다.

- 힘드시더라도 이 남자의 얼굴을 잘 봐두시기 바랍니다.
  〈친절한 금자씨〉에서 이영애가 유괴살인범 최민식의 모습을 화면으로 보여주면서 유족들에게

이동진_ 〈컷〉은 영화감독이 주인공이기도 하거니와, 몇몇 측면에서 감독님 자신에 관한 이야기로 보일 수도 있을 것 같습니다. 그런 이야기를 하는 데서 오는 두려움이나 부담감은 없으신지요.
박찬욱_ 없어요. 그건 제 자신에 대한 이야기가 아니니까요.

- 당신의 진짜 실수는 대답을 못 찾은 게 아니야. 자꾸 틀린 질문만 하니까 맞는 대답이 나올 리가 없잖아.
  〈올드보이〉에서 유지태가 왜 가뒀는지에 대해 묻는 최민식에게 비아냥거리면서

이동진_ 영화계 사람들이 아닌 친구 분들과 만나게 되면 감독님께 어떤 걸 가장 많이 물어봅니까.
박찬욱_ 글쎄요. 이영애?(웃음)
이동진_ "이영애 정말 예뻐?", 뭐 그런 질문인 건가요?(웃음)
박찬욱_ 그런 걸 보면 영애 양은 정말 많은 사람들이 좋아하는 배우 같아요.

- 너 이제 어떻게 할 거냐고.
- 어떡하긴 뭘 어떡해. 굶어 죽어도 썩은 고기는 먹지 않는 킬
리만자로의 표범처럼 사는 거지.

〈3인조〉에서 고비에 이른 이경영이 묻자 김민종이 위험을 무릅쓰고 크게 한탕할 거라면서

이동진_ 어린 시절에는 미술사학자가 되기를 꿈꾸셨다면서요? 건축과 교
수셨던 아버지를 따라서 전시회에 참 많이 다녔는데 그 과정에서 그런
꿈을 가지시게 됐다고 들었습니다.

박찬욱_ 그 이전에는 창작을 하는 미술가가 되고 싶었어요. 그런데 제 동
생인 찬경이 너무 잘 그리는 걸 보니까 자꾸 속으로 비교를 하게 되더
군요. 그래서 열등감 때문에 그 길은 포기하게 된 거죠. 그런데도 미술
과 가까이 하고 싶었으니, 그렇다면 이론으로라도 해야겠다는 생각을
한 겁니다. 말하자면 정말로 하고 싶었던 것은 사실 창작이었죠.

- 나 기억해줘야 돼, 알았지?

〈올드보이〉에서 투신자살하는 윤진서가 남동생 유연석에게 남긴 마지막 말

이동진_ 그러면 감독님이 영화를 처음 시작하게 된 계기에 대해서 묻고
싶습니다. 어린 시절부터 영화를 좋아하셨겠지만, 영화감독이 되어야
겠다고 직접적으로 결심하게 된 최초의 순간을 혹시 기억하시는지요.

박찬욱_ 그것은 분명하게 기억납니다. 대학교 3학년이 끝나는 겨울방학
때였는데, 학교에서 히치콕 영화제가 열렸어요. 학교에 부설된 커뮤니
케이션 센터라는 곳에서였죠. 제가 다니던 서강대학교는 가르치시는
분들 중에 신부님들도 많았는데, 미국인 신부님 한 분이 미국에서 가져
온 비디오테이프인지 레이저디스크인지로 영화제를 연 거죠. 그 중에
서 〈현기증〉을 보다가, 보고 나서도 아니고 보던 중에, 그런 결심을 했

던 기억이 아주 선명하게 납니다.

― 당신도 다 알잖아. 이 바닥이 얼마나 유혹이 많은 데인지.

〈달은…해가 꾸는 꿈〉에서 술에 잔뜩 취한 방은희가 자신의 망가진 모습에 대해 송승환에

게 푸념하듯

이동진_ 대학에서 철학을 전공하셨죠? 졸업 후 곧바로 충무로로 가시게
된 건가요.

박찬욱_ 그렇습니다.

이동진_ 스태프로 처음 참여한 작품은 어떤 영화였습니까.

박찬욱_ 유영진 감독님의 〈깜동〉이었어요. 이장호 감독님이 제작자셨죠.
거기에 연출부 막내로 들어갔는데, 당시 연출부 세컨드가 〈엽기적인
그녀〉와 〈클래식〉의 곽재용 선배였어요. 그 형과 친하게 되어서 〈비 오
는 날의 수채화〉로 감독 데뷔하실 때 조감독으로 갔죠.

― 나는 사진작가가 아니다. 하나의 피사체인 동시에 나는 카
메라다.

〈달은…해가 꾸는 꿈〉에서 사진작가인 송승환이 자신의 직업 철학을 밝히면서

이동진_ 어떤 사람들은 여전히 영화가 관객을 바꿈으로써 세상을 바꿀 수
있다는 믿음을 갖습니다. 감독님은 어떻습니까.

박찬욱_ 영화가 사람을 변화시킬 수도 있겠죠. 그렇지만 그런 경험이 흔
한 것은 아닐 겁니다. 그 효과가 얼마나 오래갈지에 대해서도 의심이
들구요. 그렇게 사람을 변화시키려고 제가 영화 일을 한다고 말하긴 힘
들 것 같아요. 〈공동경비구역 JSA〉 같은 영화는 구체적으로 제가 하고

싶은 이야기가 있었고, 또 현실적으로 정치인들에게 약간의 영향을 주기도 한 것 같습니다. 하지만 그런 일은 아주 특별한 경우죠. 앞으로 그런 영화를 또 만들게 될지도 모르겠고요.

– 유현진이 얼마나 대단한 사람인 줄 아니? 3년에 한 번 크리스마스 때마다 발표회를 하는데, 외국 디자이너하고 기자들까지 와서 모두 구경한다구. 그 사람 쇼에 출연한 모델은 신세 피는 거다.
〈달은…해가 꾸는 꿈〉에서 선배 모델 방은희가 일류 디자이너에게 발탁된 모델 나현희에게 호들갑 떨면서

이동진_ 감독님은 〈올드보이〉 이후 한국의 감독으로서 최고의 예술적 파워와 통제력을 갖게 되신 것 같습니다. 〈싸이보그지만 괜찮아〉의 캐스팅에서 보듯, 모든 스타들이 감독님 영화에 출연하고 싶어 하기도 하구요. 이런 감독님에게도 맘대로 안 되는 상황이 있습니까?(웃음)
박찬욱_ 캐스팅할 때 여전히 거절당하는 경우가 종종 있어요.

– 사고방지 5가지 열쇠 1. 착각하지 말 것. 2. 부주의하지 말 것. 3. 지나친 의식을 가지지 말 것. 4. 한 발 앞을 생각할 것. 5. 움직이는 것에 주의할 것.
〈싸이보그지만 괜찮아〉에서 정지훈이 공사장에서 일하던 장면에 등장한 안전 표지판 문구

이동진_ 좀 우스운 질문을 하나 더 하겠습니다. 〈싸이보그지만 괜찮아〉에 잠깐 등장하는 안전 표지판 내용은 정말 황당하면서 재미있더라구요. 그런데 문득 엉뚱하게도, 그 다섯 가지 주의사항이 감독에게도 적용될

수 있는 내용이란 생각이 들었어요. 만일 그렇게 생각한다면, 이중 어떤 것을 감독이 가장 잘 지켜야 한다고 보시나요.(웃음)

박찬욱_ 글쎄, 그게 제가 소품으로 만든 게 아니라 실제로 현장에 있던 표지판이었는데, 정말 무슨 의미인지도 모를 것 같은 말들이라서 다들 한참 웃었죠. 정말 부조리한 문구들인데, 이를테면 '지나친 의식을 가지지 말 것'이 무슨 뜻인지 저는 아직도 모르겠어요.(웃음) 하여튼 질문처럼 감독의 상황에 비유적으로 적용해본다면, '움직이는 것에 주의할 것'이 제일 중요하지 않을까요. 전 100년 후는 아예 바라지도 않고, 5년 후에라도 사람들이 참고 볼 수 있는 영화를 만들고 싶어요. 그런데 그게 쉽지 않죠. 사람들도 워낙 빠르게 변하니까요. 정말로 운이 좋아봐야 그 작품이 한 10년쯤 갈 수 있을 거예요. 그러기 위해서는 당대의 요소들 중에서 피상적인 것에 매달리면 안 됩니다. 영화를 만들면서 시대성과 당대성을 생각해야 하겠지만, 겉보기에 현대성이라고 생각되는 것에 현혹되어서는 안 되는 거죠.

― 동정심이 칠거지악 중 으뜸이란 사실은 알고 있겠죠? 참고로 나머지 여섯 가지는 다음과 같아요. 슬픔에 잠기는 것. 설레임. 망설임. 쓸데없는 공상. 죄책감. 감사하는 마음.

〈싸이보그지만 괜찮아〉에서 정신병원에 입원한 임수정이 환상 속에서 듣는 라디오 목소리

이동진_ 이번에는 이 칠거지악에서 실제로 감독님이 가장 자주 범하는 것들을 순서대로 나열해주시죠.(웃음)

박찬욱_ 당연히 '쓸데없는 공상'이 1위죠. 창작이란 바로 거기서 출발하는 거니까요. 그래서 쓸데없는 것이 역설적으로 쓸데 있는 거구요. (잠시 망설인 뒤) 2위는 망설임일 것 같네요. 그리고 그 일곱 가지 중에서 저와 가장 먼 것은 설레임입니다.

– 이럴 때 정말 신부 되길 잘했다는 생각이 듭니다.

〈박쥐〉에서 극비리에 진행되고 있는 백신 개발에 자원한 송강호가 신도들에게 보내는 엽서

에서

이동진_ 언제 감독이 되길 잘했다는 생각이 드십니까.

박찬욱_ 아내에게 인정받을 때요. 그것 말고 다른 데서는 아내에게 인정

받거나 좋은 소리, 고맙다는 소리를 들을 일이 별로 없어서요.(웃음)

이동진_ 부인께서는 감독님 영화들 중에서 어떤 작품을 가장 좋아하시는

지도 궁금해지네요.

박찬욱_ 다 좋아하는데, 특히 〈박쥐〉를 가장 좋아해요. 〈박쥐〉 이전에는

〈친절한 금자씨〉를 제일 좋아했죠.

이동진_ 〈파란만장〉을 공동연출하기도 하셨던 동생 박찬경 감독님께서는

어떤가요.

박찬욱_ 역시 〈박쥐〉였죠.

– 이따 친구들하고 약속이 있는데 저녁은 차려놓구 갈게요.

〈친절한 금자씨〉에서 이승신이 이영애를 만나러 가기에 앞서 남편 최민식에게

이동진_ 김지운, 봉준호, 류승완 등의 감독님들과 특히 친하시죠? 스타 감

독들끼리 교유하면서 일종의 이너 서클을 형성하고 있는 듯한 상황에

대해 비판적인 시선이 전혀 없지는 않은데요.

박찬욱_ 글쎄요. 저 역시 오랜 세월 고생했던 시절이 있었죠. 단지 흥행이

잘 안 되거나 작품에 대한 비평이 나쁜 정도가 아니라 영화 자체를 찍

지 못하는 세월을 보내왔으니까요. 앞으로도 언제 또 그런 신세로 전락

할지도 모르고요. 언젠가 그런 상황이 오긴 올 텐데 말이죠. 과거에 대

한 그런 기억과 미래에 대한 그런 전망을 가지고 살아가는 이 분야 종

사자로서 뜻이 맞고 일해본 경험에 의해 우정을 느끼는 소수의 사람들과 더 친하고 그들과만 교유하고 그러는 건 자연스러운 일 아닌가 싶어요. 안 하려고 해도 저절로 그렇게 되는 듯하구요. 그게 영화나 쇼 비즈니스 세계의 특성이기도 한 것 같습니다.

이동진_ 영화나 쇼 비즈니스 세계의 어떤 특성 때문에 그렇습니까.

박찬욱_ 일단은 서로가 워낙 까다로운 사람들이라서 맘에 맞는 상대를 만나 친해질 기회 자체가 적어요. 그러다 보니 맘에 맞고 유능하기까지 한 사람을 만나면 오래도록 같이 일하고 싶다는 생각이 작동하는 듯해요. 그렇게 하면 이 좋은 시절이 오래갈 것 같은 마음이라고 할까요. 내가 배타적이어서 그렇다기보다는 어떤 불안 같은 것이 작용하는 것 같아요. 이 사람들 말고 다른 그룹에서 내가 통할까, 환영받을 수 있을까, 새로운 사람과 만나면 여태까지 이루어온 것들이 무너지지 않을까 싶은 불안이라고 할 수 있겠죠.

- 10년 동안의 상상 훈련, 과연 실전에 쓸모가 있을까.

〈올드보이〉에서 갇혀 있던 동안 적들과의 싸움을 상상하며 단련해왔던 최민식이 마침내 홀로 밤거리 깡패들과 싸우게 되자 속으로 독백

이동진_ 감독들은 쉴 때도 나중에 영화를 만들 때 도움이 될 만한 것들을 챙기시는 것 같습니다. 감독님의 경우는 어떻습니까.

박찬욱_ 요즘 제게는 시네마테크에 가서 고전영화들을 보는 게 제일 중요합니다. 그리고 좋은 문학작품을 읽는 것이죠. 그런데 이 둘 중에 문학 쪽이 조금 더 낫다고 할 수 있어요. 왜냐면 위대한 영화의 경우에는 보면서 배우기도 하고 영감도 얻을 수 있는 반면, 보는 사람을 너무 위축시키고 좌절케 하는 부작용이 있기 때문입니다. 정서적으로 꼭 좋지만은 않은 일인 것 같아요. 요즘도 저는 서울아트시네마에 자주 다니는

데, 예를 들어 회고전에서 파졸리니의 영화들을 보고 있노라면, '나 같은 놈은 뭐 하러 영화 만드나' 싶어집니다. '저런 영화들이 이미 있었는데 뭘 더 하겠다고 고생하고 있나' 싶은 거죠. 그런데도 자꾸 또 보게 됩니다. 그건 한 명의 창작자로서 충전하기 위한 목적 때문이 아니라, 그냥 한 명의 관객으로서 좋은 영화를 보고 싶은 마음에 더 가까운 것 같아요.

– 야, 이런 건 뭐 하러? 후련하게 잘 쏴지면 그만 아니냐?
– 예뻐야 돼. 뭐든지 예쁜 게 좋아.
〈친절한 금자씨〉에서 이영애가 손잡이 부분이 멋지게 장식된 권총에 대한 김부선의 질문에 대답

이동진_ 스타일이 꼭 예쁘거나 화려한 화면만을 말하는 것은 아니지만, 〈친절한 금자씨〉의 대사를 빌어서 질문하고 싶습니다. 사실 감독님 영화들은 스타일이 대단히 뛰어나기도 하니까요. 영화를 만들 때 이야기와 스타일 중에서 굳이 더 중요한 것이 무엇이라고 생각하십니까.
박찬욱_ 물론 이야기죠. 그 질문에 대한 답은 잠깐의 고민거리도 안 됩니다. 스타일은 이야기와 인물을 정확히 표현하기 위한 수단이니까요. 이야기가 달라지면 스타일도 달라지는 겁니다.

– 야, 우리 처음부터 다시 시작하자.
〈공동경비구역 JSA〉에서 송강호가 일촉즉발의 상황에서 인민군 장교 김명수와 서로 동시에 총을 겨누고 있는 이병헌에게 무기를 거두라고 설득하면서

이동진_ 이제까지 감독님께서 만드신 아홉 편의 장편영화들 중 처음 두

편인 〈달은…해가 꾸는 꿈〉과 〈3인조〉를 제외하고 지금 다시 찍게 되면 가장 달라질 작품은 어떤 것이라고 생각하세요?

박찬욱_ 각 영화마다 당시에 최선을 다해 만들었기에 그걸로 끝난 세계라고 봐야 하지 않을까요. 다른 식으로 하면 어땠을지 상상이 잘 안 되네요. 물론 배우가 바뀌었다면 완전히 다른 영화가 됐겠죠. 모든 요소가 조정이 됐을 테니까요. 예를 들어 〈복수는 나의 것〉의 주인공을 최민식 씨가 하거나 〈올드보이〉의 주인공을 송강호 씨가 했다면 영화 자체가 달라졌을 거예요. 뭐, 그렇다고 해서 그렇게 해보고 싶다는 것은 아니구요.

이동진_ 그렇다면 질문을 좀 바꿔보겠습니다. 만일 〈달은…해가 꾸는 꿈〉 대신 〈박쥐〉를 데뷔작으로 만들었다면 지금의 〈박쥐〉와 어떻게 달라졌을까요. 그런 질문을 떠올리게 된 이유는 〈박쥐〉를 만들었을 때 감독님의 나이가 마흔여섯 살이었는 데 비해, 그 원작인 〈테레즈 라캥〉을 썼을 때의 에밀 졸라 나이는 스물여섯 살이었기 때문입니다. 저는 원작의 느낌과 현재 우리가 보고 있는 영화 〈박쥐〉의 느낌이 다른 것에는 그런 차이도 조금은 작용하지 않았을까 싶거든요. 사십대의 박찬욱이 아니라 〈달은…해가 꾸는 꿈〉을 만들 무렵의 이십대 박찬욱이라면 〈박쥐〉도 상당히 달라졌을 것 같은데요.

박찬욱_ 시대와 나라의 차이가 있어서 그대로 비교하기는 힘들 것 같습니다. 하지만 만약 제가 20세기 한국 청년으로서 〈박쥐〉를 만들었다면 뭔가 고뇌하는 모습, 몸부림치는 모습이 많이 들어갔을 것 같긴 하네요. 그런데 제가 〈박쥐〉를 만들면서 〈테레즈 라캥〉의 이야기뿐만 아니라 뱀파이어가 된 신부 이야기까지 첨가하게 된 이유 중 하나는 타락이나 도덕적 딜레마에 빠진 사제가 혼자 앉아서 막 괴로워하는 장면을 찍고 싶지 않았기 때문이에요. 그 대신 끊임없이 사건들이 이어지는 식으로 아기자기하게 만들고 싶었던 거죠.

〈박쥐〉에서 눈이 먼 노신부는 죽기 전에
한 번만이라도 바다의 일출을 보고 싶어 합니다.
혹시 앞을 보실 수 없게 된다면,
감독님은 무엇이 가장 보고 싶어질 것 같습니까.

영화가 보고 싶겠죠. 이건 이미 제가 본 영화가 아
니라, 아직 보지 못한 영화를 말하는 겁니다. 이미
본 이미지라면 그렇게 절실하지는 않을 것 같아요.
아내와 자식의 얼굴이라고 대답할 수도 있겠는데,
그것은 기억을 통해서나 만져서라도 혹은 목소리
라도 어느 정도는 충족될 수 있을 것 같아요.

－지가 감독님 영화 다섯 편 다 출연했다는 거 아녀유. 그때마
다 얼마나 친절하셨는지 감독님 같은 감독님은 본 적이 없
다 이거유. 지가 뭔 실수를 해도 항상 감싸주셨잖유.
〈컷〉에서 임원희가 감독인 이병헌에게 그의 영화에 단역으로 출연했을 때의 경험을 상기
시키면서

이동진_ 감독님에 대해서 배우나 스태프들에게 물어보면 무척 예의가 바
르시고 자상하게 챙겨준다는 평을 하는 경우가 대부분입니다. 그래서
촬영 현장에서의 분위기도 다른 영화의 현장에 비해 훨씬 더 부드럽게
굴러가는 경우가 많다고들 하죠. 이건 천성인가요, 아니면 보다 좋은
영화를 만들어내기 위한 노력의 결과인가요.(웃음)
박찬욱_ 감독이 영화를 잘 만들기 위한 방법에는 여러 가지가 있을 거예
요. 때로는 호통도 칠 줄 알아야 한다는 것을 포함해서 갖가지 기술이
필요하겠죠. 다양한 테크닉을 구사할 줄 알면 상황에 따라 적절히 대응
하는 게 가능해지기에, 좋은 영화를 만드는 데 더 효율적일 수도 있을
거예요. 그런데 지금 말씀하시는 것과 같은 그런 평을 제가 듣는 것은
그렇게밖에 할 줄 몰라서 그런 겁니다. 사실 답답할 때도 많아요. 저는
예전에 일했던 스태프들과 계속 함께 작업하는 경우가 많은데, 오랜 파
트너십에는 서로가 나태해질 수 있다는 단점도 있을 거예요. 그럴 때는
정신이 번쩍 들게 해야 하는데, 제가 그렇게 하지 못해서 참 난감할 때
가 있어요.

－재능 없는 예술가는 말야, 그게 뭔 줄 알아? 그건 그냥 아무
것도 아냐, 낫씽.
〈컷〉에서 영화감독인 이병헌의 일갈

이동진_ 재능 없는 예술가는 아무것도 아니라고 생각하십니까.

박찬욱_ 아뇨, 그렇지 않아요.

이동진_ 그러면 재능이 없어도 충분히 직업적인 예술가로 살아갈 수 있다고 보십니까.

박찬욱_ 네, 그래요.

― 예술은 가장 평범한 데서부터 시작하는 거다. 알아둬. 합동금고 74년 이전 모델들은 뒤판이 약해.

〈3인조〉에서 금고털이 전문인 이경영이 금고 뒤를 도끼로 찍는 자신을 보면서 공범인 김민종이 '그것도 기술이냐'고 비웃자 응수

이동진_ 예술이 가장 평범한 데서부터 시작하는 거라면, 영화라는 예술품을 만드실 때 감독님은 어떤 자세로 출발하십니까.

박찬욱_ 제가 제일 중요하게 생각하는 것은 직업인으로서의 자세입니다. 스스로가 예술가라는 생각보다는 영화감독을 하나의 직업으로 생각하면서 촬영 현장이 직장인 만큼 업무 환경을 쾌적하게 만들고 내게 맡겨진 임무를 완수하는 데 전력을 기울여야 한다고 보는 거죠. 종종 실패하긴 하지만, 어쨌든 영화에 투자한 사람이 후회하지 않게 해야 한다는 점도 중요해요. 남의 돈을 받아서 영화를 만들고, 또 돈을 받고 관객에게 영화를 보여주는 자로서의 최소한의 직업윤리를 늘 생각합니다. 또한 제 사적인 생활이 이 직업과 너무 섞이지 않도록 조심하죠. 예전에는 그게 잘 구별이 안 됐는데, 그렇게 살다가는 결국 피해를 보는 게 가족과의 생활이나 제 개인

스토커

개봉 2013년 2월 28일 출연 미아 바시코프스카, 매튜 구드, 니콜 키드먼 상영시간 99분_ 열여덟이 되는 생일날 갑작스러운 사고로 아빠를 잃은 인디아의 집에 존재조차 몰랐던 삼촌 찰리가 찾아온다. 남편의 죽음으로 흔들리던 엄마 이블린은 다정하고 세련된 찰리에게 호감을 느낀다. 인디아 역시 겉으로는 찰리에게 냉랭하게 대하면서도 속으로는 급격하게 끌려가기 시작한다.

의 정서더라고요. 그래서 회사원들이 퇴근하면 일을 잊어버리는 것처럼, 저도 그렇게 하려고 노력하고 있어요.

– 내가 의사한테 뭐라고 그랬는지 알아요?

〈올드보이〉에서 유지태가 자신의 염세적인 인생관을 드러내기 전에 최민식에게

이동진- 직접 만드신 영화사 이름이 모호필름이죠. 왜 회사 이름을 그렇게 지으셨나요.

박찬욱- 좋은 예술의 조건이 그것이라고 생각한 거죠. 외국인들도 발음하기 좋고요.

이동진- 〈박쥐〉야말로 모호필름이란 회사명에 딱 맞는 영화였죠.

박찬욱- 사실 저는 〈박쥐〉뿐만이 아니라 모든 영화를 다 그렇게 만들려고 했어요.

이동진- 현재 모호필름은 영어로 'Moho Film'이라 표기하시는데, 좀더 중의적인 뜻을 가질 수 있도록, 스페인어식 발음법을 따라 마법이나 성적인 에너지를 뜻하는 'Mojo'로 표기하셨으면 어땠을까요.(웃음)

박찬욱- 그렇지 않아도 그렇게 할까 고려했었어요. 그런데 그건 또 너무 나간 것 같아서요.(웃음)

– 너두 한번 써보라. 왜 미제가 위대한지 금방 알게 돼.

〈공동경비구역 JSA〉에서 신하균이 미제 라이터를 선물 받고 좋아하는 송강호에게 핀잔을 주자 정색하고 대답하는 송강호

이동진- 미국영화, 특히 B급 미국영화들을 많이 보셨죠? 미국영화에 대해서 어떻게 평가하시나요.

박찬욱_ 어렸을 때 많이 봤죠. 요 몇 년 사이에는 유럽영화들을 더 많이 보고 있어요. 예전에 유럽영화를 덜 본 것은 기회가 없어서였죠. 요즘은 유럽의 모더니즘 영화를 상대적으로 많이 챙겨봅니다. 사실 우리나라의 대중음악과 영화 시장이 참 특이한 상황이에요. 예전에는 한국영화를 관객들이 봐주기를 간절히 바랐는데, 이제는 좀 과한 부분도 있죠. 제가 그 덕을 보고 있으니 고쳐져야 한다고 생각하진 않지만,(웃음) 보고 싶은 외국영화를 극장에서 보기 힘든 게 장기적으로는 한국영화에도 악영향을 끼칠 수 있다고 생각해요. 어쨌든 관객들이 좋은 영화를 보고 좋은 취향을 가질수록 영화계에도 이로우니까요. 그리고 그래야 저도 고급화된 관객들 취향에 부합하도록 더욱 노력할 테니까요.

– 근데 광석인 왜 그렇게 일찍 죽었대니?
〈공동경비구역 JSA〉에서 이병헌이 가져다준 김광석의 노래 테이프를 듣던 송강호가 불쑥 질문

이동진_ 너무 일찍 죽어서 한탄스러운 감독이 있으신가요.
박찬욱_ 미국 감독 존 카사베티스겠죠. 독일 감독 라이너 베르너 파스빈더도 그렇구요. 파스빈더가 나이 들어서 더 공도 들이고 돈도 들였으면 어떤 영화가 나왔을까 정말 궁금하거든요. 우리나라의 경우라면 이만희 감독일 텐데 제가 이만희 감독의 영화는 많이 못 봤어요. 그리고 이훈은 제 친구라서 말하기 좀 곤란하고요.

– 어떤 유괴범이 만든 산딸기 무스를 맛보았을 때, 저는 거의 죽고 싶었습니다. 죄수들한테 주어지는 재료란 초라한 것 이지예. 그런데 이금자는 그거 가지고 왕이나 먹을 법한 케

이크를 만들어냈습니다.

〈친절한 금자씨〉에서 제과점을 하는 오달수가 이영애의 케이크 만드는 솜씨에 좌절 섞인

경탄을 하면서

이동진_ 〈친절한 금자씨〉에서 금자의 솜씨에 탄식했던 제과점 주인처럼,

누군가의 영화를 보면서 그와 비슷한 느낌을 받은 적이 있으셨습니까.

박찬욱_ 존 카사베티스나 파스빈더의 영화가 다 그렇죠. 전계수 감독의

〈삼거리 극장〉을 볼 때도 그랬어요. 그 영화는 다 좋았는데 특히 노래

가 나오는 모든 장면이 좋았어요. 그렇게 신날 수가 없더군요.

─ 괜찮아. '싸이보'래두. 사는 데 전혀 지장 없어. 남들 모르게

  만 하면 돼.

〈싸이보그지만 괜찮아〉에서 임수정이 자신은 싸이보그라고 말하자 엄마 이용녀가 심드렁

하게 되받으면서

이동진_ 네티즌들이 다는 댓글을 보시는지요. 인터넷 시대에 악플의 해악

성은 이제 큰 사회문제가 된 듯한 느낌인데요.

박찬욱_ 댓글은 아예 안 봅니다. 상처를 받으니까 안 보는 것이겠죠. 〈복

수는 나의 것〉 때 하도 질겁해서요. 지금은 아마도 훨씬 더 악플의 정

도가 심해졌겠죠? 그런데, 알고 싶지도 않은데, (류)승완이가 가끔 대신

생생하게 이야기를 해줘요. 안 들었으면 좋겠는데 말이에요.(웃음)

─ 너나 잘하세요.

〈친절한 금자씨〉에서 이영애가 출소할 때 자신을 걱정해주는 척 말을 건네는 전도사 김병

옥에게

이동진_ 누구에게 '너나 잘하세요'라고 말해주고 싶으세요?

박찬욱_ 자기 일도 못하면서 남의 말을 하는 사람이죠. 너무 당연한 대답인가요? 사실 실제로 그 말을 했던 적이 있어요. 몇 해 전 그 말을 했는데, 상대가 크게 충격 받은 표정을 보고 실수했다는 생각이 오래도록 마음에 남아 있어서 그 영화에 그 말을 쓴 거죠. 모진 마음을 먹고 했던 말이지만 그보다 더 모진 소리도 없겠다는 생각이 들었어요. 누군가가 충고를 할 때는 최소한의 도와주려는 마음이 있는 것인데, 거기에 최악으로 잔인하게 반응한 거잖아요. 그렇기에 역설적으로 보면 통쾌하게 쓸 수 있는 말이기도 하죠. 저처럼 남의 험담하기 좋아하는 사람은 스스로 그 말을 떠올리면서 경계하기도 해요. 그래서 그 관문을 통과한 험담만 해야 한다고 생각하는 거죠. 즉, 나라면 그러지 않을 자신이 있을 때만 남의 험담을 하려고 해요.(웃음)

— 싸이보그구나, 영군이. 얼마나 힘들었을까. 괜찮아, 이제 선생님이 알았으니까. (……) 근데 아는 거, 믿는 거보다 제일 중요한 게 뭔지 알아? 먹는 거야, 밥 먹는 거.

〈싸이보그지만 괜찮아〉에서 정신병원 담당 의사가 귓속말로 스스로를 싸이보그라고 고백하는 임수정에게 웃으며

이동진_ 〈싸이보그지만 괜찮아〉가 발표되던 시기에 연이어 나온 한국영화들에서 '밥'의 모티브가 무척 중요하게 쓰이는 것을 발견하고 굉장히 흥미로웠던 적이 있습니다. 김태용 감독님의 〈가족의 탄생〉에서는 "헤어져도 밥은 먹어야지"라는 대사가 중요하게 삽입되어 있습니다. 봉준호 감독님의 〈괴물〉 마지막 장면에서는 두 사람이 정치 뉴스가 나오는 텔레비전을 발로 꺼버리고 밥 먹는 일에 집중합니다. 그리고 박찬욱 감독님의 〈싸이보그지만 괜찮아〉는 밥 먹는 일이 얼마나 숭고한 것인지

힘주어 말하는 작품입니다. 이 영화의 제목은 사실상 '싸이보그지만 밥 먹어도 괜찮아'의 뜻이라고 할 수 있겠지요. 물론 비슷한 시기에 비슷한 묘사들이 연이어 나온 것은 우연이겠지만, 거기에는 간과할 수 없는 사회적 맥락이 있을 것 같다는 생각입니다. 이런 경향에 대해서 어떻게 생각하시는지요.

박찬욱_ 〈싸이보그지만 괜찮아〉에서는 존재의 목적을 묻는 장면이 계속 나오는데, 사실 밥을 먹고 살아가는 일이 존재하는 것 그 자체죠. 그런 이야기를 하는 영화가 유독 많이 등장하는 것은 뭔가 거창한 이야기에 대해 감독들이 염증을 느끼고 있기 때문이 아닐까요. 이념도 그렇고 정치도 그렇고, 그런 관념적인 것들에 대해 갖는 거부감이 비슷한 시기에 연이어 표출됐나 봅니다.

– 한 가지 이미지로 고정된다 카는 게 참 안 좋은 긴데.
〈올드보이〉에서 고교생 오대수인 오태경이 윤진서에게 얘기를 재미있게 잘하는 사람으로
소문이 나 있다는 말을 듣고서

이동진_ '박찬욱 감독 영화' 하면 특정한 이미지를 떠올리는 사람들이 많은 것 같습니다. 그런 이미지에서 벗어나고 싶으세요?

박찬욱_ 〈싸이보그지만 괜찮아〉를 완성한 직후까지도 그랬죠. 남이 보는 이미지가 부담스러워서가 아니라 제 자신이 다양한 것을 해보고 싶어서 강박적으로 다른 스타일의 영화를 하려고 했어요. 그런데 이제는 마음이 좀 편해진 걸 느껴요. 제가 하려는 게 고정된 이미지라고 해서 겁내지는 않게 됐어요. 서양에서 저를 '미스터 벤전스'라고 해도 특별히 싫지도 않아요. 그럴 수밖에 없을 거라고 생각하기도 하죠. 할리우드에서 연출 의뢰가 들어올 때 복수극이나 무척 잔인한 장면들이 들어 있는 각본을 많이 보내오는데, 그렇다고 그게 그렇게 싫지도 않구요. 〈올

드보이)나 〈친절한 금자씨〉를 만들 때라면 너무 잔인한 것에 대해 거부감이 있었을 텐데, 이제는 괜찮습니다. 그게 어떤 것이든 그냥 제가 하고 싶은 영화를 만들어나갈 겁니다.

– 우리는 어느 순간 처음부터 다시 시작하기로 마음을 먹지.
과거를 깨끗이 청산하고 새롭게 시작하자고.
〈스토커〉에서 니콜 키드먼이 사람들이 자식을 낳아 기르는 이유에 대해서 설명하면서

이동진_ 웬트워스 밀러가 쓴 〈스토커〉 각본을 영화로 만들면서 할리우드에 첫발을 들여놓으셨는데요.

박찬욱_ 할리우드 진출이 중요한 게 아니었어요. 그게 어느 나라에서든 상관없이, 좋은 각본을 보내주면 갈 수 있는 거죠. 감독은 좋은 이야깃거리를 찾기 마련입니다. 그래서 누가 좋은 각본을 보내주면 관심을 갖고 읽게 되는데, 최근에는 제게 각본을 보내주는 사람들이 미국인들밖에 없었던 거죠. 〈스토커〉를 했던 것은 미국에서 뭔가를 꼭 해봐야겠다고 결심한 결과가 아니에요. 〈박쥐〉를 끝내놓고 허탈한 기분이 들면서 전환점이 좀 필요하다고 느끼고 있던 차에 좋은 각본이 제게로 왔기 때문이죠. 타이밍이 좋았어요.

이동진_ 어떻게 보면 할리우드에서 영화를 찍으신 게 좀 늦은 감도 있습니다. 그동안 할리우드로부터 제안 받으셨던 프로젝트가 여러 편 있으셨잖아요? 그런데 그 작품들을 거절하시다가 〈스토커〉는 승낙하셨는데요.

박찬욱_ 거절한 작품도 있고 또 제가 하겠다고 했는데 제대로 진행이 되지 않은 작품도 있어요. 제가 직접 각본을 썼는데 투자가 잘 안 돼서 일단 미뤄놓은 작품도 있죠. 지나치게 액션 위주인 영화나 너무 빤한 장르영화는 제가 거절했어요. 〈스토커〉를 선택한 이유는 그 반대가 되는

거죠. 스릴러영화지만 총격전을 벌이면서 쫓고 쫓기는 장면들이 있는 게 아니고, 반대로 너무 대사로만 진행되지도 않아요. 또 제가 별로 좋아하지 않는 게 누가 범인인지를 찾아나가는 플롯의 '후더닛whodunit'인데, 이건 그런 얘기도 아니죠. 그러면서도 긴장이 계속 유지되는데, 그렇게 뻔하지 않은 점이 좋았습니다.

— 내 얘기를 해주고 싶다. 조금 있다 죽어라.
    〈올드보이〉에서 최민식이 빌딩 옥상에서 투신자살하려던 오광록을 제지하면서

이동진_ 선택하실 수 있다면 다음 작품으로 찍고 싶은 장르는 뭔가요.

박찬욱_ 서부극이죠.

이동진_ 할리우드에서 실제로 서부극 기획을 제안 받으셨죠?

박찬욱_ 한국에서 진행 중인 다른 기획도 있어서 어느 게 다음 영화가 될지는 좀더 상황을 봐야 할 것 같긴 해요. 할리우드에서 이야기되고 있는 건 〈The Brigands of Rattleborge〉라는 작품인데 우리말로는 '래틀크릭의 약탈자들'이라고 할 수 있을 것 같아요.

이동진_ 서부극도 상당히 다양한데요.

박찬욱_ 내가 만들려고 하는 서부극은 스파게티 웨스턴도 아니고 현대 웨스턴도 아니에요. 그렇다고 샘 페킨파 스타일도 아니고, 좀더 예스러운 웨스턴이라고 할 수 있을 텐데 폭력이 좀 무시무시한 영화를 하고 싶어요.

— 왜 그러니? 얼굴이 백짓장 같네. 뭐 잘못됐어?
    〈스토커〉에서 스토커 가문의 집안일을 책임지는 여자가 미아 바시코프스카의 안색을 살피면서

이동진_ 직접 겪어보니 할리우드 시스템이 어땠습니까. 먼저 단점을 말씀해주시죠.

박찬욱_ 단점은 너무 바쁘다는 겁니다. 나도 한국에서 찍던 대로 할 수 있을 거라고까지 기대하지는 않았지만 생각보다 훨씬 더 심하더군요. 그 중간쯤 됐으면 참 좋았을 텐데요.

이동진_ 언뜻 생각하면 제작비의 압박은 한국이 더 클 것 같기도 합니다. 제작비 자체가 워낙 적기에 일정도 훨씬 더 타이트하게 짜야 할 것 같은데, 왜 제작비가 훨씬 더 많은 할리우드 영화가 그렇게까지 쫓기는 걸까요.

박찬욱_ 인건비가 비싸니까요. 촬영 횟수가 한 번 늘어날 때마다 전체 예산에서 증액되는 돈의 비중이 더 커지죠. 그래서 블록버스터는 블록버스터대로 쫓기고, 작은 영화는 작은 영화대로 쫓기는 겁니다. 현장 편집까지는 바라지 못한다고 하더라도, 방금 찍은 장면에 대해서 다시 현장에서 돌려보면서 배우들과 토론도 좀 하고 싶었어요. 그런데 그럴 시간이 없더라구요.

－ 언니한테 놀러 와.
－ 정말요?
－ 언제든지 전화해. 언니두 혼자 있으면 심심하니까.
　〈복수는 나의 것〉에서 신하균의 누나 임지은이 유괴한 아이인지도 모르고 송강호의 어린
　딸에게

이동진_ 그렇다면 한국의 영화인 입장에서 할리우드 시스템 중 좋았던 것은요?

박찬욱_ 후반 작업을 오래 하는 것이요. 〈아이언맨〉 시리즈처럼 1년 장사를 책임져주는 블록버스터는 개봉 날짜가 미리 박혀 있지만, 그렇지 않

은 작품들은 충분한 편집 과정을 거친 후 개봉 시기를 결정하거든요.

이동진_ 그동안 함께 작업하셨던 정정훈 촬영감독님이 〈스토커〉 촬영도 맡았는데요.

박찬욱_ 나도 의지할 데가 있어야 되겠다고 생각한 거죠. 최소한 촬영감독 한 명만큼은 말이에요. 현장에서 정정훈은 영어를 못해도 머리가 좋고 적응을 잘하고 눈치가 빨라서 놀라울 정도로 잘해냈어요. 통솔력도 제대로 발휘해서 휘하 스태프들을 수족처럼 잘 부렸죠. 배우들의 사랑도 듬뿍 받았어요. 지금 생각하면 정정훈이 없었으면 어땠을까 싶어요. 덕분에 쫓기는 일정에서 의사소통을 빨리 해가면서 효율적으로 처리할 수 있었죠.

– 그래서 어떻게 했는지 알아?

〈복수는 나의 것〉에서 머리가 두 개인 남자에 대한 이야기를 들려주던 배두나가 신하균에게 질문

이동진_ 다시 할리우드에서 영화를 찍게 된다면 〈스토커〉의 경험에 비추어 어떤 점을 개선하실 것 같습니까.

박찬욱_ 우선은 스토리보드를 현실성 있게 만들어야 되겠다는 거죠. 〈스토커〉 때는 한국에서 하던 대로 만들었더니 현장에서 주어진 시간이 너무 짧아 스토리보드대로 촬영하기가 힘들었어요. 결국 스토리보드대로 못 찍게 되니까 현지 스태프들이 그걸 잘 참고하지 않으려고 하더라구요. 다음에 할리우드에서 영화를 찍게 되면 하루에 정확히 얼마나 찍을 수 있는지 잘 계산해서 거기에 맞게 구현 가능한 스토리보드를 만들어야 할 것 같아요. 그리고 현지 스태프들 중에는 우수한 사람들도 있지만 대도시가 아닌 시골에서 찍을 때는 조수급에서 약간 서툰 사람들도 끼어 있던데, 앞으로는 선발할 때 신중해야겠다는 생각도 했습니

다. 그 정도겠네요.

– 다음부터요, 한 그릇씩은 좀 시키지 않으셨으면 좋겠어요.
〈복수는 나의 것〉에서 짜장면 한 그릇을 가져온 중국음식점 배달원 류승완이 송강호에게
짜증을 내면서

이동진_ 〈스토커〉는 상대적으로 적은 예산의 영화였습니다. 블록버스터도
제안 받으셨던 걸로 아는데, 그런 영화도 하실 의향이 있나요.
박찬욱_ 물론 큰 영화를 만들 수도 있겠죠. 하지만 큰 영화면서도 뻔하지
않은 각본인 경우는 참 드물긴 해요. 그건 제가 미국 스튜디오 간부라
도 입장이 비슷할 것 같아요. 제작비가 1억 달러를 넘기는 작품을 기획
하면서, 〈박쥐〉 만들듯이 찍어달라고 감독에게 요청할 수는 없을 테니
까요. 어느 정도 큰 영화를 만들 때는 분명히 타협이 불가피하죠. 그런
면에서 데이비드 핀처나 크리스토퍼 놀런 같은 감독들이 대단하다는
생각을 해요. 현지 상황을 모르고 한국에만 앉아서 영화를 볼 때는 그
저 그렇다고 느꼈던 작품들에 대해서도 이제는 존경심을 품게 됐죠. 그
렇지만 그런 기회는 언제나 찾고 있어요. 훌륭하고 개성 있고 예술적으
로 대담한 각본이면서 큰 영화를 할 기회가 오기를 항상 기다리고 있
습니다.
이동진_ 2013년은 한국 감독들이 할리우드에 제대로 진출한 원년으로 기
록될 것 같습니다. 〈스토커〉 외에도 〈라스트 스탠드〉로 김지운 감독님
이 할리우드에서 첫 작품을 내놓았으니까요. 한국영화이긴 하지만 봉
준호 감독님이 세계시장을 상대로 한 〈설국열차〉를 만든 것도 유사한
예로 볼 수 있겠죠. 앞으로 이런 경향은 점점 더 가속화할 텐데, 재능과
스타일로 볼 때 후배 한국 감독들 중에서 할리우드로 가면 누가 성공
할 것 같은가요?

박찬욱_ 나홍진, 최동훈, 류승완이죠.

— 한마디로 지금 한반도는 겨울 숲이라고 할 수 있지.
  〈공동경비구역 JSA〉에서 중립국감독위원회 장교가 판문점에서 일어난 의문의 사건을 수
  사하러 온 스위스 장교 이영애에게 설명

이동진_ 〈설국열차〉의 제작자이신데, 그 작품이 감독님께 어떤 의미를 지
니는 건지도 묻고 싶네요.
박찬욱_ 봉준호라는 한 시대를 대표하는 감독의 작품을 함께했다는 거예
요. 그거면 족하죠. 의미가 하나 더 있다면, SF 영화를 늘 하고 싶어 하
는 사람으로서 제작자로서나마 그 장르를 경험해보았다는 겁니다.

— 젓가락행진곡은 칠 수 있잖아유. 젓가락행진곡 갖고 음악
  회 하지 말란 법 있슈? 우덜 같은 서민들은유 그런 곡을 더
  좋아해유.
  〈컷〉에서 흉악무도한 범행을 저지르는 임원희가 피아니스트인 강혜정의 손가락을 자르겠
  다면서도 별일 아니라는 듯 남편 이병헌에게 이죽거리며

이동진_ 관객의 기대와 자신의 취향 사이에서 갈등을 느끼시지는 않습니
까. 예를 들어 일반 관객들은 감독님이 〈공동경비구역 JSA〉처럼 대중
적인 영화를 만들어주길 바라는 경우가 많은 것 같은데, 앞으로 그런
작품은 안 만드실 건가요.
박찬욱_ 미래의 일은 잘 모르겠어요. 돌고 돌아서 〈공동경비구역 JSA〉의
세계로 복귀할 수도 있겠죠. 예컨대, 굉장히 좋은 각본을 다른 분이 써
서 가져왔는데 그게 〈공동경비구역 JSA〉 같은 분위기의 영화라면 흔

쾌히 하겠죠. 그리고 한국의 정치 상황이 너무나 울분을 느끼게 한다면 갑자기 정치적 이슈를 다룬 영화를 할 수도 있는 거고요. 그런 영화들을 하게 된다면 좀더 모호하지 않은 쪽으로 만들려고 하겠죠. 제가 어떤 지점을 향해 목표를 가지고 나아간다는 생각은 안 해요. 내가 잘할 수 있는 것과 하고 싶은 것과 남들이 바라는 것 사이에서 분명히 괴리가 있을 수 있을 겁니다. 그러나 사람들이 바란다고 그렇게 갈 수는 없는 것 같아요. 제가 하고 싶은 이야기를 하면서 최대한 그 방향으로 사람들이 받아들일 수 있도록 노력해야 하지만, 근본적인 소재나 장르 혹은 큰 의미에서의 스타일을 결정해야 할 때는 사람들이 원하는 대로만 하면 안 되겠죠. 그래서는 좋은 결과가 나오지 않을 거예요. 저는 〈공동경비구역 JSA〉도 사람들이 원해서 찍은 것은 아니었거든요. 진심으로, 절박한 마음으로, 하고 싶어서 한 작품이었어요.

— 신부님 계속 전화 안 받나?
〈박쥐〉에서 신하균의 죽음 후 모습을 드러내지 않는 송강호에 대해 송영창이 오달수에게 질문

이동진_ 인터뷰를 할 때마다 느끼는 것이지만, 감독님은 무척이나 언변이 뛰어나십니다. 그런데 신작을 내놓은 뒤 각종 매체와 하게 되는 인터뷰 자체를 점점 더 꺼리시는 듯합니다.
박찬욱_ 감독이 영화를 홍보하기 위해 나서서 이러쿵저러쿵 말하기 시작하면 영화가 너무 좁아지게 되는 것 같아요. 관객마다 영화를 보고 느끼고 해석하면서 마음속에 흔적 같은 게 남게 되죠. 비록 무형의 것이지만 그런 것들이 바로 창작자에게는 가장 큰 재산이라서, 풍부하면 풍부할수록 좋을 거예요. 그런데 인터뷰는 종종 그런 재산을 스스로 깎아먹어 버리는 짓이 되기도 해요. 그래서 말을 하지 않을수록 좋다고 생

각한 겁니다. 〈박쥐〉 같은 영화는 더 그런 듯해요.

- 만약에 당신이 비 오는 날 공중전화 앞에 우두커니 서 있다가 보라색 우산으로 얼굴을 가린 사내를 만나게 된다면 난 당신이 텔레비전과 친해지기를 권하고 싶다. 텔레비전은 시계이자 달력이고 학교고 집이고 교회며 친구이자 애인이다.
〈올드보이〉에서 영문도 모른 채 사설감옥에 갇히게 된 최민식의 내레이션

이동진_ 하지만 이제는 한 편의 영화를 개봉하게 될 때 감독도 전방위로 홍보해야 하는 상황입니다. 그런데 가장 최근에 만드셨던 〈스토커〉 개봉 때를 예로 든다면, 바쁘게 뛰시긴 했지만 〈힐링캠프〉나 〈무릎팍도사〉 같은 텔레비전 예능 프로그램까지 출연하시지는 않았습니다. 섭외가 있었는데 거절하신 거라면서요?

박찬욱_ 고민하다가 막판에 결국 안 하기로 했어요. 최민식 씨가 〈힐링캠프〉에 출연한 것을 구해서 봤어요. 굉장히 재미있던데, 과연 나는 대체 무슨 재미를 줄 수 있을까 싶더라구요. 내가 연출한 영화를 놓고 이런저런 뜻으로 만들었고 이런저런 일을 겪었다고 설명하는 것은 할 수 있겠죠. 그런데 인생사를 풀어놓는 자리라면, 내 인생에 뭐 그렇게 재미있는 얘기가 있겠어요.

이동진_ 감독 데뷔 후 두 편이 연이어 실패하는 바람에 10여 년간 고생하셨던 이야기를 하시면 되잖아요. 그런 스토리를 방송에서는 좋아하니까요.(웃음)

박찬욱_ 그건 5분 하면 끝나는 얘기죠.(웃음) 고민 끝에 결국 출연하지 않기로 했어요. 역효과가 나겠더라구요. 방송 자체가 정말 지루해질 텐데 영화에 도움이 되겠어요?

이동진_ 그러면 기능적으로 판단을 하신 거네요?

박찬욱_ 내가 재미있게 만들 자신만 있었으면 했죠. (류)승완이만 해도 인생에 참 고생도 많았고 할 얘기도 많은데, 말까지 재미있게 하잖아요. 그래서 시청자를 웃기기도 하고 울리기도 할 것 같은데, 나는 할 게 없을 거 같아서요.

– 조장 동지! 휴가 갔다 온 얘기 좀 해보시라요.
〈공동경비구역 JSA〉에서 북한 병사 송강호가 휴가 다녀온 상사에게 웃으며

이동진_ 휴가는 아니겠지만 작품을 발표하면 종종 외국에서 열리는 영화제에 초청받아 다녀오시는 일이 많지 않습니까. 그럴 때 상을 받게 되면 수상 소감도 참 멋지게 말씀하시더라고요. 수상을 통해 가장 큰 스포트라이트를 받으신 것은 칸 영화제에서 〈올드보이〉가 심사위원대상을 받을 때였지만, 수상 소감으로는 베를린 영화제에서 〈싸이보그지만 괜찮아〉로 알프레드 바우어상을 받을 때 "아내가 '감독이지만 괜찮아'라고 말해줬으면 좋겠다"고 위트 있게 말씀하신 게 특히 기억에 남습니다. 당시에 그 말이 국내 언론의 보도를 통해 꽤 화제가 되기도 했는데요.

박찬욱_ 당시 한국 기자가 시상식장에 아무도 없길래 그렇게 이야기한 것인데, 나중에 보도된 것을 보고 좀 민망했어요. 아내는 "또 당신만 점수 땄네"라고 장난삼아 핀잔을 주더군요.(웃음) 베를린 영화제와는 특히 인연이 깊죠. 제 영화로는 처음으로 주요 국제 영화제 경쟁부문에 출품됐던 〈공동경비구역 JSA〉로 시작해서 단편 경쟁부문 금곰상을 받은 〈파란만장〉까지 모두 다섯 번이나 참여를 했으니까요. 알프레드 바우어상을 받을 때도 그게 예술적 혁신을 이룩한 작품에 주는 상이라서 무척 마음에 들었어요. 시상식이 끝나고 파티를 하는데 〈투야의 결혼〉으로 금곰상을 받은 왕취엔안 감독이 제게 "당신이야말로 나의 우상"

이라고 말하던데 기분이 참 묘하더군요. 요즘 부쩍 외국에서도 제가 늙은이 취급을 받고 있는 것 같아서요.(웃음) 작은 영화제에서는 평생공로상을 준다는 데도 있는데, 무척 낯설게 느껴져요.

이동진_ 〈올드보이〉로 칸 영화제에서 심사위원대상을 받으셨을 때 심사위원장이 쿠엔틴 타란티노였죠. 수상 후 사적으로도 타란티노를 만난 적이 있으셨을 텐데, 어떤 이야기를 나누셨는지 궁금합니다.

박찬욱_ 시상식이 끝난 후 파티에서 만났는데 정말 기억력이 좋은 사람이더라구요. 〈올드보이〉의 장면 하나하나 대사 한 줄 한 줄을 다 외우고 있더군요. "왜 가두었느냐가 아니라 왜 풀어줬느냐에 대한 문제다. 질문을 정확하게 해야 된다"고 이우진이 말하는 부분의 설정에 대해 가장 감탄했다고 제게 얘기했던 기억이 납니다.

– 경주 여자 교도소에 가면 얼굴에 빛이 나는 사람이 있다고 했다.
〈친절한 금자씨〉에서 서영주가 수감되기 전 이영애에 대해 들었던 소문을 떠올리면서

이동진_ 해외 영화제에 많이 초청되어 가시다 보면, 예전에 관객으로서 좋아하던 감독들과 실제로 만나실 때도 종종 있으실 것 같습니다. 그런 만남 중 가장 떨리고 기분 좋았던 경우는 누구였습니까. 그리고 이제는 그와 정반대로, 조금 전 말씀하신 왕취엔안 감독의 경우처럼, '박찬욱이라는 감독을 여기서 만나는구나'라는 떨리는 마음을 가진 후배들도 점점 더 자주 만나실 텐데 그럴 때 또 어떻게 느끼시는지요.

박찬욱_ 최고 순간은 데이비드 린치를 만났을 때였어요. 그런데 린치는 제가 누군지도 모르더라구요.(웃음) 같은 호텔 같은 층에 묵었는데, 서로 복도에서 스쳐 지나갔죠. 그냥 서로 눈 줄 데도 없고 어색하니까, 제게 "굿 모닝"이라고 인사를 건네더라구요.(웃음) 저는 당황해서 대꾸도

못했어요. 제가 긴장이라는 걸 모르는 사람인데, 그때는 그랬습니다. 또 한 번은 식사를 하는데 앞자리에 클린트 이스트우드가 앉아 있더군요. 가서 인사하고 싶었는데 그날은 굉장히 몸이 안 좋으셔서 일정을 모두 취소하셨다는 사실을 제가 미리 알고 있었기에 말을 걸지 못했어요. 칸 영화제의 한 파티에서 로만 폴란스키를 만났을 때는 저보다 저와 함께 간 여자들에게 훨씬 더 관심을 보이시더군요.(웃음) 만나서 즐거웠던 감독은 베를린 영화제에서 함께 심사했던 〈올모스트 페이머스〉의 캐머런 크로우였습니다. 〈판의 미로〉의 기예르모 델 토로도 참 호인이더군요. 왕취엔안 감독을 만난 이야기를 하긴 했지만, 사실 저보다 젊은 감독들은 국제 영화제에서 드뭅니다. 그래도 다행히 아직은 제가 어린 편에 속하거든요. 가끔 만나서 존경한다는 말을 듣는 경우가 있는데, 그때마다 이상하고 어색한 기분이 듭니다.

– 그럼 도대체 그 돈을 다 갖다가 뭐 했대요?

〈친절한 금자씨〉에서 유족이 돈 때문에 연이어 범행을 저질러온 최민식을 지칭하며 이영애에게 질문

이동진_ 스타 감독이라는 말에 가장 잘 들어맞은 사례가 아마 박찬욱 감독님의 경우가 아닌가 싶습니다. CF에까지 여러 번 출연하시기도 하셨죠?

박찬욱_ 지금은 괜찮아 보이지만, 언젠가는 제가 만들려는 작품에 아무도 돈을 대지 않으려 하는 상황이 올지도 모르죠. 저는 늙어서 만들 마지막 한 편을 위해서 돈을 모으고 있습니다. 그래서 CF도 하는 거고요.

– 저, 10만 원만 더 쳐주세요.

〈3인조〉에서 이경영이 자신의 악기를 전당포에 맡기면서 인색하기 이를 데 없는 주인 도금봉에게

^{이동진} 감독님이 찍고 싶은 영화의 상업성이 크지 않아서 지금과 같은 예산으로 찍을 수 없게 되면 어떻게 하실 건가요.

^{박찬욱} 예산을 줄여야죠. 하지만 100억 원이 들어가야 할 영화를 50억 원으로 찍으려고 한다면 실패를 자초하는 것일 겁니다. 50억 원밖에 쓸 수 없다면 처음부터 거기에 맞는 규모의 각본을 써야죠. 써야 할 것을 무리하게 안 쓰면서 만드는 것은 좋지 않다고 봐요. 그런 것이 저의 고민입니다. 10억 원, 5억 원, 1억 원으로 찍을 수밖에 없을 때, 거기에 적응할 수 있도록 준비를 해야 한다고 생각합니다.

- 당신의 진짜 실수는 대답을 못 찾은 게 아냐. 자꾸 틀린 질문만 하니까 맞는 대답이 나올 리가 없잖아. '왜 이우진은 오대수를 가뒀을까'가 아니라, '왜 풀어줬을까'란 말이야. 자, 다시!

〈올드보이〉에서 유지태가 레이저 포인터로 지난 15년간의 사진들이 담겨 있는 앨범을 가리키면서

^{이동진} 〈스토커〉를 통해 감독님의 필모그래피가 일종의 전환점을 맞은 것 같습니다. 제 느낌으로는 감독님 필모그래피는 현재까지 3단계 정도로 나뉠 수 있지 않을까 싶거든요. 대중적으로나 비평적으로 크게 빛을 보지 못했던 처음 두 영화가 1단계에 속한다면, 〈공동경비구역 JSA〉로 크게 성공한 후 쭉 달려와서 〈박쥐〉로 집대성될 때까지를 2단계로 볼 수 있을 겁니다. 그리고 할리우드에서 만드신 〈스토커〉로 또다른 영역으로 훌쩍 넘어간 느낌이거든요. 실제로 〈스토커〉가 감독님께 그

런 의미를 갖는 건가요?

박찬욱_ 저 역시 그렇게 세 번째 단계의 첫 작품이라고 진작부터 생각했어요. 그러면서도 다른 한편으로는 데뷔작 같은 느낌이 들기도 했는데, 그건 단지 낯선 땅에 가서 찍었기 때문만이 아니에요. 40회에 맞춰 찍어야 했고, 적은 예산과 빠듯한 일정 속에서 처음 만나는 배우들과 작업해야 했던 환경 같은 것들도 그랬죠. 스튜디오와 계속 조율해가면서 찍어야 한다는 부담감까지 포함해서 그런 것들이 모두 데뷔하는 감독 같은 기분을 만들어줬어요. 내가 데뷔작 〈달은…해가 꾸는 꿈〉을 찍을 때는 현장에 모니터라는 게 도입되기 전이었고 현장 편집은 물론 들어본 적도 없었던 상황이었는데 그런 점에서도 상당히 비슷했죠.

이동진_ 〈스토커〉 촬영 현장에서 상당히 당황스러우셨겠네요.

박찬욱_ 처음에는 '야, 현장 편집 없으면 어떻게 찍지?' 고민했는데, 첫날 촬영해보니까 모니터를 볼 시간도 없는 거예요. '앞으로 어떻게 이렇게 찍나' 싶었는데, 생각해보니까 내가 예전에 데뷔작을 그렇게 찍었더라구요. 그래서 '그냥 그때처럼 찍으면 되겠네' 하는 생각이 들었어요. 그렇기에 괜히 하는 소리가 아니라 아주 구체적인 의미에서 다시 데뷔하는 기분이 들었다는 뜻이죠. 미국 시장에 데뷔했다는 의미가 아니라요. 〈스토커〉는 아주 작은 규모이기 때문에 등장인물도 적고 장소도 딱 정해져 있는데, 그런 소우주에서 오밀조밀하고 아기자기하게 이야기를 펼쳐가는 방식을 제일 열심히 해본 영화였어요. 내 마음대로가 아니라 여러 사람과 대화하고 토론하면서 다듬어나갔다는 점에서, 그리고 후반 작업을 오래했다는 점에서도 이전의 어떤 작품보다 더 세공품처럼 느껴져요. 광장에 놓는 거창한 조각품이 아니라 여인의 손에 낀 반지 같다고나 할까.

– 시내 전화는 몇 번을 눌러야 하죠?

─ 9번이오.

〈스토커〉에서 모텔에 투숙한 재키 위버가 프런트 데스크에 문의

이동진_ 이제 인터뷰를 마쳐가는 시점에서 이제껏 만드신 작품 아홉 편이 각각 감독님께 어떤 의미였는지 간단히 말씀해주실 수 있나요.

박찬욱_ 〈달은…해가 꾸는 꿈〉에 대해서는 아직까지도 의문을 갖고 있어요. 그걸 하지 말았어야 했나, 썩 원하는 상황이 아니었음에도 불구하고 데뷔하는 것 자체가 중요했을까, 그것은 현명한 판단이었을까, 같은 의문들이죠. 그게 마음에 들지 않는 상황이었다고 해서 거부하고 훗날을 기약해야겠다고 결정했다면 이후에 기회가 오지 않았을 수도 있는 거구요. 어떻게 됐을지는 알 수 없죠. 그래도 어쨌든 그 영화로 일단 데뷔를 했기 때문에 그 다음에 영화사 사람들이나 제작자들과 접촉할 때 최소한 만날 수는 있게 됐죠. 그 숱한 감독 지망생들 중 하나인 것보다는 그나마 나은 처지에서 "시나리오 들고 찾아 뵙겠습니다"라고 전화하면 만나주긴 했으니까요. 그런 면에서는 잘한 것일까 싶은 생각이 듭니다. 두 번째 영화인 〈3인조〉 때는 내가 줏대를 세우지 못하고 갈팡질팡했어요. 그건 누구의 탓이 아니라 내 스스로 첫 작품의 흥행 실패 때문에 대중적인 영화를 만들겠다고 마음먹으면서 본래의 각본이나 기획이 갖고 있었던 장점이 희석되어 죽도 밥도 아닌 영화가 나오게 된 거죠.

이동진_ 엄청난 성공을 거둔 세 번째 작품 〈공동경비구역 JSA〉과 그 이후의 '복수 3부작'은 어떻습니까.

박찬욱_ 〈공동경비구역 JSA〉는 이후에 내가 만든 영화들과 너무 다르기 때문에 사람들이 내가 원하는 영화가 아니었다고들 말하기도 하는데 전혀 그렇지 않다고 다시 말하고 싶어요. 나도 아주 신이 나서 찍었던 영화거든요. 예술적인 성취감과 보람을 느꼈던 영화고, 그렇기에 나의 작품 세계를 하나의 도시라고 본다면 〈복수는 나의 것〉이나 〈박쥐〉 못

지않게 굉장히 중요한 건물이라고 생각해요. 〈복수는 나의 것〉은 〈공동
경비구역 JSA〉의 성공이 가져다준 선물이죠. 그때 그 순간이 아니었으면
만들 수 없었던 영화였던 것 같아요. 냉정한 영화지만 시간이 흘러서
곰곰이 생각해보면 그 안에 상당히 뜨거운 감정들이 흐르고 있다는 것
을 느끼게 됩니다. 〈올드보이〉에 대해서는 여러 가지를 얘기할 수 있겠
지만 무엇보다 미스터리 장르라고 규정했을 때 패러다임에서 대단한
혁신이 있었던 경우였어요. 모든 사람들이 '그를 왜 가두었을까'에 대
해 궁금해 할 때 '그를 왜 풀어줬을까'라는 질문으로 전환해야 한다는
발상이 중요했던 영화죠. 〈친절한 금자씨〉는 다른 어떤 작품들보다도
메타적인 성격이 강한 영화였고, 그래서 복수극이라는 영화를 보는 관
객까지 영화에 끌어들였으며, 그렇기에 금자씨가 복수의 주체로서 활
약하다가 관객으로 전락하게 되는 전환이 '복수 3부작'을 마무리하는
작품으로서 적당했다는 생각이 들어요.

이동진_ 〈싸이보그지만 괜찮아〉와 〈박쥐〉는요?

박찬욱_ 〈싸이보그지만 괜찮아〉는 딸을 키우면서 느꼈던 것들이 중요한
데, 내가 관객들에게 대놓고 숟가락으로 밥을 떠먹이듯이 '이렇게 하세
요'라고 말했던 유일한 영화죠.

이동진_ "희망을 버리고 힘냅시다" 같은 대사가 거기에 포함되는 거죠?

박찬욱_ 네, 이전과 달리 직접적으로 말을 건네는 영화라는 점에서 이채
롭다는 거죠. 〈박쥐〉는 오랫동안 내가 구상했던 이야기이기 때문에 가
장 많은 역량이 투여되었던 작품이고, 그래서 거기까지가 내 한계라고
생각한 작품이에요. 그리고 〈스토커〉는 새로 데뷔하는 영화죠.

─죽기 전에 한 번이라도 바다의 일출을 볼 수 있다면……. 밤
 바다도 좋습니다. 외로운 달과 별, 불나방 한 마리라도 보
 고 싶어요.

〈박쥐〉에서 맹인인 신부 박인환이 애타게 다시 앞을 볼 수 있기를 희망하면서

이동진_ 〈박쥐〉에서 눈이 먼 노신부는 죽기 전에 한 번만이라도 바다의 일출을 보고 싶어 합니다. 혹시 앞을 보실 수 없게 된다면, 감독님은 무엇이 가장 보고 싶어질 것 같습니까.

박찬욱_ 영화가 보고 싶겠죠. 이건 이미 제가 본 영화가 아니라, 아직 보지 못한 영화를 말하는 겁니다. 이미 본 이미지라면 그렇게 절실하지는 않을 것 같아요. 아내와 자식의 얼굴이라고 대답할 수도 있겠는데, 그것은 기억을 통해서나 만져서라도 혹은 목소리라도 어느 정도는 충족될 수 있을 것 같아요.

– 내가 지난 10년 동안 진짜로 하고 싶었던 얘긴 따로 있어.
　〈컷〉에서 이병헌이 독기를 품고서 아내인 강혜정에게

이동진_ 감독으로서 영화를 통해 하고 싶었지만 이제껏 하지 못한 이야기가 있다면 어떤 것일까요.

박찬욱_ 언젠가 와이프와 같이 부부 생활에 대한 영화를 만들고 싶어요. 부부 중에서 남편이든 부인이든 한 사람 이상은 예술가인 경우요. 배우자로서의 예술가들은 참 쓸모도 없고 한심하기도 쉬운데, 그런 이야기를 다루고 싶어요. 제목은 일단 '이기주의자'로 정해졌어요.

– 이런 식으로 40년을 버틸 수 있을까, 점으로 소멸되지 않고?
　〈싸이보그지만 괜찮아〉에서 정지훈이 스스로가 작아져 소멸되는 것을 두려워하며

이동진_ 감독으로서 〈싸이보그지만 괜찮아〉에서 일순이 느꼈던 것과 똑같은 두려움을 느끼십니까. 감독으로 이제까지 지내온 20년을 합쳐, 앞으로 현장에서 40년을 버티실 수 있을 것 같으신가요.

박찬욱_ 포르투갈 감독 마뇰 데 올리베이라는 백 살을 넘겼는데도 여전히 영화를 찍고 있죠. 세상에서 제일 부러운 게 그거예요. 제가 그것 때문에 담배도 끊고 돈도 모으고 있는 겁니다. 이전에 베니스 영화제 심사위원을 했을 때 마침 올리베이라와 수십 년 함께 작업한 프로듀서도 심사위원이라서 올리베이라 이야기를 많이 들을 수 있었는데, 다혈질인 그는 아직도 열혈 청년 같다는 거예요. 이스트우드와는 정반대죠. 어느 날 올리베이라가 입원을 했다는 이야기를 듣고 그 프로듀서가 걱정했는데, 나중에 알고 보니 그 병원의 예쁜 간호사에게 '작업'을 걸기 위해서 꾀병을 낸 것이었다죠.(웃음)

— 나한테 원하는 게 뭐예요?

〈스토커〉에서 미아 바시코프스카가 매튜 구드에게 단도직입적으로

이동진_ 아, 정말 대단하신 분이시네요.(웃음) 그럼 나중에 이스트우드와 올리베이라 중에서 누구처럼 되고 싶으세요?

박찬욱_ 물론 올리베이라죠. 그런데 젊어서도 못 그러는데 뭐.(웃음) 나이 들수록 올리베이라나 이마무라 쇼헤이처럼 더 그렇게 되는 감독이 있는 반면, 임권택 감독님이나 이스트우드처럼 더욱 점잖아지는 경우도 있죠. 어쨌든 전 김기덕 감독처럼 빨리 찍지는 못하니까 오래라도 찍어야겠다고 생각하고 있어요. 정말 늙어서까지 오래도록 영화를 찍고 싶어요.

BOOMERANG
INTERVIEW

CHOI
DONG
HOON

photo by 김보배

이야기에 대한 욕망과 재능

최동훈 CHOI DONG HOON

재능에도 색깔이 있다. 최동훈 감독의 재능은 한국영화계에서 발견하기 어려운 색깔을 지녔기에 더욱 빛난다. 기계적인 공식에 따라 감동을 직조해내느라 따뜻하다 못해 쉰내까지 풍기고 있는 충무로의 심각한 온난화 현실 속에서 그의 영화들은 냉각수의 역할을 제대로 해냈다.

최동훈의 영화에는 이야기에 대한 욕망이 넘쳐난다. 비슷해 보이는 이야기라도 다르게 말할 줄 아는 화술도 지녔다. 문학에도 일정 부분 젖줄을 대고 있는 그의 영화들은 효율적으로 언급하고 흥미롭게 기술하며 개성 있게 말하려는 고투의 결과물이기도 하다. 그리고 그 이야기를 실어 나르는 극 중 캐릭터들은 생생하기 이를 데 없다. 역동적인 스타일에도 불구하고, 그는 사실 가장 고전적인 연출자 중 한 사람일지도 모른다.

그가 배우에 대한 감식안이 탁월한 연출자라는 사실도 빼놓을 수 없다. 백윤식과 강동원에서 염정아와 김혜수와 전지현까지, 우리가 이미 충분히 알고 있다고 생각했던 연기자들의 내면 깊은 구석에서 본인도 모르고 있던 새로운 얼굴을 건져 올림으로써 관객들에게 짜릿한 재발견의 쾌감을 선사했다. 김윤석과 김상호처럼 굉장한 잠재력에도 불구하고 제대로 알려지지 않았던 재능을 햇빛 찬란한 광장으로 끌어낸 것도 그랬다.

그는 〈범죄의 재구성〉〈타짜〉〈전우치〉〈도둑들〉을 연이어 내놓아 장르영화에 대한 오랜 콤플렉스로부터 충무로가 벗어나는 데 큰 역할을 했다. 특히 그는 범죄영화 분야에서 재치와 개성이 넘치는 각본과 연출을 통해 확고한 성과를 만들어냈다. 이제껏 내놓은 모든 작품을 흥행 성공시킨 그의 대중적 감각은 무려 1,300만여 명을 극장으로 끌어들인 〈도둑들〉을 통해서 정점을 찍었다.

성공적인 이력을 밟아나가는 감독일수록 새로운 영화를 발표하면 필모그래피 전체와 신작 한 편의 무게를 천칭저울 양쪽에 나눠 달고서 평가를 받게 된다. 〈도둑들〉이나 〈전우치〉가 〈범죄의 재구성〉이나 〈타짜〉에 대한 호평 일색의 환호와 달리 개봉 무렵 평가가 어느 정도 엇갈렸던 것은 상당 부분 그 작품이 최동훈의 신작들이었기 때문이다. 말하자면 그 두 작품에 대한 만족과 실망은 '최동훈이니까'와 '최동훈임에도' 사이 어디쯤에 놓여 있었다.

작업실에서 차기작 구상에 여념이 없는 최동훈 감독을 찾아갔다. 컴퓨터와 포스트잇을 쑥과 마늘 삼아 차기작을 위한 구상 때문에 동굴처럼 자기만의 공간에 틀어박힌 그였지만, 자신의 영화들만큼이나 재치 넘치는 답변들로 방문자를 시종 즐겁게 만들었다.

― 당좌수표 오리지널 구하는 거 말인데, 한번 봐.
― 어, 이거 아이디어 좋은데요?
　〈범죄의 재구성〉에서 백윤식이 자신감 넘치게 범죄 계획을 공개하자 박신양이 감탄

이동진_ 최동훈 감독님의 영화들은 기본적으로 아이디어가 참 좋습니다. 어떻게 구체적인 아이디어를 얻으시는지에 대해 질문하면서 인터뷰를 시작하고 싶네요.

최동훈_ 서점에 가게 되면 서너 시간씩 머무릅니다. 계속 메모하면서요. 책들을 쭈욱 훑어나가다 보면, 딱 한 줄에서도 아이디어가 떠오를 때가 있죠. 사실 저는 인터넷을 많이 활용하지 않아요. 포털 사이트에서 뉴스들이나 좀 찾아보는 정도죠. 음악에서 영감을 얻는 경우도 종종 있습니다. 어떤 음악의 리듬에 취하다 보면, '저런 템포로 다음 영화를 해야지' 싶을 때가 있거든요.

이동진_ 〈범죄의 재구성〉에서 〈도둑들〉까지 범죄영화에 특히 강하시니, 책은 아무래도 추리소설 같은 걸 즐기시는 편인가요?

최동훈_ 그런 편입니다. 우리 독자들에게 특히 인기 높은 일본 소설들은 잘 안 봐요. 애드거 앨런 포를 위시해서 주로 영미권 소설들을 즐기죠.

– 어디서 오시는 거죠?
〈도둑들〉에서 마카오 경찰이 수상쩍은 행동을 보이는 오달수를 가로막으면서

이동진_ 그간 네 편의 영화에서 개성 넘치면서 리얼한 대사들을 정말 많이 쓰셨죠. 인물들의 세계를 적절히 설명하면서도 그 자체로 대단히 신선한 용어들입니다. 특히 데뷔작이었던 〈범죄의 재구성〉은 그런 대사들의 보고寶庫와도 같았죠. 범행에 가담할 사람이 몇 명 필요한지 물을 때 "영화배우 몇 명이 필요한데?"라고 하고, 배신당한 사실을 털어놓을 때 "나 수술 당했어"라고 말하는 식이었으니까요. 얼굴을 뜻하는 '탈', 출옥을 뜻하는 '졸업' 등 비유적인 은어들이 수시로 출몰합니다. 사기 범죄를 '접시돌리기'로 표현하기도 하죠. 〈도둑들〉 역시도 범죄자들 특유의 속어가 넘쳐납니다. 〈타짜〉에도 도박판의 전문 용어가 속출하고요. 이런 독특한 용어들은 취재의 결과입니까.

최동훈_ 취재의 산물인 경우도 있고 제가 만들어낸 말인 것도 있죠. 사기를 접시돌리기에 비유하는 것은 접시를 사기로 만들기 때문이에요. 이

건 사기꾼들이 실제 쓰는 말입니다. 〈타짜〉에 등장하는 "어디서 약을 팔아?"라든지, "헛바닥이 왜 그리 길어?"라는 대사 역시 도박판에 대한 취재의 결과이고요. '영화배우'라는 표현은 사기꾼들이 꼭 배우들처럼 행동하는 걸 보면서 제가 만든 말이에요.

— 청진기 대보니까 진단이 딱 나온다. 시추에이션이 좋아.
〈범죄의 재구성〉에서 백윤식이 범죄 성공 여부를 스스로 가늠해보면서

이동진_ 그럼 청진기 대사는 어떻습니까. 당시 개봉 후 인구에 회자된 명대사인데요.

최동훈_ 술자리에서 어떤 아저씨가 그 말을 쓰는 걸 들었어요. 대사로 써먹어야겠다는 생각에 곧바로 화장실로 가서 메모를 했어요. 화장실에 다녀온 지 얼마 되지 않았던 상황이라서, 메모 후에 돌아오니 그 아저씨가 "젊은 사람이, 전립선이 안 좋아?"라고 하더군요.(웃음)

— 술이 덜 깼구만.
〈전우치〉에서 유해진이 자다 깬 후 횡설수설하는 강동원에게

이동진_ 술자리에서도 취하실 수가 없겠네요. 언제 써먹을 만한 대사들이 튀어나올지 모르니까요.(웃음)

최동훈_ 취해도 그냥 무조건 써요. 현장에서 메모를 못하면 아무리 취해도 집에 들어오자마자 적어두죠. 다음날 그 글씨를 못 알아보는 경우도 있긴 하지만요. 몇 년 전 고향에 가서 술 한잔 하는데, 한 친구가 "그 새끼가 폼은 알랭 들롱이야"라고 하더라고요. 그걸 〈타짜〉에 써먹으려고 적어놓았던 것을 결국 못 넣었는데, 아마 언젠가는 다른 영화에 들어가

게 될 겁니다.(웃음)

이동진_ 〈범죄의 재구성〉의 사기꾼들이든 〈타짜〉의 도박꾼들이든 〈도둑들〉의 도둑들이든, 시나리오를 쓰기 위한 취재가 쉽지 않았을 것 같은 영역인데요.

최동훈_ 그렇죠. 〈타짜〉의 경우 제가 만난 분도 도박을 주된 업으로 삼는 사람이 아니었어요. 도박판에서는 '꽁지'라는 말로 부르는데, 뒷돈을 대주는 분이었죠. 실제로 도박하는 사람들이 그런 사람들보다 더 많은 정보를 알고 있지는 않은 것 같아요.

- 니, 제비랑 똥구멍 맞출라 캤던 놈이 제비가 어딨는지 모른
  다고?
- 형님, 제가요, 카프카를 좀 아는데요.
- 카프카? 그게 뭔데, 인마?
- 부조리. 저 제비랑 친해요. 근데, 집을 모르네.

　　〈범죄의 재구성〉에서 형사인 천호진이 캐문자 이문식이 비웃듯 발뺌하며

- 뭐, 복수? 복수 같은 그런 순수한 인간적인 감정으로다가
  접근하면 안 되지. 도끼로 마빡을 찍든 식칼로 배때지를 쑤
  시든 고기값을 번다, 뭐 이런 자본주의적인 개념으로다가
  나가야지.

　　〈타짜〉에서 김윤석이 보스인 김응수의 무덤 앞에서 복수를 다짐하는 부하에게

- 너 감독님한테 오디션 보게 해달라고 그랬대메?
- 그거야 예의상 한 거죠.
- 어머 어머, 예의상 했다는 것 좀 봐. 예의상 사람도 죽이겠다.

　　〈전우치〉에서 염정아가 임수정에게 질투심을 드러내면서

— 그러니까 우리 딸이 이관장님한테 순결을 줬다, 이거죠?

— 아, 우리 엄마 또 일부러 세게 나간다.

— 너, 벤츠도 한 번 타면 중고다.

〈도둑들〉에서 김해숙과 전지현이 신하균을 만나 모녀인 척 연기하면서 대화

이동진 감독님 영화들에는 인상적인 대사들이 정말 많죠. 저로서는 인용하고픈 대사들이 장면마다 가득합니다. 영화 대사로 질문을 이끌어내는 이 책《부메랑 인터뷰》같은 형식에 환상적인 레퍼런스를 제공해주시는 분이신데요, 어떻게 이런 대사를 쓸 수 있는 경지에 오르신 건가요.(웃음)

최동훈 전 사실 대사를 너무 못 써서 고민을 많이 했던 사람이에요. 저도 예전에는 "이번 계획이 끝나면 너에게 후한 보수를 주마" 같은 대사들을 썼다니까요.(웃음) 그런데 그렇게 쓰기가 싫으니까 다양한 시도를 했던 거죠. 도서관에 가서 희곡집 같은 걸 혼자 조용히 소리 내서 읽어보기도 했어요. 그러다 보면 희곡 작가들이 만들어낸 발음의 미학 같은 것이 느껴졌어요. 오태석 선생의 희곡을 소리 내어 읽어보니 말의 장단이 정말 좋더라고요. 대사는 이렇게 쓰는 거구나 싶었죠.

이동진 시나리오를 다 쓰고 나서 직접 읽어본다고 하셨죠?

최동훈 네, 혼자 방에서 읽어봐요. 그러면 그때의 느낌대로 영화가 나오게 되죠. 혼자서 읽어보면 알아요. 이 사람이 이 상황에서 이 대사를 해야 하는지 말아야 하는지, 잘 쓴 대사인지 못 쓴 대사인지 말이에요. 저는 사실 시나리오를 굉장히 자세하게 써요. 어떤 걸 공들여서 표현할 것인지, 어떤 것은 표현하면 오히려 독이 될 것인지 고르는 작업을 하거든요.

— 아, 이거 왜 이래? 새삼스럽게.

– 고발이 들어와서 그래. 며칠만 좀 들어갔다 와.
– 참, 나 이대 나온 여자야. 내가 어떻게 그런 델 들어가?
〈타짜〉에서 불법 도박 혐의로 끌려가게 된 김혜수가 평소 잘 알고 지내던 형사에게 항변

이동진_ 〈범죄의 재구성〉에 등장하는 가장 유명한 말이 '청진기' 대사라면, 〈타짜〉의 가장 잘 알려진 대사는 "나 이대 나온 여자야"일 겁니다. 심지어 이 말은 구설수에 오르기까지 했으니까요. 그런데 사실 감독님은 이대 외에도 고려대와 서울대 역시 영화 속에서 대사로 거명하신 전력이 있으시죠. 〈범죄의 재구성〉에는 "여보, 인사해. 여기 우리 서울대학교 경제학과 동창. 은행 다녀"라는 대사가 나오죠. "나 고대 다닐 때 내 룸메이트가 한의학 전공했죠." "고대 나오셨어요? 나도 고댄데." "그러세요? 저는 팔팔 학번이에요." "아, 선배님이시네." "반갑네. 그 정문 앞에 닭발집 기억나세요?"라고 주고받는 대화도 나오고요. 그런데 정작 감독님의 출신 학교인 서강대는 왜 등장시키지 않으셨습니까.(웃음)

최동훈_ 잘 아시겠지만, 저는 그 대사에서 이대를 비꼬고 싶은 생각이 전혀 없었습니다. 이대를 대사로 쓴 것은 대학 이름 자체에 엄청난 판타지가 있기 때문이죠. "왜 이래? 나 서강대 나온 여자야"라고 하면, 그게 무슨 감흥이 있겠어요. 제가 서강대를 나왔으니 서강대를 도마에 올리는 대사를 쓰고 싶기도 한데, 서강대는 대학명으로서 어떤 판타지 같은 게 없지 않습니까. 시간 잘 지키고 일을 잘 처리하지 못했을 때 자학하고, 뭐 그런 인물에 대해서는 서강대를 언급할 수도 있겠죠. 아니, 그런 때라도 서강대 대신 카이스트라고 쓸 것 같네요.(웃음) 서울대 대사 역시 서울대 경제학과를 욕하는 게 절대 아니죠. 그런 대사를 들었을 때 관객들이 느끼는 모종의 뉘앙스 때문에 쓴 것뿐입니다. "쟤네 집, 예전엔 부자였는데 지금은 가난해"라는 대사 대신 "쟤네 아버지가 국회의원 나가서 세 번 떨어졌대"라고 하는 대사가 더 재미있잖아요. 그런 대사를 썼다고 해서 국회의원을 욕하는 것은 아니죠.

– 아이고, 반장님. 이거 어려운 때 어려운 일 하시느라고 어려움이 많으시겠습니다.

〈범죄의 재구성〉에서 범죄자인 아들 이문식을 찾아온 형사들에게 아버지가 인사

– 이 개새끼들이 개만도 못한 세상에 개판 쳐?

〈타짜〉에서 김응수가 불같이 화를 내면서

– 다 나라를 위해서 한 일이야.
– 나라를 위해서, 나라를 파는 게, 나라를 위해서라구요?

〈전우치〉의 극 중 영화 촬영 장면에서 매국노가 궤변을 늘어놓자 반문하는 염정아

이동진_ 리듬이나 운율을 지닌 문장, 언어유희적인 측면이 있는 대사들을 즐겨 쓰십니다. 저는 적어온 이 대사들을 여기서 읽어드리는 것만으로도 벅차네요. (웃음)

최동훈_ 네, 그런 대사 좋아해요. 제가 소설가 이문구 선생을 정말 좋아했어요. 이문구 선생 소설을 보면 그런 대사들과 비슷한 맥락의 문장들이 있죠. 운율이 있는 해학적 대사들을 쓰시잖아요. 이문구의 그런 촌놈들 대사를 즐깁니다. 이문구 선생의 책은 대사에 줄을 치면서 읽었어요. 저는 사실 지방에 가서 그곳 사람들 이야기를 술집 같은 데서 듣는 걸 재미있어 하거든요.

– 도박은 잘해요?

〈도둑들〉에서 김윤석이 김해숙에게 카지노에서 시선을 끌어야 할 상대인 예수정의 실력을 물으면서

이동진_ 〈범죄의 재구성〉 못지않게 〈타짜〉 역시 '현장'의 대사들이 실감납

니다. 실제로 노름판에서 사람들이 흔히 내뱉곤 하는 말들이 대사로 흥미롭게 들어가 있던데요? 화투 좀 치셨습니까?(웃음)

최동훈_ 이거, 믿어주셨으면 좋겠는데, 제가 도박을 잘하지 못하거든요.(웃음) 그래서 〈타짜〉를 찍기 전에 친구들을 불러서 종종 포커를 쳐보기도 했어요. 저는 영화를 찍은 직후라서 돈이 좀 있었지만 그 친구들은 돈이 없었기에 3만 원 정도 쥐고서 밤새워서 쳤죠. 그때 함께 포커를 치거나 옆에서 잠시 쉬면서 오고 가는 말들을 메모했어요.

이동진_ 역시 '메모는 나의 힘'이었군요.(웃음) 그 친구 분들은 자신의 말이 영화 속에 쓰일 수도 있다는 걸 알고 있었나요?

최동훈_ 그럼요. 그 사실을 무척 즐겼죠. 그래서 다들 일부러 더 현란하게 그런 말들을 했어요. 극 중 유해진 씨와 김상호 씨의 노름판 대사들은 거의 그렇게 만들어졌죠. 책상에서 그와 같은 대사들을 쓰게 되면 스스로 너무 많이 쓴 건 아닌가 싶은 착각을 하게 됩니다. 그런데 취재를 통해 그런 대사들을 끌어들이게 되면 길어도 그대로 간다는 깡다구가 생기죠.

— 좋아. 한번 해보지.
〈도둑들〉에서 임달화가 김윤석의 합류 제의를 고민 끝에 수락

이동진_ 노름을 본격적으로 배워보니까 어떻던가요.

최동훈_ 종목마다 서로 다른 느낌이 들더군요. '섰다'는 카드 게임과 흡사하더라고요.

이동진_ 사실 단 두 장만으로 하는 '섰다'는 도박 중에서 가장 규칙이 간단하면서 동시에 가장 적나라한 도박이라고 할 수 있을 것 같습니다. 경우의 수 자체가 포커에 비해서 훨씬 적기에 담력 싸움이나 속임수 같은 게 더 중요해지기도 할 것 같고요.

최동훈_ 가장 쉬운 대신에 가장 짧은 시간에 가장 많은 돈을 벌 수 있죠. 굉장히 무모해서 후진국형으로까지 느껴지는 게임이라고 할까요. 시나리오를 쓸 때는 단 두 장만으로 승부를 벌인다는 게 멋지게 느껴지기도 했어요. 〈도둑들〉에 나오는 바카라가 '섰다'와 비슷하죠. 고스톱은 게임에 가까워요. 정해진 룰 안에서 마지막까지 친 후에 돈을 가져가는 형식이라서 도박성이 적죠. 그런데 포커는 매순간 승부를 겨루는 것 자체가 중요하더군요. 다른 사람을 죽이고 카드를 덮도록 하는 게 내 승리의 지름길이니까요. 섰다는 한마디로 '구라'의 게임이죠. 상대가 마구 혼동될 수 있도록 진짜 정보와 거짓 정보를 막 섞어줘야 해요. 그래서 노름판에서 오고 가는 말이 중요한 거죠. 바로 그런 이유로 〈타짜〉에서 그런 말들의 묘미를 살려야 했어요. 어쨌든 도박은 참 바보 같은 게임이에요. 불확실한 것을 얻기 위해 확실한 것을 걸어야만 되는 거니까.

이동진_ 〈타짜〉에는 화투장을 다루는 고니(조승우)의 손이 따로 인서트되는 쇼트들이 나오는데, 그 손이 감독님 손이라면서요?

최동훈_ 촬영하기 전까지 다들 계속 연습을 했는데, 제가 조승우 씨보다 조금 더 잘했거든요. 그래서 손 대역을 했죠. 사실 예전에는 배우를 하고 싶다는 생각도 약간 했고, 근거도 없이 제가 연기를 잘한다고 착각도 했죠. 그러다 시네마테크 후원금 마련을 위한 맥주 광고에 출연했는데, 어우, 저는 그래도 제가 킹콩 정도의 연기를 할 줄 알았어요. 그런데 킹콩이나 벤지도 저보다는 연기를 훨씬 잘하는 것이더군요.(웃음)

― 우리 일본인 부부는 돈을 아낌없이 바카라에 쏟아 붓습니다.
  〈도둑들〉에서 김윤석이 일본인 부부로 위장한 임달화와 김해숙에게 바카라 도박에 몰입하는 척하라면서 지시

이동진_ 극 중에서 도박판이 늘 중요하게 다뤄집니다. 도박 영화인 〈타짜〉

와 마카오 카지노가 주무대인 〈도둑들〉은 말할 것도 없고, 도박이 주소 재가 아닌 〈범죄의 재구성〉에도 노름하는 장면이 나오죠. 주인공들이 쉴 때 포커판을 벌이는 모습이 그려지니까요. 이건 도박하는 장면이 영 화적이라고 생각해서인가요, 아니면 사실적인 묘사 때문인가요.

최동훈 _ 물론 후자입니다. 실제로 사기꾼들은 돈을 도박으로 다 날려요. 도박하는 사람들은 딴 돈을 여자나 경마로 날리고요. 〈범죄의 재구성〉 에 카드 치는 장면이 들어가 있는 것은 인물의 리얼리티 때문이지 영 화적 효과 때문이 아니에요. 사기꾼들이 가서 숨을 곳은 거기밖에 없어 요. 도박을 하는 극 중 장소도 원래는 비닐하우스가 아니었어요. 그런 데 어느 날 부산에서 촬영을 마치고 돌아오다가 불 켜진 비닐하우스를 우연히 발견하고, '저런 데서 도박 장면을 찍으면 좋겠다'고 생각하게 된 거죠. 언제든지 철거할 수 있다는 점에서 비닐하우스는 도박 장소로 딱인 겁니다. 저 같은 사람은 아무리 취재를 해보려고 해도 그런 자리 에 끼워주지 않으니까 그냥 전해 듣고서 상상만으로 만든 장면이에요.

이동진 _ 〈타짜〉에서는 실제로 비닐하우스에서 대규모 도박판을 벌이는 장면이 나오는데요.

최동훈 _ 그건 도박 영화를 찍기 위해 실제로 취재해본 결과였습니다. 그 래서 깜짝 놀랐어요. 〈범죄의 재구성〉 때는 제가 전혀 몰랐던 사실인데 말이죠. 제게 자질이 있나 봐요. 몸으로 아는 거죠.(웃음)

— 내가 이렇게 살아, 여기서.
  〈도둑들〉에서 김해숙이 김혜수에게 자신의 신세를 한탄

이동진 _ 비닐하우스 외에도 〈타짜〉에 등장하는 도박 장소들은 하나같이 흥미롭습니다. 가구공장이나 배 안뿐만 아니라 우시장에서도 도박을 하는데요.

최동훈_ 〈타짜〉에서 우시장 도박 장면이 나오는 것은 과거의 이야기잖아요? 예전에는 정말로 돈이 있는 곳이라면 어디서나 도박판을 벌였죠. 지방에 가보면 봉고차 같은 차량 안에서도 도박을 합니다. 말하자면 도박의 생활화라고나 할까요.(웃음) 실제로 배 안에서 화투를 치는 사람들도 있고, 심하게는 무인도에 가서 치는 사람들까지 있대요.

– 너 오늘 머리 스타일 바뀌었네?

〈도둑들〉에서 전지현이 김수현의 헤어스타일이 바뀐 것을 알아채고서

이동진_ 〈범죄의 재구성〉〈타짜〉〈도둑들〉의 대사 감각은 정말 인상적입니다. 이제껏 이야기 나누었듯, 매우 유머러스하고 리듬이 뛰어나면서도 현장감이 물씬 풍기죠. 그런데 〈전우치〉의 경우는 12세 관람가 영화이고 절반이 사극이라서 다른 작품들과 대사 작법이 다를 수밖에 없었던 것 같습니다. 말하자면 감독님으로서는 차와 포를 떼고 두는 장기와 같았을 법도 한데요.

최동훈_ 사실은 〈전우치〉의 대사를 쓰다가 포기할까 싶은 생각까지 들었어요. 어떻게 대사를 써도 재미가 없는 것 같아서요. 가장 큰 이유는 작품의 성격상 속어를 쓸 수가 없었기 때문일 거예요. 고어古語로 속어를 쓰면 아무도 못 알아들을 테니까요. 그래서 캐릭터에 따라 대사의 스타일을 달리하면서 배우가 그 맛을 살리도록 만들어야겠다고 마음먹었죠.

– 다른 사람들은? 씹던껌은?

〈도둑들〉에서 익사 위기에서 살아난 김혜수가 헤어졌던 일행들을 찾아가서

이동진_ 캐릭터별로 각각 어떻게 다른 화법이 되도록 구상하셨나요.

최동훈_ 전우치(강동원)는 거드름을 피우는 방식으로 말하도록 했어요. 화담(김윤석)은 고어의 딱딱한 느낌을 일부러 살리는 쪽으로 했죠. 화담은 내내 말의 끝 부분을 끊는데, 전우치는 계속 끝을 늘어뜨리는 식으로요. 신선들은 허풍 떠는 것처럼 말을 했고요. 그렇게 조금씩 말투를 바꿨습니다. 〈전우치〉에서는 대사 자체의 재미가 떨어지더라도 말을 내뱉는 품새를 다양하게 하면 괜찮겠다는 판단을 한 거죠.

이동진_ 속어도 속어지만, 다른 작품들의 대사는 인물들 사이에서 치열하고 리드미컬하게 치고받는 맛이 대단했습니다. 그런데 〈전우치〉의 대사들은 기본적으로 대화보다는 독백에 더 가깝다고 할까요. 혼잣말을 하거나 길게 사설을 늘어놓는 경우가 자주 있는데, 그러다 보니 감독님 대사 특유의 찰기나 탄력이 종종 사라지는 듯 느껴지더라고요.

최동훈_ 맞습니다. 대사라는 게 주고받지 않으면 힘을 받을 수가 없거든요. 쓰는 사람은 바로 저인데도 불구하고, 제 스스로 깨지 못하는 것도 있는 듯해요. 셰익스피어 극을 배우가 무대에서 혼자 하는 것 같은 느낌이 드는 장면도 있죠. 하지만 그게 그 영화의 틀일 수도 있었을 거예요. 틀을 깨려고 노력했지만, 여전히 그 잔재가 작품 속에 많이 남아 있었던 것 같아요. 시나리오를 쓸 때 제 머릿속에는 옛날 선비들이 혼잣말을 많이 할 거라는 생각이 있었나 봅니다.

— 저봐, 내 저렇게 말할 거라고 했지?
〈전우치〉에서 주진모가 스승 살해 혐의를 부인하는 강동원을 가리키면서

이동진_ 그렇지만 〈전우치〉 역시 인상적인 대사들이 적지 않습니다. 예를 들어 조선시대에서 현대로 온 초랭이(유해진)가 만 원짜리 지폐에 그려져 있는 세종대왕을 보면서 "낯익네, 이 양반"이라고 혼잣말을 할 때 정말 웃기더라고요.

최동훈_ 시나리오에는 없던 대사였어요. 극 중 설정으로는 초랭이가 돈을 꺼낼 때 그 옆에 화담의 사진이 있는데 그걸 못 봐야 하는 상황이기에 뭔가에 집중해야 했죠. 그래서 현장에서 아이디어가 떠올라 (유)해진 씨에게 그 대사 어떻겠냐고 물었더니 재미있겠다고 해서 넣었던 거예요. 사실 특정 대사가 나중에 관객을 웃길 수 있는지 아닌지는 현장에서는 몰라요.

이동진_ 현대에는 여자의 관심을 어떻게 끌 수 있냐고 묻는 전우치의 질문에 신선들 중 한 명(김상호)이 "꽃을 주면 아주 좋아라 합니다"라고 하죠. 그러자 전우치가 잘 알아듣지 못하겠다는 표정으로 "꼬추?"라고 되묻는데, 그런 유머 역시 굉장히 효과적이었죠.

최동훈_ 그 대사도 현장에서 만들었어요. 동원이에게 그렇게 하면 어떻겠냐고 물었더니 막 웃는 거예요. 그래서 괜찮겠다고 생각해서 넣었죠. 그런 건 제가 정해진 분량을 찍고 나면 다음 장면을 찍기 위해 서둘러 옮기는 방식으로 영화를 만들지 않기에 가능할 겁니다. 배우들이 리허설을 할 때 옆에서 지켜보고 있으면 재미있는 아이디어들이 떠오를 때가 많거든요. 그렇게 현장에서 생각난 아이디어들은 최대한 살리려고 하죠.

— 말이 좀 이상한지 자꾸 갈대만 먹고 가질 않아요.
〈전우치〉에서 말을 타고 가던 임수정이 어려움을 토로

이동진_ 어떻게 보면 음담패설에 가까운 느끼한 유머의 대사일 수도 있을 텐데, 강동원 씨가 그 말을 좀 맹하면서 사오정 같은 톤으로 소화했기에 굉장히 효과적이었던 것 같아요.

최동훈_ 그렇죠. 그는 모른다는 거죠. 사실 저도 어떻게 관객을 웃길 수 있는지 잘 모르겠어요. 서스펜스를 만들어내는 법 역시 그렇고요. 영화책에 나오니까 원칙은 알지만요. 〈전우치〉에 쓰인 코미디 방식은 대부분 의도된 것들이고, 사람들을 웃게 만들고 싶은 것도 제 욕망 중 하나예요. 하지만 이율배반적인 것은 코미디를 만들어내기 위해 노력하는 모습은 보여주기 싫더라는 거죠. 제가 원하는 코미디는 극 중 인물이 진지할 때 나오는 우스꽝스러운 모습들에 대한 묘사예요. 〈전우치〉에 등장하는 캐릭터들이 공중에 붕 떠 있는 사람들처럼 보이지만 사실 모두 진지하죠.

이동진_ 특히 신선들이 그렇죠.

최동훈_ 맞습니다. 세 신선은 최선을 다해 인생을 살아온 사람들 같잖아요. 그래서 웃기다고 생각해요. 제가 코미디 영화를 참 좋아하는데, 극단적으로 말하면 어느 정도까지의 우스꽝스러움은 스토리의 민망함이나 부재를 메워줄 수도 있어요. 코미디를 통해 관객의 주의를 영화의 결점으로부터 다른 곳으로 어느 정도 돌려줄 수 있다는 거죠. 그런데 〈추격자〉처럼 유머를 사용하지 않으면서도 관객을 내내 사로잡는 영화를 보면 놀랍죠.

이동진_ 우회하지 않고서 정면 승부를 벌인다는 말씀인가요.

최동훈_ 네, 대단하다고 생각합니다. 나홍진 감독은 정말 인파이터 같아요. 몇 대 맞더라도 계속 앞으로 달려갈 것 같은 느낌을 주죠. 저는 〈추격자〉의 구조 자체도 무척 좋아해요.

– 마스터키가 없어서 9층엔 가보지도 못했네?
– 마스터키는 구해줄게. 카지노 지배인 걸 잠깐 빌려야 하는데…….

    〈도둑들〉에서 작전회의를 하며 이정재가 호텔 객실 문을 열고 들어갈 열쇠에 대해 묻자 김윤석이 궁리 이동진_ 독서량이 많으셔서 그런 것 같은데, 고사故事나 고전에 등장하는 내용을 차용해서 대사나 에피소드를 만드시는 것 같은 경우도 자주 눈에 띕니다. 예를 들어 〈도둑들〉에서 마카오박(김윤석)이 5초 안에 잠긴 핸드백을 열어보라고 하자 팹시(김혜수)가 3초 안에 하겠다면서 칼로 쭈욱 찢어서 여는 장면 같은 데서는 고르디우스의 매듭 이야기가 고스란히 떠오릅니다.

최동훈_ 바로 거기서 가져왔죠.

이동진_ 〈도둑들〉에서 뽀빠이(이정재)가 "마누라 때리는 날 장모가 온다더니"라고 내뱉는 장면을 비롯해, 속담이나 격언 역시 자주 인용되죠.

최동훈_ 그렇습니다. 바로 그래서 〈범죄의 재구성〉 시나리오를 써서 처음 영화사에 찾아갔을 때 들었던 얘기가 너무 먹물티가 난다는 지적이었어요. 사실 일상에서는 누군가의 말을 인용하거나 속담을 쓰는 게 비현실적이죠. 그런데 그런 대사들은 재미도 있지만 다른 한편으로는 긴 내용을 축약해주는 기능도 있어요. 시나리오를 쓸 때 두 인물이 대화하는 경우 그 대사들을 어떻게 끝내야 하는지 항상 고민이 돼요. 반드시 거론되어야 될 화제를 어떻게 하면 마치 딴 얘기를 하다가 갑자기 이 얘기로 쓱 자연스럽게 들어와서 늘어놓은 뒤 다시 다음 얘기로 부드럽게 넘어가면서 거론할 수 있는지에 대해 잔머리를 진짜 많이 굴리거든요. 그렇지 않으면 인물이 계속 필요한 대사만 하게 되니까 싫은 거죠. 그래서 계속 이 대사들은 인위적으로 조작되지 않았다는 걸 드러내고 싶어 하는 것 같아요. 그렇게 해야 리얼한 대사로 비춰질 수 있다고 보는 거죠. 제게는 반드시 쓰지 말아야 할 대사들이 있어요. 그런 나쁜 대사들을 쓰지 않으려고 노력하는 과정에서 나오는 작법이 아닌가 싶어요.

― 여기 녹차 좀 줘요.
― 차는 됐고, 이거 로얄 샬루트인가? 한잔 해도 되죠? 오늘은

좀 센 게 들어가야 될 거 같아서.

〈도둑들〉에서 신하균이 인터폰으로 지시하자 김해숙이 녹차 대신 술을 마시겠다면서

이동진_ 매우 사실적인 대사들은 종종 무척 세면서 독하기도 합니다. 〈타짜〉에서 광렬(유해진)이 노름판에서 호기롭게 베팅하며 "무서우시면 죽으시던가. 좆 무서우면 시집가지 말아야지"라고 비유하는 대사도 그렇고요. 이런 성적인 비속어들을 다른 단어로 돌려서 표현하면 리얼리티가 없다고 생각하시는 거죠?

최동훈_ 노름판에서는 정말로 그런 말들을 하니까요. 제가 대학 다닐 때 송능한 감독님의 영화 〈넘버 3〉를 보면서 무척이나 좋아했어요. 그 영화에서 건달로 등장하는 배우들은 실제 건달들이 쓸 것 같은 대사를 사용했거든요. 저는 영화에서 살아 있는 말을 써야 한다고 생각해요. 사실 서울만 벗어나면 그런 말을 쓰는 사람들이 많거든요. 정확히 말하면, 그것 자체를 리얼리티라고 생각하는 건 아니에요. 제겐 리얼리티라기보다는 필요조건인 듯해요.

이동진_ 그 필요조건은 캐릭터를 위한 필요조건인 건가요?

최동훈_ 그렇다고 할 수 있죠. 제가 황석영 씨의 《어둠의 자식들》을 정말 좋아하는데, 그 작품은 '나는 소설이나 글에 대해선 좆도 모른다'는 문장으로 시작합니다. 그 첫 문장이 어떤 사람에 대한 이야기인지 고스란히 보여주는 셈이죠. 제가 국문과 출신이라서 더 그런 듯해요. 소설에서는 그런 말들을 다 허용하잖아요. 음성으로 직접 귀에 들리면 좀 다르게 느껴져서 거부감이 생길 수도 있을 텐데, 그것이 혹시 기분 나쁜 분은 소설들을 소리 내어 읽어보시길 권해드립니다. 예전에 마틴 스콜세지가 〈좋은 친구들〉을 찍을 때 제작자인 어윈 윙클러가 'Fuck'이란 단어를 대사에 너무 많이 사용한다면서 브레이크를 걸려고 하자, 조 페시가 이렇게 말했다고 하죠. "우린 지금 드라마를 찍는 게 아니라 마피아 영화를 찍는 거야."

— 스승님은 여기까지 봤구나.
　〈전우치〉에서 과거의 일을 떠올리던 강동원이 현재의 세트장에서 혼잣말

이동진 그렇다면 개인적으로 대사 감각이 가장 뛰어난 것은 어떤 감독의 영화들이라고 보시나요.

최동훈 빌리 와일더가 아닐까요. 와일더의 영화들은 스릴러의 경우 찰스 브래킷, 누아르의 경우 레이먼드 챈들러, 코미디의 경우 I. A. L. 다이아 몬드가 시나리오 작가로 참여했는데, 저는 그중에서도 특히 다이아몬드 의 시나리오를 너무나 좋아해요. 〈뜨거운 것이 좋아〉〈하오의 연정〉〈아 파트 열쇠를 빌려드립니다〉 같은 작품들이죠. 시드니 폴락의 〈투씨〉도 대사가 정말 좋아요. 정해진 대사를 내뱉는다는 느낌도 살짝 들긴 하지 만, 대사를 통해 하나의 국면을 넘기는 걸 기가 막히게 잘 해내고 있죠.

이동진 빌리 와일더 영화들의 대사로는 아무래도 〈뜨거운 것이 좋아〉의 마지막 대사인 "완벽한 사람은 없어No one is perfect"가 가장 먼저 떠 오르네요.

최동훈 확실히 그렇죠. 〈뜨거운 것이 좋아〉는 절대로 끝낼 수가 없는 이 야기인데 마지막에 그런 대사를 넣음으로써 아무도 항거할 수 없게 해 놓고 막을 내리는 거죠. 요즘 들어 빌리 와일더의 영화들을 다시 접하 게 되면 형식이 아니라 대사에 집중해서 보게 되는 것 같아요.

— 너 재 좋아하니?
— 아뇨.
— 근데 뭐가 문제야?
— 일만 해야지. 쿨하게. 서로서로.
　〈도둑들〉에서 김윤석이 전지현을 마음에 두고 있는지 넘겨짚으면서 묻자 김수현이 당황해
　서 부인

이동진_ 감독님 영화는 무척이나 쿨하다는 느낌을 줍니다. 첫 영화부터 그랬죠. 관객을 끌려면 영화 후반에서는 무조건 따뜻해야 한다는 믿음이 팽배한 충무로에서 쿨한 영화 찾기란 사실 그리 쉬운 게 아니잖아요? 감독님은 영화 속에서의 감정 과잉을 본능적으로 참지 못하는 것 같습니다.

최동훈_ 격정적 드라마는 안 쓰죠. 어려서부터 텔레비전을 보면서 이틀에 한 번씩 우시는 어머니를 볼 때마다 일종의 짜증을 느꼈는데 그에 대한 반작용인지도 모르겠네요.(웃음) 그런 걸 쓰면 제 마음 깊은 곳에서 브레이크가 걸려요. 솔직한 심정을 말한다면 그런 걸 위해서 서사를 늦추고 싶지 않아요. 원래는 서사가 그런 걸 위해 복무해야 하는데 저는 반대인 셈이죠. 감정이 넘쳐나려면 차근차근 단계를 밟아야 하지만 그게 싫습니다. 단계를 밟기 위해서 어느 순간 정지하는 걸 생리적으로 싫어하는 것 같아요.

— 우리 어머니가 이런 얘기를 했어요.
　〈도둑들〉에서 신하균이 비행기에서 처음 만난 김혜수에게 은근슬쩍 접근하면서

이동진_ 아닌 게 아니라 감독님의 작품을 보면 이야기꾼의 영화라는 생각이 듭니다. 하고 싶은 말이 정말 많은 사람의 영화라고 할까요. 이야기에 대한 욕망이 정서 전달에 대한 욕망보다 영화 속에서 훨씬 더 크게 느껴지는 거죠.

최동훈_ 제가 이야기를 하고 있는데 듣는 사람이 울면 싫은 거죠. 그런데 저도 영화 보면서 잘 울긴 해요. 사실 운다는 것은 진정으로 반응해서 우는 거잖아요? 울고 나서 창피한 영화와 안 창피한 영화가 있는데, 울고도 창피하지 않았던 영화는 끝까지 사랑하게 되는 것 같습니다.

이동진_ 영화에서 궁극적으로 중요한 것은 이야기라고 생각하시죠?

최동훈_ 네. 요사이 맘에 맞는 친구와 어떤 영화를 보고 나면 극장을 나선 뒤 그 작품에 대해 대화를 나눌 때 극 중에 없던 새로운 신을 끼워 넣어서 말할 때가 종종 있어요. '이러저러한 장면이 들어갔으면 더 재미있지 않았을까'라고 하면서요. 사실 대학 시절에는 그렇지 않았죠. 이 영화에는 어떤 알레고리가 있는지, 그런 걸 분석하는 데 주력하곤 했으니까요. 그런데 그게 거짓말이라는 걸 대학에 돈을 내지 않게 되면서부터 알게 됐어요.

이동진_ 거짓말이요?

최동훈_ 비평적으로는 사실일 수도 있지만, 일단 그렇게 보려고 하면 모든 작품을 다 그렇게 보게 되잖아요? 그런데 어떨 때는 꼭 그게 아닌 경우도 있거든요. 말하자면 일종의 틀 같은 거라고 할 수 있을 텐데, 자꾸 틀 속으로 작품을 끼워 맞추려는 듯 느껴질 때가 많죠. 저는 대학 때 영화 동아리 활동을 했는데, 영화는 만들지 않고 말만 많이 하는 곳이었어요. 그때는 우리끼리 세미나를 하면서도 속으로 '이건 아닌데' 싶어서 금방 흥미를 잃었죠.

― 걸려들었다. 지금 이 사람은 상식보다 탐욕이 크다. 탐욕스러운 사람, 세상을 모르는 사람, 세상을 너무 잘 아는 사람, 모두 다 우리를 만날 수 있다.

〈범죄의 재구성〉 마지막 장면에서 사기에 성공한 박신양이 유유히 사라지면서 남기는 내레이션

― 화투. 말이 참 예뻐요. 꽃을 가지고 하는 싸움. 근데 화투판에서 사람 바보 만드는 게 뭔 줄 아세요? 바로 희망. 그 안에 인생이 있죠. 일장춘몽.

〈타짜〉에서 화투에 대한 김혜수의 내레이션

이동진_ 감독님 영화들이 기본적으로 매우 쿨하게 다가온다는 것을 감안할 때, 계몽적인 내용을 직설적으로 일러주는 대사들이 극의 중요한 순간에 흘러나오기도 한다는 게 때로는 의아스럽게 여겨지기도 합니다.

최동훈_ 사실 제가 그렇게 믿거든요. 〈범죄의 재구성〉을 만들 때는 '사기라는 것은 이런 거야'라고 일목요연하게 일러주고 싶은 마음이 있었어요. 〈타짜〉에서 고광렬이 '인생이라는 것은 말이야'라는 식으로 늘어놓는 장면을 넣은 것은 그가 그렇게 믿고 사는 캐릭터라는 걸 보여주기 위해서였죠. 제가 볼 때 사람들은 그런 식의 말을 굉장히 많이 해요. 제가 제일 재미있어 했던 경우는 친구가 결혼한다고 하니까 "인연은 고통이야. 불교에서 그렇게 말한다니까"라고 말하던 사람이었어요.

이동진_ 그 말도 메모하셨겠네요?(웃음)

최동훈_ 그럼요. "잠깐만!"이라고 한 뒤 바로 그 자리에서 휴대전화에 메모했죠.(웃음) 〈타짜〉에서의 그런 말들은 인생에 대한 잠언을 전달하고 싶어서가 아니라, 실제 사람들이 그런 식의 표현을 잘 쓰기 때문이었어요.

— 지금 뭣들 하고 있는 거야? 빨리 닫아, 빨리.
　　〈범죄의 재구성〉에서 사기꾼들에게 당했음을 뒤늦게 깨달은 한국은행 간부가 다른 직원들
　　에게 소리치면서

이동진_ 〈범죄의 재구성〉 〈타짜〉 〈전우치〉 〈도둑들〉은 모두 기본적으로 이야기의 양이 무척 많은 작품들입니다. 데뷔작인 〈범죄의 재구성〉에 등장하는 첫 대사는 한국은행 간부가 신속하게 움직이라고 다그치는 말이었죠. 말하자면 "빨리빨리"를 외치는 다급한 말로 감독 경력을 시작하신 셈인데요, 감독님 영화의 빠른 속도는 스피디한 스타일을 좋아하기 때문이기도 하지만, 정해진 두 시간 안에 해야 할 이야기가 많기 때문이기도 한 것 같습니다. 이야기의 양 자체가 작품의 속도와 스타일을

결정하는 측면이 있다는 거죠.

최동훈 — 처음에 〈범죄의 재구성〉 시나리오를 다 써놓고 보니 양이 무척 많더라고요. 그 시나리오를 본 모든 사람들이 두 시간 안에 다 들어갈 수 없는 이야기라고 했습니다. 신인 감독일 때는 컨트롤을 제대로 못하니까 더 그럴 거라고 했어요. 하지만 저는 두 시간 안에 충분히 들어갈 수 있다고 했죠. 사실 그런 고민들이 영화의 스타일과 템포를 만든 걸 겁니다. 다 쓴 뒤 대사를 혼자 맞춰서 읽어봤더니 2시간 20분이 넘게 나왔거든요. 〈범죄의 재구성〉을 보면, 대사가 안 들리는 순간이 거의 없습니다. 화면이 존재하는 한 대사가 계속 흘러나오죠. 그게 애초부터 생각한 방법이었으니까요. 편집도 무척 빠르게 했고요. 그렇게 진행했기에 〈범죄의 재구성〉은 극장의 청소부 아줌마만 서둘러주시면 충분히 하루 7회 상영을 할 수 있는 영화가 됐죠.(웃음)

— 빠르게! 자, 시작!
〈전우치〉에서 송영창이 김상호에게 전화로 주문을 함께 외울 것을 지시

이동진 — 이야기 속도가 굉장히 빠르게 편집을 하면 감정을 중시하는 연기를 하는 배우들로서는 경우에 따라 불만스러울 수도 있을 것 같습니다. 혹시 그렇게 어필한 배우는 없었나요.

최동훈 — 〈전우치〉의 경우 (김)윤석 선배가 편집실에 가끔 들르곤 했는데, 프레임을 타이트하게 자르면 더 좋아했어요. 윤석 선배쯤 되면 알거든요. 자신의 연기 하나하나보다는 전체적인 스토리가 더 중요하다는 것을요. 그런데 자신이 정말 연기를 잘한 장면이 있으면 그 부분만큼은 자르지 말아달라고 부탁하죠. 꼭 술을 마시는 자리에서요.(웃음) 그러면 나중에 편집실에 가서 고려하기도 하고 그냥 넘어가기도 하죠. 아주 빠르게 이야기를 끌고 가는 게 제 성향이어서 그런지, 배우들도 그 점에

대해선 사소한 것 말고는 이의를 제기하지 않아요.

이동진_ 그런데 대사가 많으면 시나리오의 양도 많을 수밖에 없겠네요.

최동훈_ 분량이 많다고 늘 욕을 먹죠. '이게 시나리오냐, 책이냐' 이러면서요. 그리고 신의 수도 많으니까 사람들이 자꾸 검열을 하더라고요. 그래서 제가 꼼수로 개발한 게 1-1, 1-2, 1-3 식으로 쓰는 거예요.(웃음)

— 시계 돌아간다. 3분 안에 끝내자.

⟨도둑들⟩에서 이정재가 함께 미술품을 훔치는 일당들에게 무전기로 재촉

이동진_ ⟨타짜⟩의 러닝타임은 139분입니다. ⟨전우치⟩는 136분이죠. ⟨도둑들⟩은 135분이고요. ⟨범죄의 재구성⟩은 최종적으로는 116분이지만, 처음 계산해보셨을 때는 2시간 20분가량 나왔다고 하셨죠.

최동훈_ 그 영화는 두 시간 안쪽으로 러닝타임을 맞추기 위해 더 이상 잘라낼 수 없을 지경이 될 때까지 자르고 또 잘랐죠.

이동진_ 그렇게 보면 네 영화가 모두 다 2시간 20분가량의 러닝타임이 필요한 이야기를 다룬다고 할 수 있을 것 같네요. 감독님 영화가 이야기를 다루는 속도가 빠르다는 걸 감안하면 결국 일반적인 대중영화에서 담아내는 내용보다 20~30퍼센트쯤 더 많은 양의 스토리를 펼쳐내고 싶어 하신다는 뜻일 수도 있을 것 같습니다.

최동훈_ 그렇죠. 등장인물이 일단 좀 많이 나오니까 그 각자에게 어쨌든 시간과 역할을 줘야 되잖아요? 그래야 얘기가 풍성해지니까요. 그건 어쩔 수 없는 문제인 것 같아요. 저도 한 시간 반짜리 영화를 찍고 싶은데 말이죠.

범죄의 재구성

개봉 2004년 4월 15일_ 출연 박신양 백윤식 염정아_ 상영시간 116분_ 사기계의 전설로 군림하는 김선생을 찾아간 창혁은 세 명을 더 규합해 한국은행을 털 계획을 세운다. 치밀한 계획대로 한국은행의 돈다발 50억 원을 인출하는 데 성공하지만 뒤늦게 경찰에 발각되어 도주하던 중 차량 폭발 사고로 창혁이 죽는다. 한 달 뒤, 창혁의 형 창호가 보험금 5억 원의 수혜자인 게 드러나면서 인경이 그에게 접근하기 시작한다.

플래시백을 사용하더라도 영화에서 묘사되는
플래시백들끼리는 시간적 순서대로 보이는
경우가 대부분인데, 초기작 두 작품은
플래시백들의 시간적 순서마저도
계속 뒤섞입니다. 순서대로 늘어놓는 것은
재미가 없다고 느끼시는 편인가요?
많은 이야기를 효율적으로 전달하기 위한
이야기의 경제성 때문에
그런 면도 있는 것 같은데요.

감정을 쌓아가기에는 시간적 흐름을 따르는 게 훨씬 더 편하죠. 하지만 그렇게 하면 두 시간 안에 다 못 담아요. 순서를 바꿔놓으면 관객이 혼자서 마음속으로 이야기를 쌓아가게 됩니다. 또 한편으로는 관객이 사고하면서 영화를 보길 바라기 때문입니다. 시간이 쪼개지고 점프되는 걸 보면서 관객은 그 빈 간극들을 맞춘다고 생각하거든요.

– 속도 높여!
– 속도 줄여!

<전우치>에서 송영창과 주진모가 앞서서 뛰어가는 강동원을 태우기 위해 자동차 안에서
교대로 소리 지르면서

이동진 많은 양의 이야기를 한정된 러닝타임에 담으려고 하다 보니 필연적으로 영화의 속도가 빨라진 것이기도 하지만, 실제로 개별 쇼트나 신을 살펴보면 그 자체로 짧고 빠르게 편집이 되어 있기도 합니다. 예를 들어 <전우치>의 초반부는 쇼트의 길이와 양이 무척 짧고 많아서 관객 입장에서는 정신을 차릴 수가 없을 지경입니다. 전달되는 정보량 역시 많아서 거의 퍼붓다시피 하는 것처럼 여겨지죠. 초반부의 이와 같은 급격한 진행은 관객들이 펼쳐지는 내용을 다 인지하지 못해도 크게 상관은 없다고 보았기 때문인가요.

최동훈 아니죠. 그 정도면 인지가 될 것이라고 판단한 결과죠. 영화가 제 아무리 빨라봐야 어차피 초당 24프레임일 뿐이라고 여기면서 그렇게 간 겁니다. 제 느낌에 <전우치>는 물이 상류에서 급류를 타고 막 내려가던 중 어느 순간 넓은 지형을 만나면서 천천히 가다가 저 멀리서 폭포가 나오는 것 같은 흐름이에요. 전달해야 할 정보량이 많기에 편집할 때 고민을 많이 했어요. 필요한 정보들이 다 인지되기를 바랐으니까요. 하지만 다른 한편으로는 <전우치>가 판타지 영화이므로, 간략한 정보와 뉘앙스만 가지고도 이 영화가 충분히 인식될 수 있지 않을까 싶기도 했어요. 지적하신 점에 대해서는 솔직히 저도 잘 모르겠어요. 관객들마다 다르게 느끼는 것 같아서요. 사실 그 영화 초반부가 빠르긴 하죠.

– 빨리 빨리 빨리 빨리. 한국 사람은 빨리 빨리 빨리.
– 한국 사람은 빨리 빨리, 네.

〈전우치〉에서 염정아가 더 큰 치수의 구두를 가져오라고 재촉하자 임수정이 장단을 맞추면서

이동진_ 스피드나 타이밍에 대한 고민을 많이 하시죠?

최동훈_ 그럼요. 〈타짜〉 때도 흡사한 고민이 있었죠. 예를 들어, 〈타짜〉에서 정마담(김혜수)이 등장하는 순간을 러닝타임이 얼마만큼 흘렀을 때로 해야 적정한가에 대한 고민이 있었거든요. 애초에 저는 30분쯤이 적당하다고 판단을 내렸는데, 결국 최종 결과물에서는 35분쯤에 나와요. 〈타짜〉는 처음에 분량이 4시간가량으로 나와서 편집할 때 정말 어려웠어요. 앞 장면들이 너무 길어서 애초 생각과는 달리 정마담의 등장이 자꾸 지연되는 거예요. 그래서 아예 최종 러닝타임에서 정마담이 등장하는 시간을 미리 정해놓고 그에 맞춰 편집했죠.

— 아, 어디 있는 거야, 해독기가.

〈도둑들〉에서 전지현이 미술관 지하창고에서 랜턴을 들고 헤매면서 혼잣말

이동진_ 〈전우치〉 편집도 만만치 않았을 것 같은데요.

최동훈_ 〈전우치〉는 과거에서 현재로 넘어가는 지점이 언제쯤이면 좋을지에 대해서 편집기사와 논의했어요. 처음 편집을 마치고 났을 때는 러닝타임으로 1시간 20분가량이 흘렀을 때였는데, 최종 결과물에서는 46분쯤이었죠. 전체적인 게 더 중요해서 그렇게 당긴 거예요. 그게 제 편집 스타일인 것 같기도 해요. 저 역시 영화에서 차분함이 필요하다는 걸 잘 알고 있는데, 결국 제 성향이 앞서가곤 하죠.

— 어어어어. 빨라 빨라 빨라. 윽, 골반뼈.

〈도둑들〉에서 김수현이 너무 빠른 속도로 완강기를 작동시키자 와이어를 타고 내려가던 전지현이 당황

이동진_ 〈전우치〉는 쇼트들의 길이가 짧기도 하지만, 각 쇼트의 커팅 타이밍 역시 굉장히 빠릅니다. 하나의 쇼트 안에서 대사의 여운 같은 것을 남기는 대신에 반 박자씩 빠르게 잘라 스피드를 살리는 거죠.

최동훈_ 심지어 〈전우치〉에서 CG로 만들어낸 요괴들과 싸우는 장면까지 빠르게 편집했어요. 일반적으로는 관객들이 CG를 즐기게 하려면 좀 길게 붙이는 게 맞는데 말이에요. '21세기에 통하지 않는 쇼트가 뭐 있겠어?'라는 생각도 있었지만, 무엇보다 초반부터 뭔가 시간적 여유가 생기는 걸 싫어했던 것 같아요. 초반부의 감정은 불필요하다고 생각했던 거죠. 상대적으로 후반부는 좀 넉넉하게 편집을 했죠. 배우가 대사를 끝내고 나서 가만히 있는 것을 조금씩 남겨두었거든요. 그런데 초반부는 그 같은 방식이 제 자신에게 너무나 지루한 거예요. 어떤 게 옳은 리듬인지는 저도 잘 모르겠어요. 한국에서의 영화 상영이 다 끝난 뒤, 외국 영화제 같은 데서 제 작품을 보면 스타일이나 편집 템포 같은 것에 대해 저 역시 너무 빠르다고 느끼기도 하니까요. 그래서 '다음 영화는 좀 느리게 가야지'라고 마음을 먹고는 하는데, 막상 다음 영화를 하게 되면 그렇게 되지 않는 거죠. 〈타짜〉도 좀 느리게 가려고 노력을 한 게 그렇게 된 것이거든요. 〈전우치〉 역시 그런 부분이 있는데도 결과가 그와 같았던 걸 보면, 제 성격이 워낙 급해서 그런 건가 싶기도 해요. 사실 〈전우치〉에서 제가 관심 있었던 것은 신보다는 시퀀스였어요.

이동진_ 〈전우치〉는 시퀀스의 길이가 일반적인 영화보다 훨씬 긴데요.

최동훈_ 극 중 과거 시제 장면들 전체를 하나의 시퀀스로 여기기도 했어요. 통으로 가는 느낌이라고 할까요. 반면에 〈범죄의 재구성〉과 〈타짜〉는 신과 신을 붙여나가면서 만든 영화였죠. 〈전우치〉 다음 영화에서 시퀀스 구성을 다시 해보고 싶다는 생각을 한 이후에 쿠엔틴 타란티노의

〈바스터즈〉를 보았는데, 그렇게 지루하게 재미있는 영화는 정말 처음이었어요. 제가 생각하는 시퀀스적 형식이 바로 그 영화에 잘 살아 있더라고요. 사실 영화라는 매체는 뭔가 새로운 것을 위해 발악해볼 만한 게 적어요. 스토리가 언제나 우선이니까요. 그래서 저는 '무지막지하게 재미있는 스토리에 조금 더 변화가 있는 형식을 맞춰서 다음에는 잘해봐야지'라고 늘 다짐합니다.

— 그럼 그때 그 금괴는?
— 옛날에 금괴를 내가 들고 날랐다?
〈도둑들〉에서 김혜수가 과거에 사라진 금괴의 행방에 대해 질문하자 김윤석이 반문

이동진_ 〈범죄의 재구성〉은 플래시백이 생명인 영화입니다. 제목 자체가 그렇죠. 〈저수지의 개들〉과 비슷한 구성의 복잡한 구조를 지닌 작품이잖아요. 그런데 〈범죄의 재구성〉뿐만 아니라 〈타짜〉 역시 구조가 일반 극영화와 다릅니다. 시간의 흐름에 따라 서술하지 않고 계속 시간을 거슬러 올라가면서 이야기를 하잖습니까. 플래시백을 사용하더라도 영화에서 묘사되는 플래시백들끼리는 시간적 순서대로 보이는 경우가 대부분인데, 초기작인 이 두 작품은 플래시백들의 시간적 순서마저도 계속 뒤섞입니다. 순서대로 늘어놓는 것은 재미가 없다고 느끼시는 편인가요? 많은 이야기를 효율적으로 전달하기 위한 이야기의 경제성 때문에 그런 면도 있는 것 같은데요.

최동훈_ 감정을 쌓아가기에는 시간적 흐름을 따르는 게 훨씬 더 편하죠. 하지만 그렇게 하면 두 시간 안에 다 못 담아요. 순서를 바꿔놓으면 관객이 혼자서 마음속으로 이야기를 쌓아가게 됩니다. 그런 기본적인 필요에 의해서도 작품 구조가 그렇고요, 또 한편으로는 관객이 사고하면서 영화를 보길 바라기 때문입니다. 시간이 쪼개지고 점프되는 걸 보면

서 관객은 그 빈 간극들을 맞춘다고 생각하거든요. 그렇게 쓰면 제 자신도 즐겁고요. 전 그런 복잡한 구조가 있더라도 관객들이 다 이해할 수 있다고 봅니다.

— 주민들 보호하고. 내부가 복잡하니까 천천히. 자, 기동대 투입!
〈도둑들〉에서 경찰 간부가 건물 안으로 들어갈 부하들에게 당부

이동진_ 〈범죄의 재구성〉은 제목이 직접적으로 드러내듯 일단 사건을 벌여놓고 그것을 사후에 재구성하는 방식이니까 플롯이 복잡할 수밖에 없을 겁니다. 그런데 군이 그럴 필요가 없는 〈타짜〉 역시 시간 순서가 뒤섞여 있고 플롯이 복잡합니다. 사실 감독님 영화들 중에 〈타짜〉의 플롯이 가장 복잡하죠. 영화를 보다 보면 중간쯤에 영화가 비로소 시작되는 듯한 느낌이 들기도 해요. 〈전우치〉 역시 그렇죠. 과거 장면들이 전체 러닝타임의 절반 가까이 차지하는데도 현대의 장면들이 시작되면 이제까지 본 게 마치 기나긴 프롤로그처럼 보이기도 하거든요.

최동훈_ 그렇죠. 제가 플롯을 짤 때 가장 신경을 쓰는 건 무척 소박한 것인데, '과연 이게 재미있을까'라는 질문이죠. 그리고 하나 더 있다면, '영화를 보면서 관객들이 이야기가 계속 제대로 굴러가고 있다고 믿을 수 있을까' 하는 것이고요. 분량이 꽤 많기도 한 제 이야기를 저만의 질서 안에 놓고 싶은 욕망이 제게 있는 것 같아요. 저는 플롯을 짤 때가 제일 기분이 좋습니다. 플롯은 종이 한 장 안에도 짤 수 있는 것이잖아요? 그래서 짰다 버리고 짰다 버리면서 하나씩 만들어가죠. 시간 순서를 무시하면서 플롯을 짜면 엑기스만 뽑아서 표현할 수 있는 장점이 있어요. 그렇게 중요한 것들을 쫙 계속 놓는 거예요. 다만 시간이라는 변수를 염두에 두고서 말입니다.

이동진_ 시간의 순서를 제대로 뒤섞어놓는다면, 이야기를 많이 생략해도 관객이 너그러워질 수 있을 거 같아요. 만약 스토리가 시간 순으로 연결된다면 중간에 어떤 단계를 건너뛸 때 비약이라고 느껴지기 쉬운데, 어차피 순서가 많이 뒤섞여 있는 플롯이라면 그런 측면에서 좀더 자유로울 테니까요. 이런 방식의 플롯을 가진 영화를 볼 때 관객은 좀더 능동적으로 참여하게 되는 것 같습니다.

최동훈_ 이야기를 만들려면 하기 싫어도 어쩔 수 없이 쌓아야 되는 벽돌들 같은 게 있잖아요? 하지만 그런 플롯을 짜게 되면 굳이 그와 같은 벽돌들을 쌓지 않아도 된다는 게 저로선 참 즐거운 거죠. 그리고 조금 느리더라도 빠른 것처럼 일종의 착시 효과를 관객들에게 주기도 하는 것 같아요. 제가 국문과를 나와서 그런지, 이야기를 어떻게 구축하는가가 제게는 늘 흥미진진한 일이에요.

– 그래, 그쪽은 어떻게 됐어?
〈전우치〉에서 주진모가 송영창에게 전우치의 활약에 대해서 질문

이동진_ 〈범죄의 재구성〉에서는 과거 범죄 장면에서 얼매(이문식)가 때리려고 몽둥이를 치켜들자 보호 본능에 몸을 웅크리는 은행 지점장 모습을 보여준 뒤 컷을 나누지 않은 채 현재 장면으로 옮겨가 같은 쇼트에서 그 지점장이 웅크렸던 몸을 펴면서 경찰 앞에서 진술하는 모습을 보여줍니다. 창혁(박신양)을 처음 만난 인경(염정아)이 김선생(백윤식)과 휘발유(김상호)에 대한 이야기를 들려줄 때 카메라의 패닝만으로 현재에서 과거로 넘어가는 듯 연출하신 장면도 있었죠. 이처럼 플래시백을 보여주기 전이나 보여주고 난 후, 공간을 바꾸지 않은 채 과거와 현재라는 시간만 바꿔 연결하는 방식이 무척 인상적이기도 했습니다. 감독으로서 스타일상으로 플래시백을 무척 좋아하기도 하시죠?

최동훈_ 그럼요. 플래시백이라는 방식에 대해서 깊은 애정을 가지고 있는 것 같아요. 제가 좋아했던 누아르 영화들이 다 플래시백을 갖고 있거든요. 〈범죄의 재구성〉 역시 그래요. '자, 그러니 이제 봅시다'라고 말하는 것 같은 스타일이죠. 〈타짜〉는 '자, 한편!'이라고 말하면서 또다른 이야기를 비추는 식의 영화고요. 제 아내가 그건 〈섹스 앤 더 시티〉의 스타일이라고 하더군요. 그 영화가 '한편Meanwhile!' 이러면서 진행되잖아요. 그런 게 기본적으로 작품에 경쾌함을 불어넣는 것 같아요. '이 영화는 무엇무엇에 대한 영화입니다' '지금부터 이 장소에서 출발합니다', 뭐 그렇게 말하는 듯한 영화들이 좋습니다. 박찬욱 감독님의 〈친절한 금자씨〉를 제가 좋아했던 게 내레이션이 정말 좋아서였어요. "금자는 그때 무척 슬펐다"라는 내레이션이 나오면 속으로 그렇게 생각했죠. '아, 좋겠다. 슬픈 장면을 직접 안 찍어도 되고.'(웃음) 옛날이야기 해주듯 하는 영화들을 좋아합니다.

— 가만, 아까 얼매한테 에이스 하나 빠져 있었는디. 가만, 움직이지 마.

〈범죄의 재구성〉에서 김상호가 함께 포커를 치던 박원상이 자신을 속였음을 직감

이동진_ 〈도둑들〉에는 좀 다른 방식으로 시간을 무척 인상적으로 다루는 장면이 있었습니다. 주차장에서 총격전을 벌인 뒤 첸(임달화)이 차를 몰고 씹던껌(김해숙)과 함께 거리를 달리다가 교통사고가 나는 장면이었죠. 상당히 긴박한 상황인데도 영화 속에서 그 장면은 씹던껌의 굽힌 등만 내내 보여줍니다. 첸이 그녀를 보호하기 위해 그렇게 하고 있으라고 했었죠. 그러면서 자연스레 공간도 바뀌게 되는데 관객들은 그 장면에서 물리적으로 묘사된 것보다 시간이 훨씬 더 많이 경과한 것으로 체험하게 됩니다. 등을 숙인 채 움직이지 않고 있는 씹던껌의 시점으로

그 모든 혼란을 받아들이게 되고요. 제게 그 장면은 시간을 압축하는 마술 같은 것을 본 것처럼 느껴지는데요.

최동훈_ 그 직전의 주차장 총격신을 구상할 때 제게 제일 중요했던 것은 총이 발사되는 걸 처음 본 씹던껌의 두려움이었어요. 그래서 그것만 (관객에게는 느린 움직임의 화면으로 보이는) 고속촬영으로 찍었어요. 그 광경을 보는 씹던껌의 심리를 담고 싶어서요. 말씀하신 도주 장면 역시 시점의 중심을 씹던껌으로 하고 싶었죠. 그래서 마지막까지도 카메라가 차 밖으로 나가게 하지 말아야겠다고 생각했던 겁니다. 실제로는 주차장 안에서부터 밖의 거리까지 시간과 공간을 비약해서 표현했지만 첸이 핸들에 머리를 박고부터는 오히려 진공 상태처럼 느껴지도록 하고 싶었죠. 앞에서 이미 총격신을 선보였기 때문에 그 부분까지 액션을 묘사할 필요는 없다고 봤어요. 〈전우치〉를 찍고 나서 액션에 대한 생각이 바뀐 거죠.

이동진_ 액션은 물량 공세를 할 필요가 없다는 건가요?

최동훈_ 백날 찍어봤자 소용없다는 거죠. 왜냐하면 저는 액션영화를 만들려는 게 아니니까요. 액션은 단지 등장인물 모두에게 불가피한 상황일 뿐, 그 사람을 찍고 싶다는 겁니다. 후반부에서 마카오박이 액션을 펼칠 때도 중간에 그 모든 액션을 멈춰버리고 일순간 조용히 그의 얼굴을 찍고 싶었던 거죠. 물에 빠진 팹시 장면을 찍을 때도 거기선 그냥 팹시만 찍으면 된다고 느꼈어요.

이동진_ 어떤 영화든 결국 사람을 찍어야 한다는 거네요.

최동훈_ 존 포드가 모뉴먼트 밸리에서 영화를 찍을 때 촬영기사가 어느 앵글이든 다 똑같은데 뭘 찍냐고 투덜댔대요. 그러자 존 포드가 항상 사람을 찍으면 된다고 했다죠. 이제 그 말의 뜻을 어설프게라도 알 것 같습니다. 존 포드는 일단 모뉴먼트 계곡을 지나가는 마차를 무지하게 오래 보여줘요. 그런 다음에는 계속 사람만 찍는 거죠.

– 태초에 땅에선 인간과 짐승이 조화로웠고, 하늘 깊숙한 감
  옥엔 요괴들이 갇혀 있었다. 도력 높은 신선 표훈대덕은 신
  비한 피리를 삼천 일 동안 불며 요괴의 마성을 잠재우고 있
  었다. 삼천 일의 마지막 날 열렸어야 될 감옥문이 그곳을 지
  키던 미관말직 신선 셋의 실수로 하루 먼저 열리고 말았다.

〈전우치〉의 도입부에서 제시되는 내레이션

이동진_ 옛날이야기를 해주듯 하는 영화들을 좋아한다고 하셨는데, 〈전우
치〉는 아예 처음부터 옛날이야기를 들려주는 방식으로 시작합니다.

최동훈_ 나중에 보니 제가 너무 까발렸다는 생각이 들긴 하더라고요. 사
실 감독으로서 제게 스타일이 있다고 생각해본 적은 한 번도 없어요.
촬영에서도 애초에는 가만히 있는 카메라보다는 움직이는 카메라가
더 좋다는 정도였죠. 〈범죄의 재구성〉의 경우, 큰 방향은 있었지만 최
종 결과물을 제가 정확히 예측했던 것은 아니었거든요. 시나리오가 두
껍고 대사 역시 굉장히 많은 상황에서 배우들이 그걸 완벽하게 소화하
려면 어떻게 해야 할지에 대해 고민하다가 특정한 방식을 찾아낸 거죠.
그러다 보니 현실적으로 시나리오 작업을 할 때부터 불필요한 부분이
최대한 제거되도록 구성을 짜게 됩니다. 〈타짜〉 역시 방대한 분량을 담
기 위해서 이야기에 걸맞은 형식을 만든 셈이고요.

– 어서 쫓아가라고!

〈도둑들〉에서 홍콩 경찰인 이심결이 한국 경찰들에게 달아나는 김윤석을 잡으라면서

이동진_ 〈타짜〉에는 카메라 움직임이 아주 많았습니다. 편집도 매우 적극
적이었고요.

최동훈_ 〈타짜〉를 만들 때는 카메라가 멈춰 서 있는 시간이 거의 없도록

하려고 했어요. 그건 그 영화의 템포와 관련이 있는 굉장히 중요한 촬영 원칙이었죠. 도박하는 장면을 움직이지 않는 앵글로 계속 찍으면 활력을 잃게 될 것이라고 생각했어요. 실제 촬영에 앞서서 연출부들에게 화투를 쳐보라고 한 뒤 촬영감독과 함께 비디오카메라로 계속 움직여가며 찍어보기도 했어요. 어떻게 하면 조금이라도 다채롭게 보일 수 있을까 싶어서요. 적지 않은 장면을 두 대의 카메라로 찍기도 했는데, 결국 〈타짜〉를 통해서 제가 카메라 두 대를 쓰는 법을 많이 배운 것 같아요. 그렇게 찍으면 배우가 똑같은 연기를 반복해야 하는 수고를 덜 수 있다는 장점도 생기죠. 어쨌든 〈전우치〉도 마찬가지입니다. 옛날이야기를 들려주는 듯한 느낌이 가장 적합한 방식이란 판단이 들어서 한 건데, 도입부부터 너무 순수하게 드러낸 것 같은 느낌도 들어요.

이동진_ 노림수를 처음부터 너무 정직하게 드러냈다는 느낌인가요?

최동훈_ 공이 울리자마자 바로 튀어나가서 스트레이트부터 날렸다는 느낌인 거죠. 결과적으로 잽을 좀 덜 쓴 셈인데, 다시 생각해보니 그러네요. 슈거 레이 레너드처럼 은근슬쩍 했어야 했는데, 제이크 라모타처럼 했네요.(웃음)

– 어머님, 첨 뵙겠습니다. 제가 당연히 마중 나갔어야 되는데, 아, 오늘 따라 인터뷰가 많아가지구요.
〈도둑들〉에서 신하균이 내심 미래의 장모로 생각하고 있는 김해숙에게

이동진_ 〈전우치〉에는 볼거리부터 캐릭터의 행동과 대사까지 아기자기한 재미가 가득 들어 있습니다. 그런데 사실 저는 영화를 보면서 지나치게 많은 것이 녹아 있는 과포화용액 같다는 생각도 했어요. 두세 편은 너끈히 만들 수 있을 정도의 아이디어가 빽빽하게 담겨 있는데, 그게 다 소화되지 않아서 좀 아깝다는 느낌까지 들었거든요.

최동훈_ 그런 느낌이 있어요. 임상수 감독님도 〈전우치〉를 보고 나서 "영화 속에 재주가 너무 많다"고 하시더라고요. 그런데 저는 만들 당시에는 오히려 부족하다고 느꼈거든요. 편집을 할 때가 되어서야 너무 많았다는 것을 깨닫게 되었죠. 조금 더 버려야 했던 것 같아요. 〈범죄의 재구성〉과 〈타짜〉를 만들 때는 많이 버렸거든요. "좋아하는 것들을 다 버리면 네가 쓸 수 있는 것 이상의 것을 쓸 수 있다"는 헤밍웨이의 충고를 지켰던 셈입니다. 그런데 다른 두 작품들과 달리, 그 성격상 〈전우치〉에는 현실세계를 비추는 거울 같은 게 존재하지 않기에 다른 때보다 더 많이 넣었던 것 같아요. 〈전우치〉를 만들면서 드라마를 풀기가 이전보다 더 어려웠던 게 사실이었어요.

– 마카오박은 무슨 생각일까요?
〈도둑들〉에서 이심결이 기국서의 행방에 대해 예측하다가 수사과장에게 질문

이동진_ 〈범죄의 재구성〉이나 〈타짜〉 혹은 〈도둑들〉과 달리, 〈전우치〉는 플래시백이 구조상 핵심적인 역할을 하는 작품이 아닙니다. 〈전우치〉는 감독님 영화 중 시간 순으로 볼 때 이야기의 처음에서 시작하는 유일한 작품이기도 했죠. 게다가 전작들에 비해서 〈전우치〉는 만들기가 훨씬 더 까다로운 소재를 다루었던 것 같습니다. 이야기의 측면에서 〈전우치〉를 만들 때 어떤 고민이 가장 컸습니까.

최동훈_ 스펙터클한 볼거리를 어떻게 다루느냐에만 관심을 기울이는 사람들이 많았지만, 사실 연출자로서 〈전우치〉는 스펙터클에 대한 것보다 이야기에 대한 게 더 어려운 영화였어요. 물론 언제나 그렇긴 하지만요. 〈전우치〉는 만들면서 과연 내가 다루는 이야기가 완결적인지에 대한 의문이 계속 들었어요. 결국 〈전우치〉를 통해서 '영화는 역시 스토리였군'이라는 생각을 다시금 명확히 하게 되는 계기가 됐죠. 좀 과

장해서 얘기를 해본다면, '스토리를 위해서라면 스펙터클은 희생해도 상관없는 것이군'이라는 해답을 얻었다고 할까요. 스펙터클에 대한 열망 자체는 지극히 현실적인 목표일 거예요. 오히려 이야기에 대한 것이 도달해야 할 꿈이지 않나 싶습니다.

– 무릇 도가의 적막함보다 유가의 입신양명을 꿈꾸는 게 참 알고 보면 꿈처럼 허무한 건데, 그걸 모르면 꿈인지 현실인지 모르는 거고, 그러다 보면 알다가도 모르는 거잖습니까, 사람 일이.

〈전우치〉에서 유해진이 막 잠에서 깨는 강동원을 보면서 백윤식에게

이동진 〈전우치〉는 그 소재의 특성상 다른 영화들에 비해서 구조가 좀더 몽환적입니다. 시간이나 공간이 급격히 변주되는데, 심지어 꿈과 현실까지 현란하게 뒤섞이죠. 클로즈업과 익스트림 롱쇼트가 곧바로 교차되는 등 앵글 크기까지 변화무쌍합니다.

최동훈 〈전우치〉 개봉 후 그 영화의 주제가 뭔지에 대해 대놓고 묻는 사람도 있었는데, 사실 딱히 주제로 내세울 만한 게 별로 없었어요. 집 주소도 아닌데 자꾸 물어보니까 난감하더라고요. 그런 걸 누가 대신 찾아서 일러주면 좋을 텐데 말이죠.(웃음) 그러다가 〈전우치〉는 어쩌면 형식 자체가 주제인 영화일 수도 있겠다는 느낌이 들더군요. 영화의 라스트 신에 등장하는 바다는 과거에 보았던 그 바다거든요. 그러니까 허구가 실제 상황이 된 셈이죠. 〈전우치〉의 세계는 바로 그런 세계예요. 도술이라는 소재를 가지고 영화를 만들 때, 이야기의 진행을 연대기 순서대로 할 수는 없는 것 같습니다. 물론 〈범죄의 재구성〉과 〈타짜〉의 플롯도 연대기 순서로 이야기를 진행시키지 않고 시간대를 오가며 짜맞추는 방식이긴 했지만, 〈전우치〉는 그걸 드라마로 만들지 않고 느낌으로 표

현한 경우라고 할 수 있죠. 진정한 알코올 중독자는 술을 먹다가 잠시 재떨이에 담배를 비벼 껐을 뿐인데도 어느덧 공간이 바뀌어 있는 거거든요.(웃음) 〈전우치〉의 느낌이 그와 약간 비슷하다고 할까요.

− 이 방 기억날 텐데. 예전에 이 자리에 앉았던가? 아닌가?
〈도둑들〉에서 김윤석이 예전에 자신의 아버지를 죽였던 기국서의 기억을 상기시키면서

이동진_ 감독님은 서사를 매우 스피디하게 다루지만, 기본적으로 고전적인 화법을 좋아하시는 것 같습니다. 〈전우치〉를 보면서 다시금 그런 느낌을 강하게 받았어요. 영화 〈전우치〉의 이야기는 고전소설 '전우치전'에서 모티브를 따왔지만 인물과 일부 설정만 가져오고 나머지 대부분은 새로 창작을 하셨죠. 하지만 우리 고유의 이야기 같은 뉘앙스는 영화에서도 잘 살아 있더군요.

최동훈_ 〈전우치〉를 선택한 이상, 뭔가 한국적인 무의식이나 고전적인 뉘앙스를 끌고 올 수밖에 없었어요. 전래동화책에 등장하는 삽화의 느낌을 투영하려고 노력했죠. 전작들의 소재였던 사기나 도박은 사실 저의 정신세계 안에서도 충분히 구축이 가능해요. 왜냐하면 많은 부분을 상식에 기대도 되는 소재니까요. 예를 들어, 뛰어난 사기꾼이나 도박꾼의 모습이 어떨지에 대해서는 상식만으로도 어느 정도 상상이 가능해집니다. 그런데 〈전우치〉는 도가의 정신을 표현해야 하는 영화였어요. 그게 참 어려웠죠. 김용옥 선생 같은 분의 강의를 예전에 좀 열심히 들어볼걸 그랬다는 후회가 생기기도 했어요.

이동진_ 좀 뒤늦게라도 영화를 위해 관련 책들을 보셨나요.

최동훈_ 처음에는 공부를 좀 하려고 했죠. 그런데 책들을 읽다가 어느 순간 이 작품 역시 내 상식의 선에서 만들어봐야겠다는 판단이 들더군요. 제가 도가에 대해서 아무것도 모르는 것 같지만, 사실 한국 사람이라면

어떤 종교를 갖고 있느냐에 상관없이 알게 모르게 체득하고 있는 전통적 가치관 같은 것을 가지고 있는 것이라고 보게 된 거죠. 삶이 꿈같다는 느낌이나 인생이 덧없다는 생각 같은 것 말입니다. 저는 〈전우치〉를 만들고 나서 이 영화가 외국에서 상영되면 어떤 반응을 얻을지 무척 궁금했어요. 한국 관객들은 쉽게 이해할 수 있는 정서와 시각인데, 외국 관객들에게는 어떨지 짐작할 수 없었거든요. 〈범죄의 재구성〉이나 〈타짜〉를 만들고 나서는 그런 궁금증이 없었는데 말이에요.

— 마카오 성당에서 정말로 그렇게 기도했나? 다시는 날 만나지 않게 해달라고?
— 얼굴 보고 얘기할까, 우리? 다시 시작할 수 있잖아.
　〈도둑들〉에서 마침내 서로의 본심을 알게 된 김윤석과 김혜수가 전화로 대화

이동진_ 말씀하신 대로 〈전우치〉에는 도가적 세계관이 짙게 깔려 있죠. 환영성幻影性을 강조하는 이 영화의 이야기 내부뿐만 아니라, 순환적인 속성을 갖고 있으면서 시공간을 자유롭게 넘나드는 이 영화 내러티브의 형식 자체도 그런 주제와 맞닿아 있는 것으로 보입니다.

최동훈_ 당시 〈전우치〉 개봉 이후의 반응들 중에서 제게 가장 당혹스러웠던 것은 산만하다는 지적이었어요. 저는 그 안에서 논리적이지는 않더라도 산만하지는 않다고 판단했으니까 현재의 결과물처럼 찍었겠죠. 그런 반응에 접하면서 '사람들은 그저 이 영화에서 화려한 도술로 싸우는 장면만을 원했던 걸까' 싶었어요. 그런데 사실 그런 것들로만 구성하면 시나리오를 쓰기가 정말 쉽거든요. 저는 상업영화 감독으로서, 솔직히 말하면 제 영화가 흥행이 되기를 남북통일보다 더 바랍니다. 그런데 〈전우치〉의 현재 내러티브 구조 대신 상대적으로 편한 구조를 택했더라도 좀더 흥행이 되었을지는 미지수라고 봐요. 또다른 측면을 생각

할 수도 있을 거예요. 요즘 영화가 소비되는 방식을 보면, 원치 않아도 케이블TV 등을 통해서 두 번씩은 보게 되거든요. 만일 두 번째 봤을 때 더 재미있다면, 저는 그게 좋은 영화라고 생각하기도 해요.

— 이게 끝인가요?
〈도둑들〉에서 오달수가 범행 현장에 총 밀반입 부탁을 하면서 중국 노인에게 몰래 돈을 건 넨 뒤에

이동진_ 그런 면에서 〈전우치〉의 마지막 장면에 대해서 질문하고 싶네요. 〈전우치〉는 몽환성과 기시감 혹은 기청감을 강조하고 있죠. 눈속임을 핵심으로 하는 전우치의 도술 내용과 기시감을 적극 내세우는 종반부 장면으로부터, 광고판이나 그림에서 인물이 튀어나오도록 하는 설정과 싸움 도중 공격을 받은 캐릭터들이 허공에 포말이나 조각으로 사그라드는 세부 묘사까지, 결국 〈전우치〉는 삶을 꿈과 겹쳐서 보려는 영화라고 할까요. 그 연장선상에서 〈전우치〉는 영화라는 매체가 지닌 생래적인 환영성에 대해 코멘트하는 작품으로 보이기도 하고요. 특히 라스트 신이 그렇습니다. 열대의 해변에서 펼쳐지는 마지막 장면에서 인경의 마지막 대사는 "근데, 이 음악 어디서 들은 것 같은데?"입니다. 그리고 이어지는 전우치의 마지막 대사이자 이 영화 전체의 마지막 대사는 "이게 바로 바다?"죠. 대중영화로는 상당히 파격적인 이 엔딩은 이 작품의 핵심을 그대로 담고 있는 것으로 보입니다. 더구나 두 주인공의 마지막 대사들은 모두 대답 없는 물음으로 끝나잖습니까.

최동훈_ 그렇게 하지 않는다면 이것이 과연 영화일까 싶은 의문이 제게 있었어요. 〈범죄의 재구성〉에서 제가 결국 말하고 싶었던 것은 '범죄자는 때로 붙잡히지 않는다'인 셈이죠. 그래서 주인공이 유유히 빠져나가는 것으로 마무리를 했던 겁니다. 〈타짜〉에서는 사람보다 돈이 더 우선

인 결말이 나와야 한다고 봤고요. 〈전우치〉는 특히 결말을 해결하지 않고서는 시나리오를 쓸 수 없는 경우였어요. 저는 전우치가 과거로부터 현재로 와서 벌였던 그 모든 일들이 꿈처럼 느껴지길 바랐습니다. 그 덕분에 영화가 산만하다는 평을 들었지만, 제게는 도술을 소재로 한 영화라면 그렇게 끝날 수밖에 없는 외길이었던 것 같아요. 구조를 그렇게 가지고 가야만 영화를 찍으면서 안심할 수 있기도 했고요. 누군가는 〈전우치〉의 라스트 신을 보면서 〈바톤 핑크〉의 마지막 장면이 연상된다고 말하기도 하더군요.

– 이 여자 티파니잖아?
– 너무 위험한데.
〈도둑들〉에서 임달화가 사진 속 여인이 누구인지를 알아보자 증국상이 우려를 표명

이동진_ 대중영화로서는 매우 용기 있으면서도 다른 한편으로는 좀 위험한 종결법으로 느껴지기도 하는데요.

최동훈_ 언론 시사회를 열기 전에 〈전우치〉의 제작자인 이유진 대표와 마지막 장면에 대해서 상의했어요. 이 대표님이 초랭이가 암컷이라는 사실이 밝혀지는 지점에서 이야기를 끝내는 게 어떻겠냐고 제안하더라고요. 현재 나와 있는 것처럼 하면 모호함이 가득한 엔딩이니까, 상업영화를 만드는 제작자로서 충분히 설득력 있는 제안이라고 봤어요. 그러나 그렇게 하면 깔끔해지긴 하겠지만, 〈전우치〉의 주제가 '초랭이는 암컷!'이 될 수는 없는 거잖아요. 클라이맥스는 영화의 성격을 드러내지만, 엔딩은 결국 감독의 선택이라고 믿거든요. 그냥 그렇게 끝내면 그건 영화가 아닌 것 같다고 이야기했죠. 결국 제작자도 동의했어요.

— 느그 한국은행으로 들어가는 그 시간에 한국은행으로 제보
전화가 하나 왔어.

〈범죄의 재구성〉에서 형사 천호진이 용의자인 이문식에게 설명

이동진_ 그렇다면 필리핀에서 고니가 전화 통화를 하며 끝나는 〈타짜〉의
엔딩은 어떻습니까. 영화의 흐름에 비해서 좀 안전한 결말이 아닐까 싶
기도 했는데요.

최동훈_ 〈타짜〉의 엔딩에는 고니가 죽었다고 판단할 수 있도록 영화를 끝
내는 버전과 지금의 버전, 이렇게 두 가지 버전이 있었습니다. 하지만
고니가 죽는 것은 저 역시 마음에 들지 않아서 결국 후자를 택한 거죠.
〈타짜〉가 개봉했던 2006년에는 주인공이 죽는 한국 영화가 유독 많아
서 '우리라도 살리자' 싶기도 했고요.(웃음)

이동진_ 주인공을 살려놓아야 〈타짜 2〉도 찍을 수 있죠.(웃음)

최동훈_ 그렇기도 하고요.(웃음)

— 고니야, 이따 갔다 와서 아까 하던 얘기 마저 하자.

〈타짜〉에서 이혼하고 고향으로 돌아온 누나가 동생인 조승우를 보고서

이동진_ 감독님 영화들에서 가장 중요한 미스터리의 실체가 드러나는 지
점에 대해서도 흥미로운 부분이 있습니다. 〈타짜〉와 〈범죄의 재구성〉
의 경우 그 클라이맥스는 평경장(백윤식)을 죽인 사람이 아귀(김윤석)가
아니라 정마담이라는 사실, 혹은 창호가 창혁이라는 사실이 밝혀지는
순간이 아닙니다. 핵심 미스터리가 먼저 풀리고 나서 좀더 이야기가 진
행된 뒤에 클라이맥스가 있다는 거죠. 다시 말해 감독님은 반전의 효과
를 극대화하는 데는 관심이 없으신 것 같습니다.

최동훈_ 저는 결말에 큰 반전이 숨겨진 영화는 반복해서 보기에 좀 재미

가 없다는 생각이 들어요. 결정적 순간에 반전을 터뜨리고 영화를 마무리하는 것보다는 그전에 중요한 미스터리를 해결하고서 좀더 서스펜스를 진행시키는 것이 훨씬 더 흥미롭다는 거죠. 드라마를 만드는 입장에서도 반전을 위해 재미있는 부분을 아끼는 건 그다지 좋은 방법이 아니라고 봅니다. 아껴봤자 뭐밖에 더 되겠어요? (웃음)

– 너 웃었니?

〈도둑들〉에서 김혜수가 도둑들이 가난한 이유에 대한 궤변을 늘어놓은 뒤 그걸 들은 전지현이 웃는 것을 보고서

이동진_ 그런데 서스펜스를 결국 우스꽝스럽고 요란한 코미디로 마무리하는 경우가 적지 않습니다. 서스펜스가 극에 달했을 때 배우의 개인적인 슬랩스틱 연기나 해프닝에 가까운 상황 묘사로 종결짓고 넘어가는 작법이 두드러지는 거죠. 예를 들어서 〈도둑들〉에서는 씹던껌이 실수로 놓고 간 휴대전화가 경찰 앞에서 울릴 때 뽀빠이가 갑자기 막 화를 내는 척 서랍을 요란하게 열고 닫으면서 결국 그 휴대전화를 물속에 빠뜨리는 장면이 있습니다. 강도를 당하게 된 보석상 직원이 'HELP'라고 몰래 적은 메모가 사설경비업체 직원에게 전달될 수 있는 위기에서 앤드류(오달수)가 일부러 재채기로 날려버리는 장면도 마찬가지고요.

최동훈_ 그런 방식을 무척 좋아합니다. 서스펜스의 마무리는 언제나 허망해요. 영화에서 가장 두려운 순간 중 하나가 서스펜스가 끝나는데 그걸 제대로 마무리할 수 있는 방법이 생각나지 않는 경우예요. 그러면 서스펜스라는 게 마치 계속 연장해야 되는 길처럼 느껴지고, 그게 딱 끝났을 때 일종의 허탈감이 생겨나죠. 그런데 그것이 아무도 예측하지 못한 우스꽝스러움으로 끝났을 때 느낌이 전이되는 게 좋아요. 사실 제가 코미디영화를 굉장히 좋아해요. 유머러스한 사람을 무척 좋아하기도 하

고요. 제 친구들 보면 다 웃겨요. 하지만 코미디를 좋아하면서도 코미디영화를 찍지는 않아요. 저는 일상적인 상황과 일상적이지 않은 상황이 같이 붙어 있는 걸 특히 즐기는 것 같습니다. 그래서 코언 형제도 좋아했죠. 그 두 가지가 같은 접시 위에 동일하게 올려져 있을 때가 더 재미있게 다가오기도 하고요.

— 그래서, 지금 사람 불러다놓고 1·4 후퇴 때 얘기하자는 거예요?

〈범죄의 재구성〉에서 경찰서에 불려온 염정아가 큰소리치면서

이동진_ 감독으로서 관객을 극장에 불러다놓고 하시고 싶은 이야기가 결국 어떤 이야기입니까.

최동훈_ 저는 무조건 나쁜 인간의 이야기에 관심이 많습니다. 예를 들면 해리슨 포드가 주연했던 〈헨리 이야기〉 같은 내용을 무척 좋아해요. 기억상실증에 걸린 남자가 스스로의 과거를 살펴보았더니 자신이 너무나 나쁜 놈이더라, 뭐 이런 이야기잖아요. 반면에 싫어하는 영화는 윌 스미스가 주연한 〈행복을 찾아서〉 같은 영화죠.

이동진_ 왜 나쁜 인간에 그렇게 관심이 많으신가요.

최동훈_ 저는 성악설을 믿는 편입니다. 아이들을 보면 교육 받기 전 인간의 원초적인 본모습이 보이는 것 같아요. 무조건 생존의지만 있는데, 인간에게 그게 가장 중요하다고 믿기 때문이죠. 바로 그래서 나쁜 거예요. 생존만 하면 되는데 거추장스러운 도덕이 있으니까요. 제게는 죄를 짓는 사람들이 더 흥미롭습니다. 그게 인간의 본모습에 가까워서요. 사람들에게는 자신에게 피해만 돌아오지 않는다면 그런 인간을 보고 싶어 하는 욕망이 있는 것 같아요.

이동진_ 그런 사람들이 바로 관객이라고 보시는 거죠?

최동훈_ 그렇게 말할 수 있겠죠.

— 첸은 왜 결혼 안 했어요?
— 여자들은 나쁜 남자 안 좋아해요.
〈도둑들〉에서 임달화가 자신에게 관심을 보이며 묻는 김해숙에게

이동진_ 아닌 게 아니라 감독님의 영화들은 나쁜 인간들로 가득합니다. 주인공이라고 해서 정의롭거나 순수하지도 않고요.

최동훈_ 저는 버스도 안 다니던 마을에서 태어났어요. 전주였는데 행정구역만 전주였지, 시의 가장 외곽이라서요. 주변 사람들이 대부분 그렇게 속이 훤히 들여다보이는 성품이었죠. 사실 저희 집은 아들을 서울로 보낼 수 있는 여건이 아니었는데, 세련된 사람은 나중에 서울에 있는 대학으로 진학해서 처음 만났다고 할 수 있어요. 그런데 서울 사람들은 너무 세련되어서 여자도 잘 안 넘어오더라고요. 고향에서는 참 쉬웠는데 말이죠.

이동진_ 고향에서는 여자들이 잘 넘어왔군요?(웃음)

최동훈_ 교회만 같이 다니면 되니까요.(웃음) 제게도 그런 기질이 있는 것 같아요. 다만 정규 교육의 힘이 강하니까 그런 걸 누르고 있을 뿐이죠. 어려서 나쁜 짓을 종종 했어요. 중학교 때부터 도서관 간다고 부모님을 속인 뒤 극장에 가고는 했죠. 혼자만 간 게 아니라 안 가겠다는 친구들까지 굳이 꼬여서요. 처음부터 계획적이었는데도 마치 문득 생각난 듯이 친구들을 극장으로 끌고 갔죠.

이동진_ 연기도 잘하셨던 거네요.(웃음)

최동훈_ 초등학교 때 교실 안에서 도난 사고가 참 많았는데, 그럴 때마다 저는 진짜 무서웠어요. 범인이 아님에도 불구하고 꼭 제가 범인으로 지목될 것 같은 공포가 있었거든요. 지금은 어린 시절의 그런 기질이 퇴

화되어버렸죠. 그런데 그런 게 한편으로는 그리운가 봐요. 범죄나 나쁜 짓이 그립다는 게 아니라 그런 인간형 자체가 그립다는 거죠. 그런 인간형이 몰락하는 게 전통적인 이야기 작법일 텐데, 저는 몰락하지 않는 얘기를 더 좋아하나 봐요.

– 여자들은 참 이상해요. 왜 그렇게 날건달 같은 스타일을 좋
  아들 하는지, 참.
– 창혁 씨 같은 남자들을 뭐라 그래야 되나, 조마조마하고 불
  안하고 또 짜릿하면서도 그냥 끝까지 따라가고 싶기도 하
  고.
  〈범죄의 재구성〉에서 형인 척 연기하고 있는 박신양이 동생에 대해 언급하자 염정아가 그
  의 기이한 매력에 대해 언급

이동진_ 감독님 영화의 남자 주인공들은 말하자면 여자들이 흔히 말하는 나쁜 남자의 매력을 가진 사람들인데요.

최동훈_ 사실 제가 가장 싫어하는 여자들의 심리예요. 예전 대학에 다닐 때 착해지려고 하고 그렇게 살아가려고 했는데 여자친구가 기타노 다케시 같은 남자가 제일 좋다고 하더라고요. 그런 남자가 같이 살자고 하면 살겠대요. 그 말을 들으니 정말 좌절하게 되더라고요. 기본적으로 수컷에게 그런 면이 있기를 여자들이 바라는 듯도 해요. 원시적인 수컷의 원형이라고 할까요. 여자들이 은근히 그런 걸 바라는 게 싫기도 하면서 동시에 재미있기도 하죠.

– 마누라가 한두 마디만 하면 그냥 원투 스트레이트로 주둥
  아리를 날려버렸거든.

— 그건 우리 페미니즘적인 입장에서 보면 안 되는 얘기지.

〈범죄의 재구성〉에서 이문식이 함부로 아내를 때려 결국 이혼했던 박원상에 대해 이야기

하자 박신양이 혀를 차면서

이동진_ 감독님 영화 속의 그 나쁜 남자들은 종종 여성을 심하게 비하하는 말을 서슴지 않거나 심지어 마구 때리기까지 합니다.

최동훈_ 뉴욕에서 열린 한 영화제에서 〈범죄의 재구성〉을 상영한 뒤 관객과의 대화 시간에 한 할머니가 이 영화의 여성에 대한 입장이 무엇인지에 대해 질문하더군요. 그래서 제 영화에 여성들을 비하하는 인물들이 나올 뿐, 감독인 제 자신이 여성을 비하할 의도는 전혀 없다고 답변했어요. 제 영화 속 그런 남성 캐릭터들에게는 기본적으로 젠틀한 소양이 없는 거죠. 물론 젠틀한 소양을 지닌 범죄자가 나오는 소설이나 영화도 있어요. 시드니 셸던의 《내일이 오면》에 등장하는 범죄자가 바로 그런 사람이겠죠. 저는 그런 사람을 제 영화의 주인공으로 등장시키고 싶지 않아요. 사기를 기막히게 쳐서 청담동 오피스텔에서 근사하게 살고 있는 인물이 아니라, 사기를 쳤는데 여전히 후지게 살아가는 인물이 제게 더 매력적이거든요. 그런데 〈타짜〉에는 여성을 비하하는 남자가 안 나오지 않나요?

— 니가 날 갖고 노는구나. 쌍년들, 다 팔아버려.

〈타짜〉에서 김응수가 김정난, 이수경 자매에게 분노하면서

이동진_ 카페를 운영하는 세란(김정난)과 화란(이수경) 자매에게 거칠게 화를 낼 때 곽철용(김응수)에게 그런 측면이 없지 않죠. 〈전우치〉에서 무당으로 등장하는 주진모의 몇몇 대사들도 그렇고요. 〈도둑들〉의 뽀빠이에게서도 역시 그런 면모가 어느 정도 보인다고 할 수 있겠죠.

최동훈_ 저는 앞으로 남자들이 점점 더 젠틀해질 거라고 생각하는데, 그렇다면 수컷 본연의 사냥 기질은 어디로 갈 것인지에 대해 궁금해지고는 합니다. J. D. 샐린저가 자신의 작품 속에서 겨울이 되면 오리들은 다 어디로 갈 것인지에 대해 질문을 던지는 것처럼요. 제가 좀 양성적인 면모가 있어요. 마초적인 면이 있는가 하면 여성적인 면도 있거든요. 아마도 여성적인 면은 교육을 받아서 만들어진 듯해요. 그렇게 살아야 좋게 사는 거라고 교육을 받고 스스로도 느껴서 마초적인 면모는 점점 퇴화해가고 있는 듯한데, 그러다가도 어느 날 보름달이 뜨면 문득 슬퍼하죠.(웃음) 그런 마초적 면모가 많이 사라지게 됐는데 운전할 때 가끔씩 불쑥 튀어나오더라고요.

이동진_ 감독님 영화 속 남자들의 그런 행태에 대해 한국에서는 지적이나 비판을 받은 적이 없었나요.

최동훈_ 인터넷 댓글에서 접한 적이 있었어요. 그걸 보면서 혼자 고민도 하고 그랬죠. 어쨌든 저는 젠틀함을 안 믿어요. 근본적으로 사람이란 젠틀하지 않다고 생각하거든요. 여성들에게 남성들이 결코 젠틀하지 않다는 사실을 알아달라고 말해주고 싶어요. "술 먹고 당구 치고 늦게 들어갈게"라고 말하면 아내는 제게 "음, 그래. 사냥 잘하고 돌아오시오" 라고 대꾸하죠.(웃음)

— 너는 애가 왜 그렇게 동지의식이 없냐?
〈도둑들〉에서 김해숙이 범행 후 바로 자기 몫을 챙기려는 전지현에게 핀잔을 주면서

이동진_ 나쁜 인간에 대한 감독님의 관심은 범죄영화로서 함께 한탕을 하려는 팀 안에서의 주인공의 위치 설정에도 영향을 미치는 것 같습니다. 여럿이 힘을 합쳐서 돈이나 물건을 훔치는 이야기를 다루는 범죄영화에서는 주인공에 해당하는 리더가 있어서 그 리더가 팀원들을 규합

하게 되는데 그 과정에서 배신자로 인해 내분이 생기거나 계획이 실패로 돌아가고는 하죠. 그때 일반적으로 영화는 바깥에 있는 모종의 세력과 몰래 결탁해 팀원들을 속인 배신자를 리더가 응징하거나 극복함으로써 팀워크를 회복하는 식으로 끝나게 됩니다. 〈이탈리안 잡〉도 그렇고 〈오션스 일레븐〉도 그렇죠. 그런데 원작이 따로 있는 〈타짜〉를 제쳐두고 본다면, 〈도둑들〉이나 〈범죄의 재구성〉 같은 감독님의 범죄영화들에서는 주인공이 설사 팀 안에서 리더 역할을 하더라도 오히려 예외적이고 이질적인 존재입니다. 〈도둑들〉이나 〈범죄의 재구성〉에서는 결국 마카오박이나 최창혁이 혼자만의 계산에 따라 다른 모든 팀원들을 속였죠. 범죄를 저지를 때 주인공의 목표만 다릅니다. 다이아몬드나 돈이 아니라 복수가 가장 중요한 목적이었으니까요. 그런 구도로 본다면, 다른 영화들에서는 배신자가 할 역할을 감독님 영화에서는 주인공이 하고 있는 셈입니다. 힘을 합쳐야 하는 팀의 측면에서 본다면 주인공은 나쁜 구성원인 거죠.

최동훈─ 그래요. 저는 내부의 적을 응징함으로써 조직이 다시 굳건해지는 스토리를 별로 좋아하지 않아요. 예전부터 그런 게 싫었어요.

이동진─ 말하자면 일종의 공동체를 회복하는 과정을 그리는 그런 이야기는 착한 서사라고 할 수 있겠죠.

최동훈─ 서사가 공동체정신을 회복해야 공동체가 흡족해하거든요. 그래야 관객들이 좋아해요. 그렇게 해야 영화를 보고 나서 뭔가 중요한 걸봤다고 느끼죠. 하지만 그런 이야기에 저는 별로 매력을 느끼지 못해요. 그런 건 만드는 사람들이 많이 있기도 하고요. 저는 나쁜 놈이 주인공인 영화가 더 좋습니다. 그게 더 극적이라고 생각하나 봐요.

이동진─ 그런 면에서 본다면, 〈도둑들〉이 한국영화로 실로 엄청난 흥행 성적을 거둔 게 저로서는 좀 신기하기도 합니다.

최동훈─ 저도 그래요.(웃음)

감독님의 작품을 보면 이야기꾼의 영화라는
생각이 듭니다. 하고 싶은 말이 정말 많은
사람의 영화라고 할까요. 이야기에 대한 욕망이
정서 전달에 대한 욕망보다 영화 속에서
훨씬 더 크게 느껴지는 거죠.

제가 이야기를 하고 있는데 듣는 사람이 울면 싫은 거죠. 그런데 저도 영화 보면서 잘 울긴 해요. 사실 운다는 것은 진정으로 반응해서 우는 거잖아요? 울고 나서 창피한 영화와 안 창피한 영화가 있는데, 울고도 창피하지 않았던 영화는 끝까지 사랑하게 되는 것 같습니다.

— 니가 니 생활비 버는 거 다 좋다. 다 좋은데 사회가 이리 돌아가면 안 되는 거 아이가.

〈범죄의 재구성〉에서 형사인 천호진이 이문식의 범행에 대해 탄식하면서

— 아, 다리가 무너졌어요? 진짜 세상이 어떻게 돌아가는지 모르겠어요.

— 넌 세상이 아름답고 평등하다고 생각하니?

— 당연히 그래야 되는 거 아니에요?

— 쌍 간나새끼. 세상이 아름답고 평등하믄 우리는 뭘 먹고사니?

〈타짜〉에서 성수대교가 붕괴되었다는 뉴스에 접한 후 조승우와 백윤식이 나누는 대화

— 다음해에 서울에서 백화점이 무너졌을 때 고니는 더 이상 놀라지 않았어요.

〈타짜〉에서 김혜수가 성수대교 붕괴 사고와 삼풍백화점 붕괴 사고 사이에 있었던 조승우의 변화에 대해 설명하면서

이동진_ 감독님이 만들어낸 캐릭터들이 기본적으로 나쁜 사람들이기도 하지만, 그들이 사는 한국 사회 자체가 좋지 않은 것으로 영화 속에서 대사를 통해 직접적으로 비판받기도 합니다. 닭이 먼저냐 달걀이 먼저냐를 따지는 것 같은 문제일 수도 있겠지만, 감독님 영화 속에서 나쁜 인간들에 의해 범죄가 횡행하고 악의가 판치는 것 뒤에는 결과적으로 그런 사람들을 부추기는 한국 사회에 대한 절망 같은 것이 담겨 있는 게 아닐까 싶기도 합니다. 〈타짜〉의 경우 1994년의 성수대교 붕괴 사고와 1995년의 삼풍백화점 붕괴 사고를 굳이 배경으로 넣음으로써 당시 한국 사회의 문제를 화투판과 비교해 비판하고 있다고 할까요.

최동훈_ 일부러 작심하고 그렇게 넣었어요. 〈범죄의 재구성〉과 〈타짜〉 모

두 그랬죠. 물론 중요한 것은 제 개인적인 생각이 아니라 등장인물들의 생각이 그런 말 속에 배어 있길 바라면서 대사를 쓰지만요. 저는 화이트칼라의 범죄를 정말 싫어하고, 제가 그런 범죄를 저지를 수 있는 사람이 아니라는 것에 대해 감사합니다. 경제적으로는 제가 굉장히 보수적이에요. 이건 좀 자학적인 분석인데, 어떻게 보면 제 영화가 9시 뉴스 같기도 해요. '오늘 대한민국은 좆 됐습니다. 그런데 이런 훈훈한 미담도 있었습니다. 그러다가 사건사고로 넘어가면 스물 몇 명이 죽고, 이어서 날씨는 내일 비 온다니까 우산 준비하시고요, 자 이제 스포츠 뉴스입니다'라고 진행되는 식이라고 할까요. 제가 〈타짜〉의 그 장면에서 그렇게 자학적인 대사를 쓴 것은 무력감 때문입니다. 영화 〈괴물〉 같은 정도는 아니지만, 그렇게라도 하지 않으면 제 자신이 너무도 무력하게 느껴져서요.

— 생각해보면 다 우연이에요. 그날 고니는 박무석이를 만났고, 고니 누나는 남편한테서 위자료를 받아 왔고. 우연 참 지독해요. 박무석이를 찾아서 반년 동안 전국을 뒤졌대요. 그러다 인천의 허름한 화투판에서 더 지독한 세 번째 우연을 만나요.

　　〈타짜〉에서 김혜수가 조승우의 과거에 대해서 설명

이동진_ 삶을 결정적으로 좌우하는 것은 우연이라고 생각하시나요?
최동훈_ 네, 그래서 운이 좋아야 한다고 생각합니다. 삶은 우연의 연속이에요. 텔레비전 드라마는 우연이 아닌 필연이라고 하면서 엮는 것이죠. 반면에 폴 오스터 같은 작가는 '아냐, 다 우연이야'라고 작품을 통해 말하는 거고요. 우연적인 일이 잦은 시나리오는 흔히 비판을 받고는 하는데, 진짜 냉정하게 보면 〈타짜〉는 우연적인 일들이 연속해서 생겨나는 이야기예요. 〈타짜〉의 드라마는 결국 '다 우연입니다'라고 말하는 셈인데, 다른 한편으로는 '알고 보면 그게 또 필연이겠지요'라고 덧붙이는 영화기도 하죠.

이동진_ 〈타짜〉에는 우연적인 설정이 꽤 많이 등장하지만 대부분 무리 없이 받아들여집니다. 그건 실은 우연인 것을 우연이 아닌 것으로 받아들이는 장치가 마련되어 있기 때문이죠. 그런데 고니가 밤샘 도박으로 돈을 다 잃고 나서 아침에 택시를 타고 갈 때 때마침 거리를 지나가던 화란을 보게 되는 장면처럼 그런 장치가 없어서 유독 튀어 보이는 대목도 없지 않습니다.

최동훈_ 맞습니다. 너무 적재적소에 그 여자가 지나가주죠. 그런데 지금 놀랍다는 생각도 드는 것이, 그 장면은 원래 작성했던 한 신을 통째로 지워버리고 새로 쓴 신이라는 사실이에요. 원래는 거리가 아니라 식당이었죠. 그런데 지적하신 대로 바로 그런 점이 제게 걸렸나 봐요. 너무 우연적이라는 거죠. 그래서 조금이라도 덜 우연적이게 택시를 타고 지나가다가 보게 되어서 뒤를 따라가는 설정으로 다시 썼거든요. 역시 저한테도 그런 느낌이 있었나 봐요. 시나리오 쓸 때 안 풀리는 장면은 촬영할 때도 안 풀리고 편집하거나 녹음할 때도 안 풀린다는 것은 변하지 않는 진리예요. 일종의 영화적 원죄 같은 것이라고나 할까요.

— 내가 다른 건 다 참아도, 일어나봐, 카드 갖고 장난치는 건 못 참아.
　　〈범죄의 재구성〉에서 김상호가 자신의 패인 8 포커를 공개하면서 잠시 의기양양해 하다가
　　곧이어 박원상의 패가 에이스 포커인 것을 확인한 뒤 강하게 의혹을 드러내면서

이동진_ 주인공에 대해서 말한다면, 〈전우치〉는 나머지 세 영화들의 경우와 비슷하면서도 좀 다릅니다. 물론 선하고 순수한 인물이라고 말할 수

는 여전히 없지만요. 장난기가 많고 이름을 날리고 싶어 하며 괜히 심술도 부리는 인물인데, 사실 〈전우치〉처럼 익살이나 넉살 혹은 능청이나 딴청이란 말이 잘 어울리는 한국 영화도 드물 거예요. 그런 면에서 〈전우치〉는 할리우드 블록버스터와 차별화되는 영화 오락을 만들어낸 것으로 보입니다. 캐릭터와 이야기의 핵심 모티브에서 웃음의 스타일과 볼거리까지 모두 그렇죠.

최동훈_ 애초부터 할리우드 블록버스터를 따라갈 생각이 없었어요. 그러다간 가랑이가 찢어질 테니까요. 〈전우치〉는 한국적인 느낌을 팍팍 풍겨야겠다는 게 핵심 전략이었던 거죠. 그 영화의 주인공인 전우치를 사람들이 슈퍼 히어로라고 불렀지만, 그건 마케팅적인 용어였을 뿐이에요. 히어로의 부류 중에서 트릭스터trickster라는 게 있잖아요? 우리 역사 속 유리왕이나 탈해왕도 일종의 도사이면서 트릭스터인 셈이죠. 그렇게 넉살 좋은 우리 캐릭터를 만들어보고 싶었어요. 한국 사람들은 일을 무척 열심히 하는데, 일 끝나고 노는 걸 보면 정말 일할 때보다 더 열심히 하죠. 삽시간에 놀아버리려고 한다고 할까.(웃음) 그런 성향을 캐릭터에 반영하고 싶었어요. 영화에서 구체적으로 표현되지는 않았지만, 전우치는 분명히 양반은 아니었을 거예요. 원래 〈전우치전〉에는 양반으로 되어 있지만 영화에는 그런 뉘앙스가 없죠. 서자쯤 될 겁니다. 그가 세상을 대하는 방식 역시 '과거에 급제해서 기필코 출세할 거야'가 아니라, '과거 같은 건 뭐 하러 해? 풍류를 즐기기에도 짧은 게 인생인데'라는 식인 거죠.

— 여자는 제임스 본드 좋아하잖아.

〈전우치〉에서 송영창이 과거에서 현재로 온 강동원에게 현대의 여자들이 좋아하는 남성상에 대해서 언급

^{이동진} 유들유들하고 승부욕이 강하면서 동시에 바람둥이이기도 한 전우치라는 캐릭터는 한국적으로 변용한 제임스 본드처럼 보이기도 하던데요? 영화 속에서 전우치가 제임스 본드처럼 자신의 이름을 스스로 입 밖에 내기를 즐기기도 하고요. 제임스 본드를 직접 거명하는 대사가 극 중에 등장하기도 하죠. 아울러 전우치와 화담의 관계는 〈아마데우스〉에서의 모차르트와 살리에리의 관계와 흡사해 보이기도 했죠.

^{최동훈} 한국적인 제임스 본드를 만들어보겠다는 의도는 없었어요. 전우치 캐릭터를 만들 때 첫 번째 싸움은 〈캐리비언의 해적〉의 잭 스패로우를 피해가는 것이었죠. 달라야 했으니까요. 여자들은 제임스 본드를 좋아한다는 대사를 영화 속에 넣기도 했으니, 제임스 본드의 경우는 아마도 제 무의식 속에 있었던 듯해요. 사실 제가 제임스 본드에게서 가장 좋아하는 것은 자신의 이름을 말하는 방식과 사무실에 들어가서 모자를 던지는 모습이었죠. 전우치라는 캐릭터를 만들 때 그가 악동이라는 사실을 보여줄 수 있는 결정적인 묘사는 계속 잘난 체한다는 것이었어요. 나중에 생각해보니 그렇게 전우치가 잘난 척하는 모습은 에른스트 루비치의 영화에서 따온 것 같더라고요. 시나리오 작업을 할 때 루비치 영화를 계속 봤거든요. 전우치와 화담의 관계는 확실히 〈아마데우스〉에서 영향을 받은 듯하고, 전우치와 초랭이의 관계는 《돈키호테》에서 온 것 같기도 해요.

– 그런데 너 말이야, 그 당좌수표를 어떻게 위조를 했어?
– 아니, 뭐 그 정도 갖고 뭘. 사실 뭐 대한민국에 그 정도 위조하는 사람이 딱 세 명 있거든요? 부산에 하나, 충청도에 하나, 그리고 여기 저.

〈범죄의 재구성〉에서 경찰의 질문을 받은 김상호가 은근히 자신의 능력을 자랑하면서

– 화투 하면 대한민국에서 딱 세 명이야. 경상도에 짝귀, 전라도에 아귀, 그리고 전국적으로 나.
〈타짜〉에서 백윤식이 제자인 조승우에게 화투판의 최고 실력자 세 명을 거론하면서

이동진_ 비유하자면 무협지적 세계관이라고 할까요.(웃음) 강호에 은거하는 최고 고수끼리의 대결에 대한 로망 같은 게 있으신 것 같습니다. 〈범죄의 재구성〉에서 수표 위조에 뛰어난 능력을 갖고 있는 휘발유가 경찰 앞에서 하는 말은 〈타짜〉에서 김선생이 화투 세계의 고수에 대해 설명하는 대사와 거의 흡사하죠. 〈전우치〉의 주인공 전우치 역시 스스로의 능력을 과시하기 좋아하고 최고수로 대접받고 싶어 한다는 점에서 동일선상에 놓인 인물이고요. 〈도둑들〉에서 마카오박과 뽀빠이 사이에 흐르는 긴장의 상당 부분 역시 그런 데서 오는 것이라고도 할 수 있습니다. 결국 감독님의 작품세계에서 대결이 펼쳐질 때 선악의 구분보다 더 중요한 것은 '누가 최고인가'라는 물음인 셈입니다. 모든 것을 내걸고 격돌할 때 인물들을 움직이는 가장 큰 동인은 최고의 실력자로 인정받고 싶어 하는 마음이니까요. 감독님 영화 속에서 인물들은 세상을 진검 승부가 펼쳐지는 일종의 링으로 파악하고 있는 듯합니다.

최동훈_ 그렇죠. 지금 생각해보니, 심지어 〈전우치〉 이전에 애초 세 번째 영화로 만들려고 고려했던 이야기도 결국 그런 내용이었네요. 장르는 달라져도 본질은 같은 건가 봅니다. 사실 〈타짜〉는 인물들의 돈에 대한 욕망보다 최고 실력자와 겨뤄보려는 욕망이 더 큰 이야기라고 할 수 있죠. 고니에게는 아귀와 제대로 겨뤄보고 싶다는 기질이 있는 것이니까요. 그건 〈범죄의 재구성〉도 마찬가지고요. 확실히 저는 영화를 만들 때 그같은 대결 구도를 좋아하는 것 같아요.

이동진_ 감독님 자신은 어떤가요.

최동훈_ 제 실제 삶에서는 그런 대결을 하지 않죠. 당구를 칠 때만 빼고요.(웃음) 사실 제가 당구를 오래도록 즐기고 있는 것도 다른 누군가와

승부를 겨룰 수 있는 것이어서일 수도 있어요. 똑같은 친구들과 10년 넘게 치고 있거든요. 친구들 말로는 제가 당구를 일단 치면 이길 때까지 친다고 하더라고요.

이동진_ 당구 실력은 어느 정도 되시는데요?

최동훈_ 300이에요.

이동진_ 심지어 당구 점수까지 영화적이네요.(웃음)

최동훈_ 그러네요.(웃음)

— 저놈은 도를 닦는 게 아니라 이름이 날리고 싶은 게구나.
〈전우치〉에서 백윤식이 제자인 강동원에 대해서

이동진_ 〈전우치〉의 주인공 전우치를 움직이게 만드는 동력의 핵심은 스스로의 실력을 뽐내면서 이름을 날리고 싶어 하는 욕망입니다. 이건 〈범죄의 재구성〉의 주인공인 창혁의 행동 원리 중 하나이기도 하죠. 제대로 겨뤄서 스스로가 최고임을 확인하고 싶은 심리라고 할까요.

최동훈_ 제 영화들이 모두 무협지적이라는 지적에 동의해요. 다만 무협지라고 하면 좀 볼품없어 보이니까, 서부극이라고 한다면 좀더 좋아 보이긴 하겠죠.(웃음) 아버지께서 서부영화광이신데, 저 역시 서부영화로부터 영향을 많이 받은 듯해요. 어려서는 홍콩 무협영화들도 많이 좋아했지만, 어른이 되고 나서는 확실히 서부극에 더 끌려요. 집에서 영화를 보려고 할 때 담배에서 음료수까지 모든 걸 완벽하게 갖추고서 정면 승부하듯 보게 되는 유일한 장르라고 할까요.

— 좆만 한 새끼들이 지들이 최고인 줄 알고 날뛰잖아? 그래서 내가 한 방 먹여준 거야.

이동진_ 아닌 게 아니라 서부극이 바로 그런 대결 구도를 갖고 있죠.

최동훈_ 저는 〈전우치〉나 〈타짜〉가 일종의 서부극이라고 생각해요.

이동진_ 그 두 영화의 클라이맥스는 그 자체로 매우 서부극적인 장면이죠. 〈범죄의 재구성〉에서 김선생과 창혁이 최후의 대결을 벌이는 대목도 그런 느낌이 짙고요.

최동훈_ 대학을 졸업할 때쯤 사실 제게는 불안감이 있었어요. 저는 대학에 들어갈 때부터 일반적인 회사 생활을 못할 것이라는 사실을 본능적으로 알았거든요. 똑같은 사람들과 똑같은 사무실에서 수십 년을 함께 일할 용기가 없었죠. 그렇게 대학을 졸업하고 나니 어떻게든 영화 일을 해야겠다고 생각하게 됐습니다. 그때는 감독이 되기만 하면 소원이 없겠다는 심정이었어요. 그런데 일단 감독이 되고 나니 점점 좋은 작품을 찍고 싶은 거예요. 감독으로서 저는 엄청나게 재미있는 영화를 만들고 싶습니다. 예전에도 지금도, 그런 열망이 있어요. 제 영화 속 인물들의 무의식을 좀더 파고들어보면 체면이나 명성에 대한 집착 같은 게 보이죠. 자신에 대한 소문에 온통 신경을 쓰기도 하고요. 〈범죄의 재구성〉에서 김선생은 한국은행을 털자는 제의를 창혁에게서 처음 받을 때 순순히 합류하지 않거든요. 그런 그가 그 일을 하기로 결심하는 것은 결국 자존심 때문이에요.

― 에이, 추위 타시나 보네.

〈범죄의 재구성〉에서 박신양이 자신의 계획에 참여하길 거부하는 백윤식을 일부러 슬쩍 찌르면서

이동진_ 그걸 잘 알고 있기에 창혁은 김선생에게 노골적으로 자존심 건드

리는 말을 하며 도발하죠.

최동훈_ 제가 정말로 관심 있는 것은 사람들의 자존심인 것 같아요. 확실히 제 영화들은 서부극적인 속성을 갖고 있는데, 실제 서부극 중에서는 특히 〈셰인〉이 정말로 자존심에 대한 영화인 것 같아요. 겉으로 드러난 동기는 복수지만 내적인 진짜 동기는 자존심이니까요. 셰인은 복수가 아니라 자존심에 더 관심이 있는 인물입니다. 아무리 착한 사람이라도 자존심에 크게 상처를 입으면 가슴속 깊은 곳에서 짐승이 튀어나오거든요. 좀 속되게 이야기하자면 체면이라고도 할 수 있겠죠. 사실 그런 사람들은 착한 사람들이죠. 악인은 사사로운 이익에 짐승이 튀어나오는 사람이고요.

이동진_ 최고라고 생각하는 사람들끼리 겨루는 이야기는 매우 영화적이기도 합니다.

최동훈_ 저도 그렇다고 생각해요. 그런 대사를 내뱉는 캐릭터는 기본적으로 낭만적이고 순진한 사람들이기도 하고요. 자신이 제일 잘한다고 믿는 것을 옆에서 보면 좀 바보스러워 보이기도 하거든요. 예전에 매우 실력 있는 것으로 평판이 자자했던 어떤 베테랑 음악인을 만난 적이 있었어요. 그런데 그분이 "당시에 그 악기를 제대로 연주할 줄 아는 사람이 셋밖에 없었는데, 지금까지도 하는 사람은 나밖에 없어"라고 하시더라고요. 그런 말씀이 한편으로는 귀엽게 느껴지기도 했죠.

— 이때쯤 네가 그걸 알아야 되는데. 내가 누구냐? 화투를 거의 아트의 경지로 끌어올려서 내가 화투고 화투가 나인 물아일체의 경지, 응? 혼이 담긴 구라, 응?

〈타짜〉에서 백윤식이 조승우 앞에서 자신의 실력을 자랑하며

이동진_ 〈범죄의 재구성〉과 〈타짜〉에서 사기꾼과 타짜들은 최고의 실력자

로 묘사됩니다. 그래서인지 '고수'라는 단어가 유달리 많이 등장하죠. 심지어 〈범죄의 재구성〉에서는 형사(천호진)까지 "나 이래봬도 고수다. 고수한테는 고수 대접을 해줘야지"라고 말을 합니다. 〈타짜〉의 고니가 "선생님은 대한민국에서 랭킹 몇 위쯤 돼요?"라고 묻자 평경장이 "당연히 내가 일등이지"라고 답한다든지, 〈범죄의 재구성〉에서 형사를 잘 따돌리라고 당부하는 김선생에게 인경이 "걱정 마. 나, 삼류 아냐"라고 대꾸하는 것도 비슷한 맥락이고요. 그런데 다양한 장르에서 두루 뛰어난 성과를 냈던 할리우드 고전기의 거장 하워드 혹스의 영화들을 일종의 '전문가 영화'라고 말할 수 있지 않습니까? 그는 영화 속 인물이 악인이든 좋은 사람이든, 소위 전문가에 대한 일종의 존중이나 존경 같은 것을 담아 애정 어린 스케치를 했으니까요. 비슷한 맥락에서 감독님 영화도 일종의 전문가 영화라는 생각을 했습니다. 〈도둑들〉 역시 범행을 벌이는 팀원들은 모두 각 분야의 전문가들이죠. 비열하고 좋지 못한 인간들이지만, 그 밑바닥에는 그런 인물들의 전문가적 솜씨에 대한 찬탄 같은 것이 흐르고 있습니다.

최동훈_ 사기꾼과 도박사를 놓고 그런 이야기를 하니까 좀 웃기긴 한데, 제가 기본적으로 일을 열심히 하는 사람들을 제일 존경하는 것 같긴 해요. 지위 고하를 막론하고 그래요. 영화를 통해서 그런 것들을 보여줘야 한다고 생각합니다. 캐릭터에는 기질도 있지만 직업도 있는 거잖아요? 예전에 텔레비전 드라마 〈하얀거탑〉이 무척 재미있었는데, 제 눈에는 등장인물들이 진짜 의사처럼 보였어요. 사실 첫 영화를 만든 뒤 처음으로 인터뷰 대상이 되었을 때도 기자들의 세계가 궁금해서 "몇 시에 출근하세요?" "하루에 원고를 몇 장이나 써야 돼요?"라고 제가 더 많이 물었어요.

— 자, 인사들은 한 거 같고, 얼굴들은 차차 알아가기로 하고,

여기 모인 여러분들은 모두가 다 훌륭한 전문가들입니다.

〈도둑들〉에서 김윤석이 처음으로 함께 모인 중국과 한국 팀원들 앞에 서서 입을 열기 시작

이동진_ 그런 면에서도 〈전우치〉는 다른 세 편과 좀 다른 것 같습니다. 이건 전문가 영화는 아니니까요.

최동훈_ 저는 기본적으로 전우치가 전작들의 연장선상에 있는 인물이라고 봅니다. 다만 다른 게 있다면, 이전 작품들에서와 달리 〈전우치〉의 등장인물들에게는 직업이 없다는 거죠. 그러니 직업정신 같은 건 아예 없을 수밖에 없어요. 사실 제 영화 속에 나오는 캐릭터들은 모두가 좀 잘난 척하는 사람들이라는 점에서도 공통점이 있죠.

— 미안해. 우리 엄마 좀 이상하지?
— 아방가르드하시네.

〈도둑들〉에서 전지현이 김해숙의 직설적인 언행에 대해 사과하자 신하균이 너그럽게 돌려

말을 받으며

이동진_ 반면에 감독님 영화 속에 나오는 인물들은 프로페셔널하면서도 다른 한편으로는 만만하게 느껴지기도 합니다. 속된 말을 쓰자면, 좀 양아치스러운 캐릭터들이라고 할까요. 〈도둑들〉만 해도 마카오박 정도가 범죄 기술적으로 결함이 거의 없는 듯한 인물일 뿐, 다른 사람들은 뭔가 허술한 구석들이 있기도 하죠. 인물들의 이런 특성은 데뷔작인 〈범죄의 재구성〉 때부터 그랬는데, 똑같이 케이퍼 무비를 만들어도 캐릭터를 품위 있으면서 빈틈이 하나도 없는 인물로 설정하지 않고 어딘가 좀 부족하거나 저렴한 인간으로 그려냅니다.

최동훈_ 예를 들어 〈시실리안〉이나 〈지하실의 멜로디〉에 나오는 장 가뱅 같은 캐릭터는 굉장히 고결하죠. 〈폭주기관차〉에 나오는 존 보이트 같

은 경우도 범죄를 저질렀다 뿐이지, 자유를 갈망하는 인간의 표상 같잖아요. 저 역시 관객으로서는 그런 캐릭터를 굉장히 좋아하긴 합니다.

이동진 그런 캐릭터의 원형은 장발장이라고 할 수 있겠네요.

최동훈 그렇죠. 그런데 《레 미제라블》에서 가장 매력적인 캐릭터는 장발장이 아니라 형사인 자베르거든요. 처음부터 저는 멋지게 수트를 빼 입는 인간에게는 별로 관심이 없었어요. 왜냐하면 그런 인간을 본 적이 없었기 때문이에요. 〈범죄의 재구성〉에서 김선생 캐릭터를 그려낼 때 알고 보면 정말 쌈마이인 인간으로 만들고 싶었어요. 그런 속성을 들키지 않으려고 겉멋을 많이 부리지만 자기의 패가 하나씩 까질 때마다 결국은 양아치스러운 속내를 드러내는 인간을 묘사하고 싶었던 겁니다. 〈도둑들〉에서의 마카오박만큼은 좀 스타일이 다르긴 하지만요.

이동진 그 대신에 〈도둑들〉에는 뽀빠이가 있죠.

최동훈 이를테면 뽀빠이는 제게 '젊은 김선생' 같은 느낌이에요. 확실히 저는 극 중에서 하자가 많은 인물을 좋아해요.

– 죽은 놈이 아버지였나? 기억력이 좋으면 오래 못 살지.
〈도둑들〉에서 오래전 아버지가 살해된 사건을 언급하는 김윤석에게 기국서가 싸늘하게

이동진 인물들과 관련해서 또 하나 흥미로운 것은 감독님 영화들 속에서 일종의 유사類似 부자관계가 발견된다는 점입니다. 〈타짜〉에서의 평경장과 고니, 〈전우치〉에서의 천관대사(백윤식)와 전우치가 그렇죠. 〈범죄의 재구성〉에서의 김선생과 창혁 사이에서도 비슷한 느낌이 있어요. 다만 사이가 아주 나쁜 부자간이긴 하지만요. (웃음)

최동훈 의도한 건 아니지만 그런 요소가 있는 것 같습니다. 아마 인물들 사이의 그런 관계들이 제가 하는 이야기의 본질과 관계가 있나 봐요.

— 팔백만 땡겨주십쇼.

— 직업이 뭐이가?

— 선생이에요, 고등학교.

— 교육 공무원이니까 특별히 천으로 해주갔어. 근데 선생
  이 노름이나 하고 있으면 학생들이 뭘 배우갔어?

— 아, 뭐, 애들도 크면 다 할 텐데요.

〈타짜〉에서 교사인 노름꾼이 돈을 빌려달라고 하자 백윤식이 빌려주면서도 혀를 차며

— 이번에 새로 오신 투자잡니다, 고등학교 수학 선생님.

— 아, 예. 고맙습니다, 선생님.

— 아닙니다. 제가 더 고맙습니다. 저희 국어 선생도 관심 있
  다고 해서 같이 데려왔거든요.

〈범죄의 재구성〉에서 사기인지도 모르고서 투자하려고 백윤식 일당을 찾아온 교사

이동진 ─ 감독님 영화들에서 가장 대책 없이 당하는 사람들은 교사입니다.
〈타짜〉의 노름판에서나 〈범죄의 재구성〉의 사기판에서 교사는 세상 물
정 모르고 패가망신하는 사람들인데요.

최동훈 ─ 의식하지 못했는데 제가 그랬군요.(웃음) 제 무의식 속에 그런 생
각이 있었던 듯하네요. 어린 시절의 상처 때문인가. 교사들이 정말로 세
상 물정을 잘 모르긴 하죠. 그래서 쉽게 당하기도 하는 것 같아요. 직접
주변에서도 본 적이 있고요. 저는 교사들이 가장 순진하다고 생각해요.

— 나를 아는가? 유명하면 아무리 이름을 숨긴다고 해도 숨겨
  지는 것도 아니고.

〈전우치〉에서 왕이 자신을 알아보자 전우치가 거드름을 잔뜩 피우면서

이동진_ 등장인물의 이름과 관련해서 특히 흥미로운 건 인경입니다. 〈범죄의 재구성〉에서 염정아 씨가 맡았던 캐릭터 이름이 인경이었는데, 〈전우치〉에서 임수정 씨가 연기한 캐릭터 이름 역시 인경이더군요.

최동훈_ 히치콕처럼 영화를 찍을 때마다 매번 자신의 얼굴을 들이미는 것보다는 감독으로서 그게 더 재미있는 방식인 것 같아요. 임상수 감독님도 〈처녀들의 저녁식사〉에서 조재현 씨가 맡았던 남자 주인공 이름 영작을 〈바람난 가족〉에서 황정민 씨가 연기한 캐릭터 혹은 〈돈의 맛〉에서 김강우 씨가 연기한 캐릭터 이름으로도 다시 사용하셨죠.

이동진_ 등장인물의 이름을 재활용하는 감독님들이 꽤 있죠?(웃음) 류승완 감독님은 석환이나 상환이란 이름을 반복해서 쓰고, 장진 감독님은 남자는 동치성, 여자는 이연이나 화이라는 이름을 애용하죠. 그런데 인경 역의 임수정 씨는 이전에 〈범죄의 재구성〉에서 인경 역을 맡은 바 있는 염정아 씨와 〈전우치〉에서 상당 부분 함께 연기를 하고 있어서 더욱 이채롭던데요?

최동훈_ 저로서는 약간 유희 같은 느낌이 있었어요. 〈전우치〉 시나리오를 쓰면서 여주인공에게 일단 인경이라는 이름을 붙여놓았는데, 나중에 상대역에 염정아 씨가 캐스팅되면서 오히려 그대로 놔두었어요.(웃음) 인경이란 이름 자체는 애초에 발음이 좋아서 썼어요. 나중에 딸을 낳으면 최인경이라고 지을까 생각 중이에요.

─ 아유, 민망하게 나까지 부르면 어떡해? 안녕하세요, 마카오박?

  〈도둑들〉에서 전지현이 자신까지 도청하고 있다는 사실이 탄로 나자 뒤늦게 김윤석에게

  인사를 건네며

이동진_ 물론 창혁이나 인경 같은 이름도 쓰시긴 하지만, 별명으로 캐릭

터의 이름을 삼는 것을 유독 좋아하시죠? 우선 〈범죄의 재구성〉에는 얼매 휘발유 제비가 나오고, 〈타짜〉에는 고니 아귀 짝귀가 나옵니다.

최동훈__ 중학교 때 황석영 선생의 소설 《어둠의 자식들》을 읽고 완전히 빠져들었어요. 그게 다 은어와 별명들로 이루어진 밑바닥 세계를 그린 거잖아요? 어린 마음에도 그게 참 좋다는 생각을 했어요. 그래서 데뷔작인 〈범죄의 재구성〉 때부터 캐릭터에 별명을 붙이기 시작했죠. 별명이 아니라도 백윤식 선생님 같은 경우 따로 이름도 없이 그냥 김선생이었죠. 그런데 제 느낌으로는 그냥 그렇게 부르는 게 '동철아' '태식아' 이렇게 부르는 것보다 훨씬 더 좋은 거예요. 그렇게 하면 관객들이 별 생각 없이 오히려 캐릭터에 집중해서 바라볼 수 있게도 해주는 것 같아요. 별명으로 통하는 인생이라는 것에 대한 일종의 호기심 같은 게 오래전부터 있었습니다. 저는 촌에서 자랐기 때문에 다들 별명으로 불렸거든요. 자신의 별명을 싫어한다는 이유로 친구들과 싸움도 하고 그랬어요.(웃음)

— 씹던껌! 내가 고기야?
— 이게 진짜 똥 닦던 걸레를 입에 쳐물었나, 어디서 어른한테 씹던껌, 씹던껌. 나이도 어린년이 그냥 굽히고 배우는 맛이 없어, 그냥.
〈도둑들〉에서 고기에 비유된 후 못마땅해진 전지현이 쏘아붙이자 김해숙이 정색하고 훈계

이동진__ 그와 같은 별명 붙이기의 결정판이 바로 〈도둑들〉이겠죠. 마카오박 팹시 뽀빠이 예니콜 잠파노에 심지어 씹던껌까지 나오니까요. 그런데 〈도둑들〉에 등장하는 캐릭터의 별명들은 작명 방식이 서로 좀 다르게 느껴집니다. 예를 들어서 마카오박은 B급 범죄영화에 흔히 나오는 캐릭터 별명 같은데, 씹던껌이나 예니콜이나 팹시는 뉘앙스가 전혀 다

르죠. 반면에 오달수 씨가 극 중에서 그런 이름으로 나와서 더 웃기기도 하지만, 앤드류 같은 호칭은 보다 더 전통적인 방식의 작명법에 따른 것으로 보이고요. 말하자면 한 작품 안에서 작명법의 층위가 다양한 셈인데, 어떻게 이런 별명들을 고안하시게 된 건가요.

최동훈_ 별명은 자기가 선택하는 게 아니라 남이 붙여주는 거니까 그 사람의 특징과 일치하지 않아도 된다고 봤어요. 일률적이지 않은 듯한 조합이 더 재밌을 거라고 생각했죠.

이동진_ 극의 내적 논리에 따른다면 그 별명들은 아마도 각각 다른 시기에 다른 사람이 붙여준 것이기도 하겠죠.

최동훈_ 맞아요. 그리고 이렇게 많은 캐릭터들을 사람들에게 각인시키려면 별명을 붙이지 않고는 어려울 거라는 판단도 있었고요.

– 이거 봐, 자기 사진. 맞지?

〈전우치〉에서 염정아가 임수정에게 망신을 주기 위해 그녀의 다이어리를 몰래 펼쳐 상대

배우에게 보여주면서

이동진_ 정말 그러네요. 만일 주인공 이름이 〈범죄의 재구성〉에서처럼 최창혁이라면 그 역을 맡은 박신양 씨가 극 중에서 최창혁이란 사실을 관객이 인지하기까지 적잖은 시간이 걸리겠죠. 최창혁으로 호칭되는 사람이 최창혁이라는 이름으로 불리게 된 데에는 발음과 그 인물 사이에 아무런 내적 연관성이 없으니까요. 그런데 〈도둑들〉처럼 특정한 의미를 지닌 별명으로 부른다면 훨씬 더 빨리 인식되겠죠. 그런 면에서 제게 흥미로웠던 것은 이런 호칭들을 극 중 인물의 입을 통해 계속해서 불리게 하셨다는 겁니다. 심지어 "자, 여기서 예니콜은 퇴장합니다"라고 예니콜(전지현) 스스로가 내뱉는 것처럼 자기가 자기 별명을 직접 거론하기까지 하잖아요?

최동훈_ 왜냐하면 그렇게 해야 이름이라는 쉬운 정보를 빨리 받아들이고 다음 정보를 기다릴 수 있을 테니까요. 대학 시절, 영화 서클에 들어갔는데 만날 이론서 세미나만 하는 겁니다. 그러다 제가 영화를 직업으로 택해야겠다고 결심한 순간부터 그 이론서들을 전부 화장실에 갖다놓고 그곳에서만 읽었어요. 그러고는 혼자 계속 영화만 보는 거예요. '좋은 감독들은 정보를 어떤 식으로 배치하는가'와 같은 것들에 대해 그렇게 공부를 많이 했죠. 예를 들어서 당시에 〈양들의 침묵〉을 봤는데, 초반에 스털링이 국장의 부름을 받고 가요. 그런데 국장실에 가보니 국장이 없어요. 그래서 스털링이 기다리면서 국장실에 붙은 버팔로 빌의 범행 사진과 사건 기록들을 하나씩 읽고 있으면 어느덧 국장이 뒤에서 나타나요. 그러면서 "쟤는 말이야~"라고 버팔로 빌에 대해 이야기를 꺼내기 시작하는 거죠. 〈양들의 침묵〉의 그 첫 시퀀스를 보면서 극을 끌어가는 방식이 굉장히 훌륭한 극작법이라고 느꼈어요. 그런 식으로 혼자서 영화들을 보다가 좋은 극작 방식이 있으면 중간에 멈추고 가만히 앉아서 '저 사람은 왜 저렇게 썼을까'에 대해 혼자 유추하는 식으로 공부했죠. 〈범죄의 재구성〉 시나리오를 쓰기 전까지는 계속 그런 공부만 했던 것 같아요. 당시에는 카메라를 어떻게 움직인다든가, 그런 것에 대해서는 별다른 공부를 한 적이 없어요.

– 근데, 왜 별명이 팹시세요?
– 톡 쏘는 게 성격이 좆같은가 보지.
〈도둑들〉에서 출소하는 자신을 마중 나온 전지현이 질문하자 김혜수가 시큰둥하게

이동진_ 말씀하신 그런 예가 정보를 상당히 세련되게 처리하는 방식이겠죠. 그런데 '팹시'나 '예니콜' 같은 별칭은 누가 들어도 상품명을 떠올릴 수밖에 없잖아요? 하지만 PPL 때문에 이런 별명을 만든 것은 아니시죠?

최동훈_ 제 입장에서는 PPL이 아니니까 오히려 부담 없이 막 쓸 수 있었어요.

이동진_ 그걸 의식한 농담처럼 보이는 장면이 하나 있던데요? 인물들이 홍콩에 갔을 때 날씨가 너무 더우니까 뽀빠이가 마실 것을 찾아 냉장고를 여는데, 거기에 코카콜라만 수십 병이 들어 있더군요. 영화에서 쓰인 이름은 팹시인데 말이죠.(웃음)

최동훈_ 제가 스태프들에게 냉장고를 채울 콜라를 사 오라고 했더니 코카콜라를 사들고 와서 뒤늦게 "저희가 팹시를 사 왔어야 했나요?"라고 묻길래 괜찮다고 했죠.(웃음) 의도한 농담은 아니었어요. 제 성격이 못돼서인지, 그랬다면 마치 PPL이 실패한 것처럼 보이잖아요.(웃음)

이동진_ 그와 반대로 제게는 장난스럽게 보복한 것처럼 보이기도 했어요. 팹시라는 이름을 붙여서 PPL을 따오려고 했는데 안 해주니까 그 대신 코카콜라를 넣는 것으로.(웃음)

최동훈_ 물론 그런 건 아니었어요. 그냥 팹시라는 말이 너무 예뻐서 쓴 겁니다.

─ 왜 자꾸 날 쫓아와? 내가 좀 달라 보여?

〈전우치〉에서 변신한 임수정이 건물 위로 날아올라갔는데도 강동원이 따라오자

이동진_ 캐릭터의 호칭과 관련해서 〈도둑들〉의 오프닝 크레딧 시퀀스가 무척이나 흥미롭더군요. 일반적으로는 영화가 본격적으로 시작되기 전에 주연 배우들의 실제 이름을 자막으로 보여주잖아요? 극 중에서 그 배우가 맡은 역할 이름은 엔딩 크레딧에서는 표기할지언정, 오프닝 크레딧 시퀀스에서는 따로 표기하지 않죠. 그런데 이색적이게도 〈도둑들〉은 캐릭터 명칭과 배우의 이름을 도입부부터 함께 자막으로 소개합니다. '마카오박 김윤석' '팹시 김혜수' '뽀빠이 이정재' '예니콜 전지현',

이런 식으로요. 심지어 자막에서 캐릭터 명칭이 배우의 실제 이름보다 더 크게 적혀 있고 앞에 놓여 있죠. 글자 색깔 역시 배우 이름은 흰색인데 캐릭터 이름은 컬러고요. 그러니까 〈도둑들〉은 이 영화에 이러저러한 배우가 등장한다고 강조하기보다는 이러저러한 캐릭터가 나온다는 걸 인지시키는 방식으로 출발을 하는 셈인데, 이 영화에 아주 잘 어울리는 소개법으로 여겨집니다.

최동훈_ 사실 그건 프로듀서가 만들어낸 겁니다. 갑자기 영화에 쑥 들어가면서 시작하는 게 꺼려지는데다가 그 많은 캐릭터들 이름을 관객들이 다 알 수도 없으니 그렇게 하는 게 좋을 것 같다는 의견이었죠. 그런 오프닝 크레딧 시퀀스 아이디어를 안수현 프로듀서가 제안했을 때 저는 반대했어요. 괜히 러닝타임만 잡아먹을 것 같았거든요. 자기가 일단 만들어보겠다고 하길래 시큰둥하게 해보라고 했죠. 그런데 완성품을 보니 좋더라고요. 그래서 아무 말 없이 그냥 썼죠.(웃음)

이동진_ 내가 언제 반대했냐는 듯이?(웃음)

최동훈_ 〈도둑들〉은 스타가 많이 나오는 영화라서 오히려 우려스러운 부분도 있었어요. 스타가 스타인 이유는 돈을 많이 받고 CF를 찍어서가 아닙니다. 대중들 머릿속에 그에 대한 기대와 기억이 너무 많은 사람이 스타인 거죠. 김혜수 씨는 연기 경력 29년차 배우예요. 전지현 씨도 15년 가까이 됐겠네요.

이동진_ 이미 고등학생 때 〈화이트 발렌타인〉을 찍었으니까요.

최동훈_ 이정재 씨도 거의 20년 됐죠. 그렇게 보면 김윤석 선배가 신인이에요. 그와 같은 상황에서 〈도둑들〉의 오프닝 크레딧 시퀀스는 '그런 것들에 대해서 이제부터 우리, 생각을 하지 말기로 합시다'라고 관객들에게 제안하는 일종의 대화 방법이었던 것 같아요.

— 붙어라, 붙어라, 붙었다!

〈타짜〉의 도입부에서 화투패를 펼치면서 혼자 주문을 외는 유해진

이동진_ 처음 두 영화의 인물 소개법을 비교해 보겠습니다. 〈타짜〉는 시작하자마자 세 개의 신을 통해 각각 고니, 정마담, 고광렬을 스케치합니다. 극을 이끌어 갈 세 명의 주인공들을 악센트 넣어가면서 관객들에게 먼저 소개하는 방식이죠. 그런데 〈범죄의 재구성〉은 이같은 방식으로 인물을 미리 소개하지 않고 이야기가 진행됨에 따라서 중간중간 하나씩 끼워 넣는 방식으로 그려냅니다. 두 영화는 이렇게 캐릭터들을 관객에게 소개하는 방식이 완전히 다른데요.

최동훈_ 〈타짜〉는 기질이 더 중요한 영화죠. 도박사들인데 서로 성격이 달라서 그 기질에 합당한 결말을 맞게 되는 인물들이랄까요. 사실 기질을 설명하는 게 힘들잖아요. 그래서 등장과 퇴장에 힘을 주는 거죠. 예전에 쇼 무대에서 공연할 때 사회자가 '동남아시아 공연을 마치고 방금 도착한 은방울자매를 모십니다아~'라고 외치자마자 은방울자매가 막 뛰어서 무대로 나오면 청중들이 일제히 함성을 지르잖아요?(웃음) 제가 그런 방식을 좋아하는 것 같습니다. 저는 인물을 등장시킬 때 무척 신경을 많이 씁니다.

이동진_ 말하자면 〈타짜〉는 캐릭터를 은방울자매처럼 소개하는 영화인 거군요.(웃음)

최동훈_ 〈타짜〉의 경우 원작 만화에서는 고니가 소문을 듣고 직접 집으로 찾아가서 문을 두드릴 때 평경장이 처음 등장하죠. 그런데 저는 도박판에서 곤경에 처한 고니가 난동을 부릴 때 그 모습을 평경장이 지켜보면서 처음 등장하는 걸로 바꿨어요. 그러면 평경장이 어떤 사람인지 굳이 소개하지 않아도 된다고 본 거죠.

— 자, 선수 입장한다.

〈도둑들〉에서 형사반장인 주진모가 부하에게 마카오박이 오고 있음을 무전기를 통해 알려
주면서

이동진_ 〈타짜〉에서 가장 인상적으로 등장하는 인물은 아무래도 정마담인 것 같습니다. 평경장이 고니에게 "도박의 꽃이 누군 줄 아니?"라고 물은 뒤 '도박의 꽃'이라는 세 번째 챕터 제목이 뜨고 곧바로 정마담을 보여주는데, 인물을 풀 쇼트나 클로즈업 쇼트로 제대로 보여주지 않고 다리, 가슴, 등으로 나눠서 부분적인 클로즈업 쇼트들로 먼저 훑죠. 관객의 궁금증을 극도로 자극하면서 인물의 등장에 강력한 방점을 찍는 등장 방식이라고 할까요.

최동훈_ 그 장면은 조금이라도 천천히 들어가고 싶었어요. 관객들은 저여자가 어떤 여자인지 아직 모르니까 좀 추측하게 만들고 싶기도 했고요. 정마담의 경우, 드러내는 방식이 좀 다르긴 한데 근본은 같습니다. 〈양들의 침묵〉에서 한니발 렉터가 나오기까지의 모든 신은 전부가 그를 만나기 위한 장면들이잖습니까. 한니발 렉터와 직접 대면하기 전까지 정신병원에서 원장을 만나고 철문을 통과하고 경고와 주의와 조롱까지 당한 후에 긴 복도를 걸어서 렉터를 만나는 거죠. 이전에 말씀드린 대로, 정마담은 영화가 시작되고 나서 35분쯤 흐른 뒤에 본격적으로 등장시켜야 한다고 처음부터 생각하고 있었어요. 그전에는 가끔씩 다른 사람들의 입을 통해 언급됨으로써 인물에 대한 기대 심리를 만든 다음에 그녀를 만나러 가는 거죠. 그리고 정마담은 등장하자마자 바로 자신이 어떤 사람인지 보여줍니다. 전화도 괜히 받는 척하면서요. 그렇게 하면 이야기를 풀어내는 사람으로서 무척 편하죠. 그 인물에 대해서 길게 말할 필요도 없으니 경제적이기도 하잖아요. 그렇게 새 인물이 들어오면서 드라마의 선이 하나씩 늘어나도록 하는 방식에 흥미를 느껴요. 퇴장보다는 상대적으로 등장에 더 신경을 쓰는 거죠.

이동진_ 원작 만화와 영화에서 가장 다른 캐릭터가 바로 정마담이었는데요.

최동훈 원작에서는 좀더 천박하고 생활의 냄새가 짙은 술집 마담 같은 느낌이었죠. 그런데 뭐랄까, 저는 좀 그레이드를 올리고 싶었어요. 욕망도 더 센 인물로 만들고 싶었죠.

— 내가 아주 어마어마한 정보를 알고 있는데.
— 그래? 그게 뭔데?
— 나중에 가르쳐줘야겠다.
　〈도둑들〉에서 전지현이 김윤석에게 뭔가 알려줄 듯하다가 끝내 입을 닫으면서

이동진 극 중에서 정마담은 고니와의 일을 제외하면 다른 남자들과의 관계가 구체적인 대사로 묘사되지는 않습니다. 그런데도 정마담이 슬쩍 슬쩍 스킨십을 하거나 말로 살짝 거론하는 상황을 보면 저 사람들 사이에서 모종의 무엇이 있지 않았을까 추측이 되죠. 그게 평경장이든 아귀든.

최동훈 보는 사람들이 그런 느낌을 받을 수 있게 하려고 고민을 하고 머리도 많이 굴렸어요. 그런 뉘앙스가 살아 있기를 바랐거든요. 그래도 직접 언급되어서는 안 된다고 봤어요. 왜냐하면 언급하게 되면 그냥 흔한 인간사가 되니까요. 하지만 언급하지 않으면 뭔가 엄청난 비밀이 있는 것 같지죠.

— 영화배우 몇 명이 필요한 건데?
　〈범죄의 재구성〉에서 백윤식이 박신양으로부터 범죄 계획을 듣고 나서 질문

이동진 〈타짜〉는 원작이 워낙 방대해서 각색하기가 쉽지 않았을 것 같기도 한데요. 인물도 굉장히 많이 등장하고요.

타짜

개봉 2006년 9월 27일
출연 조승우 김혜수 백윤식 유해진 김윤석
상영시간 139분

CINEMA
REVIEW
BOOMERANG INTERVIEW

가구공장에서 일하던 고니는 우연히 끼게 된 도박판에서 돈을 전부 잃고 우여곡절 끝에 평경장을 만나 타짜의 세계에 들어선다. 사기 도박판을 미리 설계하는 정마담을 만나 타짜로 활약하던 고니는 곧 고광렬과 함께 팀을 이뤄 전국의 화투판을 휩쓴다. 하지만 평경장이 의문의 죽음을 당한 뒤 고니에게 절체절명의 위기가 닥쳐온다.

허영만의 만화 원작을 영화화한 〈타짜〉는 능능란한 이야기꾼인 최동훈 감독의 화술이 얼마나 효율적이고 능란한지를 잘 보여준다. 간지럽혀주어야 할 때와 찔러야 할 때를 정확히 아는 작법과 연출은 시제를 능숙하게 뒤섞고 플래시백과 플래시포워드를 고리 삼아 신들을 밀고 당기면서 흥미진진하게 이야기를 재구성한다. 〈범죄의 재구성〉에서 익히 위력을 발휘했던 대사 감각 역시 여전하다.

경제적이면서 리드미컬한 화법은 고니와 정마담 혹은 평경장이나 고광렬 같은 메인 캐릭터들뿐만 아니라 박무석 곽철용 아귀 짝귀 등 상대적으로 비중이 작은 캐릭터 하나하나까지도 생생한 실감으로 살려낸다. (정마담처럼) 한 인물에 대한 다른 인물의 의미심장한 언급을 미리 깔아둠으로써 자극된 궁금증이 최고조에 이르렀을 때 인물을 강력하게 호출하거나, 이와 정반대로 (아귀처럼) 관객이 처음에는 누군지 모르고 무심코 흘려 보게 되는 인물이 나중에 그 존재감을 온전히 드러내며 각인시키도록 하는 방식은 최동훈 감독이 캐릭터의 파괴력을 배가시키기 위해 얼마나 치밀하게 설계도를 그리는지 알려준다(이와 같은 인물 등장법은 정마담을 연기한 김혜수가 모든 사람이 알고 있는 스타라는 사실과 이 영화를 찍을 당시의 김윤석이 알려지지 않은 무명 배우라는 사실까지 고려한 방식이다).

그렇게 인물 간의 구도가 완성되어 제시된 후 최후의 대결이 기다리고 있는 선박 안으로 마침내 고니가 뚜벅뚜벅 걸어가는 장면에 이르면 관객들은 흡사 주인공이 지옥의 문을 열고 들어가는 것 같은 느낌을 받게 된다. 효과에 비해 의도를 다소 과하게 드러내기도 했던

데뷔작의 촬영 스타일과 장면 구성 방식은 〈타짜〉에 이르러 그 역동적 특성은 계속 유지하면서도 좀더 안정적인 면모를 보여주기도 한다.

조승우는 순수와 독기를 함께 지닌 표정과 이야기의 흐름을 자연스럽게 안고 가는 감성으로 한 편의 영화를 넉넉하게 떠받친다. 이 영화의 김혜수는 수십 편에서 주연했지만 이전에 한 번도 보여주지 않았던 모습으로 강렬한 흔적을 남긴다. 아울러 〈타짜〉는 김윤석이라는 뛰어난 연기자를 한국영화계의 토양에 온전히 뿌리내리도록 만든 영화로 훗날 기억되기도 할 것이다.

돈이 가장 귀중한 사람은 눈앞에서 돈뭉치가 잿더미로 변하는 것을 보게 되고, 손이 가장 소중한 사람은 스스로의 확신이 절정에 달했을 때 손을 잃게 된다. 그리고 주인공이 어두운 골목길을 뚜벅뚜벅 걸어와 담배에 불을 붙이는 장면으로 시작했던 이 욕망의 로드 무비는 화려하게 뻗은 대로와 좁고 구불구불한 통로를 두루 거친 끝에 슬쩍 마음을 흔드는 페이소스를 남기며 끝을 맺는다. 바람에 지폐들이 날아가는 모습을 기차에 매달린 채 바라보면서 고니는 미소를 머금었던가. 그 순간 그가 목숨까지 걸게 만들었던 그 모든 일들은 흡사 꿈처럼 느껴진다. 〈타짜〉에 이어지는 최동훈의 다음 작품이 몽환적인 〈전우치〉라는 것은 어쩌면 지극히 자연스러운 귀결인지도 모른다.

최동훈_ 각색하면서 가장 어려웠던 것은 그렇게 많은 등장인물들을 어떤 방식으로 잘 소개해서 관객들로 하여금 그 인물들을 따라가면서 흥미를 잃지 않고 영화를 계속 보게 만들 것인가 하는 점이었어요. 시나리오를 쓰다가 완전히 막힌 적도 있었죠. '도대체 내가 왜 이걸 하고 있지'라는 생각이 들 정도였는데, 그때 시원하게 뚫어줬던 게 바로 정마담이라는 캐릭터의 내레이션으로 이 영화를 풀어보자는 아이디어였어요. 그리고 나니까 시나리오가 좀 제대로 쓰여지기 시작했죠.

— 봉투 안에 있는 것도 읽어보시고. 각자 자기 할 일들이 적혀 있으니까.

〈도둑들〉에서 김윤석이 범행 착수시 각자의 임무가 적혀 있는 봉투에 대해서 언급

이동진_ 내레이션이 잘 깔리면 고전적인 품격 같은 게 영화에 서리게 됩니다. 그런데 〈친절한 금자씨〉처럼 내레이션의 효과와 그 영화의 개성을 떼어놓고 생각할 수 없는 경우도 있지만, 감독에 따라서는 덜 영화적이라는 이유로 내레이션의 사용을 금기처럼 생각하는 경우들도 적지 않은데요.

최동훈_ 예전에 시나리오 공부를 할 때 저 역시 내레이션을 쓰지 말라는 소리를 자주 들었죠. 그런데 저는 또 고전영화를 굉장히 좋아하니까 그걸 쓰는 데 대해서 거부감은 없어요. 내레이션으로 시작하는 게 묘한 향수를 불러일으키면서 동시에 기술적으로는 많은 이야기를 압축시킬 수 있는 역할을 하기도 하고요.

이동진_ 〈타짜〉는 열 개의 챕터로 나뉘어져 있는데, 각 챕터마다 자막까지 친절하게 달아놓으셨죠.

최동훈_ 시나리오를 처음 쓸 때, 되는 대로 쓰다 보니 100페이지가 넘어가는 거예요. 원작 만화가 일곱 권이지만 내용이 워낙 방대했거든요. 그

래서 이걸 어떻게 효율적으로 정리할까 고민한 끝에, '섰다'가 열 장 가지고 치는 노름이니까 열 개의 챕터로 나누면 좋겠다는 생각을 했어요. 사실 무척 어린애 같은 아이디어인데, 화투패 하나당 이야기를 한 가지씩 만들어서 하면 어떨까 싶었던 거죠.

— 이따 보자.
〈도둑들〉에서 이정재가 미술관 범행을 성공적으로 마친 후 먼저 빠져나가면서 김수현에게

이동진_ 아귀의 등장도 인상적입니다. 처음 고니가 화장실에서 마주치면서 잠깐 나올 때도 그렇지만, 영화 후반부를 보면서 그 장면을 되짚어보면 더욱 그렇죠. 그때까지만 해도 고니 입장에서는 저 사람이 누군지, 얼마나 거물인지를 알지 못하고 결국 자신이 목숨을 걸고 싸워야하는 상대라는 사실도 눈치 채지 못하니까요.

최동훈_ 처음 화장실 장면에서는 그냥 기분이 좀 나빠지게 되는 이상한 인간 정도인 거죠. 그런데 제가 〈타짜〉 시나리오를 쓸 때 묘하게도 알렉상드르 뒤마의 《삼총사》를 읽고 싶은 거예요. 고니에게 달타냥 같은 느낌이 좀 있다고 봤거든요. 돈키호테 같은 면도 있긴 하지만요. 《삼총사》를 보면 초반에 달타냥이 총사가 되려고 파리로 갈 때 술집에서 어떤 악당을 만나 추천장을 빼앗겨요. 근데 그 당시에는 그 악당이 누군지는 모르죠. 그런데 나중에 보면 달타냥은 결국 그 악당과 싸워야 하는 겁니다. 그게 뒤마가 백 몇십 년 전에 만들어낸 플롯인데, 아귀를 처음 등장시킬 때 그렇게 해야겠다는 생각이 딱 들었던 거죠.

— 너, 화담 봤어?
— 봤지. 아니, 아까 창고에서 청동검 찾을 때 그때 봤어, 슬쩍.

이동진_ 아귀뿐만 아니라 짝귀(주진모) 역시 처음 나올 때 불쑥 등장합니다. 훨씬 전에 아귀와 짝귀라는 굉장한 타짜가 있다는 정보가 다른 사람들의 대화 속에서 제시되기는 합니다. 그러나 관객들 입장에서는 그게 지금 눈앞에 막 나타난 이 사람이라는 것을 알 수 없기에 거물이라는 생각을 하지 못한 채 그 캐릭터의 행동을 먼저 흘려서 보게 되죠. 그렇게 일단 인물을 불쑥 제시한 뒤 나중에 그 인물이 어떤 사람이었는지 설명하는 방식을 선호하시는 것 같아요.

최동훈_ 그렇게 하는 게 제겐 훨씬 더 흥미롭거든요.

이동진_ 고니와 아귀뿐만 아니라 고니와 평경장의 첫 만남 역시 유사하죠. 중요 인물들이 극 중에서 처음 대면하게 될 때 흔히 그렇게 별로 중요한 만남이 아닌 것처럼 심상하게 묘사된다고 할까요. 고니 입장에서 평경장은 처음에는 눈에 들어오지도 않는 인물이었을 텐데, 시간이 좀 더 흐르면 자신의 삶에 결정적 영향을 미치는 관계로 엮이게 되죠.

최동훈_ 따지고 보면 그런 첫 만남들이 다 우연이죠. 하지만 관객들이 그런 장면을 보면서 우연적으로 만났다는 느낌을 받지 않도록 하기 위해서 신경을 씁니다. 마치 무협지나 서부영화에서처럼 새로운 인물이 연이어 등장하게 되면 도대체 이 이야기가 어디로 갈지 알 수 없는 것 같은 긴장감이 만들어지거든요. 그런데 처음부터 '앗, 중요한 인물과 중요한 인물이 지금 만났군!' 이렇게 되면 저는 이야기를 만드는 사람으로서 그게 그렇게 재미있게 느껴지지 않아요.

– 스승님, 왜 저 여인을 가까이 하면 안 되는데요?
– 니가 죽을 곳을 저 여인이 안내를 하는구나.

이동진_ 그런 측면에서 고니와 아귀가 처음 만나게 되는 장면에 바로 뒤이어, 원래 숙적 같은 사이지만 극 중에서는 처음 묘사되는 평경장과 아귀의 대면 장면도 인상적입니다. 숙원을 갖고 있는 두 사람이 기차역 플랫폼에서 오랜만에 우연히 만나 의미심장한 짧은 대화를 나눌 때 서로 멀찌감치 떨어져서 말을 나누잖아요?

최동훈_ 명백하게 서부영화의 영향일 거예요. 기차 앞에 딱 서게 되면 그렇게 콘티를 짜야 되겠다는 생각이 자연스럽게 들어요.

이동진_ 그런데 이런 장면을 찍을 때면, 멀찌감치 떨어져서 대화를 하는 설정이라 할지라도 화면의 가로 사이즈를 풀로 써서 두 사람 사이의 거리감을 강조하는 앵글로 찍는 경우가 많을 것 같은데 감독님은 그렇게 하지 않았습니다.

최동훈_ 그렇게 찍어봤자 그 둘 사이의 중간에 차지하고 있는 게 기차 한 량뿐이니까 뭔가 탁 막힌 듯한 느낌이 들 테니까요. 그 장면을 찍을 때 그냥 제 느낌이 그랬었나 봐요.

― 기차 타고 떠난댔잖아.
― 표를 잊어버렸어요. 그러니까 당신도 나를 잃어버려요.
　〈전우치〉의 극 중 촬영 현장에서 친일파인 상대 배우가 쓰러진 채 반문하자 염정아가 총을
　겨눈 채 마지막 인사

이동진_ 서부극과 기차는 그 이상 잘 어울릴 수 없죠. 그런데 서부극뿐만이 아니라, 기차라는 건 그 자체로 무척 영화적이죠? 영화에 기차만 나오면 뭔가 시간이 막 흘러가는 느낌이 들기도 하고요.

최동훈_ 아, 그렇습니다. 굉장히 영화적이죠. 그런데 솔직히 촬영할 때 가장 다루기 어려운 물체이기도 합니다. 왜냐하면 그 장면의 경우, 기차가 출발하면 고니도 떠나야 하는데, 기차의 움직임과 카메라가 안 맞

아 NG가 나면 그 기차가 다시 와야 되거든요. 그렇게 열 몇 번씩 기차가 갔다가 다시 오고 그러면 어느덧 해는 지고 감독은 똥줄이 타는 거죠.(웃음)

이동진_ 그런데 인물들을 임팩트 있게 소개하는 〈타짜〉에 비하면 〈범죄의 재구성〉에서는 주요 인물의 등장이 덜 강조되는 느낌입니다.

최동훈_ 아뇨. 제가 그때도 〈양들의 침묵〉을 좋아하던 때였는데요.(웃음) 다만 그때는 관객들이 어리둥절하기를 바랐어요. '가급적이면 이야기의 중간부터 시작하라'는 조언을 따른 거죠. 초반에 이야기를 빨리 진행시켜도 관객들이 이미 이런 스타일의 영화를 실컷 봤을 테니까 괜찮을 거라고 생각했어요. 사실 〈범죄의 재구성〉이 완벽한 미스터리 영화인 것은 아니잖아요? 끝에 가서 미스터리를 버리니까요. 그러고 나서 이야기를 다시 시작하는 방식이죠. 나중에는 필요 없게 되는 궁금증이라도 초반에는 필요하다고 생각합니다. 반면에 〈타짜〉는 다 알고 있는 이야기이니 오히려 쉽고 느슨하게 시작해야 한다고 생각했어요.

이동진_ 저는 기본적으로 〈타짜〉가 캐릭터 영화인 데 비해서 〈범죄의 재구성〉은 이야기 영화이기 때문이기에 두 영화의 인물 소개방식이 달라졌다고 보기도 하는데요.

최동훈_ 그런 것 같네요. 그렇게 설명하면 될걸 괜히 길게 말했네요.(웃음)

– 야, 너 벌써부터 긴장되냐?

〈도둑들〉에서 전지현이 지갑을 잃어버렸다면서 소동을 벌이는 오달수에게 핀잔

이동진_ 그런데 〈전우치〉에서는 극의 도입부에서 주인공이 무려 하늘에서 구름을 타고 궁궐로 내려오면서 처음으로 등장합니다.

최동훈_ 그게 〈전우치〉를 영화화하기로 결심한 후 처음으로 머리에 떠오른 시각적 이미지였거든요.

이동진_ 저는 그 장면을 처음 접했을 때 무척 흥분이 되더라고요. 프롤로그에서 요괴를 쫓던 병사들과 신선들이 대화를 하다가 연이어 세 번이나 전우치의 이름을 주고받듯 내뱉고 나면 곧바로 '전우치'란 제목이 스크린에 크게 뜨잖아요? 그리고 그 직후 장면이 바로 전우치가 구름을 타고서 궁궐로 내려서는 모습이었죠. 그 부분을 극장에서 볼 때 청각에서 시각으로 옮겨가면서 주인공을 이렇게 관객들에게 확연히 소개하는 영화도 흔치 않을 거라는 생각이 들었습니다.

최동훈_ 저도 바로 그런 느낌을 원했던 거예요. 그 장면을 시나리오에 써놓았더니 어떻게 찍을 거냐고 묻는 분들이 많았죠. 그 대목에서 모두 아홉 명의 사람들이 하늘에서 내려오는데 그게 CG인 줄 아시는 관객들도 적지 않더라고요. 그 장면은 배우들이 와이어를 타고 실제로 내려서도록 해서 찍은 것이거든요.

– 숏 갑시다!
〈도둑들〉에서 전지현이 무전기를 통해 자신이 준비가 되었음을 알리며

이동진_ 〈전우치〉를 영화로 만들어야겠다고 처음 생각하신 것은 언제였습니까?

최동훈_ 두 번째 영화인 〈타짜〉를 끝내고 화장실에서 《삼국유사》를 읽고 있을 때였어요.

이동진_ 감독님은 화장실에서도 《삼국유사》 같은 책을 읽으시는군요.(웃음)

최동훈_ 딱 좋아요. 그게 글의 형식으로 보면 일종의 단편집이잖아요. 그 중에서 신통력을 부려서 용을 쫓아낸 혜통 스님 이야기를 읽을 때였죠. 혜통이 검은 콩과 흰 콩을 놓고 주문을 외니 병사들로 변해서 나쁜 용을 무찌르는 내용이었어요. 스타크래프트 같죠?(웃음) 그 대목을 읽으

면서 매혹되어 '야, 이런 걸 영화로 만들어야겠다'고 결심했어요. 그렇게까지 생각을 하고 나니, 그 다음에 떠오르는 것은 당연히 전우치 이야기였죠. 〈전우치전〉에서는 인물만 빌려왔을 뿐, 영화 〈전우치〉의 모태는 사실상 《삼국유사》라고 할 수 있어요.

이동진_ 어려서부터 《삼국유사》 같은 책을 좋아하셨나 봐요.

최동훈_ 진짜 좋아했어요. 초등학교 고학년 때도 《삼국유사》나 《삼국사기》를 읽고 그랬거든요. 지금도 생생히 기억나는 것은 삽화예요. 바람에 날려가지 않으려고 문고리를 잡고서 버티고 있는 사람의 모습 같은 것들이 제게는 아련하고도 그리운 느낌으로 남아 있거든요. 저는 판타지 영화를 관객으로서 즐기는 편은 아닙니다. 그런데 그걸 영화로 찍고 싶다는 욕망은 컸어요. 어렸을 때 흥미롭게 들은 사명대사 이야기 같은 걸 영화로 담고 싶은 거예요. 지금으로 치면 《마법 천자문》 같은 얘기라고 할 수 있을 텐데, 사명대사가 조선 사람들을 구하러 왜국에 갔을 때 왜국인들이 그를 해치려고 자던 방을 밖에서 걸어 잠그고 엄청나게 불을 땠다는 거죠. 그런데 다음날 문을 열어보니 벽에 '얼음 빙氷' 글자 하나를 써서 붙여놓은 사명대사가 오들오들 떨고 있더라는 스토리죠. 그런 걸 읽을 때마다 저는 속으로 '맞아, 선조들이 이런 것을 영화로 만들라고 남겨준 거야'라고 생각하고는 해요. 저는 〈헬보이〉의 감독 기예르모 델 토로 역시 《서유기》를 읽었다고 확신하거든요. 헬보이는 손오공 그 자체니까요. 사실 〈전우치〉를 찍으면서 계속 떠올렸던 개인적 경험이 있기도 했죠.

― 무슨 일이죠?

〈도둑들〉에서 김윤석의 행방을 쫓던 홍콩 경찰이 자신에게 다가와 봉투를 건네는 채국희
에게

이동진_ 그건 어떤 경험이었나요.

최동훈_ 제 조카가 당시에 여섯 살이었는데 영화를 무척 좋아했어요. 그래서 어느 날 스티븐 스필버그의 〈죠스〉 DVD를 빌려줬는데 도무지 반납을 하지 않는 거예요. 한 달쯤 후에 가서 그 영화가 재미있었냐고 물어봤더니, 글쎄, 제 조카가 〈죠스〉의 그 유명한 테마 음악을 입으로 따라하면서 제게로 다가오는 거예요. 겨우 여섯 살밖에 안 되는 아이가 어떻게 〈죠스〉를 보고 난 뒤 저 음악을 기억하고 있는 건지 굉장히 놀랍더라고요. 결국 영화란 매혹을 전달하는 매체라는 생각이 들더군요. 물론 다 찍고 나서는 '영화는 역시 스토리였군'이라고 결론을 내리게 됐지만, 적어도 〈전우치〉를 만드는 동안에는 어떻게 하면 한 장면 한 장면 관객들의 머릿속에 깊이 남게 될 영화를 찍을 수 있을지 고민하게 됐던 거죠.

이동진_ 〈전우치〉를 만들어야겠다고 결심한 뒤에 시나리오를 쓸 때는 어땠습니까.

최동훈_ 시나리오를 쓰기가 무척 어렵더라고요. 하지만 〈전우치〉를 영화화하기로 결심했을 때는 정말 세상을 다 얻은 듯했어요. 예전에 데뷔작을 구상하다가 '사기꾼들이 한국은행 터는 이야기를 해야지'라고 떠올린 직후에 스스로 '대단하다, 최동훈! 이제 쓰는 것만 남았군'이라고 흡족했던 때와 흡사했죠.(웃음)

- 내가 미쳤지, 이거 갖고 먹을 수 있겠소?
〈타짜〉에서 김상호가 자신의 패를 공개한 뒤 너스레를 떨면서

이동진_ 이전에 이야기의 측면에서는 말씀해주셨으니, 연출자로서 스토리를 제외하고 〈전우치〉에서 가장 크게 고민했던 것은 어떤 점이었습니까.

최동훈_ 그 영화가 과연 스펙터클을 보여줄 의무가 있는가 하는 원론적인 고민이었어요. 시작할 때부터 그 부분에 대한 강박에 시달렸거든요. 대작인 만큼 뭔가 거대한 걸 보여줘야만 한다는 거죠. 그런데 그런 방향은 제게 〈전우치〉가 할리우드의 대항마 같은 성격의 영화라는 뜻으로 다가왔어요. 〈좋은 놈 나쁜 놈 이상한 놈〉에서 만주 벌판을 말을 타고 달리는 장면 같은 질주감을 이 영화 속에 넣어야 하는 것인가의 문제였죠. 그런데 저는 좀 생각이 달랐거든요. 어떤 장면은 스펙터클하게 찍어야겠지만, 또 어떤 장면은 굳이 그렇게 하지 않아도 된다는 것이었죠.

이동진_ 그렇다면 스펙터클하게 찍어야겠다고 마음먹은 장면들을 위해서 영화 속 공간들을 어떻게 만들어내려 하셨는지요.

최동훈_ 조선시대를 배경으로 요괴와 싸우는 장면을 스펙터클하게 찍기 위해서 한옥 골목을 아주 길게 만들었어요. 전우치와 스승이 사는 공간의 경우, 높은 곳이라는 느낌을 주기 위해서 CG를 적극적으로 사용하기로 했고요. 현대를 배경으로 20분가량 도심에서 쫓기는 장면도 볼거리가 많아야 했기에 고심했던 부분이었어요. 어쨌든 〈전우치〉를 만들면서 스펙터클에 대한 열망이 저를 괴롭혔던 것은 사실입니다.

이동진_ 일반적으로 영화 속 장소로 어떤 공간을 좋아하시나요.

최동훈_ 탁 트이고 깊이감이 있는 장소를 선호하죠. 원근법적인 묘사가 가능한 공간이요.

— 직원 명단 확인해봐. 너 이름이 뭐야?
〈도둑들〉에서 호텔 경비가 직원 옷을 입고서 도주하던 전지현에게 수상한 점을 발견하고
서 채근

이동진_ 캐릭터를 활용하는 방식에 대해서 이야기할 때 빼놓을 수 없는 영화가 〈도둑들〉이겠죠. 일단 제목에서 가리키는 도둑들만 해도 모두

열 명입니다. 거기에 도둑들 범주에 들어가진 않지만 역시 중요한 인물들도 있고요. 심지어 카메오로 등장하는 신하균 씨도 굉장히 중요한 캐릭터잖아요. 〈도둑들〉을 보면서 한정된 시간 안에 그 많은 인물들의 개성을 일일이 다 살려내는 작법이 무척 인상적이었습니다. 캐릭터들에 성향과 감정을 저마다 부여하고 또 악센트를 넣어가면서 묘사하는 방식을 보면 굉장한 저글링 묘기를 보고 있는 것 같았다고 할까요. 감독님 영화들에서는 등장하는 인물들이 언제나 많았지만, 〈도둑들〉은 그런 측면에서 특히 더 힘들었을 것 같은데요.

최동훈_ 따지고 보면 대부분의 영화가 원래 인물이 많긴 해요. 경찰 나오고 범인 나오는 영화라면 경찰서 장면에서 경찰이 대여섯 명쯤 나와야 되고 범인 측에서도 이쪽에 세 명, 저쪽에 세 명 정도 나오니까 많을 수밖에요. 그런데 제가 좀 다른 게 있다면, 경찰에 대한 영화를 찍는다면 극 중에 등장하는 경찰들이 다 기억되길 바란다는 겁니다. 그게 저한테는 매우 중요한 일이거든요. 할리우드 영화들은 대부분 그렇게 하지 않죠. 오히려 미국 TV 드라마가 그 방식을 써요. 아론 소킨 같은 작가가 쓴 드라마들이 대표적일 거예요. TV 드라마는 상대적으로 그렇게 하기가 쉬워요. 모든 등장인물들을 회마다 한 번씩 각각 돌아가면서 주인공으로 띄울 수 있으니까요.

이동진_ 영화에서는 시간이 두 시간 안팎으로 제한되어 있으니까 그렇게 하기 어렵죠. 그러다 보니 많이 등장한다고 해도 대부분은 특정한 기능만을 수행하는 캐릭터들입니다.

최동훈_ 저는 바로 그런 게 싫은 거예요. 예전에 시나리오 작법에 대한 로버트 맥키 책을 읽을 때 가장 좋았던 대목은 짧게 등장하는 택시기사를 묘사하는 방법에 대한 부분이었어요. 어느 시골뜨기 여자가 처음 뉴욕에 도착해 공항에서 택시 타는 장면에 대해 쓸 때 택시기사가 수다쟁이일 수도 있고 과묵한 사람일 수도 있으며, 친절한 사람일 수도 있고 무척이나 불친절한 사람일 수도 있는데 그것을 당신이 선택해야 한다는 말이었죠. 그 부분을 읽는 순간 캐릭터를 어떻게 만들어야 할지 감이 잡혔어요. 그 영화에서 그 택시기사는 그때만 나오고 사라질 것 아니겠어요? 하지만 저는 '이 택시기사가 나중에 다시 나오면 정말 재미있겠군'이라는 생각이 들더라고요. 어쨌든 캐릭터를 만들 때 특별한 이유로 그 인물에 성격을 부여하지 않는 경우만 빼면, 작은 역이라도 그에게 뭔가 독특한 인간성을 부여하면 더 재미있겠다는 걸 느꼈던 거죠.

— 앤드류는 통제실을 잘 봐둬. 나중에 조니랑 같이 들어가야 되니까.
〈도둑들〉에서 김윤석이 작전이 실행되면 오달수에게 증국상과 함께 움직일 것을 지시

이동진_ 맥키 책에 나오는 택시기사 이야기를 하신 게 제게는 예사롭지 않게 들리는데요? 왜냐하면 〈도둑들〉에서 신하균 씨를 그 택시기사처럼 쓰고 있으니까요. 첫 장면에서 크게 한방 먹는 것으로 소임이 다 한 것 같은 인물인 줄 알았는데, 맨 마지막 장면에서 다시 등장시킴으로써 더욱 흥미롭게 활용된 경우였죠.

최동훈_ 만일 그 뒷 장면이 없었다면 신하균 씨처럼 잘 알려지고 좋은 배우를 쓸 기회는 없었을 거예요. 한 번만 써먹을 거라면 전형적인 사람을 넣는 게 더 좋죠. 그런데 뒷 장면을 쓰게 되면서 이 배역은 스타의 카메오로 해야 되겠다라고 느꼈던 거예요. 그래야 영화를 보는 쾌감이 더 커질 테니까요. 잠깐 나와도 관객들이 신하균은 기억하잖아요? 그러니까 아주 쉬운 거예요. 다시 그가 나올 때 어떠한 서사적 장치를 쓰지 않아도 그냥 쉽게 해결되는 거죠.

— 여기서 나가야 돼.

— 다이아가 여기 있는데 왜 나가?

— 모르겠니? 홍콩에서 만난 그 여자, 마카오박이 고용한 배우
야.

〈도둑들〉에서 금고를 열던 김혜수가 뒤늦게 김윤석으로부터 속은 걸 눈치 채고 전지현에
게 설명

이동진_ 사실 그런 힘은 영화 바깥에서 끌어오는 거죠? 그런 스타를 카메
오로 캐스팅해서 넣을 때부터 서사를 풀어내는 방식의 일정 부분이 결
정되는 셈이니까요.

최동훈_ 그런 건 그야말로 캐스팅이 중요한 거죠. 그런데 저로서는 그 마
지막 장면과 관련해서 특히 재미있는 게, '이 영화가 돌고 돌더니 결국
부처님 손바닥 안에 있군'이라고 느껴진다는 거예요. 마치 예정된 수
순으로 돌아오는 듯한 쾌감도 있는 것 같습니다. 어쨌든 〈도둑들〉이 열
명이 나오는 이야기라고 해도 그게 제게는 도전적이었을지언정 불가
능하다는 생각을 하진 않았어요. 예전부터 유사하게 작업을 하기도 했
고, 또 그런 작업을 무척이나 좋아하기도 했으니까요.

— 자, 이제부터 우리 모두 이 전화를 씁니다. 한꺼번에 연결
되니까.

〈도둑들〉에서 김윤석이 범행 계획을 자세히 설명하기에 앞서서

이동진_ 〈도둑들〉에서 도둑 캐릭터가 모두 열 명이나 된다는 걸 알게 되었
을 때, 저는 그 각각을 어떻게 등장시킬지 궁금했습니다. 실제 영화를
보니 일단 재미있는 범죄 장면을 프롤로그로 넣어서 그걸로 사실상 네
명을 멋지게 소개하면서 시작하더군요. 이어 팹시나 마카오박이 극 속
에 단독으로 자연스럽게 끼어들고, 공간을 홍콩으로 옮기게 되면서 중

국팀 네 명이 합류하죠. 결국 인물 소개 방식에서 양쪽 팀을 각각 네 명씩 앞뒤로 묶어 선보이는데, 마카오박과 팹시는 가장 중요한 인물들이니 그 사이에 다른 사람들의 대화 속에서 먼저 언급된 후에 따로따로 스포트라이트를 받으며 이야기 속으로 강렬하게 들어오는 식입니다. 마카오에서 범행에 실패한 뒤 도주할 때 인물들을 뒤섞는 방식을 포함해서 캐릭터들을 등장시키거나 이합집산시키거나 흩어져버리게 하는 방식 같은 데서 무척이나 세심한 고려가 있었다는 느낌이 듭니다.

최동훈_ 많은 캐릭터들이 나오는 영화라면 가장 어려우면서도 반드시 해야 하는 게 바로 그런 배치일 거예요. 관객이 그들을 다 기억하게 만들어야 하는 게 가장 중요하죠. 인물이 언제 등장했을 때 궁금증을 가장 크게 할 수 있는지도 생각해야겠죠. 초반부에서 도둑들끼리 팹시에 관해 이야기를 나눌 때 예니콜이 "팹시는 또 누군데?"라고 질문하면 바로 이어지는 장면에서 팹시가 문을 열고 등장합니다. 그러면서 서부영화 음악 같은 게 깔리죠. 이어 틱틱거리면서 몇 마디 대화를 나눈 뒤 팹시가 잔디밭에서 혼자 이상한 행동을 하죠. 관객이 그 여자에 대해 판단하는 순간을 늦춰야 더 재미있다고 생각하기 때문에 그렇게 지연시키는 겁니다. 그러다가 팹시라는 캐릭터가 어느 정도 확정되면 마카오박에 대한 묘사로 넘어가게 되죠. 시나리오를 쓸 때 가장 쾌감이 큰 부분이 바로 그런 대목들이에요. 그러니까 한 인물을 등장시킬 때 관객들이 호기심을 가지고 집중할 수 있도록 전력을 다하는 겁니다.

- 예니콜, 너 내일 아침에 의정부 좀 다녀와, 저 차로.
- 팹시는 내년에 나오는 거 아냐?
- 가석방이랍니다.
- 팹시는 또 누군데?

　　〈도둑들〉에서 일당이 김혜수에 대해 이야기를 나누자 전지현이 그녀가 누군지 궁금해하며 이동진_ 그런데 〈도둑들〉에서 팹시 역을 맡은 김혜수 씨를 소개하는 방식은 〈타짜〉에서 정마담 역을 맡은 김혜수 씨를 소개하는 방식과 동일합니다. 〈도둑들〉에서 그랬던 것처럼, 〈타짜〉에서도 초반부가 지나고 나서 평경장이 "너, 도박의 꽃이 누군 줄 아니?"라고 물으면 그 다음에 '도박의 꽃'이란 소제목 자막이 딱 뜬 뒤 김혜수 씨가 '짜잔~' 하고 나오는 셈이잖아요.

최동훈_ 맞아요. 제가 김혜수 씨에 대해서는 환상도 많은 것 같아요.(웃음)

― 와인은 온도가 얼마나 중요한데! 사람하고 똑같아요. 사람, 여기 차지? 자, 이런 데 차다고. 이런 데는 살짝 따뜻하고, 이런 데는 더 뜨뜻해요. 뭐 이런 데는 얘기할 것도 없고. 근데 이름이 뭐라고?

〈범죄의 재구성〉에서 박신양이 와인에 대한 이야기를 하는 척 은근슬쩍 염정아의 귓불에서 시작해서 목덜미와 허리까지 만지면서

이동진_ 감독님의 영화는 최근으로 오면서 조금씩 따뜻해지고 있는 것 같습니다. 〈범죄의 재구성〉이 제일 차가웠죠. 〈타짜〉에서는 후반으로 가면서 뭉클한 정서적 느낌이 담겨 있고요. 세 번째 영화인 〈전우치〉는 사실 차가운 영화가 아니잖아요?

최동훈_ 그렇죠.

이동진_ 그리고 〈도둑들〉에 이르면 감정적 온도가 꽤 높게 느껴집니다. 이런 변화에 대해서 어떻게 생각하세요?

최동훈_ 그냥 중학교 졸업한 뒤 고등학교에 가는 것과 비슷한 게 아닌가 싶어요. 그런 변화를 의도하거나 그러진 않아요.

이동진_ 그때그때 다루는 소재와도 물론 관련이 있겠죠?

최동훈_ 그럼요. 제게는 각각의 영화가 다 개별적이에요. '이런 영화를 해

야지'나 '이런 스토리를 짜야지'를 생각하게 되면서 '그렇다면 어떻게 해야 재미있을까'를 고민하게 되죠. 시간이 흘러서 크게 돌아보면 어떤 식으로든 변화가 감지되겠죠. 그런데 아직은 잘 모르겠어요. 좀 다양하게 해보고 싶다는 생각은 있어요.

- 유리가 너무 예민한데?
- 뒤를 뚫어. 그럼 쉽잖아.
- 앞을 뚫어야 정답이지.
- 어떻게?
- 아직은 몰라.

〈도둑들〉에서 김혜수가 금고를 어떻게 열지 궁리하는 과정에서 이심결의 제안을 일축

이동진 〈전우치〉는 기본적으로 유쾌한 영화지만 그 속에 염세적인 대사들도 종종 들어 있죠. 주로 화담이 그런 말을 합니다. 그런데 제 개인적으로는 그처럼 어두운 정서를 담은 대사들이 이상하게도 와 닿지 않았어요. 특히 화담이 홀로 살아남은 열한 살짜리 소녀에게 다가가서 "더 살아도 결국 아무것도 없단다"라고 말하는 부분은 영화적으로 상당히 방점이 찍혀 있는 중요 대목임에도 불구하고 일종의 감상적인 제스처 같다는 느낌까지 들었습니다. 사실 감독님의 그 이전 작품들에서는 계몽적인 메시지를 직접적으로 전달하는 대목은 있었어도, 〈전우치〉에서처럼 감상적인 면모는 찾기 힘들었는데요.

최동훈 저는 영화를 만들 때 감상적 색채를 절대로 넣지 않으려고 해요. 지적하신 그 대목이 제게는 문제의 신인 셈인데, 그 부분은 원래 이야기가 현대로 넘어오는 첫 장면으로 쓰려고 했어요. 하지만 어울리지 않는다고 생각해서 편집할 때 뺐습니다. 그래서 한동안 사라졌던 장면인데, 최종 편집을 하면서 편집기사와 논의 끝에 다시 넣었어요. 저나 편

집기사의 생각으로는 화담이란 인물이 악독하다기보다는 불쌍하거나 고독하다는 느낌이었거든요. 그걸 그 장면을 통해 드러내려고 한 셈인데, 그러다 보니 감상적이라는 느낌이 생겼을 수 있을 거예요. 예전 같으면 유치찬란하다고 판단해서 그런 장면 넣기를 꺼렸을 텐데, 〈전우치〉를 만들 때는 뭔가에 홀린 듯이 그 부분을 넣게 됐어요. 화담에게 그와 같은 느낌을 추가하는 게 좋을 것 같아서였죠. 일단 한번 넣고 보니 그걸 빼면 이 영화가 형편없어질 것만 같은 불안감에 사로잡히게 되더군요.

이동진_ 그 장면에 대해서 김윤석 씨는 어떤 반응을 보였나요.

최동훈_ 윤석 선배에게 그 부분을 결국 편집할 때 넣었다고 말했더니 편집기사는 뭐라고 했냐고 묻더라고요. 넣기 싫었는데 일단 넣고 나니 다시는 못 빼겠다고 했다는 말을 전해줬죠. 그랬더니 자신도 고민을 해봤는데 넣는 게 더 나은 것 같다고 했어요. '윤석 선배도 속으로는 그 장면 넣기를 바라고 있었구나' 싶어서 재미있었어요. 영화라는 게 참 무서운 게, 최종 편집이 끝나면 바꿀 수가 없잖아요? 결국 영화 만들기의 전 과정을 통틀어 편집할 때 가장 고민을 하게 되는 것 같습니다.

이동진_ 그런 측면에서 볼 때 이전에 만들었던 작품들을 다시 보면 어떤 느낌이 드십니까.

최동훈_ 〈범죄의 재구성〉을 얼마 전에 케이블 TV로 다시 접할 기회가 있었는데, 제 눈에는 감상주의를 허용하지 않겠다는 일종의 치기가 보이더라고요. 비가 새는 집에 실리콘으로 발라놓은 듯한 느낌이라고 할까요. 그때는 그게 좋았지만 생각이 조금 달라진 거죠. 저는 〈타짜〉의 종반부에 담긴 감정이 지금도 좋게 느껴져요. 사실 현재 시점에서 다시 생각해봐도 신기하긴 해요. 〈타짜〉의 종반부에는 감상주의적인 색채가 조금 배어 있는데, 당시에 제가 그런 느낌을 어떻게 허용했을까 싶거든요.

- 차가 좋습니다.
- 그렇네요. 혀를 살살살살 간질이는 게 뭐랄까.
- 솔직히 내 입맛에 안 맞아. 이거 좀 뜨거워.
- 그거 뭐, 차가 다 뜨겁고 그런 거지.

〈전우치〉에서 김윤석이 정곡을 찌르자 당황한 세 신선들이 갑자기 마시던 차에 대해 길게
대화

이동진_ 그렇다면 그와 같은 영화적 온도에 대해서 〈도둑들〉과도 관련지어 좀더 질문드리고 싶네요. 규모가 훨씬 더 크긴 하지만, 사실 〈도둑들〉은 〈범죄의 재구성〉과 상당히 유사한 점이 많습니다. 둘 모두 장르적으로 케이퍼 무비일 뿐만 아니라 서로 다른 배경을 가진 각 분야의 전문가 캐릭터들이 함께 모여서 도모한 규모 큰 범죄가 실패로 돌아가면서 벌어지는 일들을 다루게 되는 이야기의 기본 틀도 흡사합니다. 그 과정에서 남자들끼리는 자존심 대결을 벌이게 되고 남자와 여자 사이에서는 로맨스가 암시되거나 시도됩니다. 주인공이 범죄를 벌이게 된 이유가 결국 비극적으로 세상을 떠나야 했던 가족에 대한 복수심에서 비롯되었다는 점도 같죠. 그런데 영화의 온도는 상당히 차이가 납니다. 〈범죄의 재구성〉에 비할 때 〈도둑들〉은 감정적으로 훨씬 더 뜨거운 영화니까요.

최동훈_ 〈범죄의 재구성〉을 끝내고 나서 후회가 좀 들었어요. 박신양 씨랑 염정아 씨의 관계에 대해서 제대로 풀어내지 못했다는 생각이 든 거예요. 최종 편집을 하면서 제가 세 신을 뺐는데 그게 모두 박신양 씨와 염정아 씨가 함께 나오는 부분이었거든요.

이동진_ 감정적으로 관련된 신이었나요?

최동훈_ 네. 그 장면들이 극의 흐름을 좀 방해해서 다 뺀 뒤 완성본을 냈는데, 나중에 생각하니 〈범죄의 재구성〉의 핵심은 어쩌면 삭제한 그 장면들에 있었는지도 모르겠다는 생각이 드는 거예요. 그래서 〈도둑들〉을

만들면서 마카오박과 팹시의 관계를 통해 그 미진했던 느낌을 제대로 소진해보려고 했죠.

이동진_ 그렇다면 〈도둑들〉은 〈범죄의 재구성〉에서 최종적으로 삭제했던 세 개의 신으로부터 출발한 영화라고 할 수 있겠네요?

최동훈_ 네, 그렇죠. 〈도둑들〉은 〈범죄의 재구성〉에 대한 저의 반성에서 시작된 영화입니다.

— 이것만 챙겨.
　〈도둑들〉에서 김윤석이 범행에 쓸 권총 세 개를 골라낸 뒤

이동진_ 그렇다면 〈범죄의 재구성〉에서 제대로 다루지 못했던 감정을 〈도둑들〉에 담아내려고 할 때 반드시 관철해야 될 원칙은 뭐라고 보셨어요?

최동훈_ 마카오박과 팹시가 서로 사랑한다는 말을 절대로 하지 말게 하자는 것이었어요. 그럼에도 두 사람이 사랑하고 있다는 것을 관객들이 유추할 수 있게 하자는 것이었죠.

— 완전 사랑의 유람선이구만.
　〈도둑들〉에서 전지현이 간밤에 임달화와 김해숙이 잠자리를 함께했음을 눈치 채고서

— 여기도 사랑의 유람선이구만.
　〈도둑들〉에서 전지현이 김혜수 얼굴에서 눈물 자국을 발견하고서

이동진_ 〈도둑들〉을 보고 나서 개인적으로 제일 먼저 든 생각은 일급 오락영화라는 것이었어요. 무엇보다 영화가 정말 재미있었습니다. 한 번

더 봤는데도 역시나 흥미진진하더라고요. 화술뿐만 아니라 촬영과 편집에서도 인상적인 대목이 많았고요. 그런데 한 가지 걸리는 게 있었어요. 그건 감정을 다루는 방식이었습니다. 〈도둑들〉에는 세 가지 사랑이 나옵니다. 그리고 세 가지 사랑에 도둑들 열 명 중 일곱 명이 관련되어 있어요. 그 일곱 명에게 다 키스신이 있죠. 아울러 그들 모두에게는 누군가에 대해 숨겨놓은 순정이 있어요. 가장 쿨해 보이는 캐릭터인 예니콜조차 마지막 순간에 잠파노(김수현)를 떠올리면서 뭉클한 감정에 젖어들죠. 그리고 여기서 김혜수 씨가 연기하는 팹시는 사실상 '사랑밖에 난 몰라' 캐릭터처럼 보입니다. 마카오박 역시 사실은 사랑에 크나큰 가치를 두고 있는 캐릭터잖아요? 첸과 씹던껌 역시 사랑으로 삶의 마지막을 장식하는 커플이 되죠. 〈도둑들〉에는 "여기도 사랑의 유람선이네"라고 곳곳에서 사랑의 풍경이 벌어지는 것에 대해 코믹하게 코멘트하는 대사가 두 번이나 나오는데, 저는 이게 그냥 웃기기 위한 게 아니라고 생각합니다. 말하자면 예니콜이라는 극 중 가장 쿨한 캐릭터의 입을 빌려서 감독님 스스로가 영화에 넘쳐나는 사랑이나 감정적인 코드에 대해 일종의 알리바이성 변명을 하는 게 아닌가 싶었던 거죠. 시나리오를 직접 쓴 감독님 자체가 그런 설정들이 많다고 스스로 의식하고 있다고 할까요. 그런데 조금 전 감독님의 말씀에 따르면 〈도둑들〉에서 가장 중요한 부분일 수 있는 게 바로 그런 정서적 코드이잖습니까. 하지만 저를 포함한 어떤 관객들에게는 그게 이 영화의 핵심적 요소로서 다가오기보다는 오히려 아쉬운 걸림돌처럼 느껴지기도 합니다.

최동훈_ 당연하죠. 그건 괜찮아요. 제게는 아무 상관이 없는 문제예요. 그냥 제게 그런 부분이 중요한 문제였던 거예요.

– 감정을 왜 여기서 하지?

〈도둑들〉에서 홍콩의 거물 갱스터인 기국서처럼 보이는 남자가 김윤석이 굳이 다른 방으

로 옮겨 다이아몬드 감정을 하는 걸 보고

이동진_ 제게는 〈도둑들〉의 다른 요소들이 굉장히 우수한 데 비해서, 뜨거운 감정을 주로 다루는 멜로적인 부분만큼은 덜 우수하게 느껴집니다. 좀 과도하게 느껴지는 멜로 설정들이 혹시 엄청난 제작비로 인해 대중성을 고려할 수밖에 없는 상황 때문에 들어간 게 아닌가 싶기도 하고요.
최동훈_ 글쎄요. 일단 저는 멜로를 넣는다고 해서 대중적이 되는 건 아니라고 생각해요. 제가 멜로를 넣은 첫 번째 이유는 외국에 나가서인 것 같기도 해요. 외국에 나가면 그런 감정이 좀더 열리지 않나 싶은 생각도 들었어요. 각각의 사랑을 비교하려고 한 건 아니지만 애초에 열 명을 만들고 그중 여자 캐릭터를 네 명 넣는 순간부터 그걸 계산했던 것 같아요. 누가 누군가를 좋아하겠구나. 그리고 그런 멜로를 넣는 게 제게는 정말 재밌더라고요. 이전에 제가 안 해본 거라서요. 오히려 저는 좀 유쾌했거든요. 저는 멜로가 흥행에 도움이 된다고 생각해본 적이 한 번도 없어요. 다만 〈도둑들〉이 좀더 유쾌하고도 낭만적으로 진행되기를 원했던 것 같아요.

― 젊었을 때 그림 하셨다고.
― 우리 딸이 그래요? 내가 그림 했었다고?
― 네, 낭만에 살고 낭만에 죽으신다고.
　　〈도둑들〉에서 미술관장인 신하균이 자신의 장모가 될지도 모를 김해숙에게 친밀감을 표시
　　하면서

이동진_ 만약 이 영화에 멜로가 없다면 굉장히 차가운 영화가 됐을 겁니다. 결과론적이지만, 그리고 누구도 단언할 수 없지만, 어쩌면 관객 천만 명을 넘기진 못하지 않았을까 싶은 생각도 조금은 듭니다.

최동훈 ─ 〈도둑들〉에 왜 천만 명이 들었는지는 아무도 그 이유를 몰라요. 과연 멜로 때문에 들었을까요.

이동진 물론 그것만은 아니죠. 〈도둑들〉에는 굉장히 강력한 재미와 오락들이 있으니까요.

최동훈 ─ 저도 계속 고민 중이긴 해요. 관객들이 마카오박과 팹시 사이의 감정적 흐름이 〈도둑들〉의 주된 라인이라고 생각하지 않아도 좋지만, 저는 그게 무너지면 절대 안 된다고 봤어요. 제게는 정말 중요한 문제였죠. 씹던껌과 첸이 같이 죽게 되는 걸 계속 생각했었는데, 결국 둘은 어떻게 같이 죽을지에 대해 고민했어요. 그러다 두 사람이 함께 최후를 맞을 때 그전에 잠깐이라도 사랑을 맛보고 죽으면 어떨까 싶었던 거죠. 그러니까 각각 개별적인 고민이었습니다. 그리고 뽀빠이는 사랑이 없어요. 멜로 라인은 있지만.

이동진 짝사랑이 있지 않나요.

최동훈 ─ 하지만 그건 〈아마데우스〉의 살리에리 같은 느낌과 섞여 있죠. 예니콜 같은 경우는 그냥 그렇게 완벽하게 찧고 까불고 놀다가 딱 다이아몬드를 쟁취하는 인간으로 그리고 싶지는 않았던 거예요. 그녀에 대해서는 '정말로 다이아몬드를 손에 쥐게 되었을 때 왜 그게 기쁘지 않을까'라는 장면을 쓰고 싶었어요. 어떻게 보면 전체 구성상 몇 개의 멜로가 필요하지는 않는데, 각각의 캐릭터에게는 그 멜로가 무척 중요하게 작용했던 겁니다. 그러니까 열 명의 캐릭터가 나오는데 그들에게 뭔가 캐릭터로서의 위치를 주고 그것이 어떤 감성을 만들어내도록 하기 위해서 계속 하다 보니까 좀 많다고 나중에 생각하게 되었던 거죠. 하지만 다 필요하다고 봐서 결국 하나도 빼지 않았던 거예요. 그리고 나서 '사랑의 유람선이군'이란 대사를 썼던 거고요.

이동진 그러니까 그 대사가 의식한 결과이긴 한 거군요.

최동훈 ─ 의식한 결과죠. 캐릭터에 관련된 하나의 사건들처럼 그 속에 각각 엮이기를 바랐던 거예요.

이동진 〈도둑들〉에서 가장 인상적인 인물이 제게는 예니콜이었어요. 배우로서도 전지현 씨가 그 영화의 가장 큰 수혜자라고 봅니다. 그런데 왜 예니콜이 인상적일까를 생각해봤어요. 물론 배우가 멋지게 연기했기 때문이고 시나리오에서부터 훌륭하게 창조된 캐릭터이기 때문이겠죠. 전지현 씨 같은 스타가 "이렇게 태어나기가 얼마나 어려운데"라면서 '자뻑' 대사를 날리고 "네가 딸딸이 안 치나 보러 왔다"처럼 속된 대사를 내뱉을 때 느껴지는 대중적 쾌감도 무시 못할 거고요. 그런데 거기에 더해서 한 가지가 더 있다면, 그건 예니콜이야말로 가장 최동훈스러운 인물이 아닐까 싶었던 겁니다.

최동훈_ 무슨 말씀인지 알아요.

— 너무 크고, 너무 무거워.
　〈도둑들〉에서 김윤석이 증국상이 미리 준비해 온 가방 속의 총들을 하나씩 꺼내보면서 혼잣말

이동진 저는 다이아몬드를 결국 손에 넣고도 "이걸 잠파노가 봤어야 되는데"라고 예니콜이 잠깐 뇌는 장면이 어찌 보면 감상적인 부분임에도 불구하고 정말 좋습니다. 반면에 다른 극 중 커플들에게서는 그런 느낌이 전해지지가 않는다는 거죠. 그러니까 최동훈 감독님 앞에서 최동훈스럽다는 말을 거론한다는 것 자체가 굉장히 무모한 이야기이지만, 결과적으로 〈도둑들〉에서 전지현 씨가 가장 멋있었던 이유는 그 캐릭터가 가장 최동훈스러운 인물이라서인 것 같습니다. 그런데 거기서 훨씬 더 많이 나아가서 이전과 달리 정색하고 다루신 인물들의 뜨거운 감정이 바로 첸과 씹던껌의 사랑이라든지 마카오박 팹시 뽀빠이가 얽히는 삼각관계라든지 하는 것들이 아니었나 싶습니다. 하지만 그들의 감정은 상대적으로 관객의 마음을 덜 가져갔던 것처럼 느껴집니다.

최동훈_ 그런가요? 저는 실제로는 각각의 인물들에게 다 애정이 있었어요. 그리고 제가 보기에는 (전)지현이가 연기를 잘해서 그래요.(웃음)

이동진_ 전지현 씨가 워낙 잘하기도 하셨죠.(웃음)

최동훈_ 제가 제일 좋아하는 건 그런 사람들이 같이 있는 거예요. 그래서 일부러 섞어놓죠. 이를테면 〈타짜〉에서의 고니와 고광렬 같은 건데, 그들이 같은 자리에 앉아 있는 것 자체를 저는 좋아하는 겁니다. 그런데 만약에 인물 수가 줄거나 하면 어떨지는 잘 모르겠어요.

— 이거 1번 줄 좀 땡기는 거 같은데 좀 풀어봐.
— 오케이, 1번 줄!

〈도둑들〉에서 호텔 건물 외벽을 타고 올라가던 전지현이 줄을 통제하고 있는 김수현에게
무전기로 부탁

이동진_ 촬영에 대해서 질문하고 싶습니다. 다른 영화들의 촬영에 대해서는 앞에서 설명해주셨으니 이제 〈도둑들〉의 경우에 대해서도 알고 싶네요. 개인적으로 저는 네 편 중 촬영의 경우 〈도둑들〉이 가장 좋았습니다. 직전 작품이었던 〈전우치〉와는 촬영이나 편집 스타일이 상당히 다르다고 할 수 있겠죠. 〈전우치〉는 모두 4,000쇼트가 넘었던 걸로 알고 있는데, 초반에는 따라가기가 힘들 정도로 정말 빠르더군요. 반면에 〈도둑들〉은 일단 속도의 측면에서 그보다 훨씬 느리죠. 카메라 워크도 상대적으로 정적이고요. 애초에 〈도둑들〉의 촬영 콘셉트를 어떻게 잡으셨습니까.

최동훈_ 저는 언제나 촬영감독과 함께 콘티를 짭니다. 그래야 실제 촬영할 때 빨리 움직일 수도 있죠. 최영환 촬영감독과 제 영화 네 편을 모두 함께했는데, 맨 처음에 하는 말은 언제나 "이 신에서 가장 중요한 건 뭘까"예요. 예전에는 배경을 꽤나 중요하게 생각했었어요. 예를 들어 아

무엇도 없는 벽 앞에 사람을 앉힌다거나 테이블에 두 사람을 딱 앉혀
놓은 채로 계속 대화 장면을 찍는 것은 싫어하거든요. 그런 장면을 찍
을 때면 반드시 한 사람은 도중에 일어나게 해요.

이동진_ 가서 괜히 커피도 갖고 오고 그러죠.(웃음)

최동훈_ 그러면서 상대방을 쳐다보기도 하고 잠시 주변에 앉아서 뭔가를
하기도 하다가 다시 돌아올 때는 원래 있던 자리에 앉지 않고 다른 데
로 옮겨 앉아 얘기를 마치죠. 그렇게 하는 걸 좋아하는 거예요. 둘이 철
저하게 앉아서 얘기하도록 찍는 것은 굉장히 중요한 장면에서만 써야
한다고 제가 생각하는 것 같아요.

— 왜들 이렇게 과묵하실까.

　　〈도둑들〉에서 도청당하는 것을 눈치 챈 김윤석이 갑자기 직접 말을 건 후, 엿듣고 있던 사
　　람들이 당황하자 재차 이죽거리며

이동진_ 오히려 중요한 장면에서 덜 움직이도록 하시는군요.

최동훈_ 그렇죠. 쇼트의 사이즈 같은 것은 본능에 의해서 가는데, 언제나
중요한 것은 동선을 짜는 것이었어요. 그런데 〈도둑들〉은 관객들이 대
사를 좀더 집중해서 듣기를 바랐어요. 그래서 일단 그동안 해왔던 식의
움직임 많은 카메라 워크는 좀 자제하자는 원칙을 세웠죠. '인물을 향
해 정말 천천히 들어가자' '인위적으로 강한 느낌을 주는 트랙 인과 트
랙 아웃 혹은 원형 트랙이나 줌 같은 것은 많이 쓰지 말자'고 한 거예
요. 그 대신 인물의 동선을 더 디테일하게 잡아내려고 했어요.

— 왜 저기서 멈추죠?
— 대기하는 거겠지.

〈도둑들〉에서 사전에 정보를 입수하고 미행하던 홍콩 경찰들이 범행 직전에 정작 리더인 김윤석은 움직이지 않는 것을 확인

이동진_ 카메라가 움직임을 자제하면서 인물의 동선을 세밀하게 잡아내는 장면을 예로 들어주신다면요?

최동훈_ 한국 도둑들과 중국 도둑들이 홍콩의 레스토랑에서 처음 만나는 장면이 그런 방식으로 공들여 찍은 대표적인 예일 거예요. 이 사람은 왜 이 자리에 앉아야 하고 저 사람은 왜 저쪽으로 이동해야 하는지를 상세히 논의한 뒤 실제 촬영에서는 그냥 인물의 움직임을 따라가자고 한 거죠. 구로사와 아키라는 '인물이 움직여야만 카메라가 움직인다'고 말했고, 히치콕은 '카메라를 움직이는 건 내 맘이다', 그러니까 '관객들이 뭔가에 집중하도록 만들고 싶을 때 카메라를 움직인다'고 했죠. 그럴 때 감독으로서 저는 이제껏 줄기차게 히치콕처럼 카메라를 움직여야 된다고 여겼던 사람이었어요. 하지만 〈도둑들〉의 경우는 물론 히치콕처럼 카메라를 움직이는 기본적 성향은 있을지라도, 인물이 움직이는 걸 카메라가 따라가도록 하자는 게 더 중요한 원칙이었죠. 예를 들어, 극 초반 도둑들의 소굴에 경찰들이 찾아왔을 때 씹던껌이 휴대전화를 두고 왔다고 말하는 장면이 있어요. 그럴 때 대사 중에 갑자기 카메라가 쑤욱 가서 두고 온 휴대전화를 비추는 쇼트가 나오죠. 또는 마카오박이 중국 노인으로 변장해서 금고를 향해 손을 길게 뻗는 모습을 강조해서 찍는 쇼트도 있고요. 말하자면 그런 게 제가 좋아하는 카메라의 움직임인 셈인데, 그런 표현을 〈도둑들〉에선 최대한 아끼려고 했던 겁니다.

— 티파니는 VIP 룸을 나가면 안 됩니다. 첸 형이 꼭 잡아두세요.

이동진_ 많이 쓰면 오히려 효과가 줄어들게 되니까 결정적인 장면에서만 그런 방식을 사용하려고 한 것이군요.

최동훈_ 그래야 인물에 좀더 집중할 수 있다고 생각했었어요. 그런 표현법을 아끼고 아껴야 카메라가 움직일 때 우리도 쾌감이 더 커지지 않을까 싶었던 겁니다. 카메라 워크가 화려해지면 배우를 해친다는 느낌이 들기도 했어요. 배우가 심혈을 기울여 어떤 연기를 했는데 카메라가 그걸 작게만 포착하고 다른 곳으로 가버리는 것에 대한 아쉬움이 좀 있었거든요.

— 그건 누구예요?
— 티파니 미행시킨 우리 형사. 다음은 마카오박인가?

〈도둑들〉에서 죽어 있는 남자 사진을 보고서 홍콩 경찰인 이심결이 묻자 수사과장이 대답한 뒤 혼잣말

이동진_ 〈전우치〉였다면 컷을 나눠서 두 개 이상의 쇼트로 구성할 것을 〈도둑들〉에서는 하나의 쇼트로 해결하는 경우가 많습니다. 한 쇼트 안에서 전경에 있던 인물에 초점을 맞춰 촬영하다가 다시 후경에 놓인 인물로 초점을 이동시켜 담아내는 식의 포커스 이동을 자주 구사하셨죠. 상대적으로 망원렌즈가 많이 사용되기도 했는데, 이를 통해 하나의 쇼트 안에서 여러 인물들이 함께 들어 있는 경우, 주목해야 할 사람에게 초점을 맞춤으로써 나머지 사람들은 포커스 아웃된 상태로 처리하는 경우가 잦습니다.

최동훈_ 그렇죠. 제가 〈도둑들〉을 찍기 전에 영화잡지 《씨네21》과 했던 인터뷰를 나중에 다시 보니까 대화 신을 잘 찍고 싶다고 했더라고요. 구

체적으로는 특히 조금 전에 말했던 중국 도둑들과 한국 도둑들이 만나는 장면을 잘 찍고 싶었거든요. 그 신의 핵심은 그들이 어떻게 앉느냐에 있다고 봤어요. 한국 도둑들과 중국 도둑들이 있는데 마카오박은 과연 최종적으로 어디에 앉아 있느냐가 매우 중요했죠. 그 장에서는 줌을 거의 쓰지 않았는데, 신의 마지막 부분에 웨이홍(기국서)을 본 적이 있는지에 대한 첸과 마카오박의 대화가 있어요. 그 대목은 망원렌즈에 줌을 달아서 찍었죠. 하나의 신 안에서 그동안 카메라가 움직였던 형식과 완전히 다른 방식으로 신을 종결하고 싶었던 겁니다. 그러니까 콘티를 짤 때 모든 대화를 나눠서 찍도록 짰던 이전의 방식은 〈도둑들〉을 찍으면서 더 이상 재미가 없어지게 된 거예요. 특정한 전략 아래 개개의 신들을 어떻게 만들 것인가가 더 재미있어지게 된 거죠. 어떤 의미에서는 〈도둑들〉 다음 영화는 타인의 시나리오로 작업하면 온전히 그 문제에만 열중할 수 있지 않을까 하는 생각도 좀 들었어요. 각본을 쓰고 연출을 하게 되면, 뭐랄까, 내가 만든 성 안에서는 하수구가 어디로 지나가는지까지 다 아는 얘기거든요. 타인의 각본을 가지고 연출하게 되면 하수구 따위는 신경 안 써도 될 수 있으니까요. 그렇게 함으로써 오로지 연출의 영역에만 매달려보고도 싶어요.

— 지형 파악. 건물 안의 구조, 직원들의 동선을 파악합니다.
〈도둑들〉에서 김윤석이 팀원들에게 작전 실행시 원칙을 설명

이동진_ 제겐 〈도둑들〉의 촬영 방식이 이 영화가 하고 싶어 하는 이야기에 아주 잘 맞는 것으로 느껴집니다. 만일 두 인물이 대화할 때 쇼트를 나눠 찍는다면 필연적으로 그 사이에는 일종의 단절이나 점프가 생기잖습니까. 시간적으로든 영화적 리듬으로든 말이죠. 그 때문에 쇼트들을 붙일 때 스피드가 생겨나기도 하는 것일 텐데, 이 영화는 그런 걸 상

당 부분 포기합니다. 그런데 커트를 하지 않고 하나의 쇼트에 여러 인물들을 잡아낼 때도 다양한 방식이 있을 수 있겠죠. 예를 들어 요즘의 홍상수 감독님 영화들은 하나의 쇼트 안에서 초점을 옮기는 대신 줌을 통해서 직접 각각의 인물에게로 이리저리 옮겨 다니고는 하죠. 반면에 〈도둑들〉은 망원렌즈를 통해 쇼트 안의 여러 사람 중 한 명에게만 포커스를 맞추고 있거나 상황에 따라 포커스를 이동시키는 방식을 쓰고 있습니다. 그런 스타일이 〈도둑들〉에 적합하다고 느껴지는 이유는 여럿이 복잡하게 얽힌 이 영화의 이야기를 끌어가는 힘 중의 하나가 동상이몽인 것으로 보이기 때문입니다.

최동훈_ 맞습니다.

이동진_ 그런 동상이몽을 표현하는 방식으로 그와 같은 촬영이 굉장히 적절하게 느껴졌다는 건데요, 하나의 쇼트 안에서 한 사람이 말을 하고 있을 때 다른 사람은 어떻게 듣고 있을까, 혹은 말은 안 하지만 속으로 무슨 생각을 할까, 같은 궁금증 자체를 그런 촬영 방식이 다뤄내고 있다는 겁니다.

최동훈_ 저는 그런 것들에 대해 감독이 계속 고민해야 한다고 생각해요. 실제로 저는 계속 변해가고 있는 것 같아요. 〈범죄의 재구성〉 때는 모든 내용을 일일이 개별 쇼트로 다 땄어요. 〈타짜〉 때도 그런 경향이 있었죠. 성질이 급하기도 해서 쇼트를 길게 끌지 않았고요. 그러다 약간씩 변하게 된 건 러닝타임 때문이기도 해요. 〈타짜〉가 2시간 20분이었고 〈전우치〉가 2시간 19분이었는데, 그러다 보니까 긴 러닝타임에 대한 두려움이 점차 사라지게 된 거예요. 예전에는 긴 러닝타임에 대한 부담이 컸기에 쇼트를 잘게 쪼갰죠. 그렇게 하지 않으면 길어지는 러닝타임을 해결할 수가 없었으니까요. 그런데 〈도둑들〉 시나리오가 제일 두꺼워요. 하지만 쇼트를 그렇게 잘게 쪼개지 않았는데도 오히려 러닝타임은 2시간 15분으로 더 적었거든요. 조금씩 더 많이 배워가고 또 변해가고 있는 거예요. 어느 한쪽이 맞고 틀리고의 문제는 아니겠지만요.

말하자면 일종의 공동체를 회복하는
과정을 그리는 그런 이야기는
착한 서사라고 할 수 있겠죠.

서사가 공동체정신을 회복해야 공동체가 흡족해하거든요. 그래야 관객들이 좋아해요. 그렇게 해야 영화를 보고 나서 뭔가 중요한 걸 봤다고 느끼죠. 하지만 그런 이야기에 저는 별로 매력을 느끼지 못해요. 그런 건 만드는 사람들이 많이 있기도 하고요. 저는 나쁜 놈이 주인공인 영화가 더 좋습니다. 그게 더 극적이라고 생각하나 봐요.

— 분위기가 으시시한 게 옛날 지하 감옥 느낌인데.

〈전우치〉에서 주진모가 인공폭포로 들어가면서

이동진 고전영화에서 애용되던 디졸브(서서히 사라지는 이전 장면이 차츰 나타나는 다음 장면과 부분적으로 겹쳐 보이게 하는 장면 전환법)를 자주 사용하시는 편인 것 같습니다. 특히 〈타짜〉가 그렇습니다. 고니가 혼자 화투 연습을 할 때나 평경장과 전국을 떠돌 때 디졸브가 쓰였죠. 클라이맥스 직전까지 고니와 아귀의 화투 대결에서도 인상적으로 활용되었고요. 이런 방식 때문인지 감독님의 영화들은 무척 현대적이면서도 동시에 고전적인 느낌이 있습니다.

최동훈 제가 어렸을 때 즐겼던 영화들에 대한 기억을 배신하지 않거든요. 제가 좋아했던 옛날 영화들에서는 디졸브가 정말 많이 쓰였죠. 〈타짜〉는 진행이 다소 분절되어 있고 감정이 배제되어 있으니까 좀더 감정적으로 고양시켜주기 위해서 디졸브를 애용했습니다. 영화에 서정적인 느낌이 별로 없잖아요. 〈타짜〉 편집에 앞서 편집기사와 함께 그런 이야기를 한 적이 있어요. 이 영화에서 가장 많이 등장하는 화면 전환법은 아마도 디졸브가 될 것이라고요.

— 나눠. 눈앞에 있는 돈은 무조건 먹고 봐야지.

〈도둑들〉에서 이정재가 미술품 범행에 성공한 후 수익금 분배를 제안

이동진 〈타짜〉에서 고니가 처음 화투판에 끼어들게 되는 장면에서 긴장감을 고조시키기 위해 다섯 명의 노름꾼이 각자 자신의 화투패를 살펴보는 모습을 다섯 개의 분할 화면으로 표현하셨습니다. 그런데 〈범죄의 재구성〉에서 김선생이 범죄 계획을 동료들에게 설명하고 다짐을 받는 장면에서도 다섯 개의 분할 화면이 나오죠. 이 두 장면에서 분할 화

면은 인물 하나하나를 동시에 인상적으로 스케치하면서 강한 임팩트를 줍니다. 예를 들어, 〈타짜〉의 그 화면 분할은 도박판에 처음 끼게 된 아이가 자기 딴에는 최선을 다하지만 상대방 눈에는 아무것도 모르는 초짜로 읽히는 상황이라는 점을 다각도로 보여준다는 점에서 효과적인 테크닉이었던 것으로 여겨집니다. 그런데 같은 테크닉을 두 편의 영화에서 연이어 사용한다는 것에 대해서 꺼려지는 마음은 없으셨는지요. 우연히도 그 장면들은 등장하는 인물의 수가 같아 분할 화면의 개수까지 동일합니다.(웃음)

최동훈_ 제 마음은 또 써도 상관없다는 거죠. 〈범죄의 재구성〉 때 분할 화면은 '이건 장르영화입니다'라고 못 박고 싶어서 쓴 거였어요. '이거 이런 영화니까 딴생각하지 마세요. 예전에 보셨던 범죄영화와 비슷한 영화랍니다'라고 말해주고 싶어서요. 반면에 〈타짜〉에서는 화투판을 다양하게 찍고 싶어서 썼습니다. 〈타짜〉에는 화투 치는 장면이 모두 일곱 번 나오는데 사실 이게 비주얼적으로는 똑같거든요. 식사 장면을 찍는 것과 차이가 없어요. '식탁에 마지막으로 한 장 남은 김을 누가 가져가느냐'를 찍는 것과 다를 바가 전혀 없는 겁니다.(웃음) 물론 가장 중요한 것은 아귀와의 마지막 대결 장면이었지요. 그 장면은 유려하게 간다는 원칙을 세웠습니다. 〈타짜〉의 전반부 도박 장면들은 활기찬 느낌이 나도록 찍었는데, 후반부로 갈수록 도박장의 리얼리티 같은 것들을 보여주면서 카메라가 천천히 움직이도록 했죠. 그런데 말씀하신 그 장면에서는 고니 입장에서 볼 때 처음 화투를 치는 게 너무 긴장되고 재미있는 상황이죠. 그래서 그가 제대로 판단하지 못하고 있다는 느낌을 살리려고 했어요. 고니의 심리가 제일 중요했던 장면이어서 화면 분할을 아주 강하게 넣으려고 했습니다. 대략 120쇼트 정도를 잘라 넣자고 생각하고 촬영을 했죠.

이동진_ 촬영도 촬영이지만 편집 역시 굉장히 복잡할 듯합니다.

최동훈_ 편집기사 말로는 이거 편집하는 데 한 달이 걸렸다네요. 그냥 현란하기만 해서도 안 되고, 사람들끼리 시선도 맞아야 하고, 상황에 따라서 서로 눈치를 보거나 기싸움을 해야 하는데 그 와중에 돈도 오고 가야 하니까요. 저는 그 장면을 관객들이 보면서 '인물들이 굉장한 신경전을 벌이는구나' '무척 활기차구나' 하는 느낌을 받기 바랐던 겁니다.

이동진_ 그렇게 찍으면 배우들로서는 의아하게 생각할 수도 있을 것 같은데요.

최동훈_ 맞아요. 밤새 그 장면을 촬영했는데, 찍다 보니까 배우들뿐만 아니라 스태프들 역시 도대체 뭘 찍는지 모르겠다는 표정이더라고요. 미리 어느 정도 설명을 했는데도 말이에요. 그렇다고 미리 편집을 해서 보여줄 수도 없죠. 일단 되는 대로 다양하게 막 찍고 나서 화면 분할을 하는 게 아니라 화면 분할을 정교하게 염두에 둔 촬영을 해야 하는 거니까 정확하게는 저와 촬영감독만 알 수밖에 없었어요. 아침 해가 뜨면 못 찍는 밤 장면이기에 논의할 시간이 없으니 일단 제가 하자는 대로 찍어보자고 했죠. 그렇게 콘티 짜다가 찍고, 또 콘티 짜다가 찍고 그랬는데, 나중에 배우들이 시사회에서 그 장면을 보고 나서 알아채더군요. 아, 저렇게 하려고 했던 거구나. 안 물어보길 잘한 거구나.(웃음)

이동진_ 〈전우치〉에는 분할 화면이 없었죠?

최동훈_ 없었어요. 거기서는 쓰고 싶지 않았거든요.

— 저분은 도둑놈 기도는 안 들어주셔.

— 그럴 리가. 예수님이 십자가에 못 박힐 때 옆에 있던 게 도둑이야. 서로 이해한다고, 우리는.

〈도둑들〉에서 김혜수가 성당에서 성호를 긋는 김윤석에게 면박을 주자 김윤석이 궤변

이동진_ 감독님 영화들 중 분할 화면에 대해서 제가 가장 좋아하는 대목은 〈도둑들〉에 있습니다. 마카오박이 그간 자신을 도와주었지만 이제

는 저쪽의 협박 때문에 몰래 도청장치를 달고 온 여자(채국희)와 대화하는 장면이었죠. 두 사람이 이야기 나누는 것을 뽀빠이와 팹시가 도청장치를 통해 엿듣는데 마카오박은 아직 그 사실을 모릅니다. 그럴 때 두 사람의 대화 사이사이에는 뽀빠이와 팹시의 엿듣는 모습이 인서트 쇼트로 따로 스케치되죠. 그러다가 어느 순간 마카오박이 도청 사실을 눈치 채고 멀리서 엿듣고 있을 뽀빠이와 팹시를 향해 직접 말을 건넬 때 분할 화면이 사용되기 시작합니다. 이후 분할 화면이 두 개가 되었다가 세 개가 되었다가 하는 식으로 역동적인 구성을 보이게 되는데, 그게 대화 상황을 간결하게 정리해주는 한편 굉장히 탄력 있는 리듬을 신에 부여하게 되더라고요. 마카오박이 도청 사실을 모를 때 뽀빠이와 팹시가 엿듣는 모습이 따로 인서트 되었던 것은 그 도청 행위가 마카오박의 대화에 일방적으로 작용하기 때문이죠. 반면에 도청 사실을 인지한 뒤부터 분할 화면이 쓰이는 것은 그때부터 말하는 자와 엿듣는 자의 일방적인 정보의 흐름이 쌍방으로 바뀌게 되기 때문이고요. 그런 내적 논리가 상당히 흥미로웠습니다.

최동훈_ 그런 장면을 구성하는 게 제일 어렵지만 동시에 가장 기뻐요. 이걸 어떻게 찍어야 될지 고민하게 되는 때가 사실은 감독으로서 죽고 싶을 만큼 행복한 순간이기도 하죠. 그 장면에서 분할 화면을 쓴 것은 '이런 종류의 영화에는 늘상 분할 화면이 나오니까 그냥 써봐야지'라고 생각했기 때문이 아닌 거죠. 아무 사건도 벌어지지 않음에도 불구하고 어떻게 하면 서스펜스를 길게 유지하면서 시퀀스를 지루하지 않게 만들 것인가에 대한 고민의 결과물이라는 겁니다. 후반부의 굉장히 긴 시퀀스에서 액션의 첫 번째 총알이 발사되기 전까지 의외로 시간이 상당히 길거든요. 그 시간을 제대로 처리하는 게 〈도둑들〉에서 심적으로 가장 어려웠던 것 같아요. 사실 액션신 같은 것은 오히려 그렇게 어렵지 않았어요.

– 모든 은행에는 지급준비율이라는 게 있다. 뭔지 알겠어?

– 상식이지, 그런 건.

– 말해봐.

〈범죄의 재구성〉에서 한국은행을 털기 전에 범행을 모의하는 백윤식의 질문에 이문식이 코웃음치며 대답하자 재차 질문

이동진_ 〈범죄의 재구성〉에서는 은행을 털기 전에 그들의 범행이 어떻게 가능한 것인지 미리 설명해주는 장면이 비교적 상세하게 나옵니다. 그런데 〈타짜〉에서는 화투 노름인 '섰다'를 소재로 삼았으면서도 단 한 번도 규칙을 설명해주지 않습니다. 영화 도중 무승부에 해당하는 이른바 '4·9판'이 나오는데, 규칙을 몰라서 그 장면을 이해하지 못하는 관객들도 꽤 있더라고요. 이런 두 영화의 차이는 어떤 이유에서인가요.

최동훈_ 지급준비율은 고교 사회 교과서에 나오죠. 그래도 일반인들이 잘 모른다고 생각합니다. 그리고 그 장면에서는 아무리 대사가 많아도 관객이 지루해하지 않을 거라고 생각하기도 했어요. 왜냐하면 곧 기다리던 범행 장면이 이어질 테니까요. 반면에 〈타짜〉에서 규칙 설명이 없는 것은 등장인물들 중 규칙에 대해 물어볼 수 있는 사람이 존재하지 않았기 때문이죠. 만일 그렇다면 관객이 규칙을 몰라도 상관없다고 생각했어요. 그 장면의 핵심이 '4·9판'인 것은 아니니까요. 어쨌든 인물들이 속여먹는다는 정서적 합의만 되면 무방하다고 생각한 겁니다. 저는 영화에서 대사를 통해 "웜홀이 뭐지?" 그러면, 그에 대해 한참 설명을 늘어놓는 장면들을 싫어해요. 생략할 수 있으면 생략하자는 게 제 원칙입니다. 정보는 많이 생략할수록 좋다고 생각해요.

– 카트 들어오세요. 20억 실으세요.

〈범죄의 재구성〉에서 금고를 지키던 한국은행 직원이 시중 은행 직원들로 위장한 사기꾼

이동진_ 극 중에서 돈이 등장할 때 시각적으로도 흥미롭게 다루시죠. 예를 들어 〈타짜〉의 비닐하우스 도박판에서는 지폐 다발을 삽으로 퍼서 담습니다. 클라이맥스에서는 지폐 다발을 불태우기도 하고요. 〈범죄의 재구성〉에서는 20억 원이 얼마나 큰돈인지 만 원짜리 다발로 고스란히 보여주기도 합니다. 〈도둑들〉에서도 결정적인 베팅 장면에서는 칩 대신 돈다발이 직접 사용되기도 했고요.

최동훈_ 돈을 삽으로 푸는 것은 사실 도박판에서 역설적으로 돈이 별로 안 중요하기 때문이죠. 군대에서 밥을 삽으로 푸는 것도 어쩌면 비슷한 맥락인지도 몰라요. 도박판에서는 돈을 따서 자기가 갖고 있어야 비로소 중요해집니다. 지폐가 불타는 장면은 원래 시나리오에는 없던 내용이었어요. 그런데 돈이 불타지 않는다면 정마담이 고니에게 총을 쏜다는 게 지나친 감정적 점핑처럼 느껴져서 수정했죠. 돈이 의외로 잘 안 타서 휘발유를 뿌렸는데, 김혜수 씨가 몰입해서 연기하느라 자신의 옷에 불이 붙는지도 모르기도 했어요. 〈범죄의 재구성〉의 그 장면은 제가 한국은행 금고에 들어가본 적이 없기에 그럴 거라고 믿어지는 선에서 만든 묘사예요.

이동진_ 그런 장면들은 말하자면 돈의 스펙터클 자체를 시각적으로 강조하는 느낌이 들죠. 〈타짜〉의 종반부 기차 장면에서 지폐 다발이 바람에 날려 흩어지는 것도 마찬가지고요.

최동훈_ 그렇습니다. 탐욕의 대상물이죠. 〈타짜〉의 원작에는 도박 장면에서 돈을 캐비닛 안에 넣고 쳐요. 그런데 저는 영화에서는 옆에 돈이 쌓여 있어야 한다고 생각했어요. 그래야 도박의 긴박성이 생긴다고 보았던 거죠. 그렇기에 그 장면에서 영화 촬영용이라고 씌어 있는 소품용 돈을 만들기 위해 실제로 800만 원이나 되는 제작비를 썼어요.

— 최선수, 이 나이쯤 되니까 사람이 사는 게 말이야, 오해는 풀구 상처는 치료하구 감정은 씻으면 돼. 근데 이 돈은 말이야, 그렇지가 않더라구.

〈범죄의 재구성〉에서 백윤식이 갈등을 빚던 박신양에게

이동진_ 〈범죄의 재구성〉과 〈타짜〉는 결국 두 편 모두 돈에 대한 이야기라는 공통점이 있습니다. 〈도둑들〉도 돈과 상당한 관련을 갖고 있는 스토리고요. 궁극적으로 따져보면 인간과 인간의 관계보다는 인간과 돈에 대한 관계를 다루고 있다고 할까요. 영화 속에서 인물들은 다른 사람과 매우 쿨한 관계를 맺습니다. 인간적인 감정에 연연하지 않고, 사랑 때문에 굉장히 중요한 선택을 하지도 않죠. 하지만 돈에 관해서는 모든 것을 걸면서 사력을 다합니다.

최동훈_ 저는 시나리오를 쓸 때 모든 인물이 돈을 원하는 것으로 기본적인 판을 짭니다. 〈범죄의 재구성〉에서 인간적인 감정에 이끌리는 듯한 서인경이라는 여자도 마찬가지죠. 창호라는 남자가 무척 맘에 들지만 결국은 돈을 향해 가니까요. 그런데 김선생은 좀 다른 인물입니다. 돈이 아니라 자존심이 그 인물을 움직이는 거죠. 그렇게 본다면 오로지 그 사람만이 진정한 사기꾼의 기질이 없는 거예요. 겉으로는 가장 사기꾼처럼 보이지만요. 모든 사람이 돈을 쫓아가는 〈타짜〉에서도 고니만큼은 그렇지 않다고 할 수 있죠. 그러니까 저는 모두가 돈을 원하는 판을 짜놓고서 그렇지 않은 사람을 주인공으로 그 속에 투입하는 것 같아요.

— 꿈에서 요괴도 잡고 내 원수도 갚고 화담과 한바탕 하고 나니 마음이 비워지더냐?

〈전우치〉에서 백윤식이 한바탕 꿈을 꾸고 난 강동원에게 질문이동진_ 〈범죄의 재구성〉〈타짜〉〈도둑들〉은 모두 범죄영화지만 주인공의 최종 목적은 결국 모두 돈이 아니었습니다. 〈범죄의 재구성〉에서는 형에 대한 복수이고, 〈도둑들〉에서는 아버지에 대한 복수였죠. 돈이나 다이아몬드는 다른 목적으로 이루기 위한 술책이었습니다. 〈타짜〉 역시 마지막 결전을 벌일 때 돈을 따려고 거기 들어간 것은 아니었고요. 이처럼 케이퍼 무비 장르의 영화들을 만드시면서도 범죄 자체가 아니라 인물의 감정에 초점을 맞추고 있는데요.

최동훈_ 저는 돈이 최종 목적인 영화를 찍고 싶지는 않았어요. 돈을 걔네들이 차지한다면 관객들은 뭘 차지할지에 대해서 해답이 없었던 거예요. 〈타짜〉는 성장영화였던 거고요, 〈도둑들〉 역시 다이아몬드나 돈은 욕망의 미끼에 불과합니다. 사실 제 영화 속 주인공들은 다들, 뭐랄까요, 저 녀석을 이기고 싶은 거예요. 그 녀석을 속여서 비참해지는 꼴을 보고 싶은 욕구가 돈보다 우선한다고 생각했죠. 돈은 그냥 보너스 같은 거고요. 저도 제 자신이 왜 흔쾌하게 그냥 돈을 챙겨서 떠나는 영화를 만들지 않는지 잘 모르겠어요.

이동진_ 그런 대목과 관련해서 가장 흥미로운 게 바로 승부를 벌여서 이기고 싶은 마음, 즉 호승심입니다. 〈범죄의 재구성〉이나 〈도둑들〉에서는 복수가 무척 중요한데 주인공들이 복수하려는 그 감정 중 상당 부분이 호승심이라고 할 수 있을 거예요. 〈전우치〉는 말할 것도 없고, 〈타짜〉 역시 그런 부분이 강하죠. 그나마 〈도둑들〉에서 상대적으로 덜 작용하긴 하지만 그 영화에서도 팹시를 사이에 둔 뽀빠이와 마카오박이 벌이는 대결의 핵심은 호승심에 있다고 할 수 있을 겁니다. 그래서 일부러 상대를 깔아뭉개는 말을 종종 던지기도 하죠.

최동훈_ 제 영화에서는 언제나 그게 중요했는데 〈범죄의 재구성〉 때는 정교하게 그려내지 못했어요. 그때도 그런 부분을 다루는데 잘 안 써지는 겁니다. 서른두 살이었는데, 그때는 그렇게 심각하게 생각했던 건 아니에요. 나중에 시간이 지나면서 그런 것들을 좀더 잘했으면 좋았을 텐데

싫었던 거죠. 저라는 사람 자체가 자존심을 지키기 위해서 비즈니스를
버릴 인간인 것 같아요.

– 난 마카오박 못 믿어. 내 예감에 이 일은 실패한다.
〈도둑들〉에서 임달화가 범행에 앞서 속내를 드러내면서

이동진_ 범죄영화를 만들 때 주로 실패한 범죄를 즐겨 다루시죠. 그렇기
에 기상천외한 범죄 계획이 성공하는 전형적인 범죄영화를 좋아하는
관객들은 기대가 배반당하기도 합니다. 중반부까지 〈도둑들〉에서 가장
중요한 목표인 듯 보였던 태양의 눈물을 훔치는 장면이 범죄영화 장르
로서의 쾌감이 덜하다는 지적도 있었죠.

최동훈_ 그건 애초에 제 목표가 아니었어요. 금고 안을 보는 건 제게 의미
가 없었습니다. 이 서사에서 그것을 치밀하게 묘사하는 데 주력한다면
망할 거라고 생각했어요. 그것이 올바른 판단인지 여부는 알 수 없지만
그냥 금고를 여는 순간까지 계속 시간을 지속시키고 싶다는 열망이 강
했던 것 같아요. 치밀하게 묘사한다면 뭔가 균형이 안 맞는다고 느꼈죠.

이동진_ 그게 〈도둑들〉이란 영화의 핵심이 아니라고 보셨기 때문인 건가
요? 감정적으로든 영화적 쾌감이든 〈도둑들〉의 무게중심은 확실히 뒤
에 놓은 게 사실이니까요.

최동훈_ 그런 게 저의 선택이고 결정이었죠. 그런데 개봉 후 그런 반응을
보니까 '아, 그런 걸 보고 싶어 하는 분들도 많았구나' 싶긴 하더라고요.

– 진짜 선수들은 앞쪽을 뚫어요. 어려워도 그게 빠르니까. 왜
  어렵냐면 이 유리 때문에 앞을 못 뚫어요. 유리 잠금장치.
  드릴이 들어와서 유리를 깨면 유리를 잡고 있던 줄이 풀려

서 고리가 올라가면 금고가 잠겨요. 그럼 다시는 못 열죠.

〈도둑들〉에서 홍콩 경찰 이심결이 다이아몬드가 들어 있는 금고의 특성에 대해서 경찰관들에게 브리핑

이동진_ 어찌 보면 〈도둑들〉과 반대되는 사례가 역설적으로 〈도둑들〉 개봉 때 가장 많이 거론되곤 했던 〈오션스 일레븐〉일 수도 있을 거라는 생각을 했습니다. 〈오션스 일레븐〉은 기상천외한 범죄를 치밀하게 묘사하는 걸 목적으로 삼는 영화니까요. 그런 성격과 관련해서 마카오에서 태양의 눈물을 훔치는 장면 중 독특한 부분이 있었습니다. 금고 따는 장면을 굉장히 자세히 보여주는데 결국 금고 둘이 모두 비어 있었던 거죠. 금고에 대해서는 심지어 사전에 홍콩 경찰의 브리핑 장면을 통해서 그 속의 유리가 깨지면 어떻게 된다는 것까지 미리 다 설명을 해주죠. 그런데 그 장면을 제외한 나머지 범죄 과정은 상당 부분이 생략되어 있습니다. 그보다 더 두드러져 보이는 것은 이후에 범죄가 실패로 돌아가서 도주하게 되는 과정이 오히려 더 상세하게 묘사되었다는 겁니다. 도주 과정은 인물별로 돌아가면서 자세히 그려지고 있으니까요.

최동훈_ 〈도둑들〉에서 하고 싶었던 게 그런 것들이었으니까요. 사실 〈범죄의 재구성〉에서도 저는 한국은행 터는 것을 그렇게 자세히 보여주지 않았거든요.

이동진_ 그 영화에서도 도주 과정이 중요하죠.

최동훈_ 〈타짜〉 역시도 도박판으로 가거나 도박판에서 나오는 걸 더 자세히 보여주지, 도박판 자체를 그렇게 자세하게 보여주진 않아요.

이동진_ 정말 그랬네요.

최동훈_ 〈도둑들〉에서 절도 과정의 디테일은 제가 느낀 그대로인 거예요. 남의 눈을 피해 들어가서 문을 닫고 조용히 작업을 했는데, 그게 실패하자 황급히 빠져 나오는 것에 대한 묘사를 하고 싶었던 겁니다. 〈오션스 일레븐〉은 범죄 계획이 성공한다는 전제하에 범죄 과정을 자세히

묘사하는 거죠. 그런데 저는 〈도둑들〉에서 관객들이 절도 장면을 보면서 지금 이게 성공하게 되는 건지 실패로 돌아가는 건지 모르도록 했으면 좋겠다는 생각을 했어요. 그랬기에 너무 디테일한 과정을 계속 보여주거나 철두철미하게 계획되어 있는 것처럼 향기를 풍기고 싶진 않았던 거죠. 사전에 약속된 대로 움직이는 모습 정도가 제게 필요했던 거예요. 애초부터 〈도둑들〉은 일종의 도주극이라는 생각이 들었거든요.

— 난 빡세게 한번 쫓겨봤으면 좋겠다. 쫓길 때 기분이 어떨까.
〈도둑들〉에서 전지현이 훔친 다이아몬드를 팔지 않으면 쫓기게 된다는 말을 듣고서 김윤석에게

이동진_ 본격적인 영화 경력을 자동차 추격전으로 시작하신 셈입니다. 데뷔작 〈범죄의 재구성〉 도입부가 바로 카 체이스 장면이니까요. 경찰차를 따돌리면서 도심을 질주하는 범인의 차량을 긴박감 있게 보여준 뒤 터널을 통과해 나오면서 전복되어 불이 붙는 모습까지 묘사하셨죠. 〈타짜〉에서도 유사한 장면이 있습니다. 차와 관련된 액션 끝에 결국 자동차가 언덕 밑으로 굴러 떨어진다는 공통점이 있죠. 〈전우치〉에서도 역시 규모 큰 자동차 추격전이 펼쳐집니다. 〈도둑들〉에서도 자동차 관련 액션 장면이 중요하게 다뤄지죠. 물에 빠진 자동차 속에서 사투를 벌이는 팹시를 마카오박이 구해내는 상황을 포함해서 말입니다. 첫 영화 첫 장면을 카 체이스 액션 시퀀스로 시작하신 건 어떤 이유인가요.
최동훈_ 오래전부터 카 체이스 장면을 찍고 싶기도 했죠. 영화에서 제가 가장 좋아하는 것은 그냥 걸어가는 사람의 모습이에요. 왜 그럴까에 대해서 스스로 생각해보면, 아마도 제가 아주 어렸을 때 장 피에르 멜빌의 〈사무라이〉를 봤나 봐요. 그게 오래도록 제 마음속 깊이 각인되어 있었던 것 같은데, 대학을 졸업할 무렵 영화를 직업으로 삼으려고 결심

했을 때 떠오른 게 바로 누군가가 걸어가는 모습이었죠. 나중에 〈사무라이〉를 다시 보면서 '아, 이게 그 영화였구나. 나의 영화적이고 시각적인 이미지가 바로 이거였구나' 싶어서 놀라기도 했어요. 두 번째로 좋아하는 것은 사람이 뛰어가는 겁니다. 그러니까, 이렇게 이야기하고 싶네요. 제가 만드는 영화는 모두 다 사람이 걸어와서 무슨 일이 생긴 뒤에 뛰어가는 이야기인 셈입니다. 카 체이스를 첫 장면으로 쓴 것은 드라마의 긴박성 때문이었는데, 한편으로는 왠지 그런 장면을 찍고 싶었기 때문이기도 했던 것 같아요. 그런데 〈범죄의 재구성〉 때 첫 장면으로 자동차 추격전을 넣은 뒤 나중에 후회했죠.

이동진_ 왜요?

최동훈_ 자동차 추격전이 오프닝 크레딧 시퀀스에 자막을 넣기 위한 배경으로 전락했다는 느낌이 들더라고요. 공들인 장면인데 결국 장식밖에 안 되고 말았죠. 오프닝 시퀀스인 만큼 상황에 관객이 몰입하지 못하니까요. 그래서 〈타짜〉 때는 기차 액션을 본격적으로 해야겠다고 생각했죠. 쫓고 쫓기는 것에 워낙 관심이 많거든요. 기차의 질주하는 속도감 자체에 사람을 흥분시키는 요소가 있어요. 그런 장면들이 스크린에 펼쳐지면 무척 매력적이라고 생각하는 듯해요.

이동진_ 그래서 〈타짜〉의 클라이맥스에서는 스피디한 기차 액션이 펼쳐졌군요.

최동훈_ 네, 그런 게 할리우드적 본성인 듯해요. 클로드 샤브롤의 〈도살자〉에는 여주인공이 걸어오는 긴 트랙 쇼트가 있는데, 그 장면을 볼 때마다 영화를 잠시 멈추고 커피를 만들곤 해요. 그러고는 커피를 천천히 마시면서 다시 그 장면을 보기 시작하죠. 그 장면이 왜 그렇게까지 좋은지 모르겠어요. 얼마 전에 로버트 알드리치의 〈조지 수녀의 살해〉를 보는데, 그 역시 조지 수녀가 걸어오는 걸로 시작하는 게 정말 좋은 거예요. 안토니오니의 영화들도 사람들이 왜 좋은지 참 다양하게 얘기하는데 저는 배우가 걸어가는 모습밖에 생각나지 않아요. 그리고 누군가가 말없이 걸어온다면 그냥 그 순간에 호기심이 좀더 생기는 것 같아요. 러닝타임 때문에 걸어가는 걸 조금만 쓸 뿐이지 만일 시간에 제약받을 필요가 없다면 인물을 계속 걸어가도록 하고 싶어요. 영화에서 걷는다는 것은 마치 음악 같아요. 영화가 보여줄 수 있는 배우의 수많은 액션 중에서 걷는 것의 표현력이 가장 크고 강한 것 같습니다. 저는 영화에서 가장 멋있는 순간은 인물이 걸을 때라고 느껴요.

— 창고에서 좌회전해서 10분만 걸어가.
〈도둑들〉에서 이정재가 전화로 김혜수에게 한 카페에서 소포를 수령할 것을 지시

이동진_ 〈도둑들〉 포스터가 열 명의 인물이 걸어가는 모습인 것은 다 이유가 있었군요. 〈도둑들〉은 문을 열고 걸어 들어오는 도둑들로부터 시작해서 복도를 걸어가는 도둑 마카오박으로 사실상 끝나는 영화기도 하죠. 〈타짜〉 역시 고니가 어둠 속에서 뚜벅뚜벅 걸어와 라이터 불을 켜면서 시작되고요.

최동훈_ 멋지게 출발하고 싶었거든요.(웃음) 그렇게 시작한 것은 본능 같은 거죠. 〈타짜〉는 고니가 걸어오는 데서 시작해서 고니가 걸어가는 걸로 끝내야겠다고 마음먹은 영화예요. 결국 그 영화는 고니라는 캐릭터가 도박이라는 길을 통해서 자신을 발견하는 이야기일 테니까요. 그런데 말씀하신 〈타짜〉의 첫 장면을 찍으면서 조승우 씨랑 약간의 논의가 있었어요. 승우 씨는 "왜 꼭 라이터 불까지 켜야만 하나요. 너무 폼 잡는 거 아닌가요"라고 해서 제가 "이 장면에서라도 폼 좀 잡자. 우리 너무 러프하게 찍는 것 같아"라고 설득했죠.(웃음)

이동진_ 아닌 게 아니라 〈타짜〉는 로드무비로 볼 수도 있죠. 고니가 전국 방방곡곡을 다니면서 온갖 일을 겪은 후에 성장하는 스토리라고 할까요. 끝까지 보고 나면, 첫 장면이 마지막 장면과 맞닿는 듯한 느낌도 들고요.

최동훈 저는 처음부터 그렇게 생각했어요. 난 로드무비를 찍을 거라고 말했죠. 그랬더니 다들 예술영화냐고 반문하더라고요. "그런 건 아니고 그냥 길에서 신나게 뛰어다니는 이야기인데 중간에 좀 머뭇거리기도 하는 느낌"이라고 답해주곤 했죠.(웃음)

— 잠깐만. 야, 이 앵글 예술이다.
〈범죄의 재구성〉에서 박신양이 염정아의 얼굴을 은근슬쩍 만지면서

이동진 말이 나온 김에, 이제껏 만드신 영화들에서 개인적으로 가장 좋아하는 장면을 하나씩만 꼽아주신다면요.

최동훈 〈범죄의 재구성〉에서는 창혁이 김선생 집에서 인경을 처음 만나 대화를 나누는 장면을 가장 좋아해요. 어찌 보면 신인 감독의 치기 어린 쇼트이기도 한데, 인경이 창혁에게 김선생에 대해서 이야기해줄 때 카메라의 움직임만으로 같은 공간 안에서 과거와 현재가 이어지도록 표현한 부분이 좋아요. 제게는 재미도 있었고 찍힌 것도 그 공간 안에서는 최선이었다는 생각이 들거든요. 그 영화 플롯의 정체가 과거와 현재를 오가는 그 쇼트에 고스란히 담겼다고 할 수 있죠.

이동진 〈타짜〉에서는 어떤 장면일까요.

최동훈 고니가 아귀와 최후의 승부를 벌이려고 배로 들어가기 전에 잠시 등장하는 빅 클로즈업 쇼트가 좋은 듯해요. "내가 알던 사람들은 모두 죽거나 다쳤으니 이제 겁날 것도 무서울 것도 없다"고 하는 그 쇼트에서의 대사도 좋았죠. 그 대사가 〈타짜〉의 핵심 내용이었던 것 같아요.

이동진 〈전우치〉의 경우는 어떻습니까.

최동훈 임수정 씨가 연기한 새색시가 전우치에게 쏙 안기는 장면과 전우치가 "바다가 보고 싶습니까? 이게 바로 바다!"라고 하면 실제 바다가 펼쳐지는 장면을 특히 좋아해요.

이동진_ 〈도둑들〉에서는 어떤 장면이 가장 마음에 드십니까.

최동훈_ 예니콜이 다이아몬드를 움켜쥔 채 경찰차 옆에 있는 앰뷸런스에 앉아서 혼잣말을 하는 장면이 제일 좋아요. 하나 더 꼽는다면 마카오 박과 팹시가 홍콩에 있는 방에서 처음으로 다시 만나서 잠시 대화하고 딱 갈라지는 장면일 겁니다.

— 같이 놀자고 하더니 진짜 때려?

〈도둑들〉에서 카지노 경비원들의 시선을 분산시키기 위해 때리는 연기를 하기로 했던 김윤석이 진짜로 때리자 고스란히 얻어맞은 이정재

이동진_ 범죄와 폭력은 떼려야 뗄 수 없는 관계일 겁니다. 범죄영화에 흥미를 느끼시는 감독님 영화에도 폭력 장면이 적잖이 등장하죠. 〈타짜〉에서는 병으로 머리를 치거나 손등을 칼로 찍고 손가락을 자르는 장면이 나옵니다. 〈범죄의 재구성〉에는 힘없는 여자를 상대로 남자가 무지막지하게 주먹질을 하는 장면도 있죠. 폭력적인 장면을 묘사할 때 감독으로서 어떤 원칙을 갖고 계시는지요.

최동훈_ 저는 폭력을 싫어합니다. 그래서 폭력적인 장면은 근접 촬영하지 않죠. 가급적 폭력 장면은 안 쓰려고 하고요. 하지만 드라마를 위해 필요하다면 굳이 피하지는 않습니다. 말씀하신 〈범죄의 재구성〉에서 제비(박원상)가 여자를 때리는 장면을 그렇게 찍은 것은 관객들을 놀라게 하기 위해서입니다. 여성 관객들이 제비를 싫어하라고 그렇게 했죠. 그래서 나중에 제비가 죽었을 때 관객들이 상처받지 않기를 원했어요. 〈범죄의 재구성〉 주인공들이 전부 다 악인이라고 할 수 있지만, 그들이 다치거나 죽으면 관객들이 측은하게 느끼길 바랐죠. 하지만 제비에 대해서만큼은 그렇게 느끼지 않았으면 했어요.

이동진_ 그건 왜 그런가요?

최동훈 저도 제비가 싫기 때문이죠. 〈범죄의 재구성〉에 등장하는 얼매 같은 사기꾼도 있고 〈타짜〉에 나오는 평경장 같은 사기꾼도 있는데, 얼매에게서는 측은함을 느끼고 평경장에게서는 일종의 숭고함 같은 걸 느끼거든요. 하지만 제비는 그처럼 감정적인 측면이 없어서 극 중에서 빨리 죽어 사라지길 바랐어요. 사람이 사람을 죽이는 장면을 찍는 게 사실 무척 어렵거든요. '그 여자가 제비를 죽이는 게 말이 되나' 같은 문제에 대한 의문이 생기니까요.

이동진 그렇다면 그 여자가 제비를 죽이는 게 말이 되도록 하기 위해서 그전에 폭력적인 장면을 촬영하는 게 필요했다는 것이군요.

최동훈 그렇죠. 〈타짜〉에서도 아귀에 대한 두려움이 고니에게 생겨야 하는데, 고니가 마지막에 아귀에게 가는 게 어떤 뜻인지 관객도 알아야 하니까 그전에 폭력적인 장면이 묘사되는 거죠. 저는 폭력 자체를 현란하게 내세우는 기타노 다케시의 〈자토이치〉 같은 영화를 보면서 쾌락을 느끼지는 않아요.

– 바로 그 순간, 요괴들의 마성은 다시 깨어났고 표훈대덕의 피리는 사악한 기운에 묻혔다.
〈전우치〉에서 날짜 계산을 잘못한 신선들 탓에 감옥문이 잘못 열리는 바람에 일어난 사건을 설명하는 도입부 내레이션

이동진 〈범죄의 재구성〉에서 모두 다 악당이지만 그중에서도 제비가 유달리 나쁘게 묘사되고 있는 것처럼, 〈타짜〉에도 그런 캐릭터가 있습니다. 바로 아귀와 곽철용이죠. 〈타짜〉의 다른 인물들은 양면적인 측면이 있는데 이 두 인물은 동정의 여지없이 오로지 악하게만 보입니다.

최동훈 도박영화도 일종의 범죄영화니까요. 시나리오를 쓸 때 가장 어려운 것 중 하나가 바로 도덕성이에요. 우리가 알고 있는 통념 속에서 선

함과 악함을 결국 구분해내야 하는 어떤 지점이 생기거든요. 누군가는 정나미가 좀 떨어지게 만들고 누군가는 계속 정이 붙도록 만들어야 되는데, 그게 도덕과 연결되어 있는 거죠. 그런 작업을 저처럼 평범한 사람이 해야 하니까 정말 미치겠는 거죠.

이동진- 〈타짜〉에서는 강도 높은 액션이 눈에 띄기도 합니다. 예를 들어 고니가 맥주병으로 상대를 가격할 때 매우 생생하게 묘사되기도 했는데요.

최동훈- 고니가 변했다는 것을 효과적으로 보여줄 수 있는 신이라고 생각했죠. 기존 한국영화들에서는 액션에 사용하는 맥주병이 어차피 슈거 글라스니까 툭 건드리기만 해도 깨집니다. 저는 그게 싫어서 반만 슈거 글라스이고 반은 진짜인 맥주병을 만들었어요. 실제 맥주가 담겨 있는 것처럼 보이게 하고 싶어서요. 그래서 그 장면을 유심히 보시면 가격할 때 속에 담긴 액체도 함께 튀죠.

이동진- 효과는 크겠지만, 촬영할 때 굉장히 위험할 것 같은데요? 일반적으로 영화 속에서 맥주병으로 가격할 때 상대적으로 안전한 머리 윗부분을 때리는데, 〈타짜〉에서는 흡사 옆에서 후려갈기는 듯한 느낌이었죠.

최동훈- 그래서 촬영 전에 조승우 씨와 함께 걱정을 많이 했어요. 하지만 쉽게 깨지는 맥주병은 너무 가짜 같아서 그렇게 할 수는 없었죠. 그런 장면에서 가끔 한 번씩 '억!' 소리가 나는 폭력 장면이 나오면 전체적으로 폭력적인 묘사를 많이 하지 않고도 실감을 줄 수 있을 거라고 봤어요. 사람들에게 도박에는 언제나 저런 폭력이 따른다는 느낌을 주고 싶었던 겁니다. 조승우 씨가 워낙 날렵해서 결국 딱 한 번에 성공했죠.

— 모처럼 몸 좀 한번 풀어볼까.
　　〈전우치〉에서 유해진이 요괴들에 맞서 싸우기 위해 머리끈을 동여매면서 이동진_ 배우들끼리 직접 몸을 부딪쳐 격돌하는 액션 장면에 대해서는 어떤 생각을 갖고 계십니까. 특히 〈전우치〉에 그런 장면들이 많죠. 〈타짜〉와 〈범죄의 재구성〉 역시 은근히 그렇고요.

최동훈_ 발을 많이 쓰면 액션이 화려해지죠. 발을 쓰는 게 영화에서 우리가 가장 많이 본 액션이기도 할 겁니다. 그런데 〈전우치〉의 경우, 선비들이 설사 싸우더라도 사사로이 발을 들까 싶기도 하더라고요. (웃음) 저는 영화를 찍을 때마다 액션 팀과 부딪치는 편이에요. 사실 저는 액션의 합이 안 맞는 게 더 좋거든요. 〈전우치〉를 찍을 때는 서부영화에서처럼 멀리 떨어져서 싸우는 게 더 맞을 것 같다는 생각도 했죠. 〈황비홍〉을 지금 다시 찍을 수는 없잖아요? 김성수 감독님이 〈타짜〉를 보고 나서 "너는 액션영화 감독이야"라고 하시더군요. 사실 제게는 액션을 넣으려는 욕망이 원래 있었어요. 〈범죄의 재구성〉이나 〈타짜〉를 찍을 때 모두 그랬죠. 제게는 자동차 액션도 액션이거든요. 〈범죄의 재구성〉 때 자동차 추격전을 찍어보니 너무 겁이 나더라고요. '이렇게 어려운 촬영이 있나' 싶었죠. 그런데 다 찍힌 걸 보고 나서는 또 찍어보고 싶은 마음이 들더군요. 제가 워낙 1970년대 액션영화들을 좋아하기도 하고요.

이동진_ 〈프렌치 커넥션〉 같은 영화요?

최동훈_ 그렇죠. 〈프렌치 커넥션〉이나 〈불리트〉 같은 영화들이죠. 〈범죄의 재구성〉에서 자동차 추격전을 했기에 〈타짜〉에서는 기차 액션으로 바꿨죠. 그렇게 점점 품새를 키우고 싶은 욕망이 〈전우치〉까지 이어진 것 같아요. 다음에 제가 자동차 액션을 찍게 된다면 그건 느린 자동차 액션인 미행 장면이 아닐까 싶어요. 저는 사실 운전도 잘하지 못하는데 자동차 액션을 좋아하는 게 아이러니하긴 해요. 운전을 하면 언제나 제 차선만 차가 딱 막히는 이상한 현상이 벌어지더라고요. (웃음) 어쨌든 절실히 느끼게 된 것은 액션 역시 창의력이 가장 중요하다는 겁니다. 영화에서 특수효과들 역시 창의력이 없으면 한 발짝도 나아가지 못한다는 거예요. 제임스 카메론도 처음에는 특수효과 스태프였죠. 저는 할리우드에서 CG와 특수효과를 가장 잘 아는 감독이 스티븐 스필버그가 아니라 제임스 카메론이라고 생각해요. 〈전우치〉를 통해서 와이어와 CG를 한바탕 겪었기에 그런 메커니즘을 배우기도 했지만, 역시 감독은 메커니즘보다는 창의적인 구상을 더 많이 해야 하는 사람이라는 걸 절감했어요.

– 너 나 못 믿냐?
– 믿지. 믿는데 내가 좀 들은 얘기가 있어서.
　〈도둑들〉에서 자신을 믿고 다이아몬드를 던지라는 이정재의 말에 전지현이 주저하며

이동진_ 〈전우치〉의 경우, 그 영화가 나오기 이전에 현대를 배경으로 삼아 도술을 부리는 신선들의 대결을 다룬 작품으로 류승완 감독님의 〈아라한 장풍대작전〉이 있었죠. 그 영화를 어떤 식으로든 의식하지 않을 수 없었을 것 같은데요.

최동훈_ 그 영화가 있어서 제게 도움이 된 게 있다면, '나는 신선을 다른 방식으로 그려야지'라고 결심했던 것이에요. '액션영화를 저렇게 잘 찍는 감독이 있는데 내가 왜 굳이 액션을 찍으려고 하는 걸까' 싶기도 했는데, 그래서 나온 생각이 '나는 액션 장면에서 발은 사용하지 말아야지'라는 것이었죠. 그 정도의 느낌이었을 뿐, 크게 염두에 두진 않았어요. 〈아라한 장풍대작전〉은 개봉 시기가 비슷해서 〈범죄의 재구성〉과 극장에서 맞붙었던 작품이기도 했죠.

– 자네, 화담 선생을 정말로 봤나?
– 봤지. 도술을 부려서 하늘을 확 하고 날더라니까.

이동진_ 〈전우치〉는 전작들과 달리 특수효과가 매우 중요한 작품이었죠.

최동훈_ 언젠가 한 번은 도전해봐야 할 작업이었어요. 특수효과 전문회사인 데몰리션의 실력에 대한 평판이 대단한데, 도대체 데몰리션의 정체가 뭔지 궁금하기도 했고요.(웃음) 저는 일상에서는 진취적인 면모가별로 없습니다. 그런데 묘하게도 영화에서만큼은 도전해보고 시도해보길 좋아해요.

이동진_ 그렇게 도전해보니 특수효과의 세계가 어떻던가요.

최동훈_ 무척이나 재미있는 세계더라고요. 그리고 데몰리션 팀은 정말 실력이 좋다는 것을 확인했죠. 〈전우치〉를 하면서 특수효과 역시 결국은기술력과 돈의 문제가 아니라 아이디어 싸움이라는 사실을 절실히 느꼈어요. 이 영역도 창조적인 승부인 거죠. 특수효과라는 것 자체가 지극히 아날로그적인 것이라고 할 수 있어요.

이동진_ 〈전우치〉를 찍으면서 특수효과에 대해서 어떤 원칙을 세우셨습니까.

최동훈_ 과하게 쓰지 말자는 원칙이 있었죠. 그리고 특수효과를 쓴 걸 가급적 들키지 않았으면 좋겠다는 생각을 했습니다. 〈전우치〉는 특수효과가 굉장히 많은 영화지만 겉으로는 별로 티가 나지 않는 것 같아요.저는 그게 좋은 특수효과라고 봅니다.

이동진_ 액션에 대해서는 어땠나요.

최동훈_ 저는 〈전우치〉의 액션을 중국 무협영화처럼 찍기 싫었어요. 그래서 전반부의 액션을 피지컬physical한 싸움으로 만들었던 것에 비해서, 후반부의 액션은 멘털mental한 싸움으로 보이도록 의도했던 거죠. 〈전우치〉 후반부에서 인물들은 신체 접촉 없이 서로 떨어진 채 멀리서 싸우잖아요? 설혹 관객들이 원한다고 해도, 이 영화에는 권격을 펼치는 액션이 어울리지 않는다고 본 거죠. 컴퓨터 그래픽 역시 사람들은 초랭이가 허공에서 개로 변한 뒤 막 물면서 공격하는 장면 같은 것을 보길 원했을지도 모르지만요.

이동진_ 그건 〈트와일라잇〉 시리즈에서 늑대인간이 변신하는 장면 같은 거네요.

최동훈_ 우리 기술력으로도 충분히 가능하죠. 하지만 그런 방식보다는 연기가 평 하고 솟은 다음에 변하는 식의 고전적이고도 순진한 CG를 하고 싶었어요. 물론 그런 속내에는 할리우드 영화와 같은 경기장에 들어가지 않겠다는 계산이 있었을 수도 있겠죠.(웃음)

– 많이 변했네?
〈도둑들〉에서 김혜수가 오랜만에 만난 김윤석에게 인사

이동진_ 도사들이 도술을 부려 스스로 변하거나 다른 대상을 둔갑시키는 〈전우치〉의 장면들은 판타지 영화에서의 일반적인 표현과 다른 방식을 사용합니다. 변하는 모습을 그려낼 때 일반적으로는 몰핑 같은 기법을 이용해서 변해가는 과정을 연속적으로 드러내지만, 〈전우치〉에서는 솟아오르는 연기가 나고 '평!' 소리가 들린 후 어느새 변신해 있는 상황을 보여주니까요. 어떻게 보면 이런 특수효과는 영화의 역사에서 조르주 멜리에스가 처음 시도했던 가장 고전적인 판타지 장면 제조법과 맞닿아 있는 것으로 보입니다.

최동훈_ 판타지 영화로는 〈반지의 제왕〉 같은 작품이 정말 놀랍고 또 부러웠지만, 〈전우치〉 시나리오를 쓸 때 그런 영화들은 보지 않았어요. 그 대신 스파이크 존즈나 미셸 공드리가 만든 뮤직비디오나 광고 영상물 같은 것들을 찾아봤죠. 논리적으로 그런 것들을 선택해서 찾아본 건 아니고, 그냥 제 느낌을 따라갔던 거예요. 몰핑 기법 같은 걸 통해서 매끈하게 변화되는 모습은 〈전우치〉에 어울리지 않는다고 생각했어요. 따지고 보면 연기가 펑 하고 솟아오르면서 인물이나 물건이 바뀌는 게 더 거짓말 같겠지만, 〈전우치〉에 관해서는 그런 묘사가 더 사실적으로 느껴졌던 거죠. 물론 관객들이 이런 묘사 방식을 더 좋아하지 않을까 싶은 약삭빠른 생각도 없지 않았고요. CG팀은 작업이 쉽다고 좋아하던데요?(웃음)

– 옛날에 금괴를 내가 들고 날랐다?
〈도둑들〉에서 김윤석이 과거에 함께 훔쳤던 금괴의 행방을 캐묻는 김혜수에게 반문

이동진_ 조선시대를 배경으로 한 〈전우치〉의 전반부에서 전우치와 대결을 벌이던 요괴들의 모습이 무척 인상적이더군요. 아마도 십이지신상의 모습을 바탕으로 만들어낸 캐릭터인 듯한데, 그런 요괴와 맞서 싸우는 과정에서 지면 위 수평으로 담장을 타면서 펼치는 싸움이나 수직의 스릴을 잘 활용하는 액션 아이디어들이 흥미롭더라고요. 그런데 다른 한편으로는 대결하는 과정에서 요괴들의 디자인과 움직이는 모습 같은 게 왠지 액션 신에 아주 잘 어울리지는 않는 것 같은 느낌이 있는 것도 사실이었어요.

최동훈_ 십이지신상을 바탕으로 디자인한 게 맞습니다. 서양식 요괴의 모습으로 만들어내기 싫어서 처음에는 도깨비를 떠올렸는데 거기에는 포악한 맛이 없어서 포기했죠. 사실 저는 제일 무서운 게 절에 있는 사천왕상과 십이지신상이에요. 사천왕상으로도 해보려고 했는데 어려움이 있어서 제외하고 결국 십이지신상으로 했죠. 그 중에서도 토끼 같은 초식동물을 선택한 것은 육식동물보다 더 기괴해서였어요. 과거 장면에서 요괴들이 싸우는 이유는 단지 피리를 빼앗기 위해서죠. 그 과정에서 그야말로 짐승처럼 싸우기를 바랐어요. 현대를 배경으로 한 후반부에서는 요괴가 몇 차례 안 나오니까 사람이 직접 하기를 원했고요. 처

전우치

개봉 2009년 12월 23일

출연 강동원 김윤석 임수정

상영시간 136분

CINEMA REVIEW
BOOMERANG INTERVIEW

천관대사의 제자인 전우치는 자신의 개 초랭이와 함께 누명을 쓴 채 그림 족자 속에 갇힌다. 인간들 속에 섞여 살던 신선들은 요괴들이 날뛰자 이를 제압하기 위해 전우치를 그림 바깥으로 500년 만에 불러낸다. 요괴들을 다스릴 수 있는 피리를 천관대사와 나눠가졌던 화담도 현대로 온다.

〈전우치〉는 할리우드 블록버스터와 차별화되는 영화 오락을 만들어냈다. 조선시대의 고전소설 '전우치전'에서 캐릭터를 가져왔을 뿐만 아니라, 이야기의 핵심 모티브에서 볼거리와 웃음의 스타일까지도 동양적이다. 이 영화에는 '유머'라는 용어보다 '익살'이란 단어가, '능숙하다'는 말보다 '넉살좋다'는 표현이, '속임수'보다는 '딴청'이, '여유'보다는 '능청'이, '마법'보다는 '도술'이, '해프닝'보다는 '난장'이 훨씬 더 잘 어울린다.

물론 그런 느낌을 만들어내는 가장 중요한 요인은 전우치라는 캐릭터 자체다. 유들유들하고 승부욕이 강하며 동시에 바람둥이기도 한 이 주인공은 종종 한국화된 제임스 본드로 보인다. 동시에 선에 대한 신념보다는 최고로 인정받고 싶어 하는 마음이 더 크다는 점에서 지극히 최동훈적인 인물이기도 하다.

이와 관련해 수시로 출몰하는 요괴들이 힘을 과시하는 직선적 액션을 펼치는 데 비해서, 주인공 전우치가 부드럽고 곡선적인 동작으로 맞서는 것도 눈길을 끈다. 둔갑술에서 분신술까지 전우치의 도술에 대한 찰기 있는 묘사들도 인상적이다. 십이지신상에서 모티브를 따온 듯한 요괴들 모습에 어색한 측면이 전혀 없지 않지만, 정교함보다는 참신함이 더 중요한 이 영화의 특수효과는 작품의 성향과 무난하게 어울리기에 충분히 즐길 만하다. 지면 위 수평으로 담장을 타면서 펼치는 싸움이나 수직의 스릴을 잘 활용하는 갖가지 액션 아이디어들도 좋은 편이다.

서사에 확고한 기둥 하나를 세우는 대신 동그랗게 말아서 이야기를 이리저리 굴리는 식의 이 영화 내러티브가 몽환성을 중심 모티브로 추구하는 것도 예사롭지 않다. 눈속임을 핵심으로 하는 전우치의 도술 내용과 기시감을 적극 내세우는 종반부 장면으로부터, 광고

판이나 그림에서 인물이 튀어나오도록 하는 설정과 싸움 도중 공격을 받은 캐릭터들이 허공에 모래이나 조각으로 사그라지는 세부 묘사까지, 결국 〈전우치〉는 삶을 꿈과 겹쳐서 보려는 영화다. 클라이맥스 액션 장면이 펼쳐지는 장소가 영화 세트장이라는 사실까지 확인하고 나면, 이건 영화라는 매체 고유의 환영성幻影性에 대해 언급하는 작품으로 보이기도 한다.

〈전우치〉는 종종 운문적이다. 특히 전반부에서 끊임없이 빠르게 이어지는 대사들은 어지러울 정도로 잘게 나눈 쇼트들 사이를 연결하는 편집 테크닉처럼 느껴지게까지 한다. 이 영화의 대사들은 종종 그 의미보다 리듬이 더 중요하다. 최고의 대사 감각을 가진 최동훈 감독의 작품답게 곳곳에 매복하고 있다가 불쑥불쑥 튀어나와 콕콕 찌르는 그 대사들은 물론 내내 기발하고 재치가 넘친다.

그러나 〈전우치〉에는 가득한 잔재미를 단단히 지탱하는 굵은 동아줄이 없다. 그 때문에 〈전우치〉가 제공하는 오락은 지속적으로 분해되거나 환원된다. 이를테면 이 영화는 부분의 합이 전체보다 작은 경우다. 초반부터 속력을 내며 만들어낸 리듬을 2시간 16분에 달하는 러닝타임 내내 이어가기에는 힘에 부쳐 보인다. 긴장감이 약하고 반복적인 내러티브 때문에 결국 어느 순간부터 관객이 그때그때 펼쳐지는 코미디와 볼거리에만 몰두하게 할 뿐 이야기 진행 자체에 관심을 잃게 만든다. 신의 내부에서는 충분히 성공적이지만, 신과 신의 관계에서까지 그런지에 대해서는 회의적이다.

하지만 이 영화에서 가장 중요한 전우치 캐릭터는 성공적이다. 어디에 빛을 쏘여야 할지를 잘 아는 감독과 어디서 빛나야 할지를 명확히 느끼고 있는 배우의 상승작용 덕분이다. 여기에서 강동원은 처음부터 끝까지 자신이 맡은 캐릭터에 대해 확고히 감을 잡고 자신감 넘치게 연기한다. 유달리 와이어 액션이 많은 이 작품에서 그는 얼굴 못지않게 팔과 다리로 우아하고 부드럽게 연기한다.

그리고 〈전우치〉는 무엇보다 신선하다. 최동훈 감독은 익히 검증된 안전한 길을 버리고 장르의 안개 속으로 뛰어들어 사투를 벌인 끝에 의미 있는 성과를 냈다.

음에 생각했던 요괴의 가장 중요한 이미지는 질주의 느낌이었죠. 액션의 합을 만들어낼 때 폴짝폴짝 뛰는 쥐에 맞춰서 구상했던 것 같아요. 요괴가 용이었다면 아마도 지금과 다른 액션이 나왔겠죠.

— 국립의 기린향로보다 더 잘 빠졌잖아, 응? 원래 박물관에 있어야 되는 물건이에요.
〈도둑들〉에서 이정재가 훔친 문화재 값을 더 받기 위해 장물아비에게 바람을 잡으면서

이동진_ 〈전우치〉에서 클라이맥스 액션 대결은 영화 세트장에서 벌어집니다. 원래는 마지막 액션이 펼쳐지는 방식이나 장소가 현재의 모습과 완전히 달랐다고 들었는데요.

최동훈_ 프리 프로덕션 단계에서 원래 클라이맥스 액션 장면은 여섯 가지 공간을 옮겨 다니면서 펼쳐지는 것으로 짜여 있었어요. 도심과 수영장과 세트장 등을 차례로 거친 후 마지막은 북극에서 싸우는 거였죠. 북극 사진 속으로 전우치와 화담이 차례로 들어가서 실제 북극으로 빠져나온 뒤 빙하를 배경으로 아무도 없는 곳에서 최후의 일전을 벌이는 겁니다. 그러다 힘을 잃게 된 전우치가 품에서 꺼낸 인경의 사진을 불태운 후 다 타버리기 직전에 그 사진 속으로 들어감으로써 돌아오도록 되어 있었죠. 화담은 간발의 차이로 사진 속으로 들어가지 못해서 북극에 남게 되고요.

이동진_ 듣기만 해도 상당히 괜찮은 아이디어인 것 같은데, 왜 그렇게 찍지 않으셨나요.

최동훈_ 프로듀서가 그 장면이 예정되어 있는 것을 보고서 할리우드 영화 〈점퍼〉와 비슷한 것 같다고 하더군요. 그래서 한번 극장에 가서 직접 보고 오라고 했더니, 재미있는 게 〈점퍼〉에 딱 도심과 수영장과 북극이 나온다는 거예요. 애초에는 남대문 위에서 싸우는 장면도 찍기로 되어

있었죠. 그런데 남대문이 불타는 사고가 생기는 바람에 다른 장면으로 대체됐어요.

이동진_ 만일 도심과 수영장과 북극이 겹친다면, 다른 장소를 교체해서라도 공간이동 아이디어를 쓸 수 있지 않았을까요.

최동훈_ 〈전우치〉 자체가 판타지인데 결과적으로 할리우드에서 흡사한 장면을 빌려오고 싶지는 않다는 생각이 당시에 강했던 듯해요. 흡사한 장면이 다른 할리우드 영화에 들어 있다고 하니까 덜컥 겁을 먹었던 거죠. 창의적인 면에서 보면 〈점퍼〉가 〈전우치〉의 가장 큰 적이었던 것 같아요. 사실 저는 이전에도 유사한 일이 이상하게 많았어요. 제가 시나리오를 쓰기만 하면 뭔가 유사한 영화가 나오더라고요. 〈범죄의 재구성〉 시나리오를 6고쯤 썼을 때 〈오션스 일레븐〉이 나왔죠. 비슷할 수도 있다는 주변 얘기에 극장에 가서 직접 확인하는데, '제발 내 시나리오에 나오는 신만 나오지 마라'는 심정으로 가슴 졸이면서 봤던 기억이 있어요.

이동진_ 지금 말씀하신 〈전우치〉의 원래 클라이맥스는 그 자체로도 좋은 아이디어지만, 〈전우치〉 이야기의 핵심 모티브와도 일치하는 액션이었던 것으로 느껴지는데, 〈점퍼〉와 비슷하다는 이유로 통째로 바꿨던 것은 좀 아깝게 느껴지는데요?

최동훈_ 지금 와서 돌이켜보면 약간 후회되기는 해요. 전우치가 그림 속을 들락날락거리면서 싸우는 설정만이라도 썼어야 하지 않았을까 싶기도 하죠.

─ 어머니 괜찮으세요?
─ 괜찮아.
─ 어머니, 지금 저한테 말 놓으셨습니다.
─ 그새 편해졌나봐, 내가.

〈도둑들〉에서 잠시 어지러운 척 비틀거리는 김해숙과 그게 연기인 줄 모르고 부축하는 신하균

이동진_ 와이어 액션은 〈전우치〉에서 원 없이 구사해보셨죠?

최동훈_ 〈전우치〉의 도사들은 중력이 중요치 않은 것처럼 움직여야 했기에 많이 쓸 수밖에 없었어요. 일반적으로 와이어 액션은 과장된 느낌을 주죠. 비현실적인 동작을 보여주는 것이니까요. 그런데 저는 점프할 때 허공에서 걸음을 막 옮기거나 몸을 빙빙 돌리는 식의 움직임이 싫었어요. 흔히 그런 동작을 와이어 액션의 꽃이라고들 하는데, 저는 그런 꽃은 필요 없고 그저 휘어진 가지 같은 느낌을 원했던 거죠. 그런데 물리학적으로 와이어는 점과 점의 연결이라서 곡선적인 움직임이 나오기 힘들기에 그건 무척 어려운 원칙이었어요. 액션팀의 입장에서 보면 노동력은 극한에 가깝게 투여되는데도 불구하고 파괴력이 별로 없는 것 같은 느낌이었겠지만, 제게는 파괴력보다는 지형지물을 우아하게 이용하는 게 더 중요했어요.

— 아이, 그냥 도술로 하시면 될 걸 왜 그렇게 힘들게 캐십니까.
〈전우치〉에서 유해진이 농사일을 하고 돌아오던 백윤식에게

이동진_ CG를 쓰면 쉽게 해결될 것 같은 대결 장면에서도 군이 힘든 와이어 액션을 고집하시기도 했는데요.

최동훈_ 그 이유는 CG 캐릭터가 인간 캐릭터를 절대 못 따라오기 때문입니다. 아직은 인간의 몸짓을 따라오지 못해요. 물론 〈전우치〉는 CG가 굉장히 많이 들어간 영화예요. 1,400쇼트에 CG가 들어갔으니까요. 그럼에도 불구하고 바보처럼 아날로그를 고집했던 장면도 참 많아요. 대표적인 게 대감 집에서 요괴와 싸우는 장면이었죠. 그 집 벽에 전우치

가 수평으로 서잖아요? 그게 CG라고 생각하시는 분들이 많았는데, 강동원이 와이어의 도움을 받아 실제 수평으로 선 거죠. 정말 고난도의 액션이었어요. 정두홍 무술감독님과 많이 싸웠죠. 그 벽을 조금만 더 기울이면 훨씬 더 쉬워지는데, 벽이 실제로 90도이니 배우도 수평으로 설 수밖에 없기에 너무 어렵다는 거였어요.

이동진_ 그런데 왜 그렇게 하지 않으셨나요.

최동훈_ 저는 바로 그런 걸 하려고 〈전우치〉를 찍은 거니까요. 박찬욱 감독님이 〈박쥐〉를 찍을 때 촬영장에 가서 보니까 와이어 액션을 하려면 시간이 워낙 많이 걸리더라고요. 그러다 보니 어떻게 하면 시간적 손실 없이 와이어 액션을 찍을까에 대해 고민을 많이 했어요. 현장에서 할 때마다 고함지르면서 정말 야단이었죠. 그렇게 와이어 액션을 여섯 시간 동안 준비한 이후에 예정했던 동작이 물리적으로 불가능하지 않다고 느끼면 강동원이 가서 직접 하는 겁니다.

— 부산 좋죠. 반드시 거기로 잡아주시고, 15층으로.
〈도둑들〉에서 김윤석이 부산에서 묵을 아파트 예약을 전화로 부탁

이동진_ 이제껏 감독님이 구사한 최고의 액션 장면은 〈도둑들〉에 나옵니다. 건물 안팎을 넘나들면서 펼쳐지는 부산에서의 후반부 액션이 정말 굉장했죠. 일단 액션이 펼쳐지는 장소부터 무척 인상적이었어요. 일반적으로 고층건물은 높이가 강조되는 방식으로 액션이 펼쳐지죠. 그런데 〈도둑들〉 후반부에 등장하는 고층건물은 꽤 높지만 그보다는 옆으로 길게 퍼졌다는 특성이 더 두드러집니다. 〈도둑들〉의 액션 중에는 높이를 이용한 액션도 있지만 가장 흥미롭게 여겨지는 것은 건물 외벽에서 펼쳐지는 수평 액션이었죠. 고층건물이 갖고 있는 수직의 이미지를 기본으로 깔고서 그걸 수평으로 가로지르면서 액션을 보여주는 광경

이 굉장한 시각적 쾌감을 줬습니다.

최동훈_ 사실은 〈전우치〉 때 그런 액션을 하고 싶었는데 현실적으로 장소를 찾지 못했었어요. 직접 볼 때는 무척 컸는데 화면에서는 건물이 조그맣게 보이더라고요. 전우치가 홈통에 매달렸던 건물이 6층짜리였는데, 영화에서는 정말 작게 표현이 되더군요. 찍을 때는 정말 힘들었는데 말이죠. 〈도둑들〉 액션을 어떻게 할지에 대해서 고민이 많았습니다. 예니콜이 하는 액션이 흔히들 상상하는 도둑의 액션이겠죠. 그래서 예니콜 액션과 마카오박 액션으로 분리했어요. 마카오박의 줄 타는 액션은 거칠고 센데 그건 생존을 위한 거죠. 반면에 예니콜은 즐기면서 하는 액션인 거고요. 그렇게 한 후 액션의 분량을 최소화시켰어요. 사실 그 둘을 빼면 〈도둑들〉에는 액션이 거의 없어요. 총격신도 있긴 하지만 정말 짧거든요. 〈전우치〉를 통해 와이어와 CG에 대해서 학습하게 된 게 큰 도움이 되었습니다.

— 내가 들어가겠다.
〈전우치〉 마지막에 강동원에게 패한 김윤석이 족자 안으로 스스로 들어가면서

이동진_ 건물을 안팎으로 넘나드는 방식도 흥미롭더라고요.

최동훈_ 계속 건물을 관통하면서 액션을 펼치죠. 내려오면서 나갔다가 다시 건물 안으로 들어오고 또다시 내려가는 식이죠. 그러니까 전체적으로는 가상의 건축을 하나 지어놓은 뒤 그 안에서 계속 동선을 만드는 방식으로 액션을 짠 셈입니다.

— 이렇게 후진 데는 어떻게 찾은 거야?
〈도둑들〉에서 증국상이 범행을 위한 아지트로 쓸 창고에 처음 들어서면서

이동진 _ 극 중에는 같은 건물로 나오지만 실제로는 여러 군데에서 찍었죠?

최동훈 _ 건물의 전체 뉘앙스는 서울에 있는 진양상가에서 찍었어요. 벽면은 인천에 가서 찍었고요. 인천의 폐아파트 외벽에 실외기와 천막을 일일이 설치해서 촬영했죠. 건물 내부는 진양상가 옆에 있는 건물에서 찍었고, 총격이 벌어지는 복도 장면은 세트로 해결했죠. 복도의 계단 일부분은 또다른 건물에서 촬영했고요.

이동진 _ 건물로 들어가는 장면은 부산 데파트 빌딩에서 찍은 거죠?

최동훈 _ 네. 결국 모두 여섯 군데 장소를 합쳐놓았다고 할 수 있어요. 〈미션 임파서블 4〉처럼 한 장소에서 다 찍을 수 있다면 좋겠죠. 베이스캠프 만들어놓고 찍으면 되니까요. 하지만 그렇게 하면 촬영 기간이 길어질 수밖에 없죠.

이동진 _ 그 후반부 액션 장면을 찍는 데 모두 얼마나 걸렸습니까.

최동훈 _ 20일 정도였어요. 그럴 만큼의 투자를 해도 된다고 생각했어요.

– 부적 없으면 허당이에요.
〈전우치〉에서 유해진이 임수정 앞에서 강동원의 도술 실력을 폄하하며

이동진 _ 건물 외벽을 줄을 타고 가로지르면서 액션을 펼칠 때 에어컨 실외기나 작은 천막 같은 것들이 일종의 소품으로서 굉장히 인상적이기도 했습니다. 그걸 다 일일이 만드셨다고 했죠? 말하자면 미술로 액션을 만들어내신 셈이기도 한데요.

최동훈 _ 미술과 무술과 특수효과가 다 합쳐져서 만들어진 액션이죠. 총도 전부 진짜로 쏘면서 찍었어요. 가장 어려웠던 것은 에어컨 실외기의 위치나 천막의 높이 같은 것들을 맞추는 것이었죠. 미술팀이 정말 고생했어요. 〈도둑들〉의 액션은 짧으면서도 스펙터클해야 한다고 판단했습니다. 액션의 분량이 많지 않은 영화니까요. 그리고 그게 이 영화가 마지

막 시퀀스에서 부산으로 온 이유 중 하나이기도 하고요. 부산에서 액션의 주 무대가 될 빌딩을 찾아야 할 때 제가 제작부 스태프들에게 그 앞 도로가 왕복 3차선인 경우라야 한다는 주문까지 했어요. 그러면서 나무가 많고 길이 길어야 한다고 했죠.

이동진_ 왜 꼭 3차선이어야 했습니까?

최동훈_ 자동차들이 다닐 때 뭔가 한적하면서도 움직일 때마다 느낌이 있는 게 좋을 듯했는데, 만일 3차선이라면 한쪽에 주차된 차들이 늘어서 있어서 그런 느낌이 생기기에 딱 맞을 것 같았죠. 그에 더해서 낡고 허름한 예전의 맨션 로비가 있는 빌딩이어야 한다는 단서까지 붙였어요. 결코 쉽지 않았을 텐데 제작부 스태프들이 정말 귀신같이 그런 빌딩을 딱 찾아왔죠.(웃음)

– 총은 어떻게 가지고 들어가?

〈도둑들〉에서 증국상이 범죄 계획을 상세히 설명하던 김윤석에게 질문

이동진_ 한국영화에서 총이 등장하면 어색해지는 경우가 많습니다. 총기 소유가 허용되지 않는 현실에서 경찰까지도 총을 쏘는 예가 흔하지 않으니까요. 그래서 한국영화에서 총이 나올 때는 그걸 어떻게 습득했는지 설명하는 부분을 넣는 경우가 많죠. 그걸 매우 잘 처리한 예 중 하나가 김지운 감독님의 〈달콤한 인생〉이라고 생각합니다. 유머와 서스펜스를 섞어서 주인공이 총을 습득하는 상황 자체를 흥미로운 시퀀스로 만들어냈으니까요. 그렇게 했기에 클라이맥스에서 화려한 총격 액션이 가능해지는 면이 있죠. 그런데 〈도둑들〉은 총이 어떻게 등장할 수 있는지 따로 설명하지 않죠. 그럼에도 불구하고 부산 시내 한복판에서 대놓고 대규모 총격전이 벌어지는 게 어색하게 느껴지지 않습니다.

최동훈_ 의심을 제거하는 게 정말 중요한 것 같아요.

이동진_ 〈타짜〉의 클라이맥스에서도 총 쏘는 장면이 나오기도 합니다.

최동훈_ 초반에 총이 나오면 그 총은 언제나 결국 발사되죠.

이동진_ 소설 작법에 대한 안톤 체호프의 말이네요.

최동훈_ 원작에는 없었지만 총이 나오면 좋겠다고 생각했어요. 어떻게 하면 총을 자연스럽게 등장시킬 수 있을지에 대해서 고민을 정말 많이 했죠. 그러다가 뭔가 사연이 있는 장교 출신 아저씨라면 총을 가지고 있는 게 가능할 것이다, 그러면 이건 도박영화니까 다들 믿어줄 거다, 생각하게 된 거죠. 그런 것도 역시 의심을 제거하는 방식이었던 겁니다. 〈범죄의 재구성〉에도 총이 나와요.

이동진_ 그 영화에는 총이 등장하자 그걸 보고 반칙이라고 하는 대사까지 나오죠.

최동훈_ 그런데 〈범죄의 재구성〉에 나오는 것은 아주 오래된 총이었어요. 그것 역시 의심을 없애기 위한 방법이었죠. 하지만 이번에 총격 장면을 대규모로 찍고 나서 앞으로 전쟁영화 같은 건 찍지 말아야 할 것 같더라고요.

이동진_ 왜요?

최동훈_ 총이 참 다루기 어려워요. 게다가 무척 시끄럽죠. 총소리가 엄청나게 크기에 주위 사람들에게 민폐도 많이 끼쳐요. 대부분의 여성분들은 총소리를 한 번도 들어본 적이 없으니 직접 듣게 되면 정말 놀라시죠.

— 으악.
— 아이고, 이게 뭐야.
— 위에 뭐가 있어.
  〈전우치〉에서 차 안에 있던 신선들이 차 위에서 요괴가 갑자기 공격하자 깜짝 놀라며

이동진_ 마카오의 주차장 총격 장면에서 김해숙 씨가 깜짝 놀라는 게 연

기가 아니라 실제 상황이었다면서요?

최동훈_ 정말 굉장히 놀라셨던 거죠. 영화마다 액션 장면을 꼭 찍어서 넣고 싶어 하는 습성 같은 게 제게 있는데, 그게 어렸을 때 〈다이하드〉나 〈영웅본색〉 같은 영화들을 보았기 때문인 듯도 해요.

이동진_ 〈도둑들〉에서 대규모 액션 장면까지 소화하셨으니 이제 원을 좀 푸신 거네요.

최동훈_ 잘만 쓰면 액션은 상업영화에서 굉장한 영화적 무기가 될 수 있다고 생각해요. 다음에는 무슨 액션을 할까도 제 고민거리 중 하나예요.

— 좋아, 내가 너 사람 만들어줄게. 니 정체 먼저 알려주고.
   〈전우치〉에서 강동원이 모든 일을 다 마무리한 뒤 유해진에게 선심 쓰듯

이동진_ 액션 직전에 긴장감을 배가하는 인상적인 쇼트에 대해서도 질문할게요. 〈전우치〉에서 부적 벨트를 허리에 찬 전우치가 "이제부터 슬슬 변해볼까"라고 말한 뒤, 회전하던 레코드판으로부터 벗어나 카트리지가 원위치로 돌아가는 쇼트가 아주 짧게 인서트 됩니다. 그 직후부터 전우치가 거리에서 요괴들과 싸우는 장면이 본격적으로 펼쳐지죠. 초랭이가 마지막 부적을 불태우면서 화담을 공격하기 직전에도 가스레인지에서 불이 올라오는 짧은 클로즈업 인서트 쇼트가 있었고요. 논리적인 연결은 아니지만, 이런 인서트 쇼트들은 본격적인 액션이 펼쳐지기 전에 리듬을 한 템포 늦추거나 당김으로써 매우 독특한 예열 장면의 역할을 톡톡히 합니다.

최동훈_ 〈전우치〉 시나리오에 착수하면서 제가 제일 처음 쓴 신은 악단이 옆에서 연주하고 있는 가운데 전우치가 주막에서 싸우는 장면이었어요. 악사들이 뭔가에 홀린 듯, 전우치의 움직임에 맞춰 계속 연주를 해주고 있는 장면이었죠. 전우치가 음악을 좋아하고 멋과 풍류를 아는 캐

릭터니까 그런 묘사를 생각했던 겁니다. 나중에 그걸 궁궐 신에 넣었는데, 문제는 후반부의 현대 배경에선 그런 느낌을 넣으려고 할 때 맞는 음악을 찾는 게 어려웠다는 것이었어요. 그러다 다행스럽게도 김해송이라는 1930년대의 걸출한 천재 작곡가의 음악을 쓸 수 있었던 거죠.

이동진_ 가스레인지 인서트 쇼트는 어떻게 들어가게 된 건가요.

최동훈_ 초랭이가 한판 대결을 펼치기 전에 가스레인지 불이 올라오는 인서트 쇼트를 쓸 때는 '이걸 사람들이 모르면 어떡하지'란 고민도 있었어요. 그전에 고장이 난 가스레인지 불을 계속 지피려고 했잖아요? 그건 아다치 미츠루의 만화 같은 느낌이었던 듯해요. 저는 관객이 인지만 할 수 있다면 어떤 플래시백이나 인서트도 가능하다고 믿는 편이에요. 하지만 편집이 다 끝날 때까지는 그 인서트 쇼트들을 넣은 게 올바른 판단인지 확신이 없긴 했어요. 저는 그런 식으로 약간 엇박자가 있는 걸 좋아해요. 영화가 처음부터 끝까지 다 맞아떨어지면 천의무봉의 경지이지만, 어차피 영화도 사람이 만드는 것이기에 뭔가 이상한 어긋남이 있는 게 어느 순간 더 재미있게 느껴져요. 그런 인서트 쇼트들은 워낙 짧기도 하니까 싫으면 그냥 쓰윽 지나가셔도 될 거란 마음도 없지 않고요.

– 근데 이 음악 어디서 들어본 것 같은데?
– 내가 여길 미리 본 건가? 이게 바로, 바다?
〈전우치〉의 마지막 장면에 등장하는 열대의 바닷가에서 임수정과 강동원이 기청감과 기시감을 느끼면서

이동진_ 그런데 사실 그전까지의 흐름을 급격히 역행하거나 본격적인 액션을 펼치기 전에 레코드판의 카트리지가 돌아간다든지, 한 면의 음악이 다 흘러나온 카세트테이프 플레이어가 오토리버스 기능으로 뒷면을 틀기 시작한다든지 하는 모습을 인서트 쇼트로 넣어 리듬에 악센

트를 주는 방식은 박찬욱 감독님이 무척 애용하는 방법이기도 합니다. 〈공동경비구역 JSA〉와 〈박쥐〉와 단편 〈컷〉에 모두 그런 인서트 쇼트들이 들어 있죠.

최동훈 — 음, 박 감독님께 물어봐야겠네요. 사실 그런 건 매우 우아한 방식이죠. 니콜라스 레이의 〈자니 기타〉에 매우 인상적인 장면이 나와요. 양측이 바에서 대립하고 있는 일촉즉발의 상황에서 누군가가 위스키를 잔에 따라 마시고서 딱 놓는데, 그 잔이 빙글빙글 돌기 시작하는 거예요. 잔이 그렇게 돌다가 밑으로 떨어지면 총격전이 한바탕 벌어질 것만 같은데, 그 순간 자니 기타가 그 잔을 딱 잡아서 세워놓고 양측을 중재하는 거죠. 그런 건 할 수만 있다면 참 좋은 디테일이에요. 그럴 때 '아니, 잠깐만요'라면서 자니 기타가 대사를 치고 나와도 스토리 흐름으로는 무리가 없지만 그다지 인상적일 게 없겠죠. 영화는 스토리의 싸움이고 은유의 싸움이기도 하지만, 그런 사소한 디테일의 싸움일 수도 있어요. 그래서 제가 박찬욱 감독님 영화를 굉장히 좋아하기도 하죠. 예전에는 그랬는데, 아내가 〈박쥐〉의 프로듀서를 한 이후로는 굉장히 굉장히 극진히 좋아하게 됐어요.(웃음) 저는 〈박쥐〉야말로 형식과 주제가 딱 맞아떨어진 영화라고 생각해요. 영화를 공부하는 친구들이 그 작품을 보면서 학습하면 정말 많이 배울 거라고 봅니다.

— 걔가 줄 하나는 기가 막히게 타지. 날아다니잖아?
〈도둑들〉에서 장물아비가 마카오박에 대해 언급하면서

이동진 강동원 씨는 액션에 소질이 있는 배우라고 느끼셨습니까?

최동훈 — 운동신경이 좋아요. 하지만 본질적으로는 배우로서 실제 본인이 전우치라고 느꼈으니까 그런 와이어 액션 연기가 가능했을 거예요. 와이어를 열여섯 줄 매고 찍을 때면 대체 우리가 뭘 하고 있는 것인지 막연한 공포 같은 것을 느끼게 되죠. CG를 염두에 둔 장면을 찍을 때면 앞에 아무것도 없는데 요괴가 있다고 치고서 허공에다 대고 액션도 하고요. 그런 장면들을 찍을 때면 영화를 찍고 있다는 느낌보다는 애들끼리 모여서 노는 것 같은 느낌이 들었어요. "여기서는 요괴가 꼬리로 치는 거야"라고 말해주면 동원이가 "꼬리요?"라고 반문한 뒤에 연기하는 식이었으니까요.

이동진_ 촬영할 때마다 정말 힘드셨겠네요.

최동훈_ 편집할 때가 더 힘들었어요. 편집을 해야 거기에 맞춰서 CG를 할 수 있는데, 보이지 않는 것들을 가지고 편집을 끝내야 했으니까요. 〈전우치〉의 편집기사가 바로 직전에 〈해운대〉를 맡아서 그나마 천만다행이었죠. 촬영장에서 가장 듣기 싫은 소리가 크레인 시동 거는 소리였어요. 그 소리가 들리면 언제나 와이어 장면을 찍어야 하니까요. 그런데 사람이 하다 보면 간이 점점 더 커진다고 할까요. 시간이 갈수록 저도 모르게 더 어려운 걸 요구하게 되더라고요. 함께 찍어보니까 정두홍 감독님의 액션스쿨팀이 와이어 액션을 정말 잘해요. 마음이 잘 맞으면 '세상에 이런 사람이 있나' 싶을 정도죠.

이동진_ 마음이 안 맞을 때는요?

최동훈_ 치열하게 싸워야 하는 대상이죠.(웃음) 혹시라도 〈전우치 2〉를 하게 되면 정말 보기 좋고 우아한 와이어 액션을 해보고 싶어요. 중국에서 온 스태프들이 와이어를 잘하는 것은 분명히 사실입니다. 그런데 그분들이 장비를 통해 해내는 것을 저희는 다 손으로 일일이 당기거든요.

‒ 우리끼리 그걸 어떻게 잡아요.
‒ 우리끼리 못 잡을 일이 뭐가 있어? 우리가 신선이잖아.
〈전우치〉에서 김상호가 김윤석 없이 어떻게 요괴를 잡냐고 반문하지만 주진모가 자신감을 보이면서

^{이동진} 와이어를 직접 일일이 손으로 잡아가면서 그 모든 장면을 찍으셨군요.

^{최동훈} 정두홍 감독님이 기계 장비로 하면 편하다면서 본인이 돈을 절반 낼 테니 직접 만들어보자고 제안했죠. 그런데 결국 제작비가 모자라서 포기했어요. 120억 원을 들인 블록버스터 영화라고 해서 제작 환경이 넉넉한 건 아닙니다. 2,400만 원 정도면 그 기계를 제작할 수 있었는데, 끝내 하지 못했으니까요. 〈타짜〉 때는 촬영이 다 끝난 뒤 다들 아쉬워했어요. "이렇게 재미있는 촬영이 끝나다니!"라면서 말이죠. 그런데 〈전우치〉 때는 모두가 너무 고생을 했던 탓인지, 종료되니까 다들 후련해하더라고요. (유)해진 씨는 전치 4주의 부상을 당하기도 했으니까요.

^{이동진} 와이어를 그렇게 많이 찍었다면, 혹시 감독님도 타보셨나요?

^{최동훈} 아뇨.

^{이동진} 와이어에 대한 감을 잡기 위해서라도 타봐야 했던 것 아닌가요?(웃음)

^{최동훈} 누가 잡고 있던 줄을 놓으면 어떡해요.(웃음)

^{이동진} 배우들은 잘 적응하던가요?

^{최동훈} 와이어를 처음 타면 꼴이 사나울 수밖에 없어요. 아무리 김윤석 선배에게 허리를 세우라고 주문해도 그게 될 리가 없는 거죠. 그러면 끝난 뒤 와이어에서 내려와서 김윤석 선배가 방금 전 촬영된 내용을 모니터로 체크해요. 그처럼 자신의 모습이 꼴사나웠던 걸 눈으로 확인하면 재촬영에서 어떻게든 허리가 세워져요. 배우들은 결국 그렇게 다 나름대로 자기 자신의 느낌에 맞게 만들더라고요.

^{이동진} 배우는 그런 사람들이군요.

^{최동훈} 배우는 그런 사람들이에요.

— 실수하지 마요. 다 듣고 있으니까.

– 어이 어이, 지금 내 눈에서 광선 나오는 거 보이지? 연기 똑
  바로 잘해.
  〈도둑들〉에서 김혜수와 전지현이 도청 장치를 장착한 채 김윤석을 만나러 가는 채국희를
  몰아붙이면서

이동진_ 그렇다면 이제 배우들에 대해 질문을 드리고 싶습니다. 감독님
영화에서 가장 감탄스러운 것들 중 하나는 배우들과의 커뮤니케이션
입니다. 사실 저는 현장에서 연기 연출을 하시는 걸 직접 본 적이 없기
에 실제로 어떻게 지시하거나 소통하는지 모릅니다. 하지만 영화를 볼
때마다 느껴지는 것은 배우들이 굉장히 좋아하면서 연기를 했구나, 모
두들 최동훈 감독 영화에 나오고 싶어 하는구나, 같은 것들입니다. 실
제로 배우들을 만나서 감독님에 대해서 물어보면 다들 최고의 찬사를
늘어놓더라고요. 배우들로부터 그런 연기와 반응을 끌어내실 수 있는
비결 같은 건 어떤 걸까요.

최동훈_ 그게 참, 저도 모르겠어요.(웃음)

이동진_ 본인 입으로 이야기하기가 쑥스러우시죠?(웃음)

최동훈_ 배우를 대할 때 어떠해야 한다고 의식해본 적은 한 번도 없어요.
저는 영화를 하기 전에는 별로 근면한 사람이 아니었습니다. 한량 기질
도 있어서 1년의 반은 놀아야 되는 타입이었죠.

이동진_ 워커홀릭은 아니셨군요.

최동훈_ 그런데 영화를 하면서부터 사람이 좀 워커홀릭으로 변해가더라
고요. 준비를 많이 하지 않으면 제대로 찍을 수 없다는 걸 알게 된 거예
요. 그리고 나서 제가 현장에서 보여주게 되는 것은 아마도 그저 뛰어
다니면서 일을 죽어라고 열심히 하는 모습 정도인 것 같아요. 배우들하
고 이야기를 많이 하죠. 그런데 구체적인 연기에 대해서 아주 디테일하
게 얘기하지는 않아요. 그냥 배우 입장에서는 '저 사람이 일을 저렇게
열심히 하니까 나도 열심히 해야 되나' 싶은 생각이 드는 건가.(웃음)

대중영화에서는 최적의 배우를 캐스팅하면
이미 절반가량은 끝난 거라는 생각이 들 때가
가끔 있습니다. 감독님은 배우에 대한 감이
유달리 뛰어나신 것 같은데
어떻게 캐스팅하십니까.

캐스팅이 정말 영화의 절반일 거예요. 감독이 원한다고 해서 캐스팅이 맘대로 되는 건 아니잖아요? 그러니 마음에 두었던 배우들과 함께하게 되면 정말 운이 좋은 거죠. 저는 캐스팅하고 싶은 사람이 있으면 그 배우에 대한 판타지를 속으로 키워갑니다. 그 사람이 제가 쓴 대사를 말하면 어떻게 될까 상상하는 거죠. 저는 제 상상력을 자극하는 배우가 좋습니다.

― 키스 잘하던데? 입술에 힘 쭈욱 빼고, 즐기면서.

〈도둑들〉에서 전지현이 마스터키를 빼내기 위해 카지노의 남자 매니저와 키스까지 해낸
김수현의 등을 토닥이며 장난스럽게

이동진_ 메이킹 필름들을 보면 중간중간 감독님이 잠깐씩 나오는데도 불구하고 배우들에게 굉장히 잘하시는 게 보이는 듯합니다. 배우에게 강하게 요구할 때나 혹은 배우의 기분을 맞춰줄 때나 모두 그러시는 것 같더라고요. 칭찬을 잘하는 것도 정말 어려운 능력인데 그 점에서도 뛰어나신 것 같습니다.(웃음)

최동훈_ 칭찬 잘하죠, 저.(웃음)

이동진_ 그렇더라고요. 〈도둑들〉 메이킹 필름에서 이정재 씨에게 칭찬하는 걸 봤거든요. 실제로 배우들을 굉장히 좋아하시는 것 같은데 그걸 또 상대방이 느끼니까 그런 연기나 태도가 나오는 것이겠죠. 감독을 믿게 된다고 할까요.

최동훈_ 결국 제가 하고 싶은 걸 보여줄 수 있는 사람은 배우니까요. 사실 감독은 애초에 배우와 생각이 다르죠. 그러니 함께 맞춰가는 게 제일 좋을 거예요. 그래서 귀도 많이 열어놓아요.

이동진_ 제가 볼 때 한없이 너그러운 분은 아니실 것 같은데요.

최동훈_ 그럼요. 너그러우면 영화를 못 찍죠.(웃음)

― 이걸 내가 왜 읽어야 되죠?
― 나이 한 살 더 묵은 사람이 읽어보라카믄 좀 읽어봐라.

〈범죄의 재구성〉에서 염정아가 수사에 비협조적으로 나오자 형사인 천호진이 짜증을 내며

이동진_ 그러면 촬영 현장에서 배우들과 의견이 다를 때는 어떻게 하시는지요.

최동훈_ 설득하려 하죠. 그게 실패하면 배우가 혼자 우겨서 연기를 하게 되는데, 그런 경우는 많지 않았어요. 웬만하면 감독이 원하는 대로 연기해주더라고요. 배우의 연기가 정말 마음에 안 들 때도 있었어요. 그럴 때는 일단 촬영한 뒤 편집에서 빼죠. 한참 시간이 흐른 뒤 다시 찍는 경우도 있고요. 설득에 실패하면 언성이 높아지기도 하는데, 제가 근본적으로 꿈꾸는 것은 그런 이견이 없도록 하는 겁니다. 제임스 카메론이 "감독은 물이 담긴 유리병에 떨어져 퍼진 잉크 한 방울을 다시 한 점으로 모으는 사람이다"라고 말한 적이 있어요. 배우에게 사정하기도 합니다. 그 과정에서 제가 오히려 설득 당하기도 하고요. 그럼에도 불구하고 아니라는 확신이 들면 계속 다시 찍습니다. 감독으로서 부릴 수 있는 술수는 다 부리는 셈이죠.

— 너 맨날 가고 싶은 데 있었잖아.
〈전우치〉에서 염정아가 임수정에게 비아냥대면서

이동진_ 스태프들에게는 어떤 걸 바라시나요.
최동훈_ 규모가 큰 장면을 찍을 때는 스태프와 배우들, 매니저들까지 합치면 현장에 150명이 있을 때도 있어요. 그런데 그 150명이 모두 영화를 찍고 있는 건 아니에요. 차례로 일을 하게 되는 상황이 많기에 한 40명 정도가 돌아가면서 일을 하는 거죠. 순서를 바꿔가면서 집중력을 발휘하는 형태잖아요. 그때 제가 원하는 건 우리 모두가 열심히 후회 없이 이 장면을 찍고 있다고 다들 느끼는 거예요. 분명히 영화라는 게 합의는 아닌데도 불구하고, 다같이 우리가 뭔가를 만들어내고 있다고 느낀다면 그게 최상의 순간이라고 봅니다. 그리고 함께하는 사람들이 그렇게 믿어야 제가 하려고 하는 걸 할 수 있으니까요.

— 우리 어머니가 이런 얘기를 했어요. 니 사주에 여자를 조심
 해라. 뭐, 그렇다고 외국에서도 조심해야 됩니까? 그냥 식
 사 한 번인데? 예습니까, 놉니까?
— 정말이지, 도저히 노라고 말하기 힘들게 만드시네요.
  〈도둑들〉에서 비행기에서 만난 신하균이 적극적으로 접근해오자 김혜수가 못 이기는 척
  받아들이며

이동진— 연기에 대해 구체적으로 요구할 때는 어떻게 하십니까. 강동원
씨의 말을 직접 들어보니, 이미지나 감정이 아니라 대사의 톤이나 스토
리의 단계를 들어서 연기 디렉션을 하신다면서요?

최동훈— 저는 배우에게 감정을 설명하지는 않아요. '화난 듯 말해주세요'
라고 하는 대신, '뺨을 치고 싶은데 때리지 않고 있는 듯한 느낌으로 연
기해주세요'라고 주문하는 식이죠. 사실 그렇게 하면 사람들이 잘 알
아듣지 못해요. 그래서 쉽게쉽게 하려고 노력하기도 하죠. 저는 연기가
너무 표현화되는 걸 싫어합니다. 배우가 너무 딱딱 떨어지게 표현하는
걸 좋아하지 않는다고 할까요. 그리고 움직임은 배우에게 맡겨두는 편
이지만, 대사를 소화하는 방식에 대해서는 구체적으로 주문하는 편이
에요. 물론 외형적인 것들로 지시하고는 하는 저도 테이크가 지속되면
감정에 대해 이야기를 하기도 합니다. 다만 처음부터 감정을 말하지는
않아요.

이동진— 〈전우치〉에서의 강동원 씨는 좀 예외적이지만, 감독님 영화에서
배우들은 대부분 말투가 빠른 편입니다. 배우들이 서로 말을 나눌 때도
말과 말 사이의 간격이 상당히 좁죠. 이런 특징은 상당히 많은 대사량
과 무관하지 않을 것 같습니다. 영화 자체의 스피드를 올리기 위한 방
식인 것도 같고요.

최동훈— 저는 대사 사이사이에 숨 쉬는 걸 싫어해요. 예를 들어 제가 참 싫
어하는 스타일의 연기가 "왜 그랬어요?"라는 대사를 말할 때, "왜"라고 내

뱉은 뒤 잠시 끊고서 다시 "그랬어요?"라고 붙이는 식의 대사법이에요.

이동진_ TV 드라마에서 특히 그렇게 양식화되어 있는 경우가 정말 많죠.

최동훈_ 〈범죄의 재구성〉 시나리오를 쓸 때 〈원초적 본능〉을 다시 보면서 무척 의아했어요. '어떻게 이 영화의 러닝타임이 채 두 시간이 안 되지?' 싶었던 거죠. 96신 정도 되는 그 영화는 제가 초시계로 일일이 재어봐서 아는데 대사량이 장난 아니게 많았거든요. 우디 앨런 작품의 시나리오는 한국영화의 경우와 비교하면 거의 네 배 분량이에요. 그런데 똑같은 분량의 시나리오로 한국에서 찍으면 분량이 더 늘어날 수밖에 없어요. 한국말이라는 게 말과 말 사이의 간격이 좀더 필요한 언어이거든요. 한국말이 본래 좀 느려요. 제가 백윤식 선생님께 가장 많이 했던 요구가 대사를 빨리 해주십사 하는 거였죠. "이번 대사는 1분 30초로 나왔는데 1분 정도로 줄여주시면 오케이입니다"라고 말하는 식이었어요. 그런데 그렇게 속도를 빨리 해서 1분으로 줄이면 대사가 맛이 없어지는 경우가 많더라고요. 한국어는 그 속에 쉼표가 많이 들어 있는 것 같은 느낌이라고 할까요.

– 내 말 들려? 빨리 나와!

〈도둑들〉에서 함께 금괴를 훔치는 과정에서 망을 보던 이정재가 경찰이 다가오는 것을 보고 김혜수에게 무전기로 다급하게

이동진_ 속도감을 중시하는 감독님으로서는 쉽지 않은 장애물일 것 같은데요?

최동훈_ 영화를 만들 때마다 그것 때문에 고민을 많이 하죠. 어떻게 하면 말을 빨리 하면서 어색하지 않을까에 대해 거의 스토리만큼 고민하는 듯해요. 제가 배우들의 말투에 일일이 간섭하는 경향이 있는데, 어떡하겠어요, 그냥 두면 러닝타임이 계속 늘어나는데요. 저는 제 영화에서

배우가 대사를 빨리 처리하는 것뿐만 아니라 바로 맞받아치는 것도 무척 좋아해요. 나머지 표현들은 리액션을 할 때 보여주기를 바라고요. 그래야 시간적인 누수가 줄어들기 때문이죠. 기본적으로 제가 쓰는 시나리오는 두껍거든요. 이렇게 일일이 제어하지 않으면 제 영화는 러닝타임이 거의 세 시간으로 나올 거예요. 남들에게는 상당히 쫀쫀해 보이겠지만, 영화라는 게 사실 굉장히 쪼잔한 작업이죠. 쩨쩨한 사람만이 영화를 잘 찍을 수 있는 듯해요.(웃음)

— 사기라는 게, 털어먹을 놈이 테이블에 앉아 있다, 그럼 끝난 거예요. 문제는 테이블에 앉히기 위해서 우리가 얼마나 공을 들이느냐.

〈범죄의 재구성〉에서 이문식이 사기의 기술에 대해 설명하며

이동진_ 대중영화에서는 최적의 배우를 캐스팅하면 이미 절반가량은 끝난 거라는 생각이 들 때가 가끔 있습니다. 감독님은 배우에 대한 감이 유달리 뛰어나신 것 같은데 어떻게 캐스팅하십니까.

최동훈_ 캐스팅이 정말 영화의 절반일 거예요. 감독이 원한다고 해서 캐스팅이 맘대로 되는 건 아니잖아요? 그러니 마음에 두었던 배우들과 함께하게 되면 정말 운이 좋은 거죠. 저는 캐스팅하고 싶은 사람이 있으면 그 배우에 대한 판타지를 속으로 키워갑니다. 그 사람이 제가 쓴 대사를 말하면 어떻게 될까 상상하는 거죠. 예를 들어서 김혜수 씨의 경우, 캐스팅하기 전에 어떤 식당의 옆 자리에서 말하는 걸 계속 듣게 됐어요. 그때 속으로 그런 상상을 했죠. 저는 제 상상력을 자극하는 배우가 좋습니다.

이동진_ 캐스팅을 한 뒤 현장에서 촬영할 때는 어떤 배우가 좋은가요.

최동훈_ 기계적인 배우들보다는 여유 있고 창의적이면서 필요할 때는 감

독에게 "이 신은 좀 문제가 있는 것 같아요"라고 말해줄 수 있는 배우들을 더 선호해요. 시나리오를 쓰다 보면 제가 써놓고도 느낌을 표현하기 참 어렵다는 생각이 드는 대목이 있어요. 그럴 때 좋은 배우들은 리허설을 하면서 시나리오에 쓰여진 대로 연기해보다가 뭔가 좀 이상하다 싶으면 틈을 메우기 위해 스스로 뭔가를 만들어내죠.

— 나, 오후면 좀 나른해지거든요. 고양이같이.
〈범죄의 재구성〉에서 자신의 습성에 대해 말하는 염정아

이동진_ 〈범죄의 재구성〉에서 염정아 씨는 정말 고양이 같습니다. 창호의 은행 비밀번호가 뭔지 추측하다가 혼자 담배를 들고 춤추면서 걸어갈 때의 모습이 무척 인상적이었죠. 거울을 쳐다보면서 팜므 파탈과 같은 표정을 지을 때도 그랬고요. 실제로 〈전우치〉에서 염정아 씨는 고양이 울음소리를 흉내 내기도 하죠.
최동훈_ 저는 염정아 씨가 연기한 서인경이 팜므 파탈 캐릭터는 아니라고 생각해요. 그녀는 남자를 망치는 악녀가 아니라 그저 또 한 명의 사기꾼인 거죠. 다만 그 여자가 사기를 치는 방식이 자신의 여성적 매력을 이용하는 것일 뿐이에요.

— 다음에 또 만날래요?
〈전우치〉에서 빨간 머리의 여자가 클럽에서 함께 춤추던 유해진에게

이동진_ 배우로서 염정아 씨는 〈장화, 홍련〉에 이어 〈범죄의 재구성〉 연기로 다시금 전성기를 맞았죠. 〈전우치〉에서 좀더 코믹한 모습으로 감독님과 다시 함께하기도 했고요. 염정아 씨와의 작업은 어떠셨나요.

최동훈 〈범죄의 재구성〉 촬영에 들어가기 전에 염정아 씨에게 서인경은 일관성이 없는 게 특징인 캐릭터라고 말했어요. 어떤 때는 아주 여성적이었다가 또 어떤 때는 매우 터프하죠. 그런데 염정아 씨에게도 그런 면이 있어요. 함께 식사도 하고 분장실에서 장난치고 놀기도 하면서 몇몇 모습을 인상적으로 기억해뒀죠. 그러다가 서인경이 형사에게 딱딱하게 굴 때의 모습이나 창호에게 애교를 부려야 할 때의 모습을 찍을 때가 되면 "그때, 왜, 분장실에서 이러저러한 말을 했을 때의 그 톤으로 해야 할 것 같아요"라고 말하곤 했던 겁니다.

이동진 그렇게 말씀하시면 배우가 놀랄 것 같은데요.(웃음)

최동훈 그런 주문을 들었을 때 염정아 씨가 그러더라고요. "그러면 감독님, 그런 걸 계속 관찰하고 있었던 거예요?"(웃음) 그 말에 이어 염정아 씨가 극 중에서 혼자 있을 때는 어떻게 연기해야 하냐고 묻길래 건들건들 천방지축의 느낌으로 해달라고 했죠. 조신함이라고는 전혀 없는 인물이니까요. 사실 염정아 씨를 캐스팅한 것은 제가 손과 발이 긴 여자를 좋아하기 때문입니다. 우아해 보이잖아요. 그에 비하면 제 아내는 팔다리가 좀 짧죠.(웃음)

이동진 이 인터뷰를 보지 못하셔야 할 텐데요.(웃음)

최동훈 뭐, 제 아내도 이상형은 꽃미남이었다고 하니까요.(웃음)

— 자고로 여인은 뒤태가 아름다워야 하는 법이지.
  〈전우치〉에서 강동원이 임수정을 몰래 보쌈하는 일을 하기 전에 유해진과 술을 마시면서

이동진 감독님은 확실히 길쭉한 여자의 우아한 뒷모습을 무척 좋아하시는 것 같습니다. 〈타짜〉의 김혜수 씨나 〈범죄의 재구성〉의 염정아 씨 모두 극 중에서 두 팔을 길게 뻗어 스트레칭을 하는 뒷모습이 영화에 인상적으로 담겨 있죠. 김혜수 씨는 고니와 하룻밤을 보낸 뒤 침대에 앉

아 대화를 나눌 때 그렇게 하고, 염정아 씨는 창호에게 로또가 꽝이 됐다고 말하면서 운동복 차림으로 서점 문 앞에서 스트레칭을 하잖아요. 심지어 〈범죄의 재구성〉 포스터에서도 염정아 씨는 최대한 길쭉하게 보이도록 포즈를 취하고 있죠. 〈도둑들〉에서도 전지현 씨가 길쭉한 팔과 다리를 이용해서 몸을 쭈욱 펼치는 동작들이 인상적으로 담겨 있습니다. 전지현 씨의 스타 이미지 자체가 그런 쪽에 있기도 한데, 〈도둑들〉에서는 고층에서 뛰어내릴 때 바로 그런 동작을 취하죠. 아울러 그 영화에서 전지현 씨는 어딘가로 옮겨갈 때 마지막 마무리 동작을 긴 다리로 합니다. 갑작스러운 경찰의 방문으로 인해 초반에 우루루 피할 때 마지막으로 전지현 씨가 나가면서 발로 문을 닫는 장면이 그렇죠. 나중에 환풍구로 올라갈 때도 발을 이용해 좁은 문을 살짝 닫는 동작에서 쇼트가 끝나고요. 어두운 실내에서 감지등을 켜기 위해 두 팔을 길게 쭈욱 뻗는 장면 역시 마찬가지 맥락입니다. 김혜수, 염정아, 전지현 씨는 원래 키가 다 큰 배우인데 그 큰 키를 이용해 더욱 길쭉하게 보이도록 하는 동작을 화면에 즐겨 담으신다고 할 수 있겠죠. 그렇지 않아도 이 질문을 드리려고 했는데, 손발이 긴 여자가 좋다고 먼저 고백을 하셨네요.(웃음)

최동훈_ 음, 그런 것 같긴 해요.(웃음) 고양이나 표범이 나른하게 몸을 쭉 펼 때의 모습 같은 것을 좋아하거든요. 남자 감독이 영화에서 여배우를 캐스팅할 때 자신의 이상형으로 선택하는 경향이 있는 것 같아요. 제 이상형은 팔다리가 긴 여자였거든요. 저는 보디랭귀지도 대사라고 생각해요. 그런 모습들도 뭔가를 말하고 있다는 거죠. 그 스트레칭은 마치 100미터 달리기를 하기 직전에 선수가 몸을 푸는 동작과 같은 것일 겁니다. 그 장면들이 지나면 두 여자가 싸움을 하러 가야 하는 상황에서, 그 직전의 나른함을 표현하는 거죠. 거기에 제가 좋아하는 여성의 모습이 있는 것도 사실인 듯해요. 그리고 〈타짜〉에는 김혜수 씨가 책상에 올라앉아서 발을 흔드는 장면이 나오는데, 저는 여자가 그렇게 발을 흔드는 걸 초등학교 1학년 때부터 좋아했던 것 같아요. 이런 거 들키니까 굉장히 창피하네요. 그래도 제 영화 속에서 여자가 스타킹을 신고서 식탁을 기어 다니는 장면 같은 것은 없잖아요?(웃음) 페데리코 펠리니는 그런 장면도 참 과감히 쓰던데 말이죠.

– 보통 이런 상황에서 여자들은 굉장히 당황할 거야. 그렇지만 난 아니야. 왜? 어렸을 때부터 이런 일이 종종 있었기 때문이지.
〈도둑들〉에서 전지현이 갑자기 자신을 끌어당겨 키스한 김수현에게 짐짓 태연한 목소리로

이동진_ 〈도둑들〉에서 가장 인상적인 액션 연기는 김윤석 씨가 후반부에서 담당하지만, 사실 그 영화에서 그전까지 액션의 상당 부분은 여자 배우들이 해냅니다. 김혜수 씨가 차에 탄 채 물 속에 빠지는 연기를 한다든가 전지현 씨가 줄을 타거나 고층건물에서 다이빙하듯 뛰어내린다든가 하는 식이죠.

최동훈_ 저는 산에 올라가는 여자들이 정말 섹시하더라구요.(웃음) 여배우들을 위한 영화를 만들어야겠다고까지 결심한 것은 아니지만, 내 영화에서 여배우의 영역을 좀더 넓혀봐야겠다는 생각은 해요. 액션을 할 때 여자 캐릭터가 어떤 순간에서는 남자 캐릭터보다 더 매력적일 수 있는 거예요. 저 역시 관객으로서 줄을 타는 여자 도둑을 보고 싶은 거죠. 여자가 해내는 액션에는 감정이 더 많이 투여되는 거 같기도 하고요.

– 너, 도박의 꽃이 누군 줄 아니?
〈타짜〉에서 백윤식이 조승우에게 김혜수에 대해 언급하면서

이동진_ 김혜수 씨는 〈타짜〉에서의 연기를 통해 매우 큰 성과를 얻었습니다. 배우의 오랜 갈증을 감독이 최적의 방식으로 해갈시켜준 것 같다는 인상이었죠. 그 영화에서의 정마담 연기만큼 파워풀한 모습을 김혜수 씨가 이전에 영화에서 보여준 적이 없었는데요, 김혜수 씨를 이 영화에 기용한 것은 결과적으로 볼 때 타입 캐스팅이었던 것으로 압니다.

최동훈_ 그런데 다들 처음에는 정마담에 어울리지 않는다고 생각했어요. 그전에 했던 영화 〈얼굴 없는 미녀〉의 영향이었던 것 같습니다. 그 작품이 공포영화니까 김혜수 씨를 캐스팅하면 관객들이 좀 무서워하지 않겠냐고 반문하는 사람도 있었어요. 조승우 씨와 어울릴지에 대해서 의문을 표하는 분들도 있었고요. 영화가 공개되고 나서 타입 캐스팅이란 말을 듣게 된 것이 저로서는 무척 기분 좋은 일이죠. 사실 김혜수 씨를 처음 보았던 건 영화제 시상식에서였는데 정말 아름답고 굉장한 포스가 있었어요. 감히 다가가서 인사하기 어려운 느낌이라고 할까요. 먼 훗날 다른 자리에서 만났는데, 눈을 마주치지 못하겠더라고요. 그런데 이전에 함께 작업을 해서 친했던 김지운 감독님과 혜수 씨가 팔짱을 끼고 나가는 게 아니겠어요. 그때 혜수 씨랑 다음 영화를 해야겠다고 생각했죠. 그러면 나랑도 팔짱을 껴주겠지.(웃음)

이동진_ 과연 껴주던가요?(웃음)

최동훈_ 보람이 있었죠.(웃음) 캐스팅을 위해 처음 만났을 때는 커피만 마시면서 7시간 동안 이야기를 나눴어요. 〈타짜〉에서 김혜수 씨를 꼭 캐스팅하고 싶었던 것은 이전에 김혜수 씨가 정마담 같은 배역을 단 한 번도 안 했다는 점이었어요. 저로서는 의아스러울 정도였죠.

이동진_ 함께 작업해보니, 김혜수 씨는 어떠셨습니까.

최동훈_ 굉장히 정의로운 사람이에요. 불의를 보면 참지를 못하죠. 인간적인 매력이 많습니다. 배우로서는 지지 않으려는 게 있어요. 다른 배우들과 경쟁하려 한다는 게 아니라 스스로가 그래요. 함께 등장하는 배우가 좋은 연기를 펼치면 그 모습에 놀라면서 자신은 어떻게 해야 하는

지에 대해 무척 많이 고민하더군요. 나중에는 감탄스러웠지만 사실 처음에는 좀 불안했어요. 〈타짜〉의 경우에는 촬영이 시작된 후 3주가 지나서 합류했거든요. 그 사이에 백윤식 선생님과 조승우 씨는 이미 오랜 기간 호흡을 맞춘 상황이라 김혜수 씨가 당황했죠. 한의사가 진맥만 짚고도 환자의 상태를 알 듯, 배우들끼리는 상대를 알아보거든요. 혜수 씨는 인생의 풍파를 겪지 않고 평온하게 살아온 게 자신의 콤플렉스라고 말하더라고요. 영국 왕실 배우들이 대부분 그렇게 평탄한 인생을 살았죠. 반면에 미국 쪽 메소드 배우들은 거칠게 살았고요.

이동진_ 말하자면 로렌스 올리비에와 말론 브랜도의 차이군요.

최동훈_ 그렇습니다. 김혜수 씨는 워낙 지적인 배우라서 카트린느 드뇌브 같은 연기자가 되면 좋을 것 같다고 제가 말한 적이 있어요.

— 탈도 좋아야 되고 태도 좋아야지. 움직일 때는 우아하고 막 여기서 격정 같은 게 올라오고 유혹하는 눈빛도 있어야 되고.

〈전우치〉에서 극 중 감독이 여배우의 바람직한 연기에 대해

이동진_ 〈타짜〉에서 김혜수 씨는 파격적인 누드 연기를 보였습니다. 그때 어떻게 찍으셨습니까.

최동훈_ 시나리오에는 딱 한 줄이었어요. '침대 위에서 이야기하는 둘.'(웃음) 다른 이야기를 하던 중에 김혜수 씨가 마치 별로 중요하지 않다는 듯이 그 장면은 어떻게 찍을 거냐고 슬쩍 묻더라고요. 그래서 제가 직접 책상 위에 올라가서 조승우 씨와 김혜수 씨가 취해야 할 자세를 보여줬죠. 걸어가는 모습까지요. 그러자 김혜수 씨가 딱 한마디 하더군요. "살 좀 빼야겠네."(웃음) 저는 사실 그 누드 장면이 관객들을 놀라게 할 거라고는 생각하지 않았어요. 어린 고니를 대담하게 한 번에 잡아버

리는 그 장면이 없다면 정마담이란 캐릭터의 무게가 생길 수 없을 거라고 생각했던 것뿐입니다. 김혜수 씨도 그 장면을 찍고 나서 정마담이 어떤 여자인지 알았다고 말하더군요. 배우가 벗는다는 것은 굉장히 민감한 문제죠. 어떤 면에서는 용기일 수도 있고 몰입일 수도 있어요. 또 어떤 면에서는 정치적 판단도 있을 수 있고요. 그런데 그게 드라마에 결정적인 도움을 준다면 저는 언제라도 배우를 설득할 것 같습니다. 흔쾌히 응해준 혜수 씨에게 고맙죠. 만드는 사람에 따라서는 두 남녀가 어떤 행위를 벌이는 장면을 직접 찍을 수도 있겠죠. 그렇지만 저는 그런 설정이 찍기가 너무 어려울 것 같았고, 〈타짜〉라는 영화에 맞지도 않는다고 봤어요.

이동진_ 그날 촬영장 분위기가 묘했겠네요.

최동훈_ 쥐 죽은 듯 침묵 속에 굉장한 흥분이 있었죠. 김혜수 씨는 그 장면 다 찍을 때까지 점심도 안 먹었어요.(웃음) 그 장면에 수긍이 가지 않았다면 아마도 혜수 씨가 저를 설득하려 했을 거예요.

이동진_ 〈타짜〉에서와 〈도둑들〉에서의 김혜수 씨 연기를 비교해보시면 어떨까요. 대중적으로는 〈타짜〉의 정마담이 훨씬 더 임팩트가 강했는데요.

최동훈_ 정마담이 더 강렬한 캐릭터라는 건 저도 알아요. 그런데 제게 김혜수 씨의 연기는 〈도둑들〉이 더 좋았어요. 연기라고 하는 건 굉장히 많은 걸 함께 포함하거든요. 화면 안에서 어떻게 존재하는가와 어떻게 말하는가도 있지만 뭔가를 말하지 않는 것도 있는 거죠. 영화가 끝났는데도 저는 계속 팹시가 생각나요. 거기에 뭔가 제가 좋아하고 그리워하는 것들이 투사가 되어 있는 것 같기도 해요. 시나리오에 쓰여 있는 것보다는 혜수 씨가 월등히 잘했죠. 시나리오에는 좀 미진했던 부분도 있었던 것 같습니다.

– 누구예요? 보디가드?

- 고니라고, 내일 선수로 뛸 아이. 난 바람이나 잡고.
- 그렇게 실력이 좋아요?
- 탈이 좋잖아.
- 그냥 젠틀해 보이는데.

<타짜>에서 김혜수와 백윤식이 조승우에 대해 나누는 대화

이동진_ 조승우 씨가 연기를 잘한다는 건 이미 정평이 난 사실이지만, <타짜>에서는 특히나 인상적이었습니다. 사실 조승우 씨의 이미지와는 상당히 다른 배역이었는데요.

최동훈_ <하류인생> 같은 예외도 있긴 했지만, 조승우 씨는 일반적으로 젠틀한 역할을 연기하잖아요? 그런데도 저는 이상하게도 시나리오를 쓸 때부터 조승우라는 배우가 고니 역할을 하는 게 맞다는 느낌이 들더라고요. 가는 선과 굵은 선을 함께 갖고 있는 배우랄까. 좀 무심한 태도 같은 것도 있는 반면에 귀여운 면모도 있죠. 처음에 조승우 씨를 떠올렸던 것은 남들이 화투를 치고 있는 곳에 들어가 고니가 작두를 쥐고서 깽판 치는 장면을 썼을 때였어요. 그걸 조승우 씨가 하면 재미있겠다고 생각했죠. 조승우 씨라면 순진하고 조금 어리숙해 보이는 소년에서부터 아주 날카로운 타짜까지 다양한 모습을 해낼 수 있을 거라는 느낌이 있었어요. 일단 연기력이 출중한데다가 얼굴이 어떻게 보면 순진해 보이고 또 어떻게 보면 비열해 보인다는 장점까지 있죠. 어떻게 보면 알랭 들롱인데 또 어떻게 보면 알 파치노라고 할까요. 제게 조승우 씨는 천의 얼굴을 가진 배우였어요.

이동진_ 그 깽판 치는 장면에서 조승우 씨가 사용하는 흉기가 하필 작두라는 것도 흥미로웠습니다.

최동훈_ 허영만 선생님 원작에서 고니가 '지리산 작두'라는 별명으로 불리는 게 재미있었어요. 작두의 모양새가 굉장히 위협적인데, 동시에 뭐랄까, 묘하게 낭만적이기도 해요. 칼이나 도끼가 아니라 작두를 휘두른다는 것은 무서우면서도 캐릭터를 독특한 뉘앙스로 덧붙여 설명해주기도 하죠.

이동진_ 조승우 씨는 웃는 모습이 참 매력적입니다. 여성 팬들이 그 미소를 정말 좋아하시는 것 같아요.

최동훈_ 진짜 매력적이죠. 촬영장에서 조승우 씨가 웃으면 다들 기분이 좋아져요. 배우로서 타고난 천재의 기운이 있는 거 같아요. 촬영 현장에서도 평소에는 신발까지 대충 구겨 신은 채 앉아서 탁자에 놓인 과자 중에서 어느 걸 먹을까 궁리하는 소년 같은데, 일단 카메라가 돌아가면 완전히 다른 사람으로 바뀝니다. 감독들이 조승우 씨의 그런 모습에 매료되는 것 같아요. 평소에 만나보면 어린아이 같고 불필요하게 힘을 쓰지 않아서 흐느적거리는 느낌 같은 게 드는데 촬영할 때는 표변한다니까요.

이동진_ 액션 연기를 하는 조승우 씨는 어떤가요. 임권택 감독님의 〈하류인생〉에서 보면 액션도 상당히 잘 소화하는 배우라는 게 느껴지는데요.

최동훈_ 날렵하죠. 예전에 연극을 보러 갔을 때부터 느꼈어요. 무대 위 계단에서 펄쩍펄쩍 뛰어다니더군요. 운동 신경이 좋고 몸이 가벼워서 액션을 아주 잘 소화하죠. 육체적으로나 정신적으로 배우로서 훈련이 잘되어 있는 사람이에요.

– 최창혁이라고? 애는 어때?
– 애는 진국이요. 별명이 혓바닥인데, 구라 좋고 빠꼼하고 도
  박 좋아하고.
   〈범죄의 재구성〉에서 백윤식과 김상호가 박신양에 대해서 나누는 대화

이동진_ 〈범죄의 재구성〉에서 박신양 씨는 특수분장까지 하고 1인 2역을 했습니다. 함께 작업할 때 박신양 씨는 어땠습니까.

최동훈_ 박신양 씨는 그 특수분장을 위해서 매번 다섯 시간씩 꼼짝 않고 앉아 있어야 했어요. 그렇게 모두 22회 촬영을 했는데, 특수분장 때문에 촬영하면서 애를 먹은 적은 단 한 번도 없었죠. 촬영 시간에 언제나 30분 일찍 왔으니까요. 연기에 대한 열의가 대단한 배우죠. 초반에 의견이 조금 달라서 약간 티격태격했는데, 박신양 씨가 신인 감독인 저를 예쁘게 봐줬죠.(웃음) 〈범죄의 재구성〉이 굉장히 특별한 영화가 될 거라면서 많이 격려해줬어요.

— 세르게이? 어, 스트라스워 끄쁘주위스 낫 마니엘 떼빠 슬루셔.

〈범죄의 재구성〉에서 서점 주인인 박신양이 러시아어로 전화 통화

이동진_ 〈범죄의 재구성〉에 러시아어 대사가 나오는 것은 박신양 씨가 러시아 유학을 했다는 사실을 고려했기 때문인 거죠?

최동훈_ 네. 원래 시나리오에는 중국어 대사였어요. 그런데 박신양 씨가 러시아에서 유학을 했기에 제가 상황을 바꿨죠. 한글로 대사를 적은 뒤에 러시아말로 옮겨오라고 주문했어요. 영화 속에서 박신양 씨가 소화한 러시아어가 맞는 건지는 아무도 모르죠.(웃음)

— 아저씨 누구예요?

〈전우치〉에서 임수정이 뭔가 이상하게 행동하는 강동원에게

이동진_ 강동원 씨는 〈전우치〉에서 충분히 빛나더군요. 이 영화에서 처음 강동원 씨를 만나보신 거죠?

최동훈_ 만나기 전에는 정체를 알 수 없어서 참 궁금했어요. 아내가 〈그놈

목소리〉때 같이 일한 적이 있어서 어떤 사람이냐고 물어봤더니 처음에는 좀 서늘했는데 자꾸 보니까 아주 귀엽대요. 본격적으로 시나리오 쓰기에 착수하기 전에 〈전우치〉주인공으로 강동원 씨를 생각하고 있다고 말했더니 이유진 영화사 집 대표를 비롯해 여자들은 다 적극적으로 찬성하더라고요. 그후 캐스팅을 위해 처음으로 만나봤는데, 예상과 달리 느낌이 너무 허술한 거예요.(웃음) 이야기를 나누기에 무척이나 편했죠. 그날 강동원 씨를 만난 후 곧바로 시나리오를 써야겠다고 결심하게 됐어요.

– 키는 크지만 힘은 없어 보이는데?
〈전우치〉에서 강동원이 신분을 감춘 채 위험한 일에 자원하자 마을 아낙네가 퉁명스럽게

이동진_ 함께 작업해보니 강동원 씨는 어떤 배우던가요.

최동훈_ 굉장히 똑똑한 배우입니다. 그 안에 악동 기질과 진지함이 함께 있기도 하고요. 좋은 배우들이 다 그렇듯이, 스스로 이해가 되어야 연기를 할 수 있는데, 그 이해의 방향이 평범한 쪽으로 뚫려 있지 않아요. 분신술을 써서 열 명의 전우치가 나오는 장면을 찍는데, 그 열 명에게 각각 캐릭터를 부여하자고 했더니 정말 좋아하더라고요. 그런데 동원이 혼자 그 열 명을 연기하면서 착한 전우치, 껄렁한 전우치, 꺼벙한 전우치 등의 현장 위치를 머릿속으로 다 기억하고 그걸 고려해서 너무나 진지하게 연기를 하는 거예요.

이동진_ 다른 배우들과의 현장 분위기도 좋았다죠?

최동훈_ 처음에는 좀 경계를 했어요. 다른 배우들은 주로 오래전부터 연기를 해와서 연극 무대 등에서 잔뼈가 굵은 사람들인데, 동원이는 완전히 다른 길을 걸어왔잖아요? 애초에 모습을 드러낼 때부터 스타였으니까요. 그래서 다른 배우들도 처음에는 동원이에 대한 정보가 없으니까

들었던 소문에 따라 서로 막 이야기를 나눴죠. "까칠하다던데?" "거창에서 힘 좀 썼대" 뭐 그러면서요. (웃음)

이동진_ 영화 현장도 다른 일반 직장과 똑같군요. (웃음)

최동훈_ 그런데 촬영이 진행되면서 다들 강동원 팬이 되어갔죠. 동원이는 연기에 대한 자존심도 강해요.

- 제가 그대를.
- 저를? 혹시 저를 마음에 두시고?
- 예. 예?
- 말씀해주세요. 그 마음속에 제가 있나요?

　　〈전우치〉에서 산적들을 물리친 후 강동원이 자꾸 따라오자 임수정이 거듭 재촉해 질문

이동진_ 그러면 역시 〈전우치〉를 통해 처음 함께 일해보신 임수정 씨는 어땠나요.

최동훈_ 저는 인경이라는 배역을 가녀린 느낌을 주는 여배우가 맡기를 바랐어요. 임수정 씨와 함께 작업을 하고 나서 들었던 생각은 그녀가 아니었다면 저 상태에서 저 역할을 그 이상 잘 해낼 수 없었을 거라는 판단이었어요. 촬영하면서 반한 것은 특히 임수정 씨의 연기 디테일들이었죠. 사실 파워풀한 배역은 아닌데 본인 스스로가 조금씩 섬세하게 만들어나가는 게 참 좋았어요. 촬영 기간 중 김윤석 선배와 저, 이렇게 둘이서 '수사모' 회원을 자처했죠. 한국 여배우들 중에서 자유자재로 표정을 지을 수 있는 분이 그리 많지 않아요. 이 영화에서 임수정 씨만 따로 집중해서 본다면 이 연기자가 얼마나 많은 표정을 갖고 있는지 알수 있을 거예요. 저로서는 촬영 때보다 편집실에서 그 사실을 확인하며더 놀랐던 배우였죠.

이동진_ 사실 〈전우치〉에서 인경이란 캐릭터의 비중은 사실 그리 크지 않

습니다. 그 성격상 도드라지기도 어려운 배역이라서 실력을 발휘하기도 쉽지 않죠. 배우 입장에서는 특히 완성된 영화를 보면 아쉬움이 남을 수도 있을 거란 느낌이 들기도 하던데요.

최동훈_ 톱스타 여배우들은 그 정도 분량의 배역이라면 안 하려고 하는 게 보통인데 맡아줘서 고마웠어요. 〈전우치〉에서 마지막 싸움의 종지부를 찍는 중요한 인물이지만, 언뜻 대상으로만 보이는 캐릭터란 점에서도 약점이 있었죠. 임수정처럼 큰 배우에게 주기에는 역할이 좀 작긴 했지만, 그래도 어쩌겠어요. 임수정 씨와 함께 일해보고 싶은데요. 〈전우치〉가 바로 그 기회일 것 같아서 계속 설득했죠. 사실 좀 미안한 마음도 있었어요. 특히 개봉을 맞아 극장에 무대 인사를 갈 때 그랬죠. 무대 인사 공지가 미리 나가면 400석 중 380석가량이 여성 관객인 거예요. 그 여자 분들은 다 동원이를 보러 온 거죠. 무대 인사를 할 때 수정이가 마이크를 잡으면 아름다우니까 객석 곳곳에서 "이뻐요!"라는 소리가 들려오긴 해요. 하지만 잠시 후 마이크가 동원이에게 가면 엄청난 함성이 쏟아지는 거죠. 감독인 저조차도 인사를 계속해야 하나 망설여지는 상황인데 수정이는 어땠겠어요. 그래도 저는 〈전우치〉를 통해 임수정처럼 훌륭한 배우랑 함께 일할 수 있어서 좋았어요.

— 내가 쪼그라들었다고 어떤 씨발놈이 그래, 어?
〈범죄의 재구성〉에서 박신양이 소문을 들먹이며 약 올리자 갑자기 핏대를 올리는 백윤식

이동진_ 〈지구를 지켜라〉에 이어 〈범죄의 재구성〉에서 뛰어난 연기를 선보임으로써 백윤식 씨는 당시 오십대 후반의 나이에 영화배우로 다시금 크게 각광받게 되었습니다. 〈범죄의 재구성〉에서 백윤식 씨의 연기는 정말 대단했죠. 그런데 백윤식 씨는 위에 제가 인용한 대사를 할 때 앞부분에서 천천히 낮게 읊조리다가 욕을 하는 부분에서는 갑자기 홍

분해 마치 목소리를 터뜨리듯 끌어올리는 독특한 말투를 선보입니다. 극 중 부패한 형사에게 욕을 할 때도 비슷한 대사 톤을 보여주죠.

최동훈_ 백 선생님은 술 마시면서 노실 때 그런 뉘앙스가 튀어나옵니다. 3옥타브를 넘나드는 목소리 변절이라고 할까요.(웃음) 그 장면을 찍을 때 처음에는 무게를 잡는 식으로 평범하게 하셨죠. 그래서 제가 그런 내면 연기 말고 외면 연기로 해달라고 부탁드렸더니 그 목소리가 튀어나오더라고요. 그렇게 하시고 나서 본인도 좀 쑥스러우셨던지 "이거 안 쓸 거지?"라고 하시더군요. 그래서 제가 바로 "아뇨, 쓸 건데요"라고 말씀드렸죠.(웃음) 〈범죄의 재구성〉에서의 김선생 캐릭터는 마치 프랑스 배우 장 가뱅처럼 전체적으로 무게중심을 잡아야 하는 게 있었어요. 그런데 그게 늘 한결같기보다는 허점이 있어서 가끔씩 깨졌으면 좋겠다고 생각했죠. 그래서 거론하신 그 장면에서 백 선생님의 조금 우스꽝스러운 면을 찍은 겁니다. 그래야만 김선생이 실은 양아치에 불과하다는 게 드러나니까요. 나중에 그 연기를 스스로 확인하고서 무척 맘에 들어하시더군요. 그런데 저는 〈범죄의 재구성〉에서의 백 선생님 모습도 좋지만, 〈그때 그 사람들〉에서의 연기를 정말 좋아합니다.

이동진_ 저 역시 그렇습니다. 그런데 김선생 캐릭터를 어떻게 표현할 것인지를 놓고 촬영 전에 이견은 없었나요.

최동훈_ 백 선생님이 이전에 TV 드라마 〈파랑새는 있다〉에서 사기꾼 역할을 한 적이 있어서 혹시 비슷한 느낌이 나오지 않을까 싶어 약간 걱정이 됐죠. 백 선생님도 우려가 되셨는지 제게 김선생이 어떤 캐릭터냐고 물으시더라고요. 그래서 제가 "로버트 드 니롭니다"라고 말씀드렸더니, "아닌 것 같은데? 드 니로가 아니라 알 파치노 같은데?"라고 하시더군요. 그 이야기를 들으면서, '아, 이런 게 백 선생님의 유머 스타일이구나' 싶어 바로 수정을 했죠.(웃음)

이동진_ 〈타짜〉의 평경장 연기를 할 때는 백윤식 씨가 북한 사투리를 쓰셨는데, 그 말투가 그 인물의 전사前史를 고스란히 함축하고 있는 듯한 느낌이었죠.

최동훈_ 아주 어렸을 때 전쟁통에 남한으로 내려온 사람인 거죠. 캐릭터가 그런 말투를 사용하면 그에게 구두쇠 같은 면모가 있을 것 같다거나 풍운아처럼 살았을 것 같다는 느낌이 저절로 생겨나게 됩니다. 백선생님이 평안도 사투리로 연기하는 걸 현장에서 들으면 감독으로서 저는 정말 짜릿짜릿해져요. 시나리오를 쓰면서 내가 읽어보면 좀 무미건조한 것 같은 대사들도 백윤식 선생님이 내뱉으면 진짜 맛있는 말이 되니까요. 그런 대사들을 통해 캐릭터를 정말로 사랑스럽게 만들어내시죠. 촬영에 들어가기 전에 사투리 연습하시는 걸 옆에서 커피 마시며 듣다보면 대사 아이디어들이 막 떠오르기도 해요. 〈타짜〉에서 평경장이 하는 말 중에는 그렇게 즉석에서 추가해 만든 대사들이 많았어요.

– 오늘 좀 벌자. 서면 광복동 도련님들이 온댄다. 아, 참. 그리고 오늘 이상한 아저씨 한 명 판에 낄 거야.

〈타짜〉에서 김혜수가 미리 계획을 짜놓은 도박판에 바람잡이로 새로운 도박꾼 유해진이 합류할 것임을 설명하면서

이동진_ 〈타짜〉와 〈전우치〉를 보면 유해진 씨를 높게 평가하신다는 느낌이 그대로 전해집니다. 유해진 씨와는 어떻게 작업을 시작하신 건가요.

최동훈_ 사실은 〈범죄의 재구성〉 때부터 함께하려고 했었죠.

이동진_ 그때는 무슨 배역으로 염두에 두셨나요.

최동훈_ 이문식 선배가 연기한 얼매였어요. 유해진 씨에게 시나리오를 보냈는데 나중에 들어보니 어찌된 일인지 읽어보지 못했다고 하더군요. 그래서 그 대신에 문식 선배와 했는데 정말 좋았죠. 그랬기에 다음 작품으로 〈타짜〉를 시작하면서 문식 선배를 만나 고광렬 역으로 출연 제의를 했는데 스케줄이 안 맞더라고요. '그렇다면 유해진이다'라고 속

으로 생각했죠. 당시 안판석 감독님의 영화 〈국경의 남쪽〉을 찍고 있던 해진 씨를 만나서 이야기를 나누었는데, 그 다음날 안감독님이 전화를 주시더라고요. "고광렬은 유해진이 딱이야"라면서요. 최적의 캐스팅이니 해진 씨가 무척 잘할 거라고 하셨죠. 그런 전화를 이후에 두 통 더 받았어요.

— 저분은 누구신지요?

〈전우치〉에서 임수정이 강동원에게 산적 떼를 물리친 유해진에 대해서 질문

이동진_ 처음 직접 만나셨을 때 느낌은 어땠나요.

최동훈_ 외모의 느낌과 달리 직접 만나 보니 거의 예술가 타입이더군요. 촌에서 자랐지만 아주 생각이 깊은 예술가라고 할까요.(웃음) 제가 현장에서 해진 씨에게 시나리오에도 없던 대사를 계속 줬거든요. 중국 음식점을 하는 고니 엄마를 찾아가 사설을 늘어놓는 장면의 경우, 원래는 몇 줄 안 됐는데 제가 계속 더 추가해서 나중에는 굉장히 긴 대사가 됐죠. 그런데도 순식간에 다 외우더라고요. 정말 똑똑해요. 결국 그 긴 대사를 하나도 안 틀렸을 뿐 아니라, 보통 빠르기로 하면 3분 정도 되는 대사지만 50초 내외로 소화해달라는 제 주문까지 그대로 맞춰서 해냈죠. 그것도 자신만의 호흡으로 소화해서요. 코미디를 잘한다는 것은 감각이 좋다는 뜻인데, 나중에 정말 대단한 배우가 되지 않을까 싶어요. 기회가 되면 정극 연기를 함께 해보고 싶습니다.

이동진_ 유해진 씨에게는 특유의 리듬을 지닌 대사 처리법이 있는 것 같습니다. 연기도 매우 자연스럽고요.

최동훈_ 관객들이 보기에는 연기를 쉽게 툭툭 하는 것 같잖아요? 하지만 유해진 씨는 단 한 번도 고민 없이 연기한 적이 없는 배우예요. 자연스러워 보이기 위해 노력을 무척이나 많이 합니다. 〈전우치〉에서 초랭이

가 암컷인 게 밝혀지는 끝부분 장면을 찍을 때 샴푸를 얼마나 하고 왔던지 머릿결이 아주 부드럽더라고요. 그 장면에서 벗었을 때 머리가 찰랑 떨어지는 맛이 있어야 했는데, 거기에 맞춰서 그렇게 준비해 온 거죠. 그걸 보면서 정말 많이 웃었죠. 유해진 씨는 같이 영화를 찍으면 정말 즐거운 사람이기도 해요. 말씀하신 대로 연기의 호흡도 개성이 강해요. 정확히 문장을 읽지 않고 침도 좀 삼키고 발음도 좀 흘리기도 하면서 독특한 리듬의 타령처럼 대사를 치죠. 대사 톤이 그렇기에 후시 녹음하기가 가장 어려운 스타일의 배우입니다. 말과 호흡이 함께 섞여 있는 배우니까 나중에 그걸 다시 똑같이 반복하려면 정말 어려워지죠. 사실 저는 감독으로서 원래 그런 추임새를 안 좋아하는 편인데, 유해진 씨의 추임새만큼은 정말 예술인 것 같아요. 사실 처음 〈전우치〉 시나리오 작업을 할 때는 초랭이에 대해서 도무지 써지지가 않는 거예요. 이전에 그런 캐릭터를 만나본 적이 없었으니까요. 그런데 그 역할에 배우들 몇 사람의 얼굴을 대입해보다가 해진 씨를 떠올려보니까 술술 잘 써지더라고요.

이동진_ 아까 말씀하신 것처럼 〈타짜〉에서 고광렬이 고니 대신에 그의 가족을 찾아가서 혼자 길게 너스레를 떠는 장면도 무척 인상적이고 재미있었죠. 연기의 리듬이 대단한 신이었는데요.

최동훈_ 편집을 끝내고 러닝타임이 2시간 20분가량 나오는 바람에 다들 줄여야 한다고 했죠. 그래서 유해진 씨에게는 비밀로 하고서 눈물을 머금고 그 장면을 통째로 잘라냈어요. 그랬는데 결국 CJ에서 그 장면을 다시 넣자고 하더라고요. 속으로 쾌재를 부르면서 최종 버전에 포함시켰죠. 그 장면에서 고광렬이 아주 길게 사설을 늘어놓을 때의 대사는 제가 고민해서 일단 작성하면 해진 씨가 혼자 막 연습을 해보다가 이러저러하게 바꿔보자고 제안을 할 때마다 수정해서 최종 완성했어요. 즉흥 대사를 현장에서 같이 쓴 거죠. 찍으면서도 무척 재미있었던 신이었어요. 하지만 해진 씨의 평소 모습은 완전히 다르죠.

이동진_ 상당히 진지하시죠?

최동훈_ 진지하면서 인생을 무척 열심히 살아요. 운동도 열심히 하는데, 촬영이 다 끝나면 훌쩍 여행을 떠나는 고독한 스타일이에요. 집에서 그림에 몰두하기도 하죠. 자연인 유해진은 예술적인 끼가 많은 사람입니다. 사실 유해진 씨가 연기한 초랭이는 〈전우치〉의 많은 등장인물들 중 저와 가장 닮은 캐릭터예요. 전우치에도 제 모습이 부분적으로 담겨 있지만요. 〈범죄의 재구성〉 때는 이문식 씨가 연기했던 얼매가 상대적으로 저와 제일 닮은 캐릭터였고요. 〈타짜〉 때도 유해진 씨가 연기한 고광렬이 가장 저와 닮았죠. 제 페르소나 같은 느낌이 있어요. 고니와 비슷한 캐릭터로 살고 싶지만, 실제는 〈범죄의 재구성〉의 얼매나 〈타짜〉의 고광렬, 혹은 〈전우치〉의 초랭이와 비슷한 겁니다.(웃음)

이동진_ 옆에서 보기에는 전혀 그렇게 보이지 않는데요?(웃음)

최동훈_ 누구나 가슴속에는 짐승들이 살잖아요.(웃음) 제가 그런 캐릭터들에 대해 쓰는 걸 좋아하는 경향이 있어요. 아마 어릴 때 촌에서 살아서 그런 것 같아요.

― 아저씨가 마카오박이에요? 술냄새.
  〈도둑들〉에서 김윤석을 처음 만난 전지현이 그에게서 술냄새를 맡고서

이동진_ 〈타짜〉를 본 사람이면 누구나 아귀로 나온 김윤석 씨의 연기에 감탄합니다. 불과 다섯 신에만 나오는데도 정말 대단한 카리스마를 보여줬으니까요. 그런데 감독님은 이미 그전에 〈범죄의 재구성〉에서 김윤석 씨를 캐스팅하셨죠. 〈범죄의 재구성〉에서도 김윤석 씨는 성질 급하고 말이 빠른 형사 역을 아주 잘 소화해냈는데, 처음 작업했을 때의 이야기를 좀 들려주시죠.

최동훈_ 원래 〈범죄의 재구성〉에서 김윤석 씨 배역에 할당된 대사는 딱 두

줄뿐이었어요. 저는 영화에 형사들이 많이 등장하는 것은 별로 안 좋아하거든요. 그래서 천호진 선배가 연기하신 차반장 정도면 충분하다고 생각했는데, 김윤석 선배가 그 작은 비중에도 불구하고 절묘하게 드라마 안으로 들어오시더라고요. 그렇게 연기를 워낙 잘하시니까 제가 자연스럽게 대사를 점점 늘리게 되었죠. 정말 형사 같았거든요. 함께 연기한 천호진 선배가 "이 사람 정말 대단한 것 같다. 무슨 대사를 해도 리액션을 다 해낸다"고 감탄했어요. 그래서 두 번째 작품으로 〈타짜〉를 하게 됐을 때 술 먹는 자리에서 차기작에도 출연해달라고 부탁했죠.

이동진_ 그때 김윤석 씨의 반응은 어땠습니까.

최동훈_ 어떤 배역이냐고 물으시더군요. 그래서 제가 아귀라는 배역인데 다섯 신밖에 안 나오지만 매우 중요한 역할이라고 했죠. 그러자 흔쾌히 하겠다고 말씀하시더라고요. 김윤석 선배는 평소에 무척이나 젠틀한 사람이에요. 그런데 배우로서의 내면에는 전혀 다른 게 내재해 있는 것 같습니다. 박진표 감독님이 좋은 배우는 그 배역에 걸맞은 옷을 입고 그 배역에 걸맞은 장소에 서 있으면 저절로 그 사람이 되는 연기자라고 말한 적이 있는데, 김윤석 선배가 딱 그렇죠. 자신 몫의 촬영이 없는 날 촬영장에 놀러 오실 때 보면 옆집 슈퍼 아저씨가 온 것 같아요. 그런데 분장을 하고 카메라 앞에 서면 완전히 다른 인간이 되어 있죠.

이동진_ 김윤석 씨는 〈타짜〉 이후 밀려드는 출연 요청으로 맹활약하면서 연기력으로나 흥행력으로나 충무로에서 가장 손꼽히는 배우들 중 한 분이 되셨는데, 이런 상황이 무척 기분 좋으시죠? 감독님 역시 〈전우치〉와 〈도둑들〉에서도 긴밀한 파트너로 계속 함께 작업하셨고요.

최동훈_ 진짜 기쁘죠. 감독은 숨어 있으면 되거든요. 영화가 잘되면 어차피 모든 공이 감독에게 다 돌아오도록 되어 있어요. 저는 배우가 돋보이도록 만드는 게 영화가 잘될 수 있는 최고의 지름길이라고 생각합니다.

모든 영화는 손과 마음이 다 필요하지만,
장인들의 장르 영화는 손으로 찍는 영화에
가깝다고 할 수 있을 겁니다. 굳이 고른다면
감독님의 경우는 어떤가요.
손으로 영화를 찍습니까,
아니면 마음으로 영화를 찍습니까.

제 영화는 손으로 만드는 영화라고 생각합니다.
저는 시나리오를 쓸 때는 아주 꼼꼼하게 씁니다.
그러나 촬영장에서 영화를 찍을 때는 기분 내키는
대로 찍습니다. 최대한 재미있게 찍으면서도 동시
에 최대한 안정적으로 찍지 않으려 노력합니다.
불안정한 쇼트들을 좋아하거든요. 어쨌든 현장에
서는 가능한 경쾌하게 찍으려고 해요. 손으로 만
들어도 물론 그 속에 마음이 있긴 하죠. 마음으로
찍는 영화를 높게 평가하는 게 대세이기도 하고
요. 하지만 최동훈이라는 사람의 성향이 그런 건
어쩔 수 없는 거죠.

- 뽀빠이 너, 사진 잘 나왔더라. 거기서 자전거는 왜 탔을까?
- 이게 나라고? 머리만 벗겨지면 다 전두환이야?

〈도둑들〉에서 형사 주진모가 범행 현장 근처에서 자전거를 타다가 찍힌 사진을 보여주면서 몰아붙이자 이정재가 강하게 부인하면서

이동진_ 이정재 씨와는 〈도둑들〉을 통해 처음 만나셨잖아요? 이정재 씨는 굉장히 패셔너블한 배우지만 의외로 〈도둑들〉에서의 뽀빠이 같은 연기를 더 잘하는 것 같습니다. 〈태양은 없다〉나 〈오! 브라더스〉 같은 작품에서처럼요.

최동훈_ 오히려 그런 스타일의 연기를 할 때 클리셰가 안 나오죠. 〈도둑들〉은 정재 씨에게 많이 고마웠던 영화입니다.

이동진_ 영어가 짧아서 보안과 관련해서 "세콤"이라고 불쑥 말한 뒤에 "아니, 세큐리티!"라고 덧붙이는 장면에서의 대사는 굉장히 웃긴데, 사실 그렇게 대놓고 코미디인 대사는 오히려 소화하기가 더 어렵잖아요? 말하자면 그건 테크닉으로 하는 연기인데요.

최동훈_ 그냥 툭 내뱉듯이 하죠. 저는 씹던껌이 놓고 간 휴대전화를 뽀빠이가 일부러 요란을 떨며 물에 빠뜨리는 장면에서의 연기 같은 걸 정말 재미있어 해요. 그리고 한판 붙고 나서 마카오박이 내려가면 뽀빠이의 태도가 갑자기 바뀌어 있는 것도 좋아요. 뭐랄까, 교장실에 불려가서 한없이 머리 숙이고 있다가 인사 깍듯이 하고 문 탁 닫고 나오자마자……

이동진_ 친구들에게 손가락으로 V자를 그려 보이는?(웃음)

최동훈_ 바로 그런 거죠.(웃음) 그런 학생 같은 느낌도 들고 해서 좋아요. 그런 것을 표현하는 게 제일 훌륭한 거 같아요. 현장에서 영화를 찍다 보면 직감에 의해 움직여지는 귀중한 영역이 있습니다. 이정재 씨와 다음에 또 한 번 더 같이 해보고 싶어요.

― 잠파노, 거기 바람은 어떠냐?

〈도둑들〉에서 김윤석이 전화를 걸어 온 김수현에게 날씨를 확인

이동진_ 〈도둑들〉 촬영과 개봉 사이의 기간에 김수현 씨는 TV 드라마 〈해를 품은 달〉로 모두의 관심을 받는 스타가 되었는데 촬영장에서는 어떤 느낌을 받으셨는지요.

최동훈_ 매력 있어요. 순둥이이면서 착하기도 한데, 의외로 센 부분도 있죠. 머리도 상당히 좋고요. 그리고 특히 중요한 건 그 나이대 배우들이 한국영화계에 별로 없다는 겁니다. 현재 주력 배우들이 30대 나이로 올라가면서 20대에는 좋은 배우들이 많지 않은 게 한국영화계의 문제 중 하나일 수도 있어요. 일본영화가 쇠약하게 된 이유 중 하나는 스타가 없다는 거예요. 스타가 있어야 사람들이 극장으로 영화를 보러 오는데 딱히 기대가 되는 스타가 없으니 약해질 수밖에요. 스타 탄생이라는 건 굉장히 중요합니다. 계속해서 벌어져야 하는 사건이에요.

― 나 혼자? 그걸 나 혼자 하라고?

〈도둑들〉에서 오달수가 엘리베이터를 정지시켜놓으라는 말을 듣자 주저하며

이동진_ 오달수 씨에 대해서도 질문을 드리고 싶은데요. 개인적으로는 보기만 해도 기분이 좋아지는 배우이기도 합니다.

최동훈_ 다들 좋아하시죠. 인간들이 사는 게 힘들어서 하늘에서 보내준 요정이라고들 하죠.(웃음) 등장만으로도 관객을 행복하게 해줄 수 있는 건 엄청난 능력이에요. 〈도둑들〉에서는 달수 선배가 긴장을 풀어주는 역할을 했습니다.

이동진_ 〈타짜〉나 〈전우치〉에서 유해진 씨가 했던 역할과 유사한 캐릭터라고 할 수 있겠죠.

최동훈_ 제가 찍는 영화에는 언제나 그런 인물이 나오는 것 같아요. 〈범죄의 재구성〉의 얼매도 그렇죠. 그런 캐릭터를 넣다 보면 서사든 인물간의 조화든 코미디가 가진 굉장한 힘을 느끼게 됩니다. 그런 인물을 잘살려내고 싶은데, 일단 달수 선배 같은 분은 아무것도 안 하고 나오기만 해도 사람들이 웃으니까 기대 이상이죠.

– 여기는 모르지? 씹던껌.
– 내가 언니를 왜 몰라? 연기파 배우로 완전 전설이신데. 안녕하세요?
– 아휴, 전설은 무슨. 이제 늙어서 술 없으면 연기가 안 돼.
〈도둑들〉에서 이정재의 소개에 김혜수가 한껏 치켜올리면서 인사를 건네오자 김해숙이 겸
손을 떨면서

이동진_ 김해숙 씨는 박찬욱 감독의 〈박쥐〉에 이어 〈도둑들〉에서도 참 인상적이던데요?
최동훈_ 씹던껌이 차에서 죽는 장면을 쓰면서 '이건 김해숙 선생님밖에 못 하겠구나' 싶었어요. 눈이 정말 좋으세요. 눈 속에 실로 많은 감정들을 담고 있는 것 같아서요. 실은 첸과 씹던껌 사이에는 신이 좀더 있었는데 하나는 아예 안 찍었고, 두 개는 편집 때 빼버렸어요. 김해숙 선생이 임달화 형을 바라보는 눈빛으로 다 해결할 수 있다고 생각했거든요. 장면을 삭제시킬 수 있는 눈을 가진 거죠.

– 역시 첸 형!
〈도둑들〉에서 임달화가 숙고 끝에 함께하기로 하자 김윤석이 호탕하게

이동진_ 임달화 씨가 한국영화에 나오는 모습을 보는 재미가 상당했습니다. 일단 〈도둑들〉을 제외하고, 임달화 씨 영화들 중에서는 뭘 제일 좋아하세요?

최동훈_ 〈흑사회〉 1편입니다. 〈도둑들〉은 중화권의 제대로 된 배우와 함께하고 싶었어요. 이번에 임달화 씨를 가까이서 보니까 직업관이나 인생관이 무척이나 확실하면서도 긍정적이더라고요. 다른 배우들은 '저 나이가 되어도 저렇게 매혹적인 배우가 돼야지'라고 느꼈을 텐데 저는 '인생을 저렇게 긍정적으로 살아야지'라고 생각하게 됐어요. 방에서 혼자 끙끙 앓으면서 고민할지언정 긍정적으로 영화를 하고 싶어요.

― 넌 언제나 내 편이지? 그런 거지?

〈도둑들〉에서 김혜수가 김윤석에 대한 배신감에 젖어 이정재에게

이동진_ 김윤석 씨와 주진모 씨는 감독님의 영화 네 편에 모두 출연하셨습니다. 백윤식 씨와 김상호 씨는 세 편에 출연하셨고요.

최동훈_ 무엇보다 중요한 건 그 배우들에 대한 저의 호기심이 강하다는 거예요. 아무래도 영화를 함께 계속 찍다 보면 많이 만나게 되고 술을 같이 먹게도 되잖아요? 다들 술을 좋아하시기도 하지만요.(웃음) 그렇게 이야기를 해보면 그분들은 배우로서 제게 호기심을 계속 불러일으켜요. 그러다 보면 '아, 저 배우가 이런 역을 하면 정말 재밌겠다' 싶은 생각이 절로 들게 되죠. 저는 시나리오를 쓸 때도 배우들에게서 영감을 많이 받는 편이에요.

― 말씀 많이 들었어요.
― 진짜? 어디까지 들었을까.

– 근데 고니 씨한테 들었던 것보다는 안 뚱뚱하시네요.
〈타짜〉에서 이수경이 자신의 가게에 찾아온 김혜수를 처음 만나서

이동진_ 배우의 배역 밖 실제 이미지를 영화 속으로 끌어들여 대사를 만들기도 하시죠. 〈타짜〉에서 건강미가 넘치는 김혜수 씨의 외모에 대해 유머러스하게 코멘트하는 대목이 있잖아요. 〈도둑들〉에서는 김혜수 씨 스스로가 자신의 외모에 대해서 "다 화장발"이라고 언급하기도 하고, 전지현 씨에 의해 "나이 많은 여자"로 지칭되기도 합니다.

최동훈_ 사실 〈타짜〉에는 그 장면 말고도 비슷한 사례가 원래 하나 더 있었어요. 정마담이 거울을 보면서 혼잣말로 "내가 왜 이렇게 뚱뚱하지?"라고 말하는 대사였는데 촬영할 때 뺐죠. 그 대목에 대해서 김혜수 씨가 자신을 염두에 둔 거냐고 묻길래 제가 쩔쩔매면서 한참 설명했더니 "설명 안 하셔도 돼요"라고 하더군요. (웃음)

– 언니 그 얘긴 절대 하지 마.
– 무슨 얘기?
– 언니한테 애 있다는 거.
– 미쳤니? 내가 그 얘길 왜 해. 나, 거짓말 잘해.
〈타짜〉에서 유해진과 사귀게 된 언니 김정난에게 동생인 이수경이 충고하자 확언

이동진_ 감독님 개인에 대한 질문들도 드리고 싶습니다. 어린 시절에도 말씀을 무척 잘하셨을 것 같은데요? 예전 어느 인터뷰를 보니까 거짓말을 아주 능숙하게 하는 아이였다고 스스로 토로하셨던데요. (웃음)

최동훈_ 어려서부터 조용한 애는 아니었어요. 말하기 좋아하고 선생님한테 따지고. 정확히는 말이라기보다 거짓말을 아주 잘한 것 같아요. (웃음) 어려서부터 영화를 보고 나면 두 동생들에게 다 설명해주었습니다.

줄거리가 아니라 장면들을 그대로 묘사해서 이어가는 방식으로요. 내 러티브의 기본 원리를 그때 자연스럽게 스스로 알게 된 것 같습니다.

이동진_ 동생들에게 스토리가 아니라 플롯을 말씀해주신 셈이네요.

최동훈_ 네. 맞아요.

이동진_ 그때는 주로 어떤 영화를 보러 다니셨는데요?

최동훈_ 성룡의 모든 영화들! 그리고 〈보디 히트〉〈드레스트 투 킬〉〈소림 사〉 같은 영화들을 중학교 때 보러 다녔어요. 보고 나면 언제나 신나게 동생들에게……(웃음)

이동진_ 〈보디 히트〉와 〈드레스트 투 킬〉을 초등학생인 동생들에게 이야 기해주셨다고요?

최동훈_ 이상한 장면들은 다 편집해서 이야기했죠, 뭐. 당시 제게 〈드레스 트 투 킬〉은 정말 멋진 영화였어요. 어려서 너무 센 걸 봐서 그런지, 누 가 제 뇌를 찢고서 칩을 넣어놓은 것 같은 느낌마저 들었죠. 브라이언 드 팔마는 지금까지도 아주 좋아해요.

– 한국놈들은 입만 열면 거짓말이잖아?
– 그렇지, 그렇지.
– 마카오박도 한국놈이고.
  〈도둑들〉에서 증국상이 함께 일하게 된 한국 팀들을 만나기 전에 오달수와 대화하던 중에
  편견을 드러내면서

이동진_ 나쁜 거짓말은 어떤 걸 하셨나요?

최동훈_ 숱하게 많죠. 진짜 나쁜 건 말씀 드릴 수가 없고, 아, 이걸 얘기하 면 되겠네요. 초등학교 때 담임선생님이 분필을 안 가져오셨다고 서무 과에 가서 받아오래요. 교실을 나섰는데 수업 시간에 텅 빈 복도를 그 때 처음 봤어요. 이런 것도 있구나, 굉장히 인상적이었죠. 그런데 도중

에 마주친 교장 선생님이 어디 가냐고 제게 물으시더라고요. 그래서 "분필 가져오라는데요?"라고 대답했더니 그냥 가시더라고요. 아하, 이렇게 하면 되는구나 알았죠. 그 이후부터는 정말 수업 받기 싫으면 몰래 나가서 텅 빈 복도를 걸으면서 해방감을 만끽했어요. 누가 물으면 분필 핑계를 대면서요. 그렇게 몇 번 하다가 걸렸죠. 그게 제가 시스템에 대해 처음으로 반격을 가한 경험이었을 거예요.(웃음)

— 그래, 그 접시는 언제부터 돌리시고?
— 아이, 철들고부터 돌리기 시작했죠.
〈범죄의 재구성〉에서 박원상이 사기꾼 경력을 묻자 박신양이 천연덕스럽게

이동진_ 감독님은 영화라는 접시를 언제부터 돌리셨다고 할 수 있을까요.

최동훈_ 중학교 때부터라고 할 수 있을 거예요. 〈어우동〉을 필두로, 조금 전에 말씀드린 것처럼 그 시절부터 극장을 수도 없이 들락거렸죠.

이동진_ 그 나이에 〈어우동〉〈드레스트 투 킬〉〈보디 히트〉 같은 영화들을 보셨다니, 정말 충격이 크셨겠습니다.(웃음)

최동훈_ 충격이 한 1년 갔죠.(웃음) 미성년자 관람불가인 영화들이었지만, 그때는 어수룩한 시기여서 들어가는 데 아무 문제없었어요. 매표구에서 "깊고 푸른 밤, 한 장이요!"라고 외치면 그냥 집에 가라고 하지만, "깊고 푸른 밤, 열다섯 장이요!"라고 말하면 두말 않고 얼른 표를 주죠.

이동진_ 어떻게 열다섯 장을 한꺼번에 살 수 있는 건가요.

최동훈_ 함께 갈 친구들을 미리 모아서 같이 움직이는 거죠.

이동진_ 리더십도 있고 승부사적인 기질도 있으셨네요.

최동훈_ 사실 제게는 승부사적 기질이 없다고 여기고 살았는데, 곰곰 생각해보면 굉장히 강한 것 같기도 해요. 제가 어린 시절에 살던 곳은 버스도 안 다니는 지역이었는데, 구할 수 있는 책은 닥치는 대로 구해서

읽으며 지냈죠. 동네에서 늘 이질적인 꼬마였어요. 사실 저는 학구적인 인간이 아니라서 공부에 별 관심이 없었는데, 서울로 대학을 가지 않으면 그 촌을 탈출할 수가 없었기에 적성에 안 맞는 공부를 꾸역꾸역 했던 듯해요. 저희 아버지는 서울대나 연고대를 가야 서울로 보내주시려고 했죠. 그런데 제가 애매하게 서강대에 딱 걸린 거죠. 서울로 보내달라고 아버지께 들이대기가 참 애매했어요.

이동진_ 서강대도 상당히 좋은 학교인데요.

최동훈_ 촌사람들은 그렇게 생각 안 하죠. 우리나라에는 대학이 셋밖에 없다고 여기니까요. 저희 아버지는 워커홀릭에 가깝게 굉장히 근면하신 분이었는데, 요즘 생각해보면 제 스스로 내가 이렇게 근면한 사람이었나 싶은 거예요. 예전에 저는 어떻게 하든 놀 생각만 했던 사람인데 어느덧 아버지처럼 워커홀릭이 되어 있다는 걸 발견할 때마다 놀라요. 저는 일반 직장에 취직하는 대신 영화 일을 해야겠다고 결심했던 순간부터 이전보다 훨씬 더 열심히 살았던 듯해요. 영화를 찍을 때 제가 사람들을 좀 못살게 굴긴 하는 것 같아요. 찍고 나서 후회하지 않으려고 그러는 거죠. 그런 게 바로 승부사 기질의 일부겠죠.

– 걔가 스물네 살 때 막 군대 제대하고 80만 원 가지고 마카오로 갔거든.
〈도둑들〉에서 장물아비가 마카오박이 왜 그런 별명을 갖게 됐는지 기원을 설명

이동진_ 영화 일을 하고 싶다는 생각을 본격적으로 하신 것은 언제였습니까.

최동훈_ 대학교 4학년 때 활동했던 영화 동아리에서였습니다. 그때 제가 단편영화를 하나 찍었는데 완성본을 보고 나서 처음으로 죽고 싶다는 생각을 했어요. 거의 목불인견 수준이더라고요. 그런데 그 단편영화를 얼마 전에 다시 봤는데, 〈범죄의 재구성〉이나 〈타짜〉의 느낌과 굉장히

흡사하더라고요. 거짓말에 대한 이야기였는데 대사를 치는 방식 등이 아주 똑같았어요. 당시에 어쨌든 그 부끄러웠던 결과물을 보면서도 다시 찍으면 그것보다는 잘 찍을 수 있겠다는 느낌이 자꾸 드는 거예요. 마치 첫 데이트를 망치고 집으로 돌아온 뒤에 왜 내가 그랬을까를 곱씹다가, 다시 만나면 좀더 능숙하게 대처할 수 있을 것 같은 느낌이 드는 것처럼 말이에요.

– 넌 그걸 알아야 돼. 데뷔하기가 이렇게 힘든 거야.

〈전우치〉에서 극 중 감독이 연출 결과에 대해 묻는 바텐더에게 토로

이몽진_ 그때부터 영화감독 일에 대해 전의를 불태우기 시작하셨군요.

최동훈_ 아뇨. 처음에는 감독이 되겠다는 목표가 없었어요. 감독이 되는 것은 너무나 힘든 일이라고 생각했고, 제 성격 자체가 카리스마가 없어서 감독에 어울리는 성품이 아니라고 판단했으니까요. 그 대신 시나리오 작가가 되려고 본격적으로 쓰기 시작했습니다. 체호프의 작품을 포함해서 단편 희곡들을 선택해 한국식으로 각색하려고 했죠. 그때부터 시나리오 공모전이 있을 때마다 도전했는데 전부 다 떨어졌어요. 어쨌든 당시에는 되든 안 되든 두 달에 한 편씩 장편 시나리오를 썼어요. 이후 영화 아카데미에 들어간 것은 수업료가 공짜였기 때문이었습니다. 그런데 영화 아카데미에 들어갈 때도 확신이 없었어요. 그러다가 〈범죄의 재구성〉을 만들기 4년 전, 〈눈물〉에서 임상수 감독님 연출부 생활을 하게 된 거죠.

– 4년 전 일 때문에 그러십니까?

〈범죄의 재구성〉에서 백윤식이 한국은행을 털자는 제안을 거부하자 박신양이 정곡을 찌르며

이동진_ 연출부 생활을 시작한 지 4년 만에 첫 연출 장편을 내신 셈이니 데뷔가 빨랐네요.

최동훈_ 충무로는 워낙 험하다는 선입견이 있어서 그때만 해도 연출부에 들어가는 게 겁이 났죠. 나 같은 샌님이 과연 잘해낼 수 있을까 싶었거든요. 그런데 임감독님이 제게 "너는 여기서 연출부가 아니라 감독이라고 생각하고 일해라"고 하시더군요. 그렇게 자꾸 허파에 바람을 넣어주시니까 저 스스로도 '그렇지, 감독을 해야지' 싶더라고요. 당시는 시나리오 공모전에 열 번 이상 떨어진 상황이라 '이쪽으로는 내게 재능이 없는가 보다'라고 생각할 때였죠. 그런데 〈눈물〉 연출부 생활이 정말 행복하고 재미있는 거예요. 다들 힘들다고 하는데 저는 스트레스 하나 없이 좋았죠. 저는 임상수 감독님을 스승으로 생각합니다. 정말 많이 배웠어요. 약간 사모한다고까지 할 수 있어요. (웃음)

― 니네는 내가 타짜 되면 다 죽었어.
　　〈타짜〉에서 조승우가 혼자 화투장을 들고 연습하면서

이동진_ 데뷔 전에 고니와 같은 마음을 가지신 적이 있었습니까? 그게 확신이든 자기 암시든 말입니다.

최동훈_ 절반쯤은 있었던 듯해요. 아니, 당연히 있었죠. 저는 기본적으로 심약하니까 그렇게 해서라도 스스로를 채찍질해야 했거든요. 데뷔작을 내놓고 사람들을 깜짝 놀라게 하겠다는 생각을 매일 했죠. 저는 그런 마음이 있어야 한다고 봅니다. 그게 있어야 한 2년을 버틸 수 있죠.

이동진_ 많은 훌륭한 감독님들이 겸손하게 말씀하시지만, 속으로는 '이건 내가 진짜 잘하는 것 같아' 싶은 게 다들 있으신 거죠? (웃음)

최동훈_ 데뷔작으로 〈범죄의 재구성〉을 찍고 난 후 평생 처음으로 신문에 이름도 실리고 스포트라이트를 받게 된 게 무척 힘들었어요. 분명 좋긴 한데 제가 좋아하는 것보다 세상이 더 좋아하니까 밸런스가 안 맞는 느낌이었죠. 두 번째 영화로 〈타짜〉를 찍고 난 후에는 '이건 100퍼센트 나의 공만은 아니다'란 것을 명백히 알게 됐어요. 〈타짜〉 때 저 혼자서 남산에 올라가 스스로에게 말한 적은 있죠. "최동훈, 고생 많았어"라고요. (웃음)

이동진_ 스스로에게 냉정하신 편인 것 같습니다.

최동훈_ 제가 좀 자학이 많은 편이에요. 시나리오를 쓸 때도 그렇죠. 그래서 남산에 올라갔을 때 살짝 눈물이 나올 뻔했어요. 물론 잠시 그러다가 어렸을 때부터 배우던 자세대로 하산했지만요. 저는 좋아할 때는 마음껏 좋아한 뒤에 다시 빨리 일상으로 돌아와야 된다고 생각해요. 그렇게 남산에서 내려온 이후부터는 〈타짜〉에 대한 생각 자체를 거의 하지 않았습니다.

― 창혁 씨가 제 얘길 뭐라고 해요?

〈범죄의 재구성〉에서 염정아가 박신양에게 동생이 자신에 대해 뭐라고 평가했는지 궁금해하면서

이동진_ 주변에서는 다들 감독님이 호인이라고 평가하시더군요. 특히 배우들이 호감을 표하던데요?

최동훈_ 앞으로 누가 물으면 이제까지 제가 저지른 비리를 절대 폭로하지 말라고 주변에 전화를 해둬야겠네요. (웃음) 영화를 찍을 때는 최대한 화목하게 하려고 해요. 사실 영화인들은 모두 열심히 하죠. 농땡이 부리는 사람은 거의 없어요. 제 스스로 촬영장에서 어떤 때는 장군 같고 어떤 때는 노예 같은데, 또 어떤 때는 동네 이장처럼 느껴지기도 해요. 단역배우 하나하나까지 영화 촬영에 관련된 사람들 모두가 잠재된 능력을 다 펼쳐내고 가기를 제가 원하고 있으니 그렇게 해야죠.

— 워낙 유명하신 분이라서 이거 어떻게 해야 될지, 아이, 참.

〈범죄의 재구성〉에서 박신양이 사기꾼들 사이에서 전설적인 존재인 백윤식을 처음 만나서

이동진_ 네 편의 영화를 통해 정말 많은 관객들이 좋아하는 감독이 되셨습니다. 사인해달라는 분들도 많으실 텐데요.

최동훈_ 가끔 사인을 요청하시는 분들이 있죠. 그럴 때마다 무척 쑥스러워요. 사인해주면서 기분 좋았던 적은 딱 한 번이었습니다. 어머니와 함께 있을 때였죠. 제가 사인을 하다가 잠깐 어머니를 보았는데 그 표정은 정말이지…….(웃음) 어머니는 사실 감독이 뭘 하는지도 잘 모르셨거든요. 사인을 마치고 나니까 어머니가 "힘든 일 하는데 닭이라도 한 마리 먹어야 하는 거 아니냐"고 하시더라고요.(웃음)

— 내가 그런 벼슬을 받아도 될까?

〈전우치〉에서 강동원이 요괴를 잡아주면 벼슬자리를 주겠다는 제안을 받고 나서

이동진_ 유명해지신 걸 즐기시는 편입니까. 요즘은 감독이 일종의 스타가 되는 경우도 많잖습니까.

최동훈_ 아뇨. 저는 감독이란 숨어 지내야 된다고 생각하는 편이에요. 스타 감독이라는 말 자체가 거짓말이라고 생각합니다. 그게 이 직업의 진실과는 거리가 머니까요. 전 예전에는 기자가 되고 싶었어요. 열정적으로 일하고 단번에 세계를 해석하면서 곧바로 글을 쓰고 낭만도 좀 있고요. 그러나 그게 기자라는 직업의 진실은 아니잖아요. 매일 일에 치어서 허덕이는 거잖아요.

이동진_ 알고 보면 진짜 불쌍한 사람들이죠.(웃음)

최동훈_ 감독도 마찬가지예요. 남들은 화려하게 볼지 모르지만, 그런 날은 1년에 사흘 정도나 될까. 나머지는 내내 엄청난 스트레스를 받으면서

시나리오를 쓰거나 촬영장에서 정신없이 휘둘려야 하죠. 그게 감독의 본질이라고 생각하니까 스타 감독이란 말은 좀 이상해요.

– 회장님, 제가 다섯 판 연속 먹었습니까, 여섯 판 연속 먹었습니까?
– 6연승.

〈타짜〉에서 조승우와 1대 1로 화투 실력을 겨루던 김상호가 보스인 김응수에게 자랑하며 묻자 김응수가 대답

이동진_ 아직 6연승까지는 아니지만, 4연승은 하셨습니다. 네 편의 영화가 모두 흥행에 성공했으니까요. 바보 같은 질문을 드리겠습니다. 흥행이 감독님께 얼마나 중요합니까?

최동훈_ 흥행이 잘되기를 간절히 바라죠. 제가 아직 나이가 많지 않아서 인지 제 영화들이 좀 발랄한 편이잖아요.(웃음) 그런데 제 영화는 흥행이 안 되어도 모두에게 칭찬을 받을 수 있는 작품은 아닌 것 같아요. 흥행이 안 되면 나쁜 작품이 되고 마는 종류의 영화들을 제가 찍고 있기 때문에 더욱 흥행이 중요합니다. 흥행이 안 되면 비빌 언덕이 없어지는 거니까요. 그러니 제가 시나리오를 써서 혼자 읽어볼 때, 스스로 재미있을 순간까지 계속 써야 한다고 생각해요.

이동진_ 흥행에 성공하면 어떤 점이 가장 좋은가요.

최동훈_ 임상수 감독님 밑에서 연출부 생활을 할 때는 서울 관객 30만 명 정도가 흥행의 기준이었죠. 그때 임감독님께 얼마나 흥행이 되면 좋은 거냐고 물었더니 본전만 넘으면 된다고 답하시더라고요. 그런데 제가 감독이 되어서 흥행에 성공하니까 무엇보다 주위 사람들을 실망시키지 않았다는 점에서 가장 기분이 좋더군요. 〈타짜〉의 경우를 예로 든다면, 제작자인 차승재 싸이더스 대표님이나 원작자 허영만 선생님 그리

고 함께 해준 배우들 말입니다.

– 뭘 훔칠 건데?
– 우리의 목표는 태양의 눈물.

〈도둑들〉에서 김윤석이 이심결의 물음에 300억 원짜리 다이아몬드를 훔치는 게 목표라고

대답

이동진_ 가장 최근작인 〈도둑들〉로 흥행에서 초대형 장외홈런을 날리셨습니다. 〈도둑들〉로 엄청난 기록을 세울 때 어떤 느낌이었나요. 물론 그게 다 영화사의 수입이 되는 건 아니지만 제가 매출액을 환산해보니, 〈도둑들〉에 나오는 태양의 눈물이라는 다이아몬드를 아홉 개나 살 수 있는 돈이던데요.(웃음)

최동훈_ 그게 다 매출의 허상이죠.(웃음) 막상 기록을 세우게 되니까 별 생각이 들지 않게 되더라고요. 좀 멍해지는 게 농담 같아서 실감이 나지 않았죠. 오히려 다른 사람들이 그 기록에 대해 더 크게 생각했던 것 같아요. 천만 관객이 드는 과정이 굉장히 스펙터클하긴 하더군요. 천만 명이 사실상 3주 만에 한 영화를 보는 건데, 그 광경은 태어나서 처음 목도하는 스펙터클이었죠. 내내 몽롱했는데 실제로 그 3주 내내 술을 마시기도 했어요.(웃음)

이동진_ 영화 네 편이 연이어 크게 성공한다는 것은 한국영화계에서 정말 희귀한 사례입니다. 한국영화사에서 지난 30여 년 간 이렇게 흥행에서 승승장구하신 분으로는 1980년대의 배창호 감독님 정도만이 떠오를 뿐이죠. 봉준호 감독님이나 박찬욱 감독님도 다 처음에는 흥행 실패를 겪었잖아요? 최동훈 감독님은 첫 영화도 당시로선 상당한 규모로 흥행했던데다가 그 이후의 두 편이 모두 600만 명을 넘겼는데, 〈도둑들〉에 와서는 그 두 편을 합친 것보다도 더 많은 관객이 든 셈입니다. 그런 면

에서 현재 한국에서 가장 흥행력이 있는 감독이신 건데, 이런 타이틀에 대해서는 어떻게 생각하세요?

최동훈 굉장히 기쁘죠. 제가 어쩌다 이런 상황에까지 이르게 됐나 싶기도 하고요. (웃음) 그런데 실제로 흥행에 대해서 무척이나 민감하고 아주 중요하다고 생각하면서도 흥행에만 목매는 정신병자가 되지는 말아야겠다고 다짐합니다. 흥행이 잘되면 정말 좋긴 한데, 좀 외로워지더라고요. 흥행이 잘되어도 좀더 흥행이 되어야 될 것 같기도 하고, 고립되는 듯한 느낌도 좀 들어요.

— 다이아는 잊어주세요. 웨이홍은 저 혼자 만나겠습니다.
〈도둑들〉에서 다른 도둑들에게 김윤석이 남긴 문자 메시지

이동진 왜 고립감이 생기나요? 흥행이라는 것은 자신이 갖고 있는 어떤 것의 외연을 극적으로 확장시키는 것인데 말이에요.

최동훈 '쪽이 너무 많이 팔렸구나' 싶은 거죠. 흥행이 되면 관심이 집중되기 마련인데 제가 그런 걸 즐기는 타입이 아닌 겁니다. 오히려 부담을 더 느끼는 겁니다.

이동진 흥행에 대한 감이 스스로에게 있다고 느끼십니까.

최동훈 아뇨. 그냥 제 자신이 재미있는 걸 좋아할 뿐이죠. 사실 〈타짜〉를 찍을 때는 촬영 중반까진 흥행이 안 될 거라고 생각했어요.

이동진 왜요?

최동훈 영화가 좀 평범하다고 느꼈거든요. 원작 만화의 명성에 치일 거라는 악몽을 실제로 계속 꾸기도 했어요. '원작을 넘어서지 못한 영화'라는 인터넷 기사들의 헤드라인을 꿈속에서 보고서 깜짝 놀라 깨고는 했으니까요. 촬영 중에 이런 일도 있었어요. 전주영화제 기간에 우연히도 전주에서 촬영하고 있었는데, 식당에서 혼자 밥을 먹게 됐죠. 옆 테

이블에 영화 관계자들인 듯한 두 분이 앉으셨어요. 한 사람이 근처에서 〈타짜〉라는 영화를 촬영하더라고 말하니까 다른 사람이 "허영만의 타짜를 찍겠다니, 바보 아니야? 그걸 어떻게 영화로 만들어? 분명히 망할 거야"라고 단언하시더라고요.

— 누가 있을까…….
　　〈도둑들〉에서 김윤석이 장물아비들의 명단을 훑어보면서

이동진_ 고개를 돌려서 누군지 확인하셨어요?(웃음)

최동훈_ 모르는 분들이었어요. 그냥 얼른 신문으로 얼굴 가리고 먹던 밥을 마저 다 먹었죠.(웃음) 저 역시 확신이 없었는데, 촬영 후반에 접어들어서야 이 영화가 재미있을 것 같다는 생각이 들더군요.

이동진_ 저는 감독님의 영화를 보면 결코 흔들리지 않는 사람의 작품 같아서 무척 인상적이었습니다. 그런 느낌으로 보면 의외인데요?

최동훈_ 촬영 중반까지는 시나리오가 불안정하다고 스스로 계속 느꼈어요. 이 정도면 신의 순서나 뉘앙스 혹은 전체적인 일관성은 다 됐다고 생각했고 다만 몇 가지 대사들이 잘 안 떠오른 정도에서 촬영을 시작했는데 말이죠. 촬영을 하다가 신 전체가 잘못 쓴 것이라는 생각이 들면 불안감이 급격하게 확대 재생산되죠.

이동진_ 어떤 신에 대해서 특히 그렇게 느끼셨는지요.

최동훈_ 배 안에서 벌어지는 클라이맥스 장면 같은 게 그랬죠. 거기서 도박하는 대목 같은 부분은 시나리오를 아예 잘못 썼다고 느꼈어요. 그래서 촬영장에서 즉

도둑들

개봉 2012년 7월 25일 출연 김윤석 김혜수 이정재 전지현 상영시간 135분_ 함께 미술관을 터는 데 성공한 뽀빠이 예니콜 씹던껌 잠파노는 마카오박이 '태양의 눈물'이라는 희대의 다이아몬드를 털자는 제안에 응해서 홍콩에 간다. 과거 마카오박과 감정을 나눈 사이였던 팹시 역시 감옥에서 출소 후 합류한다. 서로 다른 계산을 하고 있는 네 명의 중국인 도둑들도 합세한다. 하지만 완벽하게 보였던 계획이 어긋나면서 열 명의 도둑들은 쫓기기 시작한다.

홍적으로 바꾸었죠. 고니와 평경장이 처음 만나는 장면 역시 현장에서 악전고투 끝에 만든 겁니다. 군데군데 이야기의 고비가 되는 점들이 있었는데, 평경장과 헤어지는 장면 역시 확신이 없었어요.

이동진_ 그렇다면 영화가 완성된 후에도 아쉽게 느껴지는 장면들이 있겠네요.

최동훈_ 고니와 평경장이 헤어지는 부분이 특히 마음에 안 들어요. 결국 음악을 써서 뉘앙스로 극복하려고 했지만요. 고니가 정마담과 처음 자고 나서 평경장을 다시 찾아갈 때의 복도 장면도 잘못 찍은 것 같아요. 거기에서 두 사람의 뭔가 말로 설명할 수 없는 욕망이 표현되어야 했는데 색다른 느낌이 없었던 것 같아서 그 장면을 잘못 찍었다는 생각이 계속 남았어요. 나중에 종반부에서 정마담이 고니를 총으로 쏘고 나서 컷어웨이 되면 그때 그 복도 장면이 다시 나왔으면 좋겠다고 보았거든요. 심리적인 방점을 못 찍었다는 느낌이 완성 후에도 남아 있습니다.

이동진_ 배 안에서 벌어지는 클라이맥스 장면들의 경우는 어떻습니까.

최동훈_ 원래는 그 장면에서 불을 지르는 건 없었어요. 그런데 위기를 돌파하려면 상황을 극단적으로 몰고 가야 한다는 데서 해답을 찾은 경우입니다. 영화가 개봉하고 나면 산에 혼자 올라가서 흥행 결과와 상관없이 처음부터 끝까지 전부 복기해봅니다. 그렇게 생각해봐서 좋은 부분이 떠오르면 '너, 열심히 했어'라고 스스로 격려하다가 나쁜 부분이 생각나면 '넌 아직은 아냐'라고 자학하게 되죠. 그러다 결국 '다음엔 더 잘 찍어야지'라고 다짐하면서 내려오게 되죠.(웃음)

- 왜 그래? 어디 아파?
- 나 잠깐 일으켜줘. 나 가끔 사는 게 힘들어.
  〈도둑들〉에서 전지현이 범행 후 미처 옷을 다 갈아입지 못한 상황에서 신하균이 관장실로 돌아오자 어지러운 척하면서

이동진_ 배우들은 감독님이 그처럼 후회와 자학이 많은 타입인지 잘 모를 것 같은데요?(웃음)

최동훈_ 배우들이 개봉 후에 절 만나면 놀라세요. 찍을 때는 흡사 미친 듯이 열정적으로 쓰러질 때까지 찍는 타입이거든요. 그런데 모든 게 다 끝나고 나면 자연인으로서의 저는 우유부단하고 아줌마 같은 면이 많아요.(웃음) 길도 잘 찾지 못해서 어리바리하고요. '어떻게 저런 사람이 저런 영화를 찍었지?' 싶어서 배우들이 신기해합니다.

− 3이네. 6 나와야 돼.
− 6이에요!

〈도둑들〉에서 바카라를 하던 임달화가 카드를 보면서 주문처럼 말하자 패를 확인한 김해숙이 환호하면서

이동진_ 세 번째 영화인 〈전우치〉는 최종적으로 611만 명의 관객을 동원하면서 흥행에 성공했습니다. 하지만 전작인 〈타짜〉의 680만 명 기록에는 미치지 못했죠. 개봉 후 3일 만에 100만 명을 돌파했던 기세에 비하면 최종 결과가 뒷심이 좀 부족했다고 할까요. 〈전우치〉의 흥행에 대해서 아쉬움은 없으셨나요.

최동훈_ 물론 있죠.(웃음)

− 우리가 분명히 요괴를 두 마리 잡았지?
− 그랬지. 너하고 나하고.
− 근데 아직도 한 마리가 더 있단 말이야.

〈전우치〉에서 강동원이 유해진에게 세 번째 요괴에 대해서 언급

^{이동진} 아무리 이전에 두 편을 성공시키셨다고 해도, 〈전우치〉는 제작비가 워낙 큰 대작이니 만드실 때도 쉽지 않았을 것 같습니다. 게다가 이 영화는 개봉되기 전인 2009년 내내 '올해 최고의 기대작'으로 계속 거론되던 경우였잖습니까.

^{최동훈} 맞습니다. 제가 원했던 것은 아니었지만요.(웃음) 권투 선수가 세 번째로 타이틀 방어전을 하는데, 이전과 달리 이번에는 방송국에서 생중계를 하고 있는 듯한 느낌이었다고 할까요. 생중계를 하면서 경기할 때의 내 헛손질이 가려지지도 않고 모든 사람이 일거수일투족을 지켜보는 것 같았어요. 결국 이 영화의 운명에 함께 휩쓸려갔던 거죠. 항구에 모여든 사람들이 제 배가 항해를 마치고 늠름하게 돌아오길 기다리고 있는 상황에서 배를 타고 막 들어갈 때의 두려움 같은 걸 개봉 전에 느꼈어요. 기다리던 사람들이 손을 흔들다가 막상 배를 보고 난 후엔 뿔뿔이 흩어져 가버리면 어쩌나 싶은 두려움이었죠.

— 쉽게 말해서 아주 비싼 냉장고죠.
〈도둑들〉에서 신하균이 김해숙에게 미술품들을 최적의 온도로 보관하는 지하 창고의 첨단 설비에 대해 자랑하면서

^{이동진} 120억 원이나 되는 제작비에 대한 부담도 컸죠?

^{최동훈} 처음 두 영화를 만들 때는 그런 걸 느끼지 못했어요. 〈범죄의 재구성〉 때는 별 생각이 없었고 〈타짜〉 때도 기자시사회 끝나고 VIP시사회 때까지 시간이 남아서 당구를 치러 갔거든요.(웃음) 그런데 〈전우치〉 때는 돈에 대한 순수한 공포 같은 게 생기더라고요. 대작을 만드는 감독으로서 '이게 혹시 최종적으로 200만 명 정도만 관객이 들게 되면 어떻게 하지?'라는 걱정과 '684만 명이 들었던 〈타짜〉의 흥행 기록을 넘어야 기대감이 충족되지 않을까?' 싶은 생각 사이에서 실제로 악몽도

여러 번 꾸곤 했죠.

— 다음 작품이 엄청 큰 건디. 뽀빠이가 얘기 안 했어? 마카오 박이 오더 내린 거?

〈도둑들〉에서 극 초반에 일당이 훔친 문화재를 구입한 장물아비가 마카오에서 예정된 더 큰 범죄 계획에 대해 언급

이동진 〈전우치〉에서 대작을 한 번 만들어보셨으니, 〈도둑들〉 때는 부담이 좀 줄어들던가요?

최동훈 아뇨. 영화의 규모도 그렇고 배우들에게도 그렇고, 〈도둑들〉의 부담감이 가장 컸습니다. 〈도둑들〉은 무엇보다 책임감이 정말 많이 느껴졌던 영화였어요.

— 그래도 최소한 우리가 본전은 해야 되니까, 조니는 반대쪽에 똑같이 베팅하고.

〈도둑들〉에서 김윤석이 증국상에게 바카라 도박에서 어떻게 베팅해야 하는지 설명

이동진 〈전우치〉는 대진운이 없었던 영화였습니다. 영화 역사상 최고의 흥행 기록을 수립한 제임스 카메론의 〈아바타〉가 거대한 바람을 일으키며 극장가에 선을 보인 후 1주일 만에 개봉해서 정면승부를 펼쳐야 했으니까요. 〈도둑들〉 역시 당시 최고 화제작이었던 〈다크 나이트 라이즈〉와 한 주 차이로 개봉되었지만, 역시 〈전우치〉가 더 어려운 상황이었다고 할 수 있죠.

최동훈 맞아요. 사실 〈아바타〉를 대한민국에서 가장 무서워했던 사람은 바로 저였습니다. 박찬욱 감독님도 오래전부터 "〈아바타〉는 분명히 셀

것"이라고 말씀해주시기도 했었죠. 영화라는 게 상황에 따라 쉽게 동지를 적으로 만드는 것 같아요. 그게 참 묘한 경우였는데, 당시에 함께 개봉하게 된 경쟁작들을 만든 감독들이 제가 다 좋아하던 분들이거든요. 〈아바타〉의 제임스 캐머론이나 〈셜록 홈즈〉의 가이 리치도 좋아했지만, 특히 같은 날 개봉했던 〈파르나서스 박사의 상상극장〉의 테리 길리엄은 정말 좋아했죠. 좀 순진하게 이야기를 해본다면, 당시에 제 영화 개봉 때문에 그 세 편을 극장에 가서 못 보았던 게 아쉬웠을 정도였어요.

이동진_ 아무리 좋아하는 감독들 영화라도 그런 전투 상황에서는 흔쾌히 극장에 가실 순 없는 것이군요.(웃음)

최동훈_ 같이 맞붙게 되니까 그때는 심리적으로 보러 가기 싫게 되더라고요. 흥행으로만 따져본다면 그때 〈전우치〉의 가장 큰 적은 아마도 〈셜록 홈즈〉였을 거예요. 3위 자리를 굳건히 차지했으니까 말이에요. 그런데 당시에 〈아바타〉를 보지 못했을 때도 영화광인 장모님께서 관람 후 하시는 말씀을 들으니 느낌이 확 오긴 하더군요.

— 너무 잘 봤어, 이관장.
— 아휴, 별 말씀을요.
　〈도둑들〉에서 김해숙이 신하균의 안내로 미술관을 쭈욱 둘러본 뒤

이동진_ 뭐라고 말씀하셨는데요?

최동훈_ 〈아바타〉는 성난 사자 같고 〈전우치〉는 귀여운 고양이 같다고 하셨죠.

이동진_ 감독님의 부인이 〈박쥐〉와 〈그놈 목소리〉의 안수현 프로듀서라는 걸 감안하면, 정말 모전여전母傳女傳인 경우네요.(웃음)

최동훈_ 그렇죠?(웃음) 장모님이 지금 칠순이신데다가, 예전에 영화 일을 해보신 적도 없는 분인데 말이에요.

이동진_ 영화를 만드시는 분들은 무엇보다 주변 사람들의 평가에 귀를 가장 많이 기울이는 것 같더라고요. 당시에 안수현 PD님은 〈전우치〉에 대해서 뭐라고 하셨는지도 궁금해지는데요.

최동훈_ 아내는 "세 번째 작품까지 범죄 영화를 찍는 것보다 〈전우치〉를 만들기로 한 게 더 나은 선택이었던 것 같다"고 하더군요. 그러면서 이렇게 말을 하는 거예요. 〈범죄의 재구성〉과 〈타짜〉를 내놓았을 때는 농구대회에 혜성처럼 나타난 새로운 선수가 두 명을 제치고 멋지게 슛을 쏘는 것을 보면서 '저 사람이 농구 좀 하네'라는 느낌이었대요. 그런데 〈전우치〉에 와서는 슛이 들어간다고 미리 생각하고서 '네 명을 제쳐야지'라고 마음먹은 선수를 보는 것 같다는 거죠.

이동진_ 정말 날카로운 말이네요.

최동훈_ 그 말을 듣는데 조용히 송곳으로 옆구리를 찌르는 것 같아 무섭더라고요. 아내가 영화 프로듀서로서 정말 애정 어린 말을 해주었던 것 같아요. 아버지께서는 두 번 보니까 더 재미있다고 하셨어요. 저로서는 그 말이 제일 마음에 와 닿더라고요. "자동차 추격 장면은 네가 제일 잘 찍더라"고 말해준 분도 계셨죠. 김성수 감독님이나 박찬욱 감독님이 〈전우치〉가 좋았다고 하실 때도 정말 기분이 좋았어요. 그리고 영화판에 저를 싫어하는 사람들이 많았다는 사실도 〈전우치〉 때 비로소 알게 됐습니다.(웃음)

— 피곤해요. 새벽에 다시 와요.
　〈도둑들〉에서 김해숙이 카지노에서 일어서면서 임달화에게

이동진_ 사실 제게 〈전우치〉는 흥미로운 면모도 상당히 많았지만 감독님의 영화들 중에서는 상대적으로 아쉬움이 가장 컸던 경우였습니다. 전반부는 진행과 스타일이 굉장히 빠르고 리드미컬합니다. 정신을 바짝

차리고 영화를 보게 만들죠. 그런데 현대의 서울로 시공간적 무대를 바꾸는 후반부에 접어들면서 리듬이 늘어지고 긴장감이 떨어집니다. 반복적이라는 느낌도 주죠. 관객들이 계속되는 유머와 볼거리는 즐기면서도 어느 순간부터 이야기 진행 자체에 대해서는 관심을 잃게 된다고 할까요.

최동훈_ 구조적 결함일 수도 있을 거예요. 저는 상대적으로 초반이 너무 재미있었다는 생각도 해요. 그에 비하면 후반부가 속도감이나 힘이 약했던 거죠. 〈전우치〉를 연출한 경험은 앞으로 제가 영화를 만들 때 큰 영향을 끼칠 것 같아요. 중반부를 넘긴 후에는 쉬어서는 안 된다는 걸 명확히 알게 됐거든요. 극의 템포와 배치에 대해 문제가 있었다는 자기반성이 들어요. 과거 장면으로부터 현재 장면으로 옮겨온 요괴들을 분신술로 격퇴하는 장면까지 서사적 엔진이 질주를 했는데, 그 이후부터는 너무 천천히 간 것 같습니다. 저도 찍으면서 그걸 본능적으로 알았던 것 같아요. 그랬기에 그 지점부터 코미디를 좀 많이 넣었던 거죠.

이동진_ 약해진 이야기의 동력으로부터 다른 쪽으로 관객의 시선을 돌리려는 의도였다는 건가요?

최동훈_ 그렇죠. 결국 교훈은 첫인상 더러운 인간이 나중에 친근해지는 게 그 반대의 경우보다 낫다는 겁니다.(웃음) 〈전우치〉는 중반부에서 서사가 잠시 멈추는데, 갑자기 속력이 줄어들면 다시 불을 지피기가 정말 어렵다는 걸 절실히 느꼈어요. 구조에 대한 고민을 다시 하게 됐죠. 정말 영화라는 것은 마음 놓을 구석이 하나도 없는 것 같아요.

― 이 경보 지금 어디서 나는 거야, 지금?
― 관장님 개인 창고입니다.
― 내가 지금 거기서 왔는데?

〈도둑들〉에서 비상 경보음을 듣고서 신하균이 무전기로 직원에게 확인

이동진_ 구조적인 면에서 〈전우치〉와 〈도둑들〉은 시간이나 공간이 달라짐에 따라서 극이 전반부와 후반부로 명확히 나뉜다는 공통점이 있습니다. 하지만 〈전우치〉의 구성이 결과적으로 단절의 느낌을 주면서 후반부에 좋지 않은 영향을 주는 데 비해서 〈도둑들〉은 영화적 리듬이 떨어지지 않는 게 흥미롭더군요.

최동훈_ 〈전우치〉 때의 아쉬움 때문에 〈도둑들〉을 만들면서 구조에 대한 생각이 강박적으로 머릿속에 들어 있었어요. 부산에서 펼쳐지게 되는 후반부로 들어오면서 이야기는 거의 다 끝난 것처럼 보여요. 아주 간단해 보이는 일만 남은 거죠. 저는 부산에서 펼쳐지는 내용이 하나의 시퀀스라고 생각했어요. 아주 긴 시퀀스로 찍고 싶었죠. 하지만 아무도 여기서 지루해하지 않을 것이라는 확신이 있었어요. 왜냐하면 그 부분에서는 입장이 다른 사람들이 계속 모이게 되잖아요. 그걸 지켜보는 저부터가 정말 재미있는 거예요. 다만 부산에서 첫 총격이 벌어지기 전까지 어떻게 긴장을 이어갈 것이냐가 문제이긴 했지만요. 저는 자신감이 생겨야 찍을 수 있는 사람이거든요. 〈타짜〉의 마지막 도박 장면은 10분이 넘어요. 그런데 노먼 주이슨이 만든 〈신시내티 키드〉의 마지막 도박 장면은 거의 40분에 육박하거든요. 내적인 힘으로 버틸 수 있다면 충분히 해낼 수 있다는 거죠. 그렇게 해보고 싶었어요. 물론 자신감과 함께 불안감도 있죠. 그런 불안감과 싸우면서 어쨌든 계속 밀어붙이는 거예요.

― 웨이홍이 누구냐면은, 아무도 몰라.
〈도둑들〉에서 오달수가 정체불명의 웨이홍에 대해 언급

이동진_ 중반부의 마카오에서 벌어지는 일까지는 예상할 수 있는 방식으로 영화가 진행됩니다. 예측했던 방식대로 캐릭터들을 보여주는데 그 캐릭터들이 쏟아내는 대사가 역시나 재미있어요. 그런데 아마 범죄는 실패할 거고, 뒤에 뭔가 벌어지겠죠. 그리고 후반부에 접어들면서 부산으로 가게 되는데, 그곳에서는 예상하지 못했던 것들이 펼쳐지면서 또 다른 방식으로 관객을 사로잡습니다. 긴장이 계속 고조되다가 정점에서 부산이 배경임에도 불구하고 로프까지 타면서 무지막지한 총격 액션을 펼치니까요.

최동훈_ 아마도 그건 아무도 생각하지 못했을 거예요.

이동진_ 그런 장면은 일단 한국영화에서는 본 적이 없었죠. 아울러 구조로 볼 때 만일 부산에서 다시 또 모의를 해서 치밀하게 속고 속이면서 뭔가를 따내는 방식이었다면 그건 같은 코스를 전반부와 후반부에서 두 번 반복하는 셈이잖아요? 그런데 그게 아니라 전반부와는 전혀 다른 새로운 재료로 관객이 예상하지 못했던 오락을 굉장하게 펼쳐내기 시작하니까 무척 재미있죠.

최동훈_ 그 부분의 상황이나 이야기가 저 자신에게 설득력이 없었다면 저는 아마도 이 영화를 하지 않고 다른 시나리오를 썼을 거예요. 이를테면 관객들에게 그런 걸 보여주고 싶었던 욕망도 있었던 것 같아요. 그렇게 저 산을 넘고 왔더니 '여기 이 산 너머에는 또다른 게 있어요'라면서 새로운 걸 보여주고 싶었던 거죠. '그래서 이 산은 등산하실 만합니다'라고 말하는 듯한 느낌이었어요.

– 다이아 갖고 튄 애는 어디로 간 거야?
〈도둑들〉에서 김혜수가 최종적으로 다이아몬드를 가져간 전지현의 행방에 대해 질문

이동진_ 그런데 그 과정에서 후반부에 특정 인물이 갑자기 사라지거나 잊히는 것처럼 느껴지기도 하더군요. 예를 들어 조니(증국상)는 어느 순간 사라져서 뒷얘기가 전혀 나오지 않습니다. 그리고 사라지는 것까지는 아니더라도 팹시 같은 경우에는 그 중요한 상황에서 "배는 타야 하지

않겠어요?"라는 말을 하고서 걸어 내려와 차에 탄 뒤 잠시 생각에 잠기는 모습을 보인 후 부산여객터미널에서 다시 나타나기까지 꽤 오랜 시간 나오지 않습니다. 그 부분이 클라이맥스다 보니까 영화가 이 중요한 인물을 한동안 잊은 듯 보이는 거죠.

최동훈_ 조니는 뒷얘기가 있었는데 편집에서 삭제했어요. 조니가 마카오박을 총으로 쏘는 등의 장면이 있었는데 〈칼리토〉와 너무 유사하게 느껴지기도 하고 에필로그와의 연결이 맘에 들지 않기도 해서 결국 뺀 거죠. 그랬기에 조니는 어디로 갔는지 영영 모르는 인물이 되어버리고 만 거예요. 팹시의 경우에는 뒤에 나오니까 거기서는 좀 빼놓아도 된다고 생각했는데 역시 그 장면이 잘리면서 균형에서 삐걱하게 됐어요. 허점인 건 알지만 그 허점이 크지 않다고 봤기에 삭제했다고 할까요.

— 잠깐만, 내가 살게요.
— 왜?
— 왠지 느낌이 좋아서랄까?

〈도둑들〉에서 김수현이 출입 카드를 빼내기 위해 술집에서 카지노 지배인에게 접근

이동진_ 흥행에 대해서 〈도둑들〉의 경우는 만들 때 어떻게 느끼셨나요. 사실 천만 관객이라는 숫자는 사전 기획 단계에서는 예측할 수 없는 숫자잖아요?

최동훈_ 시나리오를 쓸 때는 '아, 이거 되게 우울한 얘기군' 싶었죠. 말하자면 〈도둑들〉은 이전에 천만 관객을 동원했던 영화들의 조건과 좀 거리가 있어서 그렇게 엄청난 성적을 거둘 거라고는 예측하지 못했어요. 영화가 눈물을 자아내게 만든다든가, 사회나 역사에 대해서 뼈아픈 기록으로 남을 수 있다든가 하는 게 아니었으니까요.

이동진_ 민족주의적인 성향도 전혀 없죠. 게다가 사실 〈도둑들〉은 오락영

화로서 보편적인 대중성을 갖춘 주류적 취향의 영화도 아닙니다. 다만 세팅이 주류인 거죠.

최동훈 맞아요. 이건 일종의 B급영화고 장르영화죠. 그런데 알고 보면 간 단하지만 플롯이 작동하는 방식은 또 복잡한 영화라서 흥행하면 〈타 짜〉정도 되지 않을까 싶었어요. 그런데 막상 찍어보니 의외로 촬영이 아주 재미있는 거예요. 이제껏 찍은 네 편 중 촬영 과정이 가장 재미있 었다고 할까요. 하루하루 촬영하러 갈 때마다 기분이 정말 상쾌해서, 시나리오보다 영화가 더 잘 나올 것 같다는 예감이 들더라고요. 너무 술술 잘 풀려서 뭔가 심각한 걸 놓치고 있는 게 아닐까 불안할 정도였 어요. 그래서 촬영이 다 끝났을 때는 어쩌면 〈타짜〉보다 더 잘될 수도 있겠다는 생각은 했죠.

─ 잘 숨어 있어.
─ 아, 그건 또 제 전문이죠.
　〈도둑들〉에서 김윤석이 지시하자 김수현이 자신감을 드러내면서

이동진 〈도둑들〉은 감독님이 안수현 PD님과 함께 차리신 영화사의 첫 작품입니다. 그런데 영화사 이름이 '케이퍼필름'이란 것은 향후 만들 어나갈 영화들이 실제로 케이퍼 필름이든 아니든, 어떤 지향점을 드러 내고 있는 것 같아서 인상적입니다. 감독님이 케이퍼 무비에 특장점이 있다는 것은 이미 공인된 사실이잖아요? 케이퍼 무비라는 용어 자체 가 한국에서 대중화된 결정적 계기가 감독님 영화들과 관련이 있기도 하죠. 처음 두 작품이 기본적으로 범죄영화였던 데 비해 세 번째 영화 〈전우치〉는 성격이 좀 달랐는데, 네 번째 영화 〈도둑들〉은 다시 범죄영 화였잖습니까. 게다가 제작사 이름까지 고려하면 이건 초호화 캐스팅 으로 케이퍼필름이 만든 케이퍼 필름인 셈인데, 사실 본인이 가장 잘할

수 있는 분야로 되돌아와서 작심한 채 달려드는 상황이 오히려 큰 부담으로 다가올 수도 있었을 것 같은데요.

최동훈_ 일단 영화사 이름을 케이퍼필름이라고 정한 데에는 그런 의지가 담겨 있기도 했지만 더 중요한 이유는 발음이 좋아서예요. 입에 딱 붙는 깨끗한 발음이죠. 발음해보면 입 모양도 예쁜 것 같아요. "너 이뻐"라고 말하는 것과 입 모양이 비슷해지죠.

이동진_ 그러네요. 모음 구성이 똑같으니까요.

최동훈_ 〈전우치〉를 끝내고 나니까 하고 싶었던 영화가 정말 많았어요. 〈도둑들〉을 끝낸 지금도 하고 싶은 영화가 참 많긴 하지만요. 어쨌든 〈전우치〉 이후에 다시 범죄영화를 찍어야겠다고 생각했다기보다는 그냥 도둑에 관한 이야기를 하고 싶었어요. 그렇다면 도둑은 어떤 사람일까에 대해 스스로 고민해보게 됐죠. 도둑이 범죄자로서 갖는 특징에 대해서 곰곰이 생각해본 결과, '범죄를 저지르는 시간을 빼고 나면 도둑은 그냥 노는 사람이군' 싶더라고요. 이어서 이 이야기의 중심에는 물건을 훔치는 것과 마음을 훔치는 것, 이렇게 두 가지를 놓으면 재미있겠다는 생각이 들었죠. 그때는 구체적인 스토리도 없었어요. 이전에 사기꾼 이야기를 했고 도박사 이야기도 했으니 막연히 도둑 이야기가 남은 것 같으면서 뭔가 부족한 것을 메우고 싶은 마음도 있었죠.

이동진_ 사기꾼, 도박꾼, 도둑에 대해서 각각 한 편씩 만드셨으니 이젠 강도가 남은 셈이네요. (웃음)

최동훈_ 아닌 게 아니라 〈범죄의 재구성〉을 끝내고 나서 제가 준비했던 영화가 바로 무장강도에 대한 영화였어요. 그러다 엎어지긴 했지만요. (웃음)

– 이번 일만 끝나면 나도 좋은 남자 만나 결혼, 아니고 동거로. 그리고 세금도 막 내고 살고 싶고. 자, 내가 그렇게 살려면 네가 어떻게 해야 할까.

〈도둑들〉에서 김해숙이 범행이 성공한 뒤의 미래에 대해 장밋빛 꿈을 꾸다가 김혜수에게
협조를 구하면서

이동진 ─ 부인께서 같은 영화인이라서 더 좋으신가요, 아니면 그 반대인가요.

최동훈 ─ 영화를 하는 사람과 결혼해서 정말 좋아요. 영화 일을 하다 보면
영화인이 아닌 배우자로서는 이해 못할 상황이 무척 많거든요. 예를 들
어, 배우자가 영화인이 아니라면 노는 것을 일하는 거라고 우길 수는
없겠죠.(웃음) 〈도둑들〉 촬영 현장이 이전보다도 훨씬 더 즐겁게 느껴진
결정적인 이유 중 하나가 아내인 안수현 PD와 함께한 작품이라서일
거예요. 제작자와 감독으로서 108회 촬영을 하는 동안 내내 같이 있었
던 셈인데 참 좋았어요. 호흡이 잘 맞는다는 것은 정말 중요합니다. 〈도
둑들〉 때 특히 많이 느꼈는데, 초반에는 배우들과도 많은 이야기를 나
눴는데 중반 이후에는 다들 알아서 하더라고요. '오늘 촬영이 감정 표
현도 어렵고 기술적으로 어려우니 난항이 예상되겠다'고 생각을 한 경
우에도 다들 알아서 잘해줘서 술술 잘 넘어갔어요. 최영환 촬영감독의
도움도 컸죠. 이젠 서로를 너무 잘 알아서 별 얘기도 안 해요.(웃음)

─ 왠지 동생하고는 간이 맞을 것 같아서 그러는 거야. 나의
   신비로운 기술과 동생의 깡다구를 합치면 우리 둘은 걸어다
   니는 중소기업이야.
   〈타짜〉에서 유해진이 조승우에게 파트너 제의를 하면서

이동진 ─ 안수현 PD님의 역량에 대해서 어떻게 느끼게 되던가요. 직접 함
께 일하신 것은 사실 〈도둑들〉이 처음인 건데요.

최동훈 ─ 프로듀서로서 정말 최고예요. 영화 한 편을 완성하기 위해서는
작업 공정이 굉장히 많고 복잡한데, 그걸 훌륭하게 수행해내려면 굉장

한 공력이 필요합니다. 영화 몇 편 경험해본 정도로는 100억 원짜리 영화를 제대로 핸들링하기가 정말 어렵죠. 저는 그런 상황에서는 공력 못 잖게 기질도 중요하다고 봅니다. 제가 식당에 갈 때마다 느끼는 것은 식당 주인의 기질 차이가 음식의 맛을 좌우한다는 거예요.

이동진_ 아, 정말 그런가요?

최동훈_ 자신의 식당에 들어오는 손님들은 무조건 다 기분 좋게 만들어줘야겠다는 기질을 가진 사람도 있고, 올 때마다 조금씩 조금씩 더 주는 사람도 있고, 그냥 손님은 사람 숫자로만 계산하는 사람도 있죠. 그럴 때 저는 일을 하는 사람에게는 성품이 아니라 기질이 거의 모든 걸 다 결정 지을 정도로 중요하다고 생각해요. 안수현 PD는 프로듀서로서 기질이 훌륭해요. 그리고 이건 이제껏 아무에게도 얘기하지 않았던 건데, 사실 제 데뷔작인 〈범죄의 재구성〉 연출을 막 맡았을 때 제가 제작자인 차승재 대표님에게 PD는 안수현 씨를 붙여달라고 부탁하기도 했어요.

이동진_ 그런 비하인드 스토리가 있었네요.

최동훈_ 그냥 친구였을 때인데, 당시 제작사인 싸이더스에 다른 경험 있는 PD들이 많았기 때문에 신인 감독에 신인 PD를 붙이기는 어려울 것 같다는 이유로 첫 번째 만남이 무산된 거죠. 그러다 결혼을 먼저 하게 된 겁니다.

이동진_ 마음을 먼저 훔치셨네요.(웃음)

최동훈_ 저로서는 참 좋은 게, 경력 18년차 PD니까 일을 아주 잘해요. 〈도둑들〉의 경우 제작자인데도 해외에 갈 때는 언제나 이코노미 클래스를 이용하죠. 배우들과 감독은 비즈니스 좌석에 태워준 뒤에 다 확인하고서 자신은 이코노미 좌석에 가서 앉는 거예요. 그게 그녀의 직업윤리니까요. 어쨌든 프로듀서로서 저는 100퍼센트 만족합니다. 그리고 프로듀서가 아내다 보니까 집에서도 계속 일 얘기를 하게 되는데, 저는 그게 좋거든요. 제가 좀 갑갑한 남자이긴 한가 봐요.(웃음)

– 저기, 우리가 부부인 거야?

〈도둑들〉에서 김해숙이 함께 부부로 연기하게 된 임달화를 가리키면서 김윤석에게 확인

이동진_ 그런데 촬영 기간이 총 2년 가까이 됐다는 걸 감안하면 그 상황이 마냥 좋을 것만 같지는 않은데요? 말하자면 촬영장은 감독의 직장인 셈인데, 이 경우에는 직장에서 일을 끝내고 집에 돌아와서도 거의 24시간 내내 부인과 함께 일 관련 이야기가 끊어지지 않는다는 점에서 일종의 네버엔딩 스토리가 될 것 같아요. 집에서 모처럼 저녁을 먹다가도 "어제 그 장면에서 김윤석 씨가 말이야~"라는 식으로 계속 얘기를 나눌 것 아니겠어요?

최동훈_ 부담스럽거나 때로는 귀찮을 수도 있긴 하겠죠. 하지만 저로서는 부부가 밭을 하나 온전히 함께 맨다는 느낌이 강했어요. 아침에 일어나면 함께 밭에 나가서 일하고, 집에 들어오면 또 내일 가서 일할 거 준비하고. 그렇게 2년을 살았던 것 같아요.

이동진_ 그러니까 좋은 점만 있으셨다는 주장이군요?(웃음)

최동훈_ 물론 촌철살인의 조언을 해줄 때는 기분 나빴던 적도 있었죠. 예를 들어 이런 일이 있었어요. 홍콩으로 촬영하러 가는데 비행기 안에서 시나리오를 계속 읽더라고요. 그걸 보는데 괜히 불안해지는 겁니다. 지금까지 서른 번도 넘게 읽었을 텐데 말이에요. 그러더니 입을 여는데 자신이 볼 때는 몇 개의 신이 걸린대요. 마카오박과 뽀빠이가 엘리베이터 상판 위에서 마지막에 대화하는 장면이 있는데 그게 재미가 없다는 거죠. 이미 6회차까지 찍은 상황에서 그런 말을 들으니 기분이 상해서 내 앞에서 재미없다는 얘기로 서두를 꺼내지 말라고 쏘아붙였어요. 그러고는 호텔 방에 앉아서 저 혼자 다시 시나리오를 처음부터 끝까지 읽어보았는데, 음, 진짜 재미가 없더군요.(웃음)

이동진_ 그래서 고치셨어요?

최동훈_ 계속 고쳤죠. 그 신을 찍는 날까지.

– 와인을 이렇게 두는 사람들이 어딨어, 이거? 제정신이야?
  아니, 여기다 불 환하게 켜놓고 이거 이거 얼마나 뜨뜻해?
  이게 도대체 뭐 하는 플레이냐구. 와인은 온도가 얼마나 중
  요한데.
  〈범죄의 재구성〉에서 박신양이 염정아의 와인 보관 방법을 탓하면서

이동진_ 그 장면은 현재 〈도둑들〉에 굉장히 중요한 대목으로 들어가 있는
데요.

최동훈_ 처음 시나리오를 보셨다면 '뭐 이따위로 썼어?' 싶으실 겁니다.
그런데 저 역시 그걸 알면서도 어떻게 고쳐야 할지는 모르겠는 거예요.
사실 그런 상황이 되어도 아무도 제게 그런 얘기를 하지 않거든요. 오
직 이 사람만 아내이자 영화사 사장으로서 제게 말하는 거죠. 그런데
제 장점은 맞다는 판단이 들면 재빨리 그걸 인정하는 거예요. 결국 촬
영 일정을 소화하느라 내내 떠밀려가면서도 조금씩 한 줄 한 줄 고쳐
서 결국 그렇게 찍었죠.

이동진_ 장소부터가 엘리베이터 상판이라는 공간이 주는 불안감이 있는
데, 동시에 그게 또 두 남자에게는 운명의 외나무다리처럼 기능하는 거
잖아요? 그런 공간에서 나누는 대사이고 결국 서로 밑바닥까지 들여다
보면서 말할 수밖에 없는 상황임을 감안하면 매우 중요한 장면이죠.

최동훈_ 맞아요. 결국 거기서 속내를 까야 되는데 구구절절 말하게 하기는
싫은 거예요. 그 대사가 여덟 줄 이상 넘어가면 안 된다고 봤죠. 적지
않은 분들이 제가 대사를 많이 쓰는 걸 좋아한다고 생각하시는데 그건
오해입니다. 저는 오히려 별로 중요하지 않은 장면에서 대사를 많이 쓰
고, 중요한 장면일수록 별로 안 쓰거든요. 〈도둑들〉의 경우 그 엘리베이
터 상판의 대사를 쓰는 게 가장 어려웠어요. 그렇게 느끼고 있는데 안
수현 PD가 칼을 쭉 뽑아서 옆구리를 푹 찌른 거죠. 그런데 저는 그게
좋아요. 감독에게 말을 너무 아끼는 것도 바람직한 건 아니거든요.

— 일 하나만 더 해. 500 줄 테니까 차 하나 쌔벼서 전주로 가
  지고 와.
〈타짜〉에서 김혜수가 사립탐정 조상건에게 전화로 지시

이동진_ 〈타짜〉의 속편을 연출하지 않기로 하셨습니다. 당시에 왜 거절하
셨는지요.

최동훈_ 직접 해보니까 도박영화가 어렵더라고요. 원작이 있을 경우 저는
제 나름의 각색 방식이 있는 것 같습니다. 제 틀에 안 맞으면 전부 버리
는 거죠. 〈타짜 2〉를 제가 하면 인물을 다루는 방법 같은 것에서 아마도
〈타짜〉 때와 똑같은 방식으로 할 것 같아요. 그러면 과연 그 영화가 재
미있을까요? 그리고 제가 속편까지 하면 오히려 관객들이 좋아하지 않
을 수도 있을 거예요. 저 역시 〈타짜〉를 끝낸 후 다른 걸 하고 싶은 마
음이 더 크기도 했고요.

이동진_ 현재 그 속편은 강형철 감독님이 연출하게 됐는데, 한때 〈지구를
지켜라〉의 장준환 감독님이 맡기로 했었죠. 장준환 감독의 〈타짜 2〉가
나왔더라면 어떤 영화가 되었을 것 같습니까.

최동훈_ 제가 만든 〈타짜〉와는 완전히 달랐을 것 같습니다. 〈타짜〉는 〈에
일리언〉 시리즈처럼 매번 다른 감독이 서로 다른 방식으로 찍으면 좋
을 듯해요. 시리즈 영화는 그렇게 속편이 나오는 게 재미있을 것 같거
든요. 사실 우리는 둘 다 도박을 거의 못한다는 공통점이 있었죠. 장준
환 감독이 속편을 맡기로 결정하고 나서 어느 극장 앞에서 우연히 만
난 적이 있었는데, 그때 장 감독이 "언제 한번 포커 치자"고 외치더라고
요. 그래서 제가 조용히 다가가서 "제발 사람들 다 보는 데서 큰소리로
말하지 마"라고 부탁했죠. 〈타짜〉 1, 2편의 감독 둘이 그런 대화를 나누
면 남들이 어떻게 생각하겠어요. (웃음)

이동진_ 그렇다면 〈도둑들〉의 속편은 찍으실 수도 있습니까?

최동훈_ 찍으면 재미있을 것 같아요.

이동진_ 안 찍을 수도 있지만 찍을 수도 있다는 거죠?

최동훈_ 그렇죠.

— 다시 한 번 말해줘.
〈도둑들〉에서 죽어가던 임달화가 김해숙으로부터 사랑 고백을 받고서

이동진_ 〈타짜〉는 속편 생각을 전혀 안 하셨는데 왜 〈도둑들〉은 2편을 찍을 수도 있다고 생각하시나요. 〈타짜〉는 원작이 있는 경우지만, 〈도둑들〉은 감독님의 오리지널 시나리오에서 출발한 작품이라서 그런가요?

최동훈_ 그런 것도 있겠죠. 〈타짜〉를 통해서는 이미 제가 할 수 있는 건 다 했다는 느낌이 있어요. 그런데 〈도둑들〉은 뭘 좀 더 해보고 싶은 마음도 드네요.

이동진_ 〈도둑들〉은 남아 있는 이야기도 꽤 많이 있을 것 같은 느낌입니다. 실제로 영화가 끝날 때의 뉘앙스 자체도 뭔가 뒷이야기를 암시하는 것 같기도 하고요.

최동훈_ 찍을 때는 그런 걸 염두에 두거나 하지는 않았어요. 〈도둑들〉을 개봉시키고 나서 이런저런 생각을 쭈욱 하다 보니 또 털고 싶은 이야기가 생겨났다고 할까요.

이동진_ 그럼 터셔야죠. (웃음)

최동훈_ 곧바로는 못 들어갈 것 같아요.

이동진_ 최소한 다음 영화는 아니라는 거네요?

최동훈_ 네, 그럴 것 같아요.

— 우리 오랜만에 샤워 한 번 할까?
— 하지 마.

— 그래, 비즈니스가 우선이니까.

〈범죄의 재구성〉에서 오랜만에 만난 백윤식이 수작을 걸자 염정아가 차갑게 거부

이동진_ 이런 분류 자체가 우습지만, 감독님은 예술영화보다는 상업영화 쪽에 훨씬 더 무게를 싣고 있다고 말할 수 있을 것 같습니다. 바로 그런 이유로 충무로에서 감독님께 계속 큰 기대를 걸고 있기도 하구요. 본인에 대한 이런 평가를 어떻게 생각하십니까.

최동훈_ 저는 또 저 혼자 깊숙한 곳에서는 예술을 하고 있다는 생각도 있죠.(웃음) 사실 제가 상업영화적이라기보다는 할리우드 영화를 좋아하는 것 같아요.

— 지가 이거 찍고 칸느 가는 것도 아니면서.

〈전우치〉에서 염정아가 촬영장에서 감독 탓을 하면서

이동진_ 장르영화를 무척 좋아하시죠? 이제까지 만드신 영화들이 그렇기도 한데요.

최동훈_ 네, 저는 제가 운이 좋다고 생각합니다. 왜냐면 제가 데뷔작으로 범죄극 시나리오를 쓸 때 그런 영화가 없었으니까요. 케이퍼 무비는 언제나 영화사에 있어왔는데도 불구하고, 〈범죄의 재구성〉 같은 이야기를 충무로에서 시도하지 않았기에 관객들이 그 영화를 좋아했다고 전 생각하거든요. 〈타짜〉도 사람들이 국민 만화라고들 하는데, 원작 만화가 워낙 좋긴 하지만 도박을 다룬 건데 국민 만화라고 하기가 좀 그렇죠. 〈일곱 개의 숟가락〉 같은 만화가 되어야 하는데 말이죠.(웃음) 〈타짜〉가 잘된 것은 원작의 힘도 세고 배우의 힘도 셌기 때문이라고 생각합니다. 저는 운이 좋았을 뿐이에요. 전 계속 제가 하던 방식대로 이야기를 할 텐데 앞으로 어떻게 될지 잘 모르겠어요. 감독은 길어야 10년

이라고 하는데 말이죠. 10년이면 사회 전체가 아예 바뀌는 것 같아요. 영화들의 흐름도 그렇고요.

이동진_ 할리우드의 역사도 그렇게 볼 수가 있겠네요.

최동훈_ 1970년대 미국영화들을 보면 패배의식이 강한 작품들이 많았죠. 〈졸업〉처럼 행복해 보이는 영화마저 우울이나 열패감 같은 게 배어 있잖아요. 그런데 그런 게 1980년대 오면 다 없어지죠. 1990년대가 되어서 코언 형제나 타란티노 혹은 소더버그 등이 다시 장르적이고 위트 넘치는 영화들을 만들고 있지만 1970년대적인 시대정신은 거기 없죠. 일종의 유희라고 할까요. 저는 미국의 1970년대 영화들을 좋아하지만 정서적으로는 1990년대 영화들과 비슷한 것 같아요. 그러면서도 지금이 순간에 영화를 찍고 있는 감독이고요. 더구나 현재는 한국영화의 패러다임 자체가 바뀌는 시기인 것 같은데 앞으로 10년이 어떻게 될지 하는 당혹감이 있어요. 저도 시대와 같이 가는 거니까 제 변화가 어떻게 이뤄질지 저 역시 궁금해요.

— 솔직히 저 안 한 지 10년 넘었어요.
— 그럼 10년 치 합시다.
　〈도둑들〉에서 김해숙이 잠자리를 하기에 앞서서 부끄러워하자 임달화가 농담 삼아 말을
　받으면서

이동진_ 그런 할리우드의 시대적 변화 추이가 우리에게도 적용되고 있는 것 같네요. 그런 분류법을 따른다면 지금 한국영화는 미국영화의 언제쯤에 해당될까요.

최동훈_ 글쎄요. 1980년대 초반 정도 아닐까요?

감독님은 길쭉한 여자의 우아한 뒷모습을
무척 좋아하시는 것 같습니다.
〈타짜〉의 김혜수 씨나 〈범죄의 재구성〉의
염정아 씨 모두 극 중에서 두 팔을 길게 뻗어
스트레칭을 하는 뒷모습이 영화에 인상적으로
담겨 있죠. 〈도둑들〉에서도 전지현 씨가
길쭉한 팔과 다리를 이용해서 몸을 쭈욱
펼치는 동작들이 인상적으로 담겨 있습니다.

음, 그런 것 같긴 해요.(웃음) 고양이나 표범이 나른하게 몸을 쭉 펼 때의 모습 같은 것을 좋아하거든요. 남자 감독이 영화에서 여배우를 캐스팅할 때 자신의 이상형으로 선택하는 경향이 있는 것 같아요. 제 이상형은 팔다리가 긴 여자였거든요. 저는 보디랭귀지도 대사라고 생각해요. 그런 모습들도 뭔가를 말하고 있다는 거죠.

— 개평 없고, 속이기 없고, 상한가 없고.

〈타짜〉에서 유해진이 도박판에 끼어들자마자 규칙을 재확인하면서

이동진_ 한국의 영화 산업이 도박판 같다고 비아냥거리는 견해도 없지 않은데 이에 대해서는 어떻게 생각하십니까. 사실 〈타짜〉의 노름판에서 일어나는 일이나 규칙 같은 것들은 상황을 살짝 바꾸면 한국영화계의 현실에도 그대로 적용될 수 있죠. 〈범죄의 재구성〉에서 사기꾼들이 훔치려는 한국은행 돈 50억 원은 충무로 주류 대중영화의 평균 총제작비와 대략 비슷하기도 하고요.

최동훈_ 듣고 보니 그러네요. 실제로 〈타짜〉가 나온 뒤에 사람들이 영화에 빗대서 '요새 영화판은 다 도박판'이라고 말하기도 했죠. 어쨌든 영화 산업의 변화는 전체적인 흐름이 서서히 변화하는 게 아닌 것 같아요. 특정 작품이 엄청나게 많이 벌거나 기대했던 작품이 크게 실패하면서 급격한 변화가 생겨나는 방식에 가까운 것 같습니다. 천만 영화들이 나올 때 적잖은 분들이 기뻐하면서도 한편으로는 걱정도 많이 했잖아요? 산업구조가 급격하게 바뀌면 어떻게 될지에 대해서 말이죠. 지금 한국영화계는 바로 그런 양상들이 나타나고 있는 상황이라고 할 수 있을 거예요.

— 요즘 그쪽에 구조조정 한다는 소문이 있던데, 어떻게, 사실이에요?

〈범죄의 재구성〉에서 한국은행 직원이 상대가 시중 은행원인 척 위장한 사기꾼들인 것을

알아채지 못한 채 말을 걸며

이동진_ 지금 한국영화계가 질적으로 위기라고 생각하시는 거죠?

최동훈_ 네, 이전에 겪었던 것과는 질적으로 다른 위기라고 생각해요. 저

야 뭐 늘상 하던 대로 찍어서 상업영화라고 하면 되는데, 상업성이 반밖에 보증이 안 되지만 나머지 반은 뭔가 볼 만한 구석이 있는 영화들의 경우가 더 큰 문제에 부딪치고 있죠. 그런 작품들이 못 만들어진다면 이건 한국영화계에 엄청난 불행일 거라고 봅니다. 자본이 예전에는 어떤 영화가 흥행이 되는지 몰랐는데, 이젠 그걸 알고 있거나 알고 있다고 착각하고 있는 시대가 온 것 같아요.

– 세상이 많이 변했구만.
〈전우치〉에서 500년 만에 봉인에서 풀려난 강동원이 차창 밖 도시의 거리를 쳐다보면서

이동진_ 앞으로는 어떨 것 같습니까.

최동훈_ 정말 잘 모르겠어요. 지금은 누구나 명분이 아닌 실리를 취하고 있는 상황인데, 사실 명분 역시 존중받는 사회적 분위기가 바람직하다고 보거든요. 지금보다 명분을 더 살리는 것이 고리타분하고 전근대적인 것 같지만, 사실 그런 게 무척 중요한 듯해요.

이동진_ 2012년에는 한국영화 중 천만 명 이상의 관객을 동원한 영화가 사상 처음으로 두 편(〈도둑들〉〈광해〉)이나 나왔습니다. 300만 명이 넘는 소위 '중박' 영화도 꽤 많이 나왔고요. 결과적으로 한국영화로만 연간 관객 수 1억 명을 넘기기도 했습니다. 현재 한국영화가 호시절을 맞았다고 보십니까?

최동훈_ 산업적으로 좀 좋아진 건 사실이지만 호시절이라고 생각하진 않아요. 지금은 모든 스태프들이 다 일을 하고 있긴 한데, 뭔가 깊은 곳에서 스멀스멀 피어오르는 일종의 피로감 같은 게 영화인들에게서 느껴지기도 해요. 한국영화계의 근본적인 변화가 시작되지는 않은 것 같아요. 말하자면 1996년부터 2006년까지가 진짜 호황이었죠. 그때는 한국영화가 진짜 짜릿짜릿했어요. 아직은 그때 같지는 않다는 거죠. 10년

주기로 변한다면, 이제 뭔가 슬슬 변화가 오지 않을까요?

— 보통 호구들은 자본이 부족해서 돈을 잃는다고 생각한다.
  〈타짜〉에서 치밀한 작업 끝에 돈 많은 기업인을 도박판에 끌어들이는 데 성공한 김혜수의
  내레이션

이동진_ 한국영화는 제작비 같은 자본이 부족할 수밖에 없기에 할리우드와 겨루기 힘들다고 보는 견해에 대해 어떻게 생각하십니까.

최동훈_ 할리우드가 우리보다 열 배 이상의 많은 제작비를 들이는 것은 사실이지만, 그런 견해에 대해서 동의하지 않습니다. 이미 허다한 유럽영화들이 영화란 돈으로 찍는 게 아니라는 것을 보여줬으니까요. 물론 컴퓨터 그래픽이나 스턴트 같은 것들에서는 제작비 때문에 안 되는 게 있지만 기본적으로 A4 용지 값은 다 똑같잖아요? 액션 장면을 찍을 때 '아, 제작비가 충분하면 좋을 텐데'라는 생각을 하기도 했지만 제이슨 본 시리즈 같은 걸 보면 훌륭한 액션이 꼭 돈 때문이 아니라는 것을 알게 되죠. 그런 영화 보면 정말 좌절감이 들어서 술 마시고 싶을 정도예요. 저는 액션의 경우, 앞으로 적은 돈으로 자동차 액션을 잘 찍어보고 싶어요. 할리우드보다 우리가 밀리는 것은 제작비가 아니라 제작 편수입니다. 할리우드는 우리에 비해서 나쁜 영화가 열 배나 많지만 좋은 영화 역시 열 배 많으니까요.

— 외국 가게 생겼다.
— 거길 왜 가, 형님이.
— 짭새가 뽀빠이 찍었잖아, 이 붕신아.
— 우리, 외국 가요?

〈도둑들〉에서 이정재가 자신들을 노리는 경찰 때문에 어쩔 수 없이 해외 원정을 가야겠다

고 장난스레 이야기했는데도 눈치를 못 채고 김수현이 묻자 전지현이 재차 면박을 주면서

이동진_ 〈도둑들〉을 통해 해외 촬영을 원 없이 하신 셈이 됐습니다. 〈타짜〉와 〈전우치〉 때도 외국에서 촬영한 장면들이 있지만 분량이 매우 적었으니까요. 해외 촬영이 양적으로나 질적으로 매우 중요한 영화를 직접 찍어보니까 어떠셨나요.

최동훈_ 나중에는 고생을 참 많이 했지만, 처음에 갈 때는 정말 재미있어서 죽겠는 거예요. 그렇지만 괜히 외국의 향취에 취해서 이것저것 막 찍지 말고, 명확하게 딱 찍을 것만 찍자고 결심했죠. 외국 촬영을 하면서 제가 가장 많이 배운 건 오히려 프리 프로덕션에 대한 것이었습니다. 프리 프로덕션이 제대로 되어 있지 않을 경우 현장에서 감독이 정말 괴롭더라고요. 촬영하기 한 달 반 전에 장소에서부터 카메라의 위치와 소품까지 일일이 다 확정되어야 제대로 진행이 될 수 있었으니까요. 한국에서 찍을 때처럼 시간을 질질 끌다가 현장에서 즉흥적으로 뭔가를 할 수는 없더라고요.

이동진_ 할리우드든 홍콩이든 일본이든, 외국에서 촬영을 해본 한국 감독들은 다 그런 얘기를 하시는 것 같아요.

최동훈_ 저 역시 〈도둑들〉을 통해 미리미리 결정하는 법을 배운 셈이에요. 고생을 좀 했지만 일단 그런 방식으로 해보니 상당히 좋던데요? 앞으로는 한국에서도 미리 고민을 더 많이 해서 빨리빨리 결정하는 방식으로 찍어야겠다는 생각을 했습니다.

— 다들 잘들 다녀오세요. 나 지난번에 개꿈 하나 꿨는데 외국
   나가면 죽는다네, 점쟁이가.
— 야, 오드리 헵번도 죽는데 네가 왜 못 죽니? 그리고 점쟁이

말대로라면 내가 결혼 세 번 했겠냐? 같이 가자, 내가 꿈 살 테니까.

〈도둑들〉에서 해외 원정 범행에 대해 전지현이 발을 빼려 하자 김해숙이 설득

이동진_ 최근 들어 박찬욱 김지운 감독님 등이 할리우드에서 영화를 찍었잖아요? 진출을 앞두고 있는 감독들도 여럿 있는 것으로 알고 있고요. 최동훈 감독님은 어떻습니까. 향후에 할리우드 같은 곳에서도 영화를 찍을 계획이 있으신지요.

최동훈_ 이번에 〈도둑들〉을 외국에 나가서 찍으니까 무척 재미있었거든요. 정말 많은 경험을 하기도 했고요. 그래서 기회가 되면 어디서든 찍을 수 있다는 생각입니다. 다만 일부러 그쪽으로 시선을 두지는 않을 거예요. 그냥 평소처럼 열심히 일하는 게 제게는 제일 맞는 것 같아요.

― 화투는 운칠기삼이야. 운이 칠십 70프로고 기세가 30프론데, 기세라는 게 결국 판돈이거든.

〈타짜〉에서 졸부가 김혜수에게

이동진_ 화투가 그렇다면, 영화는 어떻습니까. 시나리오의 비중이 어느 정도쯤 된다고 보시나요.

최동훈_ 시나리오가 최소한 50퍼센트는 될 거예요. 영화라는 게 시나리오로부터 확신이 생겨나는 것이니까요. 그 확신이 생기지 않으면 비행기로 요원을 투하할 때 어디서 낙하시킬지 알 수 없게 되죠. 그때 저는 시나리오가 비행기에 해당한다고 봅니다. 저 자신은 시나리오에 대해서 내외적으로 더 많은 모니터가 필요하다고 생각해요.

– 사기는 테크닉이 아니다. 심리전이다. 그 사람이 뭘 원하는
지 그 사람이 뭘 두려워하는지 알면 게임 끝이다.
〈범죄의 재구성〉 마지막 장면에서 박신양과 함께 반지 사기를 쳐서 돈을 빼돌리는 데 성공
한 염정아의 내레이션

이동진_ 영화 결국 역시 테크닉이 아니라 관객을 상대로 한 심리전인가요.
최동훈_ 그렇다고 봅니다.
이동진_ 관객과의 관계는 일종의 게임이라고 보시는 거죠?
최동훈_ 네, 연애 같은 거라고 생각해요.

– 너 사람 죽일 수 있간? 직싸도록 맞았으니까 너도 썩어지게
때려줘야지. 타짜의 첫 자세가 야수성이야.
〈타짜〉에서 백윤식이 조승우의 야수성을 키우기 위해 일부러 다른 남자와의 싸움을 부추
기면서

이동진_ 야수성은 감독에게도 필요한 덕목이라고 보십니까.
최동훈_ 그럼요. 한번 목표로 정한 건 무슨 일이 있어도 찍어야죠. 저 같은
경우는 시나리오 작업을 할 때 이렇게도 써보고 저렇게도 써보는데, 현
장에서 감독이 아무리 애를 써도 장소 등의 문제 때문에 절대 시나리
오대로 못 찍게 되는 경우가 꼭 생겨요. 그럴 때를 대비해서 2안, 3안을
평소에 생각해놓는 편이죠. 현장에서 최선을 다해도 안 되면 준비해둔
2안으로 찍어요.
이동진_ 그렇게 현장 여건 때문에 즉석에서 설정을 바꾼 장면은 어떤 게
있을까요.
최동훈_ 〈전우치〉에서 분신술의 결과로 모두 열한 명의 전우치가 등장해
싸우는 장면이 대표적이었죠. 원래는 열한 명의 전우치가 요괴들과 싸

울 때 신선 셋 역시 주변에서 합류하는 것으로 짰는데 직접 해보니 기술적인 이유 때문에 그 세 캐릭터는 그 장면에서 계속 가만히 있어야 하더라고요. 열한 명의 전우치 액션을 표현하기 위해서 매번 다르게 찍은 내용들을 하나로 합성하려면 뒷배경으로 나오는 셈인 그 세 명이 열흘도 넘게 가만히 버티고 서 있어야 했던 거죠. 그게 부자연스럽기도 했고 또 구경꾼들을 세워둔 채 싸움을 벌이는 것 같기도 해서 결국 송영창 선배를 벽 사이에 끼워두는 것으로 촬영 전에 설정을 바꾼 거죠. 셋 중 하나가 벽에 끼이게 되면 나머지 둘은 그 사람을 빼내야 하니까 자연스럽게 세 사람을 분신술 액션 장면에서 제외할 수 있게 되었어요. 막상 끼워 넣고 보니까 그게 더 재미있기도 하더라고요.

이동진_ 스티븐 스필버그의 〈죠스〉처럼 현장의 한계가 오히려 좋은 아이디어를 고안해내도록 긍정적으로 작용한 셈이네요.

최동훈_ 사실 제 바람은 시나리오 단계에서 완벽하게 써서 촬영 현장에서 거의 고칠 필요가 없는 영화를 찍는 거예요. 다른 감독들도 그렇겠지만 박찬욱 감독님이나 봉준호 감독님 같은 분들은 프리 프로덕션을 아주 열심히 하는 스타일이라 현장에서 큰 변화가 없다고 하더라고요. 그런데 저는 대사뿐만 아니라 신 자체까지 현장에서 많이 바꾸는 편이죠. 아무리 우연적인 요소를 차용한다고 해도 촬영하면서 거듭 신을 바꾸고 시나리오를 다시 쓰게 되는 것은 그다지 바람직하지 않은 것 같아서 요새 새롭게 고민하고 있어요. 그렇게 즉석에서 바뀌 촬영을 하고 나면 체력이 극도로 떨어져요. 그렇긴 해도 기본적으로 현장에서 벌어지는 우연성을 제가 무척 즐기긴 하는 것 같기도 하구요.

- 아니, 선생님, 그 손?
- 손이 와?
- 어떻게 하신 겁니까?

— 손은 눈보다 빠르다.

〈타짜〉에서 신기에 가까운 손놀림에 조승우가 놀라자 백윤식이 일갈

이동진_ 〈타짜〉에서 평경장은 고니에게 손이 얼마나 중요한지 설명합니다. 반면에 짝귀는 고니에게 화투는 손이 아니라 마음으로 치는 것이라고 가르치죠. 모든 영화는 손과 마음이 다 필요하지만, 장인들의 장르 영화는 손으로 찍는 영화에 가깝다고 할 수 있을 겁니다. 굳이 고른다면 감독님의 경우는 어떤가요. 손으로 영화를 찍습니까, 아니면 마음으로 영화를 찍습니까.

최동훈_ 제 영화는 손으로 만드는 영화라고 생각합니다. 저는 시나리오를 쓸 때는 아주 꼼꼼하게 씁니다. 그러나 촬영장에서 영화를 찍을 때는 기분 내키는 대로 찍습니다. 최대한 재미있게 찍으면서도 동시에 최대한 안정적으로 찍지 않으려 노력합니다. 불안정한 쇼트들을 좋아하거든요. 어쨌든 현장에서는 가능한 경쾌하게 찍으려고 해요. 손으로 만들어도 물론 그 속에 마음이 있긴 하죠. 마음으로 찍는 영화를 높게 평가하는 게 대세이기도 하고요. 하지만 최동훈이라는 사람의 성향이 그런 건 어쩔 수 없는 거죠.

— 넌 화투 배우지 말라. 길에서 객사할 팔자다, 야.

〈타짜〉에서 백윤식이 제자가 되고 싶다는 조승우의 손금을 라이터 불에 비춰가며 유심히
살펴본 뒤

이동진_ 영화가 팔자라고 느끼십니까.

최동훈_ 그런 것 같습니다. 어린 시절, 담이 붙어 있는 옆집에 친구가 살았는데 부잣집이어서 참 책이 많았어요. 처음에는 그 집에 자주 놀러 가서 책을 빌려왔는데, 나중에는 그 친구 엄마가 싫어해서 친구가 던져주

는 책을 담 밑에서 받아 읽고는 했죠. 그런 일을 6~7년 했을 만큼 책을 즐겼어요. 어려서부터 문자중독증에 가까울 정도였죠. 그러니까 결코 영상세대는 아니었던 거예요. 그런데 대학 국문과에 진학하고 나서 내 자신이 너무나 글을 못 쓰는 것 같아 자책하기 시작했어요. 나에게는 왜 언어 조탁력이 없을까. 난 왜 엉덩이가 진득하니 무겁지 않을까. 그런데 문학과 달리 영화는 엉덩이가 무거울 때와 가벼울 때가 다 생산적인 매체죠. 그리고 상상력이 중요한 시나리오는 유려한 문장이 아니어도 되고요. 그런데 사실 영화 일은 종사하는 누구에게나 다 팔자라는 느낌을 주는 이상한 직업입니다.

― 저거 뭐야?
― 아, 저거요. 나 요번 프로젝트 끝나고 조용하게 짱 박혀 있
다가 저기 가서 펜션 같은 거 하려구요.
〈범죄의 재구성〉에서 백윤식이 천장에 붙은 사진을 보면서 묻자 박신양이 미래의 계획에
대해 이야기

이동진_ 감독 일 외에 다른 일을 해야 한다면 어떤 걸 하고 싶으신가요.
최동훈_ 여행 책을 쓰고 싶어요. 아주 자세한 여행 안내 서적이요. 예전에 뉴욕에 가서 한 달 정도 체류한 적이 있었는데, 그때 그런 일을 해보고 싶더라고요. 당시에 여행 책자를 여러 권 살펴봤는데 정말 이건 아니라는 생각이 들었거든요. 더 재미있고 더 자세하게 쓴다면 여행자들이 무척 좋아할 것 같아요. 그런 책을 쓴다는 걸 빌미로 삼아서 외국에도 자주 가고요.(웃음) 농사를 짓거나 나무를 키우고 싶은 생각도 있는데 이건 너무 멋있게 보이니까 아내에게 가끔씩 "우리, 음식점이나 차릴까요"라고 말하기도 해요. 정말 좋은 음식점을 차리고 싶어요.
이동진_ 요리를 무척 잘하신다는 얘기를 저도 전해들은 적이 있어요.

최동훈_ 가정식을 잘하죠. 영화를 하는 사람들이 의외로 입맛들이 참 까다롭거든요. 그러니 괜찮은 음식점을 차리면 잘되지 않을까 싶어요. 그러나 이 모든 것은 다 아내가 하자는 대로 할 겁니다.(웃음)

— 난 너 맘에 든다.
— 그쵸? 제가 좀 나이 많은 여자랑 잘 맞거든요.
  〈도둑들〉에서 전지현이 처음 만난 김혜수의 약점을 은근히 파고들며

이동진_ 이제 마흔을 넘기셨습니다. 사십대가 됐다는 걸 자주 인식하시나요?

최동훈_ 전혀 인식 안 됩니다. 제 정신연령은 절대 마흔이 안 되니까요.(웃음) 서른이 되었을 때는 정말 뛸 듯이 기뻐했어요. 더 이상 이십대 때처럼 바보 같은 행동은 하지 않겠지 싶어서요. 그러나 삼십대가 되어도 역시 똑같은 짓을 하더라고요. 사십대가 되었다고 철이 들지는 않을 거 같아요. 다만 운동하면서 뛸 때 거울에 비친 제 모습을 보면서 스스로 우스꽝스럽다고 느낄 때는 있어요. 관절이 뻣뻣해진다고 느낄 때도 있고요. 그리고 용서가 좀 늘었죠.

이동진_ 그건 스스로에 대한 용서인가요, 아니면 남에 대한 용서인가요.

최동훈_ 갈수록 제게는 더 가혹해져요. 그런데 세상과 타인에 대한 용서는 늘었어요. 그렇게 변하고 있다는 것을 느끼고 있어요. 예전에는 거의 수탉이었거든요.

— 동생이 죽어서 슬프시겠어요.
— 누구나 한번 태어나면 죽는 거잖아요. 저는 개인적으로다가 그래요, 기쁜 것도 싫구 그렇다고 슬픈 건 또 더 싫구. 그

냥 걸그치는 것 없이 그렇게 살았으면 좋겠거든요.
〈범죄의 재구성〉에서 염정아가 동생의 죽음에 대해 위로하자 박신양이 대답

이동진_ 삶에 대해 〈범죄의 재구성〉에서 창호가 말한 것처럼 생각하십니까.

최동훈_ 그 대사가 표면적으로 의미하는 바와는 오히려 반대에 가까운 생각을 갖고 있어요. 저는 사람이란 살면서 일희일비해야 한다고 보거든요. 어쩌면 일희일비하지 말자는 견해는 삶에 대한 두려움에서 나온 것인지도 몰라요. 제가 제 인생에서 처음 배웠던 사자성어가 '새옹지마塞翁之馬'였는데, 그 말은 결국 인생이 무섭다는 걸 알라는 거잖아요? 그럴 때 저는 오히려 인생이 무서우니 좋아할 때라도 좋아하면서 그렇게 감정을 쏟아내고 살자는 거죠. 그래야 좀더 평탄하게 살 수 있을 거라고 생각해요. 창호의 그 대사는 사실 일희일비하자는 내용일 수 있습니다. 평탄하게 살고 싶다는 거니까요.

– 너는 결코 진정한 도사가 될 수가 없다. 마음을 비우는 법을 모르니까.
– 아, 솔직히 마음을 어떻게 비웁니까.
〈전우치〉에서 백윤식이 일갈하자 제자인 강동원이 반발

이동진_ 순간순간의 감정에 충실한 게 좋다고 생각하시는군요.

최동훈_ 필리핀의 카지노에 가본 적이 있는데 거기서 보니 한국인들은 돈을 따면 표정 변화 없이 가만히 있더군요. 다른 나라 사람들은 무척 좋아하던데 말이죠. 스포츠 선수들이 경기 후에 적극적으로 감정을 드러내는 걸 보고는 하는데, 저는 그런 게 좋더라고요.

– 그동안 얼마 훔쳤어요?

– 차라리 한강의 자갈 수를 세라.

– 그럼 어마어마하게 부자겠다, 그죠?

– 너, 도둑이 왜 가난한 줄 아니? 비싼 거 훔쳐서 싸게 팔잖아. 이건 뭐 그냥 자기와의 싸움?

〈도둑들〉에서 처음 만난 전지현이 이력을 궁금해하자 김혜수가 가르치듯이

이동진_ 지금까지 만드신 네 편이 모두 흥행에 성공했고, 동원한 관객 수를 합치면 모두 2,800만 명이나 됩니다. 그럼에도 불구하고 위기감을 느끼실 때가 있습니까.

최동훈_ 그럼요. 항상 느껴요. 위기감이 저의 근본적인 힘이거든요. 저는 위기감과 불안감 없이 어떻게 시나리오를 쓸 수 있는 건지 모르겠어요. 저는 저 자신에 대한 의심과 불안이 제 삶의 원동력이 되는 사람인 것 같아요. 성격은 아주 활달하고 긍정주의자에 가깝지만 말입니다.

이동진_ 무엇이 가장 불안하신가요.

최동훈_ 역사가 화무십일홍花無十日紅이라는 진리를 알려주잖아요.

이동진_ 달도 차면 기운다는 건가요?

최동훈_ 그런 거죠. 내가 이제까지 했던 것보다 더 재미있는 걸 쓸 수 있는 작가인지에 대한 불안감이 있어요. 저는 유럽영화를 좋아하기도 하지만, 확실히 할리우드의 영향을 많이 받은 사람이거든요. 감독으로서 저는 제 취향이 들어간 재미있는 장르영화를 만들고 싶어요. 그런데 계속 잘할 수 있을까에 대해 불안한 거죠.

– 마지막으로 본 게 언젭니까?

〈범죄의 재구성〉에서 형사인 김윤석이 박신양에게 범죄 용의자인 동생에 대해 질문

이동진_ 영화도 참 많이 보시죠? 지난 몇 년 간 보신 한국영화들 중 특히 인상적이었던 작품은 어떤 게 있을까요.

최동훈_ 굉장히 많죠. 〈밀양〉도 정말 좋았습니다. 저는 〈밀양〉이 결코 어려운 영화가 아니라고 봐요. 대학을 졸업할 무렵 만일 제가 감독이 된다면 김승옥 작가의 〈무진기행〉을 꼭 영화로 찍어야겠다고 생각한 적이 있어요. 제 식으로 그 소설을 각색해서 말이에요. 〈밀양〉을 보는데 그 시절이 막 떠오르더군요. 문학 작품을 원작으로 한 영화를 흔히 문예 영화라고 하잖아요? 그런데 우리 영화계에는 그런 쪽의 작품들이 거의 없다는 게 큰 문제라고 봅니다. 〈밀양〉은 우리가 익히 알고 있는 영화적 플롯으로 절대로 가지 않는데 참 재미있더라고요. 그 영화만의 플롯을 가지고 있다고 할까요. 저렇게도 영화를 만들 수 있구나 싶어서 신선한 충격을 받았어요.

이동진_ 〈도둑들〉을 전후해서 나온 영화들 중에서는요?

최동훈_ 〈범죄와의 전쟁〉이 인상적이었어요. 새로운 인간형을 만들어낸 영화인 것 같아요. 그 영화에서 최민식 선배가 했던 역할이 진짜 재미있었어요. '한국 사회에서 저런 인간이 몇 집에 하나씩은 있지' 싶은 느낌이었어요. 한국영화에서 보고 싶었던 인간형이었죠.

— 재밌었겠네요, 신선일 때.

   〈전우치〉에서 의사 선우선이 자신이 과거에 신선이었다고 주장하는 송영창의 말에 맞장구

   를 쳐주면서

이동진_ 감독으로서 엄청나게 재미있는 영화를 만들고 싶다고 하셨는데, 그렇다면 살아오면서 관객으로서 봤던 작품들 중 엄청나게 재미있었던 것은 어떤 영화들이었습니까.

최동훈_ 로버트 저메키스의 〈백 투 더 퓨처〉 같은 거죠. 극장에 가서 보면

서 '세상에 이렇게 재미있는 영화가 있을 수 있나'라고 생각했던 첫 번째 작품이었어요. 중학교 2학년 때였죠. 한국영화로는 배창호 감독님의 〈깊고 푸른 밤〉이 생각나네요. 그 영화 역시 중학교 때 봤어요.

이동진_ 서부극을 특히 좋아하신다고 했는데, 그렇다면 최고의 서부극들은 누가 만들었다고 보시나요. 역시 존 포드인가요, 아니면 하워드 혹스인가요.

최동훈_ 저는 혹스 쪽이에요. 사실 존 포드에 비하면 하워드 혹스는 서부극을 많이 찍지도 않았죠. 하지만 〈리오 브라보〉 같은 영화는 정말 훌륭하잖아요. 〈전우치〉를 끝내고 나서 다시 보았는데, 이 영화가 걸작인 걸 예전에는 왜 몰랐나 싶더라고요. 니콜라스 레이의 〈자니 기타〉 같은 서부극도 정말 좋아합니다.

이동진_ 그렇다면 감독님은 장기적으로 향후 어떤 영화들을 만들어보고 싶으신가요.

최동훈_ 하고 싶은 영화들이 참 많아요. 우선 리메이크 작품을 해보고 싶습니다. 리메이크라는 건 아버지가 오래전에 입었던 옷을 리폼 하는 것 같은 느낌이 들거든요. 일본영화나 홍콩영화 중 한 편씩을 구체적으로 생각하기도 했어요. 한국의 거장들 작품 중에서도 생각해둔 작품이 있고요. 김윤석 선배가 리메이크를 해보면 어떻겠냐고 제안한 예전 작품도 있는데, 그것도 솔깃하죠.

이동진_ 본격적인 멜로영화를 만들어보고 싶은 생각은 없으신가요.

최동훈_ 있어요. 멜로를 꼭 해보고 싶은데, 문제는 사랑 영화들 중에서도 제가 좋아하는 작품들의 간극이 굉장히 크다는 겁니다. 일단 저는 할리우드 로맨틱 코미디도 무척 좋아해요. 고전 중에서는 하워드 혹스의 코미디들을 보면 기분 나쁜 게 풀릴 정도죠. 반면에 기묘한 느낌을 주는 멜로도 굉장히 좋아하거든요. 더글라스 서크의 〈바람에 쓴 편지〉 같은 영화요. 〈전우치〉 전에 슬픈 스릴러라고 할 수 있는 시나리오를 쓴 적이 있는데, 그런 영화도 하고 싶어요. 현재로서는 아직 방법을 못 찾고 있지만요. 그것과 관련해서 이런저런 이야기들을 생각해보면 저는 사랑 영화로서 서스펜스가 살아 있는 파국적 멜로드라마를 가장 만들어보고 싶어 하는 것 같습니다. 그와 정반대로 로맨틱 코미디를 해보고 싶은 마음도 물론 있지만요. 사실 최고의 삶은 로맨틱 코미디에 나오는 것이죠. 먹을 수 있는 사탕 중에서 가장 당도가 센 거라고 할까요. 제가 로맨틱 코미디를 찍고 싶어 하는 것은 로맨스라서가 아니라 코미디이기 때문이긴 하겠지만요.

이동진_ 하고 싶으신 게 정말 많네요. 감독 생활 오래오래 하셔야겠습니다.(웃음)

최동훈_ 사실 하고 싶은 게 참 많아요. 그런 작품에 착수하면 '저 사람이 이제는 로맨틱 코미디까지 넘보는구나' 하고 욕할 수도 있겠죠. 하지만 빌리 와일더는 코미디와 스릴러 장르를 오가면서 감독 생활을 했고, 하워드 혹스 역시 정말 다양한 장르의 영화들을 만들었잖아요.

BOOMERANG
INTERVIEW

LEE MYUNG SE

photo by 김현호

단 하나의 영화 문장을 향하여

이명세 LEE MYUNG SE

이명세는 세상에 단 한 명뿐이다. 그에겐 유파流派도 없고, 레퍼런스도 없다. 오직 이미지로 사유하는 방법론만이 있을 뿐이다.

  그는 액션을 멜로처럼 찍었고(〈형사Duelist〉, 이하 〈형사〉), 멜로는 액션처럼 찍었다(〈지독한 사랑〉). 한 번의 꿈으로 작품 전체를 감싸는가 하면 (〈개그맨〉), 영화 한 편을 아예 깨지 않는 꿈처럼 만들기도 했다(〈M(엠)〉, 이하 〈M〉). 어떤 때는 다양한 표현법 마련에 골몰했지만(〈나의 사랑 나의 신부〉), 또 어떤 때는 단 한 가지 표현법에 전력을 기울였다(〈남자는 괴로워〉). 그리고 〈첫사랑〉과 〈인정사정 볼 것 없다〉는 내 마음을 송두리째 가져갔다. 그는 20여 년에 이르는 기간 동안 모두 여덟 편을 만들면서, 진경 이미지 여덟 폭이 담긴 황홀한 병풍 하나를 한국영화계에 선물했다.

  "한 명의 감독은 일평생 단 한 편의 영화를 찍는다"는 말이 가능하다면, 이명세 감독은 그 말에 대한 가장 강력한 증거들 중 하나가 될 것이다. 그런데 그는 늘 같은 영화를 반복해 찍는 감독이면서 동시에 그걸 항상 새롭게 찍는 감독이기도 하다. "스타일은 문체와 같은 것이고, 문체는 곧 주제"라는 그의 말은 창작의 핵심을 꿰뚫고 있다.

  전달되는 내용보다 전달하는 방식이 언제나 더 중요하다고 믿는 이

'영화주의자'는 가장 보편적인 영화 언어를 찾아서 오랜 세월을 쉼 없이 걸어왔지만 아직도 길 위에 있다. 그의 모든 작품을 보고 또 보았지만, 나는 그의 다음 영화가 어떤 모습일지 여전히 상상하지 못한다.

이명세 감독을 인터뷰하기 위해 영화사로 찾아갔다. 그는 인터뷰 내내 계속 울려대는 전화를 단 한 차례도 받지 않았다. 〈M〉의 일식집 장면에 등장했던 테이블 소품 위에 노트북을 올려놓고서, 한마디라도 놓칠세라 나 역시 쉼 없이 키보드를 두드리고 또 두드렸다. 막판에는 두 팔에 경련이 왔다. 그래도 묻고 싶었던 질문을 다하지 못했고, 듣고 싶었던 대답을 다 적지 못했다. 저녁 6시에 시작한 인터뷰는 새벽 4시 30분에야 비로소 끝났다.

– 자, 문도석 씨는 이번 영화에 출연하시게 된 소감이 어떻습니까.
<개그맨>에서 나이트클럽 무대에 진행자로 나선 안성기가 손님들 앞에서 배창호를 소개

이동진_ 〈M〉에 대해서 묻는 것으로 인터뷰를 시작하겠습니다. 감독으로서 영화를 개봉시킨다는 것은 정말 강렬한 경험일 것 같은데, 〈M〉의 경우 뚜껑을 막 열었을 때 기분이 어떠셨는지요.
이명세_ 〈M〉 개봉 전날 저녁에 후배 감독들 몇몇을 만났는데, 박진표 감독이 영화를 무척 좋게 보았는지 이 영화를 위해 뭔가 하고 싶다고 말하는 거야. 좌담이든 무엇이든 자신을 쓸 수 있다면 어떤 자리라도 괜찮으니 써달라고 말이야. 그 말을 듣는데, 갑자기 눈물이 핑 돌더라고. 그렇게 술 좀 마시다가 늦게 잠이 들었지. 다음날 아침에 일어났더니 개봉날이었는데도 긴장감을 거의 느낄 수가 없었어. 요즘은 보통 그렇지. 어디에 가야 반응을 확인할 수 있는지도 모르겠어. 예전 단관 개봉 시절에는 팽팽한 긴장감이 있었잖아? 예를 들어, 피카디리 극장에서

개봉하면 일부러 종로 쪽에서 걸어가요. 극장 앞에 사람들이 얼마나 있는지 멀리서부터 한눈에 확인하는 게 두려워서 말이야. 그러다 코너를 싸악 돌아서 극장을 바라볼 때쯤이면 어찌나 떨렸던지.(웃음)

이동진_ 피카디리 극장이라면, 〈나의 사랑 나의 신부〉가 개봉됐던 곳이었죠? 당시 흥행에 크게 성공한 작품이니, 그 코너를 돌자마자 정말 짜릿하셨겠어요.

이명세_ 〈나의 사랑 나의 신부〉가 개봉되던 날 아침에 영화사에서 전화가 왔어. 극장이 난리가 났다고 말이야. 가보니까 인산인해야. 길 건너편 단성사에서 〈다이하드 2〉를 하고 있었는데, 우리 쪽이 관객 수가 훨씬 많더라고. 내 첫 영화인 〈개그맨〉이 〈다이하드 1〉에 밀려서 망했는데, 결과적으로 복수를 한 셈이니 정말 기분 좋았지.(웃음) 사실 그때 그 인파들을 보면서 적어도 2년에 한 편씩은 찍어야겠다고 결심했어. 그러지 않으면 이처럼 유동적인 관객들의 물결에 휩쓸려서 사라져버릴 것 같았거든.

– 언제부터 담배 폈어?
– 오늘 처음.
  〈나의 사랑 나의 신부〉에서 가방에서 담배를 찾아내고 캐묻는 박중훈에게 최진실이 대답

이동진_ 첫 영화 〈개그맨〉을 올리실 때는 어떠셨어요?

이명세_ 데뷔작이라서 전날 밤에 미리 극장에 갔지. 그땐 개봉 전날 마지막 회를 상영할 때쯤이면 이전 상영작 간판을 내리고 다음 작품 간판을 올렸거든. 〈개그맨〉 간판이 올라가는 것을 정말 숨죽이면서 지켜봤지. 상영 일정이 다 끝난 뒤 간판이 내려갈 땐 벗들과 소주 한잔을 아프게 마셨고 말이야. 이젠 누구와 소주를 마셔야 하는지도 모르겠어. 스태프들도 다 계약직이라서 촬영이 끝나면 모두 뿔뿔이 흩어지잖아. 이

젠 무덤덤할 수밖에 없게 됐지.

— 싸움은 딱 한 번뿐인 것이여. 두 번은 없다잉.
〈형사〉에서 포교인 안성기가 본격적인 싸움에 앞서서 하지원을 독려

이동진_ 〈M〉은 제목부터가 아주 함축적이고 강렬했습니다. 정말 많은 것
이 'M'이라는 알파벳 하나로 대변될 수 있으니까요. 그 많고 많은 의미
중에서 감독님이 진짜로 생각하고 계셨던 단어를 하나만 꼽는다면 무
엇입니까.

이명세_ '몽夢'의 M이야. 당시에 마케팅 팀에서는 꿈이 영어로 'dream'이
라서 아예 끝자로까지 M의 영역을 확산시켰는데, 그냥 한글로 '몽'이
라고 하면 되지, 뭘.(웃음) M은 26자의 영어 알파벳 중 한가운데 있는
알파벳이면서, 정말 모든 핵심적인 단어를 다 포괄하고 있는 것 같아.
사실 〈M〉이란 제목을 붙인 것은 관객들이 이 영화에 선입견을 가지지
않도록 하기 위한 것이었어. 제목으로 영화를 추측하지 말고 그냥 봤으
면 하는 거였지. 그게 이 영화를 제대로 볼 수 있는 감상법이기도 할 거
야. 사실 영화라는 걸 제대로 보려면 잠을 푹 자고 밥을 잘 먹어야 해.
그리고 영화 시작 10분 전에는 눈을 감은 채 남은 피로도 풀고 말이야.
그럴 때 영화를 가장 잘 볼 수 있어. 영화뿐만 아니라 모든 예술 분야가
다 그렇긴 하지만 말이야.

이동진_ 사실 '미음(ㅁ)' 같은 순음脣音은 문화권을 막론하고, 아기가 가장
먼저 배우는 소리잖습니까. 그래서 모든 언어권에서 엄마를 뜻하는 단
어에 순음이 들어가 있는 것이고요. 저는 〈M〉을 보면서 그처럼 감독님
이 영화의 원형으로 돌아가고 싶어 한다고 느꼈습니다.

이명세_ 의도는 아니었어. 그런데 완성된 영화를 보니까, 진짜 그런 것 같
더라고.

– 왜냐하면 알파벳 M 자에는 내가 좋아하는 모든 것들이 들어 있기 때문이죠. 모딜리아니, 모차르트, 달—문, 그리고 내겐 너무 크고 높고 빛나는 당신의 이름, 민우.

〈M〉에서 강동원 주위를 떠도는 이연희의 혼잣말

이동진_ 그렇다면 M으로 시작하는 단어 중에서 개인적으로 감독님이 제일 좋아하는 것은 뭔가요.

이명세_ 전문 직업을 뜻하는 프랑스어 '메티에métier'야. 예전에 보들레르의 평전을 읽으면서 무척 감동을 받았지. 보들레르는 24시간 내내 시에 대해서만 생각해야 한다고, 심지어 정부情婦의 품에 안겨서도 그래야 한다고, 그게 메티에라고 했거든. 그래서 언젠가 내 영화사를 내게 되면, '프로덕션 엠'이라고 해야겠다고 마음먹었지.

– 미스터 M. 나는 당신을 미스터 M이라고 부릅니다.

〈M〉에서 주위를 떠도는 이연희가 강동원에게

이동진_ 미스터 M이라는 호칭은 감독님이 그 밑에서 조감독 생활을 했던 배창호 감독님의 대표작 〈적도의 꽃〉에서 안성기 씨가 맡았던 배역 이름이기도 한데요.

이명세_ 그렇지. 바로 거기서 가져온 거야. (강)동원이가 맡은 미스터 M, 민우 캐릭터 자체는 소설가 최인호 씨를 떠올리면서 만들었어. 〈M〉의 시나리오를 쓸 때 최인호 씨를 꿈에서 보기도 했고 말이야. 최인호 씨는 작품들이 상업성이 짙다고 공격받기도 했잖아? 그런 것도 민우의 극 중 상황 속에 녹여 넣었지.

이동진_ 그렇다면 〈M〉이 나오기 바로 전에 만드신 영화 〈형사〉 때는 어땠습니까. 〈인정사정 볼 것 없다〉가 큰 성공을 거둔 후 미국에서 몇 년 간

체류한 뒤에 돌아오셔서 만든 〈형사〉는 이전과 또다른 미학적 야심 같은 게 보이는 작품이었습니다. 활동사진적인 쾌감이 굉장했는데, 〈형사〉를 만들 때 스타일적인 측면에서 가장 중시하셨던 건 무엇인가요.

이명세_ 당시에 뉴욕에서 오래 머물다가 귀국하기 직전에 미니멀리즘 미술 작품 전시회를 봤어. 그 전시회에서 강한 인상을 받았는데, 난 〈형사〉를 찍으면서 가장 경제적인 효과를 가져올 수 있는 기법으로서의 미니멀리즘을 추구하고 싶었지. 그게 색감이든 스토리든 연기든 뭐든 간에 관객이 짐작할 수 있는 부분에 대해서는 굳이 시간을 할애해서 설명하고 싶지 않았어. 그림을 빌어 말하자면 〈형사〉는 피에트 몬드리안의 〈브로드웨이 부기우기〉와 앙리 마티스의 〈원무〉의 느낌을 두 축으로 삼고 있다고 할까.

이동진_ 우연히도 그리고 감사하게도 제가 알고 있는 그림들을 예로 들어주시는군요.(웃음) 〈브로드웨이 부기우기〉라면 맨해튼을 면과 선 그리고 점으로만 표현한 작품이잖습니까. 〈원무〉는 동적인 느낌이 탁월한 작품이고요. 그렇게 말씀하시니 〈형사〉에서 방법론적으론 몬드리안의 미니멀리즘을, 영화의 핵심 포인트로는 움직임을 채택하신 게 아닌가 싶은 추측이 드네요.

이명세_ 그렇다고 할 수 있겠지. 난 〈브로드웨이 부기우기〉는 가장 영화적이고 〈원무〉는 가장 역동적인 작품이라고 생각해. 결국 〈형사〉에서 가장 중요한 것은 움직임 그 자체였다고 할까.

– 미스터 박, 회사에 열정을 가져주게. 아주 멋진 아이디어를 기대하겠네.
〈남자는 괴로워〉에서 부서장인 윤주상이 신입사원인 박상민에게 당부

이동진_ 〈형사〉를 만들게 한 가장 중요한 이미지는 어떤 것이었습니까.

이명세 어느 날 눈이 많이 쏟아지던 밤에 골목길에 우연히 들어섰다고 생각해봐. 그때 〈형사〉에 나오는 것처럼 웬 남녀가 춤을 추는 듯 싸우는 듯 사랑을 나누는 듯 어둠 속에서 서로 대결하는 장면을 봤다고 쳐봐. 훗날 그때를 문득 떠올리며 그때 그 장면이 진짜로 존재했었던가 싶은 아스라한 느낌이랄까, 그런 이미지였지. 관객이 그런 느낌을 〈형사〉에서 받으면 더 바랄 게 없다고 생각했어.

— 아, 누가 들려주랴. 그 아름다운 날. 첫사랑의 그때를.

〈나의 사랑 나의 신부〉에서 자막으로 인용되는 괴테의 시 〈첫사랑〉

이동진 반면에 〈M〉은 첫사랑에 대한 이야기입니다. 그런데 감독님은 이미 영화 〈첫사랑〉에서 첫사랑에 대해 매우 인상적으로 다루신 바 있습니다. 〈나의 사랑 나의 신부〉에서는 괴테의 시 〈첫사랑〉을 직접 인용하기도 하셨고요. 사실 저는 '영화 속의 첫사랑'이라는 테마를 생각하면 제일 먼저 이명세 감독님이 자동적으로 떠오릅니다.

이명세 시나리오를 쓰려고 책상에 앉으면 언제나 제일 먼저 떠오르는 두 문장이 있어. '한 남자가 울고 있다. 그런데 그가 길을 떠났다'라는 거지. 〈나의 사랑 나의 신부〉도 거기서 시작한 작품이야. 그 두 문장에서 시작하면 항상 첫사랑이 이야기 속으로 들어가게 되더라고. 첫사랑이란 테마는 몇 분만으로 그려낼 순 없는 거잖아? 그래서 〈나의 사랑 나의 신부〉 다음으로 착수한 작품을 아예 제목까지 〈첫사랑〉으로 짓고 본격적으로 도전해본 거야. 그때 작심하고 해봤기에 이제는 압축시킨

개그맨

개봉 1989년 6월 24일 출연 안성기 황신혜 배창호 상영시간 127분_ 개그맨 이종세는 카바레 무대에서 코미디를 선보이며 살아가지만 가슴속에는 위대한 영화감독이 되려는 포부가 있다. 허름한 이발소의 주인 문도석 역시 영화배우가 되고 싶어 한다. 이 두 사람에게 뛰어난 미모를 지녔지만 무위도식하고 있는 오선영이 다가온다. 셋은 꿈을 향해 달려가려는 과정에서 탈선해 강도 행각을 벌이기 시작한다.

첫사랑 얘기도 할 수 있지 않을까 싶어서 〈M〉을 하게 된 거고.

> — 미스터 M, 당신을 처음 봤을 때 나는 하루종일 기쁨에 들
> 떠서 아무것도 하지 못했죠. 아무것도 먹지 못하고 물 한잔
> 마실 수가 없었어요. 안 먹어도 배가 고프지 않았어요. 목도
> 마르지 않았고 자리에 누워도 잠을 잘 수도 없어 밤새워 몇
> 시간이고 동네를 쏘다녔죠. 미스터 M. 당신을 사랑합니다.
> 〈M〉에서 이연희가 강동원과의 첫 데이트를 회상하며

이동진 ─ 감독님의 영화 속에서 첫사랑은 참 생생하기 이를 데 없는 감정
입니다. 한 개인의 삶에서 첫사랑이 왜 그렇게 중요하다고 보시는지요.
이명세 ─ 허다한 이야기들이 첫사랑을 다루고 있지. '왜 나이가 든 사람들
도 끊임없이 첫사랑에 대해 이야기를 하는가. 정말 한 남자나 한 여자
가 특정한 어떤 여자나 어떤 남자를 못 잊어서 그러는 건가' 하는 의문
이 내게 있었어. 그런데 이 문제를 다루려면 영화 속 한 부분으로만 다
뤄서는 안 될 것 같았지. 사실 〈첫사랑〉의 시나리오를 쓸 때 개인적으
로 무척 힘든 시기였어요. 사는 게 희미한 꿈처럼만 다가오면서 시간이
사라지는 듯한 느낌에 사로잡혀 무척 답답했고 미칠 것 같았어. 그때는
사람들을 만나면 그 모든 순간이 바싹 마른 모래를 쥔 듯 사라져버리
는 느낌이 들었거든. 그렇게 사라지는 것이 뭔가 너무 억울해서 몇 달
을 울었어. 그런 느낌이 들 때면 집으로 가지 못하게 하면서 다른 사람
들을 괴롭히기도 했지. 그래서 당시의 나에게 상처를 받은 사람들도 아
마 있을 거야.

이동진 ─ 그런 상황에서 돌파구가 있었나요?

이명세 ─ 내가 꾼 꿈이 우연찮게도 돌파구가 됐지. 그 당시에 누군가가 내
게 '시간의 비밀'이란 말을 직접 써주는 꿈을 꾸었어요. 그 꿈을 꾸고

나니 첫사랑이란 예전의 감정을 못 잊어 하는 기억의 문제가 아니라 시간의 문제라는 깨달음이 생긴 거야. 결국 한 남자나 한 여자가 그걸 못 잊기 때문에 첫사랑이 중요한 거라고 생각하진 않아. 내게 첫사랑은 지나간 시간 속에서 생각해볼 때 비로소 소중해지는 것이야. 첫사랑은 대부분 어릴 때 하는 거잖아? 그래서 첫사랑은 깨질 수밖에 없다는 속설이 생기기도 했겠지. 그런데 세월이 흘러 돌이켜볼 때 첫사랑은 시간의 비밀을 여는 열쇠가 된다는 게 내 생각이야. 사람들이 첫사랑을 못 잊는 것도, 그 열쇠를 사용하면 흘러간 젊은 시절이 떠오르기 때문일 수도 있을 거야. 그렇게 첫사랑을 떠올릴 때 누구나 마주치는 소중한 순간이 있지. 〈첫사랑〉이나 〈M〉 같은 영화를 보면서 만일 관객이 눈물을 흘린다면, 그건 영화 속의 장면 때문이 아니라 그 장면과 관객의 과거가 부지불식간에 만났기 때문이야. 비밀스러운 시간의 문이 열린 거지. 시간의 문이 열린 사람은 울 수밖에 없어. 어머니든 형제든 연인이든, 거기서 누구든지 만나게 되거든.

— 자, 이렇게 '우리 읍내' 2막은 첫사랑 얘기로 시작됩니다.
〈첫사랑〉에서 연극을 무대에 올리기 위해 연습하는 대학 연극반 단원

이동진_ 많은 사람들이 〈첫사랑〉과 〈M〉을 연결 짓습니다. 심지어 〈M〉을 '다시 만든 〈첫사랑〉'이라고 말하는 경우도 있는 것 같습니다. 〈첫사랑〉이 있는 상황에서 적잖은 이들에게 유사한 느낌을 불러일으키는 〈M〉을 다시 만드신 까닭은 어떤 건가요.

이명세_ 솔직히 (김)혜수에 대한 빚이 있어. 예전 단관 개봉 시절에는 한 영화가 개봉되면 관계자들이 모두 근처 커피숍이나 중국집에 진을 치고 앉아서 관객들이 얼마나 드는지 힐끔거리곤 했지. 그런데 〈첫사랑〉이 개봉됐을 때 혜수가 대학교 1학년인가 그랬는데, 개봉관이었던 명

보극장 옆의 난다랑이란 카페에서 내가 창문을 통해 내려다보니까, 혜수가 만날 백팩을 메고 여러 차례 와서 텅 빈 극장에서 그 영화를 보는 거야. 어떤 때는 친구를 데리고 와서 함께 보기도 하고 말이야. 그 모습을 반복해 보니까 마음이 너무 아팠어.

이동진_ 그 모습을 여러 차례 목격하셨다면, 감독님도 명보극장 앞에 수없이 가셨다는 뜻일 텐데요. (웃음)

이명세_ 나도 궁금하고 안타까웠으니까. (웃음) 이 영화로 혜수가 나중에 청룡영화상에서 여우주연상을 받아 안타까운 마음이 좀 풀리기는 했지만 그래도 완전히 없어지진 않았지. 그러다 시간이 좀더 흐른 뒤 그 느낌을 〈M〉에 풀어놓았다고 할까. 〈M〉이 잘되어서 예전 어린 여배우가 받았던 상처가 이제 회복되었으면 하는 바람이 있었던 거야. 그랬기에 〈M〉을 완성하고 나서 혜수에게 전화를 건 뒤 이렇게 말했지. "네가 보면 좋아할 거다. 똑같은 장면도 있거든." (웃음)

— 이 세상에 부모 마음 다 같은 마음.
〈남자는 괴로워〉에서 안성기가 빗속에서 우산을 들고서 춤추며 부르는 노래 〈아빠의 청춘〉
의 가사

이동진_ 〈첫사랑〉에서 연극반 선생님인 송영창 씨와 산사에 놀러간 김혜수 씨가 사진을 함께 찍을 때 살짝 고개를 선생님 어깨에 기대는 장면 말이죠? 〈M〉에서는 이연희 씨가 강동원 씨와 극장에서 영화를 보면서 같은 포즈를 취하던데요?

이명세_ 그렇지. 바로 그 장면이야. 만일 〈M〉이 흥행이 되면, 〈첫사랑〉 때 우리가 틀리지 않았다는 것을 혜수에게 확인시켜줄 수 있다고 생각했어. 결과적으로 〈M〉이 흥행에 성공하지는 못했지만, 그때는 사실 그런 마음도 있었던 거지.

이동진 〈첫사랑〉과 〈M〉을 연관 지어서 보는 견해가 싫지는 않으시죠?

이명세 충분히 그렇게 볼 수도 있다고 봐. 사실 〈M〉을 만들 때는 특별히 연관시켜서 생각하진 않았어. 단지 단편영화처럼 찍겠다는 목표만 있었을 뿐이었지. 짧은 시간 내에 내 의도가 전달될까에 대해서만 걱정을 했어. 그런데 완성하고 나니까 〈첫사랑〉에 대한 생각이 들어가 있는 게 느껴졌어. 그리고 나니까 〈첫사랑〉 때의 참담한 실패가 떠오르기도 했고 말이야. 그런데 난 〈M〉이 좀 촌스러운 영화라고 보는데 스태프들은 모던하다면서 좋아하더라고. 〈첫사랑〉은 유치찬란하고 테마의식이 없다는 이유로 씹혔던 영화였는데 〈M〉에 와서는 왜 반응이 달라졌을까 궁금하기도 했지. 〈첫사랑〉은 개봉 당시 비평계에서 어마어마한 욕을 먹었거든. 이명세가 대한민국 영화계에서 사라졌으면 좋겠다는 평가까지 있었으니까. 지금 생각하면 일종의 운명인 것 같아. 일단 영화가 만들어지고 극장에서 상영되면 그 영화의 운명대로 풀린다고 할까.

이동진 〈첫사랑〉의 흥행 실패 때문에 당시에 상처를 받으셨을 것 같습니다. 그 직전 작품인 〈나의 사랑 나의 신부〉가 크게 흥행했기 때문에 더욱 그러셨을 듯한데요.

이명세 사실 〈첫사랑〉 촬영을 마치고 개봉하기 전에 원숭이가 나오는 꿈을 꾼 적이 있었어. 꿈에서 원숭이가 내 앞에서 한 바퀴 돌더니 '사람을 믿지 말라'고 하더라고. 그런데 아닌 게 아니라 〈첫사랑〉이 흥행에서 실패하니까 정말 믿을 사람이 하나도 없게 되더라고. 〈나의 사랑 나의 신부〉 때는 내 앞에서 그렇게 좋다고, 함께 영화하자고 칭찬하면서 제안하던 사람들이 일순간에 다 떨어져 나갔지. 그 비애감은 정말 말할 수 없을 정도였어. 엄청난 상처를 받았던 시절이었지.

— 과장님, 2차 어디로 가실까요?
〈남자는 괴로워〉에서 부하 직원 최종원이 1차 회식 자리가 끝난 후 과장인 안성기에게 이동진_ 데뷔작 〈개그맨〉도 흥행에 성공한 작품은 아니었습니다. 그러니 두 번째 작품인 〈나의 사랑 나의 신부〉 역시 쉽게 제작에 들어갈 수는 없었을 것 같은데요.

이명세_ 당연히 그랬지. 〈나의 사랑 나의 신부〉를 다 안 한다고 했을 때 감독 데뷔 전이었던 김태균을 포함한 영화아카데미 4기 출신 예비 영화인들이 찾아왔어. 〈개그맨〉을 좋게 봤다면서 열정에 불타서 〈나의 사랑 나의 신부〉를 제작해보고 싶다고 하더라고. 나는 그때 물에 빠진 사람 지푸라기라도 잡는 심정으로 응했지. 진달래꽃술을 미리 담가놓고 촬영할 때 마시면서 찍자고 낭만적인 이야기를 나누기도 했지. 나도 어릴 때였어. 그런데 그게 그렇게 될 리가 있나.(웃음) 비디오 시장이 막 죽기 시작했을 때라 제작비 구하기가 더 어려워졌지. 그러다가 어느 날 길에서 현재 올댓시네마 대표인 채윤희 이사를 만났어. 영화사 기획이사가 됐다면서 내게 명함을 건네더니 좋은 시나리오 있으면 달라고 하는 거야. 혹시나 싶어서 〈나의 사랑 나의 신부〉 시나리오를 줬더니 곧바로 제작에 들어가자고 제안하더라고. 그래서 내가 김태균을 제작실장으로 끌어들였지. (나중에 싸이더스 대표가 된) 차승재도 그때 합류해 본격적으로 영화 일을 하게 됐어.

— 여관 처음 와봤어요?
— 아, 아뇨.
　〈첫사랑〉에서 술에 취한 송영창을 부축해 처음으로 여관에 들어간 김혜수가 여관 주인이
　묻자 당황하며

이동진_ 〈첫사랑〉에서 김혜수 씨가 취한 선생님을 부축해 들어가던 여관 이름이 '미진여관'이더라고요. 물론 의도가 전혀 아니었겠지만, 그게 감독님의 영화 속에서 이뤄지지 않는 첫사랑의 운명을 요약하는 이름

인 것처럼 느껴져서 혼자 슬쩍 웃었습니다. 첫사랑은 결국 미진한 사랑이 되고 마니까요.(웃음)

이명세 그거 정말 재미있는 발견이네. 미진여관도 알파벳 M으로 시작하고 말이야.(웃음) 미진여관은 서울 흑석동에 있던 여관 이름이야. 우리 집이 어려서 만홧가게를 했거든? 그런데 동네에 있던 미진여관 집 형이 우리 집 만화책을 많이 빌려봐서 초등학교 때 내가 그 여관에 심부름을 많이 갔었어. 그래서 그때 생각을 하고 붙인 이름이었지.

– 미안해. 만나면 이 말 제일 먼저 하고 싶었어. 그때 내가 너무 늦게 연락했지? 네 맘 어떠리라고 생각도 못하고. 내가 너무 내 생각만 했어. 미안해.

〈M〉에서 강동원이 세월이 흐른 후 이연희와 재회해서 속마음을 절절하게 토로

이동진 저는 시간과 관련한 상반된 두 가지 느낌이 첫사랑에 역설적으로 담겨 있다는 생각이 들어요. 그건 너무 일찍 찾아온 사랑이고, 그렇기에 늦게까지 지켜내지 못한 사랑이라는 거죠. 그러니 미진여관의 이름처럼, 첫사랑이란 건 늘 안타까움과 미안함을 불러일으키는 겁니다. 그런데 〈M〉은 〈첫사랑〉과 달리, 첫사랑에 대해 직접적으로 그리려는 영화가 아니라, 그렇게 흘려보낸 첫사랑을 뒤늦게 떠올리며 미안함을 전하려는 영화라는 생각이 듭니다. 〈첫사랑〉에도 창욱(송영창)이 영신(김혜수)에게 뒤늦게 미안하다고 사과하는 대목이 있지만, 그 영화에서 창욱은 첫사랑의 주체가 아니라 대상이기에 맥락이 다르죠.

이명세 그런 것 같아. 그래서인지 〈M〉을 보면서 많은 사람들이 울컥하는 듯하더라고. 그런데 사실 나는 첫사랑에 대해서 아직도 잘 모르겠어. 내가 생각하는 사랑의 개념은 사실 도(道)와 비슷해요. 남녀의 관계에 국한된 개념이 아니야. 나는 이기주의자라서 사랑을 잘 몰라. 난 사랑을

좇을 수는 있는데, 할 수는 없는 사람인 것 같아.

— 영민 씨 미안하지만 오늘은 다른 데 가서 자.
〈나의 사랑 나의 신부〉에서 최진실이 신혼 첫날밤에 심정이 복잡해져서 남편 박중훈에게
부탁

이동진_ 사실 개인적인 견해로는 〈첫사랑〉과 달리, 〈M〉은 꼭 첫사랑에 대한 영화인 것만은 아니라고 생각합니다. 〈M〉은 영화 자체에 대한 영화이기도 하다는 거죠.

이명세_ 분명히 〈M〉은 그렇지. 내게 영화는 곧 사랑이고, 사랑에 대해 묻는 것과 영화에 대해 묻는 것이 같으니까. 나는 항상 영화와 사랑과 진리에 대한 탐구가 같은 거라고 생각해왔어. 영화는 매체로서의 문 같은 것일 거야. 그런 다양한 각도에서 관객들이 내 영화를 읽어주셨으면 하는 바람이 있지.

이동진_ 〈M〉은 기억 속에서 이상화된 첫사랑을 다룬다고 할 수 있지만 〈첫사랑〉은 경우가 좀 다른 것도 눈에 띕니다. 〈첫사랑〉에서 영신은 처음에는 태욱에게 그다지 좋은 감정을 갖고 있지 않았으니까요.

이명세_ 그건 아니야. 그런 설정들은 배우와도 관련이 있거든. (송)영창이 형은 아무래도 좀 꾸며줘야 해. 모든 사람이 멋있다고 할 수 있는 것은 아니야. 하지만 (강)동원이는 모두가 인정하는 꽃미남이잖아. 거기엔 또다른 어떤 것을 붙일 필요가 없어. 다른 배우가 캐스팅되었더라면 뭔가를 넣었어야 하겠지. 거리에서 넘어졌는데 옆을 지나다가 일으켜줬다든지 하는 것들 말이야. 그렇지만 동원이가 주인공이라면 그렇게 할 필요가 없어져. 그렇기에 간결하게 상황을 정리할 수 있었던 거야.

– 꿈을 꾸었다. 누군가 찾아와 내게 물건을 건네줬다. 내가
  잃어버린 것이라고.

  〈M〉에서 강동원이 잠에서 깬 뒤

이동진_ 〈M〉에서 주인공 민우(강동원)의 첫 대사는 꿈에 대한 것입니다.
아닌 게 아니라, 〈M〉은 전체가 꿈에 대한 영화이기도 합니다. 몽환적인
세계를 시청각적으로 그려내려는 시도가 그 어떤 작품에서보다도 강
렬하게 빛을 발하는 작품이죠. 특히 이 점과 관련해 영화적으로 대단히
흥미로웠던 것은 세 차례에 걸쳐서 조금씩 다르게 반복되는 일식집 장
면이었습니다. 선풍기가 돌아감에 따라 말소리가 웅웅대고, 민우가 심
리적으로 압박감을 느낄 때마다 세트 자체가 실제로 좁아지는 표현 같
은 것들이 정말 창의적으로 느껴졌으니까요. 영화가 진행됨에 따라서
세트가 조금씩 좁혀지도록 한 것은 엘리아 카잔이 〈욕망이라는 이름의
전차〉에서 이미 시도했던 방법이긴 하지만, 〈M〉에서도 무척 효과적으
로 활용되었죠.

이명세_ 나는 시나리오를 쓸 때 플롯을 짠 뒤에 거기 맞춰 쓰지 않고 그냥
흘러가는 대로 써. 쭈욱 쓰다보니까 민우가 미래의 장인을 만나면 어디
에 갈 것인지를 생각하게 됐고 그러다가 일식집을 떠올린 거지. 그런데
그 앞에 편집장을 만나는 장면이나 마지막에 다시 장인을 만나는 장면
역시 같은 일식집이라면 재미있겠다고 생각했어. 반복이 주는 묘한 흥
미가 있잖아. 사실 경제적인 이유도 있지. 장소를 안 바꿔도 되니까. 감
독이 예산 걱정에서 자유로울 수는 없으니까 말이야. 일식집이라는 공
간은 분명 현실적인데, 이 영화에서는 동시에 뭔가 기이한 느낌이 담겨
있어야 하잖아? 그걸 어떻게 영화적으로 전달할 수 있을까의 싸움이었
지. 그래서 생각해낸 게 선풍기로 목소리를 변형시키자는 것과 카메라
를 움직이지 말고 세트를 움직이자는 것이었어요. 그런데 세트를 움직
이려고 하니까 돈이 너무 많이 들어서 벽만 움직이도록 했지.(웃음) 그

외에도 트랙 인-줌 아웃 같은 카메라 기법을 써서 기이한 느낌이 생기도록 의도한 거야.

– 모두 다 한 번에 베어졌습니다.
〈형사〉에서 한 포교가 강동원에게 살해된 희생자들이 모두 단칼에 죽었음을 확인하고서

이동진_ 사실 감독님 영화에는 그런 독창적인 표현법들이 가득합니다. 〈인정사정 볼 것 없다〉에서 우형사(박중훈)가 가물치(권용운)를 계속 뛰면서 쫓은 끝에 마침내 잡게 되는 장면 같은 걸 보면 감탄이 흘러나오죠. 도망가는 자와 추격하는 자가 부둣가 직선주로를 달리는 장면을 쇼트를 나누지 않은 채 롱테이크로 찍으면서 턱에까지 차오른 추격의 실감을 생생하게 그려냈으니까요.

이명세_ 어떤 장면을 연출하려면 그때까지 나온 모든 유사한 장면을 생각해야 해요. 사실 한 사람이 다른 사람을 쫓아가는 방식이 얼마나 많아. 일반적으로는 쪼개어 촬영해서 템포만 빠르게 편집을 하지. 그런데 나는 쫓는다는 느낌이 그 영화에서 가장 중요하다고 생각했어. 그래서 추격 장면을 어떻게 전달할까 내내 고민하다가 하나의 쇼트로 찍는 게 좋겠다고 결론을 내렸어. (박)중훈이가 중간에 쉬지도 못하고 시종 뛰어다녀야 하는 그 장면 촬영을 앞두고서 "어떻게 감독님은 밤새도록 고민한 뒤에 항상 가장 힘든 아이디어로만 결정을 해요?"라고 투덜대더라고.(웃음) 결국 저녁부터 새벽까지 내내 뛰었어. 몇 번 더 찍고 싶었는데, 그러면 배우들이 도망칠 것 같아서 오케이를 냈지.

– 짱구!
– 누구야?

― 누구긴 누구야, 형사지, 씹새끼야. 너 잡으러 왔어, 씨발놈아.
〈인정사정 볼 것 없다〉에서 형사인 박중훈이 용의자 박상면에게 다가가면서 기싸움

이동진 더구나 그 긴 쇼트의 마지막에서 마침내 우형사가 가물치의 뒷덜미를 잡아챌 때는 화면의 속도가 느려지면서 일종의 방점을 찍죠. 하나의 신 안에서 흐르는 시간을 쥐락펴락하는, 정말 잊지 못할 정도로 탁월한 리듬이었습니다.

이명세 〈양들의 침묵〉 감독인 조나단 드미 역시 〈인정사정 볼 것 없다〉에서 그 부분이 제일 좋았다고 내게 말해주더라고. 그 장면만 돌려가면서 수십 번을 반복해서 봤대. 영화감독들은 그런 데서 짜릿함을 느끼는 거야. 사실 영화를 찍다 보면 대화 장면 연출이 제일 힘들어. 재미가 없으니까. 대화 장면을 눈여겨보면 그 감독 연출력을 알 수 있어.

이동진 그런 게 바로 일종의 영화적 문장이라고 할 수 있는 것이겠죠?

이명세 그래. 나는 사람들이 영화를 볼 때 표면적인 스토리보다 그런 영화적 문장에 대해서 이야기를 했으면 좋겠어요.

이동진 '영화적'이란 건 결국 무슨 뜻이라고 생각하시나요.

이명세 문학이나 미술 같은 다른 매체로는 번역될 수 없는 어떤 것이겠지. 영화만의 표현 방식이 영화적인 것들이지. 영화는 시간예술이고 또 공간예술인데 정중동靜中動이 아니라 동중정動中靜에 가까운 예술이라고 봐.

이동진 페데리코 펠리니, 버스터 키튼, 찰리 채플린 같은 거장들을 가장 영화적인 감독으로 생각하신다는 글을 읽은 적이 있습니다.

이명세 맞아. 거기에 자크 타티와 오즈 야스지로를 포함해서 그 다섯 명이 영화의 역사에서 가장 영화적인 감독들이라고 믿어.

― 왜 이렇게 집요하게 날 쫓아다니는 거야?
〈M〉에서 이연희가 정체불명의 남자에게 쫓겨다니다가

이동진_ 우형사가 가물치를 잡기 위해 부둣가를 질주하는 장면 외에도 〈인정사정 볼 것 없다〉에는 추격전이 참 많이 나옵니다. 달동네의 비탈진 골목길에서 추격전을 벌이는 모습도 무척 흥미로웠죠. 버스터 키튼이 나왔던 무성영화 같은 느낌이 강했는데, 애니메이션 〈톰과 제리〉의한 장면처럼 다가오기도 했습니다. 움직임으로만 보면 〈인정사정 볼것 없다〉는 잠복과 추격이 갈마들면서 정靜과 동動을 지극히 리드미컬하게 이어 붙이는 영화로 느껴지기도 했습니다. 〈남자는 괴로워〉에서의처증을 가진 회사원(송영창)이 몰래 아내를 따라다니는 장면이나 〈개그맨〉 종반부의 텅 빈 기차 안 추격전도 흥미로웠고요. 〈M〉에서도 엄브렐러맨에게 미미(이연희)가 쫓기는 장면이 매우 인상적으로 짜여 있던데요?

이명세_ 그 장면은 일반적인 추격전 연출과 크게 달라. 영화적 문장이 아주 다르다고 할 수 있는 편집 방식을 썼거든. 보통 한 사람이 다른 사람을 추격해서 뛰어가는 장면을 찍는다면 앵글을 작게 시작해서 크게 가거나, 크게 시작해서 작게 가기 마련이야. 그런데 〈M〉의 그 장면에는 중간중간에 큰 게 다 들어가 있지. 그래서 큰 길을 계속 달리는 것 같은 착각을 일으켜. 기본적으로 추격 장면은 동적인 긴장감 때문에 많은 감독들이 좋아할 수밖에 없을 거야.

― 나는 나중에 당신이 아주 많이많이 슬퍼했으면 좋겠어. 슬픈 영화 말고 재미있는 영화를 보다가도 문득 내 생각 나서 펑펑 울었으면 좋겠어.
〈M〉 도입부에서 이연희가 강동원을 영원히 떠나기에 앞서서 역설적인 심경을 드러내면서

이동진_ 〈인정사정 볼 것 없다〉의 첫 살인 장면에 담긴 기묘하게 서정적인 분위기도 잊을 수 없죠. 두 형사의 활약을 스케치하는 프롤로그가 막

끝나면서 제목이 뜬 후, 비지스의 우수 짙은 노래 〈홀리데이Holiday〉가 낙엽이나 비와 함께 흩날리면서 한동안 적막한 상황이 지속되죠. 그러다가 계단에서 갑자기 살인사건이 벌어지는 장면을 보는 순간 저절로 탄성이 흘러나왔습니다. 그 장면은 분명 누군가가 다른 누군가를 죽이는 굉장히 폭력적인 장면이었음에도 이상하게 쓸쓸했습니다.

이명세‿ 그 장면에서 성민(안성기)이 송영창 씨를 살해하는 장면을 찍을 때, 그건 상대를 죽이는 느낌이 아니라 오래 사랑했던 여인에게 예전에 받았던 편지를 미안하다고 말하면서 돌려주는 느낌이라고 배우에게 이야기했어. 나는 그렇게 인물의 행동 뒤에 가라앉은 느낌을 관객들이 이해할 것이라고 생각해. 연인들이 본다면 그 장면에서 그런 슬픈 느낌을 받게 될 거라는 믿음이 있어. 그런 게 바로 영화적인 어떤 것이겠지.

— 누구 기다리세요?

〈나의 사랑 나의 신부〉에서 다방 종업원이 혼자 앉아 있는 최진실에게 다가가서

이동진‿ 아닌 게 아니라 〈인정사정 볼 것 없다〉는 장르적으로 액션영화인데도 서정적으로 다가오거나 멜로처럼 느껴지는 순간들이 적지 않습니다. 대표적인 게 형사들이 잠복근무를 하면서 기다리고 있는 장면들이죠. 특히 가물치를 잡기 위해 우형사와 김형사(장동건)가 자동차 앞좌석에서 오랜 시간 대기하고 있을 때 긴 시간의 경과를 차 주위로 천천히 360도 회전하는 카메라 워크에 담아낸 장면이 그렇습니다. 우형사가 하품하는 걸 카메라가 잡으면서 움직이기 시작하는 그 쇼트는 한 바퀴 돈 후에 김형사가 하품하는 모습을 담아내면서 끝이 나는데, 사실 쇼트의 지속 시간은 그리 길지 않죠. 그럼에도 꽤 긴 시간이 흘렀다는 것을 매우 서정적이고도 실감나게 전달해 주고 있습니다. 〈지독한 사랑〉에서 영민(김갑수)이 혼자 맥주를 마시는 장면에서도 유사한 방식의

카메라 워크가 쓰이기도 했죠.

이명세_ 나는 〈인정사정 볼 것 없다〉를 만들면서 누구를 죽이는 액션영화가 아니라 서로가 사랑하는 멜로영화를 찍는다고 생각했어요. 그 영화의 액션에는 고백이나 회상이나 실연의 감각 같은 게 들어 있어서 멜랑콜리한 느낌이 들지. 극 중에서 인물들이 서로 주먹질을 할 때도 일종의 연애 같은 거라고 생각하면서 연출한 거야. 그 영화를 만들면서 내가 생각한 기본 원칙은 지루하다는 것과 뛴다는 것을 교차시키겠다는 거였어. 지루하다는 걸 어떻게 영화적으로 표현할 것인가. 만일 잘라서 보여주면 그건 내러티브 방식이라는 거지. 하지만 나는 조금 전에 거론된 그 장면을 찍을 때 느낌을 전달하는 하나의 쇼트로 표현해야한다고 본 거야. 순간의 정적 같은 느낌으로 해야겠다고 판단한 거지. 흔히들 말하는 느낌을 어떻게 영화로 전달할 것이냐에 대해서 늘 고민을 해. 뛴다는 느낌 역시 마찬가지야. 폭풍전야라는 상황의 느낌 역시 영화로 어떻게 표현할 것인가를 놓고 계속 고민했지.

— 에이 쌍. 너는 뭐가 그렇게 잘났어? 글도 못 쓰는 게 문화부
 기자라구. 얼굴이 반반하니까 계속 붙어 있는 거겠지.
— 치사한 새끼, 유치하게 연애시나 쓰는 주제에. 의식도 없이.
 〈지독한 사랑〉에서 김갑수와 강수연이 서로 극언을 하면서 싸움

이동진_ 감독님은 액션을 멜로처럼 찍고 멜로를 액션처럼 찍습니다. 전자의 단적인 예가 〈형사〉이고 후자에 딱 맞는 경우가 〈지독한 사랑〉이죠. 〈형사〉에서 슬픈눈(강동원)과 남순(하지원)이 대결을 벌이는 모든 장면은 두 사람이 서로 사랑을 나누는 모습 같습니다. 돌담길에서 일대일로 승부를 겨루는 장면의 끝부분에는 다른 액션 신에서는 사용하지 않았던 와이어를 동원해서 두 사람을 함께 들어올리기까지 합니다. 〈지독

한 사랑)에서 영민과 영희(강수연)는 초반부터 내내 서로에게 집착하고
갈등하며 싸웁니다. 특히 3분 가까운 마지막 롱테이크 섹스신은 그 자
체로 치열하다 못해 처절한 액션 장면 같죠. 〈인정사정 볼 것 없다〉의
무려 8분이 넘는 클라이맥스 액션 장면 역시 멜로적인 느낌이 바탕에
깔려 있는 듯하죠. 도입부 살인 장면에서 흘렀던 비지스의 노래 〈홀리
데이〉가 어느 순간부터 다시 흐르는데, 폭우가 쏟아지는 가운데 광산
에서 펼쳐지는 우형사와 장성민의 대결은 실루엣과 슬로모션과 분절
을 강조하는 스텝 프린트와 서로의 얼굴에 주먹을 맞교환할 때의 정지
화면 같은 테크닉으로 다양하게 변주된 끝에 세상에 두 사람밖에 없는
것 같은 느낌을 남기고 마무리됩니다. 결국 슬픈눈과 남순이든, 영민과
영희든, 우형사와 장성민이든, 그리고 그 영화의 장르가 어떻게 분류되
느냐와 상관없이, 이 셋은 유사한 정서를 전달하고 있는 것처럼 느껴집
니다.

이명세_ 고마워. 딱 그렇게 느껴주길 바랐어.(웃음)

— 짜식들, 춤 몇 번 춰줬으면 됐지, 술 몇 잔 사줬다고 세 놈
  들이 한꺼번에 달려들고 그래? 고마워요, 아저씨.
  〈개그맨〉에서 급하게 극장으로 피신한 황신혜가 때마침 옆자리에 앉았던 안성기에게 키스
  하는 시늉을 해서 뒤따라 들어오던 남자들을 따돌리는 데 성공한 후

이동진_ 말이 나온 김에 액션과 춤을 오가는 스타일에 대해서도 질문 드
릴게요. 액션 장면은 아니었지만 〈첫사랑〉에는 술집에서 안주를 동시
에 집으려던 두 사람의 젓가락질을 어느 순간부터 마치 펜싱 하듯 묘
사하는 장면이 나옵니다. 저는 이 장면의 개성 넘치는 연출 스타일이
감독님의 이후 영화들에서 지속적으로 변주되고 있는 것 같아 흥미롭
습니다. 〈인정사정 볼 것 없다〉에서 우형사와 짱구(박상면)가 옥상에서

빨래가 널린 가운데 싸움을 벌이는 장면도 어느 순간 음악이 바뀌면서 마치 탱고를 추는 것처럼 보이도록 짜여 있습니다. 〈M〉에서 엄브렐러맨과 미미가 몸싸움을 벌이던 골목 장면에서도 하나의 신 안에서 액션이 춤으로 바뀌는 순간을 급격한 리듬의 전환을 통해 표현하셨고요. 〈형사〉에서 슬픈눈과 남순이 검술 대결을 벌일 때도 유사한 방식으로 구사되었죠. 극 중 실제로 춤을 추는 장면은 들어가 있지 않음에도 불구하고 〈형사〉를 찍기 전에 강동원 씨와 하지원 씨에게 몇 달 동안 탱고를 배우도록 주문하셨다고도 들었는데요, 이렇게 안무를 차용해서 액션을 변주하실 때 감독님은 어떤 목표를 갖고 계시는 건지요.

이명세_ 지금 차용한다고 말했지만, 모든 예술이 주는 쾌감 자체를 생각해봐. 나는 무용이 주는 쾌감을 적극적으로 영화로 활용하는 거야. 무용은 몸으로 표현하는 최고의 예술이지. 내 영화에서 배우들의 몸이 빚어내는 느낌이 무용의 느낌과 흡사했으면 좋겠다는 마음이 있어. 그게 정서든 쾌감이든 말이야. 내러티브 너머의 그런 다양한 느낌들을 전달시키는 것이 내가 영화에서 달성하고자 하는 목표이기도 한 거지. 내 영화 속 색채의 강렬함이 미술의 강렬한 색감을 적극 활용한 것이듯, 무용적인 느낌도 그렇게 표현되길 바라는 거야. 그 느낌 역시 거리에 관한 느낌이지. (스페인 철학자) 오르테가 이 가세트Ortega Y Gasset가 말한 느낌이 그런 것일 텐데, 왜 풀쇼트인가, 왜 클로즈업인가, 왜 이 지점에서 커트를 하는가 등등의 질문에 대한 답은 결국 거리에 대한 이론과 관련이 있다고 할 수 있어.

이동진_ 조금 더 설명해주시죠.

이명세_ 특정한 상황에 놓인 어떤 사람을 제대로 표현하는 것에는 단 한 가지 앵글이 있을 뿐이야. 사진 기자들에게 늘 그 말을 하곤 하는데, 좋은 사진을 찍기 위해서는 그렇게 피사체의 느낌을 제대로 표현하는 정확한 거리를 먼저 찾아야 한다는 거야. 한 사람이 죽어갈 때 그 죽음을 지켜보는 것은 다 똑같더라도 바라보는 거리에 따라 느낌은 제각각 다르다는 것이지. 그건 물리적인 거리일 수도 있고 관계의 거리일 수도 있겠지만 말이야. 같은 죽음인데도 그 죽음을 바라보는 각도에 따라서 왜 느낌이 서로 다 다른가, 죽음의 여러 각도를 다 표현할 수 있는 영화적 방법은 무엇인가를 곰곰이 생각해보자는 거야. 그러면 많은 사람을 아우르는 보편의 언어를 찾아낼 수 있다는 것이지. 그래서 나는 가장 보편적이고 가장 상식적인 느낌 속으로 좀더 깊이 들어가려고 하는 거야.

이동진_ 말하자면 "하나의 사물을 나타내는 데는 단 하나의 단어밖에 없다"는 플로베르의 일물일어설一物一語說 같은 생각이군요. 그게 영화에도 적용될 수 있다고 보시는 거네요.

이명세_ 적용될 수 있는지 없는지는 잘 모르겠어. 다만 나는 그럴 수 있을 거라고 믿는다는 거지. 그런데 어떤 상황을 찍으려면 하나의 쇼트에 담아내야만 한다고 보았던 경우에 여건의 제약 때문에 결국 쇼트를 바꿔서 촬영한 적이 있는데, 나중에 보니까 그렇게 나눠도 되더라고.(웃음)

이동진_ 하나의 쇼트로 찍어야만 한다고 보았던 게 나중에 보니 둘로 나누어도 됐다는 것은 하나의 쇼트로 해야만 한다는 처음 생각이 틀렸다는 얘기 아닌가요.

이명세_ 그렇지. 모든 것이 부수기 위한 원칙이고 텍스트라는 거지. 늘 변수가 있고 무엇이 최선인지 모르니까. 그렇게 최종 프린트가 나오는 최후의 순간까지 한계를 염두에 두되 계속 생각해보는 거야. 촬영이 끝났기에 붙일 수는 없지만 최소한 잘라낼 수는 있으니까.

이동진_ 그렇게 고민 끝에 일정에 따라 최종 프린트가 나오면요?

이명세_ 그 이후는 역사야.

– 이따 극장 앞으로 몇 시까지 갈까?

〈나의 사랑 나의 신부〉에서 최진실이 모처럼 영화를 함께 보기로 한 남편 박중훈과 통화하

면서

LEE MYUNG SE ——

519

이동진 앵글이나 구도에 대해서 말씀하시니 여러 장면이 떠오릅니다. 특히 최근작들인 〈형사〉와 〈M〉이 그랬는데 두 인물이 이야기를 나눌 때도 참 독특한 구도가 많았으니까요. 두 사람이 대화하는 장면의 경우 쇼트와 반응 쇼트로 나눠 찍는 게 가장 흔한데, 일례로 〈형사〉에서는 한 사람이 다른 사람의 등을 바라보는 구도에 놓은 뒤 둘 다 카메라를 정면으로 바라보게 하기도 하잖아요. 폭이 아닌 심도를 심어놓은 대화 구도라고 할까요. 그건 두 사람의 감정을 관객을 향해 직접 설득하겠다는 의도입니까.

이명세 영화는 결국 관객의 것이잖아. 영화 역사를 통해 불문율처럼 관습으로 굳어진 것이 연기자가 카메라를 직접 쳐다보며 연기하지 못하게 하는 것인데, 나는 필요하면 똑바로 정면을 바라볼 수 있다고 생각해. 정면에 있는 사람과 대화하는 건데, 그리고 카메라가 결국 상대방인 것인데, 왜 꼭 비스듬하게 시선을 측면으로 향하게 해야 해? 주인공들이 느끼는 사랑의 감정을 관객이 직접적으로 느껴야 하잖아. 처음에는 〈형사〉의 연기자들도 그렇게 한 적이 이전에 한 번도 없어서 부담스러워했어. 하지만 그건 고정관념일 뿐이야. 흔히 카메라를 바라보면 소격 효과가 생긴다고 기계적으로 말하지만 그것은 잘못된 이화론異化論이라고 봐. 자, 마릴린 먼로가 영화의 마지막 장면에서 정면을 바라보며 윙크를 한다고 생각해봐. 그게 흔히 말하듯 '당신은 지금 실제 이야기가 아니라 영화를 보고 있을 뿐입니다'라는 사실을 일깨워주는 것이란 말이야? 오히려 그건 '당신은 나와 함께 있습니다'라고 최면을 거는 강력한 동화론同化論이 아닐까? 난 그런 구도를 통해 관객에게 직접 호소하는 느낌을 주고 싶었던 거야.

– 두 사람이 만난 게 오늘 처음이야?

〈지독한 사랑〉의 저녁 식사 자리에서 김학철이 동료 교수인 김갑수와 신문사 문화부 기자

인 강수연에게

이동진_ 감독님이 만들어내신 최고의 오프닝 장면은 아무래도 〈인정사정 볼 것 없다〉의 도입부가 아닌가 싶습니다. 이미 오래전의 일이지만, 시사회에서 그 장면을 처음 접하던 때의 흥분이 지금도 기억날 정도거든요. 〈인정사정 볼 것 없다〉라는 제목이 스크린에 뜨기 전의 프롤로그에서 박중훈 씨의 액션 장면과 장동건 씨의 액션 장면을 연이어 흑백 영상으로 스케치하듯 보여주셨는데 그 신선한 임팩트가 실로 대단했죠. 이 영화 자체가 고전적인 아이리스 인(화면의 한 점에서부터 원의 형태로 커지면서 다음 쇼트로 넘어가는 장면 전환법)으로 시작되는데 흑백으로 그려지는 그 프롤로그 액션의 마지막 부분은 동적인 화면이 순간순간 정지할 때마다 해당 장면이 총천연색 회화로 변해가며 짜릿한 쾌감을 안겨주었죠. 그 첫 장면은 이 영화에서의 박중훈 씨 캐릭터를 경쾌하고도 효과적으로 각인시켰다는 점에서도 성공적이었습니다. 그리고 앞서 잠깐 언급한 대로, 이어서 제목이 제시된 후 등장하는 은행잎과 계단과 비와 우산이 어우러지는 안성기 씨의 계단 살인 신은 매우 폭력적인 장면임에도 정말로 아름다웠고요. 정확한 타이밍을 기다리다가 전광석화처럼 살인을 저지르는 그 장면은 긴 시간을 압축하는 방식과 특정한 순간을 폭발시키는 방식 모두에서 무척이나 인상적이기도 했습니다.

이명세_ 나는 첫 장면을 나중에 찍는 버릇이 있어. 〈개그맨〉에서 첫 장면을 처음에 찍었다가 실패한 경험이 있어서 이후에 그렇게 됐지. 연기자가 익숙해지기 전에 첫 장면을 찍으면 괴리감이 생기기 쉽기에 난 될 수 있으면 나중에 찍어. 〈인정사정 볼 것 없다〉에서 박중훈

나의 사랑, 나의 신부

개봉 1990년 12월 29일 **출연** 박중훈 최진실 김보연 **상영시간** 111분_ 출판사에서 일하면서 소설가가 되기를 꿈꾸는 영민은 대학 동창생인 미영과 낭만적인 연애 끝에 결혼에 골인한다. 영민과 미영은 달콤한 신혼생활을 즐기지만 시간이 흘러가면서 오해와 질투로 다툼도 벌이기 시작한다. 어느 날 미영이 급하게 응급실에 실려가는 일이 생기자 영민은 그동안 미영을 제대로 감싸지 못했던 자신의 행동에 대해 후회한다.

이 나오는 첫 장면은 마지막에 가서야 찍었어. 그 영화의 모든 것이 몸에 자연스럽게 배었을 때 찍은 거야. 그러면 중간 부분에서 다소 엉성하더라도 큰 상관이 없어. 관객들도 일부러 그랬나 보다 생각하게 되지.(웃음) 그 장면을 흑백으로 바꾼 것도 중훈이를 낯설게 보이게끔 하기 위해서야. 관객들에게 중훈이는 너무 익숙한 배우니까. 자막도 일부러 뒤로 보냈어. 자막도 영화의 일부분이거든. 자막을 보는 순간 이미지가 생겨나니까 고정관념을 빼기 위해서 그렇게 한 거지. 촬영 막바지라서 모두가 호흡이 척척 맞았기에 일사불란하게 찍을 수 있었던 장면이었지.

— 나 먼저 일어설게. 영화 구경 잘하고 나중에 한번 회사에 들러.

〈나의 사랑 나의 신부〉에서 옛 직장 상사였던 송영창이 오랜만에 최진실을 만난 후 카페에서 먼저 나가면서

이동진_ 안성기 씨가 처음 등장했던 장면도 후반에 찍으신 건가요?

이명세_ 그건 처음에 찍었어. 당시에는 원래 〈미궁〉이란 영화를 함께 하기로 했는데, 주인공이 안성기 형이었어. 그러다가 중훈이가 주인공인 〈인정사정 볼 것 없다〉로 바뀌게 되었지. 성기 형은 조연이라고 할 수 있는 그 상대역을 맡아줬으면 좋겠다고 생각하게 됐고 말이야. 그러다가 만났는데 〈미궁〉을 하는 걸로 알고 있었던 성기 형이 시나리오가 완성됐냐고 묻는 거야. 도저히 사실대로 밝힐 수가 없어서 커피를 마시며 이리저리 말을 돌린 끝에 설명을 시작하면서 조연이라고 하니까 표정이 굳어지시더라고. 그래도 시나리오를 건네면서 꼭 같이 하고 싶다고 했더니 며칠 뒤 하겠다는 답변이 왔어. 정말 반갑고 고마웠지. 오랜 세월 한국영화계를 대표하면서 톱스타 자리에 있었던 분이니 많은 고민

이 있었던 것 같았어. 형수님까지 전화를 해서 오랜 시간 함께 해온 처지에 성기 형에 대한 존중과 배려가 이렇게 없을 수 있냐고 하셔서 가슴이 철렁했지. 그런데 나중에 다시 성기 형이 못하겠다고 하더라고. 나는 그 형을 잘 알거든. 함께 오랜 시간 일을 하면서 그분이 그렇게 말을 해오면 설득해도 소용없다는 걸 알아. 그런데 나도 빚을 갚고 생활해야 되는 상황이었기에 출연은 하지 않아도 좋으니 제작발표회장까지는 참석해달라고 했지. 제작발표회가 열리기로 되어 있던 당일에 정종을 잔뜩 마시면서 그렇게 부탁했어.

이동진_ 그 부탁을 들어주신 거군요.

이명세_ 그렇지. 그런데 어떻게 마음을 고쳐먹었는지 몰라도 제작발표회 때 후배들과 함께 영화를 하게 되어서 아주 기쁘다고 인사를 하는 거야. 혹시 또 결심이 바뀔까봐 불안해서 성기 형 장면을 우선 빨리 찍어야겠다고 생각했어. 그래서 촬영을 시작하자마자 성기 형을 위해 처음에 그 계단 살인 장면을 찍었던 거지. 딱 그 장면만 촬영을 마치고 난 후 편집을 하고 비지스의 〈홀리데이〉를 깔아서 보여줬어. 그 장면이 멋있긴 하잖아?(웃음)

이동진_ 그때 안성기 씨는 뭐라고 하시던가요.

이명세_ 어떠냐고 물었더니 "괜찮네"라는 답이 돌아왔어. 뭔가 맘에 든 거야. 그 다음부터는 일사천리였지.

이동진_ 그러면 〈인정사정 볼 것 없다〉를 찍던 초반기에 박중훈 씨와 장동건 씨는 어땠습니까.

이명세_ 이미지와 성향을 포함해 연기자가 가지고 있는 모든 것도 연출의 한 부분이야. 중훈이는 당시에 코미디 연기를 안 하겠다고 했어. 그쪽으로 지나치게 많이 과소비됐다고 스스로 생각하고 있었거든. 사실 〈인정사정 볼 것 없다〉를 만들면서 연기자들과의 긴장이 컸지. 당시에 동건이는 무척 수줍었어. 상대역인 성기 형이나 중훈이가 대선배들이어서 너무 자신 없어 하더라고. 더 몰아붙이면 동건이도 못하겠다고 말

할 것 같은 분위기여서 내가 얼굴도 재능이라고 이야기했지. 그게 사실이거든.

– 저 같은 사람도 영화배우 될 수 있나요?
〈개그맨〉에서 차를 고치던 김세준이 배창호를 영화배우로 알고서

이동진 〈형사〉 때도 강동원 씨와 하지원 씨에게 비슷한 말씀을 하신 걸로 알고 있는데요.(웃음)

이명세 그랬지. 두 사람에게 누차 이야기했어. 너희는 이미 드라마를 얼굴에 갖고 있다고 말이야. 어떤 배우는 사랑하는 감정을 표현하기 위해서 격렬한 동작과 표정을 짓지만 사실 어떻게 보면 그건 연극적인 연기일 뿐일 수도 있어. 하지만 동원이나 지원이 같은 외모를 지닌 배우는 그냥 〈형사〉에서처럼 해도 돼. 그들은 이미 그 자체로서 훌륭한 연기를 하고 있는 거니까. 동원이의 경우, 청춘스타로서 당시에 갖고 있는 아우라를 업그레이드해주고 싶었지. 지원이는 잠재적 재능이 많은데 비해서 특정한 색깔이 없는 게 참 좋았어. 〈형사〉를 통해서 스펙트럼을 넓혀주고 싶었지. 어쨌든 〈인정사정 볼 것 없다〉를 찍기 전에 동건이에게는 프랑스 배우 알랭 들롱의 영화들을 챙겨보라고 주문하기도 했어. 중훈이는 촬영 초반에 계속 뛰는 모습을 멀리서 찍는 장면이나 대충 해도 되는 장면들만 찍었지. 그러자 중훈이가 먼저 "대사 좀 하게 해주세요. 왜 대사 신을 안 찍는 거예요?"라고 하더라고. 그렇게 가장 쉬운 대사 신부터 시작해서 중훈이와 동건이가 놀이터에서 눈 장난을 치는 장면을 찍으면서부터 긴장감이 해소됐어. 지금 생각해보니 〈인정사정 볼 것 없다〉는 긴장감이 엄청났던 영화였네.(웃음)

감독님 영화의 바탕에는 페이소스가
짙게 깔려 있습니다. 희극적인 상황이
계속 이어지는데, 그 바탕에는 슬픔이
도사리고 있는 경우라고 할까요.

그건 내가 인생을 바라보는 관점이겠지. 나는 가장 중요한 예술가의 자세가 연민이라고 생각해. 그건 예술가를 만드는 가장 중요한 덕목일 거야. 그런데 영화적으로 연민을 드러내는 방법론은 늘 엇켜 있어요. 찰리 채플린도 말했지만, 사실 희극은 롱쇼트에서 비롯해. 반면에 비극은 클로즈업에 담겨 있는 거지.

- 이제 이러는 것도 지긋지긋해.
- 그래, 끝내.
- 이제 제발 그만해!

〈지독한 사랑〉에서 서로에게 지친 강수연과 김갑수가 빗속에서 싸움을 벌이면서

이동진_ 〈인정사정 볼 것 없다〉가 도입 부분이 가장 인상적인 영화라면 〈지독한 사랑〉은 종결 부분이 가장 인상적인 작품이 아닐까 싶습니다. 세상의 시선을 피해 숨어서 사랑을 나누던 남녀가 감정적인 피로감에 점점 더 잦은 싸움을 벌이다가 결국 헤어지고 말죠. 그런데 이 영화 속 두 연인의 싸움은 단지 말다툼에 그치지 않습니다. 거울을 주먹으로 치고 칼까지 들이대며 육박전에 가까운 몸싸움까지 벌이는 것으로 묘사되죠. 앞서 언급한 대로 멜로영화인 〈지독한 사랑〉을 액션영화처럼 찍으신 셈입니다. 그러다가 결국 마지막 섹스 신과 함께 영화가 끝나게 되는데, 그 마지막 정사 장면은 눈 내리는 창문 밖에 놓인 카메라가 방 안을 들여다보는 롱쇼트로 촬영되었죠. 무려 2분 58초나 고정된 앵글로 지속되는 롱테이크 장면이었습니다.

이명세_ 그게 2분 58초였구나.(웃음)

- 짐승 같은 새끼. 날 엉망으로 만들더니 그것도 부족해서 이
  제 죽이려고 그러니?

〈지독한 사랑〉에서 강수연이 말싸움 끝에 화를 삭이지 못해 칼까지 들고 있는 김갑수에게
지지 않고서

이동진_ 그 신에서 두 남녀는 흡사 두 짐승이 울부짖으면서 싸움을 벌이는 듯한 느낌으로 관계를 갖습니다. 서로가 서로를 밀어붙이느라 이불이 계속 밀려가는 가운데 두 사람은 온 방을 휩쓸고 다니다시피 하는

데요, 관객은 오로지 눈이 오는 소리와 바탕에 깔리는 음악 소리만 들으면서 그 장면에 접하게 되죠. 정말 지독한 사랑의 지독한 엔딩이라고 할까요. 결국 감독님의 영화들 속에서 사랑은 제대로 고백조차 못하는 〈첫사랑〉과 바닥을 드러내면서 끝장을 보는 〈지독한 사랑〉, 이 두 가지로 극명하게 대조되는 셈입니다.

이명세 정말 피가 철철 흘렀어. 그 장면을 찍으면서 김갑수 무릎이 다 까졌거든. 액션영화라고 말하니까 그 일이 생각나네. 연기에 몰입했던 그 미련한 친구가 바닥에 흥건한 피를 보면서 물감이 흐른 줄 알았다는 거야. 자기가 무릎으로 기어 다니느라고 그렇게 된 건지도 모르고 말이야. 원 신 원 쇼트로 길게 찍었기에 배우가 동선을 지키면서 방바닥을 계속 빠르게 기어 다녀야 했던 거지. 리허설을 포함하면 낮 12시부터 찍기 시작했던 장면인데 촬영이 다 끝난 것은 새벽이었으니까 배우의 무릎이 안 그랬다면 이상한 거지. 사실 콘티는 정말 잘 짰는데 이상하게 만족스럽게 나오지 않았던 장면이야.

이동진 그래도 끝까지 가는 것 같은 느낌이던데요?

이명세 거기서 더했어야 되는 거야. 좀더 짐승 같은 느낌을 주도록 말이야. 동물이 서로를 물어뜯는 느낌이라고 할까. 이건 말 그대로 지독한 사랑이니까. 체력적으로 지쳐가는 거지. 다음날 그 장면을 다시 찍었어야 했던 건데 결국 그렇게 하지 못했으니 좀 아쉽지. 말하다 보니 확실히 내가 살인은 연애처럼, 연애는 살인처럼 찍는 것 같긴 하네.

— 꼼짝 마, 장성민!

〈인정사정 볼 것 없다〉에서 수배 중인 안성기가 애인인 최지우의 집으로 몰래 들어서자 잠복 중이던 형사들이 한꺼번에 뛰어나가면서

이동진 하나의 장면 속에서 스틸 사진 몇 장으로 특정한 분위기를 선명

하게 요약하는 방식에 대해서도 질문을 드리고 싶습니다. 〈M〉에서 민우와 미미가 마침내 바에서 재회할 때 그렇게 표현하셨죠. 이런 표현법은 이전에도 쓰신 적이 있습니다. 〈나의 사랑 나의 신부〉의 집들이 장면에서 미영(최진실)이 남편 영민의 직장 동료들 강권에 못 이겨 혜은이의 노래 〈당신은 모르실 거야〉를 부르다 목소리가 뒤집힐 때도 그랬죠. 〈나의 사랑 나의 신부〉는 도입부 결혼식 장면 역시 그와 같은 방식으로 처리하셨습니다.

이명세 그전에도 썼어. 배창호 감독님의 영화 〈기쁜 우리 젊은 날〉의 예고편을 내가 만들었는데, 사진 몇 장으로 표현했거든. 그때 반응이 참 좋았어. 그래서 나중에 좀더 구체화해서 써먹게 됐지. 〈M〉에서 두 사람이 재회할 때 그 만남의 느낌은 스틸로 가겠다고 처음부터 마음먹었어. 난 이야기를 전달하는 게 너무 싫어. 아직도 관객들에게 대사를 통해 뭔가를 전달하고 싶다는 생각이 없어. 내가 쓴 그런 표현 방식에는 말하자면 우연적 필연이라고 할 수 있는 부분도 있었어. 〈M〉을 촬영하던 초반에는 이연희의 좀 딱딱한 연기를 일부러 이용한 측면도 있었거든. 사진만이 줄 수 있는 느낌도 중요했지. 지나가버린 과거는 종종 한 장의 스틸과도 같은 추억으로 남고는 하잖아? 내 영화에서는 시간의 문제가 중요하기에 그런 표현법을 애용하게 되는 것 같아.

— 역시 화면은 흑백이야.

〈M〉에서 결혼식 하객으로 참석한 임원희가 캠코더로 흑백 영상을 찍으며

이동진 흑백 영화를 만들고 싶지는 않으셨나요? 실제로 〈M〉과 〈지독한 사랑〉에는 흑백 장면이 등장하기도 하는데요.

이명세 원래는 〈지독한 사랑〉을 아예 흑백 영화로 찍으려고 했지. 〈첫사랑〉 후에 곧바로 〈지독한 사랑〉에 들어가려고 했는데 당시에 장선우

감독의 〈너에게 나를 보낸다〉가 먼저 나오는 바람에 나중으로 미루게 됐어. 내가 정말 싫어했던 게 베드신을 찍을 때 배우들이 이불로 몸을 가리고 나오는 거였어. 실제로 사랑을 나눌 때 어떤 사람이 그렇게 하겠어? 애초에 〈지독한 사랑〉을 기획할 때는 베드신을 리얼하게 찍고 싶었는데 살을 그대로 보여주고 싶지는 않더라고. 그래서 흑백 영화로 찍기로 결심했던 거야. 제작자와 대충 이야기도 됐는데 결국 〈첫사랑〉이 실패하는 바람에 무산되고 말았지.

— 그때가 여름이 거의 끝나갈 무렵이었지라.
〈형사〉의 도입부에서 대장장이 윤주상이 폭우 속에서 있었던 일을 설명

이동진_ 왜 무산되었나요.

이명세_ 내가 〈첫사랑〉의 감독이었으니까 〈지독한 사랑〉 역시 애들 소꿉장난처럼 찍을 거라고 다들 짐작한 거야. 애초의 계획대로 〈지독한 사랑〉을 리얼하게 그리고 흑백으로 찍었더라면 감독으로서 이후의 내 인생 행로도 바뀌었을 거야. 지나고 보면 초월적인 누군가가 그렇게 하지 못하도록 만든 것처럼 느껴져. 결국 나중에 〈지독한 사랑〉을 찍을 때 한 장면만 흑백으로 했어. 예전부터 그렇게 흑백에 대한 도전의식이 있었던 거지. 다들 어렵다고 하는데 〈M〉에 흑백 장면을 넣으면 어떨까 생각하고 있던 중에 스태프 한 명이 결혼해서 가보니 다들 캠코더를 들고 찍더라고. 아, 이렇게 설정하면 넣을 수 있겠구나, 싶었지. 조금 전에 인용해준 대사는 〈M〉에서 그 장면을 흑백으로 만들고 싶어서 일부러 집어넣은 대사야.

이동진_ 개봉 후 뒷말이 나올 수 있는 요소는 영화 속 대사를 통해 미리미리 대답을 다 깔아두시는군요.(웃음)

이명세_ 그러게 말이야.(웃음) 왜 그 장면이 흑백이냐고 물을 것 같아서 아

예 확실하게 대사로 밝혀둔 거지. 그게 또 배우가 임원희니까 가능한 거야. 임원희의 분위기는 그런 대사를 해도 되거든. 진지한 사람이면 좀 억지스러운 대사가 되었겠지.

– 아, 우리가 보는 모든 것이 한낱 꿈속의 꿈인가. 꿈속의 꿈
  처럼 보이는 것인가.
  〈개그맨〉의 마지막 장면. 이발소 의자 위의 긴 꿈에서 깨어나 탄식하듯 독백하는 안성기

이동진_ 꿈에 대한 이야기를 좀더 집중적으로 해보겠습니다. 저는 꿈이라는 모티브가 감독님 작품세계로 가는 무척 중요한 열쇠라고 생각하거든요. 감독님은 첫 영화인 〈개그맨〉에 등장하는 거의 모든 장면은 종세(안성기)의 꿈입니다. 그리고 현재로서는 가장 최근 영화인 〈M〉은 꿈을 시청각적으로 표현하려는 영화일 뿐만 아니라, 삶 자체를 꿈으로 보고 있는 영화이기도 합니다. 말하자면 감독님의 영화들 속에서 삶이라는 것은 일종의 꿈과도 같은 것이라는 느낌인데요.

이명세_ 나는 확실히 꿈에 대해 사로잡혀 있나 봐. 가끔씩 현실에서도 데자뷔 같은 경험을 하면 울컥해지면서 억울하고 화가 나.

이동진_ 왜요?

이명세_ 누군가의 시나리오에서 내가 연기하는 기분이 들거든. 누군가가 모두 다 미리 정해놓은 상황 속에 내가 들어가 있는 것을 확인하는 느낌이지. 내가 아무리 발버둥 쳐봐야 빠져나갈 수 없는 죽음과도 같은 것이라고 할까. 그러면 하늘을 올려다보면서 욕을 하기도 해. 빠져나갈 수 없는 꿈속에서 어쩔 수 없이 살아가는 자의 슬픔 같은 걸 자주 느껴.

– 잘 자, 미영.

〈나의 사랑 나의 신부〉의 마지막 장면에서 박중훈이 잠든 아내 최진실을 내려다보면서

이동진_ 〈개그맨〉과 〈M〉 외에도 꿈이나 잠은 핵심적인 모티브로 감독님 영화들에서 사용됩니다. 〈나의 사랑 나의 신부〉는 영민이 잠자리에 들면서 전등을 끌 때 끝납니다. 〈남자는 괴로워〉에는 몽유병 증세가 있는 성기(안성기)가 잠결에 밤길을 걸어 다닐 때 거리의 악사들이 춤추고 노래하는 로맨틱한 꿈 같은 장면이 들어 있습니다. 〈형사〉의 종반부는 흡사 사자死者가 꾸는 꿈 같죠. 이전에도 잠깐 말씀하셨듯이, 감독님은 영화를 만들 때 실제로 꿈에서 본 것들을 가져오기도 하시는 것 같습니다.

이명세_ 종종 그래. 예를 들어 〈나의 사랑 나의 신부〉는 내가 꾼 두 개의 꿈에서 모티브를 가져온 영화야. 나는 꿈에서 글귀를 자주 보는 편인데, '러브 앤 라이크Love and Like'라는 문장과 '결혼은 행복한 무덤이다'란 문장을 각각 그 당시 꿈에서 봤거든. 그 문장들이 그 영화의 마지막 장면에 담긴 느낌이기도 하지.

이동진_ 꿈을 꾸지 않았다면 감독님의 영화들 중 상당수가 달라졌을지도 모르는 거네요. 〈첫사랑〉 역시 '시간의 비밀'이란 글자를 꿈속에서 직접 보고 나서 만드신 영화라고 하셨으니까요.

이명세_ 나는 자주 그런다니까. 〈개그맨〉도 꿈에서 보았던 글자를 제목으로 삼은 경우였어. 나는 꿈에서 글자를 봐도 꼭 화이트보드에 또렷하게 적혀 있는 형태로 본다니까.(웃음)

― 친애하는 신사숙녀 여러분. 오늘 이 자리를 빛내주시기 위해서 모이신 여러분들이야말로 진정코 영화를 꿈과 낭만의 예술로서 사랑하시고 이해하시는 분들이라 믿어 의심치 않습니다.

이동진 — 감독님에게는 정말 꿈이 영화적 원천이기도 한 것 같습니다. 스페인 화가 살바도르 달리는 예술적 영감이 떠오르지 않으면 두 손가락으로 살짝 스푼을 쥔 뒤 의자에 앉은 채로 잠을 청했대요. 그러다 막 잠이 들면 손가락에 힘이 빠져 어느 순간 스푼이 떨어지는 거죠. 그 소리에 잠에서 깨어나면 그때까지 막혔던 영감이 불현듯 떠오를 때가 있다는 거예요. 감독님이 작품에 대해 꿈에서 그런 힌트를 얻으신다는 것은 오매불망 계속 영화의 아이디어를 생각하고 있기 때문이 아닐까요.(웃음)

이명세 — 그럴지도 모르지.(웃음)

— 어땠어요? 내 연기 괜찮았어요, 아저씨? 내 꿈이 원래 가수
  였었는데요, 오늘부터 영화배우로 바꿨어요.
    〈개그맨〉에서 황신혜가 안성기의 집으로 같이 가다가 갑자기 따귀 때리는 연기를 직접 선
    보인 뒤

이동진 — 꿈을 제외한다면, 감독님은 어떤 방식으로 결정적 모티브를 떠올리십니까. 말하자면 예술적 계시라고 할까요.

이명세 — 내가 애용했던 방법은 면벽이야. 눈 감고 주야장천 앉아 있는 거지. 명확한 것들은 다 지워나가야 해. 선불교에서 화두를 붙잡는 방식과 똑같지. 그러다 보면 결정적인 것이 희미하게 떠오를 때가 있어. 만화처럼 떠오르기도 하고 말이야. 그렇게 첫 쇼트가 떠오르면 콘티를 짜지. 그런데 요즘은 그 방법을 잘 안 써. 너무 힘들거든. 그 대신 요사이는 순간순간 일상에서 얼핏 낚아채고는 하지.

이동진 — 그 두 가지는 서로 매우 다른 방식인 듯 느껴지는데요? 전자가 답을 구하기 위해 의도적으로 특정 상황 속에 스스로를 들어앉히는 것이

라면, 후자는 답을 생각하지 않고 그냥 일상생활을 해나가던 중에 의도치 않게 어떤 모티브가 문득 내게로 다가와 부딪치는 것이니까요.

이명세 너무 힘들어서 방식을 바꾼 거지. 내가 무릎이 좀 좋지 않은데, 예전에는 반드시 무릎을 꿇고서 면벽을 했어. 〈인정사정 볼 것 없다〉 때는 수덕사에 가서 일주일간 그렇게 했는데, 끝내 아무것도 안 떠오르더라고. 면벽 좌선은 정말 진땀 나는 거야. 나는 콘티를 짤 때도 남에게 안 보여줘. 내게 시나리오는 부수기 위한 텍스트야. 현장에서 영화를 찍을 때면 나는 시나리오를 잘 안 봐요. 시나리오에 담겨 있는 선입견이 나를 사로잡지 않게 만들어야 하니까. 내게는 시나리오대로 찍는다는 게 말이 안 되는 것처럼 느껴져. 현장에서 생각을 계속 바꿀 수밖에 없으니까 말이야. 그러니 끝나는 순간까지 계속 강력하게 집중해야 해. 최종적으로 필름에 담기기 전까지 영화에서 결정된 것은 아무것도 없는 거야.

— 이봐, 도석이. 내 뺨을 한 번 때려보게, 살짝. 이건 꿈이야. 분명 꿈이야. 맞아도 아프지 않은 걸 보니.
　〈개그맨〉에서 경찰에 포위된 기차 안의 안성기가 앞에 앉아 있는 배창호에게

이동진 제가 〈M〉을 보면서 계속 떠올렸던 단어는 자각몽自覺夢이었습니다. 그게 꿈인 줄 알면서 꾸는 꿈 말입니다. 무엇보다 제게 〈M〉이라는 영화는 잘 훈련된 예술가가 능숙하게 스스로를 통제하면서 꾸는 황홀한 자각몽처럼 느껴졌거든요.

이명세 프로이트를 읽으면 성에 차지를 않아. 꿈은 그 이상으로 어마어마한 것일 거라는 생각이 들거든. 자각몽이라는 게 있다는 사실도 그렇고 말이야. 꿈에서 깨어날 때의 절묘한 지점이나 다시 잠들었을 때 이전의 꿈과 연속으로 이어지는 느낌 같은 것은 정말 신비하지. 사람들은

저마다 꿈의 느낌을 갖고 있는데, 나는 내 영화를 통해서 그걸 열어주고 싶은 거야. 영화 한 편 전체를 놓고 생각하면 그 이야기를 통해 느낄 수 있을 것이고, 각 장면을 통해서는 색감이든 사운드든 극 중에 표현된 것들에 접하게 됨으로써 각자의 경험과 부딪칠 수 있겠지. 그게 내가 영화를 푸는 방식인 거야. 나는 그저 나름대로 최선을 다해서 조잡할 정도로 디테일한 감각을 불어넣는 거지. 그런 떨림과 느낌을 보여주는 것뿐이야. 나는 신 하나를 찍을 때마다 매번 그 신의 목표가 있어요.

이동진_ 인생 자체가 꿈같다고 느끼십니까.

이명세_ 삶이란 것이 그런 거 같아. 그래서 슬퍼져.

이동진_ 그렇게 느낄 때가 많으신가요.

이명세_ 너무 많지. 너무 많아서 문제야.

– 원래 제 전공은 천문학이었습니다. 언제나 푸른 하늘의 별자리를 보는 천문학자가 되는 것이 제 꿈이었습니다.
〈남자는 괴로워〉에서 샐러리맨인 안성기가 자신의 예전 꿈에 대해 이야기

이동진_ 감독님은 어린 시절에도 꿈에 대해서 각별하게 생각하셨을 것 같습니다.

이명세_ 맞아. 나는 학창 시절 생물 시간에 진화론을 배우면서 이런 생각을 한 적이 있어. 내가 꾸는 입체적이고 생생한 꿈을 동물도 꿀 수 있을까. 도저히 그럴 것 같진 않았거든.

이동진_ 꿈을 꾼다는 사실 자체가 인간의 가장 중요한 특성 중 하나라고 보신 것이군요.

이명세_ 그래. 그런데 어린 시절을 경기도 문산에서 보내다가 서울로 이사를 할 당시에는 죽음에 대한 강박 같은 게 생겼어. 그러자 갑자기 겁이 많아졌지. 문산에서는 밤에 무덤가나 성황당 같은 데서 아이들과 놀

기까지 했는데, 훨씬 더 밝은 서울에 와서 왜 두려움이 생겼는지 나도 모르겠어. 그때부터 본격적으로 꿈에 사로잡히게 된 게 아닌가 싶어. 그때는 주로 천연색 꿈을 꿨는데, 친구들은 모두 꿈이 흑백이라는 거야. 결론이 안 나서 매 맞기 내기를 하기로 하고 동네 중학교 형에게 물었지.

— 거기 누가 남아 있지?
— 다 이쪽으로 넘어왔지.
〈인정사정 볼 것 없다〉에서 안성기를 잡기 위해 둘로 나뉘어 잠복 중이던 형사들의 대화

이동진_ 그 형은 감독님 편을 들어주던가요?

이명세_ 그럴 리가 있어? 결국 애들한테 실컷 맞았지.(웃음) 그러다 고등학교 1학년이 되어서 내가 첫사랑을 하게 된 거야. 따지고 보면 아무것도 아니야. 나보다 한 살 아래인 한 여자애가 교회에서 내게 사탕 하나를 줬을 뿐이니까. 사탕을 받을 때는 아무 생각이 없었는데, 집에 돌아와 보니 그 아이 얼굴이 생생히 자꾸 떠올라. 이게 사랑 아닌가 싶으면서, 갑자기 사로잡히게 된 거지. 사랑을 하니 애랑 결혼해야 하는 거 아닌가 싶어서 매일 연애편지를 썼어.

이동진_ 정말 책임감이 강하셨네요.(웃음) 그렇게 열심히 쓰셨기에 〈첫사랑〉이나 〈나의 사랑 나의 신부〉 같은 영화에 연애편지 모티브가 등장하는 거군요.

이명세_ 편지를 직접 부친 것은 딱 한 번밖에 없어. '이번에 만나면 고백을 해야지' '이번엔 꼭 말해야지'라고 매번 결심하는데 그걸 할 수가 없는 거야. 그러다 송창식 노래 〈맨 처음 고백〉 같은 노래를 들으면 눈물이 주르륵 흐르고.

– 말을 해도 좋을까 사랑하고 있다고. 마음 한번 먹는 데 하루
  이틀 사흘. 돌아서서 말할까 마주 서서 말할까. 이런 저런
  생각에 일주일 이주일. 맨 처음 고백은 몹시도 힘이 들어라.
  〈첫사랑〉에서 흘러나오는 송창식의 노래 〈맨 처음 고백〉

이동진_ 그래서 〈첫사랑〉에 〈맨 처음 고백〉을 반복해서 쓰셨던 거군요?(웃음)
이명세_ 맞아.(웃음)

– 언제까지 우리 관계가 이렇게 지속될 수 있을 것 같아요?
  〈지독한 사랑〉에서 강수연이 연인 사이인 김갑수에게 차갑게 질문

이동진_ 결국 그 여학생과는 어떻게 되셨습니까.
이명세_ 그렇게 오랫동안 속을 끓이다가 어느 가을날 그 애와 교회에서
마주쳤는데, 그동안의 그 절절했던 감정이 싸악 지워지면서 아무렇지
도 않게 되는 거야. 객관적으로 그날 그 아이가 예뻤거든? 햇살도 참
좋았고 말이야. 그런데도 그랬어. 이게 도대체 뭔가 스스로 생각하다가
결론을 내렸지. 그 무렵은 내가 영화감독이 되기로 결심했던 때였어.
결국 그때 난 '영화란 무엇인가'와 '사랑이란 무엇인가'란 질문을 동시
에 물었던 것 같아. 그 아이에 대한 감정은 내가 만들어낸 환상의 상태
였지. 첫사랑과 꿈과 영화라는 세 가지는 그때부터 내 삶에서 거의 같
은 질문을 던지고 있어. 내가 첫사랑이나 꿈에 대해 이야기한다면, 사
실 그건 영화에 대해 이야기하고 있는 것과 똑같은 거야.

– 지금 나한테 뭐 물어봤어?
  〈M〉에서 넋을 놓고 있던 강동원이 공효진의 질문을 미처 알아듣지 못하고 반문

이동진_ 그 이후에도 스스로에게 그런 질문을 하셨습니까.

이명세_ 계속 했지. 그러다가 1986년쯤 뭔가 깨달은 것 같아.

이동진_ 무슨 계기가 있었는데요?

이명세_ 감독 데뷔 전인데, 그 무렵쯤 아주 힘들었어. 〈M〉에 나오는 민우는 상대가 안 될 정도로 괴롭고 힘들어서 계속 토했지. 그게 무엇이든 생각에 몰입하면 계속 토하게 되는 거야. 거의 잠도 잘 수가 없어서 불면에 시달렸지. '사랑이란 무엇인가'와 '영화란 무엇인가'가 뒤엉켜서 풀리지 않는 수수께끼처럼 다가오는데다가 짜증과 화만 계속 치밀어 올랐지. 그때는 내가 연말마다 하는 일종의 행사 같은 게 있었어.

이동진_ 어떤 행사요?

이명세_ 연말이 되면 성경과 불경과 논어와 장자를 차례로 읽는 거야. 그렇게 쭈욱 읽고 나면 며칠은 상태가 좋아져. 그러다가 술을 한 번 먹으면 완전히 다시 개가 되지만 말이야.(웃음)

— 오늘 여러분께 술 사는 진짜 이유는 그동안 여러분의 염려 덕분에 드디어 제가 메가폰을 잡게 되었기 때문입니다.
　〈개그맨〉에서 안성기가 손님들에게 맥주 두 병씩 사면서

이동진_ 부처님이나 공자님도 술은 못 이기는군요.(웃음) 그런데 왜 연초에 안 하고 연말에 하셨나요? 일반적으로는 연초에 마음을 잡는 의미에서 그런 일들을 할 것 같은데요.

이명세_ 글쎄. 연초가 되면 한해를 멋있게 시작하고 싶으니까 사람들에게 이런저런 덕담을 하게 되는데, 나는 이상하게

첫사랑

개봉 1993년 1월 22일_ 출연 김혜수 송영창 상영시간 108분_ 미술대학에 입학한 영신은 신입생으로 설레는 나날을 보내다가 연극반에 들어간다. 서울에서 연극반 선생님으로 초빙되어온 연출가 창욱의 지저분한 모습과 줄담배를 피우며 술을 마시는 행동에 영신은 고개를 절레절레 흔들지만 시간이 흐를수록 그에게 점점 마음을 빼앗기기 시작한다.

그런 과정에서 꼭 다른 사람들과 부딪쳤어. 연말에 수양한 게 연초가 되면 다 수포로 돌아갔다고 할까.

이동진_ 그게 주로 술자리에서의 일이었죠?

이명세_ 당연하지.(웃음) 적당히 먹어야 하는데 그때는 그게 그렇게 되나. 그런데 1986년 연말에 관주성경이라고, 공동번역 성경을 읽고 있는데, '아버지, 네, 알겠습니다'라는 소제목이 달려 있는 부분을 읽다가 갑자기 눈물이 쏟아져 나왔어. 종교라는 것이 결국 체험이잖아. 그렇게 펑펑 울면서 기도를 하는데 그 오랜 시간 내가 물어왔던 영화와 사랑에 대한 질문이 한데 꿰어졌지. 나로선 정말 신기한 경험이었어요.

- 중학교 3학년 때였던가, 아주 추운 겨울이었지. 나는 그때 아주 심각한 고민에 빠졌었어. 우리는 왜 살아야 하는가. 무엇을, 어떻게 하면서 살아야 하는가. 그때 문득 나는 영화감독이 되고 말겠다는 영감을 얻었어. 임창의 〈땡이와 영화감독〉이라는 그 만화 속에서 영화감독은 정말로 근사하게 보였거든.
  〈개그맨〉에서 안성기가 여전히 옆에 황신혜가 있는 줄 알고 혼자 감상에 젖어서 회고

이동진_ 사춘기 시절, 영화감독이 되기로 결심하셨던 구체적인 계기가 있었나요? 〈개그맨〉에는 실존적인 고민을 하시다가 임창 화백의 만화를 본 후 감독의 꿈을 꾸게 됐다는 대사가 나오는데요.

이명세_ 정확히 그 대사 그대로입니다.(웃음)

- 우리가 찍을 영화 첫 장면 말이야, 주인공이 가스 자살을 하려고 하려다가 의자에 넘어져서 실패하는 그 장면 말이

야, 그게 바로 인생이야. 우리 인생은 언제나 결정적인 순간에 실패를 맞이하게 되는 거야. 아마 그 장면 보던 관객들은 복도에서 아주 데굴데굴 구르면서 난리를 칠 거야. 모르긴 몰라도 그 장면 때문에 백만 명은 더 올걸?

〈개그맨〉에서 감독이 되고 싶어 하는 안성기가 함께 강도짓을 하게 된 황신혜에게 말을 건네면서

이동진 감독님 영화의 바탕에는 페이소스가 짙게 깔려 있습니다. 희극적인 상황이 계속 이어지는데, 그 바탕에는 슬픔이 도사리고 있는 경우라고 할까요. '아아, 웃고 있어도 눈물이 난다'라는 카피를 썼던 〈남자는 괴로워〉와 남을 웃기는 게 직업인 남자의 못다 이룬 꿈과 슬픔을 다룬 〈개그맨〉이 대표적이겠지만, 여타 작품들에서도 비슷한 정조가 지속적으로 발견됩니다.

이명세 그건 내가 인생을 바라보는 관점이겠지. 나는 가장 중요한 예술가의 자세가 연민이라고 생각해. 그건 예술가를 만드는 가장 중요한 덕목일 거야. 그런데 영화적으로 연민을 드러내는 방법론은 늘 엉켜 있어요. 찰리 채플린도 말했지만, 사실 희극은 롱쇼트(멀리 찍기)에서 비롯해. 반면에 비극은 클로즈업에 담겨 있는 거지.

— 이자가 달포 전에 서린옥에 왔던 자가 맞소?
— 예, 눈이 참 슬프게 보입디다.

〈형사〉에서 탐문 수사를 하던 안성기가 강동원의 몽타주 그림을 들고 묻자 목격자가 대답

이동진 확실히 그런 것 같습니다. 이미 1920년대에 칼 드레이어가 클로즈업의 어떤 숭고한 비극성 같은 것을 너무나도 선명히 보여주었으니까요.

감독님 영화 속의 어떤 장면들을 볼 때면
최대한 대사를 제거하는 방식으로
연출한다는 느낌을 받게 됩니다.
대사에 의지하지 않고서 시각적인 언어로만
표현하는 걸 즐기신다고 할까요.

그게 영화니까. 물론 대사에도 중요성이 있지만 배우의 몸을 통해 같은 걸 표현할 수 있다면 그게 더 좋은 거지. 내게는 무성영화 시절의 감독들이 그랬던 것처럼 대사 없이 영화를 찍고 싶은 욕망이 있어. 대사를 하나도 넣지 않고 찍고 싶다고. 음악과 사운드와 배우의 동작만으로 충분한 영화를 만들어서 영화의 선배들과 승부를 벌이고 싶어.

이명세 희극의 롱쇼트와 비극의 클로즈업에는 아이러니가 있어. 어떤 사람들이 생사를 걸고 싸워도 멀리서 바라보면 그게 춤처럼 보일 수도 있잖아?

이동진 〈인정사정 볼 것 없다〉에서 우형사와 짱구가 빨래들이 널린 건물 옥상에서 싸우는 장면이 떠오르네요. 그 액션 장면을 마치 탱고를 추듯 묘사하셨잖아요.

이명세 바로 그런 느낌을 담은 거지. 반면에 내가 마음이 편해도 가만히 입을 다물고 있는 모습을 가까이서 보면 남에게는 심각하게 느껴질 수도 있지. 사람들이 참 웃기고 슬픈 존재 같아. 난 그런 모습에서 연민을 느끼는 것이고 그런 아이러니를 영화로 만드는 거야.

이동진 "느끼는 자에게는 모든 것이 비극이고 생각하는 자에겐 모든 것이 희극이다"라고 했던 스페인 시인 로르카의 말이 떠오르네요.

이명세 나는 느끼고 나서 생각하는 사람이야. 느낌이 먼저지.

이동진 정말 그런 것 같습니다. 감독님은 비극적인 이야기를 희극적인 스타일에 담아내는 분이니까요.

이명세 바로 그런 거야.

— 이거, 아저씨예요?
〈개그맨〉에서 황신혜가 안성기의 집 벽에 붙어 있는 찰리 채플린 사진을 가리키면서 질문

이동진 그와 같은 아이러니와 페이소스를 가장 잘 그려낸 사람이 바로 찰리 채플린이겠죠. 그러니 〈개그맨〉에서 채플린 포스터가 등장하는 것도 우연이 아닌 것으로 보입니다.

이명세 그런데 진실은 좀 달라.(웃음) 난 〈개그맨〉 촬영에 들어가기 전까지는 채플린 영화를 본 적이 없어. 당시는 무성영화를 보기가 힘든 시대였거든. 그런데 나중에 채플린의 〈라임 라이트〉를 봤더니 화면의 앵

글을 크고 작게 바꿔가면서 그 의미를 충돌시켜 웃음을 유도하고 페이소스를 끌어내는 방식이 〈개그맨〉과 똑같더라고. 그렇게 나중에 영화 선배들의 무성영화들을 챙겨보면서 내가 틀리지 않았다는 것을 역설적으로 확인하게 됐지.

이동진 하지만 콧수염을 기르고 과장된 표정 연기를 하는 이종세의 모습에서는 채플린이 고스란히 연상되는데요.

이명세 내가 이종세의 모델로 생각한 것도 채플린이 아니라 1970년대 코미디언 콤비인 남철-남성남이었어. 내가 그분들 코미디를 무척 좋아했거든. 나중에 알고 보니 그분들이 채플린을 흉내 낸 거였더구만. 당시에 나는 전혀 몰랐지만 말이야. 채플린 사진을 이종세의 집 벽에 붙여놓았던 것은 우연히도 그게 그 당시에 나온 영화잡지 〈스크린〉의 부록이었기 때문이야. 제작비를 줄이려고 조명기사의 집을 빌려서 이종세 집으로 만들어놓고 찍는데, 벽에 뭔가 장식은 해야 하잖아? 그래서 돈 안 드는 잡지 부록 포스터를 거기 붙인 것뿐이야. (웃음)

– 문 형은 아주 훌륭한 성격 배우가 될 것이오. (……) 그동안 주연 배우를 못 찾아 걱정이었는데 이제야 찾은 것 같소.
〈개그맨〉에서 영화감독을 꿈꾸는 안성기가 배창호를 칭찬해 끌어들이면서

이동진 배우들의 무성영화식 슬랩스틱 연기는 〈개그맨〉〈첫사랑〉〈지독한 사랑〉〈형사〉〈M〉 등 감독님의 거의 모든 영화에서 발견됩니다. 그 중에서도 〈남자는 괴로워〉는 영화 전편이 그렇죠. 그런데 이런 슬랩스틱 연기를 불편하게 느끼는 관객들도 적지 않은 것 같더라고요.

이명세 내가 슬랩스틱 연기를 선호하는 것은 그 특유의 리듬과 느낌 때문이야. 내가 지금까지 만든 영화들에는 코믹한 요소가 다 들어 있기에 가능했던 것이기도 하지. 슬랩스틱 연기가 들어가도 이상하지 않을 만

큼 설정된 작품들이 내 영화였으니까.

— 지금 몇 시죠? 어, 나 늦었어. 스타킹!
 〈지독한 사랑〉에서 강수연이 늦잠을 자다 깨서 출근이 늦은 걸 알고 깜짝 놀라서

이동진_ 종종 무성영화처럼 느껴지기까지 하는 〈남자는 괴로워〉의 초반
부에서는 다들 늦어서 몸싸움을 벌여가며 정신없이 서두르는 아침 출
근 장면이 펼쳐집니다. 이 장면 외에도 돈이 쏟아지자 아수라장이 되
는 〈형사〉의 초반부 장터 장면을 포함해 감독님 작품들에는 느긋하게
있다가 특정 조건 속에서 갑자기 사람들이 막 서두르면서 서로 어깨를
부딪쳐가며 어떤 행동을 하는 상황이 종종 묘사됩니다. 이런 장면을 즐
겨 찍으시는 것은 그런 집단적 움직임에 담을 수 있는 역동적 리듬과
시각적 쾌감 때문인가요.
이명세_ 본능적으로 그렇게 찍고 있는 것 같아. 그와 같은 장면을 찍을 때
는 아주 기분이 좋아져. 반면에 대화 장면은 내게 제일 힘들고 재미도
없지. 내가 무성영화적인 장면들을 좋아하는 것은 대사 장면을 찍는 게
힘들어서 의도적으로 피하는 것일지도 몰라. 영화적인 장면을 만들어
야 한다는 핑계로 사실은 감독으로서 내가 두려워하는 것을 피하는 게
아닐까 하는 생각이 들 때까지 있거든. 사실 대화 장면에서는 보여줄
게 별로 없으니까 찍는 것도 고통스러워. 잘해봐야 본전인 것 같다고
할까. 내게는 끊임없이 다르게 찍어야 한다는 강박이 있어. 난 대화 장
면도 가급적 인물들이 움직이도록 만들지. 그 질문에 대답하다 보니 나
로선 불편한 현실이 보이는 것도 같네.(웃음)

— 나는 이제 너에게도 슬픔을 주겠다. 사랑보다 소중한 슬픔

을 주겠다.
<첫사랑>에서 자막으로 인용되는 정호승의 시 〈슬픔이 기쁨에게〉

이동진 그런데 감독님 영화에 배어 있는 비극적 정조는 짙은 절망이 아니라 옅은 슬픔입니다. 비유하자면 소금기 없는 눈물, 혹은 맑은 슬픔의 느낌이랄까요. 〈형사〉에서는 아예 강동원 씨의 극 중 배역 이름이 '슬픈눈'이잖습니까?

이명세 절망은 오만의 다른 이름이야. 나는 절망이란 단어를 너무 싫어해요. 그건 오만한 자의 생각이거든. 지금 소금기 없는 눈물이라고 했는데, 아주 맘에 드는 표현이야. 그게 내 영화의 최고 목표라고 할 수 있거든. 난 최고의 영화가 웃음 속에 있다고 생각하는 사람이야. 미소는 일종의 밝은 눈물이야. 그런데 지금 맑은 눈물이라고 했으니, 내가 벌써 다 이룬 건가?(웃음)

이동진 하산하셔도 되겠습니다.(웃음)

이명세 정말 난 그 경지에 도달하려고 애를 써. 미켈란젤로가 '사람을 아프게 만드는 것은 싸구려 예술'이라고 했어요. 관객을 울게 만드는 것은 쉬워. 쥐어짜면 되니까. 관객을 계속 꼬집으면 돼. 병실에서 계속 찍으면 된다니까.(웃음) 아버지도 울고 아들도 울고 간호사도 울면 관객은 누구나 다 울게 되어 있어. 나도 그런 장면 보고 있으면 울어. 그런데 기분이 나빠. 사람들은 눈물을 일단 흘리고 나면 정화되었다고 느끼는 것 같아. 울고 나면 좋은 영화를 본 듯한 착각을 하는 경우가 많거든. 그런데 꼭 그렇진 않아. 사람들이 눈물을 선함과 잘못 연결시켜서 착각하는 것일 수도 있어.

– 나는 죽었다. 내 이름은 미미.
〈M〉에서 이연희가 사랑의 고백을 마치고 난 후에

이동진 〈M〉에서는 시종 내재되었던 슬픔에 강렬하게 악센트를 찍는 대사가 등장하죠. 살아 있을 때 민우에게 사랑한다고 고백하지 못했던 미미가 절절한 마음을 그대로 토로한 뒤 마지막으로 자신이 죽었다고 선언하며 스스로의 이름을 붙여 확언하는 대목에서 말입니다. 직전까지 펼쳐졌던 장면들이 종결되고 아무것도 보이지 않는 무지無地 화면 상태에서 그 대사가 또렷한 내레이션으로 흐르도록 연출적으로 강조되어, 가뜩이나 인상적인 대사가 더더욱 강력하게 각인되도록 하셨는데, 이 말은 〈M〉에서 가장 중요한 대사인 것처럼 느껴집니다.

이명세 〈M〉은 내가 미국에 체류하던 기간에 시나리오를 썼던 슬픈 호러 〈미리엄〉을 부분적으로 가져온 영화였지. 〈미리엄〉에는 그 대사가 세 번 나왔는데, 〈M〉에서는 원래 두 번 넣었다가 앞의 것을 빼서 한 번만 남게 됐어. 그 대사에 담긴 것은 자신이 죽었다는 사실을 확실히 알고 난 뒤에 찾아오는 슬픔 같은 것일 거야. 죽은 자가 자신의 정체성을 찾아가는 느낌을 담담하게 객관화한 대사라고 할까. 그 말이 지닌 느낌이 관객들에게 깊숙하게 전달됐으면 했어. 나는 그 영화를 보는 모든 관객이 유사하게 느끼기를 원했거든. '나는 죽었다. 내 이름은 명세', 뭐 이런 식으로 말이야. 지금 지적한 대로 〈M〉에서 가장 중요한 대사지. 가장 중요했기에 인물마저 화면에서 사라져버린 후 어둠 속에서 흘러나오는 거야. 내가 참 욕심이 많아요.(웃음)

— 선생님!
— 무슨 할 이야기 있어?
— 저, 서울 잘 다녀오세요.
　〈첫사랑〉에서 김혜수가 서울로 떠나는 송영창에게 선물과 함께 마음을 고백하려다가 끝내

　그렇게 하지 못하고서

이동진_ 〈첫사랑〉에서 창욱이 서울로 떠날 때 영신은 자신의 사랑 고백을 대신할 가곡 〈이히 리베 디히Ich liebe dich〉가 담긴 레코드를 선물하려다 결국 그렇게 하지 못하고 안타까워합니다. 〈M〉에서 미미 역시 끝내 사랑한다는 말을 건네지 못했죠. 그렇게 감독님 영화 속 인물들이 하고 싶었던 이야기와 관련해서 가장 중요한 정서는 바로 안타까움인 것 같습니다.

이명세_ 그래. 안타까움이 공통적으로 깔려 있지. 나는 나만 알고 있는 특별한 것을 영화로 보여주려는 게 아냐. 모든 사람이 공통적으로 생각하고 있는 것을 조금 다른 각도로 묘사하거나 좀더 깊이 밀고 들어갈 뿐이야. 철학자 김진석 씨가 〈나의 사랑 나의 신부〉를 보고 난 뒤에 투명하다고 말한 적이 있었어. 투명하기 때문에 다른 어떤 것이 되는 영화 같다고 말이야. 난 그저 조금 더 밀고 들어가서 전형적인 사람들의 고정적인 생각을 보여줄 뿐이야. 내 영화 속 이야기 자체에는 뭔가 특이한 게 없잖아?

— 어우, 이건 너무 감상적이야, 너무 유치해.
〈첫사랑〉에서 김혜수가 짝사랑하고 있는 송영창에게 밤에 혼자 편지를 쓰다가 스스로 민망해 편지지를 구기면서

이동진_ 그런데 일각에서는 그런 감독님 영화들이 너무 감상적이라고 비판하기도 합니다.

이명세_ 그 감상이라는 것의 정의가 다른 거야. 유치하다고들 하지만 그때는 유치하다는 걸 몰라. 그리고 거기에 시간이 더해지면 유치함이 달라져. 그 유치함이야말로 우리의 원형 중 하나라는 거야. 〈첫사랑〉에서 연애편지를 쓰다가 구기면서 내뱉는 영신의 그 말조차 사실은 애정이고 감정이며 더 잘하고 싶은 욕심인 셈이지. 군 복무 시절 내가 연애편

지 사역병이었어. 정말 어마어마하게 많은 연애편지를 대필했지. 그런데 내가 정말 쓰고 싶었던 연애편지는 한 통도 못 썼어. 정작 내 편지는 한 번도 못 부쳤던 거야. 진짜 하고 싶은 말은 '보고 싶다. 사랑한다'는 게 전부였어. '날씨가 좋네'가 왜 중요해? '오늘따라 문득'이 왜 중요하냐고. 그런 게 다 거짓 같고 장식 같다고 느껴졌던 거야. 이런 태도가 영화에 대한 내 생각과도 연결되어 있어. 그러니까 자꾸 내가 영화의 엑기스를 찾게 되는 거지. 난 남들이 다들 좋다고 해도 달리 보려고 노력해. 모두가 칭찬하는 사람도 사실은 뭔가 좀 다르지 않을까 싶어서 일부러 삐딱하게 보려고 하기도 하고.

이동진 그러면 논쟁적인 사안에 대해서는 어떤 태도를 취하시나요.

이명세 그럴 때는 유보를 해요. 많은 사람들이 의견이 갈려서 논쟁을 하면 거기에 뭔가 이유가 있다고 생각하고 꼭 살펴봐. 심지어 〈디 워〉 개봉 때도 그랬어. 계속 천천히 생각해보는 거지. 중간에 로베르 브레송의 〈어느 시골 사제의 일기〉 같은 영화를 보면서 일부러 시간을 두기도 하고. 내 근본적인 무지함이 나를 공부하도록 만든 것처럼 말이야. 영화에 대한 말조차 사람에 대한 존중과 예의가 필요해. 관객들이 좋아하는 것속에는 분명히 어떤 통로가 있어. (데이브 브루벡의 재즈 넘버) 〈테이크 파이브〉든 (비틀스의 노래) 〈렛 잇 비〉든, 인기 있는 것은 뭔가 이유가 있다는 거야. 나는 오랜 시간을 두고 그 속에 담긴 뭔가 근원적인 것들을 찾으려고 해. 죽은 격언과 산 격언의 차이를 보아내려고 하고. 왜 아직까지 성경이 남아 있는지에 대한 대답과 같아. 거기에는 뭔가 있다는 거야.

– 지금 찍는 영화 테마가 뭡니까? 이런 테마가 너무 낡았다고 생각되지 않습니까?

〈개그맨〉에서 감독을 꿈꾸는 안성기가 기성 감독인 전무송을 화장실에서 만나서 따지듯 질문이동진_ 감독님 영화들의 테마나 이야기에 대해서 비판적인 견해를 갖는 관객들도 적지 않은 것 같습니다. 가장 최근작인 〈M〉에 대해서까지 평단 일부에서 '진부하다'고 지적하기도 했고요. '대단한 비밀이 있는 줄 알았는데 기껏 첫사랑이냐'고 비꼬는 댓글들도 참 많이 봤습니다.

이명세_ 결말에 가서 미미가 목이라도 꺾어져야 하는 건가? 알고 보니 미미가 남자였다, 뭐 그래야 했다는 건가? 그 영화를 보고 관객들이 그렇게 느낄 수 있다는 것을 충분히 알고 있었어. 사전에 콘티를 짜다 보면 스토리에 욕심이 날 때가 있어요. 어떠어떠한 설정을 넣으면 뒤집어지겠다 싶어서 말이야. 그래도 안 돼. 그건 그 영화가 갈 길이 아니니까. 난 내 길을 가야 해. 모두가 다 좋아하는 영화를 만들 순 없어.

– 세상에 말할 수 없는 몇몇 비밀이 있다. 그때, 사소한 일로도 상처받던 어린 시절, 아버지의 사업 실패, 그리고 죽음. 나는 아무에게도, 미미에게조차 말하지 못한 채 도망치듯 떠날 수밖에 없었다.

〈M〉에서 강동원이 첫사랑이었던 이연희에게 아무 말도 남기지 않고 떠났던 오래전 과거에

대해 회상

이동진_ 〈M〉에서 민우의 어린 시절에 일어났던 일은 사실 무척이나 스테레오타입화된 이야기로 다가옵니다. 이처럼 감독님 영화 속 밑그림이 되는 이야기들은 많은 부분 상당히 전형적인데요.

이명세_ 아주 진부하고 전형적이지. 나는 전형적인 것을 써요. 그게 내 영화에서는 메인이 아니기 때문에 그래. 그건 그냥 일반적인 관객들과의 약속 같은 거야. 〈M〉의 경우를 말하자면, 내게는 '미미가 죽었다'의 울림이 훨씬 더 중요한 거야. 영화들을 공개한 후의 반응에 접해보면 허탈할 때가 종종 있더라고. 다들 딴말들을 하는데, 나만 혼자 영화를 말

하고 있는 것 같아서 말이야.

— 이 세상 사람들이 진정으로 만화를 볼 줄 안다면 날 이해할
　수 있을 텐데.
　　〈개그맨〉에서 안성기가 대본소에서 만화를 보던 중에 우연히 마주치게 된 배창호에게

이동진 영화적이지 않은 다른 요소들에만 집중해서 보는 경향이 당혹스
럽다는 뜻인가요.

이명세 왜 영화를 본 뒤에 다른 말만 하는지 모르겠어. 드라마 이야기만
하는 경우가 너무 많잖아? 이제는 영화의 정신이란 게 사라진 게 아닌
가 하는 의심도 들어. 영화가 수도 없이 제작되지만 더 이상 앞으로 나
아가지 않고 답보 상태에 머문 채 기본적인 드라마와 메시지에만 매몰
된 것 같아. 그런 비판이 가장 많았던 〈형사〉의 경우만 해도, 사실 그런
관습을 깨기 위해서 첫 장면은 모두 맥거핀MacGuffin으로만 채우겠다고
생각했던 거였거든.

— 뭐야, 이거.
— 나? 아무것도 아니여.
　　〈형사〉에서 하지원이 좁은 돌담길에서 검술 대결을 펼치기에 앞서서 상대가 깔보며 묻자
　　심드렁하게 대꾸

이동진 〈형사〉의 도입부를 장식하는 장터 액션 장면에서 탈취의 대상이
되는 불상이 중요한 물건인 듯 암시되지만 이후에 전혀 등장하지 않죠.

이명세 그뿐만이 아니야. 그 긴 장면에 등장하는 모든 게 다 그렇잖아. 첫
장면의 모든 것은 그런 게 본질이 아니라는 걸 말하기 위한 것들이지.

〈형사〉는 단지 마지막 한 장면의 진한 감정을 향해 질주하는 영화일 뿐이라고. 나는 시를 이야기하는데 왜 소설이 아니냐고 지적하고, 난 재즈 선율을 만들어냈는데 왜 가사가 없냐고 반문하는 경우가 있는 것 같아. 그런데 모든 곡에 꼭 가사가 있어야 하나?

이동진_ 극적 개연성이나 논리적 전개 같은 것도 상대적으로 무시하시는 편인데요.

이명세_ 히치콕의 친구가 그의 시나리오를 미리 읽어보고 나서 논리적이지 않다고 지적한 적이 있어. 그때 히치콕이 이렇게 대답했대. "오, 친구야. 멍청하게 굴지 마. 난 논리에는 관심이 없어. 효과에 관심이 있지. 관객이 논리에 대해 생각하는 것은 영화가 끝나고 집으로 돌아가는 길에서나 가능할 거야. 하지만 그때쯤이면 그 사람들은 입장료를 이미 지불한 후란 말이야." 히치콕은 대중영화의 핵심을 정확히 꿰뚫어본 사람이지. 맥거핀이나 서스펜스 같은 게 전부 효과에 관심을 두는 거잖아. 그게 미장센의 도구가 된다는 것을 알았기에 철저히 써먹은 거야.

이동진_ 그러고 보니, 히치콕도 알파벳 M을 좋아했네요. 〈다이얼 M을 돌려라〉가 있잖아요. (웃음)

이명세_ 결국 다 그렇게 통한다니까. (웃음)

— 장성민이가 전화기에 메시지를 남겨놨어요.
〈인정사정 볼 것 없다〉에서 장동건이 살인사건 범인인 안성기의 행적에 대해 동료 형사들에게 알려주면서

이동진_ 영화를 통해 메시지를 남기는 것에도 별 관심이 없으시죠?

이명세_ M으로 시작하는 단어 중에서 내가 제일 싫어하는 두 가지가 바로 '미닝meaning'과 '메시지message'야. 내 영화에는 의미도 없고 메시지도 없어. 그런 것들은 있다 해도 감독이 전해주는 게 아니라 관객들 각자

가 찾아내는 거야. 메시지에 집착하는 것은 우리나라 국어 교육의 문제일 수도 있어. 그래서 논술이 더 중요해지는 것일 텐데 요즘 논술은 정답을 정해놓는 것 같으니, 원. 그런 면에서 프랑스의 교육방식이 좋은 것 같아. 프랑스 학교에서는 미술 시간에 석고상 놓고 그리지 않는대. 획일화를 막기 위해서라지. 그 대신 상상하는 훈련을 시킨대. 우리 교육은 아주 획일화되어 있지. 인구가 너무 밀집되어서 그런가? 내가 학교 다닐 때는 한 반에 120명까지 있었다니까.

— 이제 나는 아무런 꾸밈없이 이야기를 써내려 갈 것이다. 이
 이야기를 사람들이 믿어주기를 기대하지도 원하지도 않는다.
 〈M〉에서 소설가인 강동원이 자신의 체험에 바탕을 둔 본격적인 글쓰기에 앞서서 독백

이동진_ 감독님 영화는 오래전부터 이야기가 불친절하다는 지적을 받아오기도 했습니다. 작품 창작에 앞서서 〈M〉의 주인공인 소설가 민우가 다짐하는 내용에는 그런 지적에 대한 감독님의 생각이 담겨 있는 듯한데요.
이명세_ 그 내레이션은 에드거 앨런 포의 단편소설 〈검은 고양이〉의 첫 구절이야. 그게 〈M〉에 딱 맞는 말이라서 차용한 거지. 나는 영감이 될 만한 자료들을 늘 옆에 놓아두는 편인데, 〈M〉에서는 에드거 앨런 포가 그 역할을 한 거야.

— 무슨 영합니까?
— 액션영화요.
— 영화 제목이 뭐죠?
— 잠깐만요. 내가 곧 알아가지고 올게요.

〈개그맨〉에서 배창호가 안성기의 지시에 따라 영화 촬영에 필요한 정보를 알아내려고 은
행에 갔으면서도 제목조차 몰라서

이동진 〈개그맨〉에서 도석(배창호)은 배우가 되겠다는 열정으로 은행에 가서 영화 촬영에 필요한 정보들을 얻기 위해 연이어 캐물으면서도 정작 자신이 만드는 영화의 제목도 모릅니다. 저는 그 장면을 보면서 그게 제목이든 스토리든, 덜 중요하다고 생각하는 것들에 대해서는 최소한의 관심만 기울이는 것 같은 감독님의 태도가 코미디에 담겨 표현된 것처럼 느꼈습니다.

이명세 맞아. 지금 지적한 그런 느낌도 있어서 넣은 대사야. 〈개그맨〉은 내가 영화에 대해 뭔가 깨달았다고 느낀 이후에 만든 영화니까.

– 뭐, 할 얘기라도 있어요?
〈지독한 사랑〉에서 아내가 평소와 다른 태도를 보이는 남편 김갑수를 이상하게 여기면서
불쑥

이동진 〈나의 사랑 나의 신부〉나 〈첫사랑〉 같은 영화를 보면, 그렇다고 해서 이야기를 풀어내는 형식의 영화를 완전히 무시하신 것은 아닌 것 같은데요?

이명세 그건 물론 아니야. 하지만 〈나의 사랑 나의 신부〉도 종래의 기승전결 구조는 아니지. 단지 신혼부부를 주인공으로 삼았기에 사람들이 익숙하게 여겼을 뿐이야. 텔레비전 드라마에 익숙한 사람들이 그 영화를 보러 극장으로 몰려들었다고 할까. 그런데 원래 그 영화 시나리오는 텔레비전 드라마 같다는 이유로 다들 투자를 거절한 경우였어. 〈인정사정 볼 것 없다〉 때도 텔레비전 시리즈 〈수사반장〉과 비슷하다고 거절했고 말이지. 그러더니 내가 〈형사〉나 〈M〉을 통해 그런 틀에서 벗어나 뛰

어가니 드라마가 없다고 공격들을 하고 있지. 참 아이러니한 일이야.

이동진_ 이야기체 영화에는 별 관심이 없으신 거죠?

이명세_ 아니야. 왜 관심이 없겠어? 다만 한정된 러닝타임으로는 내가 가장 바라는 하나만 담기에도 모자라다는 거지.

— 자네 보신탕 좋아하지? 아줌마, 여기 보신탕 한 그릇!
— 아니, 분식점에서 무슨 보신탕을 찾아요?

〈개그맨〉에서 부주의한 공범 배창호의 입을 막으려고 안성기가 분식점에서 급하게 말을 돌리자 주인의 핀잔

이동진_ 그런데 감독님의 영화들에 대해 이야기의 문제를 핵심으로 거론해 지적하는 것은 초점에서 벗어난 비판인 듯합니다. 비유하자면 그런 비판은 '분식점에서 보신탕을 찾는 것' 같은 면이 없지 않다고 할까요. 서사를 최소한으로 압축하고 배제함으로써 영화적 공간을 최대한으로 확보하려는 게 감독님의 방법론 중 하나일 테니까요.

이명세_ 야, 그거 기가 막힌 지적이네. 나도 앞으로 비슷한 질문을 받으면 써먹어야겠다. 왜 분식집에서 보신탕을 찾느냐고 말이야.(웃음) 감독으로서 영화를 만들 때의 태도에 대해서 말하자면, 내게 이야기는 별로 중요하지 않아. 이야기는 안내를 해주고 분위기를 꾸며주는 것일 뿐, 진짜 중요한 것은 따로 숨어 있다는 생각인 거야. 이야기의 행간에 있는 것들이야말로 내가 수많은 밤을 보내면서 만들어낸 것이지.

이동진_ 하지만 스토리가 아니라 그 스토리를 영화적으로 배열하는 방식인 플롯에 대해서는 지적할 수 있지 않을까요.

이명세_ 예를 들어 〈형사〉 같은 영화에는 어찌 보면 플롯이 없을 수도 있어. 일반적인 영화들의 플롯은 기승전결의 작법을 쓰지만, 난 그저 그 영화가 디디고 선 기본 이야기를 가장 영화적으로 옮길 수 있는 게 뭔

지 고민한 것뿐이야. 흔히 범죄영화에서 특정 사건이 벌어지면 그걸 브리핑하는 장면을 삽입하는 것 같은 방법으로 관객에게 정리해주지만, 〈형사〉는 사실 사건의 한중간에서 시작하고 있잖아? 종래의 드라마 작법과 달리 중요한 것들이 텍스트 밖에 있기 때문에 영화가 흘러가는 중간에 슬쩍 그런 설명들을 깔아야 하거든. 〈형사〉의 플롯에는 대결의 콘셉트가 있는 것인데, 진행 방식이 종래 시나리오 작법과 다르니까 당황하는 사람들이 있는 것 같아. 하지만 영화는 궁극적으로 대중예술이야. 어떻게 보일지는 모르겠지만, 그래서 〈형사〉를 만들면서도 대중에게 친절하게 다가서려고 했어. 사실 나는 모든 쇼트가 드라마라고 생각하는 사람이야. 예전에 타협했던 부분들에 대해 〈형사〉를 만들면서 좀 덜 타협하고 좀더 적극적으로 밀고 나간 것뿐이라고. 영화는 결국 관객의 것이야. 만드는 이는 가능하면 가장 생생한 방식으로 최대한 정보를 제공하는 사람에 불과한 거지. 말하자면 난 〈형사〉를 가장 영화적인 영화로 만들고 싶었을 뿐이야.

— 니는 시방 완존히 포위가 되어부렀다.
〈형사〉에서 안성기가 하지원과 함께 애꾸눈의 악당을 압박해 들어가면서

이동진_ 그럼에도 불구하고 〈형사〉 같은 영화는 구조적으로 관객을 지치게 만드는 부분이 있는 것 같습니다. 분명 빼어난 멜로디인데 도돌이표의 주술에 걸려서 한없이 그 멜로디가 반복되는 것 같다고나 할까요. 〈인정사정 볼 것 없다〉를 예로 들자면 매 장면이 멋진 장면임에도 불구하고 곳곳에서 관객이 숨 쉴 여지가 있잖아요. 그래서 박중훈 씨와 안성기 씨가 대결하는 마지막 클라이맥스가 시작되면 '야, 드디어 클라이맥스구나'라는 기대감이 생기고, 실제 그 장면을 다 보고 나서도 '와, 내가 정말 짜릿한 클라이맥스를 방금 봤구나'라는 만족감이 들죠. 그런데

〈형사〉는 좀 다릅니다. 장면을 하나씩 떼어놓고 보면 완성도가 빼어나지만, 모든 장면이 클라이맥스처럼 느껴진다는 문제가 있다고 할까요. 그래서 정작 클라이맥스로 의도된 장면이 찾아왔을 때는 맥이 좀 빠지게 되고, 그 클라이맥스 자체가 일종의 후주나 부록으로까지 느껴진다는 거죠.

이명세_ 그 부분은 정확히 봤어. 그러나 모든 상황에는 그 자체로 클라이맥스가 있어. 굳이 말하자면 〈형사〉는 '긴장 멜로'라고 할까. 그 영화를 만들며 긴장과 달콤함을 양손에 갖고 처음부터 끝까지 가야 한다고 믿었어. 음악의 콘셉트 역시 마찬가지였지. 매순간 마지막 에너지까지 다 쏟아보자고 생각했어. 그래서 '클라이맥스는 이제 끝이다'라고 생각되는 지점에서 다시 시작하자는 게 내 생각이었다고. 클라이맥스 장면이 펼쳐지기 시작할 때 2분간 모든 사운드를 거세해서 침묵의 순간을 만든 게 그런 이유야. 영화 전체를 천천히 다시 한 번 바라보게 만들고 싶었던 거지. 그 장면 직전까지 관객들이 본 모든 것이 다 맥거핀이라고나 할까.

– 무슨 할 얘기가 있다고 그랬죠? 얘기해보세요.

〈M〉에서 공효진이 강동원에게 말문을 열 것을 재촉하면서

이동진_ 스토리에 대한 생각이 그러시다면, 감독으로서 특별히 하고 싶으신 이야기는 따로 없는 건가요.

이명세_ 하고 싶은 이야기는 언제나 많아. 오래전에 썼던 〈가족〉도 있고, 최근에 영화로 만들려고 했지만 여의치 않아서 보류할 수밖에 없었던 〈영자야, 내 동생아〉도 있지. 하지만 구체적인 어떤 이야기들이 있을 뿐, 결정적인 것은 없어. 나는 그저 그 시대에 맞는 어떤 이야기를 찾아갈 뿐이야. 사람들이 잘 안 믿는 말인데, 나는 조감독 때부터 기존의 홍

행 영화들을 다 분석해봤어. 1960년대, 1970년대 흥행 영화들의 양상과 흥행 이유를 다 분석해봤다니까. 흥행 주기도 따져보았지.

이동진_ 왜 그렇게 해보셨어요?

이명세_ 기획에 도움을 받으려고 그랬지. 그렇게 성공했던 소재들 중에서 당시에 가장 영화로 옮기기 좋은 이야기를 갖고 시나리오를 쓰는 거야. 일례로 그 과정에서 〈별들의 고향〉 같은 이야기를 하면 좋겠다는 생각도 들어서 그 스토리를 다르게 변형한 시나리오를 쓴 적도 있지. 그렇게 그때그때 하고 싶은 개별적 스토리가 있을 뿐, 이야기의 측면에서 보았을 때 내게 필생의 테마 같은 것은 없어.

─ 자네 떨고 있군.
─ 아, 아닙니다. 차 안이 너무, 너무, 더워서요.
  〈개그맨〉에서 안성기와 배창호가 한적한 시골 은행을 털러 들어가기 직전에 주변에서 뻥
  튀기 기계가 갑자기 요란한 소리를 내자 깜짝 놀란 후 서로에게

이동진_ 이야기에 대한 감독님의 확고한 생각과 다른 의견을 갖고 있는 배우들도 있었을 것 같은데요.

이명세_ 종종 있었지. 〈첫사랑〉 때도 그런 문제로 연기자들과 부딪쳤어요. (송)영창이 형과 부딪쳤던 게 가장 갈등이 오래갔던 것 같아. 창욱이 공원에서 영신의 이마에 뽀뽀를 하기 전에 어린 시절 이야기를 해주는 장면을 찍을 때였는데, 내가 대사를 흡사 음악처럼 들리게 웅얼웅얼하라고 했거든. 그랬더니 영창이 형은 대사가 중요하니 관객들이 잘 알아듣도록 발음해서 연기하는 게 중요하다는 의견을 보인 거야. 영창이 형이 그 점에 대해서 유영길 촬영기사님께도 물어보았는데 "대사가 중요한 것 아닌가"라고 대답하셨지. 그런데 나는 그렇지 않다고 생각했거든. 그 장면에서는 음유시인처럼 웅얼거리듯 말하는 그 느낌 자체가 중

요하다고 본 거야. 그 문제가 해결되지 않아서 여섯 시간 동안 촬영장에서 대치 비슷한 상태가 지속된 거지. 그때는 내 편이 하나도 없었거든. 밤샘 촬영이 계속되어서 피곤에 지친 나머지 혜수는 꾸벅꾸벅 졸고 있었고.(웃음)

— 빠르다 빠르다 해도 내 그렇게 빠른 솜씨는 처음 봤소.
〈형사〉에서 강동원을 보았던 목격자의 말

이동진_ 〈남자는 괴로워〉에서 직장 상사인 윤주상 씨가 사무실에서 아주 빠른 말로 마구 화내는 장면이 떠오르네요. 사실 그 장면에서도 정말 중요한 것은 말의 내용이 아니라 화를 내는 그 사람의 상태이고 말의 리듬인 것인데, 개봉 당시 어떤 평론가는 대사가 안 들리는 것이 단점이라고 엉뚱하게 비판하기도 했었죠.

이명세_ 그 장면에서 윤주상 씨는 매출을 독려하기 위해 부하들을 몰아세우는 것인데 사실 그 말을 굳이 알아들을 필요가 없어요. 관객이 알 필요가 없는 대사라고 할까. 단지 그 사람의 심리와 그 장면의 느낌을 강조하는 것일 뿐이지. 〈나의 사랑 나의 신부〉 같은 영화였다면 대사를 그렇게 처리하면 안 되지. 그건 일반적인 이야기니까. 하지만 〈남자는 괴로워〉는 경우가 달라. 진짜 중요한 것을 하기 위해 느낌을 전달하는 거지. 지금 저 사람이 미친 놈 같다는 것을 느끼라는 거야. 그런데 다들 사운드가 잘못되었다고만 생각한다니까. 나로서는 정말 답답한 거지. 그런 고정관념이 문제야. 연출의 의도는 아랑곳없이 사운드나 연기

남자는 괴로워

개봉 1995년 2월 11일 출연 안성기 박상민 김혜수 송영창 최종원 상영시간 110분_ 오성전자 신제품 개발부는 말썽이 끊이지 않는다. 승진 후 5년 동안 아이디어라고는 한 번도 제출하지 못해 무능한 과장 취급을 받는 안성기는 술을 마시면 늘상 〈아빠의 청춘〉을 부른다. 신입사원인 박상민은 입사 직후부터 직장 선배인 김혜수에게 애정공세를 벌인다. 하지만 깐깐한 성격의 김혜수는 마마보이인 박상민에게 냉랭하게 대한다.

가 잘못됐다고 무조건 공격하니까 당시에 나도 그런 비판들을 들으면서 충격을 받았어. 일부러 그렇게 했던 건데 말이야. 익숙해지면 괜찮은데 다들 뭔가를 두려워하는 것 같아. 그런데 아이들은 그 장면을 좋아하더라고. 난 아이들의 느낌을 믿는 편이거든. 그게 원초적 시각이라고 생각하는 사람이니까.

— 이 사람 지금 무슨 소리 하는 겨?

〈나의 사랑 나의 신부〉에서 최진실이 노래를 못한다면서 남편인 박중훈이 대신 넘어가려
하자 직장 상사 윤문식이 집들이 때는 새색시가 노래를 해야 하는 거라면서 반문

이동진_ 대사라는 것은 의미도 중요하지만 그 뉘앙스나 느낌 혹은 사운드 자체도 중요한 것일 텐데요.

이명세_ 좀 단정 지어서 말해본다면, 미국 사람들은 듣는 걸 좋아하고 프랑스 사람들은 보는 걸 좋아하는 것 같아. 그렇게 서로 다른 방식으로 영화를 이해하는 거지. 여성들이 왜 뮤지션을 좋아하는지 생각해본 적이 있어. 여자들의 첫사랑은 가수들인 경우가 정말 많잖아? 지금 아이돌 그룹에 대한 십대 소녀들의 열광을 보면 잘 알 수 있지. 말하자면 롤랑 바르트적이라고 할 수 있는 많은 남자들이 사랑한다는 말을 잘 안 하는데, 여자들은 그런 말을 되풀이해서 듣기를 원하는 것 같아. 그런 걸 생각해서인지, 나도 이제는 영화에서 대사의 의미를 점점 더 중시하게 되는 것 같긴 해. 관객과의 소통을 좀더 염두에 둔다고 할까. 그런 점이 예전에 내가 영화를 만들던 방식과 달라진 부분이라고 할 수 있을 것 같네.

— 어딨냐? 빡빡머리에다 외눈백이 안대 허고 짭달막헌디 걸

음은 허벌나게 빠른 놈이? 자네가 찾는 놈 맞제, 잉? 봐라, 말로 형께로 금방 꼬랑지 팍 내림시롱 예, 안 허냐?

〈형사〉에서 안성기가 자신의 판단이 맞았음을 강변하면서

이동진_ 〈형사〉와 〈M〉에도 대사의 내용이 아니라 스피드나 리듬 혹은 사운드의 뉘앙스가 중요한 장면이 들어 있습니다. 〈M〉에서는 출판사 편집장이 일식집에서 하는 말을 듣다 못해 민우가 폭포수처럼 반박의 말을 내쏘는 장면이 그렇고, 〈형사〉에서는 안성기 씨가 사투리 대사를 빠르고도 리드미컬하게 처리하는 대목이 그렇죠. 〈형사〉에서 그 장면이 더욱 흥미로운 것은 그런 대사를 내뱉는 안성기 씨가 심지어 아주 바쁜 움직임으로 프레임 안팎을 들락날락거리기까지 한다는 겁니다.

이명세_ 사실 성기 형은 〈형사〉의 그 장면에서 말이나 움직임을 좀더 빠르게 표현해야 했어. 그런데 육체적으로 어쩔 수 없는 한계가 있었다고 할까. 그 장면에서 관객의 넋을 빼놓고 싶었어. 연기자가 빠르게 대사를 내쏟을 뿐만 아니라 계속 왔다 갔다 하기까지 하니까 말이야. 한 프레임 안에서 사운드가 움직이는 것처럼 표현되는 경우는 이제 많잖아? 그런데 한 사람의 대사가 하나의 프레임 안에서 움직이는 것처럼 표현되는 경우는 거의 없지. 그래서 대사를 움직여본 거야. 정신이 하나도 없는 듯한 느낌을 관객도 함께 느끼도록 표현하면 왜 안 되는가 싶었지. 몸을 빠르게 움직이게 한 것은 그런 상황을 시각과 같이 일치시키려고 했기 때문이야. 랩처럼 아주 빠르게 소화하고 싶었기에 배우가 더 빠르게 대사를 내뱉어야 하는데 촬영이 반복될수록 오히려 더 느려지더라고. 체력적 문제가 있었던 거지. 전라도 사투리를 선택한 것도 순전히 리듬 때문이었지. 성기 형 대사는 일부러 랩 같기도 하고 판소리 같기도 한 방식으로 처리하도록 했어. 〈형사〉에서는 모든 소리가 입체적으로 움직이도록 하고 싶었던 거야.

이동진_ 그런 모든 청각적 운율이 시각적인 흐름과 결합되어 감독님의 영

화들 자체를 굉장히 리드미컬하게 만들어줍니다.

이명세 그렇게 봐주면 고맙지. 사실 템포와 리듬은 다르잖아. 외형적인 템포가 빠르다고 리듬이 휘몰아치는 것은 아니니까. 리듬은 내재적인 거잖아. 난 〈형사〉 같은 영화를 통해서 움직임 속에 '정靜'을 담아보고 싶었어요. 사극 액션이라는 동적動的인 분야를 택한 이유는 그게 장르적으로 좀더 대중적이기 때문이야. 모든 것을 리듬화하고 싶었다고 할까.

— 당신을 처음 봤을 때 나는 하루 종일 기쁨에 들떠서 아무것도 하지 못했죠. 아무것도 먹지 못했고 물 한잔 마실 수가 없었어요.

〈M〉에서 마침내 강동원과 마주하게 된 이연희의 내레이션

이동진 〈M〉에서 마침내 민우와 미미가 루팡 바에서 만나 길게 대화하는 장면 역시 의미 못지않게 말의 빠르기나 사운드의 느낌이 중요합니다.

이명세 〈M〉의 그 장면은 3분 40초나 되는데도 나누지 않고 한 번에 촬영했어. 중간중간 끊으면 조작 같은 느낌이 날 듯해서 그렇게 하지 않으려 했지. 그래도 배우 입장에서는 쉽지 않을 테니까 동원이에게 힘들면 얘기하라고 했지. 잘라서 간다고 말이야. 그런데 동원이가 자르면 안 된다고 먼저 얘기하더라고. 그런 감각이 있는 배우인 거지. 처음 테이크 때 5분 정도 분량이 나왔는데 반복 촬영하면서 속도를 계속 올렸지. 〈M〉의 다른 장면들에서 강동원이 빠르게 폭발하듯 대사를 쏘아붙일 때 역시 관객도 그렇게 느끼라는 뜻에서 그렇게 의도한 거야.

이동진 미미와 민우가 루팡 바에서 만나는 장면이 〈M〉에서 워낙 중요하죠.

이명세 동원이는 미미와 민우가 대화하는 그 신을 내가 얼마나 힘들게 짰는지 짐작하더라고. 신기하게도, 그게 밤새워서 짠 콘티라는 것을 아

는 거야. 영화를 많이 보는 친구가 아닌데 직관적으로 그 느낌을 적확하게 감지하고 영화의 문장을 안다는 게 놀라웠어.

– 안 썼다면 안 쓴 거지, 왜 말귀 못 알아들어? 안 써. 더 이상 안 써. 난 못 써. 안 써!

〈M〉에서 소설가인 강동원이 출판사 편집장을 만난 자리에서 아직 원고를 쓰지 못했다고 해도 상대가 믿지 않자 마침내 폭발해서 쏘아붙이며

이동진_ 〈첫사랑〉에 나오는 한 장면에서의 초현실적인 표현도 대사와 관련해서 무척 인상적입니다. 영신이 창욱의 방에 가서 커피 타주는 장면을 롱테이크로 표현하셨는데 그 자체로 매우 무성영화적이라고 할까요. 감독님 영화 속의 어떤 장면들을 볼 때면 최대한 대사를 제거하는 방식으로 연출한다는 느낌을 받게 됩니다. 대사에 의지하지 않고서 시각적인 언어로만 표현하는 걸 즐기신다고 할까요.

이명세_ 그게 영화니까. 물론 대사에도 중요성이 있지만 배우의 몸을 통해 같은 걸 표현할 수 있다면 그게 더 좋은 거지. 내게는 무성영화 시절의 감독들이 그랬던 것처럼 대사 없이 영화를 찍고 싶은 욕망이 있어. 대사를 하나도 넣지 않고 찍고 싶다고. 음악과 사운드와 배우의 동작만으로 충분한 영화를 만들어서 영화의 선배들과 승부를 벌이고 싶어. 그런데 돈이 많이 들어가서 미루고 있는 것뿐이야. 시나리오가 없기에 돈을 대줄 사람 찾기가 쉽지는 않겠지.

– 이 말을 했어야 되는 건데.

〈남자는 괴로워〉에서 소심한 직장인 안성기가 미처 하지 못했던 말을 화장실에서 뒤늦게 떠올리면서

이동진 하지만 저로서는 이런 의문이 들기도 합니다. 왜 유독 시각적인 표현만 '영화적'인 건가요. 영화는 처음 발명된 이후 미술, 문학, 음악, 연극, 사진 등 다양한 장르로부터 표현 양식을 차용하고 종합하는 과정에서 독자적인 예술 언어를 만들어냄으로써 점점 더 풍부해졌습니다. 그렇게 다양한 표현 수단이 영화라는 매체의 언어를 구성하고 있는 상황에서, 경우에 따라서는 대사도 충분히 영화적일 수 있지 않습니까. 시각적인 방식만이 영화적이라고 파악하는 것은 제겐 좀 교조주의적인 견해처럼 들리기도 하는데요.

이명세 그건 아니야. 오해라고. 나도 〈나의 사랑 나의 신부〉 같은 영화에서는 대사를 적극적으로 썼어. 다만 그와 같은 대사를 통한 전달이 시각적인 표현보다 약하다는 거야. 그리고 내 경우에는 그런 대사를 배치하는 방법이 다르다는 거지. 대사의 울림을 주기 위해서 주변 사운드를 줄이는 식으로 말이야. 별로 필요도 없는데 정보들을 제공하느라 주르륵 설명하는 대사를 쓰는 영화들이 참 많지. 영화 대사가 신문 기사도 아닌데 말이야. 나는 설명하기보다는 느낌을 만들어내고 싶을 뿐이야. 형식에서는 대사의 제약을 뛰어넘고 싶고, 빼고 싶은 거지. 영화를 만드는 사람으로서 그런 것을 연구하는 거야. 나는 영화가 발전 과정에서 다른 매체로부터 언어를 차용해왔다고 생각하지 않아. 영화가 처음 탄생했을 때 보여준 것은 열차가 도착하는 단순한 모습이지만, 이미 그것은 공간이고 시간이고 상태야. 거기서 차용된 것은 없어. 나는 규정하는 방향 속에서 누가 영화를 영화로 이야기하는가에 대해 의구심을 가지고 있어. 아직도 철학 이론이나 문학 이론을 가져와서 영화를 설명하려고 하는 경우가 자주 있는데, 왜 거기서 가져와야 하느냐는 거야. 영화는 E. T.야. 외계에서 왔다고. 그런데 왜 자꾸 너희 나라 말로 하냐는 거야. 영화가 무엇인지를 직접 물어야 해. 그것이 무엇인가를 묻는 방식에서 시작되는 거야. 영화 자체만으로 생각해보는 어떤 게 있지 않겠어? 나도 그런 의문을 스스로에게 던지면서 생각해보는 거야.

– 고스톱처럼 사건도 밀어붙여야 돼.

〈인정사정 볼 것 없다〉에서 반장인 기주봉이 형사들에게 재촉

이동진_ 〈나의 사랑 나의 신부〉가 개봉됐을 때 영화 속에서 말풍선이 적극 사용되는 걸 보면서 무척 신기했던 기억이 납니다. 벤치에 두 남녀 주인공이 앉아서 동상이몽을 할 때 둘의 속마음을 각각 풀어내는 말풍선 삽입 외에도 초반부의 참신하고도 다양한 표현 방식들이 굉장히 흥미로웠죠. 〈해리가 샐리를 만났을 때〉의 선례가 있긴 했지만, 화면을 나눈 채 아기 때부터 두 사람의 성장 과정을 각각 사진에 담아 일종의 포토 몽타주로 빠르게 설명한 끝에 결혼식 사진으로 끝맺는 도입부 장면 같은 게 참 신선했죠. 포토 몽타주 기법은 이후 〈첫사랑〉 〈인정사정 볼 것 없다〉 〈M〉 같은 작품에서도 인상적으로 활용됐죠. 그리고 〈나의 사랑 나의 신부〉는 매우 적극적인 자막으로 시작하는 영화잖아요? "사랑이란? 한 송이 장미처럼 아름다운 것, 아이스크림처럼 달콤한 것, 할머니 쉐타처럼 포근한 것, 팝콘처럼 고소한 것, 공상→기다림→만남→눈물→추억. 과연 사랑이란 무엇일까요." 이건 굉장히 길고 적극적인 자막 활용 방식이었는데요.

이명세_ 그렇게 한 게 아마 내가 처음이었을 거야. 그건 〈개그맨〉 때의 경험이 있어서지. 그 영화를 태흥영화사의 이태원 사장이 아주 재미있게 본 거야. 외화 이상으로 재미있다고 했어. 그런데 똑같은 영화인데도 불구하고 이태원 사장이 〈개그맨〉을 두 번 보니 느낌이 달라서 좀 이상하게 생각했다는 거야. 한 번은 필름통 한 권씩 나눠서 보았고 또 한 번은 처음부터 끝까지 쭈욱 보았다는데, 한 권씩 볼 때가 더 재미있었다는 거야. 결국 10분씩 나눠서 볼 때가 더 흥미롭다는 거였지. 그 얘기를 듣는데 '아, 인간이 영화를 볼 때 10분은 집중하는구나' 싶더라고. 그래서 다음 영화 〈나의 사랑 나의 신부〉는 10분 단위로 끊어서 만들었어.

이동진_ 정말 철두철미하시군요.(웃음)

이명세 나는 영화를 만들 때 누군가와 대결하듯 만드는데, 그 최종 목표는 비유하자면 적의 목을 베는 거라고 할 수 있어. 관객과의 소통이 가장 중요하다는 말이지. 관객이 좋다면 '오케이, 땡!' 그걸로 끝이야. 그렇기에 적극적으로 끊어서 간 것이었어. 다만 그냥 10분씩 나눌 수는 없으니까 그때마다 소제목을 넣거나 말풍선 같은 걸 활용한 거야. 말풍선은 만화 언어에서 차용한 거지. 유행가 가사를 끌어온 것도 비슷해. 그건 보편 언어니까. 〈인정사정 볼 것 없다〉를 끝내고 뉴욕에 있을 때 김지운 감독이 찾아와 함께 술을 마신 적이 있는데, 그때 그러더라고. "감독님이 예전에 이미 다 해놓아서 후배들이 편하다"고 말이야.

— 그래서 별에 관한 시도 많이 썼죠. 대학 때는 대학문예상도
  받은 적이 있습니다.
  〈남자는 괴로워〉에서 안성기가 과거를 회상하면서

이동진 〈나의 사랑 나의 신부〉의 적극적인 자막 활용법은 다음 영화인 〈첫사랑〉에서 마치 시화전을 여는 것처럼 그림과 시구가 어울린 쇼트들을 통해 극대화되었습니다. 아닌 게 아니라, 감독님 영화들에서는 시가 적극적으로 자막을 통해 제시됩니다. 〈나의 사랑 나의 신부〉와 〈첫사랑〉뿐만 아니라 〈지독한 사랑〉과 〈M〉에서도 그랬죠. 흥미로운 것은 시를 보여줄 때는 따로 영상을 결합하지 않고 쇼트 자체를 시 자막에 온전히 내어주신다는 거죠. 그 순간에 관객들이 시만 볼 수 있게 말입니다. 객석에서 그런 장면들을 보면 자막의 타이포그래피 자체가 미장센의 일부로서 굉장히 중요하다는 생각까지 들죠.

이명세 그렇게 표현한 것은 시 좀 보라는 뜻이었어. 1970년대에는 하이틴 영화 인기가 굉장했는데, 그 이후에는 사라졌잖아? 그랬기에 '지금쯤 하이틴 영화가 나올 때가 되었다'고 생각해서 기획적으로 마음먹은

게 〈나의 사랑 나의 신부〉였어. 당시에 문화가 너무 인스턴트화된 상황에서 젊은 관객들이 시를 읽도록 해주고 싶은 생각도 있었지. 내레이션으로 들려주기보다는 자막을 통해서 직접 읽도록 말이야. 나는 문자가 그 자체로 의미가 될 수도 있다고 생각해. 그걸 직접 눈으로 읽을 때의 느낌은 또다른 거야. 오디오 북과 눈으로 읽는 책은 분명 다르다고. 책을 눈으로 읽을 때는 자기 감정이 들어가면서 스스로 일종의 연기를 하기도 해. 나는 자기 감정으로 직접 가져갈 수 있는 어떤 느낌 때문에 영화 언어로서 시를 문자로 제시해 보여주는 거지. 그때 전달되는 느낌은 분명히 관객 각자마다 다를 거야.

— 아유 늦긴요, 이렇게 뵙는 것도 영광인데. 우리나라 최연소 꽃미남 신춘문예 등단 작가, 최고의 베스트셀러 작가, 한민우!
〈M〉에서 출판사 편집장이 약속 시간에 늦었다면서 사과하는 강동원에게 요란하게 찬사를 퍼부으면서

이동진_ 영화 〈지독한 사랑〉은 채호기 시인의 시 〈지독한 사랑〉에서 제목을 따오기도 하셨습니다. 아닌 게 아니라 "그대 몸의 캄캄한 동굴에 꽂히는 기차처럼 / 시퍼런 칼끝이 죽음을 관통하는 / 이 지독한 사랑"이라는 그 시의 내용은 영화의 핵심적인 정서와 직접적으로 맞닿아 있습니다. 그런데 실제로 채호기 시인과 무척 친한 친구시죠? 채호기 시인의 시집《수련》은 〈M〉에 소품으로 등장하기도 합니다. 그 외에도 〈M〉에서 소설가인 민우의 집 서재에 온통 (채호기 시인이 대표였던) 문학과지성사 책들로만 가득한 걸 극장에서 보면서 웃기도 했는데, 채 시인님 말고도 문인들과 유독 친분이 깊은 것 같습니다. 주인공 직업이 문인인 경우가 적지 않고 문학 작품이 꽤 많이 인용되는 걸 보면, 감독님께는

문학에 대한 근본적인 존경심 같은 게 있는 것 같습니다.

이명세 특별히 그렇지는 않아. 어려서의 느낌이 여전히 남아 있는 것이라고 할까. 십대 시절 어린 마음에 감독이 되겠다고 마음먹었을 때 예술가들 중 죽어서 제일 먼저 별이 되는 사람은 역시 시인이 아닐까 싶었던 적이 있었어. 내게는 시인이 순수의 결정체 같은 느낌이 있어.

이동진 그런 게 바로 문학에 대한 존경심 아닌가요?

이명세 그렇긴 하지. 단지 그게 내가 시를 많이 읽어서 느끼게 된 게 아니라는 거야. 직감적으로 그걸 느꼈다는 거지. 물론 실제 시인은 그렇지 않다는 걸 나중에 알게 되었지만 말이야. 사실 시인은 직접 만나면 안 돼.(웃음) 난 예전에 문학청년이 아니었어. 물론 만화책은 엄청 읽었지. 집이 만홧가게를 했거든. 화장실을 개조한 방이 내 방이었어. 중고 만홧가게여서 어떤 책을 들여놓을지 선택해야 했는데 그 방에서 내가 다 고른 셈이야. 영화도 대학에 가기 전까지는 문여송 감독 작품밖에 못 봤어. 스타니슬라프스키의 《배우수업》과 고은이 쓴 《이중섭 평전》을 고등학교 1학년 때 샀지. 그게 내 운명을 결정한 책들이라고 할 수 있어.

이동진 그래도 고교 때 스타니슬라프스키를 읽으셨군요.

이명세 그 책은 너무 어려워서 그냥 가지고만 다녔어.(웃음) 당시에 내가 다니던 교회에는 서울대 의대에 다니던 형들이 있었는데 내가 연극영화과에 진학하겠다고 하니까 다들 왜 딴따라 학과에 가냐면서 이상하게 여기더라고. 영화 매체에 대한 존중 자체가 1990년대 중반까지는 거의 없었다고 할 수 있지. 정신의 유전자처럼 중학교 때 감동적으로 읽은 책들이 있긴 해. 중학교 1학년 때 애거서 크리스티의 추리소설들을 즐겨 읽었고, 나중에는 서머싯 몸의 《달과 6펜스》도 읽게 됐는데 그게 그렇게 좋더라고. 그런 유전자가 내게 있다가 나중에 고등학교 1학년이 되어서 감독이 되어야겠다고 갑자기 결심하게 된 거야. 돈 없이 죽어가는 게 그때는 그렇게 멋있어 보였나 봐.(웃음)

– 평소에도 작품을 잘 안 읽어보시는 편인가요?

〈나의 사랑 나의 신부〉에서 기자가 남편 박중훈의 문학상 수상작을 아직 못 읽었다고 솔직

하게 답하는 최진실에게 재차 질문

이동진_ 이십대 때는 책을 많이 읽으셨다고 들었는데요.

이명세_ 연출부 생활을 할 때 동네 서점에서 책을 빌려줘서 공짜로 종종 빌려본 정도야. 그게 늘 미안했기에 서점 주인에게 1년에 두 번은 왕창 사겠다고 했어. 그 대신 30퍼센트씩 깎아달라고 부탁했지. 나는 원래 무식했기에 나중에 집중적으로 달라붙어서 읽은 거야. 그 무렵 영화평론가 (박)평식 형을 만나서 친해졌지. 어쩌면 나의 스승 중 하나라고 해도 될 거야. 당시에 내가 무슨 이야기만 하면 무식한 놈이라고 하도 면박을 줬기에 다른 누구한테 나쁜 소리를 들어도 그게 면역이 되어서 아무렇지도 않게 됐어.(웃음) 그래서 내가 만날 누가 이야기할 때 인상 깊은 대목이 있으면 곧바로 노트에 적는 거야. 서광석 형이라고, 사회운동하던 선배도 있었어. 계속 술을 마시면서 광석이 형을 통해서는 사회과학 지식을, 평식이 형을 통해서는 예술적 지식을 얻었다고 할 수 있지. 평식이 형이 시적인 부분을 잘 짚어내는 감성이 있었어요. 술자리에서 오래 있다 보면 별별 이야기가 다 나오잖아? 누가 "예술은 여백이야"라고 말하면 나 혼자서 '도대체 여백이 뭘까'를 추적하는 식이었지. 결국 내가 얻은 생각들은 내 나름의 궁리 끝에 얻은 결론이지, 문학에 대한 존경에서 나온 건 아니라는 거야. 다만 모든 예술가에 대한 존경심은 기본적으로 내게 있지. 무지한 것에도 장점이 있어요. 그냥 청소만 하다가 어느 날 도를 깨치게 된 부처의 제자처럼 말이야. 그렇게도 닦은 미련한 중놈 중 하나가 나야. 나중에 보니까 다 별거 아니더라고.(웃음)

이동진_ 일전에 〈M〉의 콘티를 보면서 장면마다 매우 세세하게 적어놓은 연출 방향 메모를 보고 놀란 적이 있습니다. 그래서 제가 그 중 과거 미

용실 장면 페이지에 적어두신 표현을 슬쩍 베껴두었죠.(웃음) 콘티의 그림들 앞에 '컬러풀. 표준렌즈. 아름다움. 민우의 시선. 짧은 수필과도 같은 단편영화. 모던 앤 클래식. 조잡할 정도의 디테일. 표준에서 망원 으로.'라고 적혀 있던데요?

이명세 나는 그게 영화적 문장이라고 생각하는 거야. 그 장면 뒷부분에서 50밀리 표준렌즈가 망원렌즈로 바뀌면 사람들이 가까워지는 느낌이 들지.

– 제가 이 에어컨 바람을 오래 쐬면 머리가 좀 아파가지고.
 에어컨 좀 끄고 선풍기 좀?
 〈M〉에서 저녁 식사 자리에서 출판사 편집장이 소설가인 강동원에게 부탁

이동진 사운드적인 측면에서 무척 흥미로운 또다른 장면이 〈M〉에 등장 하죠. 바로 일식집 저녁 약속 장면에서 출판사 편집장이 이야기를 늘 어놓을 때 회전하는 선풍기의 강한 바람 때문에 그 말소리가 중간중간 심하게 이지러지도록 표현되는 장면입니다. 그 식사 자리에서 편집장 의 말을 듣고 있는 민우의 심리를 사운드적인 측면에서 굉장히 인상적 으로 묘사하는 방식이었죠.

이명세 기이하게 체감되는 일상의 어떤 단면이 한 번에 전달되도록 하기 위해 고심했던 장면이었어. 배우 연기의 연장이기도 했지. 압박을 가하 는 사람의 느낌을 전면에 부각시켜서 압박 받는 사람의 상황을 표현하 기 위해 그 방식을 쓴 거야. 관객 입장에서는 그 장면에서 동원이가 작 아 보이도록 앵글이나 세트를 짜기도 했고 말이야. 압박의 느낌을 어떻 게 더 강력하게 줄 수 있을까 고민하던 과정에서 선풍기 설정을 통해 사운드를 변형시키는 작업을 했던 거지. 심지어 선풍기에 헬기 소리까 지 섞어보기도 했어. 그렇게 다양하게 녹음기사와 함께 믹싱 작업을 해

보았는데 어느 순간 배우의 목소리가 흡사 돼지 소리처럼 들려오는 순간이 있었는데 상황에 무척 잘 어울리더라고. 사운드 트랙들이 겹쳐지고 부딪치다가 그런 순간이 빚어진 거야. 바로 이거다 싶었지.

— 아, 바람이구나.
  〈첫사랑〉에서 김혜수가 자신의 방에 와서 커피를 타줄 때 그녀를 보지 못하는 송영창이 인

  기척을 바람으로 착각하고서

이동진_ 그 장면을 보면서 개인적으로는 어릴 때 선풍기 앞에서 일부러 소리가 이지러지도록 노래하면서 놀던 기억이 떠오르기도 했죠. 사실 선풍기는 감독님의 첫 영화 첫 장면에 등장한 중요한 소품이기도 했습니다. 〈개그맨〉의 도입부에서 더운 여름날의 이발소 내부 풍경을 비출 때, 선풍기가 요란하게 돌아가고 있었으니까요.

이명세_ 내가 선풍기를 좀 애용하지. 원래는 〈M〉의 그 장면에서 선풍기 너머로 카메라를 가져가서 일종의 잔상 효과처럼 만들려고 했어. 청각적인 방식이 아니라 시각적인 방식으로 말이야. 그런데 기술적으로 어려운 측면이 있어서 그걸 화면에 구현하려면 쇼트를 끊어가야 했어요. 하지만 끊어가면 안 될 것 같아서 결국 그런 사운드를 생각해낸 거지. 애초에는 민우의 의식이 깜빡깜빡 단절되는 것을 시각적으로 보여주려고 했는데, 그렇게 하지 않았던 이유는 내 영화가 이미지 과잉이라는 말을 하도 많이 들어서인 탓도 있어. 어떻게 보일지 모르겠지만, 〈M〉은 사실 내가 하고 싶었던 것들을 상당히 많이 참은 영화야. 안 쓴 아이디어가 너무 많은데, 앞으로 만들 영화들에서 해봐야지. 이 정도로 해도 이미지 과잉이라고 말하는데, 내 생각대로 다 했으면 어떤 말이 나왔을까.

데뷔작 〈개그맨〉을 내놓으신 이후의 시간만
헤아려봐도 벌써 사반세기 가까운 시간이
흘렀습니다. 감독님은 온전히 영화에만 취해서
그 긴 세월을 보내신 분처럼 보입니다.

감독이 되기로 결심했던 시기 이후까지로 따지면
영화 인생이 40년 가까이 됐지. 내가 제대로 왔다
는 생각은 안 해. 이제는 돌아갈 수 없다는 생각을
하지. 지금의 내게는 앞으로 나아가는 길밖에 없
을 거야. 여덟 편을 만들었으니, 난 이제 기껏 8년
을 산 거야. 한 편당 2년이라고 쳐도 그래 봤자 열
여섯 살이야. 난 그렇게 내 삶을 생각하고 있어.
내게 아직 젊은 감각이 남아 있다면 바로 그런 이
유 때문인지도 몰라.

— 곰곰이 생각해보자, 영신아. 무엇이 오고 무엇이 갔는가를.
〈첫사랑〉에서 김혜수가 짝사랑을 아프게 끝내게 된 후 돌아보면서

이동진_ 이제는 미스터리 형식에 대해서 질문해보죠. 일반적으로는 범인을 잡는 형사영화를 찍을 때 플롯을 이끌어가는 기본 동력이 미스터리인 경우가 많습니다. 하지만 감독님은 영화를 만들 때 미스터리 자체에 대한 관심이 별로 없으신 듯하죠. 〈인정사정 볼 것 없다〉나 〈형사〉 모두가 그랬습니다.

이명세_ 아직까지는 그랬던 것 같아. 앞으로는 또 모르지. 〈인정사정 볼 것 없다〉도 원래는 세 편으로 기획된 작품이었어. 다 찍으려면 러닝타임이 여섯 시간은 필요할 것 같았거든. 〈인정사정 볼 것 없다〉는 그 중에서 두 번째 이야기에 해당했지. 1990년대에 그 3부작을 구상하면서 처음으로 자료를 수집했던 게 바로 화성연쇄살인사건이었어. 나중에 봉준호 감독의 〈살인의 추억〉이 나오기는 했지만 말이야. 그때 화성연쇄살인사건의 자료를 모으는 과정에서 경찰의 일상에 대해 먼저 제대로 파악해야 할 것 같아서 이곳저곳 알아보다가 〈인정사정 볼 것 없다〉에서 중훈이가 연기했던 우형사 캐릭터의 모델인 형사를 만나게 된 거였지. 그 3부작의 1편은 원래 '폴리스'란 가제를 붙여놓았는데, 경찰의 일상을 다루는 영화였어. 말하자면 왜 이 사람이 나중에 우형사가 되는가에 대한 서론격인 이야기였다고 할까.

이동진_ 〈인정사정 볼 것 없다〉를 워낙 좋아하는 제게 영화화되지 않은 나머지 두 편은 정말 아깝게 느껴지네요.

이명세_ 시놉시스는 그때 대충 다 써놓았어. 다른 할 게 많아서 그렇지, 앞으로도 얼마든지 만들 수 있다고. 이 인터뷰를 읽고서 제작에 관심 있는 분 계시면 언제든지 연락주세요.(웃음)

– 어디 갔다 왔냐니까?
– 그런 거 일일이 보고해야 돼?

〈나의 사랑 나의 신부〉에서 박중훈이 외출했다가 돌아온 자신에게 따져 묻자 최진실이 반
발

이동진_ 형사 장르뿐만 아니라 다른 영화들에서도 미스터리를 통해 이야
기를 끌어가신 적이 없습니다. 〈M〉에서 중반부까지 엄브렐러맨이나
이연희의 정체와 연관된 미스터리가 있는 게 예외적으로 보일 정도인
데, 이 작품의 경우 역시 일반적인 스릴러 영화의 미스터리와는 다릅
니다. 〈첫사랑〉에서 창욱과 관련해 일종의 반전 같은 게 등장하긴 하
지만, 이 경우를 포함해서 반전 역시 감독님 영화에는 없거나 별로 중요
하지 않고요. 〈지독한 사랑〉이나 〈나의 사랑 나의 신부〉 혹은 〈첫사랑〉
에서 보듯 사랑 역시 단 두 사람만의 이야기에 집중하거나, 삼각관계를
다뤄도 셋이 격정적으로 얽히는 일은 없습니다. 결국 감독님은 영화에
서 이야기 자체를 뒤틀지 않고 심플하게 다룬다고 할까요.

이명세_ 삼각관계에 대해서 먼저 이야기해볼게. 나는 사실 영상세대가 아
니라 활자세대야. 그래서 이전에는 문학에서 영감을 받는 경우가 참
많았지. 예전에 릴케가 쓴 《말테의 수기》에서, 삼각관계를 가지고 사
랑 이야기를 쓰는 것은 쉽지만 두 사람만 두고 쓰는 건 정말 어렵다는
구절을 보고 과연 그럴까 싶은 의문이 들었어. 그래서 오래도록 그렇
게 시도해보고 싶었는데 〈지독한 사랑〉
을 만들게 되어 그 승부를 걸어봤지. 내
가 오랜 세월 영화를 배워오면서 깨달
은 것 중 하나가 복잡하지 않고 작은 이
야기를 하기에도 러닝타임이 턱없이 부
족하다는 거야. 나는 두 시간 정도의 러
닝타임을 일종의 정형시 쓰듯 전형적으

지독한 사랑

개봉 1996년 6월 15일 **출연** 강수연 김갑수
상영시간 106분_ 대학교수이면서 시인인 영
민은 자신의 시집에 대해서 평을 쓴 신문사
문학 담당기자 영희와 사랑에 빠진다. 이미
결혼을 한 상황이지만 영희와 함께 살고 싶은
마음을 억누르지 못한 영민은 바닷가 마을에
작은 셋방을 얻어 동거를 시작한다. 하지만
둘 사이에 곧 위기가 닥쳐온다.

로 대하고 있어. 어떤 소재를 영화화할 것이냐를 선택해야 할 때, 그걸 영화로 얼마나 옮길 수 있느냐가 내게 가장 중요해. 그러다 보니 일상적인 것들을 많이 다루게 되는데, 사소한 것임에도 불구하고 일상성 속에는 확실히 뭔가가 있는 것 같아. (성철스님의 법어를 빌려서) 불교식으로 말한다면, "산은 산이고, 산은 산이 아니고, 산은 산이다"라고 했을 때, 그 세 번째 단계가 일상성이라는 거지. 우리가 일상에서 늘 똑같이 얘기하지만 아무도 보지 못하는 것을 영화가 보여줄 수도 있다는 거야. 미스터리의 문제 역시 비슷한 맥락일 거야. 결국은 다 연결되는 것이겠지.

이동진_ 조금 더 설명해주셨으면 좋겠습니다.

이명세_ 내가 미국에 갔을 때 우연히 독립기념일 불꽃놀이를 본 적이 있어. 그런데 그걸 보면서 저절로 눈물이 흐르는 거야. 그러면서 문득 깨달은 것이 불꽃놀이 속에 영화의 비밀이 있다는 거였지. 불꽃은 아름다운데 슬퍼. 소멸에 담긴 어떤 것이 있는 거야. 불꽃이 영원할 수 있다면 아름답지 않겠지. '그런데 왜 소멸되는 게 아름다울까'라고 되물어볼 수 있잖아? 그런 느낌인 거지. 그와 같은 순간순간에 담겨 있는 게 인생의 미스터리겠지. 내게 미스터리라는 건 그런 거야. 수수께끼 같은 이야기의 전형적이고 장르적인 미스터리가 아니라 삶에 숨어든 미스터리.

— 불 좀 꺼주세요. 잠 좀 자게.
〈지독한 사랑〉에서 강수연이 김갑수와 크게 싸우고 나서

이동진_ 불꽃놀이는 굉장한 화려함에 뒤이어 곧바로 연기로 사라져버리기에 많은 사람들이 보면서 그런 생각을 하는 것 같습니다. 특히 일본의 예술가들이 그런 생각을 작품 속에 잘 녹여내는 것 같고요.

이명세_ 다자이 오사무의 소설 〈사양〉에 보면 그런 대목이 있어. 딸이 엄

마에게 아름답다고 하니까 엄마가 아름다운 사람들은 일찍 죽는다고 대답해. 그 말을 듣고 딸이 울음을 터뜨리지. 그러고 보니 예전에 그 부분을 읽으면서도 울었네.(웃음)

이동진 감독님이 다자이 오사무를 특히 좋아하는 거, 잘 알고 있어요.(웃음)

이명세 아름다움과 죽음이 연결되는 어떤 지점에 불꽃이 있는 것 같아. 사실 미국에서 불꽃놀이를 볼 때도 다자이 오사무가 쓴 그 모녀간의 대화가 떠오르기도 했어.

— 안녕하세요. 제 이름은 김영민입니다. 올해 제 나이는 스물일곱 살입니다. 지금은 조그마한 출판사의 말단 샐러리맨으로 일하고 있습니다. 하지만 머지않아 도스토예프스키 같은 대작가가 되어 있는 저의 모습을 보실 수 있을 겁니다.

〈나의 사랑 나의 신부〉의 첫 장면에서 박중훈이 카메라를 바라보며 자신을 소개

이동진 〈나의 사랑 나의 신부〉는 카메라 앞에서 자신의 신상명세를 쭈욱 읊는 영민의 대사로 시작하죠. 감독님은 극 초반에 이렇게 인물이 스스로를 단도직입적으로 소개하면서 등장하는 방식을 〈지독한 사랑〉〈남자는 괴로워〉에서도 사용하셨습니다. 사실, 대중영화로는 흔치 않은 인물 소개 방식이지요. 배우의 시선과 대사 처리 모두에서 말입니다. 〈개그맨〉〈첫사랑〉〈인정사정 볼 것 없다〉〈형사〉〈M〉에도 등장인물이 자신의 이름을 말하면서 스스로를 소개하는 장면이 나옵니다. 그러니까 감독님이 만드신 영화 여덟 편 모두에 그런 장면이 들어 있는 거죠.

이명세 그런 건 인물에 대한 정보를 빨리빨리 설명해주기 위한 거야. 내가 영화를 통해서 하고 싶은 것은 다른 데 있으니까. 관객이 '쟤는 뭐 하는 애일까'에 쓸데없이 신경 쓰지 않도록 하는 거지. 그건 내 영화에 미스터리가 없다는 지적과도 연결이 되는 부분이지. 나는 중요한 정보

를 숨겨서 나중에 보여주는 스타일이 아니니까. 예전에 인터뷰를 하면 왜 스타들과만 작업하냐는 질문을 많이 받았어. 그러면 그때마다 나는 "빨리 관객을 몰입시키기 위해서"라고 답했지.

이동진_ 아, 캐스팅에 그런 측면도 있었군요.

이명세_ 우리가 유럽영화를 보면 작품 속으로 동화되는 데 시간이 많이 걸리잖아? 그건 유럽영화의 화법과도 관계가 있지만, 배우와도 관련이 있어. 우리에게 낯이 익은 배우가 아니기에 몰입에 시간이 걸리는 거야. 극 초반에는 관객이 도대체 누구를 집중적으로 봐야 할지를 모르잖아. 바로 그런 이유 때문에 스타를 쓰기도 한다는 거지. 얼마 전에 영국영화 〈뜨거운 녀석들〉을 재미있게 봤는데, 초반에 좀 혼란스러웠어. '쟤가 주인공이 아닐지도 몰라' 그러다가 한참 뒤에 '어, 쟤가 주인공이었네'라고 했다니까. 그러는 사이에 이전 장면들에서 눈여겨보지 못하고 지나가버린 부분들도 있고 말이야. 이런 것은 우리가 영화를 보는 방식의 문제이기도 할 거야.

— 우리 엄만 늘 저런 식입니다. 마치 미국영화에 나오는 형사
  처럼 늘 일방적으로 몰아붙이죠.
　　〈첫사랑〉의 초반부에서 김혜수가 자신의 가정에 대해서 직접 관객에게 설명

이동진_ 자기 자신이나 자신의 가정에 대해서 직접 요약해서 설명하는 대사도 대사지만, 그런 대사를 할 때 배우들이 카메라를 정면으로 바라보면서 관객과 직접 눈을 맞추는 것도 인상적이었습니다. 사실 대중영화에서는 배우가 카메라를 정면으로 응시하는 게 일반적으로는 금기시되어 있는데요. 〈나의 사랑 나의 신부〉의 박중훈 씨, 〈첫사랑〉의 김혜수 씨, 〈지독한 사랑〉의 김갑수 씨 등이 모두 그렇게 연기하는 장면이 있습니다.

이명세 1990년대에 브레히트의 소격 효과라는 개념이 우리나라에서 하도 많이 쓰여서 당시 그런 것에 대한 반발심 같은 게 내게 있었어. 배우가 카메라를 정면으로 바라본다고 해서 이론적으로 흔히 말하듯 소격 효과가 항상 생기는 것은 아니라는 걸 말하고 싶었던 거야. 대중 스타가 관객과 눈을 맞추면 소격 효과가 생기는 것이 아니라 오히려 느낌이 더 강력히 전달될 수도 있는 것이거든. 마릴린 먼로가 카메라를 통해 관객을 정면으로 쳐다보면 과연 소격 효과가 생길까, 아니면 강렬한 정서적 파장이 생길까. 결국 그렇게 하지는 않았지만, 〈인정사정 볼 것 없다〉를 찍을 때는 장동건이 카메라를 통해 10분간 관객을 쳐다보게 하려고 한 적도 있었어. 그러면 어떤 느낌이 생겼을까. 보통 우리는 배우에게 카메라 정면을 못 보게 하잖아? 하지만 영화 속에서 배우들끼리 소통할 때 그건 결국 상대 배우가 아니라 관객에게 호소하는 거라고. 그러니까 카메라를 바라보게 할 수도 있는 거야. 내 영화에는 정면으로 찍는 쇼트가 많은데, 그건 내 영화 언어의 어떤 방법이라고 할 수 있지. 흔히들 약간 측면으로 비껴서 찍는데, 그 의미를 나는 잘 모르겠다는 거야. 어차피 영화 속의 배우들이 말을 나눠도 그건 결국 관객과 말하는 거잖아. 배우들이 나누는 감정은 결국 관객과도 나누는 것이라는 게 내 영화관이야.

— 카드 청구서가 왔어요. 식탁 위에 놔뒀는데.
〈지독한 사랑〉에서 아내가 퇴근해서 집에 들어온 김갑수에게 다정하게

이동진 감독님 영화들에서 한 남자의 아내로 나오는 캐릭터는 거의 대부분 직장 생활을 하지 않는 주부입니다. 〈나의 사랑 나의 신부〉〈첫사랑〉〈남자는 괴로워〉〈지독한 사랑〉에서 모두 그랬습니다. 이 중 〈나의 사랑 나의 신부〉에서의 미영을 제외하면 극 중 비중도 단역에 가까워 존

재감이 거의 없죠. 그런데도 그들은 하나같이 남편에게 정성으로 대합니다. 그렇지만 역시 〈나의 사랑 나의 신부〉를 제외하면, 남편이 아내에게 따뜻하게 대해주는 장면이 나오는 경우는 없죠.

이명세 그건 영화가 가진 함정이기도 하겠지. 극 중 남자 주인공이 결혼한 것으로 설정이 되어 있다면 아내가 나올 수밖에 없는데, 어떻게 영화에 등장시키느냐의 문제가 있을 거야. 〈남자는 괴로워〉에서는 목소리로만 등장하도록 했는데 따뜻하게 말하도록 주문했던 기억이 있어. 〈지독한 사랑〉에서는 비록 작은 역할이긴 했지만, 어떤 연극을 보러 갔다가 배우 이화영 씨의 뛰어난 연기에 반해서 어떻게 하든 배역을 주려고 만들어 넣은 캐릭터였어. 촬영 도중 이화영 씨가 커피 타는 평범한 장면을 정말 많이 반복해서 찍었지. 그 작은 장면 속에서도 부부의 관계가 일상적으로 고스란히 드러나야 했기 때문이야. 주부의 입장에서 그건 매일 하는 일이라 능숙해야 하니까 말이야. 사실 〈나의 사랑 나의 신부〉는 원제가 '마누라 죽이기'였어.

이동진 〈나의 사랑 나의 신부〉 이후 몇 년 뒤에 강우석 감독님이 실제로 〈마누라 죽이기〉란 제목의 영화를 만드셨는데요.

이명세 내 생각에는 (박)중훈이가 나중에 강우석 감독에게 말했던 것 같아. 그런데 원제가 '마누라 죽이기'였다는 데서 분위기를 짐작할 수 있듯이, 〈나의 사랑 나의 신부〉 첫 장면은 원래 남편이 아내가 마실 커피에 쥐약을 타는 모습이었어. 〈나의 사랑 나의 신부〉라는 제목은 애초에 역설적인 의미가 담겼던 거지. 그러다가 구상 도중에 '내가 왜 이런 이야기를 만들고 있지?' 싶어서 되돌아가 다시 만든 게 지금 그 영화의 내용이야. 그러니까 나도 미스터리나 서스펜스가 있는 스토리도 생각한다니까.(웃음) 영화를 만들다보면 최초의 아이디어와 그렇게 완전히 다른 시나리오가 나오기도 하지.

이동진 그런 아내 캐릭터들은 대부분 그저 남편에게 따뜻한 말투로 말할 뿐, 상당히 피상적이고 전형적으로 그려지는데요.

이명세_ 그걸 제대로 그리면 다른 것들이 죽게 되기 때문이야. 그것까지 제대로 파기에는 달려가야 할 지점이 너무 많기에 전형적인 형태로 만들 수밖에 없어. 어차피 한정된 러닝타임에 모두 다 보여줄 수 없는 상황에서 할애할 시간이 없으니까. 내게 그런 건 중요한 게 아닌 거야.

― 하지 마. 하지 마. 형! 하지 말라니까.
〈인정사정 볼 것 없다〉에서 장동건이 놀이터 그네에 앉아 혼자 고민에 빠져 있을 때 박중훈이 자꾸 눈을 뭉쳐 뒤에서 던지면서 장난을 걸자

이동진_ 감독님 영화들에서 똑같은 어른이라고 해도 여자 캐릭터들보다 남자 캐릭터들에게서 훨씬 더 아이 같다는 느낌이 전해져올 때가 많습니다. 〈인정사정 볼 것 없다〉에서 심각한 고민의 끝에서 우형사와 김형사가 놀이터에서 눈싸움 장난을 하는 장면이 대표적일 겁니다. 똑같이 연애를 해도 〈지독한 사랑〉에서 좀더 어린아이 같은 사람은 여자인 영희가 아니라 더 나이가 많은 남자인 영민이기도 하고요.

이명세_ 듣고 보니 그런 게 있네. 〈인정사정 볼 것 없다〉 때 중훈이를 캐스팅한 것은 집념이 강해 보이는 배우인 동시에 개구쟁이 느낌을 지닌 연기자였기 때문이야. 그건 희극과 비극의 관계와도 비슷할 거야. 아무리 어른들이라고 해도 좀 떨어져서 보면 어린애 같은 구석이 있는 경우가 많잖아? 고정되지 않은 어떤 것들이라고 할까. 나는 여성과 남성도 따로 없다고 생각해. 여성으로 길들여진 여성과 남성으로 길들여진 남성이 있을 뿐이야. 물론 성징이 다르고 근육 같은 것도 다르겠지만 그건 그냥 외형이 다른 것에 지나지 않아. 기본적인 것들은 다 훈련의 산물이라는 거지. 〈첫사랑〉 시절부터 남자 감독인데 여성의 심리를 어쩌면 이렇게 잘 표현할 수 있느냐는 질문을 받을 때가 많았는데, 나는 그런 질문 자체가 난센스라고 생각해. 나는 감독이 스스로가 한국인

이라는 걸 자꾸 내세우는 것도 문제라고 봐. 내 경우 외국에 가서 "나는 한국인도 아니고 세계인도 아니다. 나는 유령이다"라고 말하기도 해. 나는 어디에도 속하지 않으면서 어디에도 속할 수 있는 정체성으로 살고 싶은 거지.

— 언제나 여러분들의 사랑 속에 쑥쑥 자라나는 여러분들의 귀염둥이, 늘 종달새처럼 지저귀는 종세, 개그맨 이종섭니다.
〈개그맨〉에서 나이트클럽 무대에 오른 안성기가 손님들에게 스스로를 소개하면서

이동진_ 그렇다면 감독님 영화에서 대부분의 경우 왜 남자들이 장난기를 드러내는 걸까요. 그건 남자가 주인공인 영화라서 그런 건가요.
이명세_ 그렇겠지. 〈인정사정 볼 것 없다〉에게 내게 가장 중요한 장면은 바로 그 놀이터 신이었어. 시나리오에는 두 사람이 눈싸움을 할 때 아이들로 바뀌는 걸로 되어 있었지. 그렇게 순진한 시절이 있었는데, 어른이 된다는 것은 누군가를 죽일 수도 있다는 거야. 〈지독한 사랑〉의 영민도 어릴 때 영희를 만났다면 그렇게 아파하지 않았겠지. 그런 느낌들이 깔려 있어서 영화에서는 그렇게 표현되는 거야. 나는 〈인정사정 볼 것 없다〉에서 형사들이 총격전을 벌일 때도 원래는 중간부터 아이들로 바뀌어 장난스럽게 총격전을 하는 것으로 표현하고 싶었어. 범인인 성민을 쫓을 때 숨었다가 튀어나오는 아이를 그리고 싶었던 거야. 그런데 악착같이 자제한 거지.(웃음)
이동진_ 앨런 파커의 〈벅시 말론〉 같은 영화가 될 뻔했군요.(웃음)

— 사람들은 영화를 볼 때 주인공이 죽으면 영화가 끝났다는 것을 알면서도 자막이 올라갈 때까지 기다린다. 하지만 영

화는 끝났다. 아마 우리 사랑은 이미 끝난 줄을 알면서도 그
렇게 앉아서 기다리는 관객들이었는지도 모른다.

〈지독한 사랑〉이 끝날 때 깔리는 김갑수의 마지막 내레이션

– 내가 내 삶과 더불어 어디에 도달하려는지 그 누가 말해줄
수 있을까. 나는 어느새 나이 서른을 훌쩍 넘은 가장이 되었
다. 그 사이 난 조그만 집도 하나 장만하였고, 사회에서도
알아주는 소설가가 되었다.

〈나의 사랑 나의 신부〉의 마지막 장면에서 세월이 흐른 후 박중훈이 잠든 가족들을 돌아보
면서 하는 내레이션

이동진_ 감독님의 영화는 시작 못지않게 끝도 명확합니다. 두 남녀가 처
음 만나는 장면에서 시작하는 〈지독한 사랑〉은 둘이 헤어지는 장면
에서 아예 "영화는 끝났다"고 내레이션을 통해 마침표를 눌러 찍으면
서 끝을 맺죠. 〈나의 사랑 나의 신부〉 역시 끝나는 방식이 거의 유사합
니다. 이를테면 이런 방식은 영화가 문을 닫고 셔터를 내린 뒤 자물쇠
를 채우고 나서 손까지 흔들고 사라져가는 확실한 종결법이라고 할까
요.(웃음) 사실 〈지독한 사랑〉과 〈인정사정 볼 것 없다〉는 이야기를 시
작하고 끝맺는 방식이 똑같다고 할 수 있습니다. 두 남녀가 만날 때 정
확히 시작해서 이별할 때 딱 끝나는 이야기의 틀은 살인 사건이 발생
할 때 바로 시작해서 그 사건의 범인이 잡히자마자 끝맺음을 하는 이
야기의 틀과 같은 것이니까요.

이명세_ 확실히 그러네. 나는 내 영화를 복기하지 않으니까 그런 줄 몰랐
는데, 듣고 보니 정말 그런 것 같아. 그러고 보면 히치콕은 대단해. 인
터뷰하기 전에 수십 년 전 자신이 만든 영화를 다 보고 가는 건가? 아
무리 자기 영화라도 어떻게 장면과 대사들을 다 기억하는지 모르겠어.

이동진_ 프랑수아 트뤼포와의 대담집 말씀하시는 거네요. 그런데 저는 결

LEE MYUNG SE

585

말을 열어두지 않고 마침표를 확실하게 찍는 종결법이 이야기에 대한 감독님의 태도와 밀접한 관련이 있다고 봅니다.

이명세_ 그렇지. 관객들은 다 안다는 거야. 러닝타임도 다 알고 들어오는 데다가 대충 봐도 끝나간다는 것을 느낄 수 있잖아? 주인공이 죽지 않는다는 것도 알고 말이야. 그럴 때 미적거리지 말자는 거지. 나는 그 모든 것을 포함해서 영화를 만들어야 한다고 생각해. 안 끝나는 것처럼 해봐야 관객이 다 알고 있는데, 괜히 뭔가를 계속 하는 척하지 말자는 거야.

– 안녕, 에밀리.
– 안녕.
– 에밀리, 우리 공부할 때 네 방과 내 방 창문을 통해서 가끔 말을 할 수 있으면 어떨까.
    〈첫사랑〉에서 극 중 연극으로 등장하는 〈우리 읍내〉의 대사

이동진_ 이제는 형식적인 측면에 대해서 질문들을 드리도록 하겠습니다. 감독님 영화에서는 창문이 프레임 속 프레임의 구실을 하는 경우가 많습니다. 그 창문은 집이든 카페든 사무실이든 기차든 버스든 가리지 않고 활용됩니다. 실내에서 벌어지는 일을 창문 너머에서 넘겨다보거나, 바깥의 풍경을 실내에서 창문을 통해 내다보는 쇼트들이 정말 많이 쓰이죠. 〈나의 사랑 나의 신부〉나 〈첫사랑〉에서처럼 창문에 쌓인 눈이나 성에를 인상적으로 잡아내기도 하고, 〈지독한 사랑〉이나 〈인정사정 볼 것 없다〉에서처럼 유리창을 타고 흐르는 빗줄기의 유동적인 느낌을 강조하기도 하시죠. 이런 장면들은 감독님 영화 특유의 분위기와 아주 잘 조응하는 느낌이 듭니다. 〈나의 사랑 나의 신부〉에서는 유리창을 아예 편지지처럼 사용하기도 합니다. 김으로 뿌연 유리창에 영민이 '사랑해

미영'이라고 직접 손가락으로 써넣는 장면이 나오니까요. 감독님은 영화를 찍을 때 어떤 것들을 염두에 두고서 창문을 활용하시는 건가요.

이명세_ 글쎄. 분명히 애용하기는 하는데, 나도 내가 왜 그런지는 정확히 모르겠어.

이동진_ 관조적인 시선과도 어느 정도 관련이 있는 게 아닐까 싶은데요. 영화 속에서 펼쳐지는 시제가 현재임에도 불구하고 감독님의 영화에는 과거에 대한 향수의 뉘앙스가 늘 묻어 있는데, 뭔가를 간접적으로 들여다보게 하는 창문이 그런 느낌을 강하게 상기시키기도 하고요.

이명세_ 일단 창문이 자주 등장하는 것은 무엇보다 내가 골목길을 좋아하기 때문일 거야. 골목길은 숨어 있는 장소잖아. 요즘은 거리의 앞쪽에는 고층 빌딩들이 늘어서 있어서 더 그런 느낌이지. 난 먼 불빛도 참 좋아해. 멀리 창가에 불빛이 비치면, 그게 어딘지는 정확히 몰라도, '저기도 사람이 살고 있네' 하는 기분이 되는 거야. 그 기분은 좀 슬픈 느낌이야. 멀리 보이는 불빛은 좋기도 하지만 쓸쓸하기도 하거든. 지금 저 불빛을 켜놓은 사람은 잠들었을까? 누군가와 싸우고 있을까? 그런 생각들이 연이어 들면서 이상하게 슬퍼지는 거지.

— 돌아보지 마라. 네가 걸어온 어두운 거리들은 굳게 빗장을 잠갔다. 허겁지겁 떠나가 문을 두드리지 마라. 불 켜진 창문 사이를 엿보아라.

　　〈나의 사랑 나의 신부〉에서 박중훈이 창문을 열고 비 오는 밖을 내다보다가 아내인 최진실
　　이 첫사랑이었던 남자와 헤어지는 모습을 상상하면서 시 구절을 통해 독백

이동진_ 아닌 게 아니라 감독님의 영화를 보면 골목길을 얼마나 좋아하시는지 절실히 느낄 수 있습니다. 특히 가로등이 하나 켜 있는 어둑어둑하고 좁은 골목길은 일종의 원형적인 이미지로 느껴진다고 할까요. 제

게는 〈첫사랑〉에서 사계절이 바뀜에 따라 서로 다른 느낌으로 변화를 주어가면서 스케치하는 골목길이 가장 먼저 떠오릅니다. 그 영화의 마지막 장면에서 주인공은 골목길 그 자체인 것으로까지 보이죠. 〈나의 사랑 나의 신부〉에서 집들이가 끝나고 미영과 영민이 손님들을 배웅한 뒤 걸어서 돌아오는 눈 쌓인 골목길도 참 사랑스러워요. 그 골목길은 미영이 창문을 열고 내다보는 장면에서는 자전거와 쓰레기통과 고양이 한 마리와 가로등 하나가 어우러져 정감 가득한 풍경을 빚어냅니다. 〈인정사정 볼 것 없다〉에서는 주연(최지우)의 집이나 우형사의 여동생(이혜은) 집 주변 골목들이 인상적이죠. 여동생이 우형사를 바래다줄 때 함께 걸어 나오는 골목 역시 〈나의 사랑 나의 신부〉에서 집들이가 끝난 뒤의 골목 장면처럼 눈이 쌓여 있고 좁고 어둑어둑하며 가로등이 딱 하나 있습니다. 〈M〉의 과거 장면에 나오는 미용실 앞 골목도 참 따뜻한 느낌이고요. 〈지독한 사랑〉이나 〈형사〉에도 골목길이 중요한 공간으로 등장합니다.

이명세 내가 골목을 아주 좋아하니까 어디 가도 꼭 가보곤 해. 골목은 전 세계 어디를 가도 뒤에 있지. 현대화되면서 점점 사라져가는 공간이라서 참 안타깝기도 해. 상하이에 갔을 때도 화려한 대로변 풍경에 지쳐 뒤로 돌아갔더니 거기에 딱 내가 찍고 싶은 미로 같은 골목이 있더라고. 유럽의 오래되고 좁은 골목길도 좋아. 나도 내가 왜 골목을 좋아하는지 정확히는 모르겠어. 아마도 사람 사는 느낌이 제대로 느껴져서가 아닌가 싶기는 하지만.

— 자, 얼른 가자. 시간이 없어.
  〈나의 사랑 나의 신부〉에서 문학상을 타게 된 박중훈이 시상식장에 서둘러 가자면서 최진
  실에게 채근

^{이동진} 아파트와 같은 대규모 택지 개발 때문에 점점 사라져가는 골목길은 집과 바깥세상 사이를 가늘게 잇는 공간이잖습니까. 말하자면 오고가면서 하루하루를 준비하거나 마무리하게 하는 일종의 유예된 일상 공간이라고 할까요. 그런 점이지대 같은 골목길들이 다 없어지고 나면 사람들은 이제 잠깐의 여유도 없이 곧바로 세상 속으로 뛰어드느라 더 힘들어질 것 같아요.

^{이명세} 나도 그런 점이 참 안타까워. 사실 나는 골목길을 걸을 때 모르는 집들의 창문을 통해 안쪽을 넘겨보는 일도 종종 있어. 도대체 다들 어떻게 사는가 궁금하니까. 다 우리처럼 살겠지만 그래도 궁금해. 난 누군가의 집에 가면 그냥 서랍도 막 열어보고 그래.

^{이동진} 그건 왜죠?

^{이명세} 호기심 때문이지. 그래서 난 다른 사람도 나처럼 그렇게 행동할 거라고 생각하기 때문에 우리 집은 다 정리해놓고 보여주기 싫은 것들은 다 감춰놓아.(웃음) 어려서부터 나는 그런 호기심이 많았던 것 같아.

^{이동진} 중국 감독 강문의 〈햇빛 쏟아지던 날들〉의 장면이 떠오르네요. 주인공 소년이 아무도 없는 빈 집에 들어가서 그런 일들을 하거든요.(웃음)

― 들어가.
― 네. 가요.
― 들어가.
― 가요. 가는 거 보게.
― 들어가. 들어가는 거 보게. 들어가.
― 가요.

〈M〉에서 강동원과 이연희가 첫 데이트를 한 후 집 앞에서 헤어지는 것을 못내 아쉬워하며

^{이동진} 감독님 영화에서는 특정한 공간을 강조하며 실내에서 벌어지는

장면을 담을 때 창문과 관련하여 자주 쓰이는 카메라 움직임이 있죠. 먼저, 건물의 바깥 벽을 훑듯이 천천히 이동하면서 스케치합니다. 그러다 건물의 창문이 프레임 안으로 들어오면 카메라가 그 너머로 잠시 물끄러미 안을 들여다봅니다. 쇼트가 바뀌면 카메라는 안으로 들어가 실내에서 벌어지는 일들을 한참 찍습니다. 그 장소에서의 사건이 다 끝나면 카메라가 어느새 창문 밖으로 빠져 나와 있습니다. 그러고는 처음 방향의 반대쪽으로 움직이면서 점차 뒤로 물러나며 다시 건물을 훑습니다. 카메라는 종종 그 시퀀스의 마지막을 건물에서 멀어져 밤하늘에 뜬 달을 비춤으로써 구두점을 찍습니다. 〈첫사랑〉에서 연극반 선생님을 처음 만나는 술집 장면이나 그 선생님을 하염없이 기다리는 카페 장면이 그렇게 찍혔죠. 〈지독한 사랑〉에서 두 주인공이 헤어지는 마지막 술집 장면도 그렇습니다. 〈나의 사랑 나의 신부〉에도 그런 장면이 있죠. 그와 같은 신들을 보면 마치 카메라가 관객의 손을 잡고 비밀스럽게 누군가의 추억을 바라보게 한 뒤, 다시 까치발로 슬금슬금 함께 나와 관객을 본래의 장소로 바래다주는 것 같은 느낌이 듭니다.

이명세 나는 이번 인터뷰에서 결코 나를 꾸미지 않을 거라고 결심하고 왔어. 나 스스로를 정확히 바라보면서 내가 알았거나 느꼈던 것만을 이야기하려고 해. 지금 그 질문에 대한 내 정확한 대답은 왜 그런지 나도 모르겠다는 거야. 듣고 보니 분명히 내가 그렇게 장면을 짰던 것 같긴 한데, 그건 나도 모르는 내 무의식과 관련이 있을 것 같아. 그런 장면에서 내가 다가가서 보고, 다 본 뒤에 돌아서서 가는 느낌이 있었던 것은 확실한 것 같아. 나머지는 나도 잘 모르겠어.

— 찬란해야 할 인간 박영신의 청춘이 저 달빛 아래서 왜 이렇게도 초라한 걸까.

〈첫사랑〉에서 김혜수가 짝사랑하는 송영창을 몰래 보러 갔다가 달빛 아래서 한탄

이동진_ 공간을 담는 방식에 대해서 계속 질문하자니 〈형사〉에 등장하는 높은 돌담길 세트에 대해서도 언급하지 않을 수 없네요. 그 돌담 골목길에서 촬영된 여러 장면이 다 인상적이었는데, 특히 장검을 든 슬픈눈과 두 개의 단검을 든 남순이 대결하는 부분이 그랬습니다. 화면 한쪽은 높은 담의 그림자로 어둠 속에 묻히게 하고 다른 한쪽은 빛을 받게 한 가운데, 두 사람이 빛과 어둠 사이를 오가며 싸우는 모습이 굉장했죠.

이명세_ 〈형사〉는 달빛 외에는 광원이 없는 조선시대가 배경이니까 충분히 그 효과를 강조하는 방식으로 찍었지. 말이 나왔으니 하는 말인데 사실 〈형사〉는 가장 원초적인 덩어리만 모아서 찍은 영화야. 창세기에 보면 하나님이 빛을 창조하는 대목에서 '빛이 있으라 하니 빛이 있었더라. 보시기에 좋았더라'는 구절이 나오잖아. 그 보기 좋은 빛의 형태가 어떤 것인지 탐구해보고 싶었던 거지. 그 영화의 화려한 색감이나 이미지를 덩어리로 계속 가져가다가 마지막 순간, 빛과 어둠의 사이 어딘가에서 느낌을 표현하고 싶었다고 할까.

이동진_ 〈M〉에서도 미용실 앞 골목길이 유사한 방식으로 그려졌습니다. 방향은 좀 다르지만 미미가 엄브렐러맨에게 쫓기는 골목길도 비슷하게 다뤄졌고요. 이렇게 최근 두 편의 영화에서 빛과 어둠이 좁은 골목길을 절묘하게 양분하고 있는 가운데 인물의 움직임을 만들어내는 방식이 무척 흥미로웠습니다. 그 자체로 시각적인 쾌감이 강렬하면서 인물들의 관계에 대한 상징적인 맥락을 제공하기도 하죠.

이명세_ 그전에도 그렇게 해보고 싶었던 장면이 있긴 했어. 〈남자는 괴로워〉 때 세트로 만든 골목길을 몽유병 상태인 (안)성기 형이 걸어가는 장면을 찍으려고 했지. 어둠의 깊이가 있는 그림자를 그 대목에서 그려내고 싶었는데 결국 그렇게 하지 못했어. 색감이 있으면 자꾸 형체를 살리려고 하는 경향이 있지. 예전에 나는 촬영기사에게 세트 짓는 걸 안 보여줬어요. 촬영기사는 촬영 공간에 대해서만 너무 생각하기 때문이야. 로케이션 헌팅을 가서도 장소가 좁으면 무조건 안 된다고 하거든. 나는 일단 상황 속으로 넣어. 한계상황을 만들어놓고 찍는 거지. 〈남자는 괴로워〉 때는 세트 바깥을 완전히 검게 칠해버리기도 했어. 아예 칠해버리니까 조명을 할 수도 없잖아. 그 세트는 다른 영화에서 쓰던 걸 뒤집어서 칠한 거야. 경제적이고 효율적이지. 요즘은 영화 만들 때 제대로 찍지도 않을 거면서 세트 낭비가 너무 많아. 〈M〉에서 일식집 세트는 아예 천장까지 만들었어.

— 명주역에 3분간 정차하겠습니다. 명주역에 내리실 손님께
 서는 잊으신 물건 없이 안전한 승강장 쪽으로 하차하시기
 바랍니다.
  〈인정사정 볼 것 없다〉에서 형사들이 안성기를 잡기 위해 열차 안에 잠복해 있을 때 들려
  오는 안내 방송

이동진 〈인정사정 볼 것 없다〉에서는 '명주'라는 역 이름이 등장합니다. 그런데 명주역은 존재하지 않는 역이죠. 만들어 쓰신 이름일 텐데, 흥미로운 것은 〈첫사랑〉에 나오는 기차역도 명주역이라는 겁니다. 여기에는 필시 사연이 있을 것 같은데요.(웃음)

이명세 명주는 내가 딸을 낳으면 붙이려던 이름이야. 명주실처럼 질기라는 뜻에서 그렇게 지으려고 했지. 사실 그런 방식은 우디 앨런의 영향이기도 한데, 나는 내 영화가 세월 속에서 살아남을 수 있도록 구체적인 시간과 공간을 지워. 먼 훗날이 되더라도 특정 시공간에 속하지 않는 영화가 되기를 바라는 욕심이 있는 거야. 영화 속에서 달력은 절대 안 보여주지. 아니면 〈지독한 사랑〉에서처럼 달력을 찢어버려. 그래서 그 영화의 배경은 겨울인데도 벽에는 여름 달력이 걸려 있는 거지.

이동진 〈인정사정 볼 것 없다〉에서 역 플랫폼에 세워진 간판을 보면 명주역은 철흥역과 샘내역 사이에 있는 걸로 적혀 있었습니다. 철흥역과 샘

내역도 가공의 역 이름일 텐데요.

이명세 물론 그 간판도 만든 거지. 왜 그때 그런 역 이름을 지었는지는 기억나지 않는데, 지금 들어보니 '샘내'는 '명세'와 발음이 비슷하긴 하네.(웃음) 모든 사람은 무의식중에 자서전을 쓰는 건지도 몰라.

— 기차를 혼자 탈 때까지만 해도 불안으로 꽁꽁 얼어붙었던 내 마음은 마치 한여름날 입안에서 녹는 아이스크림처럼 달콤하고 부드럽게 녹아내리고 있다.

〈첫사랑〉에서 김혜수가 송영창을 만나기 위해 그가 사는 서울로 가는 기차를 타고 가면서 속으로 독백

이동진 기차역도 기차역이지만, 영화를 만드는 분으로서 기차 자체도 참 매력적이라고 보시죠? 데뷔작 〈개그맨〉의 클라이맥스 액션 장면에서부터 최근작 〈M〉의 다른 세상으로 떠나가는 미미의 마지막 장면까지 기차를 중요한 극 중 장소로 계속 등장시키시고 있으니까요.

이명세 기차를 참 좋아하지. 지나가버린 시간과 연결된 어떤 것이 기차에 있는 것 같아. 그래서 내 영화에는 기차가 모두 등장해.

이동진 〈형사〉에는 안 나오잖아요.(웃음)

이명세 〈형사〉에도 나와. 사극이라서 기차를 직접 등장시킬 수는 없었기에 그 대신 기차 소리를 넣었지.

이동진 기차 소리가 등장한다고요?

이명세 〈형사〉에서 창문이 덜컹거리는 소리는 사실 전부 기차 소리예요. 극 중 인물이 장부를 건네줄 때 창문이 덜컹거리는 소리가 나는데, 사실은 그게 기차 소리지. 사극이지만 기차의 느낌을 넣고 싶어서 그렇게 한 거야.

이동진 정말 집요하시네요.(웃음)

인정사정 볼 것 없다

개봉 1999년 7월 31일

출연 박중훈 안성기 장동건 최지우

상영시간 112분

CINEMA
REVIEW

BOOMERANG INTERVIEW

우형사와 김형사는 도심 한복판에서 마약 거래를 둘러싼 살인 사건이 일어나자 수사를 시작한다. 주범이 장성민임을 알고 그의 애인 김주연의 집을 급습한 뒤 잠복근무를 시작한다. 변장술의 대가인 장성민을 눈앞에서 번번이 놓치자 형사들은 새로운 대책을 강구한다.

〈인정사정 볼 것 없다〉는 이명세 감독의 필모그래피에서 가장 행복한 지점에 놓여 있는 영화다. 액션영화로는 이례적으로 비평에서 예외 없는 상찬을 받았을 뿐만 아니라 흥행에서도 강력한 힘을 발휘했다.

〈인정사정 볼 것 없다〉는 주인공들을 하나씩 묘사하는 도입부의 세 장면만으로도 이명세 감독이 얼마나 치밀하게 쇼트를 축조하고 축적하는 장인인지를 고스란히 알려준다. 단신으로 적진에 뛰어들어 거칠게 격투를 벌이는 우형사의 저돌성과 지하철에서 칼을 든 소매치기를 검사劍士처럼 허리띠로 제압하는 장동건의 냉철함을 정지화면과 슬로모션을 섞어가며 흑백으로 묘사한 처음 두 장면은 당장이라도 스크린 바깥으로 터져나올 듯 팽팽한 에너지를 온축하고 있다. 정말 잊을 수 없는 것은 바로 그 다음, 장성민이 계단에서 마약상을 살해하는 장면이다. 비가 내려 노란 은행잎이 나뒹굴고 비지스의 애상적인 발라드 〈홀리데이〉가 흐르는 가운데 범인이 갑자기 달려들어 우산을 찢고 살인을 저지르는 신은 기이할 정도로 아름답다. 그렇게 먹이를 기다리는 긴 기다림의 시간이 칼끝에서 찰나의 광기로 폭발할 때, 우수와 서정이 폭력에 깃들며 불가해한 매력으로 보는 이를 온전히 사로잡는다. 이명세에게 스타일은 곧 주제다.

어느새 탱고 음악이 흐르면서 주먹 싸움이 이인무로 바뀌도록 묘사하는 데서 단적으로 드러나듯, 영화 속 액션 장면들은 많은 경우 안무와도 같다. 여러 명의 형사들이 함께 등장하는 장면에서 모이고 흩어지는 동선들 역시 그렇다. 차에 타고서 한없이 기다리는 잠복근무의 지루한 지속 시간은 쇼트를 나누지 않은 채 원형으로 천천히 움직이며 두 번의 하품을 절묘한 타이밍으로 집어내는 카메라에 생생하게 압축되었다. 대결 직

전에 이마에서 발끝까지 수직으로 떨어지는 땀방울을 인상적으로 잡아내는 쇼트에서 보듯, 정靜과 동動을 교차시키는 리듬도 빼어나다. 무성영화와 서부극 혹은 뮤지컬 같은 할리우드 고전 장르영화의 화법을 산동네와 가스충전소, 취조실 같은 한국적 공간으로 옮겨 응용한 장면 역시 재치 있다. 높낮이가 다양한 액션 아이디어들이 시종 넘쳐나는 것을 보노라면, 이명세 감독이 이전까지 어떻게 액션영화를 찍지 않았는지 의아스러울 정도다. 여기서 관성적인 연출 방식과 관습적인 표현 방식은 발견되지 않는다.

1990년대 내내 관객들에게 큰 즐거움을 주었던 박중훈은 〈인정사정 볼 것 없다〉에서 변신을 꾀하면서도 자신의 장기를 잊지 않는 현명함으로 연기 경력의 정점을 찍었다. 여타 작품들에서와 확연히 다른 모습을 보여주는 안성기는 대사 없는 표정 연기만으로도 영화가 균형을 잡을 수 있도록 만들었다. 장동건은 이 영화를 통해 배우로서 믿음을 주기 시작했다.

^{이명세} 내 영화에 기차가 안 나온 적은 한 번도 없다니까.(웃음)

– 형사이신 모양이죠?

〈남자는 괴로워〉에서 송영창이 아내를 의심해서 택시를 타고 뒤를 밟자 택시 기사가 그의

직업을 오해하며

^{이동진} 주인공의 직업 중에 유독 문인이 많습니다. 〈M〉과 〈나의 사랑 나
의 신부〉에서는 소설가이고, 〈지독한 사랑〉에서는 시인입니다. 예술가
로 범주를 좀 넓게 잡으면 〈개그맨〉과 〈첫사랑〉 역시 여기에 포함됩니
다. 또 하나 선호되는 직업이 있다면, 그건 형사입니다. 〈인정사정 볼
것 없다〉와 〈형사〉의 주인공들이 그렇죠. 유일한 예외인 〈남자는 괴로
워〉를 제외하면, 결국 감독님 영화의 주인공들 직업은 예술가와 형사
로 대변됩니다. 그런데 저는 이 두 직업이 영화 연출자로서 감독님의
성향을 그대로 반영한다고 봅니다. 미적 본질에 도달하려는 예술가의
근원적 태도와 기어이 범인을 잡고야 마는 형사의 장인정신이 그것이
죠. 감독님 영화에서 공통적으로 발견되는 게 움직임에 대한 원초적인
매혹과 예술적 감수성인 것도 두 직업과 무관하지 않을 거고요.
^{이명세} 듣고 보니 확실히 그러네. 사실 난 특정 직업들을 자주 등장시키
지 않는다고 생각했는데 말이야. 나는 영화에서 어린애들이 철학자처
럼 이야기하는 게 너무 싫어. 나보다도 더 뻔뻔스러운 감독들이 정말
많은 것 같아.(웃음) 그런데 작가를 주인공으로 설정하면 그래도 좀 괜
찮은 것 같아. 폼 잡는 내레이션을 써도, 직업이 작가이니 충분히 그럴
수 있는 거잖아. 그런데 형사가 주인공이 되면 전혀 다르지. 〈인정사정
볼 것 없다〉에 등장하는 형사들은 그런 고상한 말을 안 쓰잖아? 시적인
비유도 전혀 없지.

― 피박 써도 좋으니까 고 하라는데요, 반장님이?
  〈인정사정 볼 것 없다〉에서 장동건이 선배 형사들에게 반장의 말을 전하면서

이동진_ 그 영화에서는 비유를 하더라도 고스톱이 동원되는 식이죠.(웃음)

이명세_ 그렇지. 일상적 비유야. 난 영화감독이 아니라면 되고 싶은 게 두 가지야. 바로 형사와 신부지. 형사들이 뭔가 파헤치고 계속 추적하는 게 무척 흥미로워. 내겐 뭐든 파헤치려는 병이 있는 거야.

이동진_ 형사는 이해되는데, 신부는 왜요?

이명세_ 옷이 멋있잖아.(웃음) 내가 검은색 버버리 코트를 자주 입고 다니는 것도 다 이유가 있거든. 느낌이 좋아.

― 형, 김이 모락모락 나는 뜨거운 설렁탕에.
― 고춧가루 확 풀고 파도 듬뿍 넣어서.
  〈인정사정 볼 것 없다〉에서 콤비인 두 형사 장동건과 박중훈이 추운 겨울 차 안에서 오랜
  시간 잠복근무 하다가 배고픔을 못 이겨 먹고 싶은 음식을 상상

이동진_ 김이 모락모락 올라오거나 연기가 퍼지는 장면을 영화 속에서 참 인상적으로 담아내시죠. 〈인정사정 볼 것 없다〉에서 이발소 난로 위에 올려놓은 찜통으로부터 새어 나오는 수증기, 〈M〉에서 어둠 속 스르르 퍼지는 담배 연기, 〈지독한 사랑〉에서 욕조 목욕을 할 때 몸에서 올라오는 김 같은 장면들을 정말 많이 찍으셨으니까요. 말하자면 수증기는 액체가 스스로의 존재 조건을 버리고 기화되어 흩어져갈 때 아주 잠깐 흔적을 남기는 것이잖아요? 그런 면에서 그 자체로 무척 아련한 시각적 상징물인 것으로 다가옵니다. 〈첫사랑〉 같은 작품에서 잘 드러나듯 안개를 선호하시는 것도 마찬가지죠. 〈지독한 사랑〉의 첫 장면에서 어두운 강 위에 일렁이는 불빛 역시 유사한 느낌이고요. 심지어 〈인정사정

볼 것 없다〉의 기차 액션 장면이 펼쳐지기 직전에 승객 중 한 명이 기침을 할 때 포말로 흩어지는 가루약에까지 같은 느낌이 담겨 있습니다.

이명세 이런 일도 있었어. 예전에 어떤 동료 감독이 길을 가다가 어느 가게에서 김이 모락모락 나는 걸 보더니 "야, 저기 명세가 좋아하는 거 있다"고 외치는 거야.(웃음) 〈형사〉를 찍을 때 (안)성기 형은 내 별명을 아예 '스팀 리'라고 불렀어. 미국 갔다 왔으니까 영어로 별명을 붙여줘야 한다면서.(웃음) 예전에는 또 내가 무조건 알록달록한 원색을 좋아한다고 잘못 알려진 적도 있었어. 그래서 〈나의 사랑 나의 신부〉를 찍을 때 유영길 촬영기사님이 소품 스태프를 불러서 재떨이와 컵을 다 노랗게 칠해놓은 적도 있었지. 내가 좋아할 줄 알고서 말이야. 그런데 내가 또 리얼할 때는 굉장히 리얼하거든.(웃음) 뭐, 그 장면은 결국 운명이겠거니 하고 그냥 찍었지만.

— 길이 있는 곳은 어디든 걷고 또 걸었다. 그때 나는 그 순간에 영원히 시계바늘이 고정되기를, 이 길이 끝없이 이어질 수 있기를 얼마나 바랐던가. 느린 안개, 길 옆에 서 있던 나무들이 키가 큰 나무였는지 키 작은 나무였는지, 가로등엔 언제쯤 불이 들어왔는지. 그 길과 그 길을 걷던 사람과 그 사람의 발자국소리까지 모든 걸 내 일기장에 옮겨놓을 수 있을까.
　　〈첫사랑〉에서 사모하던 연극반 선생님 송영창과 함께 어둑어둑한 가로등 길을 걷던 김혜수가 속으로 독백

이동진 같은 맥락에서 인상적으로 다가오는 게 가로등입니다. 특히 밝은 불빛이나 이미 켜져 있는 가로등보다는 이제 막 켜거나 끄는 등불을, 그것도 충분히 밝지 않은 빛으로 자주 표현하시죠. 감독님 영화 속 가

로등에는 밤이 오면서 서서히 어둠에 점령되어가는 사물을 지켜내려는 안간힘 같은 게 배어 있다고 할까요. 〈지독한 사랑〉에서는 막 켜지기 시작하는 바닷가 가로등 불빛이 인상적입니다. 이 영화에는 희미하게 시작해서 점점 더 강한 빛을 내는 전구를 클로즈업으로 찍은 쇼트도 들어 있죠. 〈나의 사랑 나의 신부〉에서는 비를 맞고 선 채 반짝이는 가로등 모습이 인서트되기도 합니다. 〈인정사정 볼 것 없다〉에서는 우형사가 여동생 집을 나와서 걸어갈 때 좁은 골목길을 비추는 가로등이 눈길을 끌고요. 그리고 무엇보다 〈첫사랑〉에서 가장 낭만적인 대목 중 하나인, 가로등 사이로 두 남녀가 설레며 밤거리를 걸어가는 장면이 있죠.

이명세_ 그 장면을 찍을 때 제일 힘들었던 것은 가로등 불빛이 꺼졌다 켜졌다를 반복하도록 했던 거야. 내가 콘티에 "깜빡 깜빡 까깜빡"이라고 써놓았다고.(웃음) 그런 느낌은 다 골목길과 연관된 게 아닐까. 때로는 깜빡거리기도 하고, 불빛 위로 전선이 삐죽 튀어나온 듯 여겨지기도 하고. 그런 게 시간에 대한 느낌이나 삶의 흔적 같은 게 아닐까 싶어.

— 발길이 뜸하시더니 구르는 낙엽에 이끌리셨나 분 냄새에
   취하셨나 달밤에 흘러오셨나.
   〈형사〉에서 오랜만에 모습을 드러낸 강동원에게 유곽의 여자가 농을 던지듯

이동진_ 〈지독한 사랑〉 〈나의 사랑 나의 신부〉는 모두 달을 중요하게 묘사하는 장면이 들어 있습니다. 〈M〉에서는 달이 미미의 영혼을 상징하기까지 하고, 〈첫사랑〉에서는 심지어 보름달을 소품으로 직접 만들어서 찍으시기까지 했습니다. 〈형사〉와 〈인정사정 볼 것 없다〉의 액션 장면들에서는 달빛이 프레임 안의 가장 중요한 광원 역할을 하기도 하죠. 이렇게 햇빛보다는 달빛을 영화 속에서 강조하는 것도 시간이라는 테마와 관련이 있을 듯하네요. 예를 들어 보름달은 얼마 지나지 않아 살

진 몸이 점차 여위어지면서 한없이 무無에 가까워지는 사라져갈 빛이라는 점에서 지극히 이명세다운 조명이라고 할까요.

이명세 내가 달을 중시하는 것은 시간의 흐름을 직접 보여주고 싶어서 그래. 해는 모습이 1년 열두 달 바뀌지 않잖아? 다만 햇빛에 비친 그림자 모양이 바뀔 뿐이지. 〈첫사랑〉은 거의 모든 장면을 세트에서 찍었는데, 그때는 내가 원하는 그림자의 위치를 만들어내기가 정말 어려웠어. 이제는 강렬한 조명을 만들어내기가 비교적 쉬워졌지. 〈형사〉 때는 낮에 스페이스 라이트라는 조명을 썼어. 부드럽게 빛을 분산시켜서 자연광의 느낌이 나도록 말이야. 결국 시간의 흐름을 보여주고 싶을 때 낮 장면에서는 그림자의 변화로 표현했고, 밤 장면에서는 달이 기울거나 차는 모습을 통해 그려내려고 했다고 할 수 있을 거야.

이동진 그러고 보면 달은 영화에서 정말 매력적인 광원인 것 같아요.

이명세 그렇지. 빛이 부드럽기도 하고. 게다가 달은 영어로 'moon'이잖아? 그것도 M이네.(웃음)

이동진 자꾸 그러시니까 감독님 앞에서는 웃을 때조차 염소처럼 '매에에' 해야 할 것 같잖아요.(웃음)

— 내 거야. 빨리 내놔.
　〈지독한 사랑〉에서 김갑수와 강수연이 바닷가를 걸을 때 들려오는 아이들의 다투는 소리

이동진 〈첫사랑〉에서 영신이 밤에 자전거를 타고 갈 때 바퀴가 물웅덩이에 비친 달의 모습을 가르고 가는 인서트 쇼트를 쓰셨는데 정확한 느낌을 담아내기 위해 그건 애니메이션으로 그려 넣었던 장면이었죠. 〈인정사정 볼 것 없다〉에서는 CG를 통해 인물의 이마에서 흘러내린 땀방울이 신발 끝에 톡 떨어지는 모습을 선명하게 담아냄으로써 액션 직전의 긴장감을 극대화하기도 하셨고요. 감독님은 자신의 머릿속에

그렸던 효과를 정확히 살려내기 위해서라면 뭐든지 하시는 것 같습니다. 그게 애니메이션이든 CG든 말입니다.

이명세_ 그런 얘기들이 회자되니까 자꾸 내가 지독한 감독처럼 언급되는 것 같아. 대사 한 번 하고 나서 흘려야 하는 눈물 한 방울의 위치까지 일일이 지시하니까 이명세는 지독하다는 말이 퍼진 것이겠지. 〈첫사랑〉 때는 담배 연기가 원하는 방향으로 날아가지 않아서 저녁부터 새벽까지 계속 재촬영하기도 했어. 나중엔 유영길 기사님이 선풍기까지 들고 왔지.

— 역시 제프리 초서의 말이 맞았어.
　　〈나의 사랑 나의 신부〉에서 중병으로 사경을 헤매는 줄 알았던 최진실이 맹장 수술로 간단히 치료되자 황당해진 박중훈이 기혼남에 대해 냉소적으로 이야기한 제프리 초서의 말을 떠올리면서

이동진_ 그러면 감독님에 대한 영화계의 그와 같은 평가에는 동의하시나요?

이명세_ 글쎄. 내가 좀 집요하긴 하지. 〈나의 사랑 나의 신부〉 때 중훈이가 집에서 혼자 전화를 받는 간단한 인서트 쇼트를 찍게 됐는데, 전화를 받기 위해 프레임 안으로 손을 집어넣는 방식에 이견이 생겨서 지연된 적이 있었어. 중훈이는 그저 손으로 전화만 받으면 된다고 생각했지만, 나는 그 쇼트에서의 느낌을 주장했던 거지. 결국 내가 하라는 대로 했는데, 중훈이가 나를 좋아하는 것도 나중에 완성된 장면을 보면 그때 왜 내가 그렇게 시켰는지 영리한 배우라서 스스로 알기 때문이야. 손이 잠깐 들어왔다가 빠져나가는 것도 어떻게 하느냐에 따라 완전히 다르게 느껴지는 거니까. 언뜻 연기에 차이가 없어 보여도 나중에 화면으로 보이는 것의 느낌은 엄청 차이가 크거든. 바로 그런 이유 때문에 연기

자들이 힘들어하는 거지. 내가 동선까지 너무 엄격하게 통제하니까.

이동진 지독하신 거네요.

이명세 지독한 건 아니고, 화면의 효과가 있어야 하니까.

이동진 그게 바로 지독하신 겁니다.(웃음)

이명세 나중에 오즈 야스지로 책을 보니까 (조감독이었던) 이마무라 쇼헤이가 왜 촬영 현장에서 도망친 건지 저절로 알겠더라니까. 오즈는 화면을 위해서라면 컨티뉴이티까지도 무시했어요.

이동진 경우에 따라서는 쇼트가 바뀌면서 테이블 위의 소품 위치가 달라지는 것도 신경 쓰지 않았죠.

이명세 그런 걸 무시할 수 있는 게 오즈야. 그 정확한 감독이 말이야. 그런 걸 볼 때마다 '영화사에는 이런 동지들이 있구나' 싶어지면서 그 뻔뻔함으로부터 많은 용기를 얻어.

― 사랑해, 미영.
― 나도. 영민 씨, 첫눈이다.
　〈나의 사랑 나의 신부〉에서 박중훈과 최진실이 병실에서 키스를 하면서 때마침 내리는 첫
　눈에 환호

이동진 연기나 수증기나 희미한 불빛에 애착을 가지시는 것은 사라져가는 것들에 대한 애정 어린 탄식처럼 느껴집니다. 눈이나 비가 오는 장면 역시 마찬가지로 다가올 때가 많은데, 팔각성냥갑처럼 감독님이 영화 속에서 애용하는 소품들에도 그런 느낌이 그대로 묻어 있죠.

이명세 수증기나 연기는 살아 있으면서 흩어지고 또 사라지는 것들이지. 내가 수증기와 눈과 비 같은 것을 좋아하는 건 그게 하나의 흐름처럼 느껴지기 때문인 것 같아. 나는 몽상가인데, 군복무 시절에 사람들 발길이 닿지 않는 곳에만 눈이 내렸으면 좋겠다는 마음을 담은 시를 쓴

적도 있었어. 눈은 물론 아름답지만, 누군가가 밟고 지나간 눈은 내게 죽음 같은 것과 연결되어 보이기에 마음이 아픈 거야. 팔각성냥갑 같은 것도 마찬가지야. 시간이 흘러서 세월의 무게를 간직한 채 현재에 남아 있는 어떤 느낌이라고 할까. 그런데 내가 영화에 수증기나 눈 또는 비 풍경을 즐겨 넣는다고 사람들이 하도 많이 말해서 이제부터는 다른 걸로 갈지도 몰라.

이동진_ 뭐가 남은 거죠?

이명세_ 바람이 있잖아.(웃음)

— 기다린 만큼 좋은 물건으로 만족시켜줄 거라고 믿겠습니다.
  〈M〉에서 출판사 편집장이 강동원에게 원고가 늦어지고 있음을 상기시키면서

이동진_ 저는 예전에 소품에 대한 분석과 해설만으로도 '이명세론'을 쓸 수 있다고 생각한 적이 있었습니다. 그만큼 감독님 영화에서는 소품이 일정한 냄새나 정취를 가진 채 무척이나 중요한 역할을 하고 있죠. 팔각성냥갑과 가로등뿐만 아니라 비눗방울, 낙엽, 연탄재, 그네, 구식 타자기 등등이 전부 이명세적인 소도구들인 셈입니다. 예를 들어서 〈인정사정 볼 것 없다〉에는 우형사가 달동네에서 성민과 추격전을 벌이다가 쓰레기를 안고 쓰러질 때 옆에 쌓여 있는 연탄재에서는 초라한 일상이 다 연소되어버리고 난 뒤에도 남는 삶에 대한 애착 같은 게 담겨 있는 듯 여겨지죠. 연탄재라는 소품은 이 영화에서 형사들이 성민의 전화번호를 알아낼 때의 누추한 구멍가게 문 옆이나 이발소로 용의자를 잡으러 갈 때의 골목 한 귀퉁이에도 거듭 놓이면서 〈인정사정 볼 것 없다〉의 화려한 액션 장면들이 삶에서 유리된 허황한 볼거리가 되어 하늘을 날아다니지 않도록 땅으로 잡아당기는 구실을 합니다.

이명세_ 그렇게 깊숙이 설명해주니 내가 참 편하기도 하고 고맙기도 하

네.(웃음) 내게는 사람들 흔적이 남아 있는 물건이나 공간이 소중해. 잊혀져가는 것들을 살려내려는 노력은 결국 카메라를 통해서 내 존재를 재현하는 것일 거야.

— 사랑이 너에겐 어떻게 왔는가? 햇살처럼 왔는가, 꽃바람처럼 왔는가 아니면 기도처럼 왔는가 말하여다오.
〈첫사랑〉의 첫 장면에서 자막으로 인용되는 라이너 마리아 릴케의 시

이동진_ 릴케의 시가 인용되는 〈첫사랑〉의 첫 장면에는 커피잔, 달, 자전거, 자명종, 우산, 주전자, 우체통, 스탠드, 라디오, 편지 다발, 은행잎 등의 이미지가 차례로 등장합니다. 이 물건들은 이후 감독님의 영화들에서 반복적으로 활용되는 중요한 소품들인데, 초기작에 속하는 〈첫사랑〉의 첫 장면에서 전부 다 미리 소개된 느낌이 들더군요. 소품에 관한한, 〈첫사랑〉 때 이미 모든 게 완성되었다고 할까요.(웃음)

이명세_ 그 물건들을 하나하나 다 그려서 넣었지. 그러고 보니 〈나의 사랑 나의 신부〉에는 '사랑이란 무엇인가'에 대해 쭉 나왔던 것과 같아. 하나로 규정될 수 없는 게 사랑이라는 걸 전달하기 위해 그렇게 했던 것이지. 그런데 지금 이야기를 듣고 보니 감독으로서 초창기에 과도하게 친절했던 느낌이 없지 않네.(웃음) 〈첫사랑〉이 나올 때까지는 유치하고 주제의식이 없고 키치에 매몰된 영화라는 비판을 주로 받았어. 당시는 리얼리즘이 확고한 중심을 이루던 상황이어서 평단에 내 영화를 옹호하는 사람이 거의 없었지.

이동진_ 그때 외국에서는 어떤 평가를 받으셨습니까.

이명세_ 아드리안 아프라라는 프랑스 평론가가 내 영화에 대해 가장 한국적이면서 세계적이라고 호평을 해준 적이 있어서 그 말을 소개했더니 이번에는 또 사대주의라고 씹혔지.(웃음) 내가 실패했다는 것은 후쿠오

카에서 느꼈어. 그곳 영화제에서 〈첫사랑〉이 상영되었을 때 정말 오래 박수를 받았는데 그게 다 할머니들이었지. 그때 실패한 이유를 알았어. 나는 애들을 위해서 만들었는데 내 손을 잡아주시는 분들은 다 할머니였으니까. 나중에 〈인정사정 볼 것 없다〉가 각 국에서 상영되었을 때 젊은 관객들이 소리를 지르고 환호했던 것과는 사뭇 다른 반응이었지.

— 시간이 흘러서도 이 순간을 기억할 수 있을까요.
〈지독한 사랑〉에서 강수연이 김갑수와 함께 눈 덮인 산을 거닐다가 문득 뭉클해져서

이동진_ 소품과 관련해서 특히 제게 선명한 심상을 남긴 것은 〈첫사랑〉의 종이비행기였습니다. 영신이 장독대에서 된장을 퍼 담는 모습을 담은 부감 롱쇼트에서 정말로 중요한 것은 누군가 오래전에 날렸던 종이비행기가 지붕에 다소곳이 내려 앉아 있는 모습이었죠. 개인적으로 아주 인상적인 대목이었기에 일종의 고백을 해본다면 그 장면에서 지붕 위에 얹혀 있는 그 종이비행기를 보는 순간, 어떤 여자를 만났을 때 사소한 점에 꽂혀서 그 여자를 갑자기 사랑하게 되는 경험처럼, 저는 〈첫사랑〉이라는 영화와 사랑에 빠지게 되었던 겁니다.(웃음) 어쩌면 〈첫사랑〉이란 영화의 핵심은 주저하느라 마음속에 있는 말을 제대로 전하지 못했던 서툴고 안타까운 사랑 이야기의 과정이나 결과가 아니라, 수줍은 미소로 선생님의 어깨에 머리를 기대어 찍은 사진 한 장이나 밤길을 털털대면서 달려가는 자전거, 지붕 위에 얹힌 종이비행기 같은 것에 놓여 있을지도 모른다는 생각이 들 정도였어요.

이명세_ 다시 말하지만, 첫사랑은 시간의 비밀을 여는 열쇠 같은 것이니까. 그 부분을 콕 집어서 말해줘서 신기한데, 아닌 게 아니라 그 장면은 정말 신경 써서 찍었어. 누가 날렸는지도 모르는 지붕 위의 종이비행기는 참 중요했지. 화면에는 잘 보이지 않겠지만, 당시 그 지붕 장면을

찍기 위해서 이빨 부러진 것도 올려놓았어. 예전엔 이가 빠지면 지붕 위로 던져놓곤 했으니까. 반짝거리는 모래도 뿌려놓았고, 〈첫사랑〉 때부터 내 영화 연출부는 금가루를 갖고 다녀요. 아무 데나 뿌리는 바람에 문제가 되는 경우까지 있었어. 그 지붕에는 식용유를 전부 발라놓기까지 했다고.

이동진_ 식용유요?

이명세_ 햇살에 지붕이 반짝거리는 느낌을 주기 위해서였지. 첫사랑이라는 이야기를 통해 내가 정말 표현하고 싶었던 것은 결국 시간의 흔적들이었어. 그래서 〈형사〉 때는 연이 걸려 있는 모습도 찍었지. 내 영화에서는 뭐든 그렇게 걸쳐 있어야 한다고.(웃음)

— 여기 창에 커튼 하나 필요하지 않겠어요?
〈지독한 사랑〉에서 강수연이 함께 살 새집의 실내를 둘러보다가 김갑수에게 제안

이동진_ 걸쳐 있는 것으로는 커튼만 한 게 또 있겠어요?(웃음) 감독님 영화에서는 커튼도 참 중요하죠. 일례로 〈지독한 사랑〉에서는 커튼에 대한 대화 자체가 두 번이나 나오는데다 실제로 창문에 드리운 커튼이 매우 인상적이기도 합니다. 이같은 커튼과 시각적으로 유사한 것이 널어놓은 빨래나 천막일 텐데 이런 것들 역시 감독님 작품 속에서 참 많이 등장합니다. 〈형사〉나 〈인정사정 볼 것 없다〉에서는 길게 널려 있는 빨래들 사이로 액션이 펼쳐지죠. 종종 그 빨래들에 인물들의 그림자가 비춰지기도 하는데, 그럴 때 빨래는 일종의 스크린 역할을 하기도 합니다. 〈M〉에서는 천막이 그랬죠. 이처럼 위에서 아래로 드리워진 커튼이나 빨래나 천막은 영화의 고정적인 프레임을 바꾸면서 다양한 틀을 제공하기도 하죠.

이명세_ 그런 측면들을 다 고려하는 거지. 아울러 그렇게 하면 경제적이

기까지 해. 현장에서 드러나면 안 되는 많은 것을 쉽게 감출 수가 있거든. 사실 연출부 스태프들은 힘들지. 바람이 부는 방향으로 잡아당기기도 해야 하니까. 바람이 원래 이렇게도 불고 저렇게도 부니까 그걸 표현하려고 그렇게 하는 거야. 〈지독한 사랑〉 때는 강풍기를 땅에 묻기까지 했어. 그런 일들 때문에 자꾸 촬영 중에 이상한 것을 만들어 넣는 지독한 감독이라는 괴담이 퍼졌던 거야. 그 바람에 친해진 사람이 〈개그맨〉 때부터 특수효과를 담당했던 김철석 씨야. 〈첫사랑〉을 극장에서 가장 많이 본 사람이 아마도 김철석 씨와 김혜수일 거야. 좀 투덜거리기도 하는데(웃음) 항상 성실하게 일을 했지. 감독으로서는 그렇게 헌신적인 스태프가 있으면 열심히 하는 걸 영화를 통해 내가 남겨주겠다는 마음이 들어. 예전에는 영화를 찍을 때면 조명부 스태프들을 일일이 단속시켜 조명 콘티를 짜도록 직접 지시했어. 촬영부 같은 경우는 이동 촬영이 있을 때 스톱워치로 동선을 미리 재도록 직접 이야기했고 말이야. 영화를 만들 때면 스태프든 감독이든 하나의 공통된 목표를 향해 나아가야 한다고 보거든.

이동진 _ 요즘 현장에서는 어떻습니까.

이명세 _ 그렇게 하면 간섭한다고들 생각해요. 각 부서의 자존심을 지키려는 태도 같은 게 생겼다고 할까. 감독인 내가 스태프에게 직접 지시를 하면 그 위의 스태프가 와서 자신에게 먼저 말해달라고 이야기해요. 그렇게 자신의 뭔가를 끊임없이 드러내려고 하고 위치를 확인하려고 하는 경우가 많아. 평론까지 그럴 때가 있지. 그런 것들이 영화 일을 재미없게 만드는 듯해. 하나의 목표를 향해 마음을 합쳐 달려가도 될까 말까 한데 말이야.

— 우산 써! 우산 쓰라니까!

　　〈지독한 사랑〉에서 김갑수가 강수연과 길에서 싸우면서

이동진_ 〈인정사정 볼 것 없다〉에서 잘 알 수 있듯, 극 중 비가 내리는 상황을 워낙 좋아하시니 우산 역시 각별해집니다.(웃음) 〈첫사랑〉의 첫 장면이나 〈인정사정 볼 것 없다〉에서 장성민이 우중 살인을 저지르는 프롤로그 부분에서 우산이 중요하게 쓰였죠. 이와 관련해 특히 흥미로운 것은 우산을 부감으로 내려 찍는 장면들입니다. 〈지독한 사랑〉의 비 오는 거리 장면에서 영희(강수연)가 빨간 우산을 팽개칠 때 우산을 쓴 사람들로 가득 찬 거리 풍경이 부감 앵글에 담겨 무척이나 인상적인데요, 사실 데뷔작 〈개그맨〉에서부터 이런 우산 부감 장면이 있었죠. 경찰이 기차역에서 매복하고 있는 것을 알아채고서 종세가 유모차에 앉아 노란 우산을 쓴 채 추적을 따돌리려는 상황이 직부감에 담겼으니까요. 〈M〉에서도 적잖은 장면에서 우산이 중요하게 사용되었죠.

이명세_ 노란 우산은 배창호 감독님 밑에서 내가 조감독으로 일했던 〈기쁜 우리 젊은 날〉 때 처음 썼어. 어머니에게 아끼던 노란 양산이 있었는데 그 느낌이 참 좋았지. 〈M〉에서는 여름이라는 계절 배경 때문에 엄브렐러맨을 숨기기 위해 우산을 사용하기도 했고, 관객들이 화면에서의 중심 상황에 집중하도록 하기 위해 다른 것들을 가리려는 효과를 고려해서 쓰기도 했어. 무엇보다 비 내리는 도시의 거리를 사람들이 마치 담수어처럼 떠다니는 느낌을 표현하고 싶었던 거야. 어항 속에 사람들이 갇힌 것 같은 느낌이라고 할까. 하지만 아직까지는 흡족하게 표현해내지 못한 것 같아.

— 변호사 대! 맞았다고. 그런 거 무서우면 형사 안 해.
〈인정사정 볼 것 없다〉에서 박중훈이 용의자인 박상면을 계속 때리면서

이동진_ 우산을 직부감 앵글에 담는 장면을 보면 저절로 〈쉘부르의 우산〉의 도입부가 떠오릅니다. 워낙 유명한 장면이니까요. 자크 타티의 〈트

래픽〉 같은 영화도 생각나고요. 아울러 〈인정사정 볼 것 없다〉에서 최지우 씨가 박중훈 씨를 무시한 채 지나치면서 걸어가는 모습이 담긴 마지막 장면은 캐롤 리드의 〈제3의 사나이〉 엔딩을 고스란히 떠올리게도 만듭니다. 이렇게 특정한 형식으로 특정 장면을 연출하려 할 때 그 형식을 사용한 것으로 유명한 이전의 영화가 있으면 부담스러워지지 않으신가요. 예를 들어, 실내의 총격 장면에서 비둘기가 푸드덕거리며 날아다니는 모습을 찍으려고 하면 오우삼의 영화들이 어른거려서 꺼려질 수도 있지 않습니까.

이명세_ 내게는 그런 부담감이 없어. 효과가 있다고 판단되면 주저하지 않고 쓰지. 예를 들어, 와이프(이전 쇼트가 옆으로 밀려가면서 뒤 쇼트가 등장하는 장면 전환법)를 가장 잘 쓰는 영화는 구로사와 아키라의 〈이키루〉라고 생각해. 그 외에도 와이프를 멋지게 쓴 영화들이 참 많지. 그렇지만 나는 그걸 나만의 방식으로, 이를테면 칼처럼 쓰겠다는 거야. 그리고 디졸브 때 페이드 인-아웃은 최소한 2초 정도는 지속되어야 부드럽게 된다고 생각하지. 나는 어둠을 만들어내는 것을 포함한 몇 가지 효과 때문에 그런 장면 전환 방식을 써. 〈나의 사랑 나의 신부〉를 찍을 때는 빠른 암전을 만들어내기 위해 카메라 렌즈를 갑자기 확 덮어버리기도 했어. 많은 감독들이 쓴 걸 더 밀고 가기도 했고 말이야. 〈지독한 사랑〉에도 부감 쇼트가 나오는데, 사실은 엑스트라가 많지 않아서 부감을 통해 적은 숫자로 최대 효과를 내려고 한 거야.

이동진_ 부감 앵글에는 그런 이점도 있군요.

이명세_ 그럼. 우산만 바꾸면 엑스트라들을 로테이션으로 돌릴 수도 있으니까. 〈M〉도 그런 효과를 무시할 수 없었지. 적은 숫자로 빽빽한 도심을 만드는 데는 부감만 한 게 없거든. 그 대신 엑스트라들이 엄청 빠르게 움직여야 해.(웃음) 나는 감독 데뷔 이전에 연출부 생활을 오래 하면서 하나씩 훈련을 한 셈이에요. 연출부 서드 때는 의상 담당이었어. 세컨드 때는 소품을 담당했지. 서드일 때는 의상에 관해 훈련하면서 의상만 봤고, 세컨드 때는 소품만 봤던 거야. 어차피 그때는 요즘과 달라서 감독으로 데뷔하기 위해서는 거쳐야 하는 기간이 있었어.

— 잘 봐. 닭 모가지 비틀 때 한 번에 못 비틀면 저렇게 퍼더덕
  대는 거야. 눈에 힘 빼, 이 새끼야.
  〈인정사정 볼 것 없다〉에서 박중훈이 용의자 권용운에게 야구 배트를 휘두르면서

이동진_ 그러면 퍼스트 때는 뭘 보셨습니까.

이명세_ 그때는 백그라운드 액션만 봤지. 내가 참여한 영화뿐만 아니라 극장에서 외국 작품을 봐도 그랬어. 당시에 프랜시스 포드 코폴라의 〈대부 3〉를 보았는데, 관객이 중요하지 않은 사람에게 시선을 빼앗기 도록 허용했던 장면이 있더라고. 암살단 장면이었는데, 그런 게 잘못된 백그라운드 액션이라는 걸 알아챌 수 있었지. 퍼스트로서 그것만 계속 했으니까. 영화는 제한된 조건 아래에서 찍어야 하는 것이기 때문에 충 무로에서 오래도록 훈련했던 게 내게 큰 도움이 되고 있어. 길거리 신 을 찍게 되면 엑스트라 하나 없이도 50명은 동원할 수 있어. 때마침 거 리를 지나가는 사람들을 잡아서 보내는 거야. 그런 순발력을 연출부 때 배운 거지. 〈형사〉의 초반부에서는 1,000명을 동원해서 거대한 몹mob 신 을 찍으려고 한 적도 있었는데 결국 여건 때문에 그렇게 하지 못했어.

— 오늘 발생한 가짜 돈 사건은 안타깝게도 어떤 단서도 남아
  있지 않은 상태입니다.
  〈형사〉에서 포교인 안성기가 소동이 한바탕 벌어진 후에 보고하면서

이동진_ 디졸브 이야기를 하시니까 〈첫사랑〉의 한 장면이 자연스럽게 떠

오르네요. 주점에서의 술자리 끝 무렵, 테이블에 놓여 있던 주전자와 술잔이 하나씩 천천히 공중으로 떠오르다가 결국 혼자 남게 된 영신이 서서히 디졸브되면서 사라지는 걸로 아스라한 느낌을 담아내셨죠. 제가 정말 좋아하는 장면이거든요. 〈남자는 괴로워〉에서는 안성기 씨를 의자째 공중으로 띄워 올리기도 하셨죠.

이명세_ 〈첫사랑〉의 그 장면을 찍을 때는 애초에는 우주로 날려버리려고 했어. 그걸 찍기 위해 일본까지 가려고 했지. 제작자도 오케이 했거든. 원래 콘티에는 그 모든 집조차 별 속으로, 우주 속으로 사라져가도록 그려져 있었지. 결국 최종적으로는 그렇게 하지 않았지만 말이야. 컴퓨터 그래픽도 없었을 때니까 그 장면은 피아노 줄을 안 보이게 매달고서 찍었어요. 줄이 엉키지 않도록 하기 위해 모든 스태프가 총동원되어 달려들었지. 지금 얘기해주었듯이 아스라한 느낌을 주기 위해 그 장면의 끝에서 영신이는 디졸브로 처리해 사라지게 만든 거야. 지금처럼 CG가 있었으면 영신이까지 공중으로 띄웠을 거야.

이동진_ CG가 있다고 하더라도 지금처럼 디졸브로 표현한 게 더 좋았을 것 같은데요?

이명세_ 괜찮았던 것 같긴 해. 그때는 그렇게 찍으면서 한편으로 표현이 좀 과도하지 않나 싶은 생각도 했는데 나중에 다시 보니 나 역시 그 느낌이 좋더라고. 〈첫사랑〉은 정말 스태프가 고생을 많이 한 영화라는 생각도 다시 하게 됐고 말이야. 사계절이 연이어 묘사되면서 끝나는 〈첫사랑〉의 마지막 장면 같은 부분은 찍기 위해서 수도 없이 사전에 리허설을 했거든. 세트를 바꿔 가면서 한 번에 길게 찍는 방식이 쉬운 게 아니었지. 가만히 생각해보니 내가 좀 지독하긴 지독했던 것 같네.(웃음)

– 여기가 안방인가요?
– 그림이에요. 괜찮으세요?

〈개그맨〉에서 경찰이 문을 그려놓은 그림을 실제 문으로 착각해서 열고 들어가려다가 부 딪치는 것을 보며 안성기가 염려하면서

이동진 ─ 확실히 감독님의 영화들은 인공적이라는 느낌을 줍니다. 특정한 느낌을 강조하기 위해서라면 종종 리얼리티의 제한선을 과감하게 넘어서는 것도 마다하지 않는 것 같습니다. 예를 들어서 〈개그맨〉에서는 김세준 씨가 영화감독인 줄 알고 안성기 씨의 사인을 받다가 수배 중인 범죄자임을 깨닫고 놀라서 달아나는 장면이 있는데, 그 쇼트는 강렬한 역광의 조명을 통해 김세준 씨를 실루엣으로 담아내고 있습니다. 그런데 그 쇼트의 맥락을 보면 그 불빛은 존재할 수 없는 광원입니다. 매우 강렬하지만 설정상 자동차의 헤드라이트일 수도 없고 다른 불빛이기도 어렵거든요. 말하자면 초현실적인 광원인 셈인데 특정한 시청각적 효과를 위해서라면 이렇게 논리적으로는 존재할 수 없는 조명까지 그 존재를 강렬하게 노출시키면서 끌어들이는 데 주저함이 없으신 듯합니다.

이명세 ─ 그때그때 그 장면에서 필요한 것들이 없어서 그런 것 같아. 〈개그맨〉 때는 다리에 횟가루까지 뿌렸어. 찬란한 달빛을 넣어서 아이러니한 느낌을 부여하고 싶었는데 그게 조명으로 잘 안 되었기에 그렇게 한 거지. 아까 언급해준 대로 〈첫사랑〉에서 영신이가 자전거 바퀴로 달빛을 밟고 가는 것은 애니메이션으로 했던 거고 말이야. 안 되면 나는 그냥 써버려. 파도치는 게 제대로 안 찍히길래 텔레비전 화면을 그대로 찍어서 넣은 적도 있어. 〈지독한 사랑〉 때 그랬지. 특히 초기에 많이 그랬던 것 같아. 조명 크레인이 없어서 달빛을 못 만들어내는 상황에서 그 느낌을 살리고 싶어 그냥 그렇게 한 거야. 그래도 사실적인 것에 토대해야 한다고 믿고 있어서 광원을 함부로 막 쓰지는 않아. 하지만 특정한 느낌이 꼭 필요하다면 효과를 위해서 어떤 장면은 그렇게 희생시켜가기도 한다는 거지. 이제는 그런 방식을 자제하는 편이야. 예전에

는 장비들이 너무 없거나 현장 상황이 열악해서 화가 났던 적이 많았지. 표현하고 싶은 게 아주 많은데 그게 제대로 안 되어서 말이야. 〈나의 사랑 나의 신부〉 때는 진실이의 얼굴이 부끄러움에 빨개지는 느낌을 제대로 표현하기 위해서 정말 고생했어.

– 집들이의 하이라이트는 항상 신부가 장식하는 벱이여.

〈나의 사랑 나의 신부〉에서 집들이에 온 윤문식이 부하 직원인 박중훈의 아내 최진실이 노래를 해야 한다면서

이동진_ 집들이 장면 말씀하시는 건가요?

이명세_ 그 장면에서 〈당신은 모르실 거야〉 노래를 부르다가 고음에서 목소리가 꺾이는 바람에 부끄러워하는 장면인데 연기로는 도저히 표현이 되지 않았지. 그렇다고 끊어서 가면 리듬이 문제가 되고 말이야. 결국 아이 라이트에 필터를 대서 목소리가 꺾이는 순간에 조리개를 열어 조명으로 얼굴을 때려 표현했지. 나는 그렇게라도 해.(웃음)

이동진_ 정말 촬영 비화가 무궁무진하군요.(웃음) 그렇게라도 하는 게 낫다고 보시는 거죠?

이명세_ 물론이지. 〈첫사랑〉 때는 같은 문제가 생기길래 아예 분장을 했어. 그걸 조금씩 지워가면서 찍었지. 〈M〉에서 (이)연희도 비슷하게 분장을 했고 말이야. 그렇게 쇼트를 배분하는 거야. 뭐, 이제는 그냥 CG로 하는 거지.

– 좀 몽환적이고 권태롭고 지리한 분위기를 나타나는 데는 여름 배경이 되어야 되지 않을까요?

〈개그맨〉에서 영화감독 지망생인 안성기가 영화에 대한 자신의 구상을 설명

^{이동진} 감독님 영화들에서는 사계절 중 특히 여름이 인상적으로 담겨 있는 것 같습니다. 다른 계절보다 여름의 느낌이 감독님의 영화와 더 잘 맞는다고 생각하시는지요.

^{이명세} 그건 아닌 것 같아. 예를 들어서, 〈첫사랑〉은 애초 겨울에 찍으려고 했는데 제작 착수가 늦춰져서 계절이 바뀌는 바람에 그렇게 된 거야. 물론 영화 제작에서 계절은 무척 중요하지. 어떤 계절인지에 따라서 미장센이나 디테일이 다 바뀌니까. 그런데 나는 계절에 집착하지는 않아. 여름을 놓고 시나리오를 썼더라도 어느새 가을이 되어버리면 내용을 바꿔서 맞춰 찍거든. 최근으로 오면서 점점 더 그렇게 됐는데, 그동안 수많은 시행착오를 통해 일종의 훈련을 거듭해오면서 세트를 어떻게 효율적으로 활용할 것인지를 포함해 가능하면 가장 적은 비용으로 내가 원하는 영화를 찍어내려고 하고 있지. 그러다 보니 계절에는 이제 구애를 안 받게 된 거야.

— 아휴, 되게 덥네. 왜 여름은 뭐 하러 있죠? 그냥 간단하게 봄 가을 겨울 있으면 좀 좋아요?
　　〈개그맨〉에서 흐르는 땀을 닦으면서 이발사인 배창호가 손님 안성기에게 말을 건네며

^{이동진} 하지만 나른한 여름을 실감나게 묘사한 장면들이 이상하게 기억에 많이 남아 있어요. 그런 장면들은 제게 감독님 영화의 핵심과 유독 맞닿아 있는 것으로 다가오기도 하고요. 예를 들어 〈개그맨〉에서 펼쳐지는 내용이 거의 전부 꿈이라는 것은 그 꿈을 꾸는 계절이 나른한 여름이란 사실과 밀접한 것으로 느껴집니다. 〈나의 사랑 나의 신부〉에서는 첫사랑으로부터 편지를 받고 마음이 싱숭생숭해진 미영이 혼자 버스를 타고 종점까지 가서 사진관이나 다방을 포함해 한가로운 시골 거리의 이곳저곳을 거니는 장면이 무척 중요하게 그려지고 있는데, 그

때 그 장면의 핵심적인 분위기는 바로 여름날 오후의 나른함에서 오죠. 〈M〉에서 민우가 마구 화를 내면서 폭발하는 장면이 생생하게 다가오는 것은 그전까지 푹푹 찌는 여름날의 나른함이 공들여 묘사되었기 때문이기도 하고요. 저는 여름이라는 계절의 특성 중에서도 특히 그 나른함이 감독님 영화들에서 매우 중요한 어떤 기운을 불어넣는다고 보는데요.

이명세 _ 그러고 보니까 그런 면이 있는 것도 같네.(웃음) 사실 여름이 영화 찍기에 제일 좋아요. 광선도 길고. 미국 캘리포니아라면 영화인들이 여름에 집착하지 않겠지만 말이야. 내가 로스앤젤레스에 가보니까 왜 할리우드 영화들이 해피엔드인 줄 알겠더라고. 아침에 일어나서 그 화창하고 따뜻한 날씨 속에서 도넛 먹고 커피 마시고 담배 피우면, 도무지 남을 미워할 수가 없어. 뉴욕 사람들은 안 그렇거든? 기후나 날씨에 따라 동네마다 주는 느낌이 분명히 다를 거야.

— 아저씨, 해운대 가봤어요? 난 아직 거기 못 가봤어요. 올 바캉스엔 꼭 갈 거예요.
　　〈개그맨〉에서 부초처럼 살아온 황신혜가 영화감독 지망생인 안성기에게

이동진 _ 바다는 어떤가요. 영화 속 배경으로 바다를 선호하는 감독들이 참 많지만, 감독님 역시 바다를 무척 좋아하시죠? 〈개그맨〉에서 선영(황신혜)은 유독 바다를 그리워합니다. 〈M〉이나 〈인정사정 볼 것 없다〉에는 바다 풍경이 인상적으로 등장하죠. 〈나의 사랑 나의 신부〉에도 해운대가 나오고요. 바다와 관

형사 Duelist

개봉 2005년 9월 8일 출연 강동원 하지원 안성기 상영시간 111분 _ 조선시대. 안포교와 남순이 가짜 돈이 유통되자 범인을 잡기 위해 수사를 시작한다. 장기간의 노력 끝에 슬픈눈이라고 불리는 자객이 사건에 깊숙이 연루되었음을 파악되자 남순은 그의 뒤를 쫓는다. 마침내 남순과 슬픈눈은 숙명적으로 맞서서 대결을 벌인다.

련해서 무엇보다 강렬하게 기억되는 것은 〈지독한 사랑〉이죠. 영희와 영민이 세상의 시선으로부터 피해서 함께 지내던 바닷가의 풍경이 정말 생생하게 떠오르는데요.

이명세_ 바다, 정말 좋지. 어려서부터 그랬어. 젊어서는 바다에 가면 〈고래 사냥〉 노래도 목청껏 부르고 그랬거든. 바다는 영화 촬영하기에도 참 좋아. 하늘 색깔에 따라 바다가 달리 보이는 느낌도 좋고 말이야. 심지어 바다는 가서 소주 마시기도 좋잖아?(웃음) 반면에 산에서는 영화를 찍은 적이 별로 없었어. 〈지독한 사랑〉에 넣긴 했지만 정말 영화 찍기가 힘들더라고. 올라가기 힘든데다가, 심지어 모기도 많아요.(웃음)

이동진_ 〈지독한 사랑〉에 등장하는 바닷가 풍경의 상당 부분이 세트였다죠? 굉장히 대규모였을 텐데요.

이명세_ 집과 구멍가게와 마을 전체를 다 만들었어요. 바깥 장면도 다 세트였지. 다대포에 대규모 세트를 지었거든. 오죽하면 (강)수연이가 자기의 예쁜 얼굴은 안 찍고 바다와 모래만 찍냐고 농담을 던졌을까. 사실 〈지독한 사랑〉은 원래 바닷가가 배경이 아니었어. 애초에는 한적한 시 외곽의 집을 무대로 삼았던 거야. 그런데 부산국제영화제 김지석 프로그래머가 이왕이면 부산에서 영화를 찍어달라고 부탁해서 그렇게 한 거지. 부산시에서 적극적으로 지원도 해주었기에 제작비를 상당히 절감할 수 있었거든. 〈인정사정 볼 것 없다〉도 부산영상위원회에서 부탁해서 그곳을 촬영 장소로 쓴 거야.

– 내가 음악 틀어줄까?
– 아까 들었던 음악이 뭐지? 좋던데.
〈지독한 사랑〉에서 틀어놓은 음악에 맞춰 강수연과 김갑수가 방에서 춤을 출 때

이동진_ 솔직히 말씀드리면 감독님의 초기작들은 시각적인 신선함에 비

해서 음악에 대해서는 상대적으로 덜 신경을 쓴 듯 느껴집니다. 좀 안이하고 평이하다고 할까요. 당시는 저작권을 엄격히 지키지 않던 시절이기도 했는데 고전으로 널리 알려진 기존 작품들의 영화음악을 차용하신 경우가 많았죠. 일례로 〈개그맨〉의 경우, 무더운 여름날의 이발소 풍경을 스케치하는 첫 장면에서는 〈섬머타임〉, 종대가 선영을 집에 데리고 오는 장면에서는 〈태양은 가득히〉의 음악이 흐릅니다. 찰리 채플린의 〈라임 라이트〉와 〈키드〉의 음악도 활용되었죠. 〈나의 사랑 나의 신부〉에서는 〈바람과 함께 사라지다〉의 음악이 나오기도 했고요.

이명세 그것도 우연적 필연이야. 〈개그맨〉은 김수철이 음악을 맡았어. 배창호 감독님의 〈고래사냥〉 1, 2편을 만들면서 알게 됐지. 〈개그맨〉 음악으로 척 맨지오니의 〈자장가Lullaby〉처럼 꿈결 같은 느낌을 요구했는데, 음악을 하는 사람으로서 자존심이 굉장히 강했어. 그래도 음악이 완성되기 전에 들어봐야 될 것 같아 데모를 미리 들려달라고 했지. 헌데 들어보니까 그 영화에 맞지 않는 음악인 거야. 그래서 "열심히 잘했지만 수정해야겠다"고 했더니 그 사이에 이미 녹음을 스튜디오에서 다 했다고 하더라고. 신인 감독으로서 참 난감했지. 일찍 체크 못했던 나의 실수였던 거야. 그렇다고 그대로 쓸 수도 없고 말이야. 사실 나는 일찍부터 음악적으로 훈련된 사람이 아니야. 어려서부터 음악을 제대로 들을 시간이 없었어요. 급한 김에 카세트테이프를 몇 개 샀어.

이동진 어떤 기준으로 고르셨던 건가요.

이명세 직감적으로 샀다고 해야겠지. 그러고 나서 영화 속 장면들을 떠올리면서 쭈욱 들었어. 각 장면들이 몇 분 정도였는지 감안하면서 말이야. 시나리오의 느낌을 보면서 화면의 느낌을 음악에 맞추는 거야. 끊어서 편집할 줄 아는 걸 그때 배웠다고 할까. 그렇게 카세트테이프를 잘라가면서 음악을 만든 셈이지. 그렇게 원래 좋아했던 〈태양은 가득히〉의 니노 로타 음악을 넣었고, 마침 그 무렵에 막 나왔던 채플린 영화음악 테이프도 썼지. 꿈결 같은 분위기가 채플린 영화음악들에 있거든. 그렇게 일반적으로 많이들 듣는 음악을 끌어들인 셈이야. 그때 하도 고생해서 그 다음 작품부터는 방치하지 않고 악착같이 영화음악가 옆에 붙어서 함께 작업했지.

– 요즘 제일 인기 있는 노래가 뭐지? 나도 레퍼토리 좀 바꿔야 될 것 같아.
〈남자는 괴로워〉에서 안성기가 부하 직원에게 말을 걸며

이동진 그러다가 〈지독한 사랑〉 때부터 영화음악 스타일이 달라지기 시작했습니다. 영상에 음악의 분위기를 평이하게 맞추는 BGM 스타일이나 이미 귀에 익은 기존 음악을 계속 변주해 쓰는 방식에서 탈피했다고 할까요. 송병준 씨가 음악을 맡았는데요.

이명세 맞아. 저작권 개념이 강해지게 된 당시의 흐름과 관련 있는 변화는 아니었지만, 그전까지와는 좀 다르게 음악을 오리지널로 개발해서 해보자는 생각을 하게 된 거지. 내가 음악을 만들 수는 없어도 느낌은 잡아낼 수 있으니까. 그때는 모노 시대였는데, 그러다가 그 다음 영화인 〈인정사정 볼 것 없다〉에서는 처음 서라운드로 하기도 했지. 이후 미국에 몇 년간 머물 때 사운드 디자인을 염두에 두면서 계속 영화들을 봤어. 그런 생각이 발전되어 최종적으로 적용된 게 〈M〉인 셈이야.

– 자, 부르실 곡목은?
〈나의 사랑 나의 신부〉에서 집들이에 간 윤문식이 주저하다가 결국 노래를 하기 위해 일어선 최진실에게 코믹하게

이동진 〈인정사정 볼 것 없다〉는 오리지널 스코어와 삽입곡이 모두 인상

적이었던 영화였습니다. 우형사의 액션이 거칠게 펼쳐지는 첫 장면부터 굉장히 임팩트가 강한 음악이 쓰이고 있죠. 중반부에 우형사가 빨래가 널린 건물 옥상에서 짱구와 대결을 벌일 때 어느 순간 두 배우의 액션이 느리고 과장된 슬로모션으로 바뀌고 흐르는 곡 역시 탱고로 전환되면서 싸움이 이인무처럼 묘사되는 순간의 음악적 재치도 인상적이었습니다. 그래도 역시 〈인정사정 볼 것 없다〉의 음악을 생각하면 삽입곡인 비지스의 〈홀리데이〉가 가장 먼저 떠오릅니다. 극의 도입부, 성민이 비 오는 계단에서 우산을 가르며 살인을 저지를 때 흐르는 그 노래의 정서적 감응력은 정말 대단했으니까요.

이명세_ 음악을 맡은 조성우가 짧은 시간에 전력을 다해줬지. 나랑 참 잘 맞아. 영화음악을 하는 사람들에게 너무 당신들 것만 고집하지 말고 영화가 뭔지 함께 생각해보자고 얘기하곤 해. 음악이 아무리 그 자체로 좋아도 더 중요한 건 영화와 맞아야 한다는 거야. 그래서 요즘 만드는 영화들은 사운드 전체에 대해 함께 고민해. 나는 프리 프로덕션, 프로덕션, 포스트 프로덕션을 구분하는 방식 자체가 달라져야 한다고 봐. 모든 것은 그냥 프로덕션이야. 영화음악 역시 예전처럼 포스트 프로덕션 단계에서 허겁지겁 만들어 넣으면 안 된다고 생각해. 그렇게 나중에 넣게 되면 영상의 사운드와 계속 부딪치게 되거든. 특정 장면에 흐르는 음악이 꼭 완결성을 갖고 끝나야 한다고도 보지 않아. 때에 따라서는 음악을 중간에 그냥 끊어도 된다고 말하곤 하지.

— 아, 떠올랐다.
— 뭐?
— 노래.
— 노래? 영화도 아니고 소설에 무슨 노래?
— 아니, 누가, 누가누가 가르쳐준 노랜데. 아무튼 이번 소설

에 확실하게 영감을 줄 거예요.
〈M〉에서 이연희가 소설 쓰기가 잘 안 풀려서 고민하던 강동원에게 정훈희의 노래 〈안개〉
를 소개해주면서

이동진_ 그런데 삽입곡을 쓰실 때면 대부분 향수 어린 옛 노래들을 쓰십니다. 올드 팝이 특히 많은데, 〈인정사정 볼 것 없다〉의 〈홀리데이〉 외에도, 〈개그맨〉에 쓰인 클리프 리처드의 〈콩그래추레이션Congratulations〉, 〈나의 사랑 나의 신부〉에 들어간 수 톰슨의 〈새드 무비Sad movies〉와 패티 페이지의 〈체인징 파트너Changing partners〉 같은 노래들이 떠오르네요. 특히 〈새드 무비〉는 〈나의 사랑 나의 신부〉에서 다양하게 변주되면서 흡사 주제곡처럼 활용되기도 했는데요.
이명세_ 어릴 때 그 노래가 워낙 크게 유행해서 계속 뇌리에 남아 있었지. 촬영 장소를 찾아 차승재와 헌팅 다니던 차 안에서 진짜 그 노래 수백 번은 반복해 들었을 거야.

— 지가 무슨 엘비스 프레슬리라고.
〈나의 사랑 나의 신부〉에서 남편 박중훈의 회사 동료들이 찾아온 집들이 자리. 선배인 시인
김보연이 엘비스 프레슬리의 〈러브 미 텐더〉를 부르자 부엌에서 요리를 하던 최진실이 혼
잣말로 퉁명스럽게

이동진_ 극 중 인물들이 노래를 해도 하나같이 오래된 옛 노래들을 부르죠. 〈나의 사랑 나의 신부〉에서는 엘비스 프레슬리의 〈러브 미 텐더Love me tender〉와 혜은이 씨의 〈당신은 모르실 거야〉, 〈남자는 괴로워〉에서는 〈소양강 처녀〉를 부르죠. 〈M〉의 주제가 격인 정훈희 씨의 〈안개〉는 말할 것도 없고요.
이명세_ 그런 걸 내가 잘 쓰는 것 같아. 돌아가신 영화음악가 신병하 선생

은 오리지널 음악을 하려고 했던 사람인데 홍파 감독의 1983년작 〈외출〉이란 영화를 할 때 내게 "너, 음악 알아?"라고 대놓고 물었지. 그래서 "나 음악 잘 몰라. 그래도 형보다 음악에 대한 느낌은 더 좋을걸?"이라고 호기롭게 받은 적이 있어. 난 음악을 잘 모르지만, 적어도 내 영화에 필요한 느낌은 아는 것 같아. 그런 익숙한 노래들을 쓰는 이유는 보편 언어이기 때문이야. 보편 언어의 시대가 도래하리라는 예언이 담긴 랭보의 글을 인상적으로 읽은 적이 있는데, 그런 노래들은 말하자면 낡은 잡지의 표지 같은 느낌을 주기 때문에 쓰는 듯해.

이동진_ 아직 감독 데뷔하기 전이었는데도 영화음악가 앞에서 "음악에 대한 느낌은 내가 더 좋을걸?"이라고 되받으실 수 있었다는 건 대단한 패기인데요?(웃음)

이명세_ 음악 하는 사람이 내게 음악을 아냐고 도발적으로 물으면 내가 뭐라고 할 수 있겠어? 내겐 느낌이 있다고 반문할 수밖에.(웃음) 영화라는 매체에 대한 태도 역시 그래. 예전에 프랑스 신문인 〈리베라시옹〉 기자와 인터뷰를 하던 도중에 치열하게 논전을 벌이다가 새벽을 맞은 적이 있었어. 그 기자는 영화라는 매체가 이미 죽었다는 거야. 나는 영화가 이제 시작이라고 했지. 그러면서 보들레르를 거론했더니 "당신이 어떻게 보들레르를 아는가. 원서로 읽어보았는가"라고까지 공격하는 거야.

이동진_ 아이 같은 사람이네요.

이명세_ 영화 역사를 보면 프랑스에서 평론가들이 부상하게 된 것은 실존주의 이후야. 제2차 세계대전 이후에 본격적으로 시작된 셈이지. 전쟁의 참상 속에서 인간에 대한 혼란을 겪으면서 정립된 논리라고. 그래서 주제가 중요했고, 마르크시즘적인 논리가 필요했지. 그렇게 논리에 따라 논쟁해가면서 영화를 만들다가 유럽영화가 죽어가게 된 거 아니겠어? 그 와중에 할리우드는 이야기 구조와 볼거리로 세계 극장가를 잠식했지. 내 영화는 딱 그 중간에 있다고 생각해. 〈인정사정 볼 것 없다〉

이후로 좀 바뀌긴 했지만, 기본적으로 내 영화는 대부분 영화제에서 받아들이지 않아. 아시아영화는 주로 오리엔탈리즘의 시각으로 보는 경우가 많지. 의심도 있는 거야. 가난하고 순결한 예술가의 길을 가는 것 같지도 않고 말이야. 한국에서도 흥행에 실패하면 예술가가 되곤 하지.

― 자, 피워요. 한 대 피우면서 머릿속 얘기를 담배 연기처럼 시원하게 쫘악 뿜어내봐요. 예술가는 담배를 많이 피운다면서요?
〈M〉에서 이연희가 슬럼프에 빠져 있는 강동원에게 담배를 권하면서

이동진― 배우들과 현장에서 어떻게 소통하십니까. 캐릭터에 대한 의견을 자주 나누는 편이신가요.

이명세― 촬영에 앞서서 연기자들이 캐릭터에 대해 물어보면 나는 캐릭터라는 게 어디 있냐고 대답하고는 해. 그냥 한 사람 안에 여러 가지 모습이 함께 들어 있는 것일 뿐이라고 말하지. 캐릭터라는 것에 관하여 언급해보자면, 타르코프스키도 그렇게 말한 바 있지만, 스타니슬라프스키 때문에 연기자들을 다 망쳤어. 연극과 영화는 분명히 달라. 기본적 훈련을 받는 연기자라는 점에서 같고 신체적으로 트레이닝도 해야 하고 발성 같은 것도 중요하다는 점에서 유사하지만, 영화 연기는 결국 카메라로 찍어서 스크린에 비추어지는 것을 전제로 한 연기라는 점에서 달라. 그래서 타르코프스키도 배우들에게 시나리오를 주지 않으려고 하는 거야. 극 중에서 내일 죽을 걸 아는 배우는 자신도 모르게 오늘 연기를 하면서 준비하게 된다는 거지. 나는 타르코프스키만큼 배짱이 없어서 시나리오를 줄 뿐이야. 배우들에게 계속 뭔가 설명하는 방식을 쓸 뿐이고.

감독님 영화에서는 창문이 프레임 속 프레임의
구실을 하는 경우가 많습니다. 그 창문은
집이든 카페든 사무실이든 기차든 버스든
가리지 않고 활용됩니다. 실내에서 벌어지는
일을 창문 너머에서 넘겨다보거나,
바깥의 풍경을 실내에서 창문을 통해 내다보는
쇼트들이 정말 많이 쓰이죠.

창문이 자주 등장하는 것은 무엇보다 내가 골목길을 좋아하기 때문일 거야. 골목길은 숨어 있는 장소잖아. 난 먼 불빛도 참 좋아해. 멀리 창가에 불빛이 비치면, '저기도 사람이 살고 있네' 하는 기분이 되는 거야. 지금 저 불빛을 켜놓은 사람은 잠들었을까? 누군가와 싸우고 있을까? 그런 생각들이 연이어 들면서 이상하게 슬퍼지는 거지.

— 오늘 따라 내가 대사를 까먹어도 야단도 안 치고 말없이 웃
   기만 하더니.
   〈첫사랑〉에서 영신이 연극반 선생님인 송영창에게 편지를 보내고 만나기로 했지만 바람맞
   고 돌아와서

이동진_ 그래도 배우들과 함께 작업할 때 감독으로서 특별히 강조하시는
게 있을 텐데요.

이명세_ 기본적으로는 장점을 최대한 살리고 단점을 최소한으로 깎아내
려 하지. 하지만 배우마다 강조하는 게 다 달라져. 케이스 바이 케이스
인 거야. 정해진 법칙이 없다는 게 원칙이라고 할 수 있지. 예를 들어
(안)성기 형 같은 경우는 평소에 연기하던 고정 패턴에서 벗어나 확장
시켜주려고 하지만 그런 생각이 다른 배우들에게도 고스란히 적용되
지는 않거든. 예전에는 촬영장에서 직접 시연을 보여줄 때가 많았어.
김혜수가 〈첫사랑〉을 찍을 때 내 시연을 보면서 "감독님이 나보다 더
연기를 잘한다"고까지 말한 적이 있었지. 그런데 사실 내가 연기를 더
잘하기에 시연을 하는 게 아니라 내 표현을 내 스스로 가장 정확히 알
기에 그냥 보여주는 것뿐이야.

— 나 정도면 영화배우 해도 되겠어요, 안 되겠어요?
   〈개그맨〉에서 황신혜가 영화감독이라고 자신을 소개하는 안성기에게

이동진_ 〈형사〉의 메이킹 필름에서 감독님이 배우들 앞에서 시연하시는
걸 본 적이 있는데, 진짜 연기를 잘하시기도 하던데요?(웃음)

이명세_ 내가 연기를 좀 하긴 해요.(웃음) 사실 나는 어렸을 때부터 사람들
앞에 나서는 걸 무서워했어. 문산에 살 때는 우리 집이 동네에서 잘 사
는 편이었어. 가끔씩 소고기 국을 끓이는 집이었고 쌀가게도 했으니까.

그때는 형이 골목대장 노릇을 해서 동네 선배들도 다 내게 잘해줬지. 이후 서울로 전학가게 됐는데 아이들 텃세 때문에 매일 시달리게 됐어. 그러면서 대인공포증 같은 게 생긴 것 같아. 이런 일도 있었어. 학교 운동회에서 다들 신경 안 쓰는 분위기이길래 용기를 내어 오인이각 경기에 함께 나갔는데 구령에 내가 발을 못 맞추는 바람에 우리 팀이 꼴찌를 하고 말았지. 그날 종례 시간에 선생님이 내게 분필을 던지더라고. 그러자 다른 애들도 마구 물건을 내게 집어 던지는 거야. 앞으로는 사람들 앞에 절대 나서지 않겠다고 그때 속으로 결심했지. 소풍 가서 끝날 무렵 집이 가깝기에 혼자 걸어간다고 했다가 120명에게 돌아가면서 한 대씩 맞은 적도 있었어. 선생님이 단체에서 이탈한 벌을 준다면서 그렇게 아이들에게 나를 한 대씩 때리라고 했던 거지.

이동진_ 옛날 얘기라는 걸 감안해도 그건 좀 심한데요?

이명세_ 그래서 자라나는 아이들에게 교육이 중요한 거야. 그렇게 오래도록 눌려 지내다가 교회를 다니면서 마음이 열리는 계기가 생겼지. 교회에서 수련회를 갔을 때 성극에서 단역을 맡아 "김서방, 요즘 어떻게 지내?"라는 대사 딱 한마디를 하게 된 거야. 그런데 무대 뒤에서 너무 떨려서 말이 전혀 안 나오더라고. 그 한마디를 내뱉기 위해 매직으로 얼굴에 분장까지 했는데 결국 무대에는 등장도 못했지. 어찌 보면 내 삶은 극복의 연속이라고 할 수 있을 거야. 그런 대인공포증을 극복하기 위해서 이후 일부러 연극에 도전했거든. 그 모든 게 영화감독이 되고 싶어 하는 당시의 내 꿈으로 연결되었던 거지. 내가 다녔던 서울예전의 장점 중 하나가 연출을 하기 위해서 먼저 연기에 대한 교육을 받아야 한다는 거였어. 그런 훈련이 큰 도움이 됐지.

— 요즘 만화는 애들 정서 교육에 큰 문제가 있습니다. 거, 전부 스포츠 아니면 로보트 만화뿐이니. 선생님. 거, 옛날에

엄희자 〈유리의 성〉이나 김종래의 〈엄마 찾아 삼천리〉, 또
박기정의 〈가고파〉 같은 거는 얼마나 감동이 깊습니까?
〈개그맨〉에서 아이스바를 먹으면서 만화를 보러 온 배창호가 만홧가게에 있던 안성기를
알아보고 반갑게 말을 붙이면서

이동진_ 일찌감치 감독이 되겠다고 결심하셨다면 그때부터 영화를 많이
보셨겠죠? 어떤 작품들을 주로 보셨습니까.

이명세_ 사실 많이는 못 봤어. 고등학교 때 감독이 되기로 결심하면서 본
것도 주로 문여송 감독의 영화들이었지. 부부였던 문여송 감독과 김이
연 소설가가 텔레비전에 많이 나와서 굉장히 유명했거든. 하길종 감독
의 영화들은 모두 다 나중에야 봤어. 그런데 서울예전 영화과에 진학했
더니 학기 초에 같은 과 학생들이 굉장히 열에 들뜬 표정으로 하길종
이나 이만희 영화에 대해서 말을 하는 거야. 나는 그때까지 〈진짜진짜
잊지 마〉 〈진짜진짜 미안해〉 같은 문여송의 '진짜진짜' 시리즈나 〈고교
얄개〉 같은 작품만 봤으니 문화 충격이 컸지. 다들 〈대부〉에 대해서 이
야기하는데 나는 할말이 없어서 얼굴이 화끈거렸어. 그 자리에서 문여
송을 말하면 왠지 안 될 것 같았거든.

이동진_ 대학 영화과에서 그런 작품들에 대해 말하면 매장되죠.(웃음)

이명세_ 난 전혀 들어보지도 못한 영화들에 대해 다들 술술 이야기하는
걸 보면서 대단하다고 생각했어. 속으로 이 아이들을 모두 섬겨야겠다
고 했어. 그래서인지 나는 영화에 대해 선입견이 없어. 결과적으로 잘
된 게 아닌가 싶어. 다들 고다르에 대해서 말하고 있을 때 나는 하길종
감독이 우리 학교 교수인데도 몰랐다니까. 〈대부〉도 1980년대 초에 재
개봉되었을 때에야 비로소 볼 수 있었지.

— 저는 배우가 아니라 신인 감독입니다. 이번에 정감독님 회

사에서 메가폰을 잡게 될 예정입니다. 곧 사천만 국민 모두
가 볼 수 있는 영화가 탄생될 것입니다.

〈개그맨〉에서 감독의 꿈을 갖고 있는 안성기가 방송사 인터뷰에서 스스로를 소개

이동진 어떻게 데뷔하게 되셨는지 말씀해주세요. 배창호 감독님 밑에서
조감독 생활을 하셨는데요.

이명세 배창호 감독님이 1980년대 최고의 흥행 감독으로 가장 잘 나가실
때 조감독을 했지. 그 말은 당시 분위기에서는 언제든 감독으로 데뷔할
수 있다는 뜻이야. 입봉 영순위라고 할까. 조감독인데도 현장에서 다들
나를 감독이라고 불러주기도 했지. 그런데 나중에 이상한 소문이 돌았
어. 내가 조감독을 맡은 영화 중 〈기쁜 우리 젊은 날〉이나 〈고래 사냥〉
처럼 흥행한 작품들도 있는데도 불구하고 몇몇 실패한 작품들이 모두
나 때문에 성공하지 못했다는 거야. 심지어 배창호를 망친 사람이라고
하기까지 했다니까. 감독 데뷔가 수월할 줄 알았는데 막상 부딪쳐보니
까 쉽지 않았어. 〈가족〉이란 영화의 시나리오를 썼는데 평가가 좋았음
에도 결국 촬영에 들어갈 수 없었지. 내 운명은 조감독인가보다 싶어서
그냥 포기할까도 생각했어. 그런데 꼭 한 번만 더 해보자고 스스로 다
짐하면서 〈개그맨〉 시나리오를 썼지. (배)창호 형과 내기도 했어. 〈개그
맨〉이 영화화되지 못하면 평생 조감독 하겠다고 말이야. 그런데 이전
에 거절당했음에도 불구하고 내가 다시 찾아가서 다른 시나리오를 내
미는 걸 보고 태흥영화사에서 깡이 좋다고 데뷔시켜준 거야. 일주일 후
바로 촬영에 들어갔지. 정말 좋아하면서 영화를 만들었어. 그런데 완성
이 되고 시간이 흘렀는데도 개봉이 계속 미뤄지는 거야. 한참 뒤에야
우여곡절 끝에 개봉되었지. 서울 관객으로 4만 명 정도 들었어. 당시로
서는 손익분기점은 넘겼던 스코어였지.

– 저, 잭 니콜슨 좀 닮았습니까? 성격배우 하면요 뭐니 뭐니
 해도 잭 니콜슨 따라갈 사람 있겠어요?
   〈개그맨〉에서 배창호가 선글라스를 낀 채 혼자 연기 연습을 하다가 안성기에게 인사하면
   서 넉살 좋게

이동진_ 배창호 감독님 밑에서 조감독을 하셨을 뿐 아니라 데뷔작 〈개그
맨〉에서 주연 배우 중 한 사람으로 연기까지 시키셨습니다. 배 감독님
입장에서는 출연을 결심하기가 쉽지 않으셨을 것 같은데요.
이명세_ 조감독 시절부터 전적으로 나를 믿어주셨어. 나 역시 최고의 조
감독이 되기 위해서 늘 열심히 준비했고, 〈황진이〉 때부터는 배우들의
연기 지도를 내게 맡기셨어. 나를 밀어주고 믿어준 거지. 그 연장선상
에서 출연 제의에까지 응해주신 거야.

– 돈이다!
– 마차를 지켜라!
– 돈이다! 돈이다!
– 돈을 지켜라!
   〈형사〉에서 마차에 가득 실었던 돈이 장터에서 쏟아지자 일거에 사람들이 돈을 외치며 몰
   려드는 난장판 속에서 마차를 호위하던 포졸들이 무력하게 막아서며

이동진_ 이제까지 여덟 편을 연출하시면서 흥행에 성공한 적도 있고 그렇
지 못했던 적도 있습니다. 감독은 남의 돈을 끌어다가 제작비로 써서
자신의 작업을 완성하는 직업이라는 점에서 어려움이 참 많을 것 같은
데요.
이명세_ 몇몇 사람들이 과장되게 말하는 풍토 때문에 그런 측면에서 나에
대해 오해가 있는 것 같아. 나는 제작비를 아껴 쓰는 감독이고 또 흥행

감독이야. 예산에 비해 정말 실패한 영화는 〈첫사랑〉과 〈M〉밖에 없거든. 〈개그맨〉이 서울 관객 4만 명 들었는데, 제작비가 8,000만 원이라는 걸 감안하면 데뷔작 역시 손익분기점을 넘긴 거지. 그때는 또 지방 흥행도 추가되고 그럴 때였어.

– 저번에 주간지 보니까 이주일 씨 말입니다, 세금을 1억을 넘게 냈다는데 연예인들이 돈을 정말 그렇게 많이 버는 모양이죠?
〈개그맨〉에서 이발사인 배창호가 손님 안성기에 말을 붙이면서

이동진_ 〈나의 사랑 나의 신부〉와 〈인정사정 볼 것 없다〉는 크게 히트했죠.

이명세_ 야구로 치면 홈런이라고 해도 될 거야.

이동진_ 그런데 〈첫사랑〉의 관객 수는 정확히 4,997명이라고 들었습니다.

이명세_ 그쯤 되면 그냥 5,000명이라고 말해도 되잖아?(웃음)

이동진_ 그게 차이가 있나요? 김혜수 씨가 개봉 때 워낙 많이 반복해 보셨으니까 김혜수 씨를 제외하면 실제 관객 수는 4,927명쯤 될지도 모르겠네요.(웃음)

이명세_ 혜수와 함께 왔던 친구들까지 감안하면 실제 숫자는 더 줄어들 거야.(웃음) 그래도 영화사는 손해가 없었어. 그때는 지방 판권을 미리 다 맞춰놓고 시작했던 거니까. 〈첫사랑〉이 병살타라면 〈지독한 사랑〉은 3루타쯤 되고, 〈남자는 괴로워〉는 포볼로 진루한 셈이지. 〈개그맨〉은 3루에 있다가 점수를 낸 정도라고 할까. 〈형사〉도 기대치에 비해서 안 됐다는 거지, 130만 명이라는 국내 관객 수에 더해서 해외의 경우 일본에만 500만 달러에 팔았다는 걸 감안하면 거의 손익분기점일 거야. 〈M〉은 29억 원의 제작비가 들었으니 손해를 좀 봤지만.

— 무슨 영활니까?

— 액션영화요.

〈개그맨〉에서 배창호가 은행 직원의 질문에 대답

이동진 다양한 내용의 영화를 찍어오셨지만 〈인정사정 볼 것 없다〉 이후에 특히 외국에는 액션영화 감독으로 많이 알려지셨습니다. 당분간은 액션에 주력하실 건가요?

이명세 멜로도 찍고 싶지. 사랑 얘기 소재만도 여러 개야. 시장을 생각할 수밖에 없으니 액션을 준비하는 거지. 액션영화가 대중적이면서 영화적 활용도가 높은 것도 사실이야. 멜로는 정적이니까 드라마가 강할 수밖에 없고 감독으로서는 들어갈 틈이 좀 적어. 얼마 전에 강의를 하고 나서 학생들이 질문하는데, 좀 놀랐다는 거야. 내가 알려지기로는 예술가인데 강의 중에 시나리오에 대해서 설명하면서 전략이나 전술 같은 말을 많이 썼다는 거지. 그러고 보니 내가 좀 그런 것 같아. 사실 〈나의 사랑 나의 신부〉 때까지는 외국에서 영화제 초청이 와도 안 갔어.

이동진 왜요?

이명세 해외 진출에 대한 관심 자체가 없었던 거야. 그러다가 〈첫사랑〉이 흥행에 실패했음에도 영화제 초청이 많이 들어오길래 나가봤더니 내 생각이 잘못된 것이라는 걸 깨닫게 되더라고. 영화는 시장으로 나가야 하는 예술이라는 거지. 그때부터 줄곧 시장에 나가는 걸 생각해. 이전엔 영화는 보편 언어로 찍어야 한다고 생각하면서도 한국 관객 이외의 관객들은 생각하지 않는데 말이야. 그래서 〈남자는 괴로워〉를 그렇게 무성영화 스타일처럼 찍기도 한 거야. 나는 그 영화를 찍으면서 한국영화는 졸업했다고 생각했는데, 웬걸, 졸업을 안 시켜주는 거야. 흥행도 안 됐지. 그래서 마음을 비우고 〈지독한 사랑〉을 찍었지. 그 후에 〈인정사정 볼 것 없다〉로 외국에서 주목을 받게 된 거고. 예전에는 짜장면이나 곰탕만 만들면서 살겠다고 생각했지. 그러나 이젠 나를 보나 한국영화 전체를 보나, 가능하면 세계로 나가야 한다고 믿어. 그렇다면 나갈 수 있는 것이 무엇인가, 우리 관객도 좋아할 수 있고 세계 시장 진출에도 용이한 것이 무엇인가를 생각할 수밖에 없지.

— 저, 감독님. 이번 영화는 액션영화인 모양이죠? 아우, 다행
  입니다. 사실 멜로물보다는 액션물이 맞거든요.
  〈개그맨〉에서 배창호가 강도짓을 염두에 둔 안성기의 무기를 본 후 영화를 찍는 것으로 오

  해하면서

이동진_ 감독님을 바라보는 시선에서 외국과 한국이 차이가 있는 것 같습니다. 물론 아직까지도 한국에서 가장 크게 성공한 감독님 영화가 〈인정사정 볼 것 없다〉인 게 사실이지만, 그 외의 영화들이 이뤄낸 성과도 국내에서 오랜 세월 높게 평가받고 있잖습니까. 〈인정사정 볼 것 없다〉가 감독님의 첫 액션영화였기 때문에 국내에서 개봉하기 전에는 오히려 '왜 이명세 감독이 액션을 할까'라는 의문을 가진 분들이 많은 쪽이었죠. 그런데 외국에서는 거의 〈인정사정 볼 것 없다〉만 생각하는 듯합니다. 미국의 경우, 오우삼 감독의 영향권 내에 있는 또 하나의 액션영화 감독 정도로 오해하는 경우도 적지 않았죠. 그래서 〈인정사정 볼 것 없다〉가 미국에 소개되었을 때 박중훈 씨가 연기한 우형사의 성이 우 씨인 이유에 대해 많은 현지의 매체들이 존 우(오우삼)에게 바치는 오마주 때문이라고 단정해 썼을 정도니까요. 그런데 시대극으로 변주를 하긴 했습니다만, 왜 그 다음 작품인 〈형사〉에서도 다시 액션을 하시게 된 겁니까. 해외 진출을 염두에 둔 일종의 전략적 선택이었던 건가요?
이명세_ 홍콩이나 중국의 무협영화와 한판 붙어보고 싶은 마음도 솔직히 없지 않았어. 와이어 같은 거 쓰지 않고 영화라는 매체만이 가진 리듬만으로 승부를 보겠다는 야망도 있었고 말이야.

다양한 표현 수단이 영화라는 매체의 언어를
구성하고 있는 상황에서, 경우에 따라서는
대사도 충분히 영화적일 수 있지 않습니까.

나는 설명하기보다는 느낌을 만들어내고 싶을 뿐이야. 형식에서는 대사의 제약을 뛰어넘고 싶고, 빼고 싶은 거지. 영화를 만드는 사람으로서 그런 것을 연구하는 거야. 나는 영화가 발전 과정에서 다른 매체로부터 언어를 차용해왔다고 생각하지 않아. 영화가 처음 탄생했을 때 보여준 것은 열차가 도착하는 단순한 모습이지만, 이미 그것은 공간이고 시간이고 상태야.

- 뭐 해?
- 그냥, 예뻐서.
  <지독한 사랑>에서 김갑수가 계속 강수연을 바라보고 있는 이유에 대해

이동진_ 감독님께 액션 장르는 특히 어떤 점이 매력적인가요.

이명세_ 액션은 사람의 움직임 자체를 통해 뭔가를 보여준다는 점에서 지극히 영화적이지. 사실 나에게는 도전이 있어요. 다들 액션영화를 우습게 생각하지만 그게 아무나 찍는 게 아니라는 걸 알고 있었지. 그런 도전의식이 액션영화를 만들게 한 거야. 다들 내가 액션을 못 찍을 거라고 여겼으니까 화가 나기도 했어. <인정사정 볼 것 없다>는 그런 배경에서 나왔지. 이후 공포영화까지 만들어서 장르를 완전히 섭렵해보려고 했어. 그런데 그건 안 되더라고. 나는 기본적으로 피를 싫어해서 호러는 안 될 것 같아. 어렸을 때는 좀 달랐어. 중학교 때까지는 만화를 그린 후 묶어서 책도 만들었는데, 당시에 그린 만화들이 피투성이였거든. 피에 대한 공포의 이면에 그런 쾌감도 있긴 했어. 나는 호러에서 근원적인 공포의 개념 같은 걸 보여주고 싶었는데 시장과 맞지 않았던 것 같아. 내가 무서운 꿈을 자주 꾸는데, 그건 겁이 많아서 그래. <M>에 약간 호러적인 요소가 있는데, 그건 겁 많은 내가 겁에 대해 도전하고 싶기 때문이야. 그런 면에서는 황석영 씨의 <아우에게>가 내게 큰 도움을 줬어. 그때 이후 불을 끄고 어둠을 직시하는 도전도 수시로 해봤지.

이동진_ 정말 많은 걸 해보셨군요. (웃음)

이명세_ 별거 다 해. 내 영화는 모든 게 극복의 과정이야.

- 자, 이제 우리 부산에 도착하면 어쩔 셈이에요? 밀항선을 타고 일본으로 가서 위조 여권을 만들고 멕시코로 간다, 거기에서 국경선을 넘고 영화의 본고장 할리우드로 가 못 다

M(엠)

개봉 2007년 10월 25일

출연 강동원 이연희 공효진 전무송

상영시간 109분

CINEMA REVIEW

BOOMERANG INTERVIEW

약혼녀 은혜와의 결혼을 앞두고 있는 작가 민우는 새로 집필을 시작한 소설이 잘 풀려나가지 않는데다가 불면증 때문에 힘겨워한다. 심지어 어디를 가든 보이지 않는 누군가가 자신을 바라보는 듯한 느낌에서 헤어나오지 못하던 그는 어느 날 꿈을 꾸듯 이끌려서 술집 루팡바의 문을 열고 들어선다. 그곳에서 민우는 오래전에 헤어졌던 첫사랑 미미를 만난다.

〈M(엠)〉은 황홀한 자각몽自覺夢 같다. 반복해서 깨어나도 여전히 꿈속인 꿈. 혹은 꿈인 것을 알면서도 깨고 싶지 않은 꿈. 영화는 흔히 꿈에 비유되지만, 꿈을 영화로 표현하는 것은 그 자체로 수많은 감독들의 꿈이기도 했다. 〈M〉은 그런 꿈의 한 자락을 베어온 영화다.

이 작품의 이야기는 단 한 줄로 요약할 수 있다. "연인(공효진)과의 결혼을 앞둔 남자(강동원)가 첫사랑(이연희)의 기억을 찾아 헤맨다." 이명세 감독의 전작 〈형사 Duelist〉와 달리, '불친절한 화술'은 이 영화에 필수적이었던 것으로 보인다. 〈M〉은 이야기를 전달하는 영화가 아니라 이미지를 만지게 해주는 영화니까.

한 문장만 되풀이하는 간절한 기도처럼, 〈M〉이 그려내는 세계는 서사를 배제할수록 절실해진다. 그리고 'M'이라는 알파벳 하나만 사용함으로써 M으로 시작하는 수많은 의미를 포괄할 수 있었던 제목처럼, 이야기를 최대한 제거하고 단순화함으로써 단 하나의 심상을 강렬하게 전달한다.

물론 그것은 첫사랑이다. 여기서 첫사랑은 빨간 신호등 앞에서 설레는 마음으로 까딱거리는 발, 함께 저녁놀을 바라보는 등, 헤어지기 아쉬워 잡은 채 놓지 않는 손으로 선명하게 인수분해 된다. 달콤하고 쓸쓸하며 신비한 것. 그리고 그 무엇보다 깨지 않는 꿈같은 것으로서 이 영화의 첫사랑은 추억의 뒤안길을 서성인 끝에 뒤늦은 사과와 때늦은 고백을 되풀이한다. "나는 나중에 당신이 아주 많이 슬퍼했으면 좋겠어. 슬픈 영화가 아니라 재미있는 영화를 보다가도 내 생각이 나서 펑펑 울었으면 좋겠어"라는 대사는 〈M〉에 담긴 정서를 그대로 응축한다.

어쩌면 〈M〉은 이명세 감독의 1993년작 〈첫사랑〉을 꿈의 주술로 변주한 작품인지도 모른다. 실제로 극장에서 함께 영화를 보다가 미끄러지듯 강동원의 어깨에 머리를 기대고 스스로 놀라는 이연희는 〈첫사랑〉에서 좋아하는 연극반 선생님과 함께 사진 포즈를 취할 때 셔터를 누르는 순간 살짝 고개를 기대는 김혜수와 고스란히 겹치기도 한다. 더욱 흥미로운 것은 〈M〉이 말하는 첫사랑이 곧 영화에 대한 은유로 받아들여질 수 있다는 점이다.

여기서 시종 두드러지는 스타일은 삶 전체를 뒤흔드는 강렬한 원체험을 관객들에게 오감으로 대리 체험시키기 위한 방법론이다. 극 중 반복적으로 등장하는 공간들의 표현법에서 슬랩스틱과 스릴러를 오가는 배우의 연기 방식까지, 리얼리티는 이 영화와 관련이 없다. 단 한 장면도 사실적인 느낌을 부여하지 않는 인공미는 작품 전체에 단 하나의 호흡만을 불어넣으며 잊지 못할 영화적 진경을 펼쳐낸다. 어쩌면 〈M〉을 이명세 스타일의 집대성이라고 불러도 무리는 아닐지도 모른다.

이 영화는 뜨거운 여름날 오후의 햇살과 소녀의 손에서 거품을 내며 미끄러지던 비누를 촉감으로 느끼게 한다. 종종 의미보다 리듬이 더 중요한 대사는 음악처럼 연주된다. 결혼 피로연장의 텐트를 채색된 스크린처럼 활용하는 색감은 어둠의 질감까지 살려낸다. 완전한 어둠 속에서 부조浮彫로 도드라져 있는 듯한 인물은 또 어떤 장면에서는 홀로 실루엣이 되어 가라앉는다. 사무치는 재회의 순간은 추억의 존재 방식을 상기시키듯, 정지 화면을 이어 붙인 포토 몽타주로 살려낸다. 청각을 자극하며 그어지는 성냥불은 화면에 빛과 기억을 함께 불러온다. 공간과 상황 혹은 대사는 반복되거나 변주 또는 부정되면서 의미를 중첩시키기도 하고 확장시키기도 하며 아예 의미 자체를 비워내기도 한다. 그리고 엔딩 크레딧이 흐를 때쯤 내내 명멸했던 이 영화의 '기억'은 이명과 잔상의 긴 꼬리를 남기며 관객의 마음에 오래 남는다.

이룬 천재 감독 이종세의 꿈을 이룬다?

— 바로 그거야. 이봐, 도석이. 우린 이제 할리우드로 가는 거야. 아마 3일 후쯤이면 그곳에 도착하게 될걸. 보이스 비 엠비셔스. 젊은이들이여 야망을 품어라. 우린 그곳에서 세계가 깜짝 놀랄 영화를 만드는 거야.

〈개그맨〉에서 배우가 되기를 원하는 황신혜와 영화감독을 꿈꾸는 안성기가 도피를 위해
부산행 기차를 기다리면서 꿈에 부풀어 대화

이동진 〈개그맨〉에 나오는 대사와 같은 꿈을 가진 적이 있으셨나요? 〈인정사정 볼 것 없다〉가 국제적으로 널리 알려지게 되면서 〈형사〉가 나오기 전까지 몇 년간 미국에 체류하셨던 기간이 있었는데요.

이명세 나에게는 애초에 그런 꿈 같은 건 없었어. 〈개그맨〉의 그 대사는 종세라는 캐릭터가 몽상가라서 그렇게 넣은 것뿐이야. 미국에 있으면서 많은 일들이 있었지. 〈폰 부스〉나 〈네버랜드를 찾아서〉 같은 영화의 연출을 맡아달라는 제안이 있었지만 최종 편집권을 내가 가질 수 없다는 조항 때문에 포기했어. 그런데 사실 할리우드에서는 감독이 최종 편집권을 갖는 경우가 거의 없다는 것 자체를 잘 몰랐어. 정보가 너무 없었다고 할까. '나를 필요로 한다면 양보하겠지' 싶은 무지한 생각이 내게 있었던 거야. 그래도 나는 기본적으로 될 일은 되고 안 될 일은 안 된다고 생각하는 쪽이야. 뭐가 안 되려고 했으니까 그렇게 끝났겠지. 그래서 결국 전략을 바꾸고 궤도를 수정해서 한국에 들어온 거야. 영화를 찍을 수 있는 곳이라면 나는 이제 어디든 갈 거야. 그게 한국이든 할리우드든 일본이든 관계없어. 다시 기회가 온다면, 이전처럼 밀고 당기는 게임은 하지 않을 거야.

— 남들이 봐요.

– 남들이 보면 어때?

〈지독한 사랑〉에서 김갑수과 강수연이 비 오는 거리에서 실랑이를 벌이며

이동진_ 영화를 찍어서 내놓게 되면 다양한 평이 나오기 마련인데, 감독님은 그런 평들에 대해 어느 정도 신경을 쓰시나요. 감독님의 영화들은 찬사와 비판이 극명하게 갈리는 경우가 적지 않은데요.

이명세_ 나는 도를 닦는 것처럼 영화를 시작한 사람이라서 평론에 따라 흔들리지 말자고 평소에 생각하고 있어. 사실 데뷔작 〈개그맨〉 때는 내 영화에 대해서 아무도 쓰지 않으니까 상당히 허전하긴 하더라고. 그러다 시간이 한참 지난 뒤에 우연히 집어든 잡지에서 강한섭 씨 같은 평론가들의 글을 보게 됐지. 그때 평론이 중요하다는 사실을 알았어. 얼굴 한 번 본 적도 없는 사람들의 글인데도 큰 격려가 되었거든. 내 영화에 애정을 가지는 사람들이 있다는 것은 무척 힘이 되는 일이야.

이동진_ 비판적인 평을 보면 어떤 느낌이 드십니까.

이명세_ 글쎄, 나는 영화를 글로 옮기는 것에는 한계가 있다고 생각하는 편이긴 해. 하지만 내 영화 속의 어떤 지점을 정확히 보아내고 있는 글을 보면 즐거움이 있는 것도 사실이야. 내 영화에 반대를 해도 그냥 그대로 받아들여. 뭐, 모든 평이 다 좋을 수는 없는 거니까. 나는 일곱 빛깔 무지개를 믿는 사람이거든. 비판하는 글은 상관없는데, 성의나 예의가 없는 글들은 좀 눈살이 찌푸려지기는 하지만 말이야.

– 내가 좋아서 따라오는 거요?

〈형사〉에서 강동원이 자신의 뒤를 밟던 하지원에게

이동진_ 열혈 팬들이 많으시죠? 특히 〈형사〉 이후 그런 팬덤이 생긴 것 같습니다. '형사 폐인'이라는 말이 나올 만큼 워낙 그 열기가 뜨거워서 외

부에서는 농담 삼아 '이명세교教'라고 칭하기도 했는데요.(웃음)

이명세_ 인터넷 때문에 그래. 그전이라고 해서 내 영화를 좋아하는 사람들이 없었던 것은 아니지만 예전에는 그런 구체적인 소통의 통로가 없었지. 〈형사〉 전까지는 팬레터를 딱 한 통 받아봤어. 〈나의 사랑 나의 신부〉 때 꽃봉투 편지를 받은 적이 있었거든. 그런데 나중에 알고 보니까 보낸 사람이 남자더라고.(웃음)

이동진_ 팬들이 큰 힘이 되지요?

이명세_ 나는 나를 지지해주는 사람들을 위해서 최선을 다해. 나는 때리면 절대로 공부를 안 하는 심리가 있어. 종종 내 영화들에 몰입하는 사람을 만날 때마다 편식하지 말라는 말을 해요. 내 영화만 좋아하면 사실 내 영화를 좋아하지 않는 것과 똑같다고 말을 해주지. 〈형사〉라는 영화에 중독되듯 지냈던 시간들이 언젠가 추억이 되면서 성장하시기를 바라는 마음이 있어. 가만히 보니까 한 가지 공통점이 있는 것 같긴 해. 내 영화를 좋아하는 사람은 다 착하다는 거야.(웃음) 오랜 시간 교분을 갖고서 내 영화들을 보는 사람은 다 착해. 참 정직하고 선해. 팬들도 그래요. 숨기려고 해봐야 그런 모습들이 다 드러나게 되어 있어.

— 전 선생님의 모든 걸 다 알아요. 나이는 서른둘, 키는 176.5 센티미터, 혈액형은 A형, 생일은 12월 10일. 이미 지나셨죠? 좋아하는 색깔은 보라색, 담배는 늘 청자, 커피는 블랙인데 기분이 울적할 때는 달콤한 설탕 한 스푼.
　　〈첫사랑〉에서 김혜수가 짝사랑하는 송영창을 떠올린 후 상상 속에서 말을 걸며

이동진_ 〈첫사랑〉에서 영신은 창욱의 인적사항과 취향에 대해 정보를 늘어놓습니다. 이중 상당수는 감독님의 것으로 추측되는데, 어느 정도 일치하나요?

이명세 키는 172. 혈액형은 A형. 생일은 음력으로 8월 20일. 좋아하는 색깔은 보라색. 커피는 블랙인데 울적할 때 설탕 한 스푼을 넣어 마시는 대신에 하늘을 올려다보지요.(웃음)

— 아무도 없소? 누구 안 기신당가요?
〈형사〉에서 대장장이인 윤주상이 김보연의 집에 요강을 들고 찾아와서

이동진 감독님은 어느새 한국영화계에서 원로 대접을 받고 있습니다. 그러나 사실 아직 예순도 되지 않으셨죠. 감독님보다 연배가 많은 분들 중 지난 몇 년간 영화를 찍고 계시는 분은 임권택 감독님과 정지영 감독님밖에 없죠. 감독님 세대의 연출자들이 현재 영화계에 거의 없다는 사실에 대해서 어떻게 느끼십니까.

이명세 이창동 감독님이 나보다 나이가 많긴 하지만 데뷔가 워낙 늦었으니 그건 경우가 좀 다르겠지. 몇 해 전 부산국제영화제에서 임권택 감독님을 뵈었는데, 당시에 정일성 촬영감독님만 그분 곁에 함께 있는 듯한 느낌이라서 무척 마음이 아팠어. 나를 위해서라도 선배들이 많아야 하는데 그런 단절 같은 게 참 안타깝지. 우리 시대는 조로증에 걸려 있는 것 같아. 소설가든 감독이든 뮤지션이든, 그래서 누구든 다들 늙지 말기를 바라는데 다들 힘들게 살아와서인지 일정한 나이가 되면 왕성했던 창작력이 조로하게 되는 듯해. 클린트 이스트우드나 우디 앨런처럼 미국 감독들은 나이를 먹을수록 성장하면서 발전하는 경우가 적지 않은데, 우리에게는 조로병이 퍼져 있어서 나도 그 병에 안 걸리기 위해 발버둥을 치고 있어. 그래서인지 기자든 누구든 젊음의 비결을 누가 물으면 고맙기도 하고 기분이 참 좋아지더라고.(웃음)

이동진 그런 질문을 받으면 뭐라고 답변하시나요?(웃음)

이명세 공자님도 아는 것은 좋아하는 것만 못하고 좋아하는 것은 즐기

는 것만 못하다고 했잖아? 만일 내가 젊다면 그건 호기심이 많고 알고 싶은 게 많기 때문일 거라고 답하지. 최대한 즐길 수 있는 방법을 연구하고, 경직되지 않기 위해 최선을 다하려고 해. 선배들 스스로가 조로증에 걸려버리는 경우도 있긴 하지만 업계의 젊은 사람들이 너무 쉽게 마음을 닫아버리는 것도 있는 것 같아. 예우와 존중이라는 오래된 덕목이 사라지고 있는데, 다들 너무 공격적이야. 나이든 사람들과는 뭔가 이야기가 통하지 않는다고 생각하는 풍토가 팽배해 있지. 할리우드는 기본적으로 능력 있는 사람을 필요로 하는 상황에서 오랜 세월에 걸쳐 쌓은 커리어를 인정해주는데, 우리는 그런 커리어 자체가 없는 듯해. 오로지 자본주의 체제 속에서 최대한 비용을 적게 들이기 위해 그저 소모품처럼 신인 감독을 쓰고 버릴 뿐이야. 그렇게 데뷔하고 다음 기회를 잡지 못하는 신인 감독들만 수백 명인 셈인데 정말 안타깝지.

— 그런데 이젠 단 한 자도 쓸 수가 없어. 머릿속에 얘기들이 뱅뱅 맴도는데 한 문장도, 한 단어도, 한 글자도 끄집어낼 수가 없어.
〈M〉에서 강동원이 벽에 부딪친 창작력에 대해 이연희에게 토로

이동진_ 어떻게 찍어야 할지 모를 것 같은 때는 없습니까. 창작자로서 한계에 부딪혀 무력감을 느끼는 상황 말입니다.
이명세_ 가끔씩은 있지. 영화를 만드는 사람으로서 가장 두려운 게 바로 그거야. 어느 날 갑자기 콘티가 잘 짜지지 않아서 식은땀을 흘리게 되는 거 말이야. 그런 꿈도 꿔. 콘티를 안 짜고 현장에 나왔는데 김수용 감독님이 나 대신 영화를 찍고 있는 모습을 발견하는 꿈을 예전에 꾼 적이 있어. 요즘은 꿈에 곽경택 감독과 김기덕 감독까지 나오더라고. 내 콘티가 준비되지 않아서 제작자가 다른 감독을 불렀다는 거지.

– 그 사람이 인사성 밝고 싹싹한 사람이라고 동네에서 소문
난 사람인데 어떻게 그런 일을 했는지 모르겠습니다.
〈개그맨〉에서 만홧가게 주인이 강도 행각으로 수배 중인 안성기에 대해서 텔레비전 뉴스
를 통해 증언

이동진_ 공교롭게도 꿈에 나온 두 분 모두 생산력이 왕성한 감독들이시네
요.(웃음) 실제로 그런 상황에 부딪히게 되면 어떻게 하십니까.

이명세_ 정말 미치는 거지. 그런데 이제는 최소한 다스릴 줄은 알게 됐어.
그러면 그 대신에 지금 상태가 좋지 않은 내 다리에 물이 차요. 그래서
미리미리 숙제를 하려고 해. 홀깃홀깃 보면서 조금씩 쌓아둔다고 할까.
〈인정사정 볼 것 없다〉 때는 일주일에 네 시간이나 잤나 싶어. 미리 콘
티를 다 짜두어야 하니까. 일단 짜고 난 뒤에도 끊임없이 복기를 해. 내
게는 강박도 좀 있거든. 〈나의 사랑 나의 신부〉 때는 늘 차에서 잤어. 밤
을 꼬박 새우고 난 뒤 아침에 촬영장으로 출발하면서 택시 안에서 잠
깐 자는 게 전부였으니까. 그러다 체력이 조금씩 떨어져서 다음 영화인
〈첫사랑〉 때는 하루에 두 시간씩 잤어.

이동진_ 요즘은요?

이명세_ 여섯 시간 이상씩 자요. 최대한 숙제를 미리 해두는 거지. 촬영 스
케줄을 짤 때도 힘들 것 같은 신은 늘 뒤로 밀어놓지. 몸 푸는 장면은
스케줄의 앞부분에 배치하고 말이야. 그러면서 여력이 생길 때마다 숙
제를 미리미리 조금씩 해서 비축해 두는 거야.

– 이봐, 도석이. 만홧가게 아저씨 말이야. 내가 만화 몰래 훔
쳐본 얘기는 안 해도 됐었잖아?
〈개그맨〉에서 안성기가 여관에 함께 묵고 있던 배창호에게 불만스럽게

이동진_ 이제껏 만드신 여덟 편의 영화 중에서 혹시 안 만들어도 됐었다는 생각이 드는 작품은 없습니까? 그 정도까지는 아니라도, 아쉬움이 유독 큰 영화가 있을 수도 있겠는데요.

이명세_ 안 만들어도 됐었다는 생각이 드는 영화는 없지만 부족한 영화는 많지. 〈개그맨〉이 특히 그래. 데뷔작이었기에 더 그랬던 것 같아. 좀더 나아갈 수도 있었고 분량을 압축할 수도 있었지. 최종 완성된 내용에서 10분 정도는 줄일 수 있는 영화야. 편집으로 줄인다는 게 아니라 좀더 타이트하게 끌어갈 수 있었다는 거지. 〈개그맨〉을 만들고 나서 그런 아쉬움을 느꼈기에 그 다음 영화부터는 시간을 재기 시작했어. 연출할 때 그 습관이 생긴 이후부터는 거의 시간을 맞추게 됐어. 나는 내가 만들고 있는 영화의 리듬을 계속 복기해요. 순서를 계속 반복해서 써보고 콘티 역시 리듬 안에서 시간 맞춰 그리려고 하지. 이제는 거의 정확히 맞추는데, 〈개그맨〉 때는 그 계산이 덜 된 거야. 어쨌든 〈개그맨〉이 이후 작업에 큰 힘이 되기도 했어. 프리 프로덕션도 없었고 사전에 헌팅 작업도 없이 달려들어 해낸 것이라서 자신감이 생기게 됐다고 할까.

> – 판단은 판사가 하고, 변명은 변호사가 하고, 용서는 목사가 하고, 형사는 무조건 잡는 거야.
> 〈인정사정 볼 것 없다〉에서 형사 박중훈이 범인 안성기의 애인인 최지우에게

이동진_ 판단은 판사가 하고, 변명은 변호사가 하고, 용서는 목사가 하고, 형사는 무조건 잡는 거라면, 감독은 뭘 하는 겁니까.(웃음)

이명세_ 감독은 무조건 찍는 거지, 뭐. 소설가 김연수가 '나는 소설을 쓰는 소설가다'라고 수상 소감을 쓴 걸 본 적이 있어. 무척 인상적이었지. '나는 영화를 찍는 영화감독이다'라고 나도 말하고 싶어. 사실 최근에 어느 자리에서 약간 농담 삼아 그렇게 말했는데, 아무도 안 웃더라고. 진

짜 머쓱해졌지.(웃음)

이동진_ 그럼 영화와 영화 사이, 촬영을 하지 않는 공백기에는 감독은 뭘 해야 하는 겁니까.

이명세_ 감독이라면 공백기란 없어. 머릿속에서라도 계속 찍기 마련이니까. 나도 어느 순간 반복하고 있는 것 같은 내 자신을 보면 짜증이 나기도 해. 강박도 생기지. 하지만 늘 영화를 준비하려고 해. 정신이 녹슬면 안 되니까. 사실 난 〈인정사정 볼 것 없다〉를 내놓은 뒤 미국에서 4년간 있으면서 나 혼자 영화학교를 졸업했다고 생각해. 늘 영화를 보고 내 스스로 머릿속에서 영화를 만들고 그랬으니까. 돌아와서 만든 〈형사〉는 말하자면 졸업 논문 같은 작품이야. 그게 논문 통과가 잘 안 돼 〈M〉을 다시 만든 셈이지.(웃음) 하나님이 내가 천박해지지 않도록 딴짓 못하게 하시는 것 같아. 〈형사〉가 잘됐으면 난 딴생각을 했을지도 몰라.

― 항상 취해야만 해요. 그게 전부죠. 그게 유일한 문제죠. (……) 술에 취하고 담배에 취하고 아니면 사랑에 취하는 것도 나쁘진 않겠죠. 그러나 연극 같은 예술에 취해서 젊은 날을 보내는 것 이상 아름다운 일은 없을 겁니다.
〈첫사랑〉의 송별 모임에서 연극반 지도 교사인 송영창이 첫 모임에서 보들레르의 시를 인용하며

이동진_ 감독 데뷔작 〈개그맨〉을 내놓으신 이후의 시간만 헤아려봐도 벌써 사반세기 가까운 시간이 흘렀습니다. 감독님은 온전히 영화에만 취해서 그 긴 세월을 보내신 분처럼 보입니다.

이명세_ 감독이 되기로 결심했던 시기 이후까지로 따지면 영화 인생이 40년 가까이 됐지. 내가 제대로 왔다는 생각은 안 해. 이제는 돌아갈 수 없다는 생각을 하지. 지금의 내게는 앞으로 나아가는 길밖에 없을 거야. 눈

을 감으면 슬픔과 후회가 밀려와. 내 인생에 한 번도 현실이 없었어. 현실은 잠깐씩 본 텔레비전 뉴스에서나 존재하는 것이었지. 내 현실이 모두 영화 속에 있었다 보니, 나란 사람은 현실 속에, 세상 속에 있지 않았다는 생각이 자꾸 들어. 사실 어떤 것이 현실인지조차 구분하지 못하겠어. 나는 날짜나 년도를 잘못 쓰는 일이 많아. 일기를 뒤져보면 아예 몇 년 전이나 몇 년 후로 잘못 표기한 내용도 상당히 많고. 여덟 편을 만들었으니, 난 이제 기껏 8년을 산 거야. 한 편당 2년이라고 쳐도 그래봤자 열여섯 살이야. 난 그렇게 내 삶을 생각하고 있어. 내게 아직 젊은 감각이 남아 있다면 바로 그런 이유 때문인지도 몰라.

― 형님, 우리 마누라 아프다고 내가 '사리돈 사러 금방 갔다올게' 하고 집 나온 지가 3일이야. 요 앞에 금방 갔다올게가 삼일이라고. 애들이 아빠 가출했다고 신고했어. 제발 집에 가서 잠 좀 잡시다.
〈인정사정 볼 것 없다〉에서 박중훈이 거짓말로 둘러대가면서 정보원을 몰아붙이며

이동진_ 〈인정사정 볼 것 없다〉에서 우형사는 수사에 매달리느라 집에도 들어가지 못합니다. 〈남자는 괴로워〉에서는 일에 바빴던 종원(최종원)이 실로 오랜만에 일찍 귀가하자 두 딸이 아빠의 모습이 익숙하지 않아 진짜 아빠가 맞는지에 대해 언쟁을 벌이는 장면까지 나오죠. 옆에서 보기에 감독님은 그 이상으로 영화에만 거의 모든 것을 바친 인생을 사신 듯한데, 혹시 후회는 없으신가요?
이명세_ 이 정도 가지고 모든 걸 바쳤다고 할 수 있나. 좀더 해야지. 합리화를 좀 해본다면, 내가 다리가 많이 아픈 편인데, 그런 것 때문에라도 딴 일을 못해요. 뭔가 다른 일을 해보려고 해도 누군가가 계속 이 일을 하라고 영화 쪽으로 다시 끌어오는 것 같아. 그럴 때는 내 의지가 아니

라 누군가에 의해 끌려가는 느낌도 들어서 화가 날 때도 있긴 해. 하지만 좋게 생각하면 이 땅에서 내가 정말 뭔가 해야 할 사명인 듯도 하지. 이중적인 아이러니라고 할까.

— 저는 이 상을 받으면서 새삼 작가란 무엇인가 하는 질문을 제 자신에게 던져보았습니다. 작가는 떨어지는 나뭇잎 하나에도 눈물을 흘려야 합니다. 작가는 풀잎을 스치는 바람에도 눈물을 흘려야 합니다. 작가는 모든 사물들의 영혼과 함께 진리를, 길을 찾아 헤매는 구도자와 같아야 한다고 생각을 합니다.

〈나의 사랑 나의 신부〉에서 신인문학상 시상식이 열리기 전에 박중훈이 미리 수상 연설 연습을 하면서

— 오늘 저에게 주어진 이 수상의 영광은 저 이종세 개인의 영광이 아니라 세계와 인간의 어둠을 뚫고 환히 불을 밝히며 한없이 질주하는 저 야간 열차와도 같은 영화예술의 위대한 승리임을 확신하는 바입니다.

〈개그맨〉에서 안성기가 영화제에서 상을 받은 후 연설하는 자신의 모습을 상상하면서

이동진 〈나의 사랑 나의 신부〉의 영민의 수상 연설 내용에는 감독님의 영화 매체에 대한 신념이 담겨 있는 듯 느껴집니다. 종교적인 숭고함까지 간직한 일종의 '영화주의자'적 자세라고 할까요. 〈개그맨〉에도 이와 매우 유사한 수상 연설 장면이 나오지 않습니까.

이명세 내가 꼭 그런 태도를 갖고 있는 것은 아니야. 그냥 극 중 상황에 어울리는 일반적 수상 소감으로 썼을 뿐이지. 나는 어려서부터 스스로가 부족하고 무지하다고 생각해왔어. 지금도 그저 이런 나를 밀어준 분

들을 떠올리면서 최선을 다하겠다고 다짐할 뿐이야. 난 더 이상 물러설 곳이 없어. 내가 가끔씩 천재 운운하면서 농담하는 것은 부족한 사람으로서 일종의 마인드 컨트롤 같은 거야. 속된 말로 내가 학벌이든 뭐든 내세울 게 무엇이 있어? 결국 이 동네에서 내가 자신 있는 것은 노력밖에 없어. 여기서 밀리면 끝이라는 생각을 항상 해. 그것이 오늘의 나를 만든 거야.

— 이 집 불편하면 옮겨도 돼. 난 민우 씨 전에 살던 집도 괜찮아.
— 무슨 소리야? 난 이 집 좋아. 넓고 편하고 전망도 좋고.
〈M〉에서 공효진과 강동원이 결혼을 앞두고 살 집에 대해 논의

이동진_ '감독은 일평생 단 한 편의 영화를 만든다'는 말에 대해 어떻게 생각하십니까. 저는 감독님의 영화세계가 그렇다고 보는데요.
이명세_ 그 말이 맞다고 봐. 어쩌면 나는 평생 단 하나의 영화 문장만 만들고 죽을지도 모른다고 생각해.

— 나도 좋은 작가가 되고 싶었지. 제임스 조이스처럼 일주일에 단 한 문장을 만들더라도.
〈M〉에서 강동원이 자신의 문학적 재능을 칭찬하는 이연희에게

이동진_ 〈M〉에서 제임스 조이스를 빌려 바로 그런 말씀을 하셨죠.
이명세_ 나는 지금 감독으로서 단어 하나하나를 배워가는 과정이라고 봐. 그 문장을 완성하기 위해서 말이야. 매번 영화를 만들 때마다 사랑이라는 단어, 추적이라는 단어, 시간이라는 단어를 하나씩 습득하는 셈이

야. 영화 하나가 그 각각의 단어 하나에 해당된다고 생각하거든. 난 하나의 영화를 만들 때 늘 목표로 삼는 한 단어가 있어. 다른 건 몰라도 내 영화가 처음부터 끝까지 하나의 목표를 향해 전력 질주하는 영화라는 점만큼은 장담할 수 있어. 어떤 느낌을 향해 영화로 다가갈 때 적어도 나는 흔들리진 않아.

— 도대체 지금 어디 있는 거야?

〈지독한 사랑〉에서 동료 교수인 김학철이 강수연과 함께 잠적한 김갑수의 전화를 받으면서 질문

이동진_ 마지막 질문을 하겠습니다. 감독으로서 지금 어디쯤 계신 것 같습니까.(웃음)

이명세_ 바로 여기 있지. 〈M〉의 미미 대사를 그대로 인용하면 '여기, 이 앞에 있잖아요.'(웃음) 이청준 선생이 작가는 쓸 때 비로소 작가란 말을 하셨어. 나도 그렇게 생각해. 영화를 만들 때가 아니면 감독처럼 행세하지 않을 거야.

이동진_ 부메랑 인터뷰의 형식에 딱 들어맞게 대사를 인용하시면서 멋지게 마지막 답변을 하시네요.(웃음)

이명세_ 나도 재치가 있어요.(웃음)

FIN

국립중앙도서관 출판시도서목록(CIP)

(이동진의) 부메랑 인터뷰 그 영화의 시간 / 지은이: 이동진
. — 고양 : 위즈덤하우스, 2014
p. ; cm

ISBN 978-89-5913-777-0 03680 : ₩28000

영화 평론[映畫評論]

688.0911-KDC5
791.4309519-DDC21   CIP2014002635

이동진의
부메랑 인터뷰
그 영화의 시간

초판 1쇄 발행 2014년 1월 10일
초판 6쇄 발행 2020년 4월 30일

지은이 이동진
펴낸이 연준혁

편집 2본부 본부장 유민우
편집 7부서 부서장 최유연
디자인 김준영

펴낸곳 (주)위즈덤하우스 **출판등록** 2000년 5월 23일 제13-1071호
주소 경기도 고양시 일산동구 정발산로 43-20 센트럴프라자 6층
전화 031)936-4000 **팩스** 031)903-3891
홈페이지 www.wisdomhouse.co.kr

ⓒ이동진, 2014
값 28,000원
ISBN 978-89-5913-777-0 03680